KB084003

원수를
사랑하게 된
이유에 대하여

원수를 사랑하게 된 이유에 대하여 1

초판 1쇄 펴낸 날 | 2018년 6월 19일

지은이 | 이미은
펴낸이 | 서경석

편집책임 | 조윤희 편집 | 이은주, 이예진 디자인 | 고성희
마케팅 | 서기원 경영지원 | 서지혜, 이문영

임프린트 | (MUSE)
주소 | 경기도 부천시 부일로 483번길 40 서경B/D 3F (우) 14640
전화 | 032-656-4452 팩스 | 032-656-4453
이메일 | roramce@naver.com 블로그 | bolg.naver.com/roramce
홈페이지 | http://www.chungeoram.com

발 행 처 | 도서출판 청어람
출판등록 | 1999년 5월 31일 제387-1999-000006호
어람번호 | 제11-0087호

ⓒ 이미은, 2018

ISBN 979-11-04-91737-0 04810
ISBN 979-11-04-91736-3 (SET)

도서출판 청어람은 언제나 여러분의 소중한 작품 투고와 도서 출간 기획 등 다양한 제안을 기다리고 있습니다. chungeorambook@daum.net

원수를
사랑하게 된
이유에 대하여

이미은 장편소설

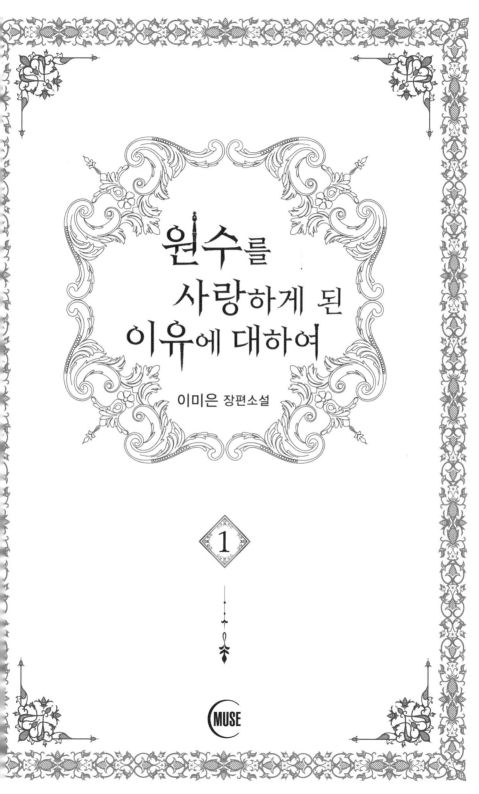

1

MUSE

목차

1장. 그 남자의 짝사랑 · 007

2장. 저쪽 세상의 로렐리아 · 065

3장. 삼 년 전 사고 · 117

4장. 호감이 싹트는 순간 · 177

5장. 공후럽은 멈추지 않는다 · 225

6장. 행복을 주는 공간, 몽실몽실입니다! · 287

7장. 충직한 부하는 일을 만든다 · 349

8장. 원수가 귀여워 보일 때 · 409

1장.
그 남자의 짝사랑

라르드 대륙.

오랜 세월 동안 대륙 위의 수많은 국가들은 흥망성쇠를 반복했다. 그 결에 맞춰 언어와 문화들도 생겨나고 사라졌다. 그러나 시대를 막론하고 변하지 않은 것이 하나 있었다.

남녀를 불구하고 마법사는 가문을 이을 수 없다는 것. 실력도, 인성도 고려대상에 들어가지 않았다. 그 피가 얼마나 귀하건 어느 나라에서건 마법사는 결코 가문을 잇지 못했다.

무려 수백 년, 수천 년 동안.

얼핏 들었을 때 이해하기 힘든 이야기의 이유를 알기 위해서는 수천 년 전으로 거슬러 올라가야 한다. 시간이 흐름에 따라 진실은 깎여 나가고, 각색되었으나 누가 얘기하건 그 시작은 같았다.

이제 와 성별도, 이름도 잊힌 인간이 있었다. 무슨 이유에서인지 인간은 드래곤과 내기를 했고, 방법은 알 수 없으나 그 내기에서 이겼다. 그리고 승리의 대가로 그, 혹은 그녀는 지상 최대 생물에게 엄청난 것을 요구했다.

「인간에게 마법을 주십시오.」

내기는 내기. 드래곤은 소원을 이뤄주었다. 그러나 이내 그는 걱정했다. 타 종족들과 비견했을 때 인간은 그 수가 월등히 많았다. 그런 그들에게 마법이라는 힘이 생긴다면 어떻게 될 것인가?

마법은 곧 혈통. 수많은 마법사들이 태어난다면 이 대륙은 전쟁터로 변하고 말 것임을 직감한 드래곤은 고뇌했고, 하나의 묘책을 내어놓았다.

마법이 피를 타고 이어질 것이 걱정이라면 피를 끊어버리면 그만인 일. 그러나 마법사들의 생식능력을 없애 버리려는 드래곤의 앞에서 인간은 너무도 잔혹하다며 눈물로 읍소했다.

「어찌 태초의 본능을 없애려 하십니까, 드래곤이시여!」

그 절절한 외침은 강철 같던 드래곤의 마음도 움직였다.

그리하여 드래곤은 새로운 방법을 내어놓았다.

「좋다. 대신 앞으로 마법사는 사랑할 수 없게 될 것이다. 진정으로 사랑하는 이와 접촉하면 마법사는 약해지리라! 또한 후손을 보는 순간 더는 마법사로서 존재하지 못하게 되리라! 마법사의 피는 후대로 이어지지 못할 것이다!」

드래곤의 말은 그대로 언령이 되었다.

이것이 오늘날 라르드 대륙에 존재하는 모든 남녀 마법사들이 숫처녀, 숫총각으로 존재하게 된 이유이자, 어떤 마법사라 할지라도 가문을 잇지 못하게 된 배경이다.

로렐리아 폰 드벨이 동생을 대신하여 검을 쥔 이유이기도 하다.

이것은, 드벨 후작가를 지키기 위해 기사가 된 로렐리아에 대한 이야기이다.

††

라르드 대륙에서 여자가 마법사인 남자 형제를 대신해 가문을 잇는 건 꽤 흔했다. 귀한 마법사를 지키기 위해 적지 않은 여성들이 자작이 되었고, 남작이 되었다. 그러나 여인이 가문을 이을 수 있는 조건은 각 국가마다 상이했다.

개중 대륙에서 가장 거대한 라흘란 제국의 조건은 까다롭기로 유명했다. 제국에서는 여인이 가문을 잇기 위해선 그만한 가치를 증명해야만 했다. 마땅한 직위를 가져야만 가문을 이끌 만한 능력이 있다 인정해 주는 것이다.

남자는 태어나기만 하면 인정되는 그 능력, 여인은 증명해 내야 한다는 것이 불공평하다면 불공평할 수 있겠지만 어쩌겠는가. 법을 만드는 이들마저 남성인 것을. 언젠가 제국의 고귀한 여성들이 뜯어고쳐 주겠다며 팔을 걷어붙인 적도 있었으나 아직은 좀 더 시간이 필요한 일이었다.

본론으로 넘어가 보자면, 로렐리아 폰 드벨. 드벨 후작가의 여식인 로렐리아 역시 그런 경우의 수에 들어간 여인이었다. 전조는 있었다. 후계자가 되어야 했을 동생, 벨포스가 마법사였으니 말이다. 심지어 그녀의 동생은 백년에 한 번 태어난다는 천재였다.

그러니 로렐리아가 남동생을 대신해 드벨 후작의 이름을 잇는 것은 어느 정도 예견되어 있던 일이었다. 후작 역시 이를 염두에 두고 있었기에 로렐리아는 어릴 때부터 후계 수업을 받아왔다. 그러나 이는 불확실한 미래이기도 했다.

로렐리아는 아직 부모님이 젊으시니 아이를 또 낳으실 것이라 생각했다. 태어난 아이가 사내아이라면 차기 드벨 후작이 될 것이고, 여자아이라면 그때 자신이 나서면 될 일이라, 그녀는 그렇게 생각했다.

후작부부의 생각 역시 같았다. 심지어 후작부인의 배 속에는 여덟 달 된 아이가 무럭무럭 자라고 있었다. 부부가 갑작스럽게 사망할 것이라고는 그 누구도 예상치 못했기에 그렸던 미래였다.

그렇기에 더욱 찬란했던 미래는 하루아침에 산산조각 나버렸다.

사고였다. 예상치도 못한, 급작스럽게 일어난 사고.

좁은 벼랑을 달리던 마차가 그대로 절벽에 추락했고, 후작부부는 그 자리에서 즉사했다. 정정하던 양친이 예기치 못한 사고로 사망하자, 로렐리아는 마법사를 포기하겠다는 동생의 어깨를 붙잡고 속삭였다.

"가문은 내가 이을 테니 넌 네 길을 가렴."

애당초 황제가 천재라 일컬어지는 동생을 쉽게 포기할 리 없다는 것을 잘 알고 있었기에, 로렐리아는 검을 들었다. 걸음마를 시작할 무렵부터 아버지에게서 배운 검을. 대대로 뛰어난 검술로 유명세를 떨친 드벨 후작가를 잇기 위해 그녀가 할 수 있는 선택은 오직 그것뿐이었다.

검은색 일색이었던 장례식이 끝나고, 로렐리아는 붉게 달아오른 눈을 감췄다. 그리고 황제에게 기사로서 자신의 가치를 증명하겠노라 고했다. 여인이 검이라니. 거대한 제국에서도 무척이나 이례적인 행보가 아닐 수 없었다. 처음엔 그런 그녀를 비웃는 사람들도 많았다. 여인의 몸으로 얼마나 하겠냐는 말들이 귀족들 사이에서 웃음과 함께 떠돌아다녔다.

'로렐리아 여후작은 검을 장식품으로 안다'는 말이 부채에서 부채로, 술잔에서 술잔으로 퍼져 갔다.

그러나 로렐리아가 제 가치를 증명해 보이기 위해 필요한 시간은 고작 일 년에 불과했다. 그녀는 고작 스물이라는 나이에 오러를 사용하며 자신의 천재성을 입증했다. 그렇게 로렐리아, 통칭 리아는 제국 내 네 번째 오러 사용자이자 드벨 후작으로 자리매김하게 된다.

그 즈음해서는 소문도 차차 가라앉았다. 그러나 사람들이 가장 떠들기 좋아했던 소문은 끈질기게 살아남았다.

'천재 마법사인 남동생을 대신해 가문을 잇기 위해 검을 쥔 천재 여기사, 드벨 여후작.'

로렐리아가 좀 더 어렸을 적에는, 그러니까 그녀가 열다섯의 나이로 막 사교계에 입문했을 즈음엔 그녀의 아름다움만을 찬양하는 이들이 압도적이었다. 어떤 사내가 이리도 아름다운 후작영애를 차지할까 종알거리는 말들도 많았었다.

그러나 후작부부가 불의의 사고로 사망한 뒤 고작 삼 년.

로렐리아에 대한 소문이 전혀 다른 색을 갖기까지 걸린 시간은 그토록 짧았다. 더는 누구도 리아의 외모를 최우선순위에 놓지 않았다. 그러기엔 그녀가 이룩한 것들이 너무 반짝였기에.

그렇다 하여 그 외모가 어디 가지는 않는 법. 음지에서는 그녀의 외모를 찬양하며 검의 여신이라 칭송하기도 했으나 본인은 전혀 알지 못하는 칭호이니 뒤로 미뤄두자.

그 모든 고난과 좌절을 이겨내고 올해 스물둘이 된 리아는 후궁전을 가로지르고 있었다. 제국의 후궁들이 거하는 곳임에도 불구하고 지키는 이가 많지 않은 것이 언뜻 의아함을 자아내기에 충분했다. 그러나 라흘란 제국만의 특이점은 후궁전에도 있었다. 자세한 얘기는 나중에 나올 테지만, 후궁전을 신경 쓰는 이는 아무도 없다는 것만 언급해 두자.

후궁전에 대한 무관심은 절정에 치달아, 누구는 리아에게 황제의 꽃밭을 뭐 그리 착실히 관리하냐며 웃은 적도 있었다. 그자의 입을 찢어버리려다 제1기사단 단장에게 걸려 실패했던 전적을 가지고 있는 그녀는, 날카로운 시선으로 주변을 살폈다.

그런 리아의 시야에 들어온 것은 자객이나 고운 후궁의 손 한 번 잡아보고자 잠입한 미친놈이 아닌, 근무지를 이탈한 제 부하였다.

"단장님!"

"또 무슨 사고를 친 거냐."

리아는 저 멀리서부터 휘적이며 걸어오는 에이플을 보자마자 눈을 부릅떴다. 무슨 일이냐 묻는 것이 아니라 무슨 사고를 쳤냐는, 신뢰라고는 한 줌도 없어 보이는 말에 그는 대놓고 입을 비죽였다.

"거 단장님도 참. 너무하시는 것 아닙니까? 누가 들으면 저희가 항상 사고만 치는 줄 알겠습니다."

"……가슴에 손을 얹고 말해봐라."

양심이 있으면 그런 말은 못 할 것이라는 일갈에, 에이플은 하하하 웃으며 시선을 피했다. 깊게 파고 들어가면 입이 열 개라도 할 말은 없었다. 요즘에도 열에 여덟은 자신들을 붉은늑대기사단이라는 멀쩡한 이름 대신 '또라이 기사단'이라 불렀으니 말이다. 이제 와 제2기사단의 별칭이 붉은늑대라는 것을 아는 이가 남아 있긴 할까 싶을 정도였다.

그러나 그들을 무조건 힐난할 수만도 없었다. 최고의 인재만 긁어모은 황실기사단에 대한 평가가 그토록 추락하게 된 것엔 그만한 이유가 있었으니 말이다.

제2기사단의 주된 임무는 후궁들의 호위였다. 말이 후궁이지, 그녀들은 일종의 포로나 다름없었다. 그래서일까. 제2기사단은 숫자도 황실기사단 중에서 가장 적었고 지원도 그리 좋지 못했다.

상황이 이렇다 보니 뒷배를 갖고 있는 기사들은 제2기사단으로 배정받는 것을 꺼려 했다. 꺼리다뿐이랴. 있던 기사들마저 어떻게든 나가고 싶어 안달했다. 덕분에 제2기사단을 채우고 있는 기사들은 하나같이 문제가 있는 이들 뿐이었다.

사고를 쳤거나, 다른 기사단에서 적응하지 못하고 쫓겨난 이들. 수많은 기사들 사이에 한 명씩 있을 땐 별로 티가 나지 않던 것이 한데 모아놓으니 뒷목 잡게 된, 그런 웃기지 않는 상황이 벌어진 셈이었다. 그것도 삼 년 전의 얘기지만 말이다.

리아의 시선에 에이플은 허허 웃으며 변명했다.

"그래도 요새는 얌전히 잘 다니잖습니까. 보십쇼. 술집에서 난동부리지도 않고, 근무시간에 땡땡이도 안 치고……."

에이플의 말처럼 삼 년 전부터 제2기사단을 망나니처럼 보던 시선이 바뀌기 시작했다. 좀 더 정확히 말하자면 리아가 기사단을 맡은 직후부터 빠른 속도로 개선되기 시작했다. 항상 흐트러져 있던 복장이 단정해졌고 엉망이던 실력도 차차 나아져 혹자는 이를 놓고 기적이라 칭할 정도였다. 물론 그 칭송은 위에서 위로 올라가 황제에게 가 닿았지만 말이다.

한 것이라고는 그녀를 단장 자리에 앉힌 것뿐인 황제는 잠시 당황했다. 그러나 곧 무척이나 근엄한 표정으로 이 모든 것을 리아의 덕으로 돌렸다. 그렇게 되기까지 결코 쉬운 일은 아니었다. 눈물 없인 들을 수 없는 얘기가 그 사이에 가득했지만 과정이 얼마나 치열했는가 역시 그리 중요치 않으니 넘어가도록 하자.

리아는 뻔뻔하게 말하는 녀석의 모습에 한숨을 삼켰다. 당연한 것을 자랑삼아 떠드는 에이플을 어린아이 보듯 바라보면서.

"그래서, 이번엔 또 무슨 일이냐."

"아니, 뭐…… 그렇게 큰일은 아닙니다. 푸른매 녀석들이 막내에게 모욕적인 말을 했거든요. 아, 막내가 모욕을 당했는데 선배들이 가만히 있을 순 없잖습니까?"

"……그래서."

"그래서 다들 그놈들을 혼쭐내는 중입니다. 일단 알려는 드려야 할 것 같아서요."

또? 리아는 반사적으로 튀어나가려던 말을 꾹 누른 채 눈살을 찌푸렸다. 대신 그녀는 한숨처럼 중얼거렸다.

"그 새끼들은 대체 왜 매번 우릴 못 건드려 안달인 건지."

"저도 그걸 모르겠습니다. 무슨 억하심정이라도 있는 게 아닐까요?"

"먼저 시비 걸진 않았겠지?"

"아, 단장님도! 저희가 시비를 걸어봤자 얼마나 건다고 그러십니까? 물론 그런 적도 있지만, 그래도 이번에는 진짜 아닙니다! 억울합니다!"

다른 건 몰라도 제 입으로 그런 적도 있다고 성토한 녀석이 할 말은 아니라는 것만큼은 알겠다. 리아는 전혀 믿음직스럽지 않다는 표정으로 고개를 끄덕여 줬다. 그러자 정말 억울한지 에이플은 울상을 지었다. 그리곤 세상이 안 믿어줘도 단장은 믿어줘야 하는 것 아니냐며 제 가슴을 쳤다. 조금만 더 내버려 뒀다간 펑펑 울기 시작할 것 같은 모양새에, 리아는 내키진 않았으나 일단 물었다.

"……그래서 얼마나 처맞고 있는 거냐."

"어…… 그러니까, 얼른 안 가시면 큰일 날 정도로?"

싸움판은 벌어졌다. 거기까지야, 하루 이틀 일도 아니었으니 혈기 넘치는 기사들이 대련을 한다며 적당히 넘기면 그만이었다. 그러나 이쪽이 두들겨 맞고 있다면 얘기는 달라진다. 어디 가서 맞고 다니지 말라 그리 말했건만.

"하……."

"앞장설까요?"

에이플은 빨리 가셔서 좀 말려달라며 실실 웃었다. 그 모습에 리아의 얼굴이 엉망으로 구겨졌다. 그러나 가지 않을 도리도 없었다. 다른 기사단과 마주칠 만한 장소라면 뻔할 뻔자. 그녀는 앞장서라는 말 대신 곧장 공용 연무장으로 향하며 이를 갈았다.

맞고 있다는 말에 분을 냈지만 상대가 제1기사단이라면 당연한 얘기였다. 그들과 비교했을 때 제 부하들의 실력이 한참 부족하다는 건 그녀가 가장 잘 알고 있었다. 어쩔 수 없는 얘기다. 제1기사단은 황족을 수호하고 호위하는 것이 주된 업무이니만큼 제국에서 가장 뛰어난 이들로 구성되어 있으니 말이다.

가문이면 가문, 실력이면 실력. 그것만으로도 모자라 입단 시험에 필기까지 추가되어 있는 제1기사단은 그야말로 선망받는 곳이라 해도 과언이 아니었다.

시비가 붙으면 빙 돌아 도망치라고 입이 아프도록 말한 이유이기도 했다. 붙어봤자 질 것이 뻔한 싸움을 왜 한단 말인가? 제 말은 한 귀로 듣고 한 귀로 흘리는지 그다지 효과는 없었지만 말이다. 땅을 박차는 그녀의 발에 점차 힘이 들어갔다.

'당해내지도 못하는 걸 왜 덤비고 보느냐고! 그놈들은 왜 애들을 잡질 못해 안달이고!'

푸른매기사단이 시비를 거는 것도 이상한 일이었다. 서로 데면데면하다 못해 무시하며 살던 관계가 갑자기 이상하게 꼬인 것은 근래 들어서의 일이었다. 그 이유를 알 수 없으니 해결조차 할 수 없다는 게 문제라면 문제였지만 말이다.

리아는 한숨을 뱉으며 선언했다.

"이번 일 끝나면 연무장 이백 바퀴다."

"저도 말입니까?"

"당연한 걸 뭘 물어."

"예에? 아니, 단장! 전 아무 짓도 안 했는데요? 전 빼주셔야죠! 상황을 정리하려고 이리 죽어라 걸어오지 않았습니까!"

상을 줘야지 어떻게 벌을 주냐며 항변하는 그를, 리아가 서늘하게 바라봤다. 날 선 시선에 에이플은 방금 전까지 껄렁거리던 것이 거짓인 양 군기가 바짝 들어가 허리를 곧게 폈다. 그 위로 리아의 차디찬 물음이 던져졌다.

"싸움 나는 거 봤냐, 못 봤냐."

"……봤죠?"

"말리려는 시도는?"

"에이. 단장도 참. 부단장 눈 돌아가면 미친놈처럼 날뛰는 거 아시잖습니까. 그걸 제가 어떻게 말립니까. 그 인간은 곰이라니까요, 곰."

결국 눈으로 뻔히 보고도 아무런 대응도 하지 않았다는 소리다. 그럼에도 에이플은 당당하기 그지없었다. 어찌나 당당해 보이는지 지적하기도 뭐할 정도였다. 리아는 이마를 손으로 짚은 채 물었다.

"그 제복을 입고 있는 한 넌 뭐냐."

"기사입니다!"

"동료가 위험에 처하면 도망치는 게 기사의 도리인가?"

"아니, 단장…… 인간적으로 그렇게 위험한 상태는 아니지 말입니다."

기껏해야 두들겨 맞기밖에 더하겠는가. 그러나 에이플은 리아의 날 선 시선에 재빨리 말을 바꿨다.

"저는! 동료를 버린 쓰레기입니다!"

"연무장 삼백 바퀴. 몇 바퀴라고?"

그사이에 백 바퀴가 늘었다. 에이플의 얼굴이 파리하니 창백해졌다. 훈련받은 기사라 할지라도 그 정도면 질색하는 법이다. 그러나 도망칠 만한 구멍은 없었다. 결국 그는 두 눈을 질끈 감고 외쳤다.

"삼백 바퀴!"

죽을상을 한 채 목청 높여 대답하는 부하의 모습에 그제야 리아의 눈에서 힘이 풀렸다.

그러나 그것도 잠시. 빠른 경보로 공동 연무장에 도착한 그녀는 생각했다. 삼백 바퀴로도 제 부하들은 절대 기죽지 않을 것 같다고.

"거, 오늘 한번 끝장을 봐보자!"

연무장에 명랑한 목소리가 쩌렁쩌렁 울려 퍼졌다. 아무리 봐도 두들겨 맞고 있는 놈이라기엔 너무 흥겨운 모습이었다. 그 명랑한 목소리의 주인을 아주 잘 알고 있는 리아의 미소가 한층 짙어졌다. 한 놈만 그러면 저놈이 미친놈이다 싶었을 것이다. 그렇다면 다들 신이 나서 주먹을 허공에 치켜드는 건 어떻게 설명해야 한단 말인가.

그녀는 '우어어어!' 외치며 부단장의 뒤를 따르는 제 부하들을 바라봤다.

'부단장이라는 놈이 말릴 생각은 않고 같이 주먹질이나 하고 앉아 있다, 이 말이지 지금. 저놈들은 저걸 또 좋다고 따라가고.'

고작 연무장을 도는 것만으로는 심히 부족해 보였다. 근육통으로 며칠은 골골대 봐야 주먹질할 생각이 쏙 들어가지 않겠는가.

"저…… 단장?"

"왜."

"화 많이 나셨습니까?"

대답 대신 자신을 응시하는 시선에 에이플은 조용히 입을 닫았다. 때로는 백 마디 말보다 침묵이 더 나은 법이다.

"역시 부단장이 미친 것 같죠? 아하하하하. 저 인간이 언젠가 미칠 줄 알았다니까요."

에이플은 머뭇거리지 않고 부단장을 욕하며 웃었다. 제가 보더라도 오늘은 좀 심했다. 그 정도로 연무장은 엉망이었다. 구비되어 있던 목검들은 죄 부러져 있었고, 작은 묘목들은 짓밟혀 제 모습을 찾아보기가 어려울 지경이었다.

제2기사단을 상징하는 붉은 휘장과 제1기사단을 상징하는 푸른 휘장이 엉망으로 뒤엉켜 있어 어느 놈이 때리고 어느 놈이 맞는지조차 명확하지 않았으니 더 말할 것도 없으리라.

"입 다물어라."

"넵."

에이플이 입을 다물자 리아는 주위를 훑었다. 그나마 다행인 점은 검을 뽑아든 녀석은 없다는 것 정도였다. 칼부림이라도 났다면 그야말로 일이 커진다. 코피 터진 놈들은 좀 보였으나 그 이상으로 다친 녀석은 없어 보였다.

한 번 더 확인한 뒤에야 리아는 안도의 한숨을 뱉어냈다. 일단은 안심이었다. 땅이 바싹 말라 있어 모래먼지가 풀썩인 탓에 요란스러워 보였을 뿐, 실상 그렇게까지 큰 싸움은 아니라는 걸 확인하고 나니 화가 좀 사그라지는 것도 같았다.

'기사란 것들이 뒷골목 왈패들처럼 주먹다짐을 하고 있는 걸 다행이라 생각해야 할진 모르겠지만.'

혼잣말로 중얼거린 리아는 착잡한 표정으로 눈앞의 광경을 눈에 담았다.

총 다섯 개의 기사단이 다 같이 사용할 수 있을 만큼 거대한 연무장. 그곳에서 스물이 넘는 기사들이 서로 엉긴 채 적, 아군할 것 없이 주먹을 휘두르고 있었다. 흰색이 기본 바탕인 제복은 흙먼지를 뒤집어쓴 지 오래였고, 멀끔한 얼굴들에는 하나같이 주먹질로 생긴 상처가 매달려 있었다. 황실에서 적극적으로 홍보하는 '고고한 기사'의 이미지는 눈을 씻고 찾아봐도 없었다. 고고는 개뿔. 기사를 꿈꾸는 아이들이 봤다간 울음이라도 터뜨릴 것이 분명했다.

'아주 푹 빠져 있구만.'

심지어 그 많은 기사들 중에서 리아의 등장을 눈치챈 이 하나 없었다. 리아는 제 쪽으로는 시선도 주지 않는 이들의 눈을 찬찬히 살폈다. 주먹다짐을 하고 있다곤 하나, 열정으로 반짝이는 것이 무척 즐거워 보였다. 저쪽이 덤벼드니 어쩔 수 없이 싸우는 게 아니라 쌍방으로 즐긴다는 티가 역력했다.

하필이면 그 타이밍에 붉은늑대기사단의 부단장, 프루트가 불끈 움켜쥔 주먹을 하늘 높이 치켜들며 외쳤다.

"우하하하! 이번에야말로 자아알난 푸른매 한번 잡아보자!"

"우어어어!"

기사보단 오크에 걸맞을 고함 소리에 리아가 저 멀리 가출했던 정신을 붙잡아왔다. 그녀는 제 옆에서 마치 저 홀로 고고한 척 쯧쯧 혀를 차고 있는 에이플을 향해 고개를 돌렸다.

"그래서. 이번엔 무슨 이유냐."

말릴 때 말리더라도 시시비비를 가려야 하는 법이다. 부하들이 미쳐 날뛴다고 저까지 미쳐 날뛸 수는 없는 법. 리아는 들끓는 화를 가라앉히기 위해 심호흡했다.

물론 그런 그녀를 옆에서 지켜보는 에이플의 생각은 매우 달랐지만 말이다. 그는 금방이라도 폭발할 것 같은 리아를 힐끔거리며 속으로 중얼거렸다.

'에구구구…… 오늘 누구 하나 죽어나겠구만.'

물론 날 선 시선이 제게 닿자 언제 그런 생각을 했냐는 듯 재빨리 대답했지만 말이다.

"푸, 푸른매가!"

"푸른매?"

"아니, 그게, 푸른매기사단의 부단장인 다이컨이 먼저 시비를 걸었습니다아! 저희 막내 보고 그 비실비실한 몸으로 기사 할 거면 때려치우고 시집이나 가라 했습니다!"

그 말에 리아는 키는 180이 훌쩍 넘고, 체중도 90kg에 육박하는 막내를 잠시 바라봤다. 코피가 터진 채로도 웃으며 주먹을 휘두르고 있는 베리얼을 보고 비실비실하다 표현하다니, 푸른매 놈들이 미친 게 분명하다 생각하면서.

"그래? 그렇단 말이지."

리아의 미소가 짙어졌다. 이유야 어찌 됐건 문제는 저쪽에 있다는 걸 확인하자 기분이 좀 나아졌다. 시시비비를 따질 때 가장 중요한 것은 선빵인 법. 누가 먼저 시작했는가. 바꿔 말하자면, 이 모든 싸움의 시작점이 저쪽에 있는 한 책임을 물리기가 쉬웠다.

'그래도 먼저 때리지 말란 말 하나는 잘 들었군.'

연무장 삼백 바퀴가 이백 바퀴로 줄어드는 기적적인 순간이었다.

리아는 손을 쭉 뻗어 우드득 소리가 나도록 목을 좌우로 꺾어 준 뒤 깊게 숨을 들이마셨다. 옆에서 리아의 눈치를 보던 에이플은 눈치 빠르게 제 귀를 틀어막았다. 적절한 선택이었다. 살짝 뒤로 젖혀졌던 상체가 앞으로 기우는 순간, 리아의 목소리가 벼락 치듯 연무장을 가득 채웠으니 말이다.

"일도옹— 정지!!!"

귀청이 떨어질 것 같은 고함이 연무장을 쩌렁쩌렁 울렸다. 제각기 뒤엉켜 있던 기사들의 주먹이 약속이라도 한 듯 허공에서 우뚝 멈췄다. 개중 붉은 휘장을 단 기사들의 고개는 하나같이 경직된 채 목소리가 들린 방향으로 돌아갔다. 덩치가 산만 한 사내들이 한 몸인 양 움직였다. 끼긱, 끼긱 소리가 어디선가 들려오는 듯했다. 정복을 먼지투성이로 만들어놓은 그들은, 리아와 시선이 마주치자 약속이라도 한 듯 같은 생각을 했다.

'좆됐다.'

해가 높이 뜬 오후. 죽을상을 한 기사들과 형형한 눈빛을 빛내는 기사단장의 여유로운 한때였다.

효율이 가장 중요하다지만, 역시 보이는 걸 무시할 수는 없다. 평화로운 시대에선 기사들에게 외적인 것들을 요구하는 법이다. 기사단 정복이 활동성에 있어 최악의 평가를 받는 이유였다.

'대체 이걸 만든 인간은 무슨 생각이었던 걸까.'

매번 하는 생각이지만, 이번에도 그녀는 불만을 짓씹었다. 태양 아래에서 겨우 두어 시간 서 있었을 뿐이다. 고작 그뿐인데, 옷은 땀으로 흠뻑 젖은 지 오래였다. 덕분에 집무실에 같은 옷을 두세 벌씩 구비하는 게 습관이 되어버렸다. 이번에도 리아는 한숨 쉬며 익숙하게 새 옷으로 갈아입은 뒤 본궁 쪽으로 걸음했다.

리아가 본궁에 들어서자마자 시녀들의 눈이 반짝였다. 삼삼오오 모여선 그녀들은 약속이라도 한 듯 하나같이 같은 말을 종알거리기 시작했다.

"어머, 저기 봐. 제2기사단 단장님이셔!"

"너무 멋지신 것 같아. 오늘은 또 무슨 일로 오신 걸까? 역시 그 일이겠지?"

여성 귀족이 성을 이어받고 작위를 계승하는 것이 드문 일이 아닌 만큼, 황실에서 일하는 여인 역시 그리 드물지 않았다.

그러나 그녀들은 대부분 펜을 쥐거나 서류뭉치를 품에 안은 채 황실 복도를 뛰어다니기 마련이었다. 그러니 허리에는 검을 차고 머리칼을 높게 올려 묶은 여귀족을, 그것도 후작 같은 고위 귀족을 만나는 것은 마른땅에 벼락이 치는 것만큼이나 어려운 일이었다.

리아가 사람이 바글거리는 본궁 안으로 들어설 때마다 시선이 집중되는 이유였다. 여인들은 감탄과 부러움, 그리고 애정의 시선을, 사내들은 경외감 혹은 못마땅한 시선을. 리아는 익숙해진 그 것들을 한 몸에 받으며 빠르게 본궁을 가로질렀다.

언제부터인진 명확히 알 수 없으나, 본궁에 올 때마다 리아의 목적지는 팔 할이 정해져 있다 해도 과언이 아니었다. 이번에도 그녀는 머뭇거림 없이 익숙한 곳으로 향했다.

제1기사단장 에드가 폰 페리엘의 집무실로. 위계로 따지자면 기사단 내에서도, 작위로서도 에드가가 더 위다.

쾅!

그럼에도 노크도 없이 벌컥 문을 열고 들어서는 폼은 당당하기 그지없었다. 그녀는 책상에 앉아 있는 에드가를 보자마자 안쪽으로 성큼성큼 걸어 들어갔다.

"경, 잠시 시간 좀 내주십시오."

대답은 없었다. 그러나 리아는 신경조차 쓰지 않았다. 한두 번 겪는 것도 아니었으니 이런 냉대에도 익숙해진 것이다.

"내줄 시간이 없더라도 내주셔야 할 겁니다."

그렇게 덧붙이는 리아의 두 눈이 형형했다. 방문 이유는 언제나와 같았다. 두 기사단의 무력 다툼.

오늘 벌어진 사건을 통틀어 푸른매가 붉은늑대에게 시비 건 전적이 총 마흔 하고도 여섯 번. 갑작스레 시작된 시비의 역사가 그렇게 길다. 덕분에 두 기사단의 신경전을 모르는 이가 없을 정도였다. 황태자인 카인마저 관전 중이니 더 말할 것도 없었다. 심지어 그가 어느 쪽이 이길지로 내기를 한다는 소문이 파다했다.

그리고 리아는, 황실기사들은 주먹질을 하고, 태자는 그걸 희희낙락 즐기며 돈을 거는 현실을 규탄하고자 하는 의지로 충만했다.

아랫놈이 못하면 윗놈이 책임을 져야 하는 법. 이 경우에는 푸른매 기사들이 문제를 일으켰으니 책임은 저 남자에게 있었다. 그녀가 이곳까지 걸음한 이유였고, 이렇게 당당할 수 있는 이유이기도 했다.

리아는 말을 이었다.

"이번에도, 영—광스러운 제1기사들이 기사단 규율을 위반했으니 말이죠."

같은 말을 오늘로 마흔여섯 번째 듣게 된 에드가는, 그제야 보고 있던 서류에서 천천히 눈을 뗐다. 들어 올리는 고개를 따라 결 좋은 흑발이 흘러내렸다. 리아는 책상에 양손을 짚은 채 그의 눈을 빤히 들여다보았다.

에드가 폰 페리엘.

제1기사단장이라는 직위와 페리엘 공작이라는 작위를 갖고 있는 남자. 그에 대한 얘기를 하려면 며칠 밤을 꼬박 새도 부족했다. 그러나 사교계에서 가장 유명한 얘기는 바로 이것이었다.

여자 보기를 돌같이 하는 페리엘 공작.

얼핏 들으면 우스갯소리 같았지만, 공작가에서는 이게 꽤 심각한 문제였다. 혼기가 꽉 찬 공작이건만, 이때껏 단 한 명의 여자도 만나지 않았으니 말이다. 전 페리엘 공작이 가문을 이으려면 둘째에게 작위를 넘겨줬어야 했다며 한탄했을 정도였다.

소문이 무색하지 않게, 에드가는 코앞에 다가와 있는 얼굴에도 평정심을 잃지 않았다. 그는 그저 미간을 좁히며 되물었을 뿐이다.

"그래서, 이번에는 어떤 위반사항을 고발하러 온 건가, 로렐리아 경?"

리아는 입술을 일자로 닫은 채 남자를 응시했다. 매번 그가 하는 말은 같았다. 말뿐이랴. 저를 바라보는 시선, 그리고 눈가와 입술이 만들어내는 표정, 서류를 쥐고 있는 손. 그를 이루고 있는 모든 조각조각 사이에 빠짐없이 녹아 있는 감정은 다름 아닌 귀찮음이었다. 이번에도, 여지없이.

귀찮아 죽겠다는 에드가의 표정에 리아의 눈썹이 위로 밀려올라갔다.

이 모든 일을 시작한 것이 제 부하들이었다면 그녀도 할 말이 없었을 것이다. 좋건 싫건 그들은 제 책임 하에 있으니 말이다. 그러나 푸른매가 먼저 시비를 건 것만 마흔 번이 넘었다. 덕분에 요즘엔 강철보다도 단단할 것 같던 그들의 명예에도 금이 가고 있을 정도였다.

그런데 정작 그 단장이란 자는 어떠한가? 부하 하나 제대로 간수하지 못하면서 저리 당당한 태도라니. 리아로서는 이가 득득 갈리는 상황이 아닐 수 없었다. 그녀는 책상 끝을 있는 힘껏 움켜쥐며 치솟는 화를 꾹 눌렀다. 마흔 번 넘게 참았으면 한 대쯤 때려도 폐하께서 너그럽게 넘어가 주시지 않을까?

'저 낯짝을 한 대 후려치면 소원이 없겠는데!'

언젠간 제 꿈을 이루겠노라 다짐하며 리아는 이를 악물며 충동을 참았다. 그녀는 에드가를 후려치는 대신 여기까지 오게 된 경위를 입에 담았다.

"몇 번이나 말한 것 같으나 여전히 경께서는 이 문제가 심각하다 생각지 않는 것 같으니 한 번 더 말하죠. 기사단 사이의 불필요한 소요는 양쪽의 이미지를 실추시킬 뿐만 아니라 더 나아가서는 황실 이미지에도 악영향을 미칩니다. 푸른매 기사들이 입을 꽉 다물고 아무런 말도 하지 않아 왜 그러는지 이유는 알 수 없습니다만, 말로 해서 안 들으면—"

타앙—!

리아는 양손으로 있는 힘껏 책상을 내려쳤다. 그 진동에 탑처럼 쌓여 있던 서류가 금방이라도 쓰러질 듯 휘청였다. 평소라면 놀라 서류부터 붙잡았을 테지만, 지금 그녀는 속된 말로 눈에 뵈는 게 없는 상태였다. 그녀의 두 눈이 열기로 일렁였다.

"두드려 패서라도 말을 듣게 하십시오. 이번이 마지막입니다, 경. 다음번에는 경위서를 쓰는 한이 있더라도 제 손으로 처벌하겠습니다. 알겠습니까?"

어떤 불이익을 받건 감수하겠다 말하는 목소리는 단호했다. 에드가는 분을 쏟아내는 리아를 응시하며 천천히 대꾸했다.

"타 기사단을, 그것도 기사단장이 사적으로 손대는 것이 엄격하게 금지되어 있다는 걸 모르진 않을 텐데."

원한 대답은 아니었지만 말이다. 리아의 입술이 비틀렸다.

"항상 푸른매 기사들이 이유랍시고 들먹이는 '훈련'이라 하죠. 얼마나 좋습니까, 훈련."

점점 표현이 거칠어지고 있었으나 에드가는 굳이 지적하지 않았다. 그는 리아가 뒷골목 시정잡배들이나 쓸법한 욕을 짓씹었더라도 놀라지 않았을 것이다. 푸른매 기사들이 요 몇 달간 저지른 짓을 생각하면 욕으로 끝나는 것도 감지덕지였다.

훈련이라는 글자에 특히 힘을 준 리아는 이내 생긋 눈을 접어 웃었다. 그녀는 더 이상의 변명은 용납하지 않겠다는 태도를 견고히 하며 휙 뒤돌았다.

"명심하셔야 할 겁니다, 경. 저도 더는 묵과하지 않을 테니까요. 마지막 경고입니다."

살벌한 표정으로 말한 리아는 들어올 때처럼 호기롭게 문을 닫고 나가 버렸다. 간다 만다는 말도 없었다.

쾅, 소리와 함께 문이 닫혔다. 기다렸다는 듯 집무실 한쪽 벽이 드르륵 소리를 내며 옆으로 움직였다. 그 안에서 나온 이들은 놀랍게도 방금 전까지 리아의 진두지휘 아래 열심히 **뺑이** 돌던 푸른매 기사들이었다.

한 놈은 온몸이 쑤신다며 앓는 소리를 뱉고 있었고, 한 놈은 나 죽겠다며 반쯤 드러누운 채였다. 그러나 방금 전까지 집무실이 떠나가라 우는 소리를 하던 기사들은 언제 그랬냐는 듯 다들 입을 꾹 다물고 있었다.

마지막 경고라고?

더는 묵과하지 않겠다고?

그렇다면 자신들이 방금 전까지 당한 건 뭐란 말인가! 그들은 리아의 태도에 어안이 벙벙해져서, 아픈 것도 잊은 채 멍하니 눈을 끔뻑였다.

그보다 더 기가 막힌 일은 바로 저, 여전히 서류를 붙든 채 얼어 있는 그들의 단장이었다.

그렇게 얼마나 지났을까. 부단장인 다이컨이 긴 한숨과 함께 입을 열었다.

"단장…… 이쯤 했으면 최소한 밥은 먹었는지 정도는 물어봐 주면 안 됩니까? 만날 구실을 만들어 드림 뭐 합니까. 밥 먹었냐고 물어보기는커녕 차 한잔하고 가라는 말도 못 하는데."

다이컨의 투덜거림에 그제야 굳은 듯 얼어붙어 있던 에드가가 긴 한숨을 뱉어냈다. 그는 양손에 얼굴을 파묻은 채 다 죽어가는 목소리로 대꾸했다.

"……그러니까, 하지 말라고 그렇게 말했잖나."

점점 더 쌓여가는 미운털을 어떡할 거냐며 화를 내는 단장을 앞에 둔 채 기사들은 한 마음 한뜻으로 중얼거렸다.

'아니…… 놔두면 단장은 검은 머리 파뿌리 될 때까지 손 한 번 못 잡아볼 것 같으니까 그러죠.'

상사의 연애전선을 위해 온몸을 불사르는, 참으로 충성스러운 부하들이 아닐 수 없었다.

안타깝게도 당사자는 그리 원치 않는 희생이었지만 말이다.

에드가는 이젠 제발 그만 좀 하라며 한숨지었지만, 그의 말을 귀담아 듣는 이는 없었다. 용맹스러운 제국의 기사들은 낙심하기는커녕 다음 계획을 생각하고 있었으니 에드가의 입장에서는 복장 터지는 일이었다.

그러나 제삼자의 눈으로 보자면 기사들의 심정을 이해 못할 것도 아니었다. 혼자 해 더욱 외로운 에드가의 짝사랑이 벌써 몇 년째 이어지고 있었으니 말이다.

눈물 없인 들을 수 없는 사랑 얘기를 듣기 위해서는 무려 삼년을 거슬러 올라가야 한다. 삼 년 전, 에드가는 처음 로렐리아

원수를 **사랑**하게 된 **이유**에 대하여

폰 드벨을 '인지'했다. 물론 그전에도 만난 적은 있었을 것이다. 각종 연회니 뭐니 한 달에도 몇 번씩이나 있는 사교활동들을 헤아려 봤을 때 안면을 틀 기회는 충분히 있었으니 말이다.

그러나 삼 년 전 벚꽃이 휘날리던 봄, 에드가는 그녀를 수많은 귀족 중 한 명이 아니라 독립된 한 인간으로 인지했다. 처음으로 그의 세상에 한 여자가 가득 들어차는 순간이었다.

그렇게 그는 사랑에 빠졌다.

첫눈에 반한다는 것은 어디 싸구려 연극에서나 나올 법한 진부한 말이라 생각했다. 그 연극의 주인공이 제가 될 줄은, 정말이지 꿈에도 몰랐다. 그러나 언제나 현실은 더 극적이라, 에드가는 그날 벼락처럼 깨달았다. 흘려 넘겼던 대사가 아무 근거도 없이 만들어진 게 아니라는 걸. 그는 그렇게 그 싸구려 대사처럼 첫눈에 반해 버리고 말았다. 다름 아닌 로렐리아에게. 그리고 삼 년 동안 그 마음은 점차 깊어지고 깊어져 오늘날에 이르렀다.

좀 더 정확히 말하자면, 깊어지기'만' 했다.

짝사랑은 진전은커녕 해가 갈수록 후퇴만 해 리아에게 박힌 미운털이 셀 수 없이 많았다. 그 사이에 혼자 삽질도 참 많이 했더랬다. 사람이 갑자기 변하니 눈에 띄지 않는 게 더 이상한 일이다. 에드가의 짝사랑을 눈치챈 부하들이 뒷목을 한번 잡은 다음, 팔을 걷어붙이고 나선 이유였다.

에드가는 멍하니 닫힌 문을 바라봤다. 그런 그의 모습에 기사들은 재빠르게 시선을 주고받았다. 수습기사 때부터 지금에 이르기까지 몇 년을 같이 했던가. 눈짓만으로도 서로의 마음을 알 수 있는 경지에 이른 그들이다.

'단장이 왜 저러는 것 같습니까?'

'사랑이란 게 원래 그런 거야.'

'……연애 한 번 못해봤으면서 뭘 그리 잘 안다고 자신 있게 말합니까?'

투닥이는 이들의 시선이 열기를 담았다. 보이지 않는 싸움을 끝낸 것은 한 기사가 의견을 냈다.

'부단장이 단장 좀 위로해 주십쇼. 얼마나 속이 상하겠습니까.'

'아, 역시 이런 건 부단장이 나서야죠.'

'그럼, 그럼.'

그렇게 의견일치를 끝낸 기사들은 한 마음 한뜻으로 다이컨을 바라봤다.

그 열렬한 눈빛 공격에 결국 다이컨이 앞으로 나섰다. 그러나 기사들이 미처 깨닫지 못한 실수가 있었으니. 평생 남 눈치 볼 일 없는 사람이 시선만으로 의사소통이 가능하리라 믿었다는 것이다.

"거, 단장. 그런데 있잖습니까. 대체 드벨 후작의 어디를 좋아하시는 겁니까?"

위로하라며 보냈더니 대뜸 제가 궁금한 것을 묻는 목소리가 우렁차다. 기사들이 속으로 절규했다.

'갑자기 저건 왜 묻는 겁니까!'

'저 인간 속을 내가 어떻게 아냐!'

기사들이 투닥거리건 말건, 다이컨은 당당하게 덧붙였다.

"솔직히 후작께서 예쁘시긴 합니다만, 그 외엔 뭐가 좋은지 전혀 모르겠어서 말입니다."

세상은 넓고 예쁜 여자는 많지 않느냐는 발언에, 안 그래도 얼굴이 울긋불긋해진 기사들은 속까지 뒤집어져 뒷목을 잡았다.

'왜 갑자기 얼굴 가지고 저럽니까, 저 인간은!'

'아, 모른다고!'

자칫 잘못했다간 분노한 단장의 손에 생을 마감할 수도 있는 위급한 상황이 아닐 수 없었다. 기사들은 하나같이 욱신거리는 곳을 움켜쥔 채 슬금슬금 자리에서 일어났다. 여차하면 다이컨을 제물 삼아 도망치겠다 생각하며. 그러나 천만다행히도 에드가는 다이컨의 질문을 꽤나 진지하게 받아들였다.

검을 쥐어 단단한 손이 턱을 쓸었다. 살짝 찡그려진 눈썹과 쉽게 답하지 못하는 모습이 고민의 깊이를 보여주었다. 고뇌하는 사내는 꽤나 멋져 보였지만, 그 고뇌의 이유가 참으로 소소하다는 것이 문제라면 문제였다. 에드가는 세상 진지한 표정으로 생각했다.

전부 좋은데, 그중 하나를 어떻게 고르느냐고.

부하들이 들었다면 깊은 한숨을 뱉었을 생각을 하며 에드가는 천천히 말을 골랐다. 세상에 존재하는 수많은 단어들 중에서 사랑하는 여자를 표현할 말을 고르는 남자는 무척이나 신중했다. 가장 아름답고, 그녀에게 어울리면서도 고귀한 단어를 고르고 싶어 남자의 입술이 몇 번이나 달싹여졌다.

그러나 아무리 꾸며도 부족해서, 결국 그가 뱉어낸 말은 흔하디흔한 것이었다.

"그녀는, 멋있지."

"……예쁜 게 아니라, 멋있다고 하신 겁니까?"

"예뻐? 단순히 예쁘다는 이유 하나만으로 좋아한단 말인가. 경, 경은 여인을 볼 때 겉으로 드러난 것만 보나."

목소리에 한심해하는 티가 역력했다. 순식간에 얼굴만 보는 남자가 되어버린 다이컨이 억울해했다.

"그 뜻이 아니라, 단장, 제 말은 그러니까……!"

"경. 그런 생각은 무척이나 편협하니 바꾸는 걸 추천하지."

사람을 사귈 땐 속내를 보라는 진지한 충고에, 다이컨은 얼굴이 시뻘게진 채 중얼거렸다.

"……지금껏 여자 손 한 번 못 잡아본 단장께 그런 오해를 받고 싶진 않습니다……."

그 뒤로도 적극적인 해명을 통해 겨우 오해를 푼 다이컨은 재빨리 말을 돌렸다.

"그래서, 단장, 어느 부분이 그리도 멋있었습니까."

연달아 던져진 질문에, 에드가는 이번엔 그리 오래 고민하지 않았다.

매일 밤, 매일 낮, 시간이 날 때마다 되새기는 그날. 지금도 눈을 감으면 바로 손에 잡힐 만큼 생생했으니 고민할 필요가 없었다.

"삼 년 전이었지."

인간은 시각적인 것에 크게 좌지우지되는 존재다. 제아무리 날고 기는 기사라 할지라도 떼로 몰려오는 몬스터를 보면 순간적으로 몸이 경직되는 이유였다.

에드가 역시 평범한 인간이었다. 그러니 첫눈에 반했다는 낭만적인 이야기도 어찌 보면 그러한 평범함 때문에 일어난 해프닝이었다. 이렇듯 운명적인 짝사랑은 꽤나 뻔한 얘기로 시작된다.

마법사인 남동생을 대신해 드벨 후작 가문을 이어받은 로렐리아.

삼 년 전, 황제는 기사의 길을 택한 리아의 처우를 놓고 고뇌했다. 종기사는 물론이거니와 평기사도 아닌 그녀를 곧장 부단장이나 단장으로 밀어 넣자니 일어날 반발이 눈에 훤히 보인 탓이었다. 그렇다 하여 정식 임명장까지 내린 후작을 평기사로 삼을 수도 없는 노릇이었다.

고뇌하던 그는 결국 리아에게 제2기사단을 맡겼다. 제2기사단에 대한 평이 바닥을 찍다 못해 나뒹굴던 때였다. 그러니 단장이라는 직책을 맡겨도 별다른 말이 나오지 않을 것이라는 계산을 한 것이리라. 로렐리아가 버티면 황제가 인재를 적재적소에 배치한 것이 될 테고 버티지 못하면 역시 여자, 라는 말이 나오기 딱좋은 자리.

어느 쪽이건 황제로서는 손해 볼 것이 없었다. 그는 만족스레 인장을 찍었고, 그녀는 그렇게 붉은늑대기사단의 단장으로 부임했다.

에드가가 본 것이 바로 그 기사단과 로렐리아가 첫 대면하는 순간이었다. 우락부락한 여덟 명의 사내들 사이에서 정복을 입은 채 서 있는 여자의 모습은 자연스레 사람들의 시선을 잡아끌었더랬다.

에드가는 그때 보았던, 높게 올려 묶은 금발과 흔들림 없던 녹안을 떠올리며 천천히 웃었다. 물에 물감을 풀어낸 듯한 미소였다.

"그 곧은 시선이, 한 치의 망설임 없이 발검拔劍하는 모습이 그토록 빛나 보이던 것은 그때가 처음이었다."

예……?

기사들은 그렇게 묻고 싶은 걸 가까스로 입안으로 삼켰다.

이유를 들었는데 전혀 이해가 가지 않는, 참으로 기이한 상황에 기사들은 전부 침묵했다. 바삐 주고받는 시선들에 혹여나 저들의 단장이 미친 건 아닌가 하는 짙은 걱정이 묻어 있었지만, 역시 그리 중요하지 않으니 넘어가도록 하자.

리아는 하나뿐인 혈육을 배웅하기 위해 일찍 퇴근했다. 이른 시간이었건만 저택은 분주하기 그지없다. 시녀들은 혹시나 빠진 짐이 없나 이리 뛰고 저리 뛰고 있었고, 집사는 책들을 처음부터 다시 확인하고 있었다.

덕분에 벨포스는 꽤 오랜만에 제 누이를 독점할 수 있었다.

"오늘 마흔일곱 번째 결투가 있었다면서?"

벨포스는 얇은 외투를 벗다 그대로 굳어버린 리아의 모습에 숨죽여 웃었다. 그는 황실마법사는 아니었으나, 여기저기 불려 다니는 일이 잦은 탓에 소문에 꽤 밝은 편이었다. 그 사실을 리아도 잘 알고 있었기에, 그녀는 심각한 표정으로 되물었다.

"얼마나 퍼진 거야?"

"소문이?"

"그래."

"너무 걱정하지 마, 누님. 그렇게 퍼진 것 같지는 않더라고."

벨포스의 장담에도 리아는 그다지 믿는 기색이 아니었다. 그는 정말이라며 덧붙였다.

"나야 누님 동생이니 이런저런 일이 있으면 얘기해 주는 거고. 사실 사람들도 이젠 좀 심드렁해 보이던걸. 매번 싸우기만 하니 다들 슬슬 질린 게 아닐까?"

제발 그래줬으면 좋겠다만. 그러나 그런 기적 같은 일은 일어나지 않을 것이다. 리아는 한숨을 삼켰다. 어쩐지 지쳐 보이는 모습에, 벨포스의 얼굴에서 웃음기가 걷혔다. 그는 사뭇 진지한 태도로 다시 물었다.

"그렇게 심각해? 떠나기 전에 내가 형님을 한번 만나볼까? 무슨 문제인지는 모르겠지만, 그런 식으로는 아무것도 해결되지 않을 테니 그만두라고 설득해 볼게."

에드가와 사적인 친분이 있기에 할 수 있는 말이었다. 리아와 에드가는 개인적인 친분이 전무했다. 그러나 두 가문의 전대는 무척 사이가 좋기로 유명했었다. 벨은 그때 에드가와의 친분을 쌓았다.

리아의 모친이 공작저에 살 때면 벨포스만 데려간 덕이었다. 반대로 여자아이들만 있는 가문에는 자신만 데려갔으므로, 리아는 그런 모친의 결정에 별다른 불만은 없었다.

짐작컨대 어머니는 남아와 여아가 같이 어우러져 노는 모습을 상상하지 못했던 것이리라.

리아는 곧장 식당으로 향하며 고개를 저었다.

"얘기라면 벌써 수십 번도 더 해봤지. 벽에 대고 말하는 것과 다를 게 없으니 굳이 네가 갈 필요도 없어."

그런 리아의 뒤를 쫓으며 벨포스는 슬쩍 에드가의 편을 들었다.

"형님이 나쁜 의도로 그러는 건 아닐⋯⋯."

"아아. 나쁜 의도는 아니겠지. 벨, 그자는 그저, 내가 마음에 들지 않는 거야. 재미로 이런 짓을 할 성정은 아니니 내가 지독히도 마음에 들지 않는 거지. 이런 식으로 불만을 토로하는 대신 뭐가 불만인지 말해주면 더 좋겠지만."

단호하게 자르는 말에, 벨포스는 마음을 굳혔다. 지금껏 거리를 둔 채 상황을 관망했던 건 괜히 싸움을 키우고 싶지 않아서였다. 하지만 내일이 되면 자신은 한동안 수도를 떠난다. 그러니 최소한 하나뿐인 혈육이 무언가 오해하고 있다면 조언 정도는 해줄 수 있지 않겠는가.

"예전부터 물어봐야 하나 말아야 하나 고민을 많이 했는데. 그렇게까지 심각한 거야? 대체 무슨 일이 있었기에?"

사적인 일인지라 단호히 선을 그으려던 리아는, 묘한 표정으로 고민했다. 제 하나뿐인 동생은 내일 수도를 떠난다. 먼 곳으로 가는 아이와의 마지막 밤을 냉랭하게 보내고 싶지는 않았다. 조금만이라면. 리아는 그렇게 생각하며 입을 열었다.

"작위 계승을 했던 그 해에, 내가 제2기사단 단장으로 임명됐던 건 기억하고 있지?"

"그럼. 그날을 어떻게 잊겠어."

얼마나 멋졌는데. 과장을 아끼지 않는 벨포스의 모습에 리아는 쿡쿡 웃으며 말을 이었다.

"그때 서류 작성에서 실수를 했던 적이 있었어. 다행히 폐하께 올리기 전 페리엘 공작이 발견해 줬지."

"잘된 거 아니야?"

"아아. 나도 그렇게 생각했었지. ……그가 그 뒤로 한동안 모든 서류를 사전에 검토받으라 말하기 전까지는."

이런. 벨포스는 몇 분 되지도 않아 오해를 풀어보겠다 나선 것을 후회했다. 역시 남 싸움에는 끼어드는 게 아니다. 벨포스의 얼굴에 당혹감이 스쳐 갔다. 혈육으로서의 정을 떼고 생각해도 에드가가 과했다. 리아를 돕고 싶었던 것이라면 언제든 도움을 청하라는 말만으로도 충분했을 것이다. 하지만 작위까지 받은 귀족

원수를 사랑하게 된 **이유**에 대하여

에게 사전 검토라니. 그래서야 마치 견습이나 보좌관을 대하는 것 같지 않은가. 그런 그의 태도가 안 그래도 바짝 긴장하고 있었을 그녀의 자존심을 제대로 긁었으리라.

벨포스는 슬쩍 리아의 눈치를 보며 조금이나마 분위기를 반전시키고자 노력했다.

"……제안이었을지도……."

"공작에, 기사단을 총괄하는 사람이?"

그렇게 어중간한 표현을 썼다고? 리아는 제 되물음에 어찌할 줄 몰라 하는 벨의 모습을 보고는 비식 웃었다.

"그 외에도 합동 훈련을 하자면서 내 부하들만 숨기 직전까지 굴리거나, 아무 이유도 없이 내 관할 구역인 후궁전을 어슬렁거리기도 했지."

리아는 에드가가 지난 삼 년간 벌인 일들을 손꼽았다.

"밑도 끝도 없이 대련을 청하질 않나, 그 대련에서 갑자기 오러를 사용하질 않나."

오, 세상에. 벨포스는 경악하며 되물었다.

"오러를?"

"그래. 심지어 주위에는 귀족들이 한가득이었는데 말이야."

제 말에 벨포스는 점점 어쩔 줄을 몰라 했다. 그런 그를 힐끗 살핀 리아는, 참지 못하고 웃음을 터뜨렸다.

"그렇게 죽을 상 하지 않아도 돼, 벨. 다 지난 일이니."

괜히 하는 소리가 아니라 진심이었다. 이미 지난 일이다. 그 시기에는 사방이 저를 마음에 들어 하지 않는 이들 투성이라, 에드가의 심술은 그리 특별난 것도 아니었다.

기사단 사이의 반목만 아니었어도 이렇게 지난 일을 입에 올리지 않았으리라. 적당히 거리를 둔 채 격식을 갖추고 대해줄 자신이, 제게는 있었다.

'내게 관심을 꺼준다면 말이지.'

지금 상황을 고려한다면 그 전제조건 자체가 불가능에 가까운 것 같기는 했지만 말이다.

식당 안에 들어선 리아는 주방장이 있는 힘껏 차려낸 식탁에 부드럽게 웃었다. 한동안 보지 못할 동생과 하는 마지막 만찬이었다. 그 마지막까지 에드가에 대한 얘기를 하고 싶지 않았기에, 리아는 손을 저어 대화의 끝을 알렸다.

"어찌 되었든 이 문제는 내가 알아서 할 테니 너는 걱정하지 말고 몸조심해. 알았지? 무슨 문제가 생기면 바로바로 연락하고."

걱정을 아끼지 않는 리아를 벨포스가 애정 가득한 눈으로 바라봤다. 예상치 못한 양친의 사망으로 한층 우애가 깊어진 남매다. 그는 스테이크를 썰며 대답했다.

"내가 이래 봬도 백년 만에 나오는 천재 소리를 듣는 마법사인 걸 잊은 건 아니지? 어디 가서 다치는 게 더 어려울 테니 걱정 마, 누님."

그 태평한 말에 리아는 눈살을 찌푸렸다. 세상이 천재라 띄워주기 바쁜 마법사도 집에서는 그저 귀여운 동생에 불과했다. 물론 그녀도 동생의 실력은 익히 알고 있었기에 그에 관해서는 할 말이 없었으나, 주의를 주는 목소리는 단호했다.

"벨, 그런 생각하다 다치는 거야. 마탑에서 수련하는 걸 말리진 않겠지만……"

"항상 조심하라고? 걱정 마. 조심할게."

그는 개구지게 말하며 눈을 찡긋했다. 그러나 리아의 눈에서 걱정이 사라지지 않자 나이프를 내려놓았다. 진지한 표정으로, 그는 다시금 다짐했다.

"진짜로."

맹세한다며 오른손을 제 가슴께에 올려 툭툭 치는 동생의 모습에 그제야 리아가 표정을 풀며 고개를 끄덕였다. 마법사만 아니었어도 가정을 꾸렸을 나이다. 그를 과보호하고 있다는 건 그녀가 가장 잘 알고 있다. 그러나 삼 년 전, 리아는 양친의 사고사를 겪으며 죽음이 나이나 실력과 상관없음을 뼈저리게 깨달았다. 그토록 강했던 아버지도, 발검조차 못한 채 그대로 어머니를 끌어안고 사망하셨으니 말이다.

즉사였다 말하던 목소리가 다시 귓가에 웅웅 울리는 것 같았다. 리아는 슬며시 시선을 내리며 터지려는 한숨을 꾹 삼켰다.

무거운 얼굴로 정찬엔 제대로 손도 대지 못하는 제 누이의 속내를 짐작한 벨은 품 안을 뒤졌다. 식사를 끝내고 건네줄 예정이었건만, 결국 이렇게 되었다 중얼거리면서.

그는 이내 핑크빛 포장지로 곱게 포장된 선물을 꺼내 누이 쪽으로 밀었다.

"이게 뭐니?"

어린 소녀들이나 좋아할 법한 포장지에 흠칫한 리아는, 이내 표정을 갈무리하며 물었다. 그러나 벨은 무어라 대답하는 대신 어서 풀어보라며 고갯짓할 뿐이었다.

그 무언의 독촉에 밀려 리아는 붉은 리본을 끌렀다. 리본을 당기자 단숨에 풀어지는 포장지 속에는 작고 고급스러운 보석함이 들어 있었다. 왼쪽 하단에 푸른 보석으로 만들어진 꽃이 화사하게 만개한 보석함은 한눈에도 값이 상당함을 알 수 있었다. 톡톡, 그 위를 두드리는 손끝이 경쾌했다.

"걱정 많은 누님을 위한 내 선물."

점점 더 이해할 수 없는 벨의 말에 리아의 고개가 옆으로 기울었다.

"보석함이?"

"이건 평범한 보석함이 아니야. 마탑이 수도에서 좀 멀어? 검문은 또 좀 많고? 편지가 오가려면 적어도 한 달은 걸리잖아?"

"그렇지."

벨의 마탑행을 리아가 탐탁찮아 하는 또 다른 이유였다.

마탑은 대륙의 정중앙에 위치해 있었다. 실력 좋은 마법사들이 대륙 한가운데에 모여 있다니. 제국이 보기에 썩 마음에 드는 위치 선정은 아니었다. 라흘란 제국은 수대에 걸쳐 끈질기게 이전을 제안했다. 그러나 마탑은 그 어느 쪽에도 치우치지 않겠던 초대 마탑주의 의지를 계승해야 한다는 이유를 들어 매번 거절해 왔다.

물리적인 거리가 그리 멀었으니 보내는 이의 마음이 편할 리가 없다. 겨우 잊고 있었던 얘기가 다시 화두에 오르자, 리아의 낯빛이 어두워졌다. 그때, 벨이 품 안에서 투박한 나무 상자를 꺼냈다.

그녀에게 준 보석함과는 달리, 그가 손에 쥐고 있는 나무 상자에는 아무런 장식도 되어 있지 않았다. 벨은 대충 나무를 깎아 만든 상자를 리아에게 보여주며 말했다.

"그 보석함에 편지를 넣으면 곧장 이 상자로 편지가 도착할 거야."

"……뭐?"

"마도구야. 이거면 하루도 아니고 고작 몇 초 안에 편지를 주고 받을 수 있어."

믿기 힘든 얘기에 리아의 눈이 크게 뜨였다.

"너 이걸, 설마……."

"내가 말했잖아. 누님 동생은 백년 만에 나온 천재라고. 내가 마음만 먹으면 이런 거 만드는 건 순식간이라니까."

어깨를 으쓱이는 벨포스는 마치 제 실력을 뽐내고 싶어 하는 아이 같았다. 정말이지, 못말린다. 리아는 그렇게 생각하면서도 입가에 번지는 웃음을 막진 못했다. 그 선연한 기쁨에, 벨포스도 따라 웃으며 물었다.

"어때? 마음에 들어?"

"그래. 네가 지금껏 만들어낸 것들 중에서 이게 제일 마음에 들어, 백년 만에 나온 천재 마법사 벨 씨."

우울하게 끝날 것이라 예상했던 마지막 만찬은 그렇게 남매의 웃음이 홀에 가득 찬 채로 마무리되었다. 드벨 후작가의 벨포스가 마탑으로 떠나기 전, 마지막 밤에 일어난 일이었다.

다음 날 아침, 리아는 평소보다 저택이 조용하다는 생각을 하며 잠에서 깨어났다. 잠에 취해 무거운 눈을 깜빡였다. 흐렸던 시야가 차차 또렷해졌다. 정신을 차리자 동생이 떠났다는 게 떠올라서, 그녀는 짧은 한숨을 뱉었다.

매일 아침마다 저를 깨웠던 폭발음이 아쉽냐 묻는다면 단호하게 고개를 저을 자신이 있었다. 그러나 폭발음이 들리고 난 뒤엔 항상 뒷머리를 긁적이며 사과하러 오는 벨을 더는 보지 못한다는 건 역시 아쉬운 일이었다.

그렇다 하여 이미 떠난 이를 한없이 그리워하고 있을 수도 없는 일이다. 오늘도 해야 할 일이 많았다. 그녀는 빠르게 아쉬움을 떨치고 자리에서 일어났다. 언제나와 같이 채비를 하고 간단한 식사를 마친 리아는 자신도 모르게 벨에게 다녀오겠다는 인사를 건네려다 버릇이 무섭다 중얼거리며 저택을 빠져나왔다.

오늘도 그녀는 말을 탄 채였다. 항상 같은 시각, 같은 길로 출근하는 리아는 백성들 사이에서도 인기 만점이었다. 티는 내지 않지만 골목 사이사이에 숨어 리아를 훔쳐보는 시선은 늘어나면 늘어났지 줄어든 적이 없었다. 어찌나 인기였으면 여자아이들에게 꿈을 물으면 열에 일곱은 여기사라 대답할 정도였다.

그렇게 평소와 다름없는 출근을 마친 그녀에게, 덩치 커다란 사내가 다가왔다.

"여, 단장. 오늘은 어깨에 평소보다 더 힘이 들어간 것 같습니다?"

"프루트."

붉은늑대기사단의 부단장을, 리아가 떨떠름하게 바라봤다. 그녀의 예상대로라면 지금 그는 멀쩡히 서 있는 대신 끙끙대고 있어야 했다. 그럴 생각으로 굴리지 않았던가. 그것도 빡세게.

그런데 개중 가장 굴렸던 그가 아무렇지도 않은 표정으로 서 있다. 굴린 사람 입장에서는 기가 막힐 노릇이었다. 사람이 튼튼한 것도 정도가 있는 법이다. 그러나 리아의 시선에도 프루트는 당당했다. 그는 오히려 그 정도에 죽는 소리를 뱉어내는 제 부하들을 한심하다 생각하는 남자였다.

그런 프루트의 어깨 뒤를 살핀 리아는 정시 출근에 성공한 녀석이 프루트뿐이라는 사실에 잠시 안도했다. 물론 그 안도는 짧고 자괴감은 길었지만 말이다.

'괴물 같은 놈이 한 명뿐이라는 걸 다행이라 생각해야 하다니.'

그런 생각을 하며, 그녀는 기사단실을 쭉 훑어봤다. 어제 청소까지 싹 해 깨끗해진 내부를 보니 기분이 나아지는 것도 같았다. 결국 튼튼하면 좋다는 결론을 내린 그녀에게, 프루트가 슬쩍 다가갔다.

"단장님."

"왜?"

"거, 있잖습니까."

"뭐가?"

그녀의 눈썹이 위로 밀려 올라갔다. 쓸데없이 질질 끌지 말라는 리아의 시선에, 그는 재빨리 본론을 꺼내들었다.

"아, 별건 아닙니다만. 무슨 생각인진 몰라도 푸른매 녀석들이 매번 저희에게 시비를 못 걸어 안달이잖습니까."

"그렇지."

"그래서 말입니다…… 이 기회에 아예 밟아버리는 건 어떻습니까?"

뭐?

일그러지는 그녀의 표정이 말하고자 하는 바는 명확했다. 그게 무슨 헛소리냐고. 그러나 상사의 구겨진 낯에도 프루트는 당당했다. 그는 어깨를 쭉 펴며 제 의견을 열렬히 피력했다.

"생각해 보십쇼. 매번 죽기 직전까지만 굴리니 이것들이 무서운 줄 모르고 기어오르는 것 아닙니까. 그러니까 이 기회에 아주 그냥 확 습삭……."

프루트는 목을 검지로 그으며 씩 웃었다. 뒷말은 다 알고 있지 않느냐는 표정으로. 그리고 리아는 그런 그의 자신감에 말문을 잃고 말았다. 아무리 같은 황실기사단이라 할지라도 붉은늑대와 푸른매의 실력 차이는 확연했다. 그걸 누구보다 잘 알고 있을 녀석이 진심인가 싶어 프루트의 낯빛을 살피던 리아는 확신할 수 있었다.

저놈은 진심이다.

실력도 실력이지만 더 큰 문제는 따로 있었다. 같은 주군을 모시는 처지에 슥삭이라니. 전쟁이라도 벌이자는 말인가. 심지어 말도 안 되는 소리를 한 제 부하는 뿌듯해 보이기까지 했다. 암담해하는 리아를 오해한 프루트는 눈을 반짝이며 말을 이었다.

"슬금슬금 기어오르는 놈들을 확실하게 처리하고, 제2기사단의 위상도 높이고. 완벽하지 않습니까?"

"그래."

"그럼 당장⋯⋯."

프루트는 허리춤에 찬 검을 슬쩍 뽑으며 웃었다. 그 모습에 리아는 머뭇거림 없이 다리를 뻗어 그를 걷어찼다.

"너무 완벽해서 내가 화병이 나 죽겠다, 이 자식아!"

그야말로 평화로운 오전이었다.

몬스터 같은 체력을 자랑하는 프루트를 자근자근 밟아준 리아는 이러다 제 명에 못살 것 같다 생각하며 후궁전 쪽으로 향했다. 항상 사람들로 득실거리는 다른 궁들과는 달리 후궁전은 물기 어린 새벽녘처럼 고요했다.

그 이유는 라흘란 제국만의 역사와 밀접하게 맞닿아 있다. 동시에 타국에서 가장 유명하기도 한 것이 바로 황후의 권력이었다.

제국법에는 이례적으로 황후의 권한에 대해 세세하게 언급하고 있다. 어떤 황제도 황후의 권력에 손을 댈 수 없도록 안배된 법규들은, 혀를 내두를 정도로 빈틈없었다. 제국의 고위 귀족만 황후가 될 수 있다 명명해 놓은 것도 개중 하나였다. 덕분에 황후는 제국법에서 명시하는 권력 외의 기반도 손에 쥘 수 있었다. 모국에서 나고 자라며 자연스럽게 얻은 인맥들이 그대로 권력이 된 셈이다. 황제라 할지라도 황후를 쉽게 무시할 수 없는 이유였다.

그리하여 오늘날 제국민들은 황후를 이리 칭한다.

제국의 모후.

제국 내에서 가장 고귀한 여성.

황제 역시 황후를 존중하고, 인생의 동반자로 여기게 된 배경이 그러했다. 그러니 폭군이 아닌 이상 후궁에서 향락을 즐기는 것이 가능할 리가 없다.

이런 상황이니 제국의 후궁전은 편의상 여러 왕실과의 정략혼을 위한 장소로 전락한 지 오래였다. 한쪽이 선망받는 여인이라면, 반대쪽은 무관심의 대명사가 되어버린 것이다. 아무도 관심갖지 않는 그녀들을, 몇몇 시녀들은 안쓰러움을 담아 이렇게 불렀다.

황제가 찾지 않는 후궁, 피지 못하는 꽃이라고.

그러나 황실 사람들이 모르는 비밀이 하나 있었으니. 그것은 후궁들이 항상 애타게 기다리는 게 황제가 아닌 로렐리아라는 것이었다.

"후작님!"

오늘도 후원에 옹기종기 모여 앉아 목이 빠져라 리아를 기다리던 그녀들이다. 리아가 보이자마자 후궁들은 누가 뭐라 할 것 없이 기쁘게 외쳤다. 가장 먼저 리아를 발견한 옆 왕국의 셋째 공주, 아스티나의 얼굴에 함박웃음이 피어났다. 그녀를 필두로 다른 후궁 둘도 앞다퉈 자리에서 일어났다.

"왜 이리 늦으셨어요!"

바닷가와 가까운 왕국의 일곱 번째 공주, 미셸의 말에 대륙 최남단에 위치한 왕국의 루실라가 말을 받았다.

"후작님을 기다리다 차를 두 잔씩이나 마셨답니다. 저희는 더는 못 마셔요."

그녀들의 장난 어린 질타에 리아는 웃으며 사과했다.

그 누구도, 심지어 붉은늑대 기사들조차도 알지 못하나, 리아는 후궁들과 돈독한 관계였다. 그리고 후궁들은 제국 최초로 오러를 사용했다는 여기사에게 흥미를 갖고 있던 와중 그녀의 호탕한 성격에 홀딱 반한 지 오래였다.

그 누구의 관심도 받지 못하고, 소일거리라고는 고국에 보낼 편지를 쓰는 것이 고작이었던 후궁들에게 로렐리아의 등장은 그야말로 혁신이었다.

첫인상부터 그러했다. 전 기사단장은 후궁들에게 단 한 번도 얼굴을 비친 적이 없었다. 그러나 리아는 기사단장에 임명되자마자 가장 먼저 후궁전을 찾았다. 그 정중한 태도란! 호감을 갖지 않으려야 않을 수가 없지 않나. 그 순간부터 리아는 세 후궁의 전폭적인 애정을 받고 있었다.

"그럼 저 역시 마시지 않겠습니다."

리아가 진지한 표정으로 대답하자, 후궁들이 까르르 웃음을 쏟아냈다. 그녀들은 리아의 이런 고지식한 면도 무척 사랑했다.

"아이참, 후작님도. 저희가 괜히 하는 말이죠. 자, 자 어서 앉으세요. 이번에 아주 귀한 게 들어왔답니다."

미셸의 말에 루실라와 아스티나 역시 호들갑을 떨며 리아를 자리에 앉혔다. 후궁전은 본디 한 명의 황족을 위해 만들어진 궁이었다. 때문에 중앙정원을 중심으로 둥근 구 형태를 띠고 있었는데, 지금 그들이 있는 곳이 바로 그 중앙정원이었다.

새하얀 테이블과, 각국에서 엄선해 보낸 차와 다과. 그것들은 티타임을 위한 필수품이었다. 후궁들의 재촉에 리아도 결국엔 웃으며 자리에 앉았다. 그러자 그녀들은 기다렸다는 듯 요 근래 최고 관심사를 꺼내들었다.

"그래서, 동생분은 마탑으로 떠났나요?"

"어머, 루실라. 후작님께 차를 맛볼 시간은 드려요, 우리."

"아이 참. 내 정신 좀 봐."

어서어서 맛보시라며 따라준 차는, 연한 핑크빛이 돌았다. 리아는 그것이 아스티나의 모국에서 보낸 것임을 눈치채곤 천천히 찻잔을 입에 갖다 댔다.

'독은 없군.'

부드러운 표정과는 달리 속으로 생각하는 것은 꽤 섬뜩했다. 그러나 어쩔 수 없는 일이다. 사적으로 친해졌다 할지라도 제 위치가 변하는 것은 아니었다. 변치 않을 뿐이랴. 잊지도 않았다. 리아는 눈이 마주친 아스티나를 향해 웃어 보이며 차를 홀짝였다. 자신에게 주어진 직무는 후궁들의 안전과 불미스러운 사고를 예방하는 것.

그러니 후궁들과의 티타임은 무척 즐거운 일이기도 했으나 동시에 미량의 독이 찻잎에 섞여 있는지 확인하는 시간이기도 했다. 물론 지난 삼 년간 그런 일은 한 번도 일어나지 않았지만 말이다.

독이 없다는 것을 확인하고 난 뒤에야 차 맛이 느껴졌다. 입안에서 잔잔하게 퍼지는 단맛과 과일 향에 리아의 눈가가 사르르 풀렸다. 헛소리를 지껄이던 프루트를 떼어내느라 팽팽히 긴장되어 있던 몸이 노곤노곤해지는 기분이었다.

그녀는 마음 놓고 차를 즐기며 루실라의 질문에 답했다.

"어제 저녁에 출발했습니다. 마탑에서 어찌나 성화던지. 마음을 바꿀까 걱정이라도 됐는지 벨을 데려갈 사람까지 보냈더군요."

"어머나. 그 마탑에서요?"

"예. 가겠다 결정하기 전에는 재촉 편지를 어찌나 끈질기게 보냈는지 모릅니다. 아시면 놀라실 겁니다."

리아는 얕게 한숨을 내쉬며 고개를 저었다. 방금 전까지 입가에 걸렸던 미소가 걷혔다. 그녀는 질린다는 표정으로 몸을 부르르 떨었다. 입 밖으로 내자 다시 그 시도 때도 없이 밀어닥치던 편지가 떠오른 탓이었다.

인편人便으로 오고가는 것을 생각했을 때 편지가 오는 간격은 빨라야 한 달이다. 왕복이긴 했지만, 그 정도는 걸린다 생각해야 했다. 그러나 마탑에서 오는 편지는 하루 간격이었다. 답변을 받기도 전에 편지를 보내지 않는다면 불가능한 속도였다. 중요한 내용이라도 있다면 그러려니 했을 것이다. 그러나 매번 화려한 수식어구로 장식된 편지는 속은 텅 비어 있다 해도 과언이 아니었다.

−벨포스를 마탑으로 보내주시면 참으로 감사하겠습니다. 가능하다면 최대한 빨리 보내주시길.

쓸모없는 수식어를 전부 걷어내면 결국 하고자 하는 말은 그게 전부였다. 생각해 보겠다는 답장을 받았을 텐데도 아무것도 모른다는 양 반복적으로 보내오는 편지는 끈질기다 못해 광기가 느껴지기까지 했다.

"지금 생각해 보면 답장을 제대로 읽었는지 의심스러울 정도였죠."

"세상에!"

리아는 질색했으나 후궁들의 생각은 다른 듯했다. 심지어 아스티나는 마탑이 그렇게나 열성적으로 매달렸다는 말에 감동받은 표정이었다. 마탑이 어디던가. 국적, 성별, 나이를 불문하고 마법사이기만 하다면 누구나 평등하게 대한다는 꿈의 장소이지 않나. 마탑의 마법사가 되면 노예였던 자도 단숨에 신분 상승이 가능했다.

그런 마탑에서 보는 건 오직 하나였다. 실력. 그런 마탑에서 열렬히 구애를 보내다니. 그녀는 양손으로 볼을 감싸며 꿈꾸는 듯한 목소리로 중얼거렸다.

"대단해요! 아아. 그 마탑이 그렇게까지 매달리다니! 백년 만에 나온 천재라는 건 얼마나 대단한 걸까요?"

마법사. 그것도 강한 마법사. 그녀들에게 있어 마법사란, 아니, 강인한 마법사란 자유를 뜻하는 또 다른 표현이었다.

"그러니까요. 제 동생도 마법사인데, 실력은 그리 뛰어나지 못해요. 항상 걱정했는데 이번에 정략혼을 하게 됐다는 연락을 받았죠. ……마력을 조금만 더 많이 타고났으면 왕실마법사가 될 수 있었을 텐데."

조곤조곤한 미셸의 목소리엔 옅은 슬픔이 배어 있었다. 그 말이 가져온 파급력은 상당했다. 정원을 가득 채웠던 웃음소리는 사그라지고, 세 후궁의 얼굴에 그늘이 졌다. 손바닥을 뒤집듯 단숨에 분위기가 착 가라앉았다. '나 우울해요'라고 얼굴에 써 붙인 세 후궁의 모습에, 리아는 재빨리 머리를 굴렸다.

'분위기를 바꿔야 할 텐데…… 어떤 얘기를 꺼내야 하지.'

이대로 우울한 채 티타임을 끝낼 수는 없었다. 끝이 우울하면 그 기분이 며칠은 가는 법. 다급해진 리아는 곧 어젯밤 벨에게 받은 보석함을 떠올렸다. 동생에게 받은 선물이었으나 감춰야 할 비밀도 아니었다. 그리고 마법사에 흥미가 많은 후궁들에게 그가 남긴 마지막 선물은 무척 흥미로운 것일 터. 생각을 마친 리아는 찻잔을 내려놓으며 천천히 입을 열었다.

"마법사 얘기가 나왔으니 말입니다만, 제 동생이 어제 출발하기 전 매우 신기한 선물을 주고 갔습니다. 괜찮다면 한번 보시겠습니까?"

천재 마법사인 벨포스가 주고 간 '매우' 신기한 선물!

"세상에, 물론이죠!"

언제 우울해했냐는 듯, 세 후궁의 눈이 반짝였다. 리아는 반짝이는 후궁들의 시선에 즐겁게 웃으며 품 안에서 보석함을 꺼냈다.

"어머나, 예뻐라!"

리아가 테이블 중앙에 내려놓은 보석함은 제 역할을 톡톡히 해냈다. 루실라는 아름다운 푸른빛 보석에 감탄했다. 미셸은 선물을 주고 간 벨의 마음씨에 탄성을 뱉었으며, 아스티나는 이 보석함이 마법과 어떤 연관이 있을까 궁금해했다.

"동생이 이걸 주며 앞으로는 연락하기가 편할 거라더군요."

단번에 시선이 쏠리자 리아는 웃음기를 머금은 채 보석함 뚜껑을 열어 보였다. 보석함 속은 텅 비어 있었다. 양피지를 두 번쯤 접어야 겨우 넣을 수 있을 것 같은 자그마한 보석함 안을, 세 후궁이 상체를 숙여 들여다봤다. 옆으로 기울어진 그녀들의 고개가 의문을 가득 담고 있었다. 리아는 그녀들이 잘 볼 수 있도록 보석함을 고쳐 잡으며 설명했다.

"이 보석함에 편지를 써서 넣으면 벨이 갖고 있는 또 다른 상자로 곧장 편지가 도착한다 합니다. 그러니 이건 멀리 떨어진 사람과도 순식간에 편지를 주고받을 수 있는 보석함인 셈이죠."

"어머, 어머, 어머!"

아스티나는 양 볼을 감싸며 감탄했다.

"그럼, 동생분께서는 새로운 마도구를 만들어낸 건가요? 이렇게 아름다운 보석함이 마도구라고요?"

미셸의 물음에, 리아는 고개를 끄덕였다.

"예."

세상에! 세 후궁은 약속이라도 한 듯 벨포스를 칭찬했다. 하나 남은 동생의 칭찬은 언제 들어도 기꺼운 법이라, 리아는 부드럽게 웃으며 말을 이었다.

"아직 한 번도 보내본 적은 없지만요."

그 말에 루실라가 재빨리 손을 들어 주변에 대기하고 있던 시녀를 불렀다.

"가서 종이와 펜을 가져오렴. 빨리!"

"예!"

역시 호기심 가득한 시선으로 보석함을 바라보던 시녀가 펜과 종이를 가져오자 루실라는 그것들을 리아 쪽으로 죽 밀어주었다.

"후작님, 저희에게 한 번 보여주실 수 있나요?"

안 될 이유가 있을 리 없다. 안 그래도 동생이 어디쯤 가 있을

지 궁금했기에, 리아는 얼마든지 보여드리겠다 말한 뒤 펜을 들어-심지어 잉크가 묻어 있었다- 종이에 휘갈겼다. 짤막한 글귀였으나 그 끝에 휘갈기는 서명은 누가 보더라도 드벨 후작의 것이었다.

〈이걸 본다면 답변을 줘, 벨. -로렐리아〉

리아는 그것을 두 번 접어 보석함에 넣고 뚜껑을 닫았다. 다시 뚜껑을 열자 분명 방금 넣은 편지는 사라진 채다. 텅 빈 보석함을 발견한 후궁들은 약속이라도 한 듯 즐거운 비명을 내질렀다. 방금 전의 우울함은 까맣게 잊어버린 듯했다. 그녀들의 웃음소리에 리아도 웃었다.

"벨이 편지를 보고 답변을 적어 보내야 할 테니 시간이 좀 걸릴 겁니다."

"저희는 얼마든지 기다릴 수 있는걸요. 그렇지?"

밤도 샐 수 있다는 루실라의 말에 아스티나와 미셸이 고개를 끄덕였다. 그러나 그런 일은 일어나지 않았다. 답신이 도착하기도 전에, 리아는 중앙정원으로 당당하게 걸어오는 기사를 발견하고는 자리를 박차고 일어났다.

아무리 권력이 없다 할지라도 후궁전이다. 그걸 모를 리가 없다. 그런데도 멋대로 들어오다니. 어지간히 간이 크지 않고서야 하지 못할 일이었다. 리아는 그 유유자적한 걸음걸이에 아득 이를 갈았다.

'저 새끼가 죽으려고.'

심지어 기사의 어깨에 달려 있는 것은 붉은 휘장도 아니었다.

황실기사단은 각기 상징하는 색으로 어깨 휘장을 만들어 서로를 구분했는데, 후궁전을 담당하는 제2기사단의 휘장은 붉은색이었다.

재빨리 휘장 색을 확인한 리아의 눈썹이 위로 밀려올라갔다.

'저놈의 푸른매!'

기사를 발견한 후궁들의 얼굴에도 당혹감이 스쳐 지나갔다. 기사의 휘장을 확인한 탓이었다. 직계 황족을 비호하는 푸른매가 후궁에 발걸음을 하다니. 특별한 일이 없는 이상 그녀들은 제1기사단을 볼 일이 없었다. 게다가 기사를 동원해야 할 만한 일은 대부분 나쁜 쪽에 속해 있었다.

서로 불안한 시선을 주고받는 후궁들의 앞을 막고 선 리아는 불편함을 여실 없이 드러냈다.

"이곳은 후궁전이다. 허가도 없이 들어오다니. 무슨 일이지?"

그 말에 푸른매기사단 중에서도 최고 막내인 페피는 당황하며 제자리에 멈췄다. 그의 두 눈이 당혹감을 가득 담은 채 데룩 굴렀다.

"아, 그, 죄…… 죄송합니다! 저희 단장님께서 급히 모셔오라 하셔서 말을 전하러 왔는데…… 그, 아무도 없어 미처 인가를 받지 못했습니다!"

페피는 잔뜩 경직된 얼굴로 용서를 빌었다. 젊다 못해 아직 어린 기사의 동그란 얼굴에 식은땀이 송골송골 맺혔다. 그런 그를 향해 매섭게 쏘아본 리아는 이내 몸을 돌려 후궁들에게 사죄했다. 명령으로 온 것이라면 또 다른 얘기였으나, 이런 경우에는 명백히 제 실책이었다.

리아의 사과에 후궁들은 괜찮으니 어서 가라 등 떠밀어주었다.

별일 아니라는 것을 확인한 그녀들의 입가에는 다시금 미소가 걸 렸다.

버려진 꽃밭이라 했던가. 소문으로만 접했던 후궁전에 대한 이 미지는 우울한 회색빛이었다. 그런데 실상은 어떤가. 하하호호 웃 음이 끊이지 않는 후궁들의 모습에 페피의 눈이 휘둥그레졌다.

"그럼 가보겠습니다."

후궁들에게 깍듯하게 인사한 리아는, 여전히 그 자세 그대로 굳어 있는 페피의 어깨를 툭 쳤다.

"인사드려라."

얼어붙어서 대체 무슨 추태냐는 일갈에 페피가 목청 높여 외쳤 다.

"정말 죄송합니다—아!"

풋풋함을 온몸으로 풍기는, 심지어 끝부분은 잔뜩 갈라진 페 피의 외침이 하늘 높이 울려 퍼졌다. 리아는 두통이 지끈거리는 것 같다 생각했지만 말이다.

후궁을 벗어나자마자 리아는 페피의 정강이를 걷어찼다. 급한 일이니 가고 있지만, 별것 아니라면 가만두지 않겠다는 생각을 한 채다. 그렇게 그녀는 두 눈을 흉흉히 빛내며 에드가의 집무실로 향했다.

서로 각자의 영역에서 각자 할 일만 하면 그만인 것을, 왜 이렇 게 사사로이 부딪치는 일이 많단 말인가. 그녀는 도저히 이해가 되지 않았다. 이쯤 되면 프루트의 말마따나 정말 기사단끼리 전 쟁이라도 하자는 소리인가 싶을 정도였다.

평화가 길어지니 내부에서라도 피를 보고 싶어진 것일까. 그게 아니라면 매번 트집을 잡는 것도 모자라 이젠 기본도 모르는 새파란 녀석을 후궁으로 보낼 이유가 대체 뭐란 말인가.

'나를 얼마나 깔보고 있기에!'

리아는 에드가가 저를 아주 아래로 보고 있는 것이라 화를 냈지만 사실 따지자면 이쪽이 저쪽보다 나을 게 없긴 했다. 이쪽이 후작이면 저쪽은 공작이었고, 이쪽이 제2기사단장이면 저쪽은 제1기사단장에 총기사단장이었으니 말이다. 심지어 대련을 해도 그녀는 에드가에게 이길 자신이 없었다. 붙어본 적이 없었다면 해보지 않으면 모르는 일이라며 자신만만해했을지도 모른다.

그러나 이미 전적이 있었다. 처참했던 과거는 떠올리면 떠올릴수록 아픔인지라, 리아는 걷다 말고 이를 득득 갈았다.

'솔직히 거기서 검이 그렇게 비틀리는 건 사기지! 검날이 살아 움직이는 것도 아니고!'

그렇다. 땅을 치고 한탄할 정도로 억울했으나 그는 완벽했다. 너무 완벽해서 차마 깔 곳이 없었다. 신분이면 신분, 외모면 외모, 심지어 능력까지 좋아 오히려 비현실적이었다. 오죽하면 유일한 단점이 여자 보기를 돌같이 한다는 것이라며 사내들이 허허 웃을까.

그러나 아무리 완벽하건 제 눈에 안경이라고, 리아가 보기에 에드가라는 남자는 흠투성이였다. 마음에 드는 구석 하나 없었고, 저 멀리서 그를 보기만 해도 절로 눈살이 찌푸려졌다. 사람 좋은 데 이유 없고 사람 싫은 데 이유 없다는 말도 있으나 그녀의 불호에는 명백한 이유가 있었다. 개중에서도 부하를 통솔하는 능력이 부족하다는 게 가장 큰 이유였다.

'얼마나 못났으면 아랫것들 통제도 못하는 건지.'

그리 생각하던 리아의 눈썹이 위로 죽 밀려올라갔다.

'설마 일부러 그러는 거 아냐?'

하면 할수록 깊어지는 게 오해라, 생각은 꼬리를 물고 이어졌다.

'그래. 기사들이 미친 게 아니고서야 단장이 하는 말을 귓등으로도 안 들을 리 없지. 시키는 거로군. 시키는 거였어. ……다 엎어버릴까.'

제 부하들이 얼마나 제멋대로인지는 전혀 생각지 않은, 편견으로 가득 찬 리아의 두 눈이 흉흉해졌다.

불행인지 다행인지 그녀의 상념을 끊어낸 것은 다이컨이었다. 푸른매 기사단의 부단장이자, 이 모든 오해의 시작점이자, 공후럽-공작님 후작님의 영원한 사랑을 응원하는 모임-의 창시자인 그는 리아가 보이자마자 재빠르게 그녀에게 다가갔다.

어쩐지 평소와는 달리 당황한 기색이 역력한 채다.

"그, 벌, 벌써 오셨습니까, 단장님."

벌써 오다니. 이건 또 무슨 말인가. 심지어 그가 등 뒤에 서 있는 페피에게 눈짓하는 게 전부 보였다. 리아의 눈썹이 위로 밀려 올라갔다. 무슨 일인지는 모르겠지만 손발이 잘 맞지 않았던 것 같다.

'내가 예상보다 일찍 왔다, 이 소리인가? 그럼 무슨 짓거리를 할 생각이었다는 소리인데.'

당한 게 한두 번이 아니다. 덕분에 제1기사단에 대한 리아의 신뢰도는 바닥을 치고 있었다. 리아는 저들이 무슨 기괴한 짓을 저질러도 놀라지 않을 자신이 있었다. 그래도 이렇게 당황하는 모습은 낯설었지만 말이다. 그녀는 다이컨을 향해 턱짓하며 되물었다.

"벌써? 왜, 내가 너무 빨리 온 모양이지?"

다이컨은 눈을 굴리며 대꾸했다.

"아닙니다. 그럴 리가 있겠습니까."

생각보다 더 정상적인 대답에, 리아의 미간이 찌푸려졌다. 정말 심각한 일일 수도 있다는 생각이 머릿속을 스쳐 지나갔다.

"……그래서, 무슨 일이지?"

리아는 굳게 닫혀 있는 집무실 문 쪽을 턱짓했다. 급한 일이냐며 덧붙이듯 물은 건 덤이다. 물론 그녀가 다이컨을 바라보는 시선은 무겁게 가라앉은 채였다. 그러나 다이컨은 다른 데 정신이 팔린 지 오래였다. 그러니 리아의 표정을 읽어낼 수 있을 리가 없다. 그는 어떻게든 이 위기를 헤쳐 나가야 한다 속으로 다짐하며 다급히 대꾸했다.

"예. 급한 일입니다. 그런데 지금 저희 단장께서 아주, 아아주 중요한 일을 하고 계셔서 말이죠. 잠시만 기다려 주시면…… 아니, 그보다는 조금 뒤에 다시 와주시면……."

"그런데도 날 부른 걸 보면 이번에야말로 정말 중요한 일인가 보지? ……설마하니, 폐하께서 제2기사단에 대해 무슨 말씀이라도 하신 건가?"

다이컨은 어찌나 당황했는지, 이 사태를 수습해야 한다는 것조차 잊었다. 그는 소같이 커다란 눈을 꿈뻑거렸다. 황제폐하가 왜 언급되는지 전혀 모르겠다는 표정이었다. 그런 그의 표정에, 리아가 고개를 갸웃했다.

"아니면 태자 전하이신가?"

이번에도 다이컨의 표정은 변함이 없었다. 이 대화의 맥락을 전혀 이해하지 못하겠다는 낯빛이었다. 이쯤 되자 리아도 당황할 수밖에 없었다.

'뭐지?'

푸른매기사단과 붉은늑대기사단. 이 둘은 황실 구성원을 비호한다는 공통점 외에는 접점이라곤 하나도 없었다. 황제 폐하도, 황태자 전하도 아니라면 대체 무슨 일 때문에 자신을 호출했단 말인가?

리아는 설마, 라고 중얼거리며 세 번째로 물었다.

"황후 폐하께서 후궁전에 대해 무슨 언질을 하신 건 아니겠지?"

"······어, 그······."

그제야 그의 입이 떨어졌다. 단지 이 오해를 어떻게든 풀어야겠다, 필사적으로 생각해 나온 행동이었다. 생각만 했을 뿐 어떻게 풀어야겠다는 구체적인 계획이 없어 제대로 된 말을 뱉지는 못했지만 말이다.

그 머뭇거림이 리아에게는 다르게 들렸다는 게 문제라면 문제였다.

'후궁전이구나!'

깊어진 오해의 늪은 대륙의 반대쪽을 뚫을 정도로 깊고도 깊었다. 리아는 결연한 표정으로 제 앞을 막아서고 있던 다이컨을 밀어냈다. 평소라면 두 다리에 힘을 빡 준 채 버텼을 그는 너무 당황한 나머지 순순히 옆으로 물러섰다.

그리하여 그녀는 아무런 방해 없이 문을 열어젖힐 수 있었다.

"아, 누가 식사를 먼저 하냐고! 이 데이트의 'D'자도 모르는 놈아!"

"요새 차량 식사를 같이 할 수 있는 레스토랑이 얼마나 많은지 네놈이 모르는 거지! 너야말로 데이트를 해본 적이 있긴 하냐!"

"두 놈 다 연애는 태어나서 지금껏 한 번도 못해봤으면서 뭘 그렇게 자랑이야, 자랑이!"

서로 와와 외치는 소리에 귀가 아플 지경이다. 문을 열자마자 시야에 가득 들어찬 것을 한 단어로 설명하자면 난장판이라 할 수 있겠다. 녹색 눈동자가 눈꺼풀 사이로 빠르게 나타났다 사라졌다를 반복했다. 그녀는 집무실 정중앙에 놓인 둥근 테이블에 빙 둘러앉아 있는 기사들이 누구인지 아주 잘 알고 있었다.

푸른매.

에드가의 집무실이니 그들이 있는 것은 이상한 일이 아니었다. 그러나 근무를 서고 있을 기사들을 제외한 모든 기사들이 한곳에, 그것도 단장의 집부실에 모여 목청을 높이는 것은 그리 흔한 일은 아니었다. 심지어 그 집무실의 주인은 부재한 채였다. 더 이해 못할 것은, 그 집무실 여기저기에 널려 있는 꽃들이었다. 꽃뿐이면 장식하려 갖다놨겠거니 했을 것이다. 하지만 대체 저 색색의 리본들은 뭐란 말인가. 리아가 잠시 말을 잊은 이유였다.

그런 그녀의 등 뒤에서 다이컨이 손에 얼굴을 파묻었다.

전부 망했어.

리아는 이 말도 안 되는 상황을 찬찬히 살피다 입술을 달싹였다.

"……에드가 경은, 어디에 있지?"

조용한 물음에, 와와 고함을 질러대던 기사들이 일순 고요해졌다. 그들의 고개가 삐걱거리는 소리를 내며 리아 쪽으로 돌아갔다.

"아니, 어, 그게……."

"왜, 왜, 벌써 오셨습니까?"

당혹스러운 말의 파편들이 허공을 떠돌았다. 그러나 몇몇 기사들의 시선은 리아 너머를 응시하고 있었다.

그녀의 등 뒤에서, 제 부하의 거짓 보고에 속아 카인의 비웃음을 사고 돌아온 에드가 역시 흉흉한 눈빛으로 말을 받았다.

"……나는 여기 있는데, 대체 네놈들은 뭘 하고 있는 거냐."

그 물음에 누가 먼저랄 것도 없이 꼴깍 침 넘어가는 소리가 들렸다. 기사들은

서로 재빨리 시선을 주고받았다. 그들의 생각은 단순했다. 그들은 각자 수도 내에서 가장 인기 있는 카페와 레스토랑들을 수배했다. 그리고 오늘, 개중 가장 좋은 곳을 골라 바람잡이를 할 생각이었다. 카페가 먼저냐 레스토랑이 먼저냐로 싸우긴 했지만 기본 틀은 그랬다.

에드가를 집무실에서 몰아내고, 리아를 불러온 것도 그런 계획의 일환이었다. 둘이 도착하기 전에 집무실을 로맨틱하게 꾸밀 생각이었던 그들은 중요한 사실을 간과했다.

저들은 꾸미는 데 영 재주가 없다는 것과, 모든 일이 계획대로 굴러가진 않는다는 것.

바람잡이는 개뿔.

집무실 안에 싸늘한 바람만 횡횡 불었다.

그렇게, 밤새 머리를 맞대어 탄생시킨 '공짜 식사권이 생겼는데 같이 갈 사람이 없네. 나랑 같이 갈래?(찡긋)' 계획이 시작조차 못해보고 처참하게 실패하는 순간이었다.

푸른매 기사들은 서로 시선을 주고받으며 확신할 수 있었다.

망했다, 젠장.

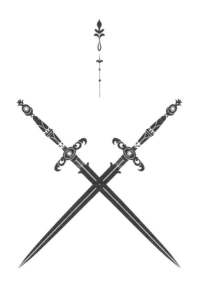

2장.
저쪽 세상의 로렐리아

"그러니까, 아무 일도 아니다, 이 말인가요, 경?"

"……그래."

대답을 하면서도 할 말이 없어서 에드가는 속으로 침음을 삼켰다. 부하라는 것들은 도움이 못될망정 방해만 하고 있다. 아니, 처음부터 도움은 필요치 않았다. 필요한 건 무관심이었다. 실현될 것 같진 않지만. 아무것도 하지 말아달라는 말은 대체 어디로 듣는지.

에드가는 슬쩍 시선을 들어 리아의 낯빛을 살폈다. 예상과 크게 다르지 않게, 그녀는 기가 막혀 뭐라 말해야 할지 모르겠다는 표정이었다. 에드가는 확신할 수 있었다. 제 점수가 0을 향해 달려가다 못해 마이너스를 찍고 있을 것이라고.

그러나 그는 무어라 변명할 기회조차 갖지 못했다.

"아!"

입술을 달싹인 그 순간, 리아가 살짝 눈살을 찌푸리며 품 안에 손을 밀어 넣었기 때문이었다. 바늘에 찔린 듯한 따끔거림의 원인은 다름 아닌 벨이 주고 간 보석 상자였다.

'뭐지?'

리아는 눈살을 찌푸렸다. 푸른색이었던 보석이 붉게 변해 있다. 그녀는 의아함을 느끼며 상자를 열었다.

그러나 당황한 건 그녀뿐만은 아니었다. 한눈에 보더라도 값비싸 보이는 보석에 에드가의 눈동자가 흔들렸다. 값비싼 보석이 박힌 보석함. 심지어 품 안에 넣고 다닐 정도로 챙기는 것. 자신이 직접 구매한 것이라면 다른 무엇도 아닌 보석함을 품에 품고 다닐 리 없었다. 그렇다면 남는 가능성은 하나뿐.

그는 떨리는 목소리로 물었다.

"……그 보석 상자는…… 혹시…… 남자가……?"

에드가가 고심하고 또 고심해 던진 질문에, 리아는 한없이 가벼운 기분으로 대답했다.

"예. 세상에서 제일 멋진 남자가 줬습니다."

한쪽이 오해의 늪에서 허우적거리고 있다면, 다른 한쪽은 삽질하느라 바빴다. 에드가는 속으로 절망하며 보석함을 바라봤다. 다시 봐도 비싸 보였다. 다시 봐도 예뻤다. 다시 봐도 남자가 준 것이었다! 심지어 본인이 그렇다 하질 않는가!

그런 그의 삽질을 가르고 리아가 말을 이었다.

"그보다 경, 제 말은……."

다시는 이런 장난치지 말아달라 강하게 얘기하려던 리아의 말이 뚝 멈췄다. 그녀의 두 눈동자는 보석함에서 꺼낸 종잇조각에 박힌 채다.

벨포스는 보석함을 주며 이리 얘기했다. '누나와 내가 쉽게 편지를 주고받을 수 있게 해줄 것'이라고.

그렇다면 이건 대체 뭐지?

<오, 세상에! 로렐리아 폰 드벨? 네가 맞니? 벨이 또 장난치는 건 아니겠지?>

다급하게 휘갈겨 쓴 글씨체는, 그녀가 너무도 잘 아는 그것이었다. 종이를 움켜쥔 손이 가늘게 떨렸다.

"경? 왜 그러나."

당혹감이 여실 없이 드러나는 리아의 모습에 에드가가 걱정스레 물었다. 그 순간만큼은 그의 얼굴에 '걱정'이 그대로 비쳐 보였다. 마음 깊이 사랑하는 여자가 문제에 직면하자 얼음장 같던 가면도 떨어져 나간 것이다.

그러나 불행히도 리아의 시선은 편지에 고정되어 움직이지 않았다. 인생은 타이밍이라는 말마따나, 타이밍 한 번 더럽게 안 맞는 남자라 할 수 있겠다. 그런 에드가의 걱정을 한 귀로 듣고 한 귀로 흘려 버린 리아의 두 눈이 가늘게 떨렸다. 지금 이 순간 그녀의 온 신경은 오직 편지에만 집중되어 있었다.

굳은살이 박인 검지가 종이 위에 휘갈겨진 글씨를 찬찬히 더듬었다.

'이럴 수가. 이건, 이건 내 글씨체인데?'

끝부분이 독특하게 휘어 있는 i와 꼬리처럼 말리는 a자는 흔한 것이 아니었다. 그게 아니더라도 자신의 글씨체를 못 알아볼 사람이 있을까. 리아는 가볍게 훑어보는 것만으로도 이 글씨가 자신의 것이라 확신할 수 있었다. 문제는 어째서 자신이 쓰지도 않은 편지가 보석함에 나타났냐는 것이었지만 말이다.

"로렐리아 경?"

에드가가 몇 번이나 부른 뒤에야, 리아는 고개를 들었다.

"예?"

"왜 그러지? 무슨 일이라도 있는 건가?"

그렇게 묻는 에드가의 시선은 리아가 쥐고 있는 종이에 꽂혀 있었다. 에드가의 시선이 어디에 가 있는지 알게 된 리아는 종이와 보석함을 품 안으로 욱여넣었다. 언제 당황했냐는 듯 그녀의 얼굴은 제 빛을 되찾은 지 오래였다.

"아무것도 아닙니다. 그러니까, 음. 어찌 되었건, 경, 다시는 이런 일이 없었으면 합니다. 특히 후궁전에 허가받지 않은 기사가 들이닥치는 일은 두 번 다시는 없어야 할 것입니다. 문제가 커질 수 있음을 잊지 말아주십시오."

냉기가 뚝뚝 떨어지는 리아의 말에 에드가는 아무런 답도 하지 않았다. 정확히는 하지 못했다가 맞을 것이다.

무슨 말을 한단 말인가? 사실은 자신도 몰랐던 일이라고? 내가 그대를 짝사랑하는데 하필이면 부하들에게 들켜서 이 사달이 벌어졌다고?

어느 쪽이건 세상이 두 쪽으로 갈라져도 할 수 없는 말이었다. 앞의 것은 해봤자 변명에 불과했고 뒤의 것은 무덤까지 가져가겠노라 맹세한 비밀이었으니 말이다. 결국 할 말을 찾지 못한 에드가는 침통한 표정으로 고개만 끄덕였다. 그것만으로도 충분하다 생각한 리아는 머뭇거림 없이 자리에서 일어났다.

"그럼 이만 가보겠습니다. 다음부터는 이런 일로 마주치지 않앗으면 좋겠군요.”

차가운 인사였다. 에드가를 향해 가볍게 목례를 한 리아는 미련 없이 밖으로 나왔다. 문 건너편 벽에 푸른매 기사들이 죽을상을 한 채 주르르 서 있었다. 얼차려 자세를 한 채 시무룩해 있는 이들은 아무리 봐도 제국의 자랑스러운 기사들로는 보이지 않았다. 정말이지 다들 나이를 어디로 먹었는지 모르겠다. 리아는 그들에게 눈빛으로 경고하곤 제 집무실 쪽으로 방향을 잡았다.

복도를 걷는 걸음에 점차 힘이 들어갔다. 굳게 닫힌 입매와 살짝 찌푸려진 미간이 그녀가 무언가를 고민하고 있음을 짐작케 했다.

‘마법에 실수가 있었던 건가?’

지금 당장 머릿속에 떠오르는 이유는 그것뿐이었다. 가장 가능성이 높기도 했다. 세상 모든 것이 그렇지만, 마법 역시 만능이 아니었다. 특히 마도구는 시전자의 능력에 따라 얼마든지 문제가 생길 수 있었다.

‘심각한 문제라면, 골치 아픈데…… 벨이 이곳에 없으니…… 어젯밤에 미리 사용해 볼 걸 잘못했어.’

고민을 담은 걸음에 점차 속도가 붙었다. 한 번 더 편지를 보내 봐야겠다는 생각이 그녀의 머릿속을 가득 채웠기 때문이었다.

대리석 기둥을 지나는 리아의 걸음이 바빴다. 기둥에 가려 사라졌다, 드러났다를 반복하는 그녀의 모습을 반대쪽 복도를 걷던 황태자가 발견한 것은 그저 우연만은 아니었다.

“드벨 후작!”

번쩍, 손을 들어 흔드는 황태자의 모습에 리아는 자신도 모르게 눈살을 찌푸렸다. 물론 고개를 돌리기 전 재빨리 표정을 바꿨지만 말이다. 시선을 돌리자 유일한 황실 적통이자, 지략가로 널리 알려진 라흘란 브리 카인이 마치 아이처럼 해맑게 웃고 있는 모습이 눈에 들어왔다. 굳이 물을 필요도 없었다. 리아는 확신했다.

'뭔진 모르겠지만 재밌는 일이라도 있으신 모양이군.'

부디 그 재밌는 일이 제 기사들과 관계된 것이 아니길 빌 뿐이었다. 무뚝뚝하고 권위적인 황제와 황태자는 성격부터 정반대였다. 매사에 장난을 좋아하고 유쾌한 황태자는 여기저기에서 꽤 인기가 많았다. 그러나 동시에 속을 모르겠다며 기피하는 이들도 상당수 존재했다. 그리고 리아가 바로 그 '저 속모를 전하'라 생각하는 대표적인 인물이었다.

리아는 제 쪽으로 다가오는 카인의 모습에 속으로 깊은 한숨을 내뱉었다. 한번 붙잡혔으니 한 시간은 금방 날리겠거니 생각하며.

성큼성큼 다가온 카인은 곧장 리아의 주변을 살폈다. 어쩐지 즐거워 보이는 표정이다. 무시하고 싶은 마음은 굴뚝같았으나 그러기엔 상대가 나빴다. 리아는 결국 카인이 원하는 대로 먼저 입을 열어 물었다.

"무엇을 찾으십니까, 전하?"

"아아. 경 곁에 항상 딱 달라붙어 있는 푸른매가 안 보이는 것 같아서."

"제1기사단을 말하심이면 앞으로 제 주변에서 그들을 보지 못하실 겁니다."

조금의 여지도 두지 않는 대답에 카인의 고개가 옆으로 기울었다.

"어째서?"

"저를 보기만 해도 무서워 도망가고 싶어질 테니까요."

바꿔 말하자면 작신 밟아줬다는 소리였다. 그 당당한 대답에 잠시 멍해져 있던 카인의 어깨가 들썩이기 시작했다. 꾹 눌러놓았던 마개가 뻥 소리를 내며 터지는 것처럼, 일순간 웃음이 터졌다.

"푸…… 크하하! 경, 그 푸른매 기사들을 작신 패놓았다고? 으하하핫! 아, 미치겠군. 그래, 경, 그 녀석들이 조용히 맞던가?"

"정확히는 훈련을 지도했을 뿐입니다. 대련과 함께요. 황실 규범이 엄중한데 어찌 기사들에게 폭력을 쓸 수 있겠습니까."

배꼽을 잡고 웃는 카인 앞에서 리아는 진지한 표정으로 그의 말을 정정해 주었다. 그 말에 카인이 '그렇구나'라고 수긍한 것이 아니라 아예 허리를 꺾으며 박장대소를 시작했다는 게 문제라면 문제였지만.

왜 웃으시냐 물을 수도, 그만 웃으라 말릴 수도 없는 일이다. 그래서 리아는 그의 웃음이 멈추길 기다리며 제 눈앞에서 찰랑거리는 금발을 바라봤다. 저와 같은 색이었지만, 황태자의 것이, 정확히는 황족의 색이 좀 더 밝았다. 굳이 세세하게 나누자면 그녀의 것은 어두운 금발이라고나 할까. 어찌 되었건 쨍한 햇빛 아래에서 위아래로 흔들리는 금발을 보고 있자니 금을 얇게 뽑아 만든 실타래를 보는 기분이었다.

그렇게 한참을 웃던 카인은 눈꼬리에 매달린 눈물을 훔치며 입을 열었다.

"안 그래도 어제 푸른매와 붉은늑대가 또다시 붙었다는 소문이 돌던데, 그게 사실인가 보군."

"송구하오나, 전하, ……소문이 많이 돌았습니까?"

"당연하지."

확언한 카인은, 어쩐지 풀죽어 보이는 리아의 모습에 오히려 당황하며 물었다.

"그럼 그 난장판을 아무도 못 봤을 것이라 생각한 건가, 경은?"

"입이 무거운 자들만 보길 바라긴 했습니다."

한숨 섞인 리아의 목소리에 카인은 안쓰럽다는 표정으로 대답했다.

"너무 큰 꿈인 것 같은데."

"예. 아무래도 그런 것 같군요."

"그래도 그리 실망하지 말게나. 푸른매 기사들도 다 깊은 생각이 있어 그런 게지. 아무렴 제국에서 가장 뛰어난 이들만 모아놓았는데 아무 생각도 없이 그런 짓을 할 리 없지 않은가."

슬쩍 운을 떼는 카인의 두 눈이 음흉했다. 그는 한껏 낮춘 목소리로 속닥였다.

"예를 들자면 누군가의 열렬한 마음을 위해서라던가?"

열렬한 마음? 대체 어떤 마음이기에 같은 기사단을 작신 밟아놓는단 말인가. 리아는 그 이해 못할 말에 일그러지려는 표정을 가까스로 붙잡았다.

만약 이 자리에 에드가가 있었다면 뒷목을 잡았을 것이다. 어째서 얘기한 적도 없는 제 짝사랑을 너나나나 할 것 없이 죄다 알고 있냐면서. 그러나 에드가는 이 자리에 없었고, 리아는 그의 마음을 짐작도 못하고 있었다. 아니. 그녀는 애당초 에드가를 이성으로 본 적이 없었다.

그러니 슬쩍 언질을 주려는 카인의 의도를 눈치채지 못하는 게 당연지사. 리아는 무척이나 진지한 표정으로 대답했다.

"전하. 송구하오나 짧은 소견으로 말씀드리자면, 즐기는 것 같습니다."

예상과는 너무도 먼 대답에, 카인은 한 번 더 멍해져야만 했다. 이게 무슨 소리란 말인가. 그는 믿기 어려운 표정으로 리아를 바라봤다. 그러나 그녀의 표정은 진지하기 그지없었다.

'이런.'

카인은 낮게 혀를 찼다. 생각했던 것보다 리아는 이런 쪽으로 둔한 모양이었다. 아니, 그보다는 서로의 미묘한 감정을 알아차리기 위한 최소한의 접점도 없다는 게 더 맞으리라.

카인은 이 재미있는 애성행각을 지켜보기 시작한 지 몇 달 만에 처음으로 문제의 심각성을 인지했다.

'……에디, 이 녀석은 그동안 대체 뭘 하고 있었던 거지.'

푸른매 기사들이 들었다면 눈물 없이는 못 들을 삽질이라며 심장께를 쿵쿵 쳤으리라. 문제를 인지한 카인은 방금 전과는 달리 무척이나 진지한 표정으로 리아에게 물었다.

"즐긴다고?"

"예. 하나같이 주먹질을 하면서 좋다고 웃더군요. 즐기는 것이 분명합니다."

"단지 그 이유로 황실기사단에 소속된 기사들이 서로 주먹질을 한단 말인가? 대련도 아니고? 그것도 대낮에?"

"……시정하겠습니다."

"아니아니, 경, 나는 지금 화를 내고 있는 게 아니네. 다른 이유가 있을 것이라 생각해 보란 말이지. 잊지 말게. 그들은 황실에 소속된 기사들이야. 다들 치열한 경쟁을 뚫고 입단했단 말이지. 그런데 그렇게 아무 생각 없이 움직일 리가 없잖은가."

그러니 아주 사소한 것일지라도 이유가 있을 것이라는 소리다. 카인이 어찌나 진지했는지, 리아도 이번에는 순순히 고개를 끄덕였다.

'전하…… 송구하오나 그놈들은 아무 생각이 없는 것 같습니다.'

물론 속으로는 다른 생각을 했지만 말이다.

그 뒤로도 리아는 삼십 분 넘게 카인에게 붙잡혀 있어야만 했다. 농담 따먹기 같던 대화가 끝나자 어물쩍 정치적인 얘기를 꺼내려는 그에게서 가까스로 벗어난 그녀는 지친 표정으로 집무실 문을 열었다.

혹여나 제 부하들이 노크도 없이 불쑥 들어올까 싶어 잊지 않고 걸쇠까지 잠갔다. 의자에 앉은 뒤에야 긴장이 풀렸다. 한 것도 별로 없는데 벌써 지쳐 버렸다.

"하아……."

뱉어내는 한숨이 길었다. 이마에 팔을 댄 채 잠시 쉰 뒤에야 제가 하려던 일이 떠올랐다.

품속을 뒤져 곧장 보석함을 찾아낸 리아는, 가장 먼저 보석의 색을 확인했다. 붉은빛으로 물들었던 보석은 다시 푸르게 돌아온 지 오래였다. 리아는 보석함과 편지는 책상 위에 집어던지고, 새로운 양피지를 죽 끌어왔다. 펜을 든 손이 허공에서 까딱이며 그녀의 고뇌를 드러냈다.

'사칭일 경우엔, 직접적으로 말하는 편이 괜히 에둘러 표현하는 것보다 나을 터.'

먼저 못을 박아버리면 저쪽에서 변명할 말이 사라지는 법이다. 그게 아니더라도 최소한 당황한 상대방이 이상한 말을 늘어놓게 만들 수 있을 터였다.

잠시의 고민 끝에, 리아는 빠르게 글을 써나갔다.

상대방이 누구이건 자신의 이름을 사칭했다는 건 확실했다. 그것만으로도 죄를 묻기엔 충분했다. 그뿐이랴. 사칭죄는 더럽고도 치졸하다는 평가를 듣기 딱 좋았다. 남의 이름을 끌어다 쓰는 족속들을 그 누가 좋아할까. 그것은 리아도 마찬가지였다. 그녀는 미간을 좁힌 채 사칭범의 반응을 예측했다.

'모른 척 잡아떼거나, 편지를 잘못 보낸 것이라며 변명을 늘어놓겠지.'

그러나 사칭이 아니라면? 바쁘게 움직이던 펜이 허공에서 뚝 멈췄다. 아니길 바라고 있으나 생각할 수 있는 가능성은 또 하나가 있었다.

애당초 상대방이 존재하지 않을 가능성. 즉, 마법 물건인 보석함 자체에 문제가 생겼을 경우다. 그렇다면 문제가 심각해진다.

'아니길 바라고 있긴 하지만.'

리아는 걱정스러운 시선으로 보석함을 바라봤다. 마도구 자체에 문제가 있는 것이라면 그녀로서는 할 수 있는 일이 없었다. 일단 어떤 문제가 발생할지도 확신할 수 없었다. 폭발해 버리는 건 그나마 낫다. 그러나 최악의 상황에는 마나가 뒤틀릴 수도 있었다.

벨포스와 함께 지내면서 수많은 폭발을 겪은 리아는 슬쩍 의자를 뒤로 빼며 중얼거렸다.

"……그럴 경우에는 부디 규모가 작기만을 바래야지."

어느 쪽이건 이렇게 앉아 있는다고 해결될 일이 아니다. 리아는 멈췄던 펜을 움직여 서명을 끝냈다. 그리곤 전처럼 두어 번 접은 종이를 보석함에 넣었다. 다각다각, 책상을 두드리는 검지가 점차 빨라지기 시작했을 때 푸른 보석이 붉게 변하며 답신이 도착했음을 알렸다. 뚜껑을 여는 손은 거침없었다. 처음보다 두툼한 양피지가 그 안에 곱게 접혀 있었다.

〈내가 누구냐고? 당연히 로렐리아지. 너도 참, 재미있는 얘기를 다 하는구나? 그보다 후작이라니. 리아, 테리를 대신해 후작이 된 거니? 아버님이 일찍 물러나신 모양이지. 음…… 12의결권에 집중하기 위해서인가? '이쪽 세상'에서는 테리가 후계자로서 훌륭하게 성장하고 있어. 나는 후작가를 이을 필요가 없어서 검을 안 쥔 지 꽤 됐고, 기사단에도 입단했었지만 결혼하면서 그만뒀어. 아, 그쪽 에드가는 어때? 혹시 친분이 있다면 그이가 좋아하는 음식에 대해 좀 알아봐 주지 않을래? 이쪽 에드가는 무얼 먹건 맛있다는 말밖에 안 하거든! 정말, 그게 더 까다롭다는 걸 모른다니까.

　-친애하는 로렐리아 폰 드벨 페리엘〉

다급하게 쓴 것인지 글씨가 엉망이었고, 잉크는 여기저기에 튀어 있었다. 그러나 여전히 제 글씨체였기에, 리아는 어렵지 않게 읽을 수 있었다.

"이게 뭐……."

마지막 줄까지 읽자 다리에서 힘이 풀렸다. 그녀는 그대로 의자에 쓰러지듯 주저앉았다. 쿠션은 푹신했지만 안락함을 느낄 정신이 아니었다. 편지에 쓰인 글 하나하나가 복잡하게 뒤엉켜 자신을 집어삼키고 있었으니 말이다. 리아는 허공을 응시하며 멍하니 생각했다.

'이 편지를 쓴 사람이, 나라고?'

불가능한 일이다. 그러나 글씨체가, 문장 사이사이에 녹아 있
는 사소한 버릇들이 저 편지를 쓴 사람이 '로렐리아'라 말하고 있
었다.

상식으로 이해할 수 있는 범주를 넘어선 얘기가 단숨에 뭉쳤다
가 흩어졌다를 반복했다.

이쪽 세상과 저쪽 세상이라는 표현. 아직 생각해 본 적 없는
결혼과 그 상대. 처음 듣는 테리라는 이름까지. 그중에서 가장 이
해할 수 없는 것은 마지막 줄에 춤추듯 휘갈겨진 서명이었다.

"로렐리아 폰 드벨⋯⋯ 페리엘."

페리엘이라니. 리아는 잠시 페리엘 공작가의 차남을 떠올렸다.
그러나 편지 속 로렐리아는 콕 집어 에드가에 대해 묻고 있었다.
외면하고 싶어도 외면할 수 없는 현실은 너무도 선명했다.

에드가. 제 삶에서 치워 버렸으면 소원이 없을 남자.

"세상에."

리아는 눈앞이 빙빙 도는 것 같아 그만 눈을 질끈 감아버렸다.

그 시각, 에드가는 충심이 너무 깊어 방해만 일삼는 제 부하들
을 혹독하게 굴리고 있었다.

"다시는!"

"하지 않겠습니다아!"

다이컨의 선창이 끝나자마자 쩌렁쩌렁한 연창이 연무장을 가
득 채웠다. 덩치가 산만 한 사내들이 오리걸음으로 연무장을 빙
빙 돌며 목청껏 외치는 모습은 흔히 볼 수 없는 장면이긴 했다.
카인은 그 흔치 않은 장면을 요 근래 들어 왜 이리 자주 보는 것
일까 생각하며 손을 들어 해를 가렸다.

이 더운 날씨에 저 고생을 하면서도 포기하지 않으니 의지 하나는 대단하다 생각하며. 어떻게 하면 일이 이렇게까지 꼬였을까 싶어 에드가를 찾아온 황태자는, 땀을 뻘뻘 흘리고 있는 푸른매 기사들의 모습에 고개를 저었다.

"쯔쯔, 대체 뭘 어떻게 했기에 이 사달이 났단 말인가?"

그의 중얼거림에 옆에 딱 붙어 있던 보좌관, 오르도가 재빨리 대답했다.

"오전에 페리엘 공작께서 전하를 찾아온 것과 관계가 있지 않겠습니까."

"아하. 그게 결국 실패했다, 이 소리로군."

"그렇지 않을까 싶습니다."

카인은 눈을 가늘게 뜬 채 턱을 쓸었다.

'후작의 반응을 보아하니 영 진전이 없는 것 같은데.'

두 기사단의 반목과 그 이유를 모두 알고 있는 그로서는 고민될 수밖에 없었다. 한때는 즐겁게 웃으며 금화 몇 푼을 걸기도 했었다. 뜬금없이 이어지는 대결에 푸른매가 이길 것인가, 붉은늑대가 이길 것인가 고민하며. 그러나 그 재미도 바닥을 보인 지 오래였다.

'슬슬 중매를 잘못 서면 뺨을 맞을 수도 있다 충고라도 해줘야 하는 건가.'

그러나 그는 이내 고개를 저어 그 생각을 떨쳐 냈다. 애초에 말린다고 말려질 성정들이 아니라는 것을 알거니와, 말리기엔 일이 너무 재미있게 돌아가고 있었기 때문이었다.

카인은 고통받고 있는 제 기사들을 외면한 채 즐거운 표정으로 에드가 쪽으로 향했다. 땀을 뻘뻘 흘리며 오리걸음을 하고 있는 기사들과는 달리 에드가는 연무장 한편에서 홀로 검을 쥐고 있었다. 날카롭게 날 선 검 끝이 햇빛을 받아 반짝였다.

겉으로 봤을 땐 그저 검을 쥐고 서 있는 것처럼 보였다. 그러나 조금만 주의 깊게 관찰한다면 검 끝에서부터 일렁이기 시작하는 푸르른 오러를 볼 수 있었다.

오러.

오러를 사용할 수 있는 기사는 대마법사와 필적할 만큼 그 숫자가 적었다. 능력은 또 어떠한가. 오러가 마법사를 상대할 수 있는 몇 안 되는 무기라는 말이 괜히 도는 게 아니다. 그러니 제국에서 에드가와 로렐리아를 예의주시하는 것도 어찌 보면 당연한 일이었다. 혹여나 둘 중 하나라도 망명해 버리면 제국 입장에서는 엄청난 손실이니 말이다.

'뭐, 둘 다 그런 쪽으로는 꽉 막힌 녀석들이라 망명 같은 건 생각도 못 할 것 같긴 하지만.'

얼마나 고지식한지 사형을 선고받아도 도망치는 대신 의연한 표정으로 단두대에 머리를 들이밀 것이 분명했다. 카인이 나무 등치에 기댄 채 그런 생각을 하는 사이 푸른 오러는 검 전체를 감쌌다. 검 위의 푸른 무형의 검이 한 겹 덧씌워진 것만 같았다. 휘익. 카인은 저도 모르게 휘파람을 불며 감탄했다.

'또 성장했군.'

카인은 검 쪽으로는 영 재능이 없었으나 에드가와 붙어 지낸 덕에 안목만큼은 수준급이었다. 오러를 사용할 수 있다 하여 다 같지 않다는 것은 누구나 알고 있는 상식이다. 그러나 오러가 마치 검과 한 몸인 것처럼 보이는 게 얼마나 어려운지, 위력 차이가 얼마나 큰지 아는 이는 그리 많지 않았다.

리아가 에드가와 마찬가지로 오러 사용자임에도 불구하고 단한 번도 대련에서 이기지 못한 이유이기도 했다. 그가 이렇게 되기까지 얼마나 노력했는지 누구보다 잘 아는 카인은 칭찬을 아끼지 않았다.

"언제 봐도 경의 오러 제어 솜씨는 훌륭해!"

에드가는 박수 소리가 들린 뒤에야 카인의 존재를 알아차렸다. 그는 드물게 당혹감을 내비치며 검을 갈무리했다. 날이 바짝 서 있는 검은 소리도 없이 검집 안으로 모습을 감췄다.

"전하."

정신이 없을 텐데도 예를 잊지 않는 모습이 에드가의 성정을 짐작케 했다. 그것이 그리 나쁘지만은 않았기에, 카인은 기분 좋게 웃으며 말했다.

"우리 사이에 뭐 그리 딱딱하게 구나, 경. 그보다 부하들이 무슨 실수라도 했나 보지?"

저리 굴리는 것을 보면. 턱짓으로 가리킨 그곳에는 푸른매 기사들이 여전히 오리걸음을 하고 있었다. 카인으로서는 전후사정을 전부 다 알고 있으면서 슬쩍 떠본 것이었으나, 에드가가 그 사실을 알 리 없다.

그는 땀을 뻘뻘 흘리는 부하들의 모습에 날 선 목소리로 답했다.

"예. 감히 태자 전하를 사칭한 벌을 주고 있습니다."

"아아. 방금 전 일을 말하는 것이로군. 그런가?"

"송구합니다. 제가 단단히 주의를 줘 다시는 이런 일이 일어나지 않도록……."

"응? 경, 경. 내 경에게 사과를 받고자 함이 아니네. 기사들이 장난 좀 친 것 가지고 국법이니 뭐니 일을 크게 키울 생각은 없어. 다만, 괜찮다면 저들의 처분을 내게 넘겨주겠나?"

거절할 이유도, 명분도 없는 부탁이었다.

이유가 무엇이건 황족을 사칭했다는 것만으로도 이미 중죄였다. 카인으로서는 자신의 명예가 훼손한 죄를 물어 저들의 목을 자르라 명령할 수도 있었다. 물론 에드가는 그가 그토록 잔혹한 성정이 아니라는 것을 잘 알고 있지만 말이다. 기껏해야 욕이나 좀 먹다 끝날 것이다. 거기까지 생각한 에드가는 순순히 고개를 끄덕였다.

"전하의 뜻대로 하십시오."

"하하하! 고맙네. 그럼 경은 그만 들어가 일을 보게나."

자리를 비켜달라는 우회적인 표현에, 에드가는 순순히 예를 갖춘 뒤 연무장을 떠났다. 물론 떠나기 전 제 부하들에게 경고하는 것을 잊지 않았지만 말이다. 그 서늘한 경고가 무색하리만치 에드가가 사라지자마자 기사들은 약속이라도 한 듯 와르르 무너졌다.

"으아아아…… 주, 죽겠다아아……."

"와, 진짜 어떻게 연무장을, 오리걸음으로, 몇 바퀴를 돈 거야 대체……!"

종종걸음 치던 기사들은 앓는 소리를 내며 흙바닥을 뒹굴었다. 벌을 받고 있다는 것도, 제복이 온통 흙투성이가 됐다는 것도 그들에게는 그리 중요한 것 같지 않았다. 누구도 허락하지 않았건만, 제멋대로 널브러진 그들은 약속이라도 한 듯 하나같이 불평을 쏟아내기 시작했다.

"전하아! 왜 이렇게 늦으셨습니까!"

"조금만 더 길게 붙잡으셨으면 성공했을 것입니다! 딱 오 분만 더 붙잡으시지!"

이미 페피가 타이밍을 잘못 잡아 엉망이 되어버린 일이다. 그러나 기사들은 그 부분을 쏙 빼고 얘기했다.

"이번 계획은 완전히 실패입니다!"

우는 소리를 하는 모습이 정말 힘들어 보였다. 그런 그들을 안쓰러이 바라보던 오르도는 남몰래 한숨지었다. 기사들을 안쓰러워해야 할지, 눈 뜬 장님이 되어버린 에드가를 불쌍해해야 하는 건지 모르겠다 생각하며.

그런 오르도의 걱정이 무색하리만치, 카인은 조금도 미안하지 않다는 표정으로 혀를 찼다. 제국의 유일한 황태자 전하께서는 거만하게 턱을 치켜세우며 지적했다.

"그러니까 일단 꽃이 먼저라니까."

사건의 전말은 이러했다.

"내 말했잖은가. 그 계획 별로라고."

바로 어제, 막내인 페피가 황태자와 접선을 시도하는 것으로 거대한 사기극의 막이 올랐다. 아무리 성격이 화통하고 장난을 좋아한다지만 그래도 그는 제국의 태자였다. 허락도 받지 않고 그의 이름을 갖다 쓸 정도로 정신이 나간 기사가 있을 리 없었다. 그렇기에 그들은 가슴을 울릴 만한 미사여구를 동원해 가며 카인의 지원을 얻어내고자 노력했다.

안타깝게도 그들이 늘어놓는 표현들은 카인의 심금을 울리진 못했으나, 흥미를 끌어내는 데는 성공했다.

시작도 못해보고 파투난, '공짜 식사권이 생겼는데 같이 갈 사람이 없네. 나랑 같이 갈래?(찡긋)' 계획을 카인이 미리 알고 있었던 이유였다.

카인은 아주 흔쾌히 작전에 동참하며 동시에 조언까지 해주는 친절함을 보여주었다. 카페나 레스토랑보다 꽃다발과 편지가 낫지 않느냐는 의견을 냈던 것이다. 자고로 부하들이 행복해진다면 윗사람으로써 뿌듯한 법. 물론 그가 조언을 해준 건 단순히 재미있을 것 같아서였지만, 어쨌건 그 조언은 꽤나 그럴듯했다.

제대로 된 호감도 없는 상태에서 무작정 들이밀어 성공할 가능성은 극히 희박했으니 말이다. 그러나 데이트의 정석은 레스토랑이라 주장하는 기사들의 고집으로 그의 충고는 받아들여지지 않았다. 그리하여 카인은 결과가 궁금해 몸을 일으켰고, 중간 지점에서 리아와 맞닥뜨렸으며, 그녀의 표정에 확신할 수 있었다.

'틀어졌구나!'

역시 꽃이 먼저라 중얼거리며 가벼운 발걸음으로 이곳까지 온 이유였다. 실패한 기사들을 앞에 둔 주군은 그들을 위로해 줄 생각이라고는 조금도 없었다.

"다짜고짜 레스토랑이라니."

자비로운 주군이라면 다음 기회가 있을 것이라며 용기를 북돋아주어야 했으나, 안타깝게도 카인은 자비와는 거리가 좀 멀었다. 기사들이 야유를 퍼부었으나 그는 당당했다. 팔짱을 낀 황태자는 고개를 들며 일침했다.

"자네들은 여성을 몰라도 너무 몰라. 그러면서 둘을 이어주겠다니. 헛된 꿈이지. 암. 그렇고말고."

쯧쯧, 혀를 차는 카인의 모습에 기사들은 하나같이 울상이 되었다. 계속해서 실패만 하는 것이 즐거울 리 없다. 처음 팔을 건

어붙였을 때까지만 해도 몇 주면 목표를 달성하겠거니 생각했다. 객관적으로 봐도 주관적으로 봐도 에드가는 완벽했으니 말이다.

가문, 외모, 실력에 성격, 사교계에 떠도는 소문까지. 부족한 점을 찾는 게 더 어려운 남자였다. 그러니 리아도 금세 에드가를 마음에 들어 할 것이라 생각했다. 그러나 일은 잘 풀리긴커녕 점 점 손댈 수 없을 정도로 꼬여가고 있었다.

오죽하면 로렐리아가 에드가를 보기만 하면 눈살을 찌푸린다 는 말이 나돌까. 그러니 기가 죽을 법도 했다. 물론 기만 죽었을 뿐, 그만둘 생각은 꿈에서도 안 하고 있다는 점에서 대단하다 할 만했지만 말이다.

덩치는 산만 한 사내들이 하나같이 어깨를 축 늘어뜨리고 있는 모습에, 카인이 인심 쓴다는 표정으로 턱짓했다.

"그래, 어쩌다 틀어졌는지 들어줄 테니 얘기나 해봐라."

잘못된 점을 찾아서 보완해야 다음번에 성공할 확률이 높아지 지 않겠냐는 말에 오르도의 표정이 미묘해졌다.

'……즐기고 계시는 것 같은데.'

그가 생각하기엔 가만히 있는 게 도와주는 거였다. 그러나 세 상사 어찌 마음대로 돌아갈까. 남 연애 구경이 재밌다는 말이 괜 히 생긴 게 아니다. 카인의 푸른 눈은 이미 즐거움으로 반짝이고 있었다. 그만둘 생각이 개미 눈곱만큼도 없어 보이는 주군의 모 습에 오르도는 확신했다.

'즐기고 계시는군.'

그러나 오르도를 제외하고 카인의 속내를 읽은 기사는 없었다. 두 눈에 콩깍지가 씐 지 오래인데 읽을 수 있을 리가. 속내를 읽 기는커녕 카인은 푸른매들에게 있어선 구세주의 등장이나 다름

없었다.

라흘란 브리 카인.

그가 누구던가. 라흘란 제국의 유일무이한 황태자이자 황제의 훤칠한 키와 또렷한 이목구비를, 황후의 부드러운 선과 살풋 접히는 눈웃음을 물려받은 미의 화신이지 않던가. 덕분에 카인은 귀족 영애들 사이에서 등장만으로도 비명을 부르는 존재였다.

그렇게 완벽한 남자는 미래 제 황후가 될 여인의 마음에 상처를 입힐 수 없다며 연애 한 번 하지 않는 대쪽 같은 성정을 갖고 있었는데, 이는 여인들이 앓는 소리를 내는 또 다른 이유였다.

유명세는 알고 있으나, 그가 연애 한 번 못 해봤다는 것은 모르는 기사들은 머뭇거림 없이 이번 계획을 처음부터 끝까지 줄줄 불었다. 그러나 바꿔 말하자면 결국 평생에 걸쳐 연애라고는 한 번도 해보지 못한 황태자는, 역시 여자 손 한 번 제대로 잡아보지 못한 기사들을 보며 고개를 저었다.

"거기서 그렇게 다 들켜 버렸다고?"

"예. 예상한 시간보다 훨씬 일찍 도착해서…… 딱 걸렸지 뭡니까."

"그거 참 다행이군."

"예?"

"일 치르기 전에 들킨 게 차라리 낫다, 이 말이다."

레스토랑이니 카페니 하는 헛소리들을 하기 전에 들켰으니 감사하라는 소리였다. 카인은 턱을 살짝 들며 말을 이었다.

"내 이런 말까지는 안 하려고 했는데 말이지. 경들은 연애의 단계라는 걸 몰라."

"단…… 계 말입니까?"

"그래. 누가 대뜸 밥부터 먹자고 하나. 아직도 모르겠나? 꽃이라니까! 가만 보면 경들도 참 답답한 구석이 있어."

카인은 그렇게 여자 마음을 몰라서 어떻게 결혼하겠냐며 일갈했다. 그렇게 말하는 그의 모습에 푸른매 기사들은 서로 시선을 주고받았다. 그런가? 그런 것…… 같기도? 잠시 고민하던 그들은 곧 카인의 말을 신봉하기로 마음먹었다. 그렇게 감동한 기사들은 있는 힘껏 고개를 끄덕였다.

그리고, 결국 정략혼을 하게 될 남자들의 대화를 듣던 오르도는 조용히 생각했다.

'그거…… 아닌 거 같습니다, 전하.'

이 자리에서 유일하게 연애결혼에 성공한 그는 속으로나마 한숨을 뱉어냈다.

평화로운 라흘란 제국의 평범한 오후였다.

황궁 한쪽에서 자신을 놓고 어떤 무시무시한 계획이 세워지고 있는지 알 리 없는 리아는, 다른 문제로 머리가 꽉 찬 상태였다.

'이건 말도 안 돼.'

리아의 이른 귀가에 집사가 놀라 달려왔다. 그런 그에게 아무도 들이지 말라 신신당부를 한 뒤 서재에 들어가 문을 걸어 잠갔다. 그걸로도 모자라 혹여나 문이 열리는지 확인까지 마치고서야 뱉어내는 숨이 가빴다. 당혹과, 혼란. 날 것 그대로의 감정들이 엉망으로 뒤엉킨 낯으로, 리아는 문에 기대 주르륵 미끄러졌다.

'나라고? 또 다른 나? 심지어, 그 남자와 결혼을 한?'

백번 양보해 '저쪽 세계'라는 곳에 또 다른 자신이 있다고 치자. 정말 우연히 마도구가 저쪽 세계와 연결됐다고 가정하며, 리아는 얼굴을 구겼다. 아무리 그래도 믿을 수 없었다. 저쪽 세상의 제가, 에드가와 결혼한 걸로도 모자라 진심으로 그를 사랑하고 있다고? 개소리. 리아는 단호하게 그 가정에 대한 제 평가를 뱉어냈다.

이유는 단순했다.

"공작과 결혼을? 내가? 미치지 않고서야……!"

자신은 에드가를 싫어한다.

그것만큼은 어떤 상황에서라도 변할 수 없는 대명제였으니 말이다.

리아가 에드가를 '인지'한 것은 삼 년 전이었다. 기사로서 임명되었을 때까지만 해도 에드가에 대해 잘 알지 못했다. 사교활동의 일환으로 여러 파티에 참석했을 적에도 다른 가문의 영식에 대해 관심을 가져 본 적이 없으니 그리 이상한 일도 아니었다.

그런 그녀가 에드가를 인지하게 된 이유는 단순했다.

첫 만남이 너무도 강렬했기에.

삼 년 전 그날, 그녀는 제2기사단 단장으로 임명됐다. 그리고 연무장에서 제 부하가 될 기사들과 처음 만났다. 덩치가 커다란 사내 여덟이 저를 옹기종기 둘러싸고는 신기한 동물 보듯 바라봤더랬다. 그리고 첫날부터 뒷목 잡는 말을 들었다. 잠시 잊고 있던 프루트의 말을 떠올린 리아의 얼굴이 구겨졌다.

'약해빠진 여자가 단장이라니 최악이라 했었지.'

어찌 되었든 당시 그녀는 프루트의 말을 듣자마자 머뭇거림 없이 검을 빼들었다. 말로 해서는 안 된다는 것쯤은 그들의 눈만 봐도 알 수 있었다. 불신과 짜증이 엉망으로 뒤섞여 있는 그 표정들이란. 그것들로부터 시선을 피하지 않으며, 리아는 이를 악문 채 말했었다.

　불만이 있는 놈은 나와라, 실력으로 증명해 주마. 잘은 기억나지 않지만 당시 자신이 한 말은 대충 그랬었다.

　에드가를 인지한 것은 그때였다. 연무장에서 쭉 이어진 계단 위쪽에서, 웃고 있는 흑발의 남자. 제가 뽑아 든 검에 고정된 시선을, 그리고 저를 향한 놀란 그 표정을, 그녀는 몇 년이 지난 오늘날까지도 잊지 못했다. 아직도 눈에 선하다. 조금 크게 떴던 눈가가 이내 부드럽게 접히더니 자신을 보며 웃던 그 모습은.

　다시 생각하니 짜증이라, 리아는 얼굴을 구기며 머리칼을 엉망으로 흐트러뜨렸다.

　"사람을 대놓고 비웃는 그런 인사와 결혼이라니."

　서재 문에 기대어 반쯤 주저앉았던 몸을 일으키며 중얼거리는 목소리가 단호했다. 책상 쪽으로 걸어가 의자를 빼 앉은 리아는 곧장 양피지와 펜을 찾았다.

　잉크에 담긴 펜은 한참의 시간이 흐른 뒤에야 병에서 빠져나왔다. 가문의 인장이 찍힌 양피지 위로 펜이 춤추듯 움직였다.

　⟨믿기 힘든 말을 믿으라 한다면, 명확한 증좌를 보여야 하는 법. P의 옆에는 항상 무엇이 오는가?⟩

　글씨체만으로 편지가 진짜라 확신할 수는 없었다. 그만큼 심각한 사안이었다. 그렇기에 리아는 가장 확실하게 확인할 수 있는 패를 꺼내들었다. 오로지 드벨의 성을 잇는 이들에게만 입에서 입으로 전해지는 가문의 비밀을.

　편지에 답장을 보내는 사람이 자신이 아니라면 이해하지 못할 것이고, 맞다면 뒷부분을 보내올 터였다. 습관처럼 양피지 끝에 서명을 적어 넣던 손이 잠시 멈췄다. 항상 무의식적으로 휘갈기던 서명을 받는 이가 자신일지도 모른다 생각하니 기분이 이상했다.

'저쪽 세상의 내가 진짜로 있다면, 나는 지금 나에게 편지를 보내는……'

생각하면 할수록 머릿속이 복잡해져서, 리아는 고개를 저어 상념을 떨쳐 냈다. 재빨리 서명을 마무리한 그녀는 양피지를 두 번 접어 보석함에 넣었다. 이번에도 기다리고 있었는지 얼마 지나지 않아 보석이 붉게 물들며 답신의 도착을 알렸다.

《가장 위대한 시작의 뒤엔 언제나 처음을 두려워하지 않는 여인이 있었나니, 그것은 K.》

리아가 그것을 전부 읽기가 무섭게 붉은 빛이 한 번 더 일렁였다.

《리아, 믿기 어렵겠지만 사실이야.》

양피지를 쥔 손에 바짝 힘이 들어가는 순간이었다.

"……하! 후작 각하!"

다음 날, 리아는 귓가에서 맴도는 익숙한 목소리에 천천히 잠에서 깨어났다. 자고 일어났음에도 개운하기는커녕 눈가에 물기라곤 전혀 없는 것처럼 따끔거렸다. 어젯밤의 후유증인 듯했다.

"일어났어, 폴. 곧 나갈게."

잠긴 목소리로나마 부름에 답하자, 다음부터는 문을 잠그고 잠들지 말아달라는 폴의 애탄 애원이 들려왔다. 위급상황이 아닌 이상 고용인인 그들이 문을 딸 방법이 없기에 하는 애원이었다. 미안한 마음을 가득 담아 사과한 리아는 찌뿌듯한 몸을 일으켰다.

밤새 그녀가 엎드려 선잠을 잔 책상은 양피지 조각으로 엉망이었다.

밤을 새우게 했던, 그리고 눈가가 따가울 수밖에 없었던 이유가 가장 위에 펼쳐져 있었다.

〈테리? 테리가 누구냐니, 너도 참, 우리 막내 이름이잖아!〉

〈부모님은 괜찮으시냐고? 그건 또 무슨 말이야? 얼마나 정정하신데, 앞으로 이십 년은 거뜬하실걸! 안 그래도 요샌 테리가 성년식을 치르자마자 후작위를 물려준 다음 온천 여행을 떠나신다고 벼르고 계셔. 그쪽의 부모님은 네게 후작위를 물려주고 여행을 떠나셨니?〉

아아.

이쪽의 상황을 짐작조차 못하는 그녀의 유쾌함에 잠식될 것만 같았다. 양손으로 얼굴을 덮은 리아는 참았던 숨을 천천히 뱉어냈다.

'어째서.'

묻고 싶었다. 누가 되었건 멱살을 붙들어, 아니, 무릎을 꿇고 고개를 땅에 처박는 한이 있더라도 답을 얻고 싶었다.

다른 미래가 가능했다면, 어째서 제 부모님은 죽어야만 했는지 묻고 싶었다. 그 이유만이라도 알고 싶었다.

'정말 다른 세계가 존재한다면, 그곳에서 정말 부모님이 살아 있다면, 대체 무엇이 달랐기에 사고가 났던 것일까.'

답을 알아낸다 하여 바뀌는 것은 없었다. 이미 양친이 사망한 지 삼 년이나 흘렀으니. 그러나 사람 마음이 어디 그렇던가. 변하는 것이 없더라도 알고 싶었다. 단숨에 세 사람의 목숨을 앗아간 이유가 무엇인지 알아야만 했다.

어제 나눈 대화에, 잠시간 잊고 있던 기억들이 빼곡히 들어찼다. 리아는 자리에서 일어났다. 의자가 바닥에 끌리는 소리를 따라 양피지 몇 장이 바닥으로 떨어졌다. 미처 그것을 보지 못한 그녀는 떨어진 양피지 외의 것들을 대충 구겨 품 안에 욱여넣고는 서재를 벗어났다.

< …(중략)… 에드가와 사이가 좋지 않다고? 리아, 네가 착각하고 있는 걸 거야. 나도 기사단에 입단했을 때나 결혼한 지 얼마 되지 않았을 땐 그이의 성격이 무척이나 무뚝뚝하고 차갑다고 생각했거든. …(중략)… 그이는 무척이나 세심해. 내가 즐겨 먹는 케이크가 무엇인지 유심히 살폈다가 저택에 돌아올 때면 사다주거든. 심지어 그 케이크는 온통 핑크빛으로 만발한 몽실몽실에서만 파는 건데도 말야! 그리고 그이는 대화할 때면 항상 내 눈을 봐줘. 그거 아니? 내가 만났던 수많은 남자들 중에서 대화할 때 눈을 봐준 건 그가 처음이라는 거! …(중략)… >

생각지도 못한 곳에서 에드가의 장점을 알게 된 리아였으나, 개중 무엇도 그녀의 관심을 끌진 못했다.

문을 열자 곧장 걱정 어린 표정을 한 집사가 따라붙었다. 그녀의 상태를 샅샅이 알아내겠다는 의지가 가득한 낯이다. 그런 그의 모습에 리아는 속으로나마 작게 웃었다. 성년이 된 지 벌써 몇 년이나 지났는데도 걱정해 주는 이들이 고마워서.

하지만 지금은 다른 이유로 그가 필요했다.

"최대한 빠른 말을 골라. 가능한 한 빨리 벨에게 전해야 해."

집사는 가장 빠른 말을 고르라며 한 번 더 강조하는 리아에게서 봉투를 받아들었다. 봉투는 그녀가 밤새 고심해 쓴 편지로 두툼했다.

"알겠습니다."

고개를 숙여 보인 집사는 빠르게 복도를 가로질러 갔다. 급하다 했으니 지금 당장 달려가 편지를 보낼 생각인 듯했다. 리아는 그런 그를 말리지 않았다. 급하다는 말은 거짓이 아니었으니.

'서두르면 보름. 보름이라……'

과연 제 동생은 이런 상황을 알고 있을 것인가. 리아는 얼굴을 구긴 채 한숨을 삼켰다. 벨이 갖고 있을 상자가 제 것과 같은 상태라면, 그쪽은 '다른 세계의 벨포스'가 믿기 힘든 말들을 늘어놓고 있을지도 몰랐다.

차라리 그러면 좋겠다. 그럼 제 동생은 무언가 잘못되었음을 알고 편지를 보냈을지도 모르니. 그렇게 되면 일주일 안에 마탑에서 출발한 편지를 받게 될지도 몰랐다. 마도구를 어떻게 처리해야 할지에 대한 방법이 빼곡히 적힌 편지를.

"차라리 그랬으면……"

어쩐지 일이 그렇게 수월하게 풀릴 것 같진 않았다. 묘한 불안감이 심장께를 스치고 지나가서, 리아는 결국엔 참았던 한숨을 뱉어내고야 말았다.

라흘란.

라르드 대륙에서 가장 거대한 제국의 국경에서부터 쉼 없이 말을 달리다 보면 광활한 사막이 모습을 드러낸다. 사막 중에서도 희귀하다는 붉은 사막이 바로 그것이다. 멀리서 보면 핏물이 흐르는 것 같다 하여 이름 붙여진 붉은 사막은 사람은커녕 식물도 찾아보기 힘든 죽은 땅이었다.

누구도 찾지 않아 헤아릴 수도 없을 정도로 수많은 밤과 낮 동안 버려져 있던 그곳에 한 여인이 발을 들여놓은 것은 수백 년 전의 일이다.

온몸에 상처가 가득했던 여인은 커다란 검은 로브를 뒤집어쓴 채 고개를 들어 붉은 사막을 눈에 담았다. 그 끝을 알 수 없을 정경에 로브의 끝을 쥐고 있던 여인의 손이 가느다랗게 떨렸다. 절망과 분노가 일렁이던 두 눈에서 뚝, 미처 갈무리하지 못한 감정이 떨어져 내렸다.

「마법사를 위한 곳을 만드리라.」

피 묻은 여인의 발이 사막을 디뎠다. 밑에서부터 올라오는 열기는 피로 얼룩진 발에 화상을 남겼으나, 여인은 멈추지 않았다. 열기와 맞닿은 핏방울이 증발하는 소리가 고요한 사막에 퍼지는 유일한 소리였다.

이를 악문 채 그녀는 안쪽으로, 안쪽으로 계속해서 걸어 나갔다.

「인간들은 감히 발도 들이지 못할 이곳에 마법사만을 위한 낙원을 세우리라.」

태초의 대마법사, 셰나.

무한한 마력을 몸에 담고 태어난 여인. 평민이었던 그녀는 무수한 권력자들의 탐욕 아래에 친지와 친구들을 잃어야만 했다. 그렇게 모든 것을 잃은 대마법사는 붉은 사막을 향해 부르짖었다.

「그리하여! 그리하여 왕도, 귀족도, 황제마저도 마법사라는 이름 앞에서는 평등하리라!」

그것이 붉은 사막에 자리 잡은 마탑의 시초였다.

그리고 지금도. 그 규범은 마탑을 지탱하는 정신적인 지주와도 같았다. 그리하여 마탑이 세워진 지 오랜 세월이 흐른 지금.

"우리는 자네가 이 마탑에 남아 다음 마탑주가 되어주길 바라고 있네."

벨포스는 생각했다. 모든 게 평등하다는 마탑에서 어째서 마탑주는 평등하게 선정하지 않는가에 대해. 셰나의 유지를 받들고 싶다면 투표라도 해야 하는 것 아닌가. 벨포스는 마탑에 도착하기가 무섭게 시작된 제안에 어색한 웃음으로 답했다. 그걸 어찌 해석했는지, 긴 수염이 인상적인 노마법사는 다급히 말을 이었다.

"잊지 말게나! 자네가 무엇을 원하건, 마탑에서는 적극적으로 지원할 것이라는 걸. 그러니 필요한 게 있다면 뭐든 말하게나."

"감사합니다. 죄송하지만, 잠시 생각할 시간을 주시겠습니까?"

노마법사는 벨포스의 부탁에 입맛을 다셨다. 시간이 필요하다는 말은 곧, 완곡한 축객령이었다. 제가 생각해도 도착하자마자 일평생 마탑에 뼈를 묻어달라는 것은 과한 청이긴 했다. 그러나 자신들도 꽤 절박했다. 백년에 한 번 태어난다는 대마법사를 이대로 제국에 빼앗길 수는 없었으니 말이다. 노마법사는 슬쩍 눈을 굴렸다. 그는 벨포스를 설득해야 한다는 막중한 책임을 어깨에 지고 있었다. 하지만 계속 버티기에는 벨포스의 시선이 너무 따가웠다.

결국 노마법사는 한참을 머뭇거린 뒤에야 자리에서 일어났다.

"크흠! 그…… 잘 생각해 보게나. 너무 서두를 것 없네."

"예."

뒷걸음질 치며 아쉬운 기색을 떨치지 못하던 노마법사는 반쯤 닫힌 문을 다시 열어젖혔다. 그 다급함에 벨포스의 눈이 동그래졌다. 놀란 기색이 역력한 벨포스와 민망스레 눈을 맞춘 노마법사는 미처 얘기하지 못했던 것을 입에 담았다.

"생각해 보니 방이 좀 좁지 않은가? 원하면 방도 지금보다 넓고 좋은 곳으로 옮겨주겠네!"

모든 마법사는 평등하다는 엄격한 규율이 깨부숴지는 순간이었다. 그러나 그렇게 말하는 노마법사는 한없이 당당했다. 대마법사를 손에 넣는 데 고작 그게 문제일까! 그깟 방, 얼마든지 바꿔줄 수 있다 생각하며 그는 말을 이었다.

"사실, 자네가 이런 곳에서 묵는 건 좀…… 불편하지 않겠는가."

방을 좌에서 우로 훑는 시선이 날카로웠다. 마치 무슨 이런 곳이 다 있냐는 투였다. 그러나 기실 벨에게 주어진 방은 그리 나쁘지 않았다. 침대는 푹신했고 책장은 컸으며, 널찍한 책상까지 주어졌으니 말이다. 다른 점이 있다면 후작저에서 쓰던 방보다 크기가 작다는 것과 물품들이 준고급품이라는 것뿐이었다.

만약 벨이 까다로운 귀족이었다면 얘기는 또 달라졌을지도 모른다. 그러나 그는 그다지 물건에 집착하는 성정이 아니었다. 벨은 문을 살짝 힘줘 밀며 고개를 저었다.

"이 정도면 충분합니다."

거절하는 목소리는 부드러웠다.

"그렇다면 다행이네만……."

노마법사는 아쉽다는 표정으로 말끝을 흐렸다. 그 와중에도 문이 닫히지 않게 양발로 버티고 서는 것을 잊지 않은 채다. 그러나 더 이상 할 얘기도 없었다. 결국 그는 필요한 것이 있다면 언제든 이야기하라는 말을 남기곤 문을 닫아주었다.

문이 닫히자 그제야 혼자 남게 된 벨포스의 얼굴에서 옅게 배어 있던 웃음기가 사라졌다. 그는 걱정이 가득한 낯으로 품 안에서 투박한 나무 상자를 꺼내들었다.

그가 마탑에 도착한 지 오늘로 만 하루째.

"어째서……. 누님, 무슨 일이 있으신 겁니까."

로렐리아와 연락이 되지 않은 지 하루째의 일이었다.

††

벨의 걱정과는 달리 리아는 아픈 곳 하나 없이 건강했다. 아프긴커녕 부은 눈을 부여잡고 복도로 나왔다가 유모에게 한 소리 들었다. 그렇게 퉁퉁 부은 눈으로 어딜 가느냐는 유모의 말에, 리아는 얼음찜질을 받으며 아침식사를 해야만 했다.

후작가는 역사적으로 유서 깊은 만큼 가풍도 엄격한 편이었다. 그러나 유모와 집사만큼은 리아가 후작위를 승계한 이후에도 펴히 대할 수 있는 몇 안 되는 이들이었다. 리아는 시녀장도 겸하고 있는 유모의 조언대로 오른쪽 눈 위를 얼음주머니로 살살 문지르며 슬쩍 운을 뗐다.

"……그렇게 심하진 않은 것 같은데."

"절대 안 됩니다, 각하. 이 상태로 입궁하셨다간 다음 날 온갖 소문이 퍼질 거예요!"

밤새 운 것처럼 보인다는 말에, 리아는 군소리 없이 얼음주머니를 열심히 문질렀다. 귀족 사회가 이런 추문에 얼마나 열을 올리는지에 대해서는 그녀도 지겨울 만큼 잘 알고 있었다. 어느 가문 영애의 눈가가 붉게 물들어 있다는 것만으로도 수백 가지의 추측이 생겨나는 곳이다. 그리고 개중 가장 그럴듯한 얘기가 입에서 입으로 퍼지기 마련이었다.

그렇다면 기사에, 여자이면서, 심지어 미혼인 후작이 운 티가 역력한 얼굴로 나타나면 어떻게 될까?

'끔찍하네.'

리아는 한 손으로 빵을 뜯어 먹으며 조용히 얼음주머니를 새것으로 갈았다. 소문에 그다지 신경 쓰는 성격은 아니었지만, 그렇다고 나서서 양산할 필요도 없었다.

집사가 식당 안으로 들어온 것은 바로 그 즈음의 일이었다. 벨포스에게 전달하라 말한 편지를 부치고 왔는지, 재킷에서 마른 풀냄새가 났다. 평소라면 이런 흔적을 남길 이가 아니다. 그러나 제 쪽으로 다급히 다가오는 집사는 어쩐지 다급해 보였다. 마른 풀냄새 따위엔 신경조차 쓰지 못할 정도로.

"각하, 며칠 전 페리엘 공작저에서 티파티 초청장을 보내왔습니다. 서재에 두었는데, 확인하시지 않은 것 같아 급히 가져왔습니다."

아아. 리아는 작은 탄성을 뱉으며 은쟁반에 담겨 있는 초청장을 바라봤다. 네모나고 각진 봉투는 책상 한편에 쌓여 있는 것들과 같았다. 속에 든 것의 가치를 따지자면 비교하는 것만으로도 미안할 정도였지만 말이다.

요 며칠 바빠 방치했더니 이런 사달이 벌어질 줄이야. 리아는 얼굴을 구긴 채 중얼거렸다.

"티파티라……."

티파티이건 연회이건 공작가에서 자신을 초대할 만한 사람이라면 한 명밖에 없었다. 전대 공작부인인 안느. 친분은 둘째로 치더라도 그녀의 초대는 거절할 수가 없다. 신분만 봐도 그렇다. 현 황제의 여동생이자, 현 황후와 함께 사교계를 이끌고 있는 전대 공작부인. 그녀는 리아가 가문을 잇는다 말했을 때 누구보다 안타까워한 인물 중 한 명이기도 했다. 그 뒤에는 두 팔 걷어붙이고 지지해 주긴 했지만. 기사가 된 첫해에 소문이 돌자 누구보다 열렬히 화를 내준 이이기도 했다.

"고마워."

리아는 손을 뻗어 초대장을 집어 들었다.

붉은 인장을 녹여 찍어낸, 공작가의 상징이 가장 먼저 눈에 밟혔다. 그것을 한참 동안 바라보는 그녀에게 왜 그러시냐 묻는 이는 없었다. 적어도 후작저에서 삼 년 넘게 일했다면 안느와 전대 후작부인과의 관계를 모를 리 없었으니 말이다.

항상 그러했듯 봉투 위엔 유려한 글씨로 '친애하는 리아에게'라 적혀 있었다. 처음 이 글귀가 쓰인 편지를 받았을 땐 어머니 앞에서 팔짝팔짝 뛰었더랬다.

'그런 적도 있었지.'

오래된 기억을 더듬으며, 리아는 천천히 인장을 뜯었다.

그리고 이번에도 차마 거절하지 못할 초대장을 천천히 읽어 내렸다. 짤막한 글귀에는 약간의 걱정과 함께 애정이 짙게 녹아 있었다. 전부 읽은 뒤 리아는 고개를 들어 집사에게 말했다.

"참석한다는 답신을."

"예."

자고로 뛰어난 집사란 주인을 기다리게 하지 않는 법이다. 그는 미리 준비한, 금박이 둘러진 종이와 펜이 담긴 쟁반을 테이블에 내려놓았다. 그 위로 리아가 재빠르게 답신을 적고 인장을 녹여 봉하는 데까지 걸린 시간은 고작 몇 분이었다. 집사가 답신을 갖고 뛰어나가는 뒷모습을 보며, 리아는 다시 얼음주머니를 집어 들었다.

그런 그녀에게 유모가 조심스레 말을 붙였다.

"각하, 티파티가 언제인가요?"

"응? 아……."

그러고 보니 날짜가…….

"오늘 오후 3시였군."

깜빡할 뻔했다는 리아의 말에 되레 유모는 제가 멍해지는 기분을 느껴야만 했다. 오늘? 오늘이라니! 그녀는 다시 자연스럽게 식사를 시작하는 리아의 모습에 다급히 정신을 붙잡았다.

"가, 각하, 오늘도 입궁한다 하시지 않으셨습니까! 그런데 오늘 티파티가 열린다니, 어찌하면 좋아요!"

"걱정하지 마. 잠시 공작저에 들러 부인만 뵙고 궁으로 돌아가면 되니."

부인께 드릴 꽃과 쿠키를 사갈 생각이라는 말도 잊지 않았다. 그러나 유모는 소리 없이 뒷목을 잡았다. 다른 누구도 아닌 안느가 주최하는 티파티다. 그곳에 잠시 들러 꽃과 쿠키만 전달할 생각이라고? 사교계에 소문이 안 나는 게 더 이상한 행보다. 제발 저택에 들러 드레스를 입고 가라는 유모의 간절한 부탁에도 리아는 단호했다. 무엇하러 번거롭게 그런단 말인가? 결국 고집을 꺾지 못한 유모는 평소와 다름없이 제복 차림으로 저택을 떠나는 리아의 뒷모습을 보며 눈물지었다.

'우리 애기씨! 티파티에 그리 입고 가시면 또다시 소문이 돌 텐데! 우리 애기씨 평판이 또 떨어질 텐데! 아이고!'

물론 입 밖으로 내지 못할 한탄이었지만 말이다.

유모의 한탄을 알 리 없는 리아는 황궁으로 가는 길목에 죽 늘어서 있는 디저트 가게 중에서 가장 화려한 곳으로 향했다. 후궁들에게 줄 선물을 사기 위해서.

"아, 아, 여기는 푸른매 1호, 푸른매 1호, 붉은늑대가 막 가게로 들어갔습니다!"

그런 그녀의 뒤를 쫓는 이들이 있었으니, 황태자의 연설에 감명받아 새롭게 조직된 공후럽이었다.

바로 어제, 카인은 푸른매 기사들의 부족함에 한탄을 금치 않았다. 그리곤 앞으로는 제가 진두지휘해 주겠노라 나섰다. 오르도가 있는 힘껏 말렸으나 말린다고 말려질 리가.

그 결과 재조직된 공후럽은 시작부터 찬란하기 그지없었다.

물론 후작이 무엇을 좋아하느냐는 질문에 아무도 대답하지 못하는 기가 막힌 상황이 벌어졌지만 말이다. 카인이 황당해하며 그동안 뭐 했느냐고 묻자, 열심히 시비나 걸고 다녔다 대답하는 기사들은 참 당당했다. 자랑스럽게 어깨를 쭉 펴고 있는 제 기사들을 보며 카인은 진지하게 고민했다. 그의 기사들이 과연 연애를 할 수 있을 것인가에 대해서.

그리하여 황태자 왈, 전장에서도 적을 알아야 승리할 수 있다 했으니. '드벨 후작에 대해 전부 알아내기' 작전이 시작되는 순간이었다. 이를 위해 가장 먼저 바뀐 것은 장비였다. 제아무리 황실에서 가장 뛰어나고, 가장 대우가 좋다는 제1기사단에 소속된 기사들이라 할지라도 결국 월급쟁이인 법이다.

월급쟁이이면서 귀족이긴 했다. 제1기사단의 입단 조건에는 출신 성분도 들어가 있었으니. 그러나 역시 귀족과 황태자의 씀씀이를 비교할 수 있을 리 없다. 그리하여 제국에서 재력으로는 한손에 꼽는 카인이 아낌없이 베풀기 시작했으니, 그날 푸른매 기사들은 마도구를 풀세트로 하사받았다.

그중 가장 쓸모 있는 것이 바로,

[여기는 푸른매 2호, 붉은늑대가 가게로 들어갔다 합니다!]

[여기는 푸른매 3호! 붉은늑대가 가게로 들어갔습니다!]

[여기는 푸른매 4호! 붉은늑대가 가게로 들어갔답니다, 전하!]

[여기는 황금사자, 황금사자. 가게 이름을 말해야 뭘 사러 간 건지 알 것 아닌가!]

먼 곳에서도 소리로 소통이 가능한 소형 통신도구였다. 아직 시제품이라 거리에 제한이 있다는 아주 큰 단점이 있긴 했다. 그 덕분에 푸른매 기사들은 후작저에서 황궁까지 일정한 거리를 두고 잠복해야만 했다. 그 모습이 흡사 어린아이들이 실에 종이컵을 줄줄이 꿰어 말을 주고받는 모양새와 비슷했다.

기사들의 귀에 꽂혀 있는 마도구들은 벨포스가 마탑으로 수련을 떠날 수 있었던 방법이기도 했다. 제국은 귀한 인재인 벨의 마탑행을 허락하는 대신 다양한 마도구들을 받아 챙겼다. 그리고 현재 그 마도구들은 돌고 돌아 공후럽을 위해 사용되고 있었으니, 세상사 한 치 앞도 짐작하지 못한다는 말은 이런 때 쓰는 것이라 할 수 있겠다.

어찌 되었건 황태자의 호통은 줄줄이 소시지를 엮는 것처럼 푸른매 4호에서 1호로 빠르게 전달되었다.

[여기는 푸른매 4호! 황금사자께서 가게 이름을 말하라 하신다!]

[여기는 푸른매 3호! 가게 이름 말해!]

[여기는 푸른매 2호! 1호, 제대로 안 하지! 가게 이름 뭐야!]

귀를 쨍하니 울리는 목소리에 페피는 화들짝 놀라며 가게 간판을 살폈다. 지난번의 실수로 인해 그는 바짝 긴장한 채였다. 그러나 긴장한 그가 보기에도 간판은 참 오글거렸다. 핑크빛 구름을 표현하고 싶었는지 심지어 진짜 솜이 붙어 있기까지 했다. 보는 것만으로도 입이 달아 절로 침이 고였다. 그런 점에 있어서는 참 획기적인 간판이라 할 수 있겠다. 페피는 침을 꼴깍 삼키며 재빨리 가게 이름을 확인했다.

"에리앙입니다!"

[에리앙? 디저트 가게로 유명한 곳일 텐데. 후작이 단 음식을 좋아했던가?]

"자, 잘 모르겠습니다, 송구합니다!"

[아아, 경에게 물은 게 아니네. 혼잣말이었어. 그래서, 뭘 사고 있지?]

"쿠키를 사고 있습니다!"

같은 말이 연달아 몇 번이나 전달되었다. 위로 줄줄이 선배에 황태자까지 있는 상황이니 긴장하는 것은 당연지사다. 온몸에 바짝 힘이 들어가 경직된 채 홀로 중얼거리는 페피의 모습을 지나가는 사람들이 묘한 시선으로 바라봤다. 제복 차림이었다면 기사님께서 잠복근무를 수행하고 있겠거니 했겠지만, 불행히도 지금 그는 사복 차림이었다.

그렇게 온몸으로 '나 잠복하고 있소'라 외치는 페피를 알 리 없는 리아는, 한창 쿠키를 사고 있었다. 자신을 위한 것이 아니라 후궁들을 위한 것이긴 했지만 말이다. 그러나 보는 즐거움도 무시하지 못하는 법이다. 트레이에 소복이 담긴 각종 케이크와 쿠키, 그리고 마들렌을 보는 녹안이 즐거움으로 반짝였다.

금발을 머리 위로 높게 올려 묶고 허리춤에는 검을 찬 채 케이크를 사러 들어오는 영애가 흔할 리 없다. 언제나 화려한 드레스만을 봐왔던 여직원이 리아를 힐끔거린 이유였다. 처음에는 호기심뿐이었던 여직원의 시선은, 그러나 시간이 흐름에 따라 애잔함으로 바뀌었다. 그녀는 십분 넘도록 반짝이는 눈으로 케이크와 쿠키를 보기'만' 하는 리아의 곁으로 살짝 다가섰다.

"저, 손님, 괜찮으시다면 추천해 드릴까요?"

여직원은 리아가 혹여나 불쾌해할까 싶어 조심스럽게 물었다. 그러나 그 말은 리아에게 있어 구원이나 다름없었다. 유모가 몰래몰래 사다주는 것을 먹을 줄만 알았지, 케이크의 종류에 대해서는 깜깜했으니 말이다. 리아는 살짝 볼을 붉히며 대답했다.

"그럼 차에 곁들일 쿠키를 좀⋯⋯."

흐려지는 말끝과 붉어지는 귓가를 놓치지 않은 종업원은 저도 모르게 작은 탄성을 터뜨리며 웃었다.

그 누가 여자는 예쁜 여자를 싫어한다 하던가? 모르는 소리. 여자도 예쁜 여자 좋아한다. 그 예쁜 여자가 멋지게 차려입고 쑥스러워하며 좀 도와달라 하면 더 좋아한다.

점원이 그랬다. 그녀의 두 눈이 일순 이루 말로 표현할 수 없는 사명감으로 반짝였다.

"역시 차에는 이 쿠키죠! 지금 할인 행사 중이라 하나를 사시면 하나가 덤! 웬만한 티엔 전부 어울린답니다!"

양팔을 걷어붙인 점원이 집어든 것은 행사는커녕 오늘 새로 출시된 야심작이었다. 이름하야 화이트 초코칩 쿠키! 언제나 까맣기만 한 초콜릿에 변화를 준 획기적인 상품을 설명하는 점원의 목소리가 점차 고양됐다.

'기사님께서 이걸 갖고 가시면 최고로 주목받으실 수 있을 거예요!'

속으로 소리 없이 외치면서.

점원의 적극적인 추천에, 리아의 시선도 화이트 초코칩 쿠키로 향했다. 노릇하게 구워진 갈색 쿠키에 자르르 윤기가 도는 흰 초콜릿이 사정없이 박혀 있는 모습은 보는 것만으로도 군침이 돌았다.

리아는 쿠키를 향해 뻗고 싶은 손을 애써 붙잡으며 고개를 끄덕였다.

"그럼, 그걸로……"

"탁월한 선택이세요, 기사님! 오늘 기사님이 첫 손님이시니 제가 서비스로! 특별히! 저희 가게 특제 케이크도 넣어드릴게요! 서비스예요!"

반드시 성공할 것이라며 응원한 것은 덤이다. 직원은 순식간에 푸짐해진 봉투를 리아의 품에 안겨주었다. 뭐든 해본 사람이 잘한다는 말이 있다. 가게 방문도 마찬가지다. 리아는 얼떨떨한 표정으로 커다란 봉지를 받아 들었다. 에리앙에 처음 방문했으니 여기가 원래 이렇게 퍼주는 곳인지 아닌지 알 리가.

뭔가 이상하다는 생각을 하면서도 주는 대로 받아 나온 리아의 뒤를, 직원이 또 오라며 손을 흔들며 배웅했다. 막내라 몸으로 뛰는 페피는 어쩐지 열기가 느껴지는 직원의 외침에 고개를 갸웃하면서도 열심히 리아의 뒤를 밟았다.

그는 아직 익숙지 않은 마도구를 손으로 만지작거리며 점차 다른 기사들의 목소리가 들린다는 걸 깨달았다. 황궁에 가까워지고 있는 탓이었다.

"현재 후작께서는 커다란 갈색 봉투를 들고 정문을 지나쳤습니다."

덕분에 정문에 다다랐을 즈음에는 카인과 직접 대화하는 것이 가능해졌다.

[크다고? 뭘 얼마나 샀기에? 흠…… 연회 때 단 걸 먹는 모습을 본 적이 없는 것 같은데…… 직접 사러 갈 정도면 후작이 단 음식을 무척이나 좋아하나 보군. 요주의사항이야. 데이트 코스에 디저트로 유명한 카페를 넣도록.]

"예!"

[아니아니. 경에게 하는 말이 아니었네.]

페피의 귓가에 보좌관에게 하는 말씀이라는 선배의 목소리가 들려왔다. 당황한 막내는 경례까지 해가며 자신의 잘못을 사죄했다. 얼결에 리아의 비밀 중 하나를 알아버린, 시작부터 징조가 좋은 공후럽이었다.

그러나 그들의 존재 자체를 모르는 리아는 가장 먼저 제2기사단실로 향했다. 한 손에는 에리앙에서 구입한 봉투를 든 채였다.

붉은늑대 기사들은 항상 정시에 출근하는 리아의 패턴을 꿰고 있었기에 만반의 준비를 마친 뒤였다.

어제 휴가로 얻은 시간을 전부 술집에서 보낸 그들이었으나, 흔적을 남길 정도로 어리석지는 않았다. 깔끔하게 올린 머리칼이나 먼지 한 톨 없는 제복이 멀끔했다. 리아는 매서운 눈으로 그런 그들을 쭉 훑어봤다. 겉이야 멀쩡하다지만 공중에 미미하게 맴도는 알코올 향이 코를 찔렀다. 삼 년 전, 부하들을 갱생시키는 과정에서 그녀가 가장 먼저 익힌 것이 바로 이 알코올 향이었다.

으득, 이 가는 소리가 고요한 기사단실에 울려 퍼졌다. 그녀는 슬금슬금 제 눈치를 보기 시작하는 부하들을 향해 낮은 목소리로 물었다.

"어제, 몇 병이나 들이부은 거냐."

"각 한 통씩 마셨습니다—앗!"

가만히 있으면 중간이라도 간다는 말이 있다. 리아는 반성하라 준 시간을 열심히 술 마시는 데 썼다 자백하는 제 부하들을, 착잡한 시선으로 바라봤다.

'이걸…… 정직하다고 좋아해야 하는 건지, 멍청하다고 두드려 패야 하는 건지.'

삼 년간 같이 구르며 볼 꼴 못 볼 꼴 다 보며 살았더니 정이라도 든 것일까. 요즘엔 저놈들이 어디 가서 사기라도 당하지 않을까 하는 걱정이 불쑥불쑥 고개를 치켜들었다. 결국 한숨과 함께 각자 근무 구역을 배정해 준 리아는 고개를 저으며 후궁전으로 향했다.

"현재 후작께서는 후궁전으로 향하고 계십니다! 방금 전 구입하신 봉투도 함께입니다!"

물론 졸졸졸 쫓아다니는 꼬리들을 매단 채였지만 말이다.

시간이 날 때면 빼먹지 않고 참석하는 티타임은 일상이 된 지 오래였다. 그 자리에서 티파티 얘기가 나온 것은 순전히 우연이었다.

"어머, 티파티라니! 페리엘 공작저의 후원은 아름답기로 유명하잖아요!"

루실라의 말에 아스티나가 맞장구쳤다.

"맞아요. 아, 그러면 오늘은 좀 일찍 가셔야겠네요? 저택에 들러 드레스로 갈아입고 가시려면 시간이 빠듯할 테니 말이에요."

아스티나의 물음에 리아는 고개를 저었다.

"아뇨. 굳이 그렇게 할 필요는 없습니다. 잠시 들르기만 할 생각인지라."

드레스가 아닌 정복을 입고 간다는 리아의 말에 테이블은 침묵에 휩싸였다. 그 고요함에 리아는 당황했다. 그러나 그녀보다 더 당황한 이들이 있었으니.

"예? 티파티에 기사단복을 입고 가신다구요?"

루실라는 믿을 수 없다는 표정으로 양 볼을 감쌌다. 옅은 바닷빛이 도는 두 눈에 경악이 가득했다. 티파티에 드레스가 아닌 바지라니! 그녀로서는 상상도 할 수 없는 일이었다. 티파티란 자고로 여인들의 사교회장이자 최신 정보가 오고 가는, 또 다른 전쟁터가 아니던가.

어떤 영애는 티파티를 위해 몇 달 전부터 드레스를 주문 제작한다는 것을 고려해 본다면 객관적으로도 리아의 발언은 무척이나 파격적이었다.

리아가 사온 쿠키에 환호했던 아스티나는 언제 기뻐했냐는 듯 진지한 표정으로 충고했다.

"그건 아닌 것 같아요, 후작님."

미셸이 맞장구쳤다.

"제가 생각해도 티파티에 기사 정복은 경우에 맞지 않는 것 같아요. 물론 후작님께선 무엇을 입건 멋지지만, 이건 장소와 상황에 따른 문제랍니다."

약속이라도 한 듯 잇따라 이어지는 반대에 리아는 당황했다. 이미 몇 번인가 이런 식으로 잠시 들러 꽃과 쿠키만 전달했던 적이 있었기에 더 그랬다. 그녀는 조심스레 괜찮을 것이라 말했지만 후궁들은 완강했다.

서로 시선을 주고받는 세 후궁의 표정이 어찌나 비장한지, 리아는 차마 더 말하지 못하고 조용히 백기를 내걸었다.

"그렇다면 저택에 들러 옷을 갈아입고 가야겠군요."

"전대 공작부인의 티파티라 하셨죠? 어떤 드레스를 입고 가실 생각이신지 여쭤도 될까요?"

미셸의 물음에 리아는 머뭇거림 없이 대답했다.

"일전에 보셨을 겁니다. 폐하의 탄신연 때 입었던……."

"오! 절대 안 돼요, 후작님!"

채 말을 끝내기도 전에 아스티나가 눈에 불을 켜고 반대를 외쳤다. 다른 후궁들 역시 심각한 표정을 한 채 고개를 저었다. 그녀들은 올해 초 열렸던 탄신연을 바로 어제 일처럼 똑똑히 기억하고 있었다. 바로 로렐리아가 입었던 드레스 때문이었다.

"후작님…… 그 드레스, 아직 안 버리셨나요……."

"예. 고작 두 번 입었을 뿐인걸요."

꽤 비싸게 맞춘 드레스라 몇 년은 더 입을 생각이었다. 리아는 제 말에 경악을 금치 못하는 후궁들의 모습에 의아해했다. 무슨 문제가 있느냐는 낯으로. 차마 아무것도 모른다는 표정인 그녀에게 사실을 말해줄 수 없는 세 후궁은 서로 의미심장한 시선을 주고받았다.

그 드레스라니. 백번 양보해서 디자인 자체는 나쁘지 않았다. 네크라인 처리나 적절한 레이스 마감은 한눈에 봐도 고급스러웠으니 말이다.

문제는 색과 재질에 있었다.

'붉은늑대를 상징하려 한 것 같았지만……'

'……그런 새빨간 드레스라니……'

'심지어 대부분 벨벳이었어.'

허공에서 세 쌍의 시선이 마주쳤다. 입 밖으로 내진 않았으나 그 순간 그녀들은 약속이라도 한 듯 같은 생각을 하고 있었다.

'절대 그 드레스를 입게 해서는 안 된다!'

그랬다간 정복을 입는 게 더 나을지도 몰랐다. 레이디와 부인들 사이에서 퍼진 소문은 그 자체로 평판이 되는 세상이다. 그녀들은 리아의 평판에 흠이 가게 놔둘 수 없다는 생각 하나로 똘똘 뭉쳤다.

고심하던 중 가장 먼저 의견을 내놓은 것은 모든 일에 적극적인 루실라였다. 그녀는 연신 감탄을 뱉었던, 반쯤 먹은 쿠키를 내려놓은 뒤 조심스레 제안했다.

"그렇게 되면 저택으로 돌아가셔야 하니 번거롭잖아요. 아, 그렇지! 이건 어때요? 마침 제가 이번에 새로 주문한 드레스들이 있는데, 그중에서 후작님과 어울리는 걸 선물로 드릴게요! 오늘 아침 막 도착한 새 드레스랍니다! 그걸 입고 가시는 거죠!"

"예? ……제가 어찌…….."

"어머! 정말 좋은 생각이에요, 루실라! 후작님과 루실라는 체형도 거의 비슷하니 시녀들이 조금만 손본다면 충분히 입으실 수 있을 거예요!"

손뼉을 치며 강하게 동조하는 아스티나의 뒤를 이어 미셸이 고개를 끄덕였다.

"오늘 이렇게 맛있는 쿠키를 선물로 받았으니, 답례라 생각하고 받아주세요."

"어머! 그러게! 미셸, 어쩜 그런 생각을! 맞아요, 후작님. 답례라 생각해 주세요."

폭풍처럼 몰아치는 그녀들의 주장에 리아는 눈이 빙글빙글 도는 기분을 느껴야만 했다. 그러나 팔을 걷어붙인 후궁들을 이길 수 있을 리 만무하다. 그것이 부당한 명령이 아니라면 더더욱. 결국 리아는 그러겠노라 답했다.

그 다음부터는 일사천리였다.

반쯤 남은 차와 쿠키를 미련 없이 떠나 보낸 후궁들은 고민할 시간조차 주지 않겠다는 듯 리아를 루실라의 방으로 이끌었다. 두 눈을 반짝이고 있던 시녀들이 재빠르게 그 뒤를 따랐다.

대륙 최남단, 숲이 영토의 절반을 차지하는 왕국 출신답게 루실라의 방엔 작은 식물과 꽃이 여기저기에 장식되어 있었다. 리아의 시선은 자연스레 천장 쪽으로 향했다. 둥근 유리 화분 속에 작은 식물을 넣어 천장에 걸어 장식한 그것은 리아가 화분 중에서 가장 좋아하고, 루실라에게 몇 번 선물로도 받은 적이 있는 것이었다.

"새로 걸어놓으셨군요."

그녀의 말에 루실라는 핑크빛 꽃망울을 터뜨리고 있는 화분을 보며 함박웃음을 지었다.

"어머, 알아보시겠어요? 어제 제가 직접 옮겨 심었답니다."

"예. 방이 보다 환해진 것 같습니다."

해사하게 웃으며 식물 얘기를 시작하려는 둘을 떼어낸 아스티나와 미셸은 곧장 드레스를 꺼내왔다. 시녀에게서 전달받은 드레스는, 그런 쪽으로는 문외한인 리아가 보더라도 감탄이 나올 정도로 아름다웠다.

목 부분이 깊게 패여 쇄골이 그대로 드러나는 디자인에 흰색과 푸른색이 적절히 어우러져 있었다. 또한 끝으로 갈수록 점점 넓어지는 소매에는 화려한 자수가 놓여 있어, 한눈에 보더라도 꽤나 공을 들였음을 짐작케 했다.

그리고 생각보다 더 비싸 보였다. 리아의 얼굴에 당혹감이 스쳐 지나갔다. 후궁들이 그것을 놓쳤을 리 없다.

"어서요!"

"후작님께 정말 잘 어울릴 것 같아요. 그렇죠?"

빠르게 오고가는 대화는 마치 새가 지저귀는 것처럼 높고 빨랐다. 그녀들은 다시 거절하려 입술을 달싹이는 리아를 옷을 갈아입기 위해 쳐 놓은 천 안으로 밀어 넣었다.

"잠시만, 그……!"

천을 부여잡으려는 리아의 손을, 안에서 대기하고 있던 시녀가 맞잡았다. 허공에서 깍지를 낀 기이한 상황에 리아가 눈을 깜빡였다. 본인만 빼고 다들 알고 있는 사실이지만, 본바탕이 무척이나 아름다운 로렐리아였기에 시녀들은 지금 약간 흥분한 상태였다.

예쁘고 멋있는 걸로도 모자라 자신의 길을 개척해 나가는 여자는 같은 여자들에게 인기 만점인 법. 그런 그녀를 직접 아름답게 꾸밀 수 있는 기회가 주어진다면? 시녀들의 눈이 약속이라도 한 듯 반짝였다.

"걱정 마세요, 후작님. 마음 푹 놓으시고 저희만 믿으세요."

점점 가까이 다가오는 시녀들에게 둘러싸인 리아의 얼굴이 핼쑥해졌다.

'믿으라니…… 대체 뭘?!'

후궁전의 시녀들이 팔을 걷어붙였다. 진짜 마법보다도 화려하고, 우아한 여인들만의 마법이 시작되는 순간이었다.

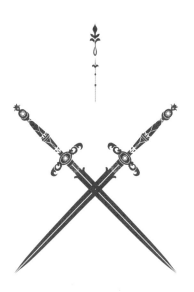

3장.
삼 년 전 사고

리아가 한창 시녀들의 손에 의해 꾸며지고 있을 무렵 카인은 몸도 마음도 가볍게 황궁을 가로지르고 있었다. 즐겁게 콧노래까지 흥얼거리면서. 오르도는 그런 제 주군의 모습에 걱정을 아끼지 않았다.

"전하, 공작이 알게 되면 그리 좋아하지 않을 것입니다."

"쯔쯔. 생각을 해보게. 실패하면 욕먹는 게 중매라지만, 성공하면 거하게 한턱 얻어먹는 게 또 중매인 법이야."

바로 엊그제 잘못 중매 섰다 뺨 맞는다며 혀를 차던 인물과 동일인이라는 것이 믿기 힘들 정도의 태도 전환이었다. 그러나 손바닥 뒤집듯 태도를 바꾼 카인은 당당했다.

왜냐? 그는 대륙 내에서 두 번째로 고귀한 존재니까.

대놓고 대가를 기대하고 있다 말하는 제 주군을, 보좌관이 걱정스레 바라봤다.

"전하, 전하께서는 공작과 사촌이시지 않습니까. 전하의 고모님께서도 기꺼워하지 않으실 겁니다. 그러니 조금 멀찍이 떨어져 지켜보는 것이……."

"그래! 말 한 번 잘했네. 공작과 나는 한 가족이 아닌가. 그런데도 공작은 항상 날 어렵게만 대한단 말이지! 대공―황제의 형제―과는 다르게 사석에서도 꼬박꼬박 태자 전하라 부르는 고 입을 때려주고 싶을 때가 한두 번이 아니네. 어릴 때부터 사람이 꽉막힌 구석이 있어서 어찌나 답답한지 그댄 모를 거야. 그러나 그것도 이젠 끝이야. 두고 보게. 내 이번 일을 계기로 반드시 형님 소리를 듣고 말 테니!"

두 주먹을 불끈 쥐고 있는 황태자께서는, 멀리서 봤을 땐 참으로 멋지셨으나 바로 옆에서 보고 있는 오르도의 입장에서는 한숨만 나오는 상황이었다.

머지않은 훗날 제국을 다스리게 될 남자의 욕심은 참으로 작았다.

'고작, 고작 그 형님 소리를 듣고 싶으셔서 이번 일에 끼어드신 겁니까, 전하!'

차마 말로는 뱉지 못할 외침을 속으로 내지르는 오르도의 눈가가 시커멨다. 그런 그를 뒤에 단 채 카인이 도착한 곳은 바로 에드가의 집무실이었다. 그러나 막 문고리를 돌리려는 카인을 막는 이가 있었으니.

"전하, 여기까지 어쩐 일이십니까."

등 뒤에서 들리는 익숙한 목소리에 카인은 조금 김샌 표정으로 고개를 돌렸다. 혹시나가 역시나라는 말처럼, 그의 뒤에 서 있는 것은 에드가였다. 카인은 너무 완벽해 오히려 인간미가 느껴지지 않는 제 사촌 동생을 질린 눈으로 바라봤다.

"경, 내 항상 하는 생각이네만, 경은 빈틈이 조금만 있었으면 청혼서가 수도 없이 날아올걸세."

그의 말에 에드가의 눈가가 살풋 찡그려졌다. 그는 정말 끔찍하다는 표정으로 대꾸했다.

"지금보다 더 많이 올 수도 있다니, 사양하고 싶군요. 그런데 여기까지 어쩐 일이십니까, 전하."

의도하지 않은 자기자랑에, 이번엔 오르도가 질린 얼굴로 황태자와 에드가를 번갈아 바라봤다. 잘난 인간 둘의 대화를 지켜보는 것은 생각보다 괴로운 일이었다.

카인은 그제야 제가 여기까지 걸음한 이유를 생각해 냈다. 음흉하게 올라가는 입꼬리에 에드가가 슬쩍 뒷걸음질 쳤으나, 불행히도 카인이 한발 빨랐다. 카인은 에드가의 팔을 단단히 붙든 채 눈가를 새초롬하게 접으며 선고했다.

"나와 갈 곳이 있네. 아. 명령이니 빠져나갈 생각은 말고."

빠르게 퇴로를 차단한 그는 무척이나 해맑아 보였다. 에드가는 제 팔을 붙들고 있는 손을 자포자기한 시선으로 바라보다 한숨을 뱉었다.

"도망가지 않을 테니 놓아주십시오, 전하. 보는 눈이 많습니다."

"그래그래. 시간이 없으니 어서 가자고."

그리하여 카인을 선두로 에드가, 보좌관이 그 뒤를 따르는 묘한 조합으로 황궁을 가로질렀으니. 가는 길마다 사람들의 시선이 집중된 것은 당연지사다. 한참을 말없이 따르던 에드가는 목적지가 좁혀지자 살짝 눈살을 찌푸렸다.

그도 그럴 것이, 카인이 향하는 방향은 다름 아닌……

"전하. 이 길은 후궁전으로 가는 길이 아닙니까?"

"맞췄네. 역시 경은 훌륭해!"

카인의 박수 소리가 허공을 울렸다. 황궁 구조를 꿰고 있다는, 아주 기본적인 것으로 칭찬받은 에드가는 보다 복잡한 심정이 되었다. 그는 얼굴을 구긴 채 다시 물었다.

"후궁전에는 무슨 연유로 가시는지 여쭤도 되겠습니까."

"아, 그건 말일세……"

카인은 말끝을 흐리며 슬쩍 오른쪽 귓가를 꾹 눌렀다.

[여기는 푸른매 1호! 붉은늑대가 막 후궁전을 나오고 있……]

'왜 말을 하다 말아?'

설마하니 사용한 지 하루 만에 고장이 난 건가 싶었다. 이게 얼마나 귀한 건데! 그러나 카인은 오래 걱정하지 않았다. 그깟 것, 한두 개 고장 나는 것이 무슨 큰 문제인가 싶어서였다. 필요하면 다시 만들게 하면 그만인 일. 돈도 권력도 충분하다 못해 넘쳐흐르는 카인은 매우 가벼운 마음으로 걸음을 재촉하며 고개만 돌려 씩 웃었다.

"경이 꼭 만나야 하는 사람이 마침 후궁전에 있거든."

"……예?"

누구 말입니까? 그는 당황하며 물었다. 그러나 에드가의 물음에도 대답은 돌아오지 않았다. 걷는 것에만 온 신경을 집중하던 카인은, 후궁전이 눈에 들어오자 언제 그랬냐는 듯 멈춰 섰다. 에드가의 어깨를 잡는 손이 다급했다. 그의 두 눈이 무척이나 진지해 에드가 역시 진지하게 경청했다.

"아, 이 말을 하는 걸 잊었네. 경. 아니, 에디. 명심해라. 내가 수십 곳을 전부 확인해 봤지만 몽실몽실이 가장 적합해. 종류도 종류거니와 맛이 가장 뛰어나더군. 그러니 중앙 분수대 바로 옆에 위치한 '몽실몽실' 카페로 가야 한다. 알겠느냐?"

……예?

기어코 그 가게 이름을 입 밖에 낸 카인은 진지, 그 자체였다. 에드가의 뒤에서 오르도가 손으로 얼굴을 덮었다. 그리고 에드가는 미처 입 밖으로도 나오지 못한 당혹스러움을 그대로 꿀꺽 삼켜 버리고 말았다. 그의 시선은 어느새 카인의 어깨 너머에 고정되어 있었다.

시간이 느리게 흘렀다. 혹은, 그녀에게 시간을 빼앗겼거나.

미묘하게 저를 빗겨나간 시선에, 카인은 의아한 기분으로 고개를 돌렸다. 에드가의 시선은 기둥 너머 저편에서 걸어오고 있는 여인에게 고정된 채다. 카인의 눈이 가늘어졌다. 그는 한참의 시간이 흐른 뒤에야 그녀가 누구인지 깨달았다.

'세상에.'

제국의 황태자는 제가 느낀 감정을 솔직하게 표현하는 데 주저함이 없었다. 그는 평소 드레스를 입은 수많은 영애들 볼 때마다 가냘프면서도 애처로운 느낌을 받곤 했다. 비쩍 말라 부러질 것 같은 몸을 코르셋으로 바짝 졸랐으니 아름답다 이전에 저러다 숨넘어가겠다, 라는 생각이 드는 것은 당연했다.

그러나 지금 그가 보고 있는 로렐리아는 달랐다. 체계적인 운동으로 단련된 그녀의 몸은 드레스를 입자 또 다른 아름다움을 드러냈다. 군살이라고는 하나도 없는 탄탄한 팔은 연푸른 레이스로 감싸져 있었고 손목 부근으로 향할수록 점차 넓어지는 소매는 팔목 부근에서 물결처럼 일렁였다.

쇄골이 드러나도록 깊게 파인 네크라인은 끝부분에 화려한 자수가 수놓아져 있어 시선을 분산시켰으며 허리를 기점으로 풍성하게 퍼져 나가는 밑단은 아래쪽으로 갈수록 점점 짙은 푸른색으로 마감되어 있었다. 높은 안목을 가진 카인이 보기에도 드레스는 로렐리아가 가진 장점을 잘 살려주고 있었다.

'그러고 보니 후작의 데뷔당트 때만 해도 아름답다는 칭송이 줄을 이었었지.'

그동안 기사로서의 모습만 봐서 까맣게 잊고 있었다. 카인은 새삼 다시 그녀의 미모에 감탄했다. 그 정도로 아름다운 여인이 후궁전을 벗어나 이쪽으로 걸어오고 있었다. 항상 하나로 높게 올려 묶었던 금발은 어깨를 타고 등허리로 흘러내려 그녀가 걸을 때마다 가볍게 흔들리며 시선을 잡아끌었다. 과하지 않은 화장 역시 선이 또렷한 그녀에게 잘 어울렸다.

그런 말이 있지 않은가. 여자는 눈썹만 잘 정리해도 인상이 확 바뀐다, 는.

리아가 그랬다. 멀리서도 이목구비가 선명했으니 수많은 여인들 사이에서도 그녀가 가장 먼저 눈에 들어왔을 터였다.

보고 있자면 자신도 모르게 시선이 온통 얼굴로 쏠려, 드레스는 보이지도 않는, 그 정도의 아름다움이었다. 일순 멍해진 카인이 무어라 말하기도 전에 심각한 표정의 에드가가 다급히 그녀를 향해 걸어가는 게 먼저였다. 항상 상하관계에 있어서만큼은 칼 같던 그답지 않은 처사였다.

그러나 그 걸음엔 머뭇거림이라고는 찾아볼 수 없었다. 빠르게 리아와 가까워지는 에드가를 멀거니 바라보던 카인이 그제야 정신을 차리곤 중얼거렸다.

"어째 고백이 아니라 결투 신청을 하러 가는 기세인데?"

설마하니 진짜 그러진 않겠지?

카인의 걱정과는 달리 에드가의 머릿속에는 온통 한 가지 생각밖엔 없었다. 그 생각에 온 정신이 팔려 로렐리아에게 다가가는 걸음이 바빴다. 리아 역시 에드가를 발견하고는 미간을 찡그리면서도 걸음을 멈췄다. 햇빛 아래에서 투명하게 빛나는 그녀의 두 눈에 한가득, 에드가가 들어찼다.

그러나 무어라 말하려던 로렐리아보다 한발 앞서 에드가가 뱉은 말은 예상 밖의 그것이었다.

"경, 무슨 일이 있었던 거지?"

"……예?"

앞뒤는 다 잘라먹은 물음에 리아는 당황했다. 무슨 일이 있다니? 대체 그게 갑자기 무슨 소리란 말인가. 그러나 에드가의 관심은 오직 한곳에만 쏠려 있었다. 그는 심각한 표정으로 그녀의 눈가를 스치듯 매만지고는 다시 물었다.

"운 것 같은데. 후궁전에서 무슨 일이라도 있었나."

리아의 두 눈이 커졌다. 그 순간, 유모의 말이 귓가를 스쳐 갔다. 울었다는 티가 역력한 얼굴로 나가실 생각이냐는 말에 군말 없이 눈을 식혔는데.

'어째서.'

아침 식사하는 내내 얼음주머니로 한참을 가라앉혔다. 디저트 가게 직원도, 후궁들도, 눈썰미가 좋은 시녀들도 눈치채지 못했다. 심지어 리아 자신마저 잊고 있었다. 그랬는데 생각지도 못한 사람에게 들키니 나쁜 짓을 하다 들킨 아이처럼 심장이 널뛰듯 뛰었다.

지레짐작으로 한 말도 아닌지, 그의 손끝이 닿은 곳은 얼음주머니로 문질렀던 부위였다. 그녀는 제 눈가를 스치고 지나간 온기에 화들짝 놀라며 뒷걸음질 쳤다.

"울다니요. 누가 울었다는 겁니까!"

화를 내는 것과는 달리, 심장은 미친 듯이 쿵쾅거렸다.

맨 얼굴이면 또 모른다. 화장까지 했는데 들키다니!

마른침을 삼킨 리아는 단호하게 말을 이었다.

"경께서 무언가 착각한 모양이군요."

그 단호함에도 에드가의 시선은 끈질기게 그녀의 눈 밑에 머물렀다. 그 표정이 심각하기가 이를 데 없었다. 카인이 본다면 뒷목을 잡으며 그보다 더 중요한 것이 있지 않느냐 분을 터뜨렸을 것이다. 그러나 지금 에드가에게 그보다 더 중요한 문제는 없었다. 평소에 입지 않던 화려한 드레스를 입었어도, 그에겐 깊게 파인 네크라인 사이로 드러난 살결보다 붉은 기가 도는 눈가가 먼저 눈에 들어왔다.

푸른매기사단이 주장하는 바에 따르자면, 이 시대의 보기 드문 순정남인 에드가는 진지하게 다시 물었다.

"경, 말하기 어려운 일이라면……."

"그만하십시오! 울지 않았다 하지 않았습니까!"

리아는 살짝 뒤로 몸을 물리며 슬쩍 말을 돌렸다.

"그보다, 안 그래도 물을 것이 있었는데 잘되었군요. 경, 괜찮다면 시간 좀 내주시겠습니까?"

"그대가 원한다면 얼마든지."

원한다면 얼마든지라니. 리아는 이 남자가 대체 무슨 말을 하는지 모르겠다며 고개를 저었다.

"……잠깐이면 충분합니다."

"그래."

고민도 없이 뱉어지는 대답은 심지어 전부 승낙이다.

리아는 말간 눈으로 저를 보고 있는 남자의 모습에 당혹감을 감추지 못했다. 이유도 묻지 않고, 고민도 하지 않는다. 이 무조건 적인 긍정이라니. 지금껏 그에게 무언가 요청해 본 적 없기에 몰랐던 사실이었다.

제 부하들이 사기당할 것만 걱정했더니, 눈앞에 있는 남자도 가만히 놔뒀다간 사기당하기 딱 좋을 것 같다는 생각이 머릿속을 스쳐 지나갔다. 그의 직위를 생각한다면 심각한 일이 아닐 수 없었다. 심지어 그가 처리하는 서류 중에는 제2기사단의 것도 상당수 존재했다.

그뿐이랴. 저 말간 눈의 남자는 진지해 보이기까지 했다. 리아는 그런 그의 시선에 슬쩍 눈을 굴리며 되물었다.

"경……. 제가 언제, 어떤 이유로 시간을 내어달라 한 줄 알고 무조건 괜찮다 하십니까."

"괜찮으니 괜찮다 한 것뿐이다만."

대체 뭐가 문제냐는 표정은 자못 순수하기까지 했다. 서로에 대한 이해가 미흡하니 대화가 제대로 이어질 리가 없다. 심지어 에드가는 리아의 눈가에 온 신경이 집중되어 있어 대화에 집중하지 못하고 있었으니 더 말해 무엇 할까. 결국 리아는 자포자기한 심정으로 고개를 끄덕였다.

"그럼 오늘 저녁에 잠시 시간을 내어주십시오. 공작부인께서 초청해 주신 티파티에 가는 길이니 끝난 뒤 잠깐이면 충분합니다."

그녀의 말에 알겠다 대답하려는 에드가를 막아선 것은 카인이었다.

무언가 일이 심상찮게 돌아간다는 것을 느낀 카인은 빠른 걸음으로 둘에게 다가갔다. 그리고 리아의 말을 듣기 무섭게 허공에다 팔을 휘저으며 외쳤다.

"됐으니 둘 다 퇴근하게! 지금 일하는 게 중요한가? 티파티라니! 그것도 고모님의 티파티라니! 그렇다면 에드가 경이 로렐리아 경을 에스코트하는 게 당연한 일이지 않나!"

일이 뭐가 중하냐 말하는 카인의 목소리는 당당하기 그지없었다. 기둥 뒤에 서 있어서 미처 보이지 않던 황태자가 갑자기 툭 튀어나오자 당황하며 예를 갖추려는 리아를 카인이 눈썹을 치켜세우며 말렸다.

"됐으니 어서 가게나. 그리고 카페는 '몽실몽실'이네. 알겠지? 꼭 그곳으로 가야 하네!"

갑자기 에스코트를 명하질 않나, 카페를 가라질 않나.

리아는 도무지 이해할 수 없는 상황에 당혹감을 감추지 못하며 에드가를 바라봤다. 그러나 설명을 바라는 그녀의 시선에도 에드가는 아무런 말도 할 수 없었다.

그 역시 아는 것이 없었으므로.

결국 둘 다 썩 눈앞에서 사라지라는 황태자의 명령 아닌 명령에, 남녀는 나란히 등 떠밀려 마차에 올라타야만 했다. 무슨 일이라도 생긴 것인지 물으려던 리아는 어쩐지 무시무시한 카인의 표정에 조용히 입을 닫았다.

마차도 걸어가겠다는 리아의 말에 기함한 황태자가 내어준 것이었다. 그 상태로 돌아다녔다간 에드가의 경쟁자가 무수히 늘어날 것이 분명하다는 카인의 중얼거림을 들은 사람이 그의 보좌관

뿐이라는 건 다행스러운 일이었다.

그리하여 화려하지만 묘하게 작은 마차 안.

'이게, 대체……?'

머릿속이 복잡했다. 이게 대체 무슨 일이란 말인가. 다른 건 다 둘째로 치더라도, 카인이 무릎이 닿을 만큼 작은 마차를 내어준 이유는 도무지 모르겠다. 당연한 말이었지만 황실 마차는 종류와 목적에 따라 다양하게 구비되어 있었다.

황족이 신뢰와 애정의 표현으로 황실 마차를 내어주는 것은 그리 이상한 일이 아니었지만, 그 의미가 언제나 긍정적인 것은 아니었다. 카인의 목적을 알 리 없는 리아가 그의 의도를 오해하는 것도 당연했다.

'근무 시간에 드레스를 입는 것으로도 모자라 티파티에 참석하려던 것이 전하의 화를 산 건가. 이렇게 작고 불편한 마차라니. 반성하길 바라신 거라면……'

리아의 예리한 감이 날카롭게 촉을 세웠다. 그러나 점점 엉뚱한 방향으로 예리해지던 그 날이 돌이킬 수 없는 방향으로 뻗어가기 전, 에드가가 입을 열었다.

"경, 일이 이렇게 됐으니 말인데…… 괜찮다면 내게 할 말이 무엇인지 지금 물어도 되겠나."

그의 물음에 리아는 상념에서 벗어났다. 카인으로서는 심장께를 쓸어내릴 만한 타이밍이 아닐 수 없었다. 카인 덕에 잠시나마 들떴던 공기가 다시금 차분히 가라앉았다. 리아는 잠시 고민했다. 그러나 이미 묻기로 다짐한 일이다.

"혹시 삼 년 전에 있었던 마차 사고를 기억하십니까."

"기억하지 못할 리가."

당연한 문답이었다. 당시 꾸려졌던 조사단의 총책임자가 바로 그였으니 말이다. 리아는 그 사실마저 이번에 처음 알게 되었다. 그동안 사고에 관한 일이라면 눈길도 주지 않았던 걸 이렇게 후회하게 될 줄은 미처 몰랐더랬다.

후작이라 할지라도 마찬 사고다. 그런데 총책임자가 공작이라니. 얼핏 들으면 고개를 갸웃할 인선이었다. 그러나 좀 더 깊게 들여다본다면 영 이상한 일도 아니었다. 사적인 감정이 깊게 개입되어 있었으니 말이다. 전 후작부인과 전 공작부인의 깊은 우정이 바로 그 이유였다.

황제의 여동생이자 페리엘 공작가의 안주인인 안느는 절친한 친우의 죽음에 깊이 상심했다. 시신이 수습되고 장례가 치러진 날, 그녀는 제 아들의 손을 잡고 눈물을 떨구며 부탁했다. 샅샅이 조사해 사고의 원인을 밝혀달라고. 그리하여 그것이 사고가 아닐 경우에는 그 대가를 치르게 해달라고. 에드가는 모친의 부탁을 모른 척할 만큼 냉정하지 못했다. 그래서 그는 황제에게 직접 수사권을 요청했다.

그러나 그것도 벌써 삼 년 전의 얘기다.

에드가의 두 눈이 무겁게 가라앉았다. 이미 끝난 일을 다시 거론할 만한 이유는 몇 없었다.

"……무슨 문제라도 생긴 것인가?"

그의 물음에, 리아는 고개를 저었다.

"아뇨. 다만, 그때 조사했던 자료가 남아 있다면, 잠시 볼 수 있겠습니까? 황실 기록 보관소에 열람을 신청했더니 오래전 일이라 관련된 서류를 골라내고 준비하는 데만 족히 며칠은 걸릴 것 같더군요. 그러니……."

리아의 말에 에드가는 그리 길게 고민하지 않았다. 사실 '고민'이라는 단어를 쓰기도 민망했다. 그녀의 말이 끝나기가 무섭게 고개를 끄덕였으니 말이다.

"경이 원한다면 얼마든지."

당혹스러울 정도로 칼 같은 대답에 리아는 잠시 말을 잊었다. 그녀는 서로 맞닿은 무릎을 어떻게든 떨어뜨리려 애쓰며 대답했다.

"먼저 반출 허가를 받아야 하지 않습니까."

독단으로 결정할 일은 아니었다. 아무리 그가 황위 계승권을 갖고 있는 공작이라 할지라도. 오히려 그렇기에 더욱이.

"경."

"……예?"

"그 정도는 해줄 수 있어. 경이 아무런 이유도 없이 내게 그 자료들을 요구한다 생각하지도 않고. 그리고 이미 오래전 종결된 사건이기에 반출 서류는 추후에 제출해도 큰 문제가 없으니 그런 문제라면 걱정하지 않아도 돼."

다른 누구도 아닌 양친의 일이지 않느냐는 말이 덧붙여졌다. 리아의 표정이 묘하게 변했다. 그녀는 미간을 모으며 에드가를 바라봤다.

제 맞은편에 앉아 있는 남자는, 겉모습만 놓고 보자면 지난 몇 달간 잘잘못을 따지러 찾아갔을 때와 별 차이가 없었다. 짙은 남색을 띠는 두 눈은 차갑게 가라앉아 있었고 말투는 딱딱했다. 그뿐이랴. 옷에 나무막대기라도 넣은 듯 곧게 뻗은 상체와 무릎 위에 얹어진 손은 그가 이 모든 일에 무심하다는 느낌을 주기에 충분했다.

그럴 텐데. 어째서 제 눈앞에 앉아 있는 남자는 흔쾌히 고개를 끄덕이며 서류를 주겠다 말하고 있단 말인가?

'대체 무얼 믿고?'

리아의 두 눈이 가늘게 떨렸다 에드가의 의도를 짐작할 수 없었다. 당연한 얘기였다. 서로 쌓아온 기반이 없었으니 이해한다는 게 더 말이 안 되는 얘기였다.

최초의 대화가 고작 삼 년 전, 서임식 때라면 믿겨지는가? 그러나 사실이었다. 그 이후에도 접점이라고는 눈살을 찌푸릴 일밖엔 없었다. 그나마 길게 대화를 나누기 시작한 게 푸른매들이 날뛰기 시작했을 때부터였다. 적어도 리아에게 있어 그와의 관계는 그게 전부였다.

리아는 제 앞에 앉아 있는 남자를 곧게 응시했다. 다른 색은 전혀 섞이지 않은 흑발이 가장 먼저 눈에 들어왔다. 그 다음엔 검은색에 가까운, 짙은 남색 눈동자가 저를 마주하고 있는 것이 보였다. 사람들은 대개 불편하거나 거짓을 말할 때면 상대방의 시선을 피하거나 위쪽을 응시한다고들 한다. 그러나 그녀의 앞에 앉아 있는 남자는 그저 묵묵히 시선을 맞춰올 뿐이었다. 마치 이것이 제 진심이라 말하듯이.

'호의를 보여주는 이유도 알 수 없고, 거짓을 말하는 것도 아니라면 대체 무엇이 남았지?'

그 외의 가능성은 생각조차 하지 않고 있으니 답을 알 수 있을 리가. 리아는 결국 그의 생각을 짐작하길 포기했다. 당장은 서류를 확인하는 게 그보다 더 중요했다.

"반출 허가도 없이 서류를 가져갈 수는 없습니다. 시간이 괜찮으시다면 경의 입회 아래 잠시 보기만 하겠습니다."

이번에도 에드가는 답을 망설이지 않았다.

"그럼 티타임이 끝날 즈음, 서류를 들고 내려가지."

"예. 감사합니다."

그렇게 대화는 온화한 분위기에서 마무리되었다. 그러나 카인이 애타게 외쳤던 '몽실몽실'에 대한 얘기는 공작저에 도착하는 순간까지 누구의 입에서도 나오지 않았다. 하지만 세상사 간절히 바라면 이뤄지기 마련이다. 지금처럼. 카인의 애탄 외침은 엉뚱한 곳에서 빛을 발했다.

"……죄송합니다. 티파티가 급히 취소되어 오늘 저택으로 편지를 보냈는데 길이 엇갈린 것 같습니다."

공작저에 도착하자마자 집사는 기다렸다는 듯 판에 박힌 사과를 건네왔다. 리아는 너무 당황해 멍하니 선 채 눈만 깜빡였다. 본래 계획처럼 제복을 입은 채였다면 별 문제가 없었을 것이다. 선물만 전달하고 궁으로 복귀하면 그만이니. 그러나 지금 그녀는 공들여 치장한 걸로도 모자라 후궁들에게 티파티 얘기를 해주겠노라 약속까지 한 상태였다.

집사는 그녀의 옆에 서 있는 에드가를 힐끔거리며 말을 이었다.

"저…… 사실 마님이 혹여나 후작께서 편지를 받지 못하셨을 경우 둘째 도련님께 에스코트를 맡기라고 하셨습니다."

"로이드에게?"

대답한 것은 조용히 사태를 관망하던 에드가였다. 날 선 에드가의 시선에, 집사는 헛기침을 뱉었다.

"예, 각하. 마님께서는 둘째 도련님께 취소된 티파티를 대신하라……."

에드가는 끝까지 듣지도 않고 말을 잘라냈다.

"됐다. 내가 하지."

공작에게 말이 끊긴 집사는 잠시 고뇌했다. 안느가 이 상황을 만들기 위해 얼마나 공을 들였는지 그 누구보다 잘 알고 있기 때문이었다.

이 장대한 계획은 전 후작부부의 장례식장에서 시작되었다. 안느는 홀로 눈물을 삼키는 리아의 등을 본 그 순간 친구와 종종 얘기했던 것을 떠올렸다. 수많은 친구들이 장난처럼 할 법한 얘기였다. 서로의 아이를 결혼시키자는 흔하디흔한 약속. 우스갯소리로 끝나는, 그런 장난. 그러나 그날, 오랜 친구를 떠나보내며 안느는 다짐했다. 그때 했던 약속을 지키겠노라고. 안느가 몇 번이나 리아를 초대해 자연스럽게 친해질 자리를 마련한 이유였다.

그렇게 친분을 쌓아온 안느는 바로 오늘, '우리 사돈 맺으세' 계획을 실행에 옮기고자 결심했다. 좀 더 자세히 말하자면, '둘째와 후작의 러브러브 대작전' 되시겠다. 그리고 오늘은 촘촘히 세워두었던 계획의 서막을 여는 날이었다.

열리지 않을 티파티 초대장을 보내고 슬쩍 자리를 피한 이유가 바로 그 때문이었다. 그리고 집사가 에드가의 말에 흔쾌히 그러시라 답하지 못한 이유이기도 했다. 짧고 굵은 집사의 고민은 2층에서 투덜거리며 내려오는 로이드의 등장으로 끝이 났다.

"아니, 그러니까 이게 대…… 형님?"

"로이드."

"어…… 어머니가 오늘 에스코트할 레이디가 있다 하셨는데, 형님이 그 레이디는 아닐 테고."

로이드는 씩, 이를 드러내며 웃었다.

"만약 형님이 그 레이디라도 참아줘. 형님이랑 카페에 마주 앉아 꽃이 그려진 찻잔으로 티타임을 가지는 건 상상만으로도 충분하거든."

장난기가 가득한 로이드의 시선은 천천히 에드가의 옆에 서 있는 여인 쪽으로 움직였다. 외교부 쪽에서 일하는 로이드는, 책상에 하루의 절반을 쏟아 붓는 만큼 리아를 알아보는 데 꽤 시간이 걸렸다. 지금 그녀의 모습이 평소 황궁 내 모습과는 다르다는 점도 한몫 톡톡히 했다. 로이드의 눈이 가늘어졌다. 한참의 시간이 흐른 뒤에야, 그는 그녀가 로렐리아라는 것을 알아차렸다.

'세상에! 저 여자가 드벨 후작이라고?'

속으로 탄성을 뱉어낸 로이드는 당황한 티를 애써 감추며 조심스레 물었다.

"……설마하니 후작님이신 겁니까?"

'설마'라는 단어 선정에서 그의 시도는 실패했지만 말이다. 리아는 불쾌할 수 있는 실수를 의연히 넘기며 고개를 끄덕였다.

"예."

"아! 그럼 오늘 제가 에스코트할 레이디가 바로 후작님이셨군요. 이거 영광인걸요."

말이 에스코트지, 청혼서를 보내기 전 서로 안면을 익혀놓으라는 뜻임을 모르지 않는 로이드가 씩 웃으며 계단을 마저 내려왔다. 로이드 폰 페리엘. 페리엘 공작가의 차남이자 외교부에서도 일 잘하기로 유명한 그는, 특히 눈치가 빨랐다. 덕분에 누구보다 먼저 에드가의 짝사랑을 알아차리기도 했다.

'이런, 이런. 수많은 청혼서를 전부 거절하시는 후작 각하를 여기까지 끌고 온 건 대단하지만, 어머니께서 상대를 잘못 생각하

셨군.'

로이드는 능글맞게 웃으면서도 제 형의 손끝이 움찔거리는 것을 놓치지 않았다. 그는 대체적으로 하나뿐인 형의 행복을 바랐지만, 그렇다 하여 이 재미있는 순간을 놓칠 생각도 없었다.

"그럼 가실까요, 레이디."

곁눈질로는 제 형의 표정을 살피면서 리아에게 손을 내미는 모습이 천연덕스럽기 그지없었다.

씩 올라간 입꼬리에 제게 내밀어진 손까지. 리아는 그제야 이 모든 상황을 이해할 수 있었다.

'혼사 자리구나.'

이 모든 것이 안느의 계획이리라. 리아는 지레 짐작하며 앞으로 일어날 일들을 예상해 보았다. 얼마 지나지 않아 안느는 오늘 만남이 괜찮았는지 슬쩍 떠볼 터다. 그리고 긍정적인 반응을 보이면 청혼서가 날아오겠지. 대뜸 청혼서부터 보내는 여러 가문들과 비교해 봤을 때 신경 써준 티가 역력했다. 리아는 속으로 조금 놀랐다.

'내 나이가 벌써 그렇게 됐나.'

스물둘.

리아는 제 나이를 헤아리다 시선을 내려 주로 펜을 잡는 손을 바라봤다. 오른손 셋째손가락 안쪽에 굳은살이 박여 있는 것을 제외한다면 전체적으로 곧고 매끈한 손이었다. 여인인 제 것이 더 상처투성이일 정도로.

전 공작부인을 닮아 색이 짙은 금발은 자신과 나란히 서면 꽤 잘 어울릴 거란 생각이 들었다.

'공작가의 차남이라. 과분하지.'

그런 생각을 하며 리아가 제 쪽으로 뻗어진 로이드의 손에 제 손을 겹쳐 올리려던 그 순간,

"로이드. 후작은 오늘 나와 선약이 있으니 그 에스코트는 내가 대신 하겠다 어머니께 전해드리거라."

앞으로 반쯤 내밀어진 리아의 손을 에드가가 조심스럽게 눌렀다. 갑작스러운 접촉에 리아가 눈을 깜빡이며 제 손과 에드가를 번갈아 바라봤다. 에드가가 한 걸음 앞으로 나선 탓에 보인 건 너른 등뿐이었지만 말이다.

그 모습을 빠짐없이 눈에 담던 로이드는 눈을 가늘게 뜨며 웃었다.

"아, 그럼 그럴까요? 실은 제가 연인이 있어 이걸 어찌해야 하나 고민을 좀 했답니다. 하하핫!"

어깨를 으쓱이며 참으로 당당하게 연인의 존재를 밝히는 로이드를, 집사와 리아, 그리고 에드가까지 기가 막힌다는 표정으로 바라봤다. 물론 놀릴 생각은 있어도 방해할 생각은 없는 로이드는 혼자 좋다고 웃어댔지만 말이다.

갑작스러운 티파티 취소는, 카인에게 있어선 잘된 일이었다. 당연히 에드가와 리아가 몽실몽실로 올 것이라 생각하고 옆 건물에서 둘을 기다리고 있었으니 말이다. 기다리는 김에 급한 서류를 보고 있던 카인의 손에서 펜이 주르르 미끄러졌다.

가장 급하고, 그만큼 중요한 서류에 잉크가 번졌다. 오르도는 그 모습에 소리 없는 비명을 내질렀다. 테이블에서 서류를 잡아빼는 손이 다급했다. 그러나 이미 중요한 부분에 잉크가 번져서, 지금껏 한 일이 전부 쓸모없어져 버렸다.

또 다시 늘어난 잔업에 오르도가 눈물짓건 말건 카인은 흥분하며 자리를 박차고 일어났다.

"왔다!"

왔노라, 보았노라!

그 단말마에 카인을 호위하기 위해 서 있던 기사들이 놀라 움찔했을 정도였다. 그러나 그 누가 제국 황태자의 흥분을 막을까. 카인은 비장한 표정을 짓고 있는 캐리엇을 손짓해 불렀다.

"공작과 후작이 맞지, 그렇지 않나, 경!"

"예, 전하! 맞습니다!"

카인의 두 눈에 거만함이 서렸다.

"잘 보았느냐? 연애 조언이라는 건 이렇게 하는 것이라는 걸!"

내가 말 한마디를 거드니 일이 이렇게 일사천리로 진행되지 않나. 카인의 어깨가 자랑스럽게 쭉 펴졌다. 푸른매 기사들은 그런 카인을 존경 어린 시선으로 올려다봤다. 우리 황태자 전하가 최고셔. 역시 저분이 관여하시니 일이 이렇게 술술 풀리는구나!

풀 길 없는 오해가 차곡차곡 쌓여가는 기사들과 주군을 한 걸음 뒤에서 바라보는 오르도만 한숨을 삼킬 뿐이었다.

그러나 카인의 입가에 번졌던 웃음은 빠르게 사그라졌다. 리아와 에드가가 자리를 잡기가 무섭게 그의 미간이 찌푸려졌다. 좌우로 몸을 비틀던 카인은 짜증스레 외쳤다.

"잘 안 보이잖아! 경, 경이 이곳이 명당이라 하지 않았나!"

그런 그의 호통에, 푸른매 2호를 맡고 있는 캐리엇이 당황하며 외쳤다.

"죄송합니다!"

'몽실몽실'은 왼쪽과 오른쪽 벽면이 전면 유리로 되어 있는 파격적인 시도를 한 카페로, 건너편 건물에서 그 안을 들여다볼 수 있는 구조로 되어 있었다. 문제는 황태자 일행이 자리 잡은 건물은 카페의 왼쪽 벽과 마주해 있는데 공작과 후작은 오른쪽 벽면에 위치한 테이블에 앉았다는 것뿐이었다.

당장 가서 저 커플을 제가 잘 보이는 쪽으로 옮겨놓으라는 말도 안 되는 말을 하며 발을 구르는 카인에 보좌관이 암담한 표정을 지었다.

'전하…… 일이 쌓였습니다.'

오늘도 그의 서명을 기다리고 있는 산더미 같은 서류를 바라보며.

오르도가 속으로 눈물을 삼키고 있는 그 시각. 리아와 에드가는 운 좋게 카인의 시선에서 벗어난 곳에 자리 잡았다. 그러나 그 사실을 알 리 없는 둘은 속으로 경악한 채 내부를 둘러보느라 정신없었다. 사실 고비는 '몽실몽실'을 발견하고 안에 들어섰을 때부터 있었다.

둘은 약속이라도 한 듯 커다란 분홍 리본을 머리에 매달고 있는 직원의 모습에 흠칫했다. 메뉴판은 보지도 못했다. 직원이 추천한다는 걸 곧이곧대로 시키기만 했는데도 벌써 힘이 쭉 빠졌다. 둘 다 이런 카페엔 와본 적도, 올 생각도 없었기에 벌어진 참극이었다.

어찌어찌 자리에 앉은 뒤에도 리아는 몸에 맞지 않는 옷을 입은 것 같은 불편함에 몸을 뒤틀었다.

'벽이 온통…… 핑크색이라니. 세상에.'

깔끔한 갈색이나 흰색, 혹은 검은색을 가장 선호하는 그녀에게 있어 네 벽면이 전부 핑크색으로 칠해진 '몽실몽실'은 충격 그 자체였다.

'……전하께서는 대체 여길 왜 가라 하신 건지.'

이왕 일이 이렇게 됐으니 '몽실몽실'에 가자 먼저 말을 꺼냈던 것을 후회할 정도였다. 착실하게 황태자의 명을 받들어 왔건만 있는 것이라고는 레이스와 핑크, 그리고 케이크뿐이라니. 아니, 물론 케이크는 좋긴 하지만. 그렇게 중얼거리던 리아는 붉은 체리가 장식되어 있는 케이크를 내려다봤다. 선뜻 손대기 아까운 비주얼이었다.

'예쁘긴 한데…….'

역시 카인의 생각은 도저히 이해할 수 없다. 리아는 한숨을 삼켰다. 그녀는 황태자가 황제가 되어 있을, 훗날 제가 12의결원에 속해 있을 먼 미래를 점쳤다. 상상하자니 아득해져서 그녀는 착잡한 표정으로 진득한 초콜릿 케이크를 포크로 찍었다.

'맛있어!'

그 케이크가 상상 이상으로 맛있지만 않았어도 고민은 좀 더 이어졌을 것이다. 착잡함을 케이크로 날려 버린 리아의 두 눈이 크게 뜨였다. 평소 딱딱해 보이던 낯이 부드럽게 풀렸다.

그런 그녀의 모습에, 에드가는 속으로 몽실몽실에 대한 평가를 한층 높였다. 카인에 대한 평가 역시 덩달아 높아졌다. 그는 리아가 케이크를 전부 먹길 기다리다, 가져온 서류를 꺼내들었다.

"마차 사고에 관한 자료군요."

리아의 말에 에드가가 고개를 끄덕였다.

"미리 말해두겠지만, 경, 이 사건은…… 사고사로 종결됐어. 의혹 가는 점이 있어도 재수사를 하기는 쉽진 않을 거야."

현실적인 조언이었다. 아무리 드벨 후작가의 일이라 할지라도 그랬다. 확실한 증거가 있지 않는 한 황제는 뒷맛이 썼던 사건을 다시 물 위로 올리고 싶어 하지 않을 테니. 그는 조금 걱정스러운 얼굴로 잠시 숨을 골랐다. 만약 그렇게 된다면 자신이 돕겠노라는 말을 덧붙이려 했다. 리아의 답이 빠르지만 않았어도 말이다. 그녀는 고개를 저으며 서류를 제 쪽으로 죽 끌어왔다.

"알고 있습니다. 확인할 것이 있을 뿐이니 걱정 마십시오. 경의 수사에 문제가 있었다 이의를 제기하는 일은 없을 겁니다."

"아니, 그런 뜻이 아니라……."

생각지도 못한 오해에 당황한 에드가의 두 눈이 가늘게 떨렸다. 그러나 그는 리아가 서류의 첫 장을 넘기자 조용히 입을 닫았다. 눈앞에 앉아 있는 남자가 어떤 심정인지 알 리 없는 리아는, 곧장 서류에 정신을 빼앗겼다.

'드디어.'

삼 년. 벌써 시간이 그렇게 흘렀다. 그럼에도 사건과 관련된 서류를 보는 건 오늘이 처음이었다. 삼 년 전에는 깊은 슬픔에 잠겨 차마 찾아볼 생각조차 못했고, 슬픔에서 벗어난 뒤엔 이미 사고사로 결론지어진 일에 손대고 싶지 않았다.

아니. 아니다. 리아는 고개를 저었다. 사실 자신은 그동안 필사적으로 이 일을 외면하려 애써왔다. 한 번 관심을 두면 깊게 침잠할 것을 알기에, 그럴 수 없다 스스로를 몰아세우며 외면해 왔다. 그렇게 가문을 보듬고 동생의 뒤를 지키며 제가 설 자리를 찾았다. 떠난 이들을 뒤로한 채 앞만 보고 걸은 세월이 그토록 길었다.

'이게 아니었으면 앞으로도 계속 그랬겠지.'

품에 넣어둔 보석함을 느끼며 그녀는 입술을 한번 꾹 물었다.

여전히 의문은 가시지 않은 채다. 그러나 한번 들쑤셔진 기억들은 사람을 이렇게 초조하게 만들어서, 뭐라도 하지 않고서는 견딜 수가 없었다. 무겁게 가라앉은 두 눈이 빠른 속도로 서류를 읽어 내렸다. 생각보다 깔끔하게 정리되어 있는 서류는 작은 것 하나도 빠뜨리지 않기 위해 애를 쓴 티가 났다.

리아가 이상함을 느낀 것은 서류를 절반 가까이 읽은 뒤였다.

"……경."

에드가를 부르는 목소리가 가늘게 떨리고 있었다.

"왜 그러지? 이상한 점이라도 있나?"

"아뇨, 이상하다기보다는…… 마차를 몰았던 말이, 백마와 흑마라고 쓰여 있는데, 특징으로 적혀 있는 부분이 잘못된 것 같습니다."

에드가의 얼굴에 당혹스러움이 스쳐 갔다. 그는 얼굴을 구기며 상체를 앞으로 기울였다. 리아가 제 쪽으로 돌려준 서류를 확인하기 위해.

"잘못되었다니. 그럴 리가."

리아가 찾은 것은 다른 사람이었다면 무심히 넘겼을 만큼 사소했다. 오랜 세월 드벨 후작가를 위해 일한 집사나, 유모라도 알아차리지 못했을 정도로. 그러나 그녀는 어릴 적부터 검을 쥐어야 했고, 말들과도 가까이 지낸 탓에 한눈에 알아볼 수 있었다.

"그날."

말문을 여는 리아의 손끝이 가늘게 떨렸다.

"그날, 부모님의 마차를 끈 말 두 필은 가문에서 가장 뛰어난 녀석들이니 기억하고 있습니다."

리아의 손안에서 서류 끝이 우그러졌다. 그동안 외면해 왔던 양친이 제게 묻는 기분이었다. 어째서 보다 빨리 알아차리지 못했느냐는, 심장께가 서늘해지는 물음. 답은 이미 알고 있었다. 마주볼 자신이 없어 외면하고 외면했던 시간들이다.

더듬, 더듬, 나오는 목소리가 제 것이 아닌 양 낯설었다.

"확실히 기억하고 있습니다. 당시 마차를 끈 흑마는, 세 발만 희었습니다. 그러니까…… 보고서에 쓰인 것과는 다른……."

"다른 말이라는 소리인가."

리아의 얼굴이 일그러졌다. 보고서에 실수가 있었던 것이 아니냐는 물음은 에드가의 얼굴을 보자마자 입안으로 말려들어갔다. 딱딱하다 못해 차갑게 굳은 낯이 이미 답을 말해주고 있었다. 실수가 아니다. 삼 년 전의 일임에도 그만큼 확신하고 있는 것이다.

"말 같은 경우는 마차 사고에 있어 가장 중요한 부분 중 하나이기에 확실히 기억하고 있어."

리아는 그렇게 말하는 에드가가 제 쪽으로 손을 뻗자 보던 서류를 넘겨주었다. 몇 장을 넘겨본 에드가는 그럴 줄 알았다는 표정으로 고개를 끄덕였다.

"상태가 엉망이긴 했지만."

그의 말처럼 당시 현장에서 발견된 말 사체는 엉망이었다. 벼랑에서 떨어지며 엉망으로 굴렀는지 온통 피투성이에 여기저기가 뒤틀려 있어 원형을 알아보기 어려울 정도였다. 그러나, 그렇다하여 색을 착각할 정도냐면 에드가는 아니라 확언할 수 있었다.

심지어 흑백의 차이이지 않나. 그는 서류를 테이블에 내려놓으며 말했다.

"그때 내가 확인한 흑마는, 분명 네 발이 전부 희었다. 피로 엉망이었음에도 마치 새하얀 신발을 신고 있는 것처럼 보여서 기억이 나."

"그렇다면 중간에 말이 바뀐 겁니다."

마차 사고가 '사고'가 아니라는 가정하에 생각해 본다면 충분히 가능한 일이었다. 리아는 심각한 표정의 에드가를 바라봤다. 당장 그가 화를 내도 어쩔 수 없다 생각하면서. 눈앞이 희게 점멸했다.

"중간에 말이 바뀌었다, 라."

어째서 좀 더 빨리 수사에 참여하지 않았느냐 묻는다면 무어라 답한단 말인가. 이제 와서 갑자기 모든 걸 들쑤시려는 의도가 무엇이냐며 짜증을 부리면 무어라 답해야 하지? 리아는 그 모든 비난이 제가 치러야 할 대가라 생각하며 에드가의 입이 열리길 기다렸다.

"내 기억이 맞다면, 그날 말 사체는 태우거나 짐승의 먹이로 던져 버리는 대신 후작가의 땅에 묻었을 거다. ……사체를 확인해 보는 게 좋겠군. 뼛조각이라도 남아 있을 테니."

톡, 톡, 서류 끝을 두드리며 반쯤은 혼잣말로 중얼거린 에드가의 시선이 들렸다. 분노도, 짜증도 아닌, 그저 고요하게 가라앉은 그것이 제게 곧게 뻗어왔다. 책임을 묻지 않는다. 아무것도 하지 않았던 무력함에 대해 화를 내지도 않는다.

그저 앞으로 해야 할 일을 말할 뿐.

"거기서부터 시작해야겠지."

그의 말이 맞았다.

뼈밖에 남지 않았을지라도 말의 크기나 나이를 대략적으로 추정하는 것 정도는 가능했다. 정말 말이 바뀌었는지 확인만 하는 것이라면 뼈만으로도 충분했다.

그러나 그녀가 선뜻 대답하지 못하는 이유는 다른 곳에 있었다.

'하지만, 왜? 어째서 이렇게까지 해주는 거지?'

리아로서는 지금 상황을 이해하기 어려웠다. 그녀의 푸르른 녹안이 가늘게 떨렸다. 예상은커녕 기대조차 해본 적 없는 이에게서 내밀어진 호의는 그토록 당혹스러운 것이었다. 에드가는 어쩐지 멍해 보이는 리아를 걱정스레 바라보며 말을 이었다.

"아무리 비슷한 말을 가져왔다고 해도 나이까지는…… 경, 괜찮나? 안색이 안 좋아 보이는데."

제 쪽으로 뻗어지는 손에, 리아는 자신도 모르게 몸을 뒤로 뺐다. 그러자 에드가는 허공에 머물러 있는 손을 어색하게 웃으며 거둬들였다. 그런 그의 모습에 리아는 더듬더듬 대답했다.

"아뇨. 괜, 찮습니다."

"그런가. 어쨌든 일단은 거기서부터 시작하는 게 좋을 것 같은데. 경의 생각은 어떤가?"

내키지 않는다면 어쩔 수 없지만. 말끝을 흐리는 에드가의 모습은 방금 전과는 달리 위축된 것처럼 보였다. 리아는 그런 그의 모습에 당황했다. 아니, 그보다는 에드가를 보며 한 제 생각에 놀랐다는 말이 더 맞으리라. 위축이라니. 저 페리엘 공작이? 그녀는 속으로나마 고개를 저으며 대답했다.

"저는 괜찮습니다. 아무래도 미리 준비를 해둬야 하니 내일이나…… 내일모레쯤 괜찮으십니까?"

얼마나 놀랐는지 리아는 제가 혼자 확인해도 되는 일을 같이하자 말하고 있다는 것도 깨닫지 못했다. 리아가 자신을 더는 밀어내지 않자 에드가의 표정도 한결 부드러워졌다.

"그럼 그렇게 하지. 이런 일이 흔한 건 아니라…… 재조사를 하기 위해서는 어떤 것들이 필요한지는 내가 알아볼 테니 내일 집무실에 잠시 들러주겠나?"

반드시 재수사 허가를 받아내고 말겠다는 결연한 의지가 보였다. 에드가가 얼마나 이 일에 매달렸을지 그 표정 하나로 설명되었다. 그런 그를 보고 있자니 리아는 목이 턱 막혔다. 생각지도 못한 곳에서, 상상도 못한 이에게 보살펴지고 있었다는 걸 뒤늦게 깨달은 기분이다.

가슴께 어딘가가 먹먹해져서, 그녀는 한참의 시간이 흐른 뒤에야 답할 수 있었다.

"예."

뱉어지는 한마디는 가볍지 않았다. 대화가 슬슬 마무리되자, 리아는 자신도 모르게 참고 있던 숨을 뱉어냈다. 해야 할 일을 끝내자 뒤이어 밀려든 것은 새로이 알게 된 현실이었다.

사고사가 아니다. 그렇다면 누가, 왜, 무엇을 위해—

단숨에 몰아치는 물음은 제 목을 조르는 것만 같았다. 숨이 막혀서, 결국 리아는 창백히 질린 낯으로 양해를 구해야만 했다.

"죄송합니다만, 먼저 일어나도 되겠습니까."

"괜찮나."

걱정이 가득 묻어난 물음에, 리아는 아래로 떨궜던 시선을 들어 올렸다.

"잘…… 모르겠습니다."

입가에 번지는 미소가 흐렸다. 쓰디쓴 미소였다. 그것을 본 에드가는 순순히 길을 터줬다. 지금 그녀에게 있어 가장 필요한 것은 위로가 아닌 혼자만의 시간임을 짐작했기 때문이었다.

에드가는 삼 년 전, 제복을 입은 채 발검하는 여인을 보고 한눈에 반해 버렸다. 그래서일까. 로렐리아 폰 드벨은 강한 여인이다, 항상 그렇게 생각해 왔었다. 그랬던 그녀의 약한 모습에, 그는 잠시 머리가 멍해지는 기분을 느껴야만 했다.

리아가 자리를 떠난 뒤에도 한참 동안이나 망부석처럼 그 자리에 굳어 있던 에드가를 일깨운 것은 카인이었다.

"둘이 마주 앉아 서류만 잔뜩 보더니 갑자기 후작은 왜 나가 버린 건가!"

예고도 없이 나타난 황태자의 패악에 에드가가 천천히 고개를 들었다. 멍하니 제 사촌을 바라보는 두 눈이 어두웠다. 그 모습에 카인은 심각한 낯으로 에드가의 어깨를 움켜쥐었다.

"경? 공작? 에디! 왜 그러나. 설마 뺨 맞을 짓을 한 건 아니겠지?"

카인의 재촉에 그제야 에드가의 눈에 초점이 돌아왔다. 그는 카인을 복잡 미묘한 시선으로 바라봤다.

"전하."

"그래. 믿음직한 형님이 여기 있으니 숨김없이 다—아 말해보게! 내 입이 어찌나 무거운지 다들 내게 아낌없이 비밀을 털어놓는다네!"

카인의 생각은 단순했다.

디저트를 먹으며 연애하라 자리를 깔아줬더니 뭔지 모를 서류 뭉치만 보고 있을 땐 답답해 발을 굴렀던 그였다. 그러나 리아가 자리를 박차고 나가자 카인은 다시금 기회를 포착했다.

상심한 사촌 동생을 위로해 주는 사촌 형! 이 얼마나 멋진 관계냐며 달려온 그에게, 에드가가 일갈했다.

"궁에 계셔야 할 분이 어째서 여기 계시는 겁니까."

리아와 있을 때와는 전혀 다른 태도가 아닐 수 없다. 오르도가 에드가를 향해 소리 없는 박수갈채를 날리는 순간이었다.

리아는 저택에 돌아오자마자 드레스를 벗어던졌다. 아름다웠던 드레스 대신 간편한 것으로 갈아입은 그녀는 발을 앞으로 내디뎠다가, 이내 미끄러지듯 주저앉았다. 눈앞이 까맣게 점멸되는 기분이었다. 가장 먼저 머릿속을 잠식한 것은 자괴감이다.

'어째서 곧장 수사에 참여하지 않았던 거지?'

에드가의 말대로 삼 년이나 지났다. 증거든 흔적이든 남아 있을 리가 없다. 사고 당시 즉사한 말 두 필의 사체도 땅속에서 이미 오래전 썩어버렸을 것이다. 다른 말이라는 걸 알아낸다면, 그다음에는? 눈앞이 캄캄했다.

'늦었다.'

순간적으로 머릿속을 가득 채우는 생각에, 리아는 두 눈을 질끈 감았다. 사고가 아니라면 분명 일을 이렇게 만든 자가 있을 것이다. 하지만 범인이 있다 한들 어떻게 잡는단 말인가? 남아 있는 것이라고는 종이에 기록된 것들이 전부인데.

심지어 용의자도 없는 사건이었다.

색색 내쉬는 숨만이 방 안을 가득 채웠다. 그렇게 한참. 들썩이는 마음을 애써 내리누른 리아는 몸을 일으켰다. 곧장 검을 집어드는 낯빛은 창백하다 못해 차갑게 질려 있었다. 방 밖으로 나온 그녀는, 제 쪽으로 다가오는 사용인들에게 방해하지 말라는 말을 남긴 뒤 저택 한편에 마련된 연무장으로 향했다.

둥그런 연무장은 리아가 가장 차분해지는 장소였다. 아무도 없는 그곳에 선 뒤에야 리아의 얼굴에서 뚝, 가면이 떨어져 나갔다.

"후우."

깊게 들이마셨던 숨을 그대로 뱉었다. 검을 쥔 뒤에야 그녀의 두 눈이 차갑게 가라앉았다. 사고가 아닐 것이다. 아직 확실한 것은 아니었으나, 그런 예감이 들었다. 말 사체를 파헤치고 나면 사고가 아님을 알게 될 것이라는 예감이. 그렇다면 자신은 더는 도망치지 않을 것이다. 외면했던 것은 삼 년이면 충분했다. 그 대가도 치를 것이다. 그렇게 제가 외면했던 것들을 마주 보리라.

검을 쥔 손이 천천히 움직였다.

리아가 사용하는 사이느소드는 한층 무거우나 찌르기와 베기에 전부 특화되어 있었다. 황실기사들은 때때로 몬스터와도 싸워야 했는데, 그럴 경우 속이 비어 가벼운 검은 부러지는 경우가 다반사였다. 대다수의 기사들이 찌르기와 베기가 동시에 가능하면서도 강한 검을 선택하는 이유이기도 했다.

검을 어슷하게 쥔 리아의 두 눈이 차분하게 가라앉았다. 의도된 사고. 잡지 못한 범인. 말. 그리고 키메라. 저쪽 세상의 자신이 해준 말들은 꽤 혹할 것들이었다. 그럼에도 그녀는 아직 망설이고 있었다. 그 얘기들을, 믿을 것인가 말 것인가에 대해.

'저쪽 세계라는 게 진짜 존재한다고 해도…… 아니면 그저 마도구의 폭주일지도. 혹은 내가 모르는…….'

웅웅…….

무색의 오러가 검을 감싸기 시작했다. 오러 사용자는 전 대륙을 통틀어도 그 수가 적었다. 그럼에도 오러를 쓰는 방식은 천차만별이었다. 오러를 그저 강한 힘으로 사용한 사람도 있었고, 오러로 신체를 강화해 검 대신 주먹으로 그 이름을 널리 알린 이도 있었다.

그러나 검의 무게를 덜면서 동시에 강도를 높여 타고난 근력의 한계를 뛰어넘는 데 사용하는 리아의 방식은 개중에서도 독특했다.

오러가 검신을 전부 감싸자 검날 위에 아지랑이가 일렁이는 것 같은 착시가 일어났다. 일렁이는 검신은 리아가 가진 오러의 특징이었으며, 광검光劍이라는 별칭이 주어진 이유였다. 물론 붉은늑대 기사들은 같은 말, 다른 뜻인 狂劍-미친 검-이라 바꿔 부르곤 했지만 말이다.

오러를 사용할 수 있는 것만으로도 새로운 경지에 올랐다 평가받는 세상이다. 그러나 사람인 이상 그 위를 보게 되는 것은 자연스러운 일이었다. 리아 역시 마찬가지인지라, 그녀는 제멋대로 일렁이는 오러를 붙들어놓기 위해 이를 악물며 정신을 집중했다.

〈정말, 그날 사고는 아직도 생생하다니까. 아직까지 범인의 신병을 확보하지 못했다는 게 무서울 정도야. 정보? 글쎄, 딱히 알려진 건 없고 다만 마탑에서 탈주한 탈주 마법사일 것이라고 짐작만 하고 있다고 해. 등록된 마법사들 중에서는 그렇게 뛰어난 키메라를 만들 수 있는 이는 없었거든. (이걸 알아내는 데만 몇 달이 걸렸다니까? 마법사 수가 그렇게 많다는 걸 난 그때 처음 느꼈지 뭐야!) 그런데 생각해 보면 당연한 얘기이긴 해. 그만큼 출중한 실력에, 이름은 널리 알려지지 않은 마법사라면 탈주 마법사밖에 더 있겠어? 심지어 그들은 마탑이 자신들의 치부를 드러내지 않기 위해 신상을 공개하지도 않잖아.〉

감겼던 눈이 천천히 뜨였다. 차분하게 가라앉은 녹안이 짙었다. 검신을 감싸고 있는 오러는 전보다 배는 안정되어 있는 상태였다.

"하앗!"

연습용 목조인형을 베어내리는 검신은 순간적으로 사라지는 것처럼 보였다. 리아의 검을 두고 빛의 검光劍이라 칭하는 이유가 바로 여기에 있었다. 불투명한 오러는 햇빛 아래에서 순간적으로 빛을 굴절시켜 그 모습이 잠시나마 사라지는 것처럼 보였으니 말이다.

'하지만, 그 얘기가 전부 사실이라면, 사고가 아니라는 뜻이겠지.'

—서걱.

사선으로 빗겨 베인 채 땅으로 떨어지는 목조인형을 바라보는 리아의 눈이 흔들렸다. 제 이성은 아직 확신할 수 없다 말하고 있었다. 저쪽 세계라니. 그저 마도구의 농간일 것이라, 자신이 바라마지않았던 꿈결 같은 장면들을 보여주는 것뿐이라 그렇게 치부하고 싶었다. 그러나 본능은 쉼 없이 속삭여 왔다.

이 모든 얘기가 사실이라는 걸 알지 않느냐고. 이미 마차 사고가 단순한 사고가 아닐 수도 있을 정황을 잡아내지 않았느냐고. 그것 보라고.

게다가 편지 속 자신은 저에 대해 너무 자세히 알고 있었다. 마치 삼 년 전 제 과거를 그대로 엿보는 기분이라 속이 더부룩해질 정도였다.

그러니 모두 사실일 것이다. 양친은 살해당했고 저쪽 세상의 자신은 에드가와 결혼했다. 외면할 수도, 외면해서도 안 되는 현실에 그녀는 지쳐 나가떨어질 때까지 검을 휘둘렀다.

그렇게 얼마나 시간이 흘렀을까.

지친 기색이 역력한 리아가 저택 안으로 들어오자 집사가 다급히 다가왔다. 리아는 그가 건네는 수건으로 얼굴을 닦았다. 집사는 그녀가 한숨 돌리기를 기다린 뒤 조심스럽게 입을 열었다.

"각하, 페리엘 공작께서 선물을 보내셨습니다."

"……누가? 뭘 보내?"

되묻는 리아의 얼굴에는 당황한 기색이 역력했다. 집사도 그럴 줄 알았다는 표정이었다. 그도 그럴 것이, 벌써 해가 다 진 밤이었다. 누군가의 집으로 선물을 보내거나 사람을 보내기에는 적절치 않은 시간이었다. 그러나 말을 전하지 않을 수도 없었기에, 집사는 착실히 대답했다.

"페리엘 공작께서, 한 시간쯤 전 직접 방문하셨습니다."

시종을 보낸 것도 아니다. 그가 직접 왔다는 말에 수건을 시녀에게 건네던 리아의 손이 그 자리에서 멈췄다.

"……뭐?"

이제 리아의 표정은 놀랐다기보다는 차라리 경악에 가까웠다. 집사는 그녀의 기분을 십분 이해하며 말을 이었다.

"각하께 방문을 알리겠다 말씀드렸지만, 극구 사양하시고는 선물만 전하신 뒤 돌아가셨습니다."

그가 말을 끝내자마자 대기하고 있던 시녀가 쪼르르 다가와 거대한 상자를 건넸다. 연한 하늘색 상자에는 새하얀 리본이 달려 있었다. 상자를 받아드는 손길이 조심스러웠다. 마치 그게 갑자기 펑! 하고 터지기라도 할 것이라 생각하는 것처럼. 그 정도로 화려한 상자였다.

"그 선물을 보고 조금이라도 각하의 기분이 나아지길 바란다는 말 역시 전해달라고 하셨습니다."

할 일을 마친 집사는 빠르게 자리를 비켜주었다. 지금은 그녀가 혼자 있는 것을 원한다 생각했기 때문이었다. 훌륭한 수족들은 주인의 기분을 십분 헤아리는 법.

그러나 때로는 그 배려가 과하게 느껴질 때도 있는데, 지금이 그랬다. 갑자기 주위가 고요해지자 손에 든 상자가 더 적나라하게 느껴졌다. 리아는 자신도 모르게 슬쩍 시선을 내렸다. 새하얀 리본이 눈 안 가득 들어찼다. 심지어 리본 주위에는 레이스가 가득했다. 대체 이 리본 하나를 만드는 데 손이 얼마나 많이 간 것일까.

꿈이 아니다. 환각을 보고 있는 것도 아니었다. 그렇다기엔 손 안에서 느껴지는 상자의 매끈한 감각이 선연했다.

'……세상에.'

작은 감탄사가 그녀가 느끼는 기분의 전부였다. 리아는 1층 홀에 선 채, 이번에는 입 밖으로 중얼거렸다.

"세상에."

에드가, 그 에드가 폰 페리엘이, 자신에게 선물을 줬다고? 그것도 이런 시간에 직접 찾아와서? 직접 왔다 했으니 아랫사람을 시켜 심부름을 보낸 것도 아니다. 오랜 세월 후작저를 꾸려오며 별별 일들을 다 본 집사마저 경악을 금치 못했으니 그렇구나, 하고 넘길 만한 일도 아닐 것이다.

리아는 그렇게 반쯤 넋을 놓은 채로 제 방으로 올라왔다. 테이블에 상자를 내려놓고는 멀찍이 떨어져 앉아 팔짱을 낀 채 노려보는 모습이 사뭇 심각했다.

그 옆에 있던 보석함이 붉은 빛을 낸 것은 그때였다. 리아는 상념에서 깨어난 것처럼 화드득 놀라며 자리를 박차고 일어났다. 어찌나 긴장했는지 보석함을 집어 드는 손끝이 심장 뛰듯 두근두근

뛸 정도였다.

<리아, 오늘은 잘 지냈어? 네가 작위를 받은 데다 제2기사단장까지 맡고 있다니.(난 사실 그게 가장 놀라웠어. 붉은늑대기사단 하면 유명하잖아?) 바쁠 것 같아서 오전 내내 한 글자도 못 쓰고 빨리 밤이 되길 기다렸지 뭐야.>

평이한 서두로 시작된 편지는 세 장이나 됐다. 그 뒤로 줄줄이 이어진 건 로렐리아가 겪은 일상 얘기다. 새로운 자수를 놓기 시작했고, 어떤 드레스를 맞췄고, 티파티에 참여한 친구들과 어떤 얘기를 했는지에 대한 것들. 드레스를 묘사하는 데 어찌나 공을 들였는지, 보지 않았는데도 어떤 드레스인지 눈앞에 그려질 정도였다. 예고 없이 닥쳐 온 일상 얘기에 순간적으로 긴장이 탁 풀렸다. 스르르 의자에 주저앉는 리아의 잇새로 헛웃음 같은 한숨이 터졌다.

"하."

갑자기 상자 하나로 심각해졌던 게 웃겨서, 그녀는 자신도 모르게 푸스스 웃었다. '기분이 풀리길' 바란다는 에드가의 말이 어떤 의미로는 들어맞은 셈이다.

"정말이지."

리아는 고개를 저으며 로렐리아의 편지를 탁자 위에 올려놓고, 손을 뻗어 상자를 끌어왔다. 리본을 당기는 손끝은 방금 전과 달리 한결 가벼웠다.

그러나.

"아."

상자 안을 확인한 리아는 다른 의미로 당황할 수밖에 없었다.

작지도, 크지도 않은 안에 가득 차 있는 것은 화사하게 피어난 색색깔의 꽃이었다. 리아의 시선이 상자 안에서 탁자 위로 옮겨갔다.

〈아! 맞다. 그리고 그이가 꽃을 막 가득 샀거든? 이걸 전부 어디에 쓰냐고 물었더니 글쎄, 뭐라는 줄 알아? 살 땐 이렇게 많은 줄 몰랐다지 뭐야.〉

편지 속 로렐리아는 어떻게 그럴 수가 있느냐며 분통을 토해냈다. 그러나 리아는 순간 그 마음을 이해해 버리고 말았다. 무슨 일인지는 모르겠으나, 기분이 풀렸으면 싶었을 것이다. 그게 아니면 기쁘게 해주고 싶었거나. 그렇게 선물을 고르러 돌아다녔을 테지. 어쩐지 에드가는 집사나 부관의 손을 빌리지 않고 자신이 직접 거리를 돌아다녔을 것 같았다.

그리고 발견했을 것이다. 화사하게 피어난 꽃들을.

〈결국 저택 장식을 전부 다시 했다니까! 집 안이 온통 꽃 천지가 됐어!〉

투덜거리곤 있었지만 글만으로도 로렐리아의 즐거움이 전해졌다. 리아의 시선이 아래로 떨어졌다. 상자 한가득 색색깔의 꽃들이 눈 안에 가득 들어찼다. 처음이었다. 누군가에게 꽃을 선물받은 것은. 화려한 보석이나 뛰어난 대장장이가 만든 검은 수없이 받아봤지만 꽃이라니.

리아는 상자 안에서 꽃을 들어 올리며 웃었다. 자신도 모르는 사이에 새어 나간 웃음이었다.

"어! 단장!"

다음 날, 이른 아침 출근한 리아는 빠른 걸음으로 다가오는 에이플을 보고는 표정을 굳혔다. 굳이 말하지 않아도 그녀의 얼굴에 떡하니 쓰여 있었다.

'또냐?'라고.

리아와 지낸 지 어언 삼 년. 다른 건 몰라도 눈치만큼은 수준급이 된 에이플은 당당한 표정으로 고개를 저었다.

"오늘은 아무 짓도 안 했습니다."

그 당당함에, 리아는 잠시 시선을 하늘로 올렸다. 아침 해가 슬슬 땅을 덥히고 있었다.

"이 시간에 무슨 일을 저질렀으면 그것도 재주는 재주다."

아침 9시부터 치고 박고 할 열정이 넘쳐나면 그건 인정해 주겠다는 리아의 말에, 에이플은 호탕하게 웃어젖혔다.

"우리 단장은 농담도 잘하신다니까. 아. 그것도 그런데 아직 모르시죠?"

"농담 아니다. 그보다 내가 모른다니? 뭘 말하는 거냐."

"역시 모르시는구나. 하긴. 모르실 만도 하죠. 저도 방금 지인에게 은밀히 전해 들은 얘기거든요."

히죽이는 에이플의 모습은 참 얄미웠다. 그러나 리아는 입 아프게 두 번 묻지 않았다. 그녀는 그저 조용히 손을 뻗었을 뿐이다. 그리고 에이플은, 눈치가 빠른 만큼 재빠르게 뒤로 물러서며 입을 열었다.

"페리엘 공작께서 어젯밤, 갑자기 황실 기록물 보관소에 들르셨답니다."

평소라면 궁금해하지도 않았을 정보다. 그러나 지금은 달랐다.

리아의 미간이 좁아졌다.

"내가 관심 있을 것이라 생각한 이유는 그게 아니겠지."

에이플은 눈치챘냐는 표정으로 뒤통수를 쓸었다. 항상 장난기가 가득하던 그의 얼굴에 사뭇 진지함이 스쳐 갔다.

"예. 그게, 공작께서 요청한 자료가…… 삼 년 전, 마차 사고에 대한 것이랍니다. 당시 공작께서 책임자인 데다 사고사로 결론이 난 일이라 간략한 내용들은 저택에 보관하고 있을 텐데도 굳이 황실 기록 보관소까지 찾아와 관련된 모든 자료에 대해서 열람을 신청했다고 합니다. 자료를 찾으려면 시간이 걸린다 했더니 손수 필요한 걸 찾아가기까지 했다더군요. 서기관이 곤란하다고 했는데도 막무가내였다고 합니다."

리아의 두 눈이 크게 뜨였다. 자신 역시 보관소에 열람 신청을 해둔 탓이었다. 에드가 챙겨갔다는 것과 같은 자료를.

"전부?"

"그날 일과 관련된 거라면 경중을 가리지 않고 싹 쓸어갔다고 하던데요. 원래 이런 건 반출 서류를 정리하고 허가도 받아야 해서 시간이 좀 걸리잖습니까. 그런데 공작께선 당시 총책임자이기도 하시고 신분이 신분인지라 내어줬다고 하더군요."

황실 기록물 보관소는 누가 어떤 정보를 열람했는지 무조건적인 공개가 원칙이었다. 그뿐이랴. 확인이 쉽도록 아예 열람인과 자료를 한쪽 벽에 기재해 놓기까지 했다.

그러니 에이플의 말이 틀릴 가능성은 거의 없으리라. 며칠 전이었다면 부당한 처사라며 화를 냈을지도 몰랐다. 그러나 지금 그녀는 제 차례가 밀렸다는 건 생각도 못 하고 있었다. 리아의 표정이 사뭇 심각해졌다.

"방금 전에 알았다고 했지?"

"예. 다들 퇴근하고 한참 뒤에 열람 신청을 했다고 했으니……
아마, 저밖에 모를 겁니다. 아직은 말이죠."

에이플은 슬쩍 리아의 눈치를 보며 말을 이었다.

"저…… 단장, 심각한 일입니까?"

"자세한 얘기는 나중에. 일단은 고맙다. 돌아가서 훈련해."

"……고마운데 훈련을 하는 겁니까?"

세상에 무슨 그런 계산법이 있느냐는 투덜거림에 리아는 길게
말하지 않았다.

"두 배로 늘려줄까?"

에이플은 씩 웃었다. 혹여나 리아가 자신을 불러 세울까 뒤돌
아 반대편으로 사라지는 발걸음이 잽쌌다. 처음부터 훈련량을 늘
릴 생각은 전혀 없었기에, 리아는 그를 가게 놔두었다. 정작 관심
을 둬야 할 곳은 따로 있었다.

황궁을 가로지르는 걸음이 다급했다.

'기록물을 전부? 무언가 떠오른 건가?'

순간적으로 어제의 대화에서 에드가가 잊었던 의혹을 떠올린
건 아닌가 하는 생각이 스쳐 갔다. 그러나 리아는 곧 그 생각을
떨쳐 냈다. 그렇게 일이 쉽게 풀릴 리가 없다. 이에 관해서는 에드
가의 말이 백번 맞았다. 이미 삼 년이나 지난 일이다. 게다가 평
소 그가 얼마나 일처리에 꼼꼼했는지를 생각한다면 사소한 것 하
나라도 놓쳤을 것이라는 생각은 들지 않았다. 제가 지적한 것조
차 진짜인지 아닌지 확신할 수 없는 상황이지 않나. 그러니 헛된
희망은 품지 말아야 했다.

그럼에도.

〈마차? 글쎄, 오래전 일이라 언제인지 명확하진 않지만, 사고는 기억해. 운이 좋았지. 마차가 벼랑으로 떨어질 때 아버지께서 어머니를 끌어안은 채 반대편 문을 열고 뛰어내리셨어. 마부도 운이 좋게 살아남았고. 그런데 그건 왜?〉

글귀로만 접한, '또 다른 현실'이 너무 생생해서. 그래서 이렇게 작게나마 기대하게 된다. 혹시 그가 이번 일에 신경을 써주지 않을까, 하는 그런 기대. 이쪽 세계와 저쪽 세계에 동시에 발생한 사고. 다른 결말. 단서가 거의 없는 상황에서 에드가가 적극적으로 나서준다면 큰 힘이 될 것이다.

사건 현장과 그 기록, 그리고 사체들을 직접 접했던 에드가가 도와준다면. 하나 입 밖으로 뱉은 적 없는 기대. 그러나 그는 마치 제 생각을 읽기라도 한 듯 자료들을 전부 가져갔다. 이 일에 본격적으로 개입하겠노라 선언하듯이.

얘기를 해봐야 했다. 물어야만 했다. 그리고……. 리아는 거기서 생각을 멈췄다. 일단 에드가의 얘기를 듣고 다음을 생각해도 늦진 않으리라 믿으며.

그렇기에 리아는 아침부터 에드가의 집무실 문을 두드렸다. 누구냐고 묻는 목소리가 차가웠다. 제 이름을 대자 어쩐지 요란스러운 소리가 들려서, 리아는 무슨 일이 있나 싶어 고개를 옆으로 기울였다. 그러나 그녀가 괜찮으냐 묻기보다 집무실 문이 열리는 것이 먼저였다.

"이른 시간에 죄송합니다. 잠시 물어볼 것이 있어……."

형식적인 인사를 건네며 고개를 든 리아는 자신도 모르게 말끝을 흐렸다. 눈앞에 서 있는 이는 분명 에드가였다. 그러나 평소 그의 모습이라고는 조금도 찾아볼 수 없는 채다. 리아의 두 눈이 갈 길을 잃은 어린양처럼 허공을 배회했다.

"……서."

헝클어진 흑발, 당혹감이 고스란히 드러난 남색 눈동자, 그리고 어쩐지 흐트러진 제복이 가장 먼저 눈에 밟혔다. 그녀의 시선은 곧 에드가의 어깨 너머로 향했다. 열린 문틈으로 보이는 집무실 내부는 그의 몰골보다 더 엉망이었다.

산처럼 쌓여 있는 서류들은 분류해 보려 노력한 흔적만 남아 있을 뿐 이리저리 뒤섞여 있었고 그나마도 금방이라도 무너질 듯 위태로워 보였다. 몇 번이나 온 곳이었기에 알 수 있었다. 지금 이 모습이 얼마나 평소와 다른지. 리아는 결국 높이를 이겨내지 못하고 와르르 쏟아지는 서류 더미를 바라보며 멍하니 물었다.

"죄송합니다. 바쁘…… 셨습니까."

"아니."

아무리 봐도 바빠 보이는데 아니란다. 심지어 대답하는 데 망설이지도 않는다. 에드가는 제가 말하고 제가 놀랐는지 끙 소리를 내며 머리칼을 쓸어 올렸다. 반쯤 열렸던 문을 활짝 열어주며 뒤로 물러서는 걸음이 조심스러웠다.

서류가 무너진 탓에 바닥은 종이로 엉망진창이었다. 에드가는 영 마음에 들지 않는다는 표정으로 집무실 안을 살폈다. 그러나 곧 어쩔 도리가 없다는 것을 인정할 수밖에 없었다. 제가 마법사도 아니고, 뿅 하고 치울 수는 없는 노릇이니 말이다.

"조금…… 더럽지만, 괜찮다면 들어오겠나. 안 그래도 찾아가려고 했는데……."

청소를 못한 게 걸렸는지, 에드가는 말끝을 흐렸다. 그러나 리아에게 그건 아무런 문제도 되지 않았다. 오히려 다음에 오라고 하면 어떻게 하지, 고민했던 리아는 사양하지 않았다.

"예. 그럼 잠시 실례하겠습니다."

집무실 안은 밖에서 힐끗 본 것보다 상황이 더 나빴다. 도무지 서류를 밟지 않고는 안으로 들어갈 수 있을 것 같지가 않아서, 리아는 몸을 숙여 가장 가까이에 있는 것을 집었다. 머리 위에서 줍지 않아도 된다며 다급히 만류해 왔다. 그러나 그녀의 두 눈은 이미 서류에 고정되어 움직일 생각을 안 했다.

에드가가 삼 년 전 사고에 대한 서류를 반출해 갔다는 건 알고 있었다. 하지만 집무실을 가득 메우고 있는 서류들이 전부 사고와 관련되어 있으리라고는, 정말이지 짐작조차 못했다. 그가 방금 전까지 보고 있었을 것이라고도. 업무에 관한 것이겠거니 생각했던 리아의 턱에 바짝 힘이 들어갔다.

"차라도, 아, 미안하군. 차가 떨어진 걸 잊었어. 물도 괜찮……로렐리아 경?"

에드가의 부름에 그제야 리아는 고개를 들었다.

"지금껏…… 삼 년 전의 사건을 조사하고 계셨던 겁니까."

아니. 아니다. 리아는 주위를 훑었다. 서류들은 묶음이 전부 풀린 채 사방에 흩어져 있었다. 뭉쳐놓은 것들을 전부 풀어헤쳐야만 가능한 일이다. 그녀는 직감했다. 에드가가 여기에 있는 서류들을 전부 확인했을 것이라고. 말이 어제지, 시간상으로 따지면 반나절 정도일 것이다. 그런데 아침에 출근해, 이 모든 자료들을 검토했다고?

"이걸, 전부?"

두어 시간으로 처리할 수 있는 양이 아니다. 자신도 서류작업이라면 질리도록 해왔다. 그렇기에 알 수 있었다.

에드가가 여기서 밤을 새웠다는 걸. 이 많은 양을 검토하려면 그 수밖에는 없었다. 그는 밤을 지샌 것이다. 밤늦게 후작저에 들러 제게 줄 상자를 건넨 뒤, 그 뒤로 쭉.

'세상에.'

에드가가 이번 일에 도움을 줬으면 싶긴 했다. 하지만 이렇게는 아니었다. 이 정도의 도움을 바란 것은 결코 아니었다. 그저 약간의 조언과, 저로서는 알 수 없는 당시 현장에 대한 얘기. 그녀가 생각한 '적극적인 도움'은 그 정도였다. 그 정도면 충분했는데.

빠르게 깜빡여지는 눈꺼풀 사이로 리아의 당혹감이 그대로 드러났다. 그녀는 지난 삼 년간 단 한 번도 에드가에 대한 평가를 바꿔본 적이 없었다. 저쪽 세상의 로렐리아가 그가 얼마나 자상한지, 상대의 얘기에 귀를 기울이고 관심을 갖는지 얘기해 줘도 와닿지가 않았었다. 자신이 삼 년간 겪어온 에드가와는 너무도 달랐으니.

그랬는데. 왜 저 남자는 너무도 낯선 표정으로 낯선 말을 하고 있단 말인가.

"그…… 빠뜨린 게 있을지도 모르니까."

도움을 주면서, 왜 죄지은 사람처럼 제 눈치를 보는지, 정말 모르겠다. 리아는 손으로 눈을 덮었다.

"어째서 이렇게까지 해주십니까."

자신도 모르게 뱉은 말은 바싹 말라 버석거리는 것만 같았다. 그 물음에 에드가는 허리를 숙여 서류를 집어 들었다.

"……뭐?"

"삼 년 전의 일입니다. 이미 끝난 일을 다시 들쑤셔 봤자 경에게 좋을 것이라고는 하나도 없는 일인데, 어째서……."

내게.

리아는 목에 걸리는 것 같은 단어를 꾹 삼켰다. 왜 하필이면 지금 로렐리아가 편지에 휘갈겨 쓴 에드가의 장점들이 떠오르는지 모를 일이다. 한번 생각이 쏠리니 와르르 다른 것들까지 딸려 왔다. 방 안에 꽂아놓았던 꽃다발이 눈에 밟혔다. 들켰던 눈가가 화끈거렸다. 리아는 손안에서 서류 끝이 우그러졌다는 것도 눈치채지 못한 채 어렵사리 마지막 말을 뱉어냈다.

"이렇게까지 해주십니까."

"그럴 만하니까. 당시 조사단의 총책임자가 나였으니 책임을 지는 건 당연한 일이야. 그뿐이야. 경이 미안해할 필요도, 고마워할 이유도 없어."

머뭇거림도 없이 답이 돌아온다. 부하들의 주먹다짐으로 찾아갔을 때는 속으로 삼키는 듯하던 한숨조차 없다. 그저 해야 할 일을 했을 뿐이라 말하는 이의 그 곧은 두 눈에 리아는 처음으로 생각했다.

《그이는 내가 만난 귀족들 중에서 일처리가 가장 확실한 사람이야. 그런데 동시에 속이 깊어서 이것저것 생각해 주는 사람이기도 해.》

어쩌면 저쪽 세상의 로렐리아가 한 말이 맞을지도 모르겠다고.

리아가 에드가를 인지한 지 올해로 삼 년. 삼 년 만에 처음으로 리아는 생각했다. 이 남자, 알고 보면 성격이 더러운 것만은 아닐지도 모르겠다고.

그 시각, 닫힌 집무실 문 밖에서는 전혀 다른 종류의 노력이 정점을 향해 달려가고 있었다.

"아니, 안 들린다니까요?"

부단장 다음으로 나이가 많다는 이유만으로 카인에게 '푸른매 2호'라는 칭호를 하사받은 캐리엇은 세상 진지한 표정으로 집무실 문에 귀를 바짝 갖다 댔다. 180㎝가 훌쩍 넘는 산만 한 남자가 쪼그려 앉은 채 문에 귀를 갖다 댄 모양새에 지나가던 시녀들이 그를 의심스럽게 흘겨보며 숙덕였다.

그러나 그가 누구던가. 라흘란 제국에 몸과 마음을 모두 바친 자랑스러운 푸른매는, 여인들의 시선에도 아랑곳하지 않았다. 아무것도 안 들린다며 짜증을 좀 부리긴 했지만.

[집무실이라면…… 야, 혹시 여기에서 붉은늑대 녀석들에게 시비 턴 녀석 있냐?]

귀에 꽂은 마도구로부터 들려오는 다이컨의 목소리는 참으로 진지했다.

진지했으나 내용이 아쉬울 따름이다. 리아가 에드가에게 따지러 간 거 아니냐는 다이컨의 물음에, 다들 기억을 되짚는지 짧은 침묵이 허공을 감쌌다. 한동안 이어지던 침묵을 깬 것은 조심스러운 목소리였다.

[저, 생각해 보니까, 제가 어제 에이플 경을 만나서 농담을 좀 주고받긴 했습니다만. 마흔 넘어서 결혼할 거냐고, 서로 놀려댔습니다. 그런데 그 새끼도 저한테 평생 결혼 못 할 거라면서 악담했는데요…….]

어쩐지 슬픈 고백을 시작으로, 푸른매들은 슬금슬금 서로의 눈치를 보며 제 과거를 고해하기 시작했다.

[……전 술집에서 같이 술을 좀 마셨습니다.]

[아무래도 저인 것 같은데…… 쟤랑 같이 술 마시다가 내기가 붙어서, 그, 어, 팔씨름해서 이겼거든요.]

과거 행적을 토해내는 기사들이 무슨 표정을 하고 있을지 굳이 보지 않아도 눈에 훤했다. 그러나 다이컨은 그들을 질책하는 대신 고개를 갸웃할 뿐이었다.

[이상하네. 그 정도로 따지러 갈 리가 없는데?]

아무리 앙숙이라 하나, 같은 황실기사단이다. 에드가의 짝사랑을 돕기 위해 팔을 걷어붙이기 전에는 서로 눈도 마주치지 않고 지내왔지만 보다 보면 정든다고, 두 기사단의 사이는 그 사이 꽤 좋아졌다. 그러니 술을 마신다든가 장난 삼아 내기를 하는 것 정도는 유별난 일도 아니었다.

도저히 이해할 수 없다는 다이컨의 중얼거림을 가르고 삐— 소리가 들렸다. 캐리엇은 귓가에 울리는 이명에 눈살을 찌푸렸다. 그러나 무어라 불평하지는 않았다. 이 이명이 뜻하는 게 뭔지 잘 아기 때문이다.

오늘에야말로 밀린 서류를 전부 처리해야 한다며 보좌관이 끌고 간 게 얼마나 됐다고,

[자자, 상황이 어떻게 흘러가고 있나?]

황금사자가 돌아왔다. 느긋해 보이는 카인의 목소리에 캐리엇은 기다렸다는 듯 대답했다.

"현재 후작께서 저희 단장 집무실에 방문한 상태입니다. 이유는 아직 밝히지 못한 상태입니다!"

[집무실에?]

"예."

[또 주먹질이라도 했나?]

"이번에는 아닙니다!!"

기다렸다는 듯 외치는 목소리는 억울해하는 것도 같았다. 카인은 굳이 다시 확인하지 않았다. 정말 싸움판이라도 벌어졌다면 이미 제 귀에 들어오고도 남았음을 알기 때문이다.

[흐음. ……마차 사고에 대한 서류를 보고 있었지.]

"예?"

[아니, 아무것도 아니다. 한눈팔지 말고, 드벨 후작이 밖으로 나오면 잊지 말고 에드가에게 준비한 것을 건네도록. 알겠나?]

캐리엇은 그제야 제가 있는 힘껏 움켜쥐고 있던 종이봉투를 내려다봤다. 어찌 잊겠는가! 새벽같이 일어나 창피함을 무릅쓰고 사온 것들인데 말이다. 에리앙의 여직원이 무척이나 즐거워하며 이것저것 추천해 주었던 기억이 다시금 떠올라, 캐리엇은 부르르 몸을 떨었다. 한동안 그쪽으로는 발걸음도 못 할 게 분명하다 중얼거리며.

결론만 말하자면 공후럽이 야심차게 준비한 계획은 실패로 끝이 났다. 리아가 나올 때까지 기다린 것까지는 좋았다. 문제는 에드가의 집무실이 너른 복도의 정중앙에 있었고, 당연하게도 몸을 숨길 곳이 없었다는 것뿐이었다. 그러니 예고 없이 열린 문에 캐리엇이 숨을 수 있었을 리가 없다. 문이 벌컥 열리자 바로 그 문에 귀를 갖다 대고 있던 캐리엇은 순간 중심을 잡지 못하고 쓰러졌다.

그는 생각했다.

'좆됐다.'

그리고 그 생각과 동시에 숱한 경험으로 단련된 능력을 십분 살려, 움켜쥐고 있던 봉투를 불쑥 앞으로 내밀었다. 문을 열었을 뿐인데 캐리엇이 엉덩방아 찧는 걸 봐야만 했던 리아는 당혹스러운 표정으로 물었다.

"경, 여기서 뭐 하나?"

"저희 단장님의 마음입니다!"

쩌렁쩌렁한 외침은 너른 복도를 타고 울렸다.

마음입니다…… 마음입…… 마음…….

리아는 순간적으로 제 귀가 잘못됐나 싶었다. 그것 말고는 이 상황을 설명할 수가 없었다. 당황한 캐리엇은 허공에 손을 마구 휘저으며 변명을 늘어놓았다.

"저희 단장이 얼마나 사려 깊은지 모르십…… 아니, 그게 아니라, 작은 마음의 표현이라고나 할까, 그 비슷한 거라고 할까……."

점점 더 가관이다. 리아의 등 뒤에서 에드가가 이마를 짚었다. 그리고 리아는 눈썹을 밀어올린 채 그런 캐리엇의 변명을 귀담아듣고 있었다. 평소였다면 개소리라 치부하고 지나쳤을 것이다. 혹은 쓸데없는 짓은 그만하고 훈련이나 더하라 충고하거나. 그러나 에드가의 색다른 모습들을 본 뒤였기에, 리아는 캐리엇의 말을 전혀 이해하지 못하고 있으면서도 손을 뻗어 봉투를 받아 들었다. 최소한 이게 악의가 아닌 호의라는 걸 눈치챘기에.

그러고는 조금 민망하다는 표정으로 고개를 돌려, 에드가에게 말했다.

"감사히 받겠습니다, 경."

뭔지는 모르겠지만. 리아가 애써 삼킨 뒷말을 짐작한 에드가는 어색하게 답했다.

"어, 아. 그래."

고개를 숙여 보인 리아는 곧장 자리를 떴다. 그러나 둘 사이에 흐른 묘한 기류를, 카인이 놓쳤을 리 만무하다. 라흘란 제국의 미래이자, 제국의 떠오르는 태양께서는 잔뜩 흥분해 외쳤다.

[아니, 뭐야! 왜 저렇게 분위기가 좋아? 내가 모르는 곳에서 무슨 일이 있었던 것 같은데? 대체 뭘 놓친 거야!]

그야말로 완벽한 동상이몽의 순간이었다.

†

리아가 마차 사고에 대해 파헤치고 있을 때, 벨포스는 심각한 표정으로 나무 상자를 내려다보고 있었다. 오늘로써 보낸 편지만 벌써 다섯 통이 넘어가고 있다. 답신이 오지 않으니 새로 보내도 소용없다는 걸 알고 있다. 그래도 불안감이 몸을 휘감을 때면 손이 먼저 펜을 찾고 있었다.

'대체 어떻게 된 거지.'

마도구에 문제가 생긴 건가? 그게 아니면 누님에게……. 벨포스는 고개를 흔들어 초조함을 떨쳐 냈다. 그는 여섯 번째 편지를 상자 안에 던져 넣은 뒤 방을 벗어났다. 오늘 저녁에는 답신이 와 있길 기도하며.

쿵, 하고 문이 닫혔다.

벨포스는 시간이 날 때마다 연락이 두절된 리아를 걱정했다. 그러나 그것과는 별개로 그는 마탑생활에 꽤나 잘 적응해 나가고 있었다. 마탑의 깐깐한 규칙들에도 불평 한 번 하지 않는 것도 그러한 적응과정의 일환이었다.

공동생활을 할 땐 항상 규칙이라는 것이 존재하는 법이다. 마탑도 예외는 아닌지라, 그곳에도 몇 가지 규칙이 존재했다. 사실 '몇 가지'라 표현하기 민망했다. 마탑에 입구에서 일직선으로 들어오자마자 보이는, 벽에 가득 채워져 있는 액자들이 전부 규칙들이었으니.

대다수의 마법사들은 존재하는지도 모르는 규칙의 홍수 속에서 가장 엄격하게 지켜지는 것이 바로 얇은 장갑을 상시 착용해야 한다는 것이었다. 귀한 마법사가 바글바글한 곳이니 당연한 조치였다. 자칫 잘못했다간 한 번의 실수로 귀한 마법사 둘을 잃을 수도 있으니 말이다.

그리하여 오늘도 얇은 흰 장갑을 낀 채 고서적을 들고 가는 그를, 저 멀리서 높고 낭랑한 목소리가 불러 세웠다.

"벨! 벨포스!"

"아, 나나."

벨을 부른 것은 마탑에서도 시공간과 관련된 마법에 정통한 나나였다. 마탑에 들어오기 전부터 벨과 무척 친했던 그녀는, 보석함에 대한 아이디어를 제공하기도 했었다. 나나는 구불구불 물결치는 숱 많은 갈색 머리칼을 휘날리며 벨 쪽으로 달려왔다.

벨의 표정이 보일 만큼 가까워진 뒤에야, 나나의 고개가 옆으로 기울었다. 그녀는 눈을 가늘게 뜨며 벨의 얼굴을 샅샅이 살폈다.

"뭐야, 왜 그렇게 죽상이야? 무슨 일 있어?"

무슨 일이라.

벨은 제 편지만 집어 삼키고 아무것도 뱉어내지 않는 나무 상자를 떠올렸다. 이쪽에서 편지를 보내도 오는 것이 없으니 답답한 마음뿐이었다. 그는 저를 빤히 바라보는 시선에 애써 웃으며 고개를 저었다.

"아니. 그저 사고 이후로 누님과 이렇게 오래 떨어진 적은 처음이라."

"아……."

벨포스가 얼마나 가족을 소중히 여기는지 익히 알고 있는 나는 작게 탄성을 뱉었다. 크고 동그란 갈색 눈동자가 데굴 굴렀다. 온 세상이 즐거움으로 가득 차 있는 그녀에게 이런 대화는 항상 어려웠다. 벨의 부탁으로 당시 사고 현장을 탐색한 전적도 있는 그녀는, 조심스럽게 물었다.

"음. 그러고 보니 얼마 안 있으면 기일이지. 괜찮아, 벨?"

"난 괜찮아. 그저, 누님과 연락이 닿질 않으니 조금 걱정이라서……."

갑작스러운 양친의 사고에도 강하게 대처했던 로렐리아였다. 동생의 짐을 대신 짊어지고 검을 쥔 채 남자들의 세계에 맨몸으로 뛰어든 그녀를 대단하다 칭송하는 자들도 있었고 독하다며 혀를 내두르는 자들도 있었다. 그러나 그 모든 것들을 바로 옆에서 지켜본 벨은 남들 눈에는 보이지 않는 것을 보며 걱정을 늦추지 않았다.

날 때부터 같이 자라난 누이였다. 세상 모두가 모르더라도 벨, 그는 알고 있었다. 겉으로는 단단해 보일지라도 리아의 속은 누구보다 여리다는 걸. 그녀가 삼 년 동안 마차 사고에는 눈길도 주지 않은 게 그 증거였다.

그렇게 리아의 성격은 변했다. 생각이 깊고 쉽게 말을 입으로 뱉지 않았으나 동시에 속으로, 속으로 곪아가길 택하는 쪽으로.

어렸을 적엔 무척이나 잘 웃고 활발했던 제 누이를, 그리고 장례식 날 구석에서 홀로 무너지던 그녀를 떠올리던 벨의 얼굴에 그늘이 졌다.

얼굴에 크게 '나 걱정 중이오'라 써 붙인 것 같은 낯빛에, 나나가 조심스레 물었다.

"그…… 너 저번에 마도구 완성했다 그러지 않았어? 후작님께 안 드리고 온 거야?"

"아니야. 주고 왔는데 편지를 보내도 답신이 없어. 내 쪽에서 편지가 가는 걸 보면 어디 문제가 있는 것 같진 않은데……."

"정말? 어…… 편지가 가면 별 문제가 있을 게 없는데…… 왜, 후작님에게 드릴 상자에는 마석까지 붙여놨잖아. 혹시 몰라서."

"그렇지."

마법사인 벨은 그 자체가 마력 공급원이나 다름없었기에 문제가 없었으나, 로렐리아 같은 경우에는 얘기가 달랐다. 그녀가 사용하는 오러는 마력과 근원은 같을지라도 발동 방식에 차이가 있었기에 마도구를 사용하는 데 적합하지 않았다.

벨이 세공한 마석으로 보석함을 장식한 이유였다.

"마석은 이 세계의 근원이나 다름없으니까 거기서 문제가 생겼을 리는 없고. 으으음…… 이유를 모르겠네. 마석과 마석이 서로 강하게 반응하긴 하지만…… 벨, 너 그거 또 만든 건 아니지?"

"아냐. 딱 한 개만 만들었어. 안 그래도 네가 그랬잖아. 마석을 붙인 보석함끼리는 자석처럼 서로 끌릴 테니까 누님께 드릴 것만 만들라고."

"그래? 그렇단 말이지? 흐으음…… 그럼 마도구 문제는 아닐 걸."

중얼거리던 나나는 아차, 하는 표정으로 입을 닫았다. 마도구의 문제가 아니라면 로렐리아에게 문제가 생겼다는 얘기였다. 나나는 슬쩍 벨포스의 눈치를 살폈다. 같은 생각을 하고 있던 벨의 눈가에 짙은 그늘이 졌다. 물론 그도 알고 있었다. 오러 사용자는 같은 오러 사용자나 대마법사를 상대하지 않는 한 다치기가 더 어렵다는 것을.

그러나 어디 죽음이 그렇던가. 그 사실을 잘 알고 있는 벨의 눈가가 거뭇해졌다. 생각만 하던 것을 대화로 주고받으니 현실감에 머리가 띵할 정도다. 인상을 쓴 채 고민하던 그는 결국 최후의 수단을 입에 담았다.

"역시 무슨 일이 있는 게 분명해. 아무래도 집에 잠깐 다녀와야 할까 봐."

나나의 표정도 한결 심각해졌다. 물론 사방으로 붕붕 뜨는 머리칼 때문에 그다지 심각해 보이지 않았지만 말이다. 그녀는 버릇처럼 굽이치는 머리칼을 한 손으로 배배 꼬며 미간을 좁혔다.

"으으음…… 마탑에 온 지 고작 사흘밖에 안 됐는데? 원로들이 그렇게 쉽게 허락할까. 요샌 널 마탑에 끌어들인 김에 아예 말뚝을 박게 만들려는 것 같던데."

빈말은 아니었다. 실제로 벨이 마탑에 도착한 그날부터 마탑의 최상층은 밤에도 항상 환했으니 말이다. 마법 연구를 위해 밤을 지새우는 것이라면 참으로 열정적이다 싶었을 테지만, 불행히도 젊은 천재의 바짓가랑이를 잡고 늘어지기 위한 빛이었다.

벨을 차기 마탑주로 올리는 것에서부터 일단 속박마법으로 묶어놓고 설득하자는 얘기까지. 별의별 얘기가 다 나오고 있을 그곳을 떠올린 나나가 부르르 몸을 떨었다.

"윗분들 분위기가 요새 얼마나 살벌한지 넌 모르지? 잠깐이고 뭐고, 마탑 밖으로 나간다 말만 해도 다들 기겁할걸. 네가 여기가 마음에 안 들어 도망간다 생각할 게 분명하다니까."

나나는 양손을 들어 올린 채 우우— 소리를 내며 겁줬다. 밧줄로 꽁꽁 묶어버리고 어디 구석에 처박아서 세뇌를 시킬지도 모른다는 그녀의 말에 벨이 웃었다. 그는 흘러내리는 책들을 추켜올리며 대답했다.

"나나. 정말 그게 가능할 거라 생각하는 건 아니지?"

"……우와."

"왜?"

"……넌 지금 네가 무슨 말을 한 건지도 모르는 거야. 와…… 난 앞으로 네 삶의 태도를 본받겠어. 근데 그러려면 천재여야 하잖아? 젠장. 난 안 될 거야……."

세상이 이렇게 불공평하다며 울상 짓는 나나를, 벨은 정말 이해 못하겠다는 표정으로 바라봤다.

"대체 왜 그러는데."

"정말 모르겠니? 넌 방금 마탑에서 원로들은 물론이거니와 백 명 가까이 되는 마법사들을 전부 깔아뭉갠 거라고. 그것도 말 한마디로."

"……그게 어떻게 그렇게 돼."

"네가 가장 무서운 게 바로 그 점이지. 악의 없이 막말한다는 거. '훗, 그깟 거 해봤자 얼마나 된다고. 내가 다 이김'이라고 말한 거나 다름없는데, 그럼 그게 깔아뭉갠 거지, 아니냐?"

벨의 목소리를 흉내 내며 열과 성을 다해 연기한 나나는, 검지를 앞으로 쭉 뻗으며 혀를 찼다.

"쯔쯔. 세상이 이렇다니까. 가진 애들은 자기가 뭘 갖고 있는지도 몰라. 그게 문제라니까."

이 불평등한 세상에서 마력마저 불평등하다 욕하며 나나는 눈물지었다. 그런 그녀의 현란한 연기를 보며, 벨은 조용히 생각했다.

'……네가 할 말은 아닌 것 같아, 나나.'

그녀의 마력 보유량은 마탑 내에서도 상위 1%였다. 천재가 천재를 부러워하는, 다른 사람이 본다면 기가 막혀 턱이 빠질 상황인 셈이었다.

"잘 얘기하면 다들 이해해 주시겠지. 잠시만 다녀오면 될 일이야. 생각난 김에 지금 얘기를 해봐야겠으니까 여기서 그만 헤어지자."

"지금? 지금 가겠다고? 제국 수도로 돌아간다는 말을 하러?"

벨포스는 나나의 물음에 한없이 가벼운 기분으로 고개를 끄덕였다. 그리고 나나는 제 친구의 순진하다 못해 순박한 모습에 한탄을 금치 못했다.

대체 후작가에서는 애 교육을 어떻게 시킨 거람! 어떡해야 애가 이렇게 사회 물정을 모를 수가 있어! 그녀는 한숨을 내쉬며 뒤돌아 가려는 벨포스의 망토 끝을 붙잡았다.

"내가 같이 가줄게."

"응?"

아니, 그럴 필요까지는 없는데. 나나는 벨포스의 표정에서 훤히 드러나는 거절을 읽어내고는 바락 짜증을 냈다.

"네가 혼자 갔다간 원로들한테 홀라당 넘어갈 게 뻔하잖아! 나라도 따라가서 종신계약서에 지장 못 찍게 말려야지."

"……나나, 넌 날 대체 어떻게 생각하고 있는 거야?"

"순진한 벨?"

"내 나이가 몇인데."

나나는 그렇게 말하면서도 제 손을 쳐 내지는 않는 벨포스의 옆에 바짝 붙어 걸으며 웃었다.

"세상에, 벨 씨. 나이는 순진함과는 저어언혀 관계가 없거든요?"

"나 이래봬도 어릴 땐 후작가 후계자 수업도 받았어."

"오구오구, 우리 벨 씨, 그랬어요?"

나나는 미간을 모으는 벨의 모습에 히죽 웃으며 사과했다. 자신이 좀 과하긴 했다. 그리고 벨은 양손을 짝 소리가 날 정도로 세게 맞부딪치며 미안하다 말하는 나나에게 화를 내는 대신 어쩔 수 없다는 표정으로 피식 웃었다.

그런 식으로 수년간 꾸준히 이어져 온 관계였다.

그리고,

"내 말이 맞지?"

항상 그렇듯 나나의 말대로 벨포스의 외출 얘기는 없던 것으로 되었다. 원로들이 어찌나 기겁하는지 제대로 말도 못하고 쫓기듯 도망쳐 온 벨포스는 심각한 표정으로 중얼거렸다.

"진짜 도망쳐야 하나……."

후대에 길이 남게 될, 탈주 사건의 서막은 그렇게 올랐다.

4장.
호감이 싹트는 순간

그 시각, 리아는 캐리엇이 준 봉투를 열어봤다가 당황하고 말았다. 갈색 종이봉투를 빼곡히 채우고 있는 것은 다름 아닌 다양한 디저트였기 때문이었다.

'세상에.'

쇼트케이크, 마카롱, 타르트……. 홍차와 어울릴 것 같은 색색깔의 디저트가 눈을 즐겁게 했다. 그러나 리아는 기뻐하는 대신 붉어진 얼굴로 봉투 입구를 움켜쥐었다. 에드가가 제게 전하는 선물이라 했다. 그러니 캐리엇을 시켜 사오게 했을 것이 분명했다. 문제는 봉투가 미어져라 담겨 있는 것들이 전부 디저트, 그것도 입이 얼얼할 정도로 단 것들뿐이라는 것이었다.

얼마 전이었다면 이 남자가 날 놀려먹는 건가 고민했을 것이다. 그러나 어제 저를 위로하겠다고 꽃 상자를 건넨 남자가 갑자기 그럴 리가. 리아는 자연스럽게 이번 선물을 긍정적으로 해석했다.

에드가는 정말 이걸 '선물'했다고. 제가 이걸 받고 좋아할 것이라 생각한 게 분명했다.

'내가 단 걸 좋아한다는 걸, 어떻게 안 거지?'

실수로라도 입에 올린 적이 없는 취향이다. 그렇다면 에드가는 그것을 어떻게 알았단 말인가. 리아는 혹여 누군가와 마주칠까 싶어 주변을 살폈다. 다행히도 후궁전으로 가는 길에는 아무도 없었다. 그녀는 놀란 심장을 쓸어내리며 괜스레 헛기침을 뱉어냈다.

생각하면 생각할수록 이상한 일이었다. 지금껏 그녀가 생각해 왔던 에드가와, 어제오늘 겪은 에드가의 갭이 너무나도 컸다. 자신이 요청하지도 않았는데 새로운 수사팀을 꾸릴 것이라 말하던 목소리가 들리는 것 같았다. 거기까지는 괜찮았다. 그러나 걱정 가득한 눈으로 자신을 바라보며 이젠 괜찮느냐 묻는 에드가는, 정말이지 지난 삼 년이 무색하리만치 생소했다.

'모르겠어.'

어째서 이렇게까지 해주는지 도무지 모르겠다. 이 케이크들도, 어제의 꽃도. 그리고…… 그 서류 더미들도. 오도카니 멈춰 선 채 복잡한 눈으로 봉투를 빤히 바라보던 리아는, 이내 고개를 끄덕였다.

상담할 사람이 필요했다. 당연하게도 리아가 상담을 위해 찾은 곳은 후궁전이었다. 후궁들은 리아가 보이자마자 약속이라도 한 듯 자리를 박차고 일어났다.

"후작님!"

"오늘은 일찍 오셨네요!"

반가움이 가득 묻어나는 환영에 웃음으로 답한 리아는 종이봉투를 티테이블 위에 올려놓았다.

"어머나!"

봉투 가득한 케이크에 미셸이 즐거운 비명을 질렀다.

"매번 이렇게 사오실 필요는 없는데."

"아. 제가 산 게 아닙니다. 선물로 받았는데, 혼자 먹기에는 아무래도 양이 많아서요."

"선물이요?"

아스티나의 눈이 동그래졌다. 귀족들 사이에서 선물이란 대개 체면치례였다. 당연히 귀하거나 값비싼 것을 최고로 쳤다. 그러나 봉투에 든 건 전부 합쳐 봤자 기껏해야 금화 한 개의 값어치도 안 될 디저트였다. 그걸 일부러 사서 선물했다는 건, 리아의 취향을 고려했다는 소리다. 아스티나가 놀란 이유였다. 오랜 시간 동안 로렐리아와 티파티를 즐겨왔지만, 리아가 단 것을 좋아한다는 것은 꿈에도 몰랐으니 말이다.

평소 리아를 알고 있다면 당연한 얘기였다. 그런데 그런 그녀에게 간식을 선물했다고? 아스티나는 솟구치는 호기심을 애써 누르며 물었다.

"누구에게 선물 받으셨나요?"

반짝반짝. 아스티나의 반짝이는 두 눈에 리아는 부드럽게 웃으며 답했다.

"페리엘 공작께서 주셨습니다."

엄밀히 따지자면 카인이 준 것이었으나 전후사정을 전혀 모르는 리아는 에드가가 준 것이라 굳게 믿고 있었다. 그리고 역시 전후사정을 모르는 후궁들은 서로 시선을 주고받더니 음흉하게 웃었다.

"공작께서요?"

"예."

"케이크를, 후작님께요?"

"예."

"어머나⋯⋯!"

세 후궁은 약속이라도 한 듯 양 볼을 감쌌다. 어쩐지 행복해 보이는 웃음에 리아는 당혹감을 느끼며 물었다.

"왜 그러십니까."

그러나 이미 그녀들은 생각을 끝낸 뒤였다.

서로 시선을 주고받은 후궁들은 약속이라도 한 듯 탄성을 뱉었다. 여자 보기를 돌같이 한다는 에드가가, 여자에게 케이크를 선물하다니? 그녀들은 순식간에 얼마 전 푸른매 기사가 리아를 데려갔던 사건을 이번 선물과 연결 지었다. 미셸이 아스티나에게 속닥였다.

"이건, 역시 그거죠?"

아스티나는 고개를 끄덕이고는 입을 가리며 중얼거렸다.

"어느 정도는 그렇게 봐도 무방하겠죠! 어쩜! 전 상상도 못했어요."

"호감이 꽃피는 순간이라니. 케이크라니! 낭만적이지 않나요?"

그런 그녀들의 속닥임은, 리아의 시선에 언제 그랬냐는 듯 급선회했다. 미셸은 큼큼 헛기침을 뱉으며 언제 속닥였냐는 듯, 그녀에게 물었다.

"그보다 후작님. 공작저에서의 티파티는 어떠셨나요? 다들 드레스를 칭찬하지 않던가요?"

리아는 제게 호의가 가득한 아스티나의 물음에 웃음으로 답했다.

"티파티는 취소되어 안타깝게도 참석할 수 없었습니다. 드레스는 감사드립니다. 하지만,"

리아는 웃으며 말을 이었다.

"아무래도 제겐 제복이 더 편한 것 같습니다. 아, 물론 드레스가 나쁘거나 싫다는 건 아닙니다. 어제도 정말 감사했습니다. 그저 익숙지가 않아서……."

"어머. 후작님. 그 무슨 당연한 말씀을!"

아스티나는 그걸 고민했냐며 배시시 웃었다.

"드레스도 아주 잘 어울리지만, 역시 후작님껜 세복이 가장 잘 어울리는걸요! 괜히 미안해하지 않으셔도 괜찮아요. 그렇죠, 미셸, 루실라?"

미셸이 고개를 끄덕이며 말을 받았다.

"그럼요. 그리고 싫어하다니. 그렇게 생각한 적 없답니다!"

미셸은 루실라의 어깨에 기대며 말을 이었다.

"드레스를 싫어하는 분이 거울을 보고 그렇게 행복해할 수는 없는걸요. 안 그래요?"

후후후. 그녀들은 가능하기만 했다면 그날의 로렐리아를 그림으로라도 남겨놓고 싶었다 덧붙이며 작게 웃었다. 어제, 치장을 마친 리아는 거울 속 자신의 모습에 부끄러운 듯 웃으며 얼굴을 붉혔더랬다. 거울에 그대로 비춰지는 발간 귓가에 놀랐는지 화드득 얼굴을 숙이던 모습이란! 여러모로 꾸미는 보람이 있었다. 세 후궁은 같은 생각을 했는지, 서로 마주 보며 기쁘게 웃었다.

바쁘게 오고가는 말에, 리아의 양 볼이 살짝 붉어졌다. 여기서 더 얘기를 들었다간 창피해 죽어버릴지도 몰랐다. 그렇게 생각한 그녀는 재빨리 말을 돌렸다.

"그날의 얘기도 무척 즐겁지만, 괜찮다면, 상의하고 싶은 것이 하나 있습니다."

어쩐지 긴장한 것 같은 목소리에 후궁들의 표정도 사뭇 진지해 졌다. 가장 먼저 미셸이 손을 뻗어 리아의 것을 잡았다.

"후작님, 저희는 준비가 되어 있답니다."

루실라가 고개를 끄덕이며 동조했다.

"그럼요. 저흰 무슨 말씀을 하셔도 절대 놀라지 않아요."

리아는 예상치 못한 후궁들의 반응에 잠시 당황했으나 곧 평정 을 되찾았다. 어디에서 오해가 생긴 건지는 알 수 없지만, 얘기를 들어준다고 했으니 그건 그렇게 중요하지 않았다. 리아는 긴장한 낮으로 서두를 열었다.

"제 친구의 얘기입니다."

고전적인 서두에, 세 후궁의 입가에는 다 알고 있다는 미소가 번졌다. 아스티나는 손끝이 간질간질거려서 어쩔 줄 모르겠다는 표정으로, 냅킨으로 입가를 가린 채 속닥이듯 말했다.

"어머, 그러시군요!"

"예. 그, 친구가 제게 상담을 해왔는데 이런 문제는 저도 아는 바가 없어서……."

흐려지는 말끝에 미셸이 다 안다는 표정으로 고개를 끄덕였다.

"그럴 수 있죠."

그녀들이 마치 응원하듯 동조를 아끼지 않자 리아의 어깨에서 조금 힘이 빠졌다. 리아는 긴장이 풀린 표정으로 술술 얘기를 털 어놓기 시작했다.

"사이가 별로 좋지 않던 남자가 있었다고 합니다. 그런데 어느 날부터 갑자기 그 남자가 자신에게 잘 대해준다고 하더군요."

"예를 들면요?"

루실라의 물음에 리아는 곰곰이 생각했다가 손가락을 꼽으며 말했다.

"친구의 기분이 풀리길 바란다며 꽃 선물을 보내고,"

세상에! 미셸이 낭만적이라는 표정을 지은 채 양손으로 입가를 가렸다.

"어떻게 알았는지 좋아하는 쿠키와 케이크를 잔뜩 선물했다고 합니다."

어머나! 루실라는 오독오독 먹던 쿠키를 내려다보며 발을 동동 굴렀다.

"그리고 그 친구의 일에 신경을 써준다고 하더군요."

어쩜 좋아! 아스티나의 손 안에서 값비싼 부채가 이리저리 뒤틀렸다. 그러나 리아는 그녀들이 당장에라도 행복한 비명을 내지르고 싶어 온몸을 비틀고 있다는 걸 눈치채지 못했다. 평소와 달리 제 얘기에 몰입한 탓이었다. 리아는 세상 진지한 표정으로, 심각하게 물었다.

"역시 그쪽 가문에서 손을 썼기 때문이겠죠?"

남자의 가문에서 뭐가 있어도 있던 게 틀림없다는 리아의 단언에, 세 후궁은 그야말로 얼이 빠지고 말았다. 방금 전까지 열렬히 빛나던 세 쌍의 눈이 깜빡였다.

깜빡, 깜빡, 하고.

"네?"

"가문, 이요?"

"아니, 왜 잘 가다가 그쪽으로……."

세상에. 세 후궁은 이번엔 진심으로 안타까운 탄성을 흘렸다. 살다 살다 자신들이 페리엘 공작을 안타까워할 날이 올 것이라고 는 상상조차 못했는데, 진짜 그런 날이 올 줄이야.

에드가 폰 페리엘. 그가 얼마나 완벽한 남자던가. 성품이면 성 품 실력이면 실력, 심지어 직위와 작위까지. 부족한 것이 없는 남 자를 꼽으라면 열이면 열 선택할 남자가 바로 에드가였다.

그랬는데.

후궁들은 가문 간의 문제를 어떻게 원만하게 해결해야 할지 고 민하기 시작하는 리아를 멀거니 바라보며 생각했다.

……파이팅, 공작님.

그렇게 오늘도 에드가의 애달픈 짝사랑은 응원을 타고 널리널 리 퍼져 나갔다.

"단장. 낯빛이 너무 안 좋습니다. 오늘은 그만하고 들어가 쉬십 시오."

다이컨의 목소리에 못내 걱정이 녹아 있다. 피곤해 보이는 데 다 연달아 재채기하는 그의 모습은 누가 보더라도 걱정할 만했 다.

"……계속 코가 간지러워서."

에드가는 얼굴을 구긴 채 변명하듯 중얼거렸다. 이상하게 아까 부터 코가 간질간질하다. 마치 누가 제 얘기를 하는 듯이. 그런 그의 말에 다이컨이 좀 더 적극적으로 에드가의 퇴근을 독려했 다.

"아, 그게 다 감기 초기 증상입니다. 밤을 꼴딱 새니 그런 것 아닙니까. 자자, 나머지는 제가 할 테니 이만 들어가십쇼."

아무리 세상 사람들이 페리엘 공작을 놓고 인간답지 않다며 입방아를 찧어댈지라도, 그는 피와 살로 이뤄진 인간이었다. 하룻밤을 새었으면 휴식이 필요한 건 당연지사다. 결국 피로함에 못 이겨 평소보다 일찍 집으로 돌아온 그를 맞이한 것은 하나뿐인 동생, 로이드였다.

"여— 형님."

어쩐지 지쳐 보이는 에드가의 모습에, 계단 난간에 기대어 있던 로이드는 기다렸다는 듯 번쩍 손을 들었다. 장난스럽게 웃는 입꼬리가 도드라졌다. 에드가가 부친을 닮아 전체적으로 선이 굵고 묵직한 느낌이었다면, 로이드는 모친인 안느를 닮아 하나부터 열까지 화려했다. 외양뿐만이 아니라 성격까지 그렇다는 게 문제라면 문제였지만 말이다. 레이디들이 결혼하고 싶은 남자로 에드가를 꼽아도, 연애하고 싶은 남자로는 로이드가 압도적인 인기를 차지하는 데는 다 그만한 이유가 있는 법이다.

하나뿐인 동생을 바라보는 에드가의 시선은, 그러나 썩 곱지만은 않았다. 마음 같아서는 당장 방에 돌아가 눕고 싶었다. 그러나 해야 할 일을 뒤로 미루는 데는 영 소질이 없는 그다. 에드가는 이번에도 계단을 올라가는 대신 물었다.

"로이드. 어머님은 어디 계시지?"

"지금 후원에 계셔. 안 그래도 어제 나 대신 형님이 후작님을 에스코트했다는 말을 전해 들으시고는 무척이나 상심하셨다고. 게다가 그 형님이 외박까지 하다니! 어찌나 걱정을 하시던지. 소문이 나면 큰일이라고 어디 사람을 보내지도 못하시고 내내 안절부절못하셨다니까. 형님이 그렇게 손이 빠른 스타일이 아니라는 건 어머니께서 더 잘 아실 텐데 말이지."

개구지게 웃던 로이드는 에드가의 날 선 시선에 입을 직 잠그는 손짓을 해보였다. 헛소리는 그만두겠다는 표정으로. 에드가는 그제야 표정을 풀며 동시에 목 끝까지 잠근 단추를 풀어헤쳤다. 그런 그를 바라보던 로이드는 천천히 홀 쪽으로 내려오며 말을 이었다.

"난 정말이지 형님을 이해할 수가 없어. 그렇게 소중하다면서 왜 잡을 생각을 안 하는 거야? 거절당했으면 또 모를까. 형님은 시도조차 안 해보고 포기한 거잖아?"

정말 모르겠다는 물음에 후원으로 향하려던 에드가의 걸음이 우뚝 멈췄다. 그러자 자신을 그냥 무시하고 갈 것이라 생각했던 로이드의 눈이 반짝였다.

"어떻게 유혹해야 할지 모르겠으면 이 아우가 비법을 전수해 줄 수도 있는데, 어때? 물론 속성으로."

이번엔 에드가의 고개가 로이드 쪽으로 돌아갔다. 그는 첫 장난감을 눈앞에 둔 꼬마아이처럼 눈을 반짝이고 있는 제 동생을 바라봤다. 아직도 의문이었다. 어째서 입 밖으로는 낸 적도 없는 제 마음을 주변인들이 훤히 들여다보고 있는지. 그러나 이제 와 어떻게 알았느냐 물을 생각은 없었다. 언제나 가벼운 말을 툭툭 내뱉는 동생을 새삼 탓할 생각도 없었다.

그저 에드가는 진심으로 궁금할 뿐이었다.

"너는 진심으로 후작과 내가 이어질 수 있다 생각하는 거냐."

지난 삼 년간 로렐리아에 대한 얘기가 나올 때면 조개처럼 입을 딱 다물던 에드가의 입이 열렸다. 그 사실만으로도 로이드는 기쁨의 환호성을 지를 수 있었다. 사실 지르려 했었다. 에드가의 질문이 영 엉뚱하지만 않았어도 말이다.

"……에? 형님, 그게 대체 무슨 소리야? 설마 후작님, 석녀야?"

단숨에 에드가의 눈에 날이 섰다. 동생이 아니었다면 허리춤의 검을 뽑아 들었을 것 같은 분위기에 로이드는 잽싸게 사과했다.

"미안. 말이 막나갔다. 아니, 형님이 너무 이상한 소릴 하니까 그러지. 형님 물건이 정상이라는 건 내가 잘 알고 있으니까. 오. 설마…… 형님, 아니지?"

"로이드."

헛소리는 그만하라는 경고에, 로이드는 양손을 가볍게 들어 올리며 키들키들 웃었다.

"미안, 미안. 어쨌든 그게 아니면 대체 왜 그런 말을 하는 건데?"

"작위를 생각해라."

로이드의 눈살이 찌푸려졌다. 그는 불퉁한 채로 투덜거렸다.

"……여전히 이해를 못하겠어."

"보통 가문을 이은 여인이 어떤 사내와 결혼하는지 모른다 말할 생각은 마라. 네 얼굴에 이미 다 쓰여 있으니."

에드가는 변명의 여지를 남기지 않았다. 칼같이 그어지는 선에 로이드는 입맛을 다시며 제가 심했음을 시인했다.

"거 참, 형님도. 귀신같다니까. 아니, 그렇긴 한데, 그건 정략혼일 때 얘기…… 응? 잠시만. 형님, 그럼 나는 왜 안 된다는 거야? 공작가 차남에, 실력 좋겠다, 성격 좋겠다, 외양도 이 정도면 완벽하고, 어디 빠지는 조건이 없는데?"

이번에는 정말로 이해하지 못하겠다는 로이드를 잠시 바라보던 에드가가 한숨을 뱉어냈다. 제 동생이라고는 하나 누굴 닮아 저렇게 뻔뻔한지 모를 일이다. 안 될 이유를 꼽자면야 양손이 부족할 정도였지만, 전부 말하자니 입이 아팠기에, 에드가는 짧고 굵게 대답했다.

"넌 여자가 많아."

"……예?"

"다른 누구도 아닌 드벨 후작이다. 제2기사단의 단장이자 제국 내 네 번째 오러 사용자이지. 그러니 그녀의 옆에 설 남자는 그만큼 완벽해야 마땅해. 너는……."

에드가는 말끝을 흐리며 고개를 저었다. 평소 그다지 길게 말하는 걸 본 적이 없는 제 형의 긴 항변에 로이드는 할 말을 잊었다. 그는 가까스로 이렇게 물었을 뿐이다.

"그럼…… 대체 얼마나 대단해야 그 옆자리를 차지할 수 있다 생각 하는 거야, 형은?"

얼마나 대단해야 하냐고? 에드가의 미간에 주름이 졌다. 대답하는 목소리는 진지했다.

"데릴사위로 들어가는 것이니 아무래도 신분은 그녀보다 조금 낮은 것이 좋겠지. 가문을 이어서는 안 되니 차남 이하여야겠고. 또한 어느 정도 검을 쓸 줄 알아야 그녀를 이해할 수 있을 테니, 기사거나, 기사를 지망했던 자라면 더할 나위가 없겠군. 주변에 여자가 많아 다른 곳에 한눈팔 여지가 있으면 안 되는 건……."

에드가는 로이드를 힐끔 보고는 한숨을 내쉬었다.

"너무 당연한 조건이지 않느냐."

그러니 너는 안 된다는 말에 로이드의 입이 떡 벌어졌다. 혼기가 찬 남자 귀족 중에서 그 조건을 전부 만족시킬 수 있는 이가 있긴 한단 말인가? 에드가가 내건 조건은 역사의 뒤안길로 사라진 드래곤을 발견했다는 말만큼이나 현실성이 없었다.

'세상에.'

로이드는 확신할 수 있었다.

'형님이 짝사랑이 너무 깊어 미쳐 버렸나 봐.'

상사병도 저 정도면 고질적이다. 심지어 고칠 수도 없다. 고치려면 일단 당사자인 로렐리아를 앞에 데려와야 하는데 본인이 절대 그럴 수 없다며 완강하게 거부하니 어쩌겠는가.

그러니 남은 방법은 두 가지뿐이었다. 에드가의 마음을 눈치챈 리아가 그를 시원하게 뻥 차주든가, 받아주든가. 로이드는 할 말을 다 끝내고 후원으로 향하는 에드가의 뒤통수를 눈에 담으며 생각했다.

'양쪽 다 확률이 제로에 가까운 것 같은데.'

―라고.

그런 동생의 생각을 알 리 만무한 에드가는 후원 쪽으로 향했다. 안느가 일 년 내내 공들여 가꾸는 후원은 철마다 쉽게 보기 힘든 꽃들이 만발하는 것으로 유명했다. 오죽하면 부인들이 공작저의 후원을 구경하기 위해 안느의 티파티를 기다린다는 말까지 나오겠는가.

한창 봄에서 여름으로 넘어가는 요즘에는 색색깔의 장미가 후원을 가득 채우고 있었다. 개중에는 황실에서도 찾아보기 어려운 색도 있었다. 봉오리가 맺히고 있는 장미 덤불 사이에 서 있는 안느는 나이가 무색할 정도로 아름다웠다. 그녀는 일부러 묵직한 발소리를 내며 다가오는 제 아들을 웃음으로 반겼다.

"오늘은 일찍 돌아왔구나."

"예. 어머니, 드릴 말씀이 있습니다."

"어머. 그리 딱딱하게 얘기하지 말래도. 항상 하는 얘기지만 로이드는 너무 가볍고, 에드가, 너는 너무 무겁단다."

그렇게 다르게 키운 것 같지도 않은데 어쩜 이리 성격이 정반대인지 모르겠다며 안느는 가볍게 한숨지었다. 그런 그녀의 말에도 에드가는 웃지 않았다. 로이드처럼 재주 좋게 이야기를 빙빙 돌리지도 않았다. 그러기엔 제 신경이 너무 팽팽하게 당겨져 있었다. 그래서 에드가는 곧장 본론을 꺼내놓았다.

"……어머니, 로이드를 드벨 후작과 짝지어줄 생각이십니까?"

한 손으로 얼굴을 감싸고 있던 안느의 입가에서 장난스럽던 미소가 사라졌다. 어슷하게 빗겨 절반은 꽃을, 절반은 에드가를 담았던 두 눈은 이제 온전히 에드가만을 담아내고 있었다. 온기 가득한 두 눈이 언제나 듬직한 아들을 곧게 바라봤다.

생각이 깊어 후계자로서 적합하다 생각했던 적도 있었다. 일 년 전, 우연히 에드가의 짝사랑을 알지 못했더라면 안느의 생각은 변함이 없었을 터였다. 그러나 안느는 그 사실을 알게 되었고, 사실 모르는 것이 더 힘들었다, 그대로 뒷목을 잡았다.

'대체 누굴 닮아서!'

아무리 생각해도 누굴 닮았는지 알 수가 없었다. 황실의 반대를 무릅쓰고 남편과 연애결혼에 골인했던 안느로서는 저 성정이 어디에서 비롯되었는지 이해할 수가 없었다. 그러나 그녀의 아들은 삼 년째 짝사랑만 하고 있었고, 앞으로도 계속할 생각인 듯싶었다. 그녀는 그때부터 에드가에 대한 생각을 바꿨다. 세상만사 듬직했던 장남의 이미지가 깨지는 순간이었다.

안느는 어깨에 걸친 숄을 추켜올리며 에드가를 찬찬히 살폈다.

'예상치 못한 상황이긴 했지만, 제가 직접 리아를 데리고 나간 걸 보면 무언가 진전이 있었을 것 같기도 하고……'

어느 것 하나 확실하지 않은 가정들이 머릿속에서 얽혔다. 안느의 미간에 얕은 주름이 졌다. 그녀는 제 아들을 무척 사랑했지만, 이번 일에서만큼은 무조건 리아의 편이었다. 에드가와 맺어질 경우 리아가 감당해야 하는 것들을 누구보다도 잘 알고 있기 때문이었다. 그러니 로이드와 리아가 사랑에 빠지는 게 최선이지 않을까, 안느는 그렇게 생각했다.

'그래서 진전이 있었던 거람, 없었던 거람.'

계속해서 로이드를 밀어붙여야 할지, 에드가로 노선을 전환해야 할지의 문제다. 두 아들의 의견은 조금도 반영하지 않은 채다. 중요한 전환점에 선 안느의 눈매가 가늘어졌다. 그러나 평소에도 표정이 풍부하지 않은 아들의 생각을 읽어내는 것은 그리 쉬운 일이 아니었다. 결국 안느는 짐작하기를 포기하고는 슬쩍 입을 열었다.

"글쎄. 드벨 후작가와 혼인 얘기가 나온 건, 너희가 갓난쟁이였을 때부터였으니 이상한 것도 아니지. 로이드 정도면 드벨 후작보다 빛나지 않으면서, 그녀의 뒤를 받쳐 줄 수 있을 테고."

그보다 더 좋은 혼처가 어디에 있겠니. 안느는 말끝을 슬쩍 늘렸다.

"어머니."

"그래, 말을 해보렴. 이 어미는 무조건 네 편이란다."

눈을 반짝이는 안느에게 에드가는 또 한 번 예상치 못한 폭탄을 터뜨렸다.

"후작에게 상대가 없다 어찌 확신하십니까."

로이드가 있다면 제 상대는 왜 아무도 신경 쓰지 않냐며 억울해할 것이 분명했다. 에드가는 진지하게 말을 이었다.

"어머니께서 호의로 하시는 일이 그녀에겐 큰 부담이 될 수도 있습니다."

"……잠시만. 잠시만, 에디. 그 말은 지금, 리아에게 상대가 있다는 소리니?"

생각지도 못한 복병에 안느의 눈이 동그래졌다.

사랑의 '사'자도 관심 없어 보이던 드벨 후작에게 상대가 있다니! 로이드, 아니면 에드가. 드벨 후작가를 노리고 덤벼드는 치들에게 리아를 넘겨주느니 제 아들을 고이 쥐어주겠다 생각하던 안느의 몸이 휘청였다.

금방이라도 온갖 질문들을 쏟아낼 것만 같은 안느에게, 그러나 리아의 비밀을 말할 생각은 없는 에드가는 조용히 고개를 저었다.

"그럴 수도 있음을 염두에 두시라는 뜻이었습니다. 그녀는 데뷔당트까지 치른 성인에, 충분히 매력적이니 말입니다."

에드가는 말하는 것과 동시에 생각했다. 세상에서 가장 멋진 남자가 준 것이라며 애정 가득한 시선으로 보석함을 바라보던 로렐리아의 모습을.

상상만으로도 심장께가 욱신거리는 것만 같아, 미간에 주름이 졌다. 포기하겠다 말하면서도 그러지 못하는 자신의 이중적인 작태에 절로 싸증이 일었다. 에드가는 터지려는 한숨을 억지로 삼키며 안느에게 반복해 말했다.

"그러니 그만하세요. 후작이 부담스러워할 겁니다."

단순히 안느를 막을 생각이었던 에드가는 그때까지만 해도 몰랐다. 이 작은 암시가 훗날 어떤 식으로 커져 되돌아오게 되는지. 그가 간과한 것이라고는 딱 하나였다. 제 말에 눈을 빛내고 있는 안느가, 수십 년 전 황실의 반대를 뿌리치고 공작의 멱살을 붙든 채 결혼에 골인한 여장부라는 것. 그때 얘기를 할 때마다 제 아버지는 외출한 넋이 돌아올 때 즈음 자신이 그녀에게 맹세의 입맞춤을 하고 있더라며 허허 웃곤 했다.

그렇다. 바야흐로 카인이 제일 좋아하는 로맨스의 주인공, 안느가 본격적으로 팔을 걷어붙이는 순간이었다.

††

공후럽과 안느가 본격적으로 팔을 걷어붙였다는 걸 알 리 없는 리아와 에드가는 다른 곳에 신경이 쏠려 있었다. 사고 당시 마차를 끌었던 말에 대한 조사가 바로 그것이었다.

약속한 날이 밝았다. 리아는 1층 홀을 미리 비워두었다. 소란스러워질 수 있는 상황을 방지하기 위해서였다. 만약 평범하게 그를 맞이했다면 얘기는 또 달랐을 것이다. 그러나 에드가를 배려하기 위한 리아의 행동은, 오해를 사기에 충분했다.

정문으로 걸어 들어오는 에드가를 발견한 노집사의 두 눈이 커졌다.

'두 분이 정말 만나고 계신 건가!'

또 다른 오해를 양산했다는 사실을 알 리 없는 리아는 기꺼운 기분으로 에드가를 맞이했다.

"와주셔서 감사합니다. 먼저 차라도 한잔하시겠습니까?"

리아의 정중한 물음에 에드가는 그보다 더 정중한 말투로 사양했다. 대신 그는 들고 온 상자를 리아에게 건넸다.

"빈손으로 오는 건 예의가 아니라고 해서……."

흐려지는 말끝에 어쩐지 에드가의 귓불이 붉었다. 애석하게도 리아는 보지 못했지만 말이다. 그의 말대로다. 가벼운 초대라 할지라도 선물을 준비하는 것이 상대에 대한 예의였다. 그녀는 부드럽게 웃으며 상자를 받아 곧장 집사에게 건네주었다.

"감사합니다. 그럼 곧장 확인하러 가도 괜찮겠습니까?"

에드가는 어쩐지 조금 미련이 담긴 시선으로 집사가 안쪽으로 옮기는 상자를 바라보다가,

"경?"

저를 부르는 목소리에 시선을 돌렸다.

리아의 티 없이 맑은 녹안이 자신을 올려다보고 있었다. 왜 그러느냐는 의문을 담은 채. 이렇게 가까운 곳에서, 예기치 못한 공격을 당한 에드가는 자신도 모르게 뒤로 물러섰다.

"그."

그리곤 당황해 더듬거렸다.

"아니, 그, 러지. 지금 바로 확인하는 게 좋겠군."

리아는 어쩐지 평소와는 다른 에드가의 모습에 걱정스러운 표정으로 그에게 다가섰다. 에드가가 애써 벌려놓은 거리가 단숨에 좁혀졌다. 리아는 에드가의 얼굴을 빤히 들여다보며 말했다.

"경……."

"왜, 그러지?"

"어디 아프신 건 아닙니까? 무리하실 필요는 없습니다. 사체는 저 혼자서도 충분히 확인할 수 있으니까요."

세상에. 에드가는 자신의 행동이 불러온 결과에 마음 속 깊은

곳에서부터 창피함을 느꼈다. 제가 얼마나 허둥거렸으면! 그는 한 손으로 입가를 가린 채 절박하게 고개를 저었다.

"괜찮아. 그저 조금 긴장했을 뿐이니, 걱정할 만한 건 아냐."

"아아. 그러시군요. 사실은 저도 긴장하고 있습니다."

"……뭐?"

미끄러지는 손끝 사이로 시선이 마주쳤다. 리아는 어색하게 웃으며 말했다.

"무엇을 보게 될지 모르잖습니까."

말 얘기였나. 에드가는 어쩐지 서글픈 기분을 느끼며 고개를 끄덕여야만 했다.

말은 값비싼 재산이었다. 혈통이 좋은 말은 때로 그 가치가 돈으로 환산할 수 없을 정도로 귀했다. 그렇기에, 귀족가에 납품되는 말들은 철저하게 관리되었다. 그렇게 각 가문에 팔린 말들은 오랜 세월 주인을 위해 살아간다. 그리고 사후에는 일정한 절차를 통해 사체를 매장했다.

드벨 후작가 역시 가문에 속해 있는 말들의 사후도 신경 써 관리했다. 그것으로 그동안의 노고에 감사를 표하는 것이다.

바꿔 말하자면,

"여기에 묻었을 겁니다. 당시에 워낙 정신이 없어서……."

삼 년 전이라 하여 말의 사체까지 없어진 것은 아니란 소리다. 리아는 짤막하게 이름과 감사의 글귀가 적혀 있는 무덤들 사이에서 아무것도 없는 맨 땅을 가만히 바라보았다. 어릴 적부터 보고 자란 말들이었다. 그러나 이제 와 두 말의 이름조차 기억나지 않았다. 어떻게든 잊으려 발버둥 쳤더니 이런 식으로 잊어버린 모양이었다.

마구간지기는 어쩐지 창백해 보이는 리아의 눈치를 살폈다. 엄밀히 따지자면 땅에 묻혀 있을 두 필의 말은 주인을 죽음에 이르게 했다. 그러니 상이 아닌 벌을 받아야 마땅했다. 당시엔 그도 꽤 고민을 했다. 사체를 묻어야 하나, 태워야 하나에 대해. 말의 장례까지 고민하기엔 워낙 정신이 없어서 대충 묻어버리긴 했지만 말이다.

"저, 파낼까요?"

삼 년이나 지나서 책임을 묻진 않겠지 싶었지만 세상일은 모르는 법이다. 마구간지기는 아무런 대답도 돌아오지 않자 눈치를 보느라 눈만 데룩데룩 굴렸다. 에드가가 리아 대신 파내라 말했다. 그 말이 떨어지자마자 마구간지기는 신이 나서 땅을 파냈다. 애당초 그렇게 깊게 묻지도 않았다. 대충 위치를 표시해 둔 곳을 파낸 지 얼마 되지도 않아서, 그들은 원하던 것을 찾을 수 있었다.

흙더미 사이에서 부패된 살점과 뼛조각들이 모습을 드러냈다. 그걸 확인하자마자 남자의 표정이 한결 밝아졌다.

"그럼 저는 저기서 일을 보고 있겠습니다. 필요한 게 있으시면 언제든 부르십쇼."

쓰고 있던 모자를 들어 올리며 재빠르게 사라진 마구간지기에게 둘 중 누구도 관심을 두지 않았다. 에드가는 한쪽 무릎을 꿇은 채 파헤쳐진 땅 속을 헤집었다. 손안에서 뼛조각들이 엉망으로 헤집어졌다.

장갑이 엉망이 되었으나 그는 조금도 신경 쓰는 기색이 아니었다.

"······경."

리아는 그가 무언가를 들어 올리자 상체를 숙였다. 복잡함만 가득했던 얼굴에 처음으로 경악이 어렸다. 어쩌면 평생 묻혀 버릴 뻔했던 마차 사고의 진실이 드러나고 있었다. 뒤틀린 다리뼈, 억지로 이어붙인 뼈마디들.

아무리 그쪽으로 전문가가 아니라도 알 수 있을 정도였다. 자연적으로 만들어진 것이라기엔 비틀린 방향이 비정상적이었으니 말이다.

"이건⋯⋯."

"그래."

에드가의 목소리가 낮아졌다. 그의 표정이 심각하게 변했다.

"부패되면서 억지로 유지되던 것들이 무너져 내린 모양이야."

굵기가 다른 뼈마디가 억지로 이어붙인 듯 복잡하게 얽혀 있었다. 그 옆에 정상적인 말의 뼈가 남아 있으니 차이점이 더 확연하게 보였다.

리아는 한눈에 보기에도 몬스터로 보이는 잔해를 헤집었다. 땅속에서부터 올라오는 악취에 쿨럭이던 기침이 잦아들 때쯤, 결정적인 덩어리를 찾아내는 데 성공했다.

"경, 이건⋯⋯!"

"아무래도 일이 커질 것 같군. 자세한 건 마법사의 감정이 있어야겠지만, 키메라일 것 같다."

"⋯⋯키메라."

리아의 목소리가 가늘게 떨렸다. 머릿속에서, 저쪽 세상의 제가 보내주었던 편지가 빠르게 스쳐 갔다.

〈등록된 마법사들 중에서는 그렇게 뛰어난 키메라를 만들 수 있는 이는 없다른 증거는 필요치 않았다. 제 양친은 살해당한 것이다. 그리고 저쪽 세상의 자신이라 주장하던 편지 역시 진짜였다. 리아의 턱에 바짝 힘이 들어갔다. 해일처럼 밀려오는 사실들에 눈앞이 아찔할 지경이다. 그녀는 가까스로 말을 이었다.

"그럼, 역시 그때의 사고는……."

"그래. 사고가 아닐 가능성이 높아졌어."

이 정도면 황제도 묵과할 수 없을 것이다. 수사단을 다시 꾸리기에 충분했다. 비전문가인 자신이 보기에도 이 기괴한 뼈들의 조합을 설명할 수 있는 길은 하나밖에 없었다.

후작은 살해당한 것이다. 누군가에 의해. 황제의 코앞에서, 마치 그를 조롱하듯.

에드가는 가져 온 자루에 뼈를 담는 자리에서 일어났다. 리아는 제게 내밀어지는 손을 바라보다, 천천히 그의 손 위에 제 것을 얹었다.

그대로 위로 끌어올려지는 기분은 무척이나 생소했다. 혼자서 일어나야만 했던 시간을 지나 자신에게 손을 내밀어줄 상대가 있다는 그 묘한 기분. 가장 묘한 것은 이 기분이 썩 나쁘지 않다는 것이다. 리아는 괜스레 에드가가 잡았던 손을 쥐었다 펴기를 반복했다.

그런 그녀에게 에드가가 물었다.

"이제 상인에게서 관련된 기록물만 확보하면 될 것…… 경, 피곤한가?"

"……아닙니다. 최대한 빨리 끝내고 싶군요."

잠시라도 쉰다면 머릿속이 방금 본 기괴한 사체로 가득 차게 될 것이 분명했다. 그러니 몸을 움직이는 게 나았다.

에드가는 그런 리아를 걱정스러운 시선으로 살피면서도 만류하지는 않았다. 그리하여 두 사람이 다음으로 향한 곳은 혈통 있는 말들만 취급하는 말 거래소였다.

기껏해야 가문의 영식들이나 집사, 때로는 마구간지기를 대하는 게 고작인 거래상은 갑작스러운 거물의 등장에 눈을 빛냈다. 사람들 사이에서 도는 우스갯소리가 있다. 황제의 낯짝은 모르더라도 드벨 후작을 못 알아보는 이는 없다는. 그만큼 세간에서 리아는 유명인사였다.

처음 그녀가 유명세를 타게 된 이유는 분명 그리 긍정적이지만은 않았다. 검깨나 잡았다는 용병들은 술집에 삼삼오오 모이면 약속한 것처럼 계집이 무슨 기사냐며 욕을 해댔으니 그 평이 얼마나 박했겠는가. 그러나 호평이든 악평이든 말이 돌면 유명해지기 마련이다. 리아가 그랬다. 특이점이라면 악평이 호평으로 변하면서 유명세가 하늘을 찔렀다는 것 정도였지만.

하지만 거래상이 리아를 알아본 이유는 다른 것이 아니었다. 드벨 후작가와 독점적으로 말을 거래해 왔으니 그 가주의 얼굴을 알고 있는 것은 상인으로서 갖춰야 할 당연한 소양이었다. 저 멀리 걸어올 때부터 리아를 알아본 상인은 양손이 닳도록 비비며 그녀를 안쪽으로 안내했다.

"아이고, 후작님께서 여기까지 걸음하시다니 영광입니다. 말을 보러 오셨습니까? 올해는 괜찮은 놈들이 많으니 찬찬히 둘러보십시오."

제가 탈 말을 직접 고르러 오다니. 역시 기사님은 다르다니까.

상인은 리아를 힐끔 보며 고개를 주억였다.

"말을 보러 온 게 아니라 물을 것이 있어 왔다만."

"예?"

"여기에서 후작가가 사들인 말들의 혈통이나 특징들을 정리해 놓는다고 들었는데. 사실인가?"

설마 팔아치웠던 말에 문제가 있는 것인가. 상인은 재빨리 머리를 굴렸다. 후작저로 보내는 말은 그 수가 많지 않았다. 안 그래도 삼 년 전의 사고 때문에 최고 중의 최고만 골라 보내고 있는데 또 문제라니. 이번에야말로 거래가 끊길지도 모른다 생각한 상인은 리아의 눈치를 슬슬 보며 답했다.

"그럼요. 후작가는 물론이거니와 각 가문에 보낸 말들은 따로 정리를 해놓고 있습니다. 그런데 무슨 문제라도……."

"문제가 있어서가 아니라 서류를 좀 보고 싶다만. 가능한가?"

상인은 어쩐지 심각해 보이는 리아의 표정에 순순히 자료를 꺼내왔다. 오래 걸리지도 않았다. 리아와 에드가는 금세 원하는 것을 찾아냈다. 털 색 같은 외양은 표기되어 있지 않았으나 그들이 원하는 것은 그 속에 있었다. 후작저로 보냈을 때 말의 나이.

자료를 손에 넣은 둘은 황궁으로 가는 수많은 방법 중 걷는 것을 택했다. 둘 다 본능적으로 생각을 정리할 시간이 필요하다 생각했기 때문이었다. 남들의 시선에 익숙해지다 못해 무심해진 둘은 단둘이서 대로를 걸었을 때 돌아올 파장에 대해서는 생각조차 못했다.

"지난 며칠간 수고했다."

"아닙니다. 경께 도움만 받은걸요. 갑작스러우셨을 텐데 감사합니다."

에드가는 저를 보는 리아의 시선이 부드러워졌다는 것을 깨닫고는 조금 당황했다. 아니, 왜? 대체 제가 뭘 했다고? 연애는커녕 이성의 호감을 끌어내는 데도 영 재능이 없는 에드가는 멍하니 눈을 끔뻑였다. 그녀의 관심을 받아보고자 애썼던 것은 벌써 오래전 일이었다. 지금 자신은 이 마음을 어떻게든 묻고자 노력하고 있었다.

그런데.

어째서.

그렇게 노력할 땐 차갑기만 했던 시선이 이제 와 바뀐단 말인가?

그로서는 평생이 가도 이해하지 못할 일이었다. 그렇게 서로 다른 생각을 하며 에드가의 집무실에 도착한 둘은, 약속이라도 한 듯 며칠간 모아놓은 자료를 정리하기 시작했다.

"마구간지기의 증언과, 말 거래상이 기록해 놓은 자료. 그리고 당시 조사단에 참여했던 기사의 증언. 이 정도면 구색은 갖춘 셈이군. 남은 건 말 사체에 대한 마법사의 감정 정도인가."

종결된 사건의 재조사를 요청하기 위한 자료를 마련하는 것은 무척이나 까다로웠다. 문제를 제기하는 쪽에서 문제가 있음을 증명해 내야 했으니 말이다.

그런 의미에서 리아는 운이 좋은 편이었다. 드벨 후작가는 사용인을 쉽게 고용하지도, 자르지도 않았고 귀족 가문에 말을 납품하는 거래상들은 혹여나 생길 문제에 대비해 말 족보를 철저히 관리했으니 말이다. 덕분에 그녀는 어렵지 않게 조사 기록 속 말과 실제 말이 다르다는 증거들을 정리할 수 있었다. 아니. 사실은 말의 나이를 확인할 필요도 없었다. 마법사의 감정이 끝나면 말이 아니라 키메라였다는 걸 알아낼 수 있을 테니 말이다.

　말이 바꿔치기 당했을지도 모른다는 가설은 마차 사고의 쟁점이 되기에 충분했으니 이 정도만으로도 재수사 요청은 통과될 것이다.

　그러나 그녀의 표정은 그리 밝지 못했다.

　"경?"

　"예."

　서류를 정리하던 리아의 표정은 결코 기뻐하는 자의 것이 아니었다. 미묘하게 일그러진 낯. 감추려 애를 쓰는 것 같긴 했다. 다른 사람이었다면 깜빡 속아 넘어갔으리라. 그러나 상대가 나빴다. 에드가는 손을 뻗어 리아가 움켜쥐고 있는, 수십 장에 달하는 서류를 꾹 눌렀다. 종이는 그만 보고 자신을 좀 보라는 듯이.

　"마음에 걸리는 일이 있다면, 지금 말해. 폐하께 재수사를 요청하기 전에."

　에드가의 말이 맞았다. 물러서려면 지금이 마지막 기회였다. 실수가 있었다며 황제에게서 서류를 뺏어올 수는 없는 노릇이지 않은가.

　그러나 리아가 고민하는 것은 그런 게 아니었다. 타살 가능성이 조금이라도 있는 한 재수사는 이뤄져야만 했다. 문제는 삼 년 전 조사단의 총책임자가 에드가라는 것에 있었다. 그때 사고사로 결론지었던 서류의 맨 끝에는 에드가의 서명이 있었다. 그런데도 그는 제 손으로 삼 년 전의 조사가 잘못되었다 말하려는 것이다. 그는 지금 자신의 경력에 흠집이 갈 일을 직접 하고 있었다. 그것도 밤을 샐 정도로 열심히.

　자신의 입장에서 생각하자면야 고마운 일이었지만, 그가 재수사 요청까지 하게 하는 것은 과했다. 그렇다하여 저렇게 손발을 걷어붙인 이에게 뒤로 물러나 있으라는 말을 어떻게 한단 말인가?

손을 떼게 하는 게 맞다 생각하면서도 말이 쉽게 나오지 않아, 리아는 몇 번이나 입술을 달싹였다. 에드가의 말대로 더는 미룰 수 없었다. 리아는 마음을 정하고는 무겁게 가라앉은 표정으로 에드가를 응시했다.

"경. 지금껏 도와주신 것에 대해서는 진심으로 감사드립니다. 그러나 재수사 요청은 역시 제가 직접 하는 것이 낫지 않겠습니까. 아무래도 경께서는……."

"불편한가?"

생각지도 못한 말이 그의 입에서 불쑥 튀어나왔다. 그를 설득하려던 리아는 머릿속에 가득했던 것들이 순간 엉망으로 뒤엉키는 기분을 맛봐야만 했다.

"예?"

동그래진 녹안이 자신을 바라보자 에드가 역시 당황했다.

"아니. 아무래도…… 나는 삼 년 전에 실수를 한 번 했으니."

"그런 생각을 하고 있었습니까."

줄곧 걸리던 일을 제 입으로 실토해 버린 에드가는 손으로 입을 가렸다. 그래봤자 이미 뱉은 말을 주워 담을 수 있을 리가 없다. 리아는 어쩐지 당황해하는 에드가의 모습에 방금 전까지 고민하던 것이 한결 가벼워진 기분을 느꼈다. 그녀는 푸스스 웃으며 고개를 저었다.

"아닙니다. 보고서만 봐도 당시 경께서 얼마나 이 일에 시간과 노력을 쏟았는지 알 수 있는데 왜 그런 생각을 하겠습니까. 저는 그저, 경에게 흠이 갈까 싶어 한 말이었습니다. 아무래도…… 그렇잖습니까.”

에드가는 그제야 리아가 하는 말의 맥락을 이해했다. 그의 얼굴에 선연했던 긴장감이 한풀 걷혔다.

“괜찮아. 그러니 경이 불편하게 생각하는 게 아니라면 내게 한 번 더 기회를 줄 수 있겠나?”

리아의 눈이 조금 커졌다. 그녀는 이내 부드럽게 웃으며 고개를 끄덕였다.

그러나 모든 서류가 곧장 황제와 만나는 것은 아니었다. 제국은 넓었고 하루에도 수십 개의 중요 현안들이 생겨났으니 황제는 검토가 끝난 서류들에 도장을 찍는 것만으로도 하루가 모자란 사람이었다. 그렇기에 에드가는 그날 밤 황제가 아닌 카인을 만나러 갔다. 그것만으로도 월권이었다.

어쩔 수 없었다. 놓친 시간이 삼 년이다. 하루라도 더 지체할 수는 없었다. 그러나 그는 곧 예상치 못한 반대에 부딪쳤다.

“대체 무슨 생각을 하고 있는 거야.”

카인은 세상 복잡한 눈으로 제 사촌 동생을 바라보며 물었다.

“에디. 정말 내가 기꺼운 마음으로 허락할 것이라 생각한 건 아니겠지? 사실 여기 적힌 얘기들도 전부 가정에 불과하지 않나! 무려 삼 년 전 일이라고! 삼 년! 그런데 이제 와 갑자기 그 말이 키메라였다고? 마법사가 후작부부를 살해하기 위해 꾸며낸 일이라고? 이게 알려지면 얼마나 파급이 클지 몰라 그래!”

에드가는 침묵으로 대답했다. 무어라 대꾸하기엔 카인의 표정이 꽤나 심각했으니 말이다. 그러나 짧은 침묵만으로도 에드가의 대답을 눈치챈 카인은 버럭 화를 내려다 그대로 삭였다.

원래부터 저런 성격인 것을 어쩌겠는가. 그런 에드가에 기대 몇 번이나 목숨을 구한 자신이 화낼 일은 아니었다. 카인은 어쩐지 심장께를 가로지르는 상처가 욱신거리는 것 같다 생각하며 한숨을 내쉬었다.

"종결된 사건을 다시 들쑤셨다간 안 그래도 널 고깝게 보는 귀족들이 꼬투리를 잡고 늘어질 거라는 걸 모를 리는 없을 테고. 이유나 들어보자. 삼 년 전 사건이다. 이미 사고사로 종결까지 지었고. 좋아. 그래, 네 말대로 사고가 아니라고 하자. 이제 와 다시 건드린들 무엇이 남아 있지? 삼 년 전이야. 증거도, 목격자도, 아무것도 없어. 결국 아무것도 얻지 못한 채 네 평판만 떨어질 거다."

"사적인 감정이 없다고는 말씀드리지 못하겠습니다."

"이런 젠장."

차라리 없다고 말해. 카인은 지나치게 솔직한 제 사촌 동생의 말에 미간을 구겼다.

"아낌없이 주는 에드가라 이거냐."

에드가는 한때 제 부하들이 한숨처럼 중얼거리던 별명을 못 들은 척 넘겼다.

"전하. 사고가 아니라면, 범인을 놓친 건 제 실책입니다. 바로잡아야 한다는 것을 알고 계시잖습니까."

카인의 미간이 찌푸려졌다. 틀린 말은 아니다. 그러나 현실이 어찌 도덕적으로만 굴러가던가. 그렇게 따지자면 바로잡아야 할 일은 세상에 수만 가지도 더 될 것이다.

"어차피 찾지 못할 범인이야. 그리고 넌 이미 할 만큼 했어. 조사단에 있던 놈이라면 아니라고 말하진 못할 거다. 그런데 그게 네 잘못이라고? 아니지. 굳이 따지자면 삼 년 전 그 말이 키메라라는 걸 알아차리지 못한 마법사의 잘못이지! 대체 어떤 놈이야? 어떤 놈이기에 그런 걸 놓쳐?"

"아닙니다. 당시 마부와 마차에만 집중했던 제 잘못이 큽니다."

"이런 젠장…… 정말 그렇게 나올 생각이야?"

마음 같아서는 당장 안느라도 데려오고 싶은 심정이었다. 그녀에게 아들의 고집 좀 꺾어달라 부탁하면 어떻게든 해주지 않을까. 그런 생각을 했다가, 카인은 안느가 전 후작부인과 어린 시절부터 절친했다는 것을 떠올리고는 고개를 저었다.

안느가 이번 일을 듣게 된다면 에드를 말리는 대신 황제를 찾아갈 것이다. 그리고 당장 범인을 제 눈앞에 대령하라 하겠지. 황제가 말린다면, 그녀는 아마 오라비인 황제의 멱살이라도 붙잡을 것이다. 그녀는 그러고도 남았다. 카인은 골치 아프다는 표정으로 이마를 짚었다. 어째서 제 친척들은 성격이 죄 이 모양이냐 투덜거리면서.

"……내가 말리면, 어쩔 생각이냐, 에디."

"폐하를 알현하겠습니다."

역시나. 카인은 한 치의 망설임도 없는 대답에 욕을 짓씹었다.

"빌어먹을."

어떤 수를 써서든 허가를 받아내겠다 말하는 에드가의 두 눈은 의지로 충만했다. 그가 고집을 부리기 시작하면 말릴 도리는 없었다. 삼 년간 제 마음을 고이 접어 짝사랑만 하고 있는 걸 봐도 알 수 있지 않나. 카인은 욕을 짓씹으며 에드가에게 손짓했다. 당장 그 꼴 보기 싫은 서류를 내놓으라고.

쾅쾅!

도장이 찍혔다.

그렇게 밤이 저물었다.

다음 날, 리아는 급한 일들을 처리하자마자 기록물 보관소로 향했다. 자료 반출 허가와 정리가 끝났으니 와서 가져가라는 통보를 받았기 때문이었다.

필요한 정보는 독점하는 것보다 공유하는 것이 낫다.

황실에서 막대한 비용을 투자해 기록물 보관소를 만든 이유였다. 이번 사건도 그렇다. 에드가와의 긴밀한 협력만이 범인에 대해 한 걸음 다가갈 수 있는 방법일 것이다. 품 안에서 굴러다니는 보석함처럼.

정보는 공유하는 게 맞았다. 그것에 이견은 없었다.

'하지만, 저쪽 세상에 대해 대체 어떻게 말해야 할지……'

자신도 이게 진짜라 믿은 지 고작 반나절밖에 되지 않았다. 에드가에게 보석함에 대해 말할 수 있을 것인가? 아니, 그가 이 모든 것들을 믿게 설득할 수 있을 것인가? 그녀는 그 의문에 대한 답을 최대한 미루고 있었다. 쉽게 결정할 일이 아닌 만큼 시간과 거리를 두고 고민하는 눈가에 긴 그림자가 드리웠다.

〈에드가? 오, 세상에, 그이에 대해 얘기해 달라니, 드디어 관심을 갖게 된 거구나! 어디서부터 얘기해야 좋을까. 일단 그이는 놀랄 정도로 내가 무슨 생각을 하는지 아는 것 같아. 이렇게 해줬으면 좋겠다는 걸 말하기도 전에 이미 알고 있는 기분이랄까?〉

리아는 숙였던 고개를 들었다. 왜 이럴 때 로렐리아와 주고받은 편지가 떠오르는지 모를 일이다. 그녀는 정신을 바짝 붙잡았다.

'결국엔 해야 할 얘기야. 언제까지 정보의 출처를 숨길 수는 없으니.'

그런 그녀의 눈에 에이플을 뒤에 매달고 있는 프루트의 모습이 밟혔다. 저쪽에서도 리아를 알아보고는 빠른 걸음으로 다가왔다.

"여, 단장!"

프루트는 허공에 손을 휘저으며 기분 좋게 웃었다. 그러나 그를 제외한 이들의 표정은 썩 밝지 못했다. 그리고 그건 리아도 마찬가지였다. 그녀는 의심스러운 눈초리로 프루트를 바라보며 물었다.

"지금이면 훈련을 하고 있을 시간인데, 대체 어딜 가는 거냐."

"음, 그게 있잖습니까, 단장님."

"본론만 말해."

평소보다 날이 서 있는 리아의 모습에, 프루트는 재빨리 본론을 꺼내들었다.

"으하하핫! 거, 눈치채셨습니까? 실은 요새 푸른매 놈들이 통 안 보이기에 찾아가는 길이였습니다."

프루트는 허리에 양손을 얹은 채 그놈들 걱정이 돼서 말이죠, 하하하! 라며 호탕하게 웃었다. 결국 시비 걸러 안 오니까 직접 시비 걸러 간다는 소리다. 그 당당함에 에이플이 이마를 짚었다. 그러나 평소라면 날아오고도 남았을 리아의 주먹이 잠잠했다. 막을 준비를 하고 있던 프루트의 얼굴에 의아한 빛이 떠올랐다. 에이플 역시 등 뒤에서 그녀가 오늘 왜 저러냐며 속닥였다.

"……안색이 별로인데, 단장 어디 아픈 거 아닙니까?"

그러나 리아는 잠시간의 고민을 끝내고 프루트와 에이플을 향해 묵묵히 고갯짓했을 뿐이었다.

"따라와."

"……예?"

"그 푸른매, 보여줄 테니 따라오라고 했다. 보러 간다지 않았나."

"어, 있잖습니까. 그 말은 단장이 직접 시비 걸러 간다는 것처럼 들리는데, 제가 제대로 이해한 게 맞습니까?"

프루트의 질문에, 리아의 미간이 찌푸려졌다.

"시비는 무슨. 에드가 경에게 볼일이 있을 뿐이다. 네놈들을 두고 갔다간 사고를 칠 게 분명하니 군소리 말고 얌전히 따라와."

그녀의 말에 에이플이 눈을 꿈뻑이며 투덜거렸다.

"거, 단장은 항상 그러신다니까. 누가 들으면 우리가 꼭 사고만 치는 줄 알겠습니다. 아, 물론 부단장은 그런 편이긴 하지만, 전 정말로! 신께 맹세코! 부단장을 말리려고 따라가는 중이었지 말입니다."

입에 침도 안 바르고 하는 거짓말에 리아의 눈꼬리가 휘었다.

"그래? 그럼 볼일이 끝나면 네놈들은 내가 직접 대련해 주마."

어떻게 그런 결론이 나느냐며 에이플이 절규했으나 리아는 가볍게 무시했다. 둘 덕에 고민이 끝났다.

'말하지 않는다면 의심만 늘어나게 될 터.'

그렇게 둘 수는 없었다. 결심이 섰다. 보석함에 대해 얘기할 결심이.

집무실 앞에 카인의 보좌관인 오르도가 서 있지만 않았다면 금세 끝났을 일이었다. 그러나 보좌관은 서 있었고, 그녀는 당황하며 걸음을 멈췄다.

익히 아는 얼굴이다. 오르도는 리아를 보자마자 눈인사를 해왔다. 인사까지 했으니 이대로 모른 척 돌아갈 수도 없는 노릇이다. 그녀의 두 눈이 닫힌 문과 오르도 사이를 바삐 오갔다. 리아는 제발 아니길 바라며 그에게 물었다.

"……안에, 전하께서 계십니까."

리아의 물음에 보좌관이라 쓰고 가엾은 남자라 읽는 그가 허허 웃으며 고개를 끄덕였다. 그는 곁눈질로 문을 바라본 뒤 대답했다.

"지금 페리엘 공작께서는 전하와 긴히 얘기를 나누시는 중……."

[뭐야, 드벨 후작이 왔나? 얼른 들여보내지 않고 무엇 하나!]

오르도는 귓가에서 쩌렁쩌렁 울리는 카인의 목소리에 소리 없는 한숨을 뱉었다. 정말이지, 벨포스는 물건을 만들어도 너무 잘 만들었다. 고장이 나긴커녕 오작동도 없어 일거수일투족을 전부 강제 보고당하고 있는 오르도의 안색이 초췌했다. 그는 진심으로 마도구 따위 세상에서 전부 사라져 버렸으면 좋겠다 생각하며 리아에게 카인의 말을 전했다.

"……이시지만, 전하께서 들어오시라는군요."

그의 말이 끝나는 것과 동시에 리아는 스치듯 오르도의 귓가를 살폈다. 그녀의 시선은 귓불 옆에 붙어 있는 동그란 장치에 잠시 멈췄다가 제자리로 돌아왔다. 밖에서 듣기엔 문 안쪽은 그저 고요했기 때문에, 프루트와 에이플은 그게 무슨 소리냐며 의아한 기색을 드러냈다. 그러나 리아는 아무렇지 않다는 듯 고개를 끄덕였다.

"푸른매는 저쪽 기사단실에 있을 거다. 가봐라. 또 치고 박고 싸우면 그땐 한동안 싸움은 생각도 안 나도록 해줄 테니 그렇게 알고. 알아들었나?"

"예!"

우렁찬, 그러나 그다지 신뢰는 가지 않는 두 부하의 대답에 리아는 잠시 걱정스러운 표정을 지었다. 그러나 어쩌겠는가. 다 큰 사내 녀석들 뒤를 따라다닐 수도 없는 노릇이니. 그녀는 고개를 저으며 집무실 안으로 들어섰다.

"경!"

리아가 들어오기가 무섭게 상석에 앉아 있던 카인이 양팔을 활짝 벌려 그녀를 반겼다. 그의 바로 옆에 앉아 있던 에드가의 눈인사를 받으며, 리아는 황태자에게 예를 갖췄다.

"전하를 뵙습니다."

"그리 딱딱하게 인사할 필요 없네."

어서 앉으라는 카인의 말에 리아는 에드가의 맞은편에 자리 잡았다. 의자 끝에 걸터앉은 채 허리를 꼿꼿이 세운 그녀의 모습에 카인은 혀를 차며 고개를 저었다.

"그러지 말고 편히 앉으래도. 경이 나이가 차 12의결원에 들어가게 된다면 그땐 내가 경의 도움을 받게 될 텐데 언제까지 날 어려워할 생각인가?"

은근히 언급된 12의결원에 리아와 에드가가 기민하게 반응했다. 단숨에 제게 쏠리는 두 남녀의 시선에 황태자는 소리 높여 웃었다.

"시간이 지나면 자연스레 말이야. 이제 와 동생이 태어나지도 않을 테니 당연히 그렇게 되지 않겠는가. 으하하핫! 안 그런가?

그러니 말도 좀 쉽게 하고, 자리에도 편하게 앉게."

서로서로 돕고 살 사이이니 가볍게 하라는 카인의 말에 리아는 고개를 저었다.

"송구합니다만 전하, 그럴 수는 없습니다."

주군과 봉신 사이이거늘 어찌 그럴 수 있겠냐는 대답은 칼 같았다. 그 딱딱한 말투에 카인의 입에서 한숨이 흘러나왔다.

"경, 내가 항상 하는 생각이네만, 경은 조금만 유연해지면 인기가 매우 많아질걸세. 저택으로 청혼서가 미친 듯이 날아들 거래도?"

"……지금보다 더 많아질 수도 있다니. 끔찍합니다, 전하."

리아는 살풋 눈살을 찌푸렸다. 농담이 아니라 상상만으로도 끔찍한지라 질색하는 표정이 생생했다. 안 그래도 드벨 후작저에는 하루가 멀다 하고 청혼서가 도착하고 있었다. 지금보다 더 많아진다면 저택 문턱이 닳을지도 모를 일이었다.

안 그래도 쉼 없이 밀려드는 청혼서 덕분에 불쏘시개 걱정은 덜었다며 환하게 웃던 유모의 얼굴을 떠올리며 리아는 진심으로 다짐했다. 절대 저쪽 세상의 로렐리아같이 밝은 성격으로 바뀌지 않겠노라고.

엉뚱한 생각을 하고 있는 리아의 굳은 얼굴에 카인은 묘한 기분을 느끼며 두 남녀를 번갈아 바라봤다. 연인은 닮는다고들 한다. 그런데 어째서 손 한번 제대로 못 잡아본 남녀가 틀에 찍어낸 것처럼 닮은 것처럼 보이는 걸까.

'천생연분이란 이런 걸 두고 하는 말이려나.'

카인은 턱을 쓸어내리며 속으로 중얼거렸다. 한 번 시작된 생각은 가지를 치고 뻗어나갔다.

'그러고 보니 공작과 후작이 이어지면 중립파인 후작 쪽도 포섭이 쉬워질 테고……. 이유는 모르겠지만 후작은 나를 좀 어려워한단 말이지. 만날 때마다 도망갈 생각만 하니 뭔 얘기를 할 수가 있어야지. 그럼 대공을 견제하기도 쉬워지고…….'

멀리멀리 뻗어나간 가지는 쑥쑥 자라나 커다란 꽃봉오리를 맺었다. 단순히 재미로, 그리고 사리사욕으로 끼어들었던 남의 연애 사업에 갑작스럽게 뚜렷하면서도 공적인 목적이 꽃피우는 순간이었다. 생각을 마친 카인의 두 눈이 열의에 휩싸였다.

"……나는 방금, 마음을 다잡을 수 있었네."

반드시 둘이 서로 죽고 못 사는 모습을 보고야 말겠노라! 그리하여 인복 넘치는 황태자로 거듭나겠노라!

카인의 금발이 창을 타고 들어오는 햇빛 아래에서 반짝였다. 남몰래 불끈 쥔 주먹이 그의 의지를 대변하고 있었다. 형님 소리를 듣겠다던 당초의 목적은 잊힌 지 오래인 듯했다. 사심으로 가득 찬 카인은, 이내 리아에게 고개를 돌리며 물었다.

"아, 한데 경은 여기까지 무슨 일인가? 혹 공작에게 할 말이 있어서 온 건가?"

카인의 두 눈이 반짝였다. 기대하는 티를 감출 생각조차 안 했다. 그 은근한 시선을 받으며 리아는 고개를 돌려 에드가와 마주했다. 저를 똑바로 바라보고 있는 짙은 남색 눈동자에도 궁금함이 서려 있었다.

"아, 그……."

리아는 말끝을 흐렸다. 그녀는 잠시 고민했다. 카인 앞에서 보석함에 대해 얘기할 수는 없는 노릇이다. 자칫 잘못했다가는 물밑에서 벌어지고 있는 황위 쟁탈전에 발을 담그게 될 수도 있었으니 말이다.

현재 황실의 적통 후계자는 황태자 하나이지만, 황실의 권력 구도는 크게 세 갈래로 나뉘어 있다 해도 과언이 아니다. 각기 황태자와 대공을 지지하는 자들과 오로지 황제만을 바라보는 중립파. 묘한 균형을 유지하며 겉보기에는 화목한 황실 가족을 연기하고 있는 거대하고도 화려한 무대 위에서, 중립이라는 어중간한 깃대를 쥐고 있는 리아의 눈에 진중함이 감돌았다.

'방금 전, 보좌관이 끼고 있던 건 마도구인 듯했지.'

무슨 일인지는 알 수 없으나 카인이 움직이고 있다는 것만큼은 확실했다. 마도구를 쓸 정도의 일이다. 카인의 나이가 나이이니만큼 본격적으로 황위 쟁탈전이 시작된 것일지도 몰랐다.

'안 그래도 과하다 싶은 벨에 대한 평가를 더 높일 수는 없지. 그랬다간 당장에 황실로 불러들일지도 모를 일이니.'

이런 시기에 벨포스를 마탑으로 보내기로 결정한 이유 중 하나가 바로 이 핏빛 쟁탈전에서 멀리 떼어놓기 위해서였다. 안 그래도 벨포스를 탐내는 사람들이 많다. 거기에 굳이 거물들을 더할 필요는 없으리라. 거기까지 생각한 리아는 하려던 말을 꾹 삼켰다. 그 대신 겸사겸사 묻기로 했었던 것을 입에 담았다.

"경, 경께서는 어떤 음식을 좋아합니까."

리아가 간과한 것은 하나였다. 제 질문이 오해를 사기에 무척 좋다는 것.

"풉─!"

다짜고짜 뱉어진 '넌 뭘 좋아하니' 질문에 카인의 입에서 차가 뿜어져 나왔다. 그 요란스러움에 리아는 당황하며 시녀를 찾았으나 카인은 옷소매로 대충 닦아내며 말렸다.

"쿨럭! 경, 경은, 커흑, 대답을 들어야지, 나는 괜찮네! 신경 쓰지 말게나!"

얼굴이 시뻘겋게 달아오른 채 눈을 빛내고 있는 카인을, 리아가 걱정스레 바라봤다.

'……전혀 괜찮으신 것 같지 않습니다, 전하…….'

그러나 사정은 에드가도 비슷했다. 리아의 질문을 듣자마자 그대로 굳어버린 그는 사람이라기보단 조각상처럼 보였다. 딱딱하게 굳은 모습이 숨은 쉬는지 걱정스러울 정도였다. 그런 둘 사이를 번갈아 바라보던 카인은 잔기침을 마저 뱉어낸 뒤 슬쩍 쿠션에서 엉덩이를 뗐다.

"둘이 할 말이 아아주 많아 보이는군. 아! 그러고 보니 내가 일이 많이 밀렸지. 크흠! 나는 이만 가볼 테니 천천히, 처어언천히 얘기들 나누게나."

카인은 다급히 자리에서 일어나려는 리아를 말리고, 여전히 굳어 있는 에드가에게 시선으로나마 응원을 건넨 뒤 재빠르게 집무실을 빠져나왔다.

"고지가 멀지 않았군."

즐거운 표정으로 콧노래를 흥얼거리며 문을 닫은 카인을 반기는 것은 보좌관이었다. 아니, 보좌관이어야만 했다.

그러나.

"이런. 송구합니다, 전하. 응당 신하가 움직여야 할 것을, 제 아들이 전하를 발걸음하게 했나 보군요."

카인을 반긴 것은 그의 고모이자, 현 황제의 여동생이자, 전 공작부인인 안느였다. 카인은 제 시선을 피하는 오르도를 곁눈질로 노려본 뒤 재빠르게 대답했다.

"아하핫! 아닙니다. 무슨 그런 서운한 말씀을 하십니까. 에디는 제 사촌 동생인 것을요. 그런데 고모님께서 여기까지 무슨 일로 오셨습니까."

"드벨 후작을 만나러 왔다가 여기에 있다기에 아들의 얼굴도 볼 겸 왔지요. 그런데 전하께서도 계셨다니…… 아무래도 제가 방해를 한 모양입니다."

"그럴 리가 있겠습니까, 고모님. 방해라니요."

카인은 과하다 싶을 정도로 손사래를 쳤다. 안느와 카인, 둘의 시선이 허공에서 맞부딪쳤다. 누가 먼저랄 것도 없이 마주 웃는 눈매가 사뭇 닮아 있었다. 카인은 에드가보다도 대하기 어려운 안느를 앞에 둔 채 속으로 침음을 삼켰다.

"그렇다면 잠시 얘기를 나눌 수 있을까요."

"물론입니다. 제 응접실로 모시겠습니다. 이번에 좋은 차가 들어왔거든요. 고모님께서도 무척 마음에 들어 하실 겁니다."

"그리 길지 않으니 여기서도 충분하답니다."

부드럽게 웃으며 안느는 슬쩍 집무실 문을 곁눈질했다. 그제야 그녀가 오랜만에 입궐한 목적이 드벨 후작이라는 것을 깨달은 카인은 순순히 뒤로 물러섰다. 오르도는 그보다 더 눈치가 빨랐다. 안느의 말이 떨어지자마자 둘의 얘기가 들리지 않을 만큼 뒤로 물러선 뒤 다가오는 사람들을 다른 길로 돌려보냈으니 말이다.

덕분에 복도 정중앙에 있음에도 적당한 공간이 확보되었다. 안느의 말처럼 '대화를 나누기에 충분한 공간'이. 안느는 한껏 낮춘 목소리로 서두를 열었다.

"알고 계시겠지만, 전하. 주변을 잘 살피십시오. 요새 들리는 얘기가 그리 좋지 못합니다. 특히, 대공에 대한 얘기가 많이 들리더군요."

제 둘째오라비를 입에 담는 안느의 낯에는 아무런 변화가 없었다. 그녀는 자그마한 공국을 다스리고 있으면서 제국에 자주 들락거리는 대공과 사이가 그다지 좋지 못했다. 대공은 여동생이 오라비를 무시한다며 역성을 냈고, 안느는 제가 가진 것에 만족하지 못하는 대공의 행태에 치를 떨었다.

안느의 경고에 카인은 기꺼이 감사를 표했다.

"그러겠습니다, 고모님."

"······폐하께서는 혈육에 약하다는 것이 유일한 흠이요. 그날의 사건도 그렇고······."

중얼거리던 안느의 목소리를 막은 것은 황태자의 귀에서 쩌렁쩌렁하게 울려 퍼지는 고함 소리였다.

[전하아아! 후작께서 단장을 찾아왔다는 것이 정말입니까! 무슨 얘기를 하고 있습니까!]

그 요란스러움에 안느의 시선이 카인의 귓가로 향했다. 그녀의 고운 얼굴이 찌푸려졌다.

"이게 대체 무슨······."

[드디어 단장이 고백을 한 겁니까아아!]

[전하! 푸른매 놈들이 이상한 헛소리를 지껄입니다! 공작이 저희 단장을 좋아한다니요! 이게 대체 무슨 소리입니까!]

안느의 두 눈이 가늘어졌다. 호오, 그렇고 그렇단 말이지. 누구 하나 제대로 된 설명을 해주지 않았건만, 상황 파악을 마친 안느의 붉은 입술이 휘어 올라갔다.

"전하."

"······예, 고모님."

"다 털어놓으세요."

좋은 말로 할 때.

여장부의 명령에 카인은 어색하게 웃으며 뒷걸음질 쳤으나 뻥 뚫린 복도에서 도망갈 곳이 있을 리 만무하다. 결국 그는 눈물을 삼키며 공후럽에 대해 술술 불어야만 했다. 바야흐로, 힘도 있고 권력도 있으며 심지어 정보까지 있는 이들이 서로 손을 잡는 순간이었다.

카인과 안느가 손을 잡고 있을 때, 문 안에서는 에드가가 홀로 힘겨운 싸움을 이어나가고 있었다. 그는 불안한 시선으로 닫힌 문을 한 번, 대답을 기다리는 리아를 한 번 바라보곤 대답했다.

"……특별히 선호하는 음식은 없는데, 갑자기 그건 왜……."

"조금이라도 괜찮습니다."

그렇게 말하는 리아의 표정은 어쩐지 비장하기까지 했다. 제게 던져진 질문에 조금이라도 성실하게 대답하기 위해 에드가는 머리를 쥐어짰다.

"글쎄…… 음식에 대한 호불호는 없지만, 향신료가 강한 것은 그리 좋아하지 않아. 그중에서도 갈랑가-생강의 일종-가 들어간 것은 특히 싫어하는 편이고. 그런데 경, 그걸 물으려 여기까지 온 건가?"

에드가의 말을 경청하던 리아는 고개를 저었다.

"아뇨. 그건 아닙니다."

"그럼 무슨 이유로……."

"긴히 할 말이 있는데, 추후 따로 날을 잡아도 괜찮겠습니까?"

"얼마든지."

"그리고…… 감사하다는 말도 제대로 못 한 것 같아서요."

갑자기 던져진 감사에, 당황한 에드가는 귀를 살짝 붉힌 채 몸을 뒤로 물렸다. 리아는 그 변화를 그리 대수롭지 않게 여기며 말을 이었다.

"경께서 제게 베푼 호의에 감사드리는 바입니다. 혹여라도 제 도움이 필요한 일이 있으시다면……."

"지금 말해도 괜찮나?"

"예?"

"그 도움 말이야."

리아는 고개를 갸웃했다. 말을 꺼내자마자 도움을 받겠다 말해 좀 놀라긴 했지만, 큰 문제는 아니었다. 그녀는 순순히 고개를 끄덕였다.

"아…… 예. 괜찮습니다."

도움을 받았으니, 보답을 한다. 그런 생각으로 물었던 리아는 물감이 번지듯 잔잔히 퍼지기 시작하는 에드가의 미소에 놀랐다. 휘어지는 두 눈가, 부드럽게 호선을 그리는 입술.

〈웃는 게 참 멋진 남자라니까?〉

저쪽 세상의 로렐리아가 에드가에 대해 하는 말들은 하나같이 과했다. 그녀의 말대로라면 세상에 이렇게 완벽한 남자가 또 있나 싶을 정도로. 그래서 리아는 그녀가 하는 말들은 절반쯤 걸러서 듣고 있었다.

그랬는데. 리아는 자신도 모르게 멍하니 생각했다. 웃는 모습이, 멋지다는 말만큼은 사실인 것 같다고.

"……나?"

"……예?"

에드가는 멍하니 되묻는 리아의 말에 언제 웃었냐는 듯 진중한 표정으로 돌아왔다. 그는 진심으로 걱정된다는 티를 역력히 내며 새 찻잔에 따뜻한 차를 가득 따라주었다. 리아가 차를 홀짝이자 그는 조금 경직된 표정을 풀고 했던 말을 반복했다.

"마차 사고의 재조사에 대한 얘기인데, 태자 전하께 정식으로 허가를 받았다. 힘을 써주신다 했으니, 경, 괜찮다면 도와주겠나?"

"재수사 허가가…… 났습니까?"

이렇게 빨리?

리아는 뒷말을 찻물과 함께 삼켜 넘겼다.

"그래. 아직 최종 인가가 떨어진 건 아니지만, 전하께서 그렇게까지 말씀하셨으니 며칠 내에 될 것 같아."

언제나 우직하게 제국과 황실을 위해 몸 바쳐 일한 에드가는 그동안 쌓아온 신뢰와 실적을 아낌없이 사용했다. 그가 작정하고 성사시키려 드니 통과되지 않을 리가 없다. 리아는 별것 아니라는 투로 말하는 에드가를 가만히 바라봤다.

시일이 시일이다. 그가 페리엘 공작으로서 손을 써주었다는 걸 모를 수가 없었다. 그 대가로 에드가가 무엇을 원하건 과하지 않다 생각했을 것이다. 그러나 그가 원한다 말한 건 제가 상상할 수 있는 범주 이상의 것이었다.

"부탁이…… 그겁니까?"

재조사단에 자신이 참여하는 것? 리아는 오히려 제가 부탁해야 할 일을 반대로 부탁하고 있는 남자를, 멍하니 바라봤다.

"과한가?"

세상에. 리아는 바람 빠지는 소리를 내며 웃었다. 이 남자는 정말 어디 가서 사기당해도 모를 게 분명하다 생각하며. 리아는 걱정스러운 표정을 짓는 에드가를 똑바로 응시하며 답했다.

"아니오. 감사합니다, 경."

진심에, 진심을 담은 감사를.

5장.
공후럽은 멈추지 않는다

"단장!"

집무실에서 나온 리아는 문을 닫기가 무섭게 저를 반기는 목소리에 고개를 돌렸다. 반대쪽 복도에서 프루트와 에이플이 흥분한 기색이 역력한 채 이쪽으로 걸어오고 있었다. 아니, 정정하겠다. 반쯤 뛰어오고 있었다. 리아는 마치 아이처럼 신나 있는 둘의 모습에, 경계 어린 시선으로 훑었다.

"또 무슨 일을 쳤기에……."

"지금 그게 중요한 게 아닙니다! 단장, 무슨 일 없었습니까?"

그렇게 묻는 프루트의 두 눈은 마치 별을 박아 넣은 것처럼 반짝였다. 그가 갑자기 왜 저러는지 짐작조차 가지 않았다. 리아는 슬쩍 뒷걸음질 치며 대꾸했다.

"일이라니. 무슨 일?"

"에이, 그러지 말고 사실대로 얘기해 보십쇼. 저희가 어떤 관계인데 고민 하나 들어주지 못하겠습니까! 정말 아무 일도 없으셨습니까?"

"대체 무슨 말을 하는 건지 전혀 이해가 되지 않는다만. ……설마 또 싸운 거냐?"

슬슬 세월의 흔적이 드러나는 얼굴과, 옷으로는 미처 가리지 못하는 곳들을 꼼꼼히 확인하는 리아의 시선이 매서웠다. 이런 식으로 추궁을 시작할 때면 항상 저들이 싸우기만 하느냐며 목소리를 높이거나 슬쩍 도망갔을 둘이건만, 오늘만큼은 평소와 달랐다. 슬쩍 허공을 응시하는 프루트와 대리석 바닥을 툭툭 차는 에이플. 연기력이 형편없는 제 부하들의 모습에, 리아는 확신할 수 있었다.

"……또 무슨 짓을 한 거냐."

짓이라.

한숨 섞인 리아의 말에 둘의 시선이 허공에서 부딪쳤다. 서로 같은 생각을 하고 있었음을 깨달은 프루트와 에이플은 어색하게 웃었다. 뭔가 하긴 했는데 그게 차마 말할 수 없는 일이라 중얼거리면서.

사건의 전말은 이랬다.

프루트와 에이플은 리아가 집무실로 들어가기가 무섭게 푸른매기사단실로 들이닥쳤다. 대체 요새 뭘 하기에 이렇게 뜸하냐며 따져 물을 생각이었다.

당연한 얘기였지만, 두 기사단에 대한 대우는 크게 달랐다. 푸른매의 기사단실이 두 배가량 큰 것부터가 그랬다. 거기까지야 푸른매의 숫자가 붉은늑대의 두 배이니 자애로운 마음으로 넘길 수

있었다. 그러나, 동시에, 에이플은 생각했다. 비품으로 차별하는
건 좀 치사하지 않느냐고. 그는 서글픈 시선으로 자신들의 것과
비교했을 때 배는 비싼 관물대를 바라봤다.

프루트로 말할 것 같으면, 그는 여느 때와 마찬가지로 이 불평
등함에 한껏 불만을 내뱉으며 시비 걸 준비가 되어 있었다. 만약
둥그런 테이블 위에 어지러이 놓여 있는 서류와 꽃다발들을 보지
못했다면 그랬을 것이다.

그러나 프루트는 그것들을 보았고, 심지어 에이플은 문을 열자
마자 커다란 장미꽃다발을 든 채 비장한 표정으로 한쪽 무릎을
꿇고 있는 기사와 눈이 마주쳤다.

"……응?"

질식할 정도로 무거운 침묵이 붉은 휘장과 푸른 휘장 사이에
내려앉았다.

프루트는 제 눈을 의심하며 기사단실을 죽 훑었다. 그의 시선
은 테이블 위에 쌓여 있는 신시아, 흰 카네이션, 수국으로도 모자
라 색깔별로 마련된 장미 꽃다발에서 멈췄다. 레이스와 리본으로
한껏 장식된 꽃다발들은 화려하기 그지없었다.

대체 웬 꽃다발이 이렇게 많단 말인가. 프루트는 오소소 소름
이 돋아난 팔을 쓸어내렸다.

"니들 뭐 하냐."

프루트의 입에서 툭, 말이 떨어졌다. 갑작스러운 상황에 서로
당황해 고요하게 얼어붙었던 호수에 돌멩이를, 아니, 거대한 돌덩
이를 냅다 집어던지는 말이었다. 그 순간 잠시 멈췄던 시간이 다
시금 빠르게 움직이기 시작했다.

"으아아아악!"

가장 먼저 자리를 박차고 일어난 것은 꽃다발을 두 손으로 꼭 쥔 채 허공에 대고 고백하던 페피였다. 어떤 꽃다발을 손에 들었을 때 가장 멋진지 확인해 보아야 한다는 명목하에 희생양이 된 그는 온몸을 거세게 떨며 장미꽃다발을 저 멀리 집어 던졌다. 새빨간 장미꽃이 그 억센 손길에 애처로이 제 분신들을 허공에 흩뿌렸다.

졸지에 머리에 빨간 꽃잎들을 두어 개씩 붙인 푸른매 기사들이 그걸 털어낸다고 또 난리를 쳤다. 페피도 제 머리칼을 거칠게 털고는 악을 썼다.

"갑자기 뭡니까!"

한때 붉은늑대기사단의 미친개라 불렸던 프루트를 보면서. 새파란 막내에게 악다구니를 들은 프루트의 두 눈이 번들거렸다.

"뭡니까? 뭡니까아아? 말투가 신경질적이다? 뭐, 내가 못 올 곳에 왔냐? 어? 그보다 네놈들 대체 뭐 하고 있는 거야. 단체로 프러포즈라도 하는 거야? 무슨 꽃다발을 이렇게 많이 샀어."

프루트의 말에 푸른매 기사들이 서로 시선을 주고받았다. 부단장인 다이컨이 있었다면 그가 프루트를 상대했겠지만, 안타깝게도 지금 그는 자리를 비운 상태였다.

직급도 직급이었고, 나이도 나이인지라 다들 아무 말도 못한 채 프루트의 눈치만 봤다. 그 사이 슬쩍 안으로 들어온 에이플이 테이블 위에 놓여 있는 서류를 발견했다. 별 생각 없이 그걸 집어 죽 읽어 내리던 에이플의 목소리가 가늘게 떨렸다.

"저, 부단장…… 이거 단장 얘기인 것 같은데?"

"뭐?"

프루트가 눈살을 찌푸리며 에이플에게서 서류를 받아 들었다.

서류가 오고가는 손과 손을 푸른매 기사들의 시선이 따라갔다. 개중 두엇은 꽤나 애처로운 목소리로 '아, 안 되는데······!'라 외치며 손을 뻗었기도 했다. 그러나 어쩌겠는가. 이미 들킨 것을.

프루트는 흉흉한 기세로 푸른매의 미약한 저항을 물리쳤다. 그걸로도 부족했는지 혹여나 달려들지도 모를 녀석들을 대비해 멀찍이 떨어지는 치밀함을 보이기까지 했다. 그렇게 모든 방해를 사전에 차단한 프루트는 여유로운 표정으로 서류를 읽기 시작했다.

-오전 6:00 붉은늑대, 출근. 오전 6:10 붉은늑대, 후궁전으로 이동. 무엇을 하는지는 알 수 없으나 평균 삼십 분 정도 그 안에서 일을 하는 것 같음. 오전 6:50 오전 훈련. 붉은늑대기사단을 빡세게 굴림. 저 무식한 놈들이 불쌍해 보이는 건 처음일 정도. 오전 9:00 오전 훈련 종료, 붉은늑대 집무실로 이동, 붉은늑대 기사들은 계속해서 훈련 중. 저놈들 저거 들고 있는 거 쇳덩이 같음. 뭐 저리 무식하게 훈련하는지 모르겠음. 저놈들은 머리만 돌덩이가 아니라 몸도 돌덩이인가 봄. ···(후략)···

와그작.

프루트의 손안에서 종이가 엉망으로 어그러졌다. 다 읽지도 못했지만 그의 가느다란 인내심이 끊어지기에는 그 정도면 충분했다. 그는 천천히 고개를 들었다.

"이게 다 뭐냐? 누가 내 욕을 써놓은 것 같은데. 하하하. 내가 잘못 본 거겠지? 응?"

이를 드러내고 웃는 모습이 야차같이 보일 수도 있다는 것을, 푸른매 기사들은 그날 처음으로 깨달았다. 대답도, 변명도 돌아오지 않았다. 그들은 그저 약속이라도 한 듯 희게 질린 얼굴로 프루트의 시선을 피했을 뿐이다.

푸른매들이 한동안 붉은늑대기사단에 덤볐다고는 하지만, 실력도 푸른매들이 월등하다곤 하지만, 세상사 변하지 않는 절대적인 명제가 있는 법이다.

미친놈은 건드리면 좆된다.

입단한 지 얼마 되지 않는 페피를 제외한다면, 다른 기사들은 프루트가 어디까지 갈 수 있는 인간인지 두 눈으로 봤었다. 보기만 했을까. 직접 몸으로 부딪치기도 했다.

그리하여 내려진 결론은 짧고도 굵었으니, 저놈은 미친놈이다. 리아가 단장이 된 뒤 광기가 좀 가라앉긴 했으나 한 번 미친놈은 영원히 미친놈인 법이다. 그러니 상대하지 않는 게 상책이었다.

프루트를 바라보는 눈들이 하는 말은 하나였다.

'미친놈은 피하고 보자.'

약속이라도 한 듯 기사들은 입을 닫았다. 자고로 미친놈은 상대하는 게 아니라 피해야 하는 법이다. 고요하다 못해 적막한 침묵이 흐르자 프루트의 눈썹이 들썩였다. 침묵은 곧 긍정이라. 프루트는 망설임 없이 로렐리아의 일정표―라 부르고 붉은늑대의 욕설 모음집이라 읽는다―를 바닥에 버렸다. 그것으로도 분이 풀리지 않아 있는 힘껏 짓밟아준 그는, 곧장 뒷장을 읽기 시작했다. 장마다 다른 기사가 작성했는지 이번 장은 글씨가 날아다녔다.

―붉은색을 좋아하는 것 같음. 붉은 장미가 가장 유력한 후보. 단 음식을 좋아하며 몽실몽실에서 '진득한 초코초코' 케이크 한 개를 통째로 다 먹음. 진짜 맛있게 먹기에 얼마나 맛있나 궁금해서 사먹어 봤는데 한 입만 먹고 그대로 버림. 진짜 닮. 빈말이 아니라 미칠 듯이 닮. 솔직히 혀가

마비될 정도로 단 음식은 그게 처음. 그걸 무슨 맛으로 먹는지 모르겠음. 여자들은 다 그런 걸 좋아하나? …(중략)… 단장님이 또 드벨 후작을 욕한 귀족을 남몰래 응징함. 솔직히 아직도 단장 앞에서 드벨 후작을 욕하는 간 큰 놈이 남아 있다는 게 신기할 정도. 티를 너무 내서 모르는 게 이상한데 왜 다들 단장이 드벨 후작을 좋아한다는 걸 모르지? 눈이 병신이라 그런가. …(후략)…

졸지에 눈병신이 된 프루트는 한 문장에서 사고회로가 정지해 버렸다. 그의 눈이 데구르르 굴러 같은 문장을 반복해 읽었다.

–왜 다들 단장이 드벨 후작을 좋아한다는 걸 모르지?

그 뒤에도 거슬리는 게 있었으나, 지금 중요한 건 그게 아니었다. 솥뚜껑 같은 손이 눈을 비볐다. 미간 사이에 깊게 골이 패였다. 그럼에도 여전히 글귀는 사라지지 않았다. 그는 같은 문장을 몇 번이고 반복해 읽었다. 그러고도 이해가 가지 않아 몇 번 더 읽었다. 그러나 읽으면 읽을수록 제가 보고 있는 헛소리가 대체 뭔지 알 수가 없어서, 프루트의 입에서 짜증으로 가득 찬 욕설이 툭 튀어나왔다.

그 뒤로도 한 열댓 번쯤 읽은 뒤에야 프루트의 고개가 들렸다.

"……야, 이거 좀 읽어봐라. 내가 눈이 많이 나빠졌나 보다. 뭔 미친 개소리가 적혀 있어."

종이를 받아든 에이플 역시 프루트와 같은 곳에서 읽기를 멈췄다.

"엄…… 부단장, 내 눈에도 개소리가 보이는데?"

"그렇지? 말도 안 되는 헛소리지?"

에이플은 뭐 그런 당연한 걸 묻느냐는 표정으로 단언했다.

"헛소리지."

그리하여 프루트가 이게 뭔 미친 짓이냐며 화를 내려던 순간,

[경, 경께서는 어떤 음식을 좋아합니까.]

둥근 테이블 위에서 리아의 목소리가 들려왔다. 완벽한 타이밍이자 최악의 타이밍이 아닐 수 없었다. 프루트와 에이플의 고개가 동시에 테이블 쪽으로 돌아갔다. 어찌나 빠른지 바람 소리가 들릴 정도였다.

약간의 잡음이 섞여 있었지만 삼 년간 동고동락한 단장의 목소리를 못 알아들을 둘이 아니다. 프루트의 낯빛이 흉흉해졌다. 스토커 짓으로도 모자라 도청까지 하고 있다니. 빼도 박도 못할 현장 습격이었다. 프루트가 분노를 터뜨리기 2초 전, 푸른매 2호를 맡고 있는, 주황색 곱슬 머리칼이 인상적인 캐리엇이 다급히 입을 열었다.

"오해입니다, 경!"

"오해? 캐리엇 경, 이 상황에서 오해라니. 지나가던 개새끼도 안 믿을 말을 하면 아, 그렇습니까? 하고 넘어갈 줄 알았나? 난 미처 몰랐네. 경들이 이런 개소리를 진지하게 하고 있을 줄은."

프루트는 참으로 안타깝다는 표정으로 고개를 저었다.

"자고로 왕왕거리는 건 개새끼라지. 감히 우리 단장을 건드리다니. 그런 개새끼는 대체 어떻게 조져야 할까? 응? 어떻게 해야 할 것 같나?"

말보다 욕이 더 많았다. 어디에도 황실기사의 고고함은 찾아볼 수 없었다. 그러나 상황이 상황인지라 그걸 지적하는 이는 없었

다. 아무런 답도 돌아오지 않자, 프루트의 눈에서 불꽃이 튀었다. 나란히 고개 숙인 푸른매들을 앞에 둔 채, 그는 한숨을 쉬었다. 일부러 크게 낸 한숨 소리에 푸른매 몇이 움찔 어깨를 떨었다.

"경들이 모르나 본데, 이건 범죄네. 공작께서 이 사실을 알고 있을지 매우 궁금하군. 그 뻣뻣한 인간이 이걸 직접 지시했을 리는 없고. 분명 모르고 있을 테지. 아, 물론 우리 단장도."

재고의 여지없이 상사에게 곧장 얘기하겠다는 프루트의 말에 푸른매들이 말 그대로 '퍼렇게' 변했다. 죽었다. 끝이었다. 시비를 걸었던 것과는 비교도 되지 않을 만큼 문제가 커질 것이다. 그들은 푸르죽죽하게 죽은 낯빛으로 어떻게 해야 이 사태를 해결할지에 대해 눈짓, 손짓으로 의견을 교환했다. 그 모습을 본 프루트가 눈을 부라리며 무어라 더 말하려던 순간, 무시할 수 없는 이의 목소리가 들려왔다.

[둘이 할 말이 아아주 많아 보이는군. 아! 그러고 보니 내가 일이 많이 밀렸지. 크흠! 나는 이만 가볼 테니 천천히, 처어언천히 얘기들 나누게나.]

바로 황태자, 카인의 목소리가. 대륙 내 모든 국가에서 통용되는 욕설을 삼백여 개쯤 알고 있는 프루트의 입꼬리가 움찔 떨렸다. 너무 놀라 반사적으로 쏟아내려던 욕을 가까스로 삼킨 입술이 파르르 떨리고 있었다. 그는 이게 무슨 상황인지 이해는커녕 감도 잡히지 않는다는 표정으로 테이블 쪽으로 걸어갔다.

"이게, 대체……."

혼돈에 빠진 프루트와는 달리 푸른매 기사들은 다른 의미로 흥분 상태에 접어들고 있었다. 방금 전까지 죄지은 사람처럼 풀 죽어 있던 게 거짓이라는 듯 그들은 테이블로 달려들었다. 가장 먼저 말을 꺼낸 것은 페피였다.

"지, 지금 후작님이 대장님 집무실로 찾아온 거 아닙니까? 무슨 음식을 좋아하느냐고 묻고 있는데요?"

페피의 말에 푸른매 기사들의 두 눈이 약속이라도 한 듯 반짝였다. 그러나 테이블에 놓여 있는 마도구를 먼저 집어든 것은 프루트였다. 캐리엇은 그의 손에서 재빠르게 마도구를 뺏어 들었다.

"전하아아! 후작님이 단장을 찾아왔다는 것이 정말입니까! 무슨 얘기를 하고 있습니까!"

캐리엇 옆에서 페피가 두 주먹을 불끈 쥔 채 외쳤다.

"드디어 단장이 고백한 겁니까아아!"

말도 안 되는 가정이 기정사실화되자, 두 눈이 뒤집힌 프루트가 질세라 악을 썼다.

"전하! 푸른매 놈들이 이상한 헛소리를 지껄입니다! 공작이 저희 단장님을 좋아한다니요! 이게 대체 무슨 소리입니까!"

덩치가 커다란 사내들이 옹기종기 모여 조그마한 마도구를 가운데에 두고 고래고래 악을 쓰는, 차마 눈뜨고는 볼 수 없는 순간이었다.

졸음처럼 흥분도 전염되기 마련이다. 그들의 흥분도 서서히 퍼져 나가며 그 크기를 더해갔다. 캐리엇이 고백을 했느냐며 악을 쓰면, 프루트가 이 미친놈이 헛소리를 한다며 화를 버럭 냈다. 페피가 지금이라도 꽃다발을 갖다드려야 하는 게 아니냐며 발을 구르자 에이플이 소름 돋는 소리 그만하라며 꽃다발로 페피의 뒤통수를 후려쳤다.

한 마디로 정리하자면 난장판이라 할 수 있겠다. 어찌나 흥분했는지 그들은 카인의 목소리가 흘러나올 때까지 상황판단조차 못하고 있었다.

[느그들 그그에 딱 붙으 있으라…….]

잔뜩 화를 억누른 듯한 카인의 목소리에 그제야 소란이 가라앉았다. 프루트와 페피의 시선이 허공에서 부딪쳤다. 31세와 19세는 동시에 생각했다.

'좆됐다.'

하루가 멀다 하고 사내의 그곳을 찾는 자랑스러운 라흘란 제국의 기사들이 아닐 수 없었다. 카인의 최종 선고와도 같은 말에, 기사들은 방금 전 저들이 저질러 버린 짓을 상기했다. 약속이라도 한 듯 그들의 얼굴이 희게 질렸다.

푸른매들은 공후럽의 존재를 붉은늑대에게 들켰다는 사실에 발을 동동 굴렀고 붉은늑대들은 그저 카인의 분노에 몸을 떨었다.

미처 숨거나 도망갈 틈도 없었다. 집무실 바로 옆에 위치한 기사단실 문을 카인이 벌컥 열어젖혔으니 말이다. 카인의 말이 들리고 문이 열릴 때까지 걸린 시간은 고작 몇 초에 불과했다. 그러나 기사들은 카인이 아닌, 그의 뒤를 따라 들어오는 여인의 모습에 일동 기립상태가 되었다.

'전 공작부인께서 대체 왜 여기에 계시는 겁니까!'

눈빛만으로 애타게 질문하는 페피에게 대답해 줄 수 있는 선배는 없었다. 이유를 아는 이가 없으니 답이 나올 리 만무하다. 기사들의 경악과, 황태자의 공손함을 등에 업은 채 등장한 안느는 기사단실을 좌우로 찬찬히 훑어봤다.

여인으로서는 한 손 안에 들 정도의 혈통과 권세를 쥐고 있는 안느의 뒤로 풍성하게 부풀린 드레스 자락이 팔락였다. 옅은 남색 드레스는 그녀의 눈 색과 꼭 들어맞았다. 안느는 난장판인 기사단실을 본 감상평을 짧고 굵게 뱉어냈다.

"이런."

엉망으로 흩어진 꽃다발의 잔해들과 구겨진 서류들, 그리고 은은하게 배어 있는 땀내가 그녀의 오감을 복합적으로 자극했다. 그러나 지금 중요한 것은 그런 것들이 아니었으므로, 그녀는 금세 관심을 거둬들였다. 카인의 것보다 조금 옅은 남색 눈동자가 잔뜩 굳어 있는 붉은 휘장 쪽으로 향했다.

"제2기사단의 기사들도 있는 걸 보면…… 꽤 많은 이들이 이 일을 아는 모양이로군요, 전하."

카인에게 하는 말이었으나, 시선은 기사에게 가 있었다. 나긋나긋한 목소리가 무섭게 들릴 수도 있다는 것을 처음 알게 된 프루트와 에이플이 소리 높여 대답했다.

"아닙니다! 저희는 지금 알았습니다!"

"맞습니다! 방금 전까지 아무것도 몰랐습니다!"

재빨리 발을 빼는 붉은늑대 기사들의 잽싼 행동에 푸른매 기사들이 으득 이를 갈았다. 기사의 명예와 동료애는 어디로 갔느냐며 눈빛만으로 욕하는 푸른매들이 수두룩 빽빽했다.

동료는 죽어도 같이 죽고 살아도 같이 사는 것 아닙니까!

기사도를 논하는 열기가 뜨거웠다. 물론 고작 그 정도에 굴복할 프루트와 에이플이 아니었지만 말이다. 푸른매들의 시선을 외면한 붉은늑대 둘은 콧방귀를 뀌며 대꾸했다.

니들이나 죽어.

둘의 적극적인 변명에 안느의 손에서 부채가 차르르 소리를 내며 펴졌다. 그녀는 부채로 입가를 가린 뒤 즐겁게 웃었다.

"호오. 그렇다면, 제1기사단과 전하께서 주도적으로 일을 진행했겠군요."

안느의 눈꼬리가 접혔다. 그녀의 시선은 이내 엉망이 되어버린 테이블로 향했다. 이제는 제 형체를 알아보기 힘든 꽃다발을 훑어 내리는 시선이 묘하게 날이 서 있었다.

"얘기를 하려면…… 그래. 자리가 좀 정리되어야 할 터인데."

그 조용한 중얼거림에 푸른매 기사들이 재빠르게 움직였다. 부단장인 다이컨이 목청 높여 소리쳐도 소용없던 것이 눈 깜짝할 사이에 끝나기까지 필요한 시간은 고작 몇 분이면 충분했다.

어디서 구해왔는지 쿠션이 붙어 있는 소파가 기사단실 중앙에 놓였다. 최고급 소파와 새하얀 티테이블, 그리고 찻잔과 찻주전자까지. 잇따라 기사단실을 채워나가는 물건들에 안느는 작은 탄성을 뱉으며 그들을 칭찬했다.

"항상 느꼈지만 역시 황실기사들은 유능하군요. 그렇지 않나요, 전하."

"하하하. 항상 그렇지요."

눈 깜짝할 사이에 꽃무늬가 들어간 찻잔과 찻주전자를 눈앞에 두게 된 카인은 허허 웃었다. 대체 그 짧은 시간에 어디서 저런 것들을 가져왔단 말인가.

'안타깝게도 저로서는 처음 보는 유능함입니다, 고모님.'

속으로 중얼거린 카인은 안느를 자리로 안내했다. 그 뒤를 기사들이 종종걸음으로 뒤쫓았다. 신분상으로는 카인이 위였으나, 사적인 자리였기에 그는 기꺼이 상석을 안느에게 양보했다. 안느 역시 조카의 귀여운 배려를 거절하지 않았다.

보랏빛 레이스가 촘촘히 박힌 부채를 접어 테이블에 내려놓은 안느는 곧장 본론을 꺼내들었다.

"전하의 시간은 무척 귀하니 곧장 본론을 얘기하도록 하지요. 일단 전하께서 공작과 후작 사이를 응원하신다니 참으로 기쁜 일입니다. 그런데, 후계 문제는 어떻게 해결하실 생각이신지요?"

"예?"

"후계 문제요."

끔뻑, 끔뻑. 카인은 얼빠진 아이처럼 눈을 깜빡였다.

"……그, 후계 문제라니, 무엇을 말하심인지……?"

안느의 눈썹이 위로 쓱 밀려올라갔다. 그녀는 아무것도 모른다는 순박한 표정의 기사들과, 역시 그녀의 말을 이해하지 못한 카인을 번갈아 바라봤다.

어머.

잇새로 뱉어지는 탄성엔 날이 서 있었다. 안느의 남색 눈동자가 번뜩였다. 그녀는 붉은 입술을 비틀어 올리며 일갈했다.

"설마. 연애까지만 생각하신 건 아니겠죠, 전하."

추후 제국을 이끌어 나갈 태양께서 그리 생각이 짧겠냐며 안느가 호호, 웃었다. 가시가 박혀 있는 농담에 카인은 치명적인 내상을 입은 채 따라 웃었다.

"아니시지요, 전하?"

그녀의 말에 연애까지만 생각한 카인의 어깨가 움찔 떨렸다.

"그, 그럼요, 고모님."

바야흐로 공후럽의 주도권이 변경되는 역사적인 순간이었다.

여기까지가 리아와 에드가가 집무실에서 대화를 나눌 동안 바로 옆에 위치한 기사단실에서 벌어진 일의 전말이었다. 짧은 시간

동안 안느의 무서움을 온몸으로 체감한 프루트는 몸을 부르르 떨었다. 리아도 무서웠지만 안느는 무섭다는 표현만으로는 부족했다.

그는 고개를 저으며 부인했다.

"이번엔 정말 아무 사고도 안 쳤습니다."

진지한 표정으로 부인하는 프루트의 말에 리아의 눈이 가늘어졌다.

"오늘 마실 술을 걸 수도 있습니다."

그 단호함에, 리아는 그리 길게 씨름하지 않고 몸을 돌렸다.

"그럼 됐고. 이만 돌아가자."

말을 마치자마자 빠르게 걸어가는 리아의 뒤를, 둘이 다급히 따랐다. 이번에 물은 것은 에이플이었다.

"근데 단장, 진짜 푸른매 단장과 아무 일도 없었습니까? 아, 공적인 일 말고, 사적으로요."

에이플이 묻고 프루트가 시선으로 동조하는 상황에 리아는 눈살을 찌푸렸다.

"사적?"

"예. 뭐 한 남자와 한 여자로서⋯⋯."

"무슨 일이 있어야 했나?"

"그건 아니고⋯⋯."

말끝을 흐리는 두 기사의 모습은 마치 부끄러움을 타는 것처럼 보였다. 덩치는 산만 한 부하들이 몸을 배배 꼬며 '아니 그건 아닌데 말입니다'라며 중얼거리는 모습은 썩 보기 좋은 것은 아니라, 리아는 고개를 저으며 걸음을 재촉했다.

등 뒤에서 무어라무어라 중얼거리는 두 사내의 말엔 관심을 끈지 오래였다. 자연스럽게 후궁전으로 향하는 리아의 뒤를 따르며, 프루트와 에이플은 서로 의미심장한 시선을 주고받았다. 안느가 내린 명령 아닌 명령이 떠오른 탓이다.

"후작이 후궁전에서 머무는 시간이 길다 하더군요. 이전 단장과 는 달리 후궁들과 사이가 좋다 하니 붉은늑대 기사들은 후궁들 의 협조를 얻어오세요."

그렇다. 그들은 하필이면 그 순간 기사단실에 있었다는 이유 하나만으로 원하건 원치 않건 공후럽의 일원이 되었다. 그리하여 안느의 진두지휘 아래에서 체계적으로 움직이기 시작한 공후럽의 첫 목표는 단순하면서도 확고했다.

'벗의 말은 때로 황제의 명령보다도 심금을 울리고, 마음을 움 직이는 법. 후작의 벗이 후궁이라면 그녀들을 포섭해야 하는 것 은 당연지사.'

어떻게든 성사시키고 오라는 안느의 말에 일단 무조건 알겠노 라 대답한 프루트와 에이플의 어깨가 무거웠다.

그러나 어쩌겠는가. 명령을 받았으니 움직여야지. 두 기사는 후 궁전에 발을 들이자마자 잽싸게 움직였다. 그런 그들의 속내를 알 리 없는 리아는 평소처럼 삼십여 분간 티타임을 갖고 후궁전 주 위를 살핀 다음 떠났다. 에이플은 그녀가 후궁전을 벗어났다는 것을 재차 확인하고 난 뒤에야 후궁들을 찾아 움직였다.

하루가 긴 후궁들은 안면만은 확실히 익히고 있는 에이플이 말을 걸어주자 무척이나 기뻐했다. 루실라는 반짝이는 눈으로 에 이플을 바라보며 말했다.

"어머나. 저희에게 할 말이 있다니, 어려워 말고 해보세요."

"예. 놀라시겠지만, 무척이나 중요한 일입니다."

에이플의 표정이 사뭇 진지하다. 아스티나는 어쩐지 흥미진진해지는 것 같다 생각하며 상체를 앞으로 바짝 내밀었다.

"그래서요?"

"예?"

"무슨 일인데요?"

"아. 저희 단장님이 긴밀하게 연관되어 있는, 누군가의 사랑에 관한 문제입니다만……."

과감하게 말문을 연 에이플은, 정작 중요한 지점에서 말끝을 흐렸다. 이걸 어떻게 시작해야 한단 말인가? 사실은 페리엘 공작이 드벨 후작을 짝사랑한다고? 그 사랑이 깊고 깊어 삼 년째 저 홀로 땅을 파고 있다고? 그래서 그걸 보다 못해 주변 사람들이 팔 걷어붙이고 나섰으니 후궁께서도 좀 도와주시면 좋겠다고?

'아니, 뭔가 말이 좀 이상한데.'

말을 잇지 못하고 어물쩍거리는 에이플의 모습을 가만히 살피던 미셸이 툭 말했다.

"알고 있답니다."

"예?"

"후작님을 마음에 두고 있는 건, 페리엘 공작 각하이시지 않나요?"

"아니, 그걸 어떻게……!"

정말로 놀란 것 같은 에이플의 모습에 세 후궁은 서로 시선을 주고받으며 숨죽여 웃었다. 양손으로 볼을 감싸는 루실라의 표정이 어쩐지 흐뭇해하는 것 같기도 했다.

"그야 여자에겐 관심도 없다던 공작께서 후작님을 위해 디저트를 사러 갈 정도이니까요."

"디저트요? 어? 저희 단장님은 단 거 별로 안 좋아하시……."

아스티나가 검지를 입술에 갖다 대며 에이플의 말을 막았다.

"쉿! 비밀이에요, 경. 어쨌든 생각해 봐요. 공작께서 디저트로 가득한 가게에 들어가서 후작님이 뭘 좋아하실지 고민하는 모습을!"

일전에 리아가 가져온 디저트들은 캐리엇이 사오고 카인이 명령한 것이었으니 에드가와는 전혀 상관이 없었으나 소문이 때로 진실과는 거리가 먼 법이다. 자그마한 오해로 시작된 소문의 시작은 이렇게나 사소했다.

에이플은 아스티나의 말대로 에드가가 케이크를 고르는 모습을 상상하다 부르르 몸을 떨었다. 믿기 어려운 일이었다. 그때까지만 해도 에드가의 짝사랑이 어느 정도인지 감이 잘 안 왔다면, 지금은 달랐다. 거대한 훅을 맞은 것처럼 제대로 느껴졌다. 에이플이 얼빠진 표정으로 중얼거렸다.

"……진짜 사랑이군요."

"후후후. 그렇죠? 아, 그런데 저희를 찾아오신 것과 그게 무슨 상관이죠? 무슨 문제라도 있나요?"

에이플은 생각했다. 안느의 판단은 정확했다고. 그의 두 눈이 사명감으로 일렁였다.

"아셔야 할 것이 있습니다. 사실 전 공작부인과 태자 전하께서 직접 계획하고 계시는 일입니다만, 도움을 청할 일이 생길지도 모른다 하시며 협조를 요청하셨습니다."

미셸이 마른침을 꼴깍 삼키며 물었다.

"후작님과 공작님에 대한 일인가요?"

"예, 그렇습니다."

"설마 두 분을 갈라놓으시려는 건 아니겠죠?"

"그럴 리가 있겠습니까. 오히려 그 반대입니다. 저희는 둘의 사랑을 응원하고 지지하며 적극적으로 밀어주기 위해 힘을 합치기로 했습니다."

"어머나!"

세 후궁의 눈이 반짝이기 시작했다. 에이플도 듣는 사람들이 집중해 주자 신이 나서 입을 털기 시작했다. 그렇게 오늘도 공후럽은 착실히 규모를 키워나가고 있었다. 당사자들은 알지 못하는, 그러나 둘의 사랑을 위하는, 참으로 아름다운 조직이 아닐 수 없었다.

††

에드가는 황제의 최종인가까지 떨어지자마자 곧장 조사단 편성을 위한 준비를 시작했다.

페리엘 공작이라는 제 지위를 십분 활용했다고는 하나 이미 한 번 종결된 사건을 재수사하는 데 사람을 많이 쓸 수 있을 리가 없다. 그는 무척 고심해 사람을 골랐다. 그리하여 최고 중에서도 최고만 고른 조사단이 꾸려졌다. 당연하게도 명단 가장 꼭대기에는 리아의 이름이 적혀 있었다.

"……거, 티를 너무 내는 것 아닌가."

카인은 에드가가 선별한 이들의 이름을 쭉 훑으며 입술을 비죽였다. 말리는 데 실패했으니 어쩌겠는가. 이왕 시작한 것, 범인을 잡아야 본전이라도 찾을 게 아닌가. 그러니 이 정도야 기꺼이 승인해 줄 수 있었지만, 배알이 꼬이는 건 또 다른 문제였다.

카인의 투덜거림에도 에드가는 별다른 표정 변화가 없었다. 그는 굳건한 낯빛으로 이유를 설명했다.

"한 번 종결된 사건이니만큼 뛰어난 이들이 필요하지 않겠습니까."

"……아니, 그건 그런데…… 네가 사적인 일에 권력을 쓰는 걸 처음 봐서 놀랍다고 해야 하나, 얄밉다고 해야 하나……."

"전하."

"으응?"

"이건 사적인 일이 아닙니다. 사안에 따라서는 드벨 후작부부의 시해 사건이 될 수도 있는 일이니만큼……."

카인은 말이 길어지려는 기색이 보이자마자 재빨리 됐다며 손을 휘저었다. 그는 펜을 집어 몇몇 이름을 뺀 다음 그 대신 에이플과 다이컨의 이름을 적어 넣었다.

"다 좋은데 에디, 넌 세심함이 좀 부족해. 같은 기사라면 후작에게 익숙한 이들이 있는 게 낫지 않겠나."

말은 그렇게 했으나 공후럽에 속한 둘을 콕 집어 적은 카인의 속셈은 뻔하다 못해 훤히 들여다보였다. 그러나 아직 공후럽의 존재에 대해 눈치조차 채지 못한 에드가가 그 사실을 알아차릴 리 만무하다. 그는 아무것도 모른 채, 그저 카인의 속 깊은 생각에 감탄했다.

"그렇게 하겠습니다."

"그래그래. 어차피 요샌 별다른 일도 없으니 사람이야 마음대로 갖다 쓰게나. 폐하께서도 그 정도는 용인해 주실 테지. 아. 수사도 좋지만 너무 수사만 하지는 말고!"

"……예?"

카인은 제 말을 전혀 이해하지 못한 것 같은 에드가를 가만히 바라봤다. 말간 낯으로 자신을 바라보고 있는 에드가와 눈을 맞추며, 카인은 작게 한숨지었다.

굳이 필요 없는 곳에서 깨닫는다. 여신께서 얼마나 공평한지를. 여신께서는 제 사촌 동생에게 모든 것을 아낌없이 주셨으나 하필이면 가장 중요한 연애 능력을 빠뜨리셨다. 카인은 고개를 저었다.

"아니, 됐다 에디, 그쪽은 내게 맡겨라. 이 형님께서 다―아 알아서 할 테니. 마음 푹 놓고 마차 사고의 진상을 밝히는 데 온 힘을 다해도 좋아."

에드가는 어쩐지 사명감 가득한 카인을 떨떠름한 표정으로 바라봤다. 군신 관계 이전에 사촌 관계로 묶여 카인을 겪어온 게 벌써 몇 해던가. 그가 뭔가 하겠다며 양팔 걷고 나설 때마다 그리 좋은 결과를 보지 못했던 에드가는 단호하게 거절했다.

"괜찮습니다, 전하. 어찌 전하를 번거롭게……."

아니, 거절하려 했다.

"전혀 번거롭지 않으니 상관 말고. 자, 이제 나가게나. 어서어서. 후작에게 가서 조사단이 꾸려졌다는 걸 알려야지. 어디로 새지 말고 곧장 가게. 알았나?"

그러나 상대가 누구던가. 카인의 철벽 방어에 결국 에드가는 제대로 된 거절 한마디 하지 못한 채 쫓겨나야만 했다. 등 뒤에서 미련 없이 닫힌 문을 잠시 바라보던 에드가는, 고개를 저으며 발걸음을 돌렸다. 카인이 한 번 하겠다 마음먹으면 해내고야 만다는 것을 누구보다 잘 알고 있기 때문이었다. 쓸데없는 일에 힘을 쓰느니 리아에게 이 기쁜 소식을 알려주는 것이 나았다.

그러나 로렐리아의 집무실까지 갈 필요도 없었다. 가는 길인 복도에서 그녀와 마주쳤으니 말이다.

"로렐리아 경?"

"여기 계셨군요. 다행입니다. 할 말이 있어……."

리아는 못마땅하다는 표정으로 자신을 빤히 바라보는 에드가의 시선에 말끝을 흐렸다. 저 남자는 왜 또 자신을 저렇게 본단 말인가. 화가 나지만 화를 낼 수 없어 꾹 참는다는 티가 역력한 표정으로. 평소라면 별 관심도 두지 않은 채 흘려 버렸을 것이다. 그가 무슨 생각을 하는지 관심도 없던 시절의 자신이라면 분명 그렇게 했을 것이다.

그때의 자신이라면.

"왜 그러십니까?"

리아는 괜한 질문일지도 모른다 생각하면서 물었다.

"제 얼굴에 뭐라도 묻었습니까?"

괜히 그런 말을 하며 볼을 쓸어내리는 리아의 모습에, 에드가는 고개를 저었다. 무어라 말한단 말인가? 어쩌다 잠을 설쳤느냐고? 그보다 더 멍청한 질문은 없을 것이다. 양친이 살해당했을지도 모른다는 말을 듣고 마음 편이 잘 수 있는 사람이 몇이나 되겠는가. 며칠 동안 쌓인 피로가 겉으로 드러나기 시작한 것이라 짐작한 에드가는 그저 속으로 다짐했을 뿐이다.

어떤 놈인지는 알 수 없으나 범인을 잡고야 말겠다는 다짐을.

"아니. 아무것도 아냐. 그보다 할 말이 있는데…… 잠시 시간 괜찮나?"

"괜찮습니다. 마침 저도 경에게 할 말이 있어 가던 참이라."

"아아. 그런가."

답하는 에드가의 목소리는 한결 부드러웠다. 리아는 어쩐지 평소보다 에드가의 표정이 풍부하다는 생각을 했다. 방금 전에는 걱정스러워했다면, 지금은 미미하게 웃는 느낌이다.

자연스럽게 마차 사고에 대해 얘기를 나누며 움직이는 둘을 멀찍이서 바라보는 시선이 있었으니. 얼결에 공후럽이라는 거대한 집단에 합류하게 된 에이플이었다. 그는 지급 받은 마도구를 귀에 꽂은 채 멀찍이 걸어가는 둘을 쫓았다.

'……저 남자가 우리 단장을 삼 년 동안…… 거, 참. 사람은 겪어봐야 안다더니.'

모를 땐 보이지 않던 게 알고 나니 하나둘 보이기 시작했다. 리아를 바라보는 에드가의 시선이 유달리 부드럽다거나, 자연스레 그녀를 에스코트하기 위해 움직이는 행동 같은 것들이 말이다.

'이렇게 보니 잘 어울리긴 하네.'

에이플은 마음속으로 에드가에 대한 점수를 좀 더 주며 숨죽여 웃었다.

'재밌기도 하고, 저렇게 푹 빠져 있으면 단장한테 잘해주겠지.'

리아가 행복한 일이라면 적극적으로 지지해 줄 생각이 있었다. 그녀에겐 진 빚이 있으니 말이다. 리아가 단장을 맡은 뒤부터 붉은늑대기사단은 빠른 속도로 갱생됐다. 술집에서 문제를 일으키는 횟수도 극적으로 줄어들었고, 훈련 참여율도 높아졌다.

덕분에 지금껏 탈 없이 기사직을 유지할 수 있었다. 지금도 그녀에 대한 감사를 잊지 않은 에이플이었다. 그러니 푸른매 기사들과 주먹다짐을 할 때도 은근슬쩍 몸을 뺀 것이 아니겠는가. 리아가 들었다면 혼자만 빠지지 말고 다른 놈들도 말리라며 뒷목을 잡겠지만, 어쨌든 에이플은 그런 식으로 제 감사함을 표현했다.

문제는 하나였다. 피를 들끓게 하는 일이 줄어드니 하루하루가 좀 무료해졌다는 것. 그러나 그것도 이젠 끝이다. 에이플은 모퉁이를 도는 두 단장의 뒤를 쫓았다. 그런 그의 눈이 즐거움으로 반짝였다.

"여기는 붉은늑대 2호, 붉은늑대 2호. 지금 에드가 단장의 집무실로 들어가는데, 문을 막으면 둘이 좀 친해질 것 같지 않습니까? 왜, 연애소설도 하나같이 그러잖습니까. 우연찮게 어디 갇히고 추우니까 좀 붙어 앉고, 그러다가 시선이 허공에서 딱! 마주치고…… 맞잡았던 손이 허리로, 어깨로, 그러다가 찌인하게 쪼오옥!"

마도구를 작동시키고 있던 푸른매들은 그 적나라한 표현에 하나같이 입을 떡 벌렸다. 대낮부터 이 무슨 야한 얘기란 말인가. 몇몇 나이 어린 기사들은 얼굴이 시뻘겋게 달아오른 채 제 입을 가려야만 했다. 그들은 약속이라도 한 것처럼 외쳤다.

[그걸 말이라고 하냐!]

[절대 안 됩니다! 문을 막다니, 이 무슨 야만적인……!]

[우리 단장은 그런 몰상식한 인간이 아니다!]

에이플은 당장 자신을 처단하라며 열을 내는 푸른매 기사들의 목청에 쯔쯔, 혀를 차며 고개를 저었다. 어린 것들. 에이플의 중얼거림에 아우성치는 푸른매들의 목소리를 가르고, 카인이 중얼거렸다.

[……괜찮은데?]

에이플은 소리 없이 씩 웃었다. 역시 전하시다. 남들과는 다른 이 비범함! 푸른매들이 카인에게 어떻게 그러실 수 있느냐며 울부짖기 시작하자 에이플은 혀를 차며 마도구를 슬쩍 귀에서 떼어냈다. 덩치도 산만 해서는 목청이 얼마나 좋은지 머리가 웅웅 울릴 정도다.

이런 녀석들이 뭔가 해보겠다고 팔을 걷어붙였으니 여태 이 지경이지. 에이플은 알 만하다며 고개를 저었다. 사랑이 무엇이던가. 네 개의 벽과 지붕이 있는 곳에 남녀를 밀어 넣으면 서로 어색하니 인사도 좀 주고받고, 할 게 없으니 신변잡기 식으로 얘기도 좀 나누고. 그러다 밤이 깊으면 무서우니 서로의 어깨도 좀 기대고. 그러다 싹트는 게 사랑이지 않나!

에이플, 역시 평생 단 한 번도 연애를 해본 적 없이 글로만 사랑을 배운 남자는 언젠가 봤던 소설 속 한 장면을 떠올리며 고개를 주억였다.

"그럼 가둘까요, 전하?"

[흐으음.]

에이플은 두근거리는 마음으로 카인의 허가가 떨어지기를 기다렸다. 그러나 이 사실을 전혀 알지 못하는 두 남녀에게는 천만다행으로, 페피가 카인의 결단을 막았다.

[전하아아! 그러다 단장이 탈출하겠다고 벽이라도 부수면 어쩌려고 그러십니까!]

그 둘이 누구던가. 여차하면 집무실 벽을 때려 부숴서라도 탈출할 성정들이 아니냐는 페피의 간언은 강철 같은 황태자의 마음을 움직이는 데 충분했다. 황궁 벽 한쪽이 볼품없이 베어지는 모습을 상상하던 카인은 짜게 식은 목소리로 중얼거렸다.

[……그러고도 남을 인사들이지.]

연애 문제에 있어서만큼은 둘에 대한 신뢰가 제로에 가까운 주군이 아닐 수 없었다.

밖의 소란스러움을 알 리 없는 리아는 자신도 모르게 집무실 안을 살폈다. 서류로 온통 엉망이었던 전과 달리 내부는 평소처럼 깔끔했다. 에드가는 어쩐지 뿌듯한 표정으로 리아를 돌아보며 물었다.

"무슨 차를 좋아하나, 경?"

무엇을 말하건 그녀의 요구를 충족시킬 자신이 있다는 자신감이 엿보였다.

"아. 차는 이미 마셔서, 물로 부탁드리겠습니다."

그러나 언제나 그랬듯, 타이밍은 그의 편이 아니었다. 차를 종류별로 구비해 두면 무엇 하나. 그녀가 원하는 것은 물 한 잔뿐인 것을. 에드가는 조금 풀죽은 표정으로 리아에게 물을 건네주었다.

"아. 일은 어떻게 되었습니까?"

리아는 에드가에게 시선을 주지 않은 채 물었다. 그 물음에 에드가의 표정도 바뀌었다. 공적인 일과 사적인 일을 너무 잘 구분해 칼 같다 못해 보는 이의 한숨을 자아내는 남자는, 곧장 본론으로 들어갔다.

"안 그래도 그 얘기를 하려고 했어. 슬슬 조사단을 꾸리는 단계인데, 경의 의견도 들어봐야 할 것 같아서."

그의 말에 리아의 시선이 들렸다. 에드가가 건네는 서류가 보였다. 맨 윗장에는 황제의 인장이 찍혀 있는 서류가. 그것을 받아 드는 손끝이 가늘게 떨렸다. 사안이 사안이니만큼 시일이 꽤 걸릴 것이라 생각하고 있었다. 허가가 나는 것과 조사단을 꾸리는 건 전혀 다른 문제였다. 지지부진 끌다가 올해를 넘길지도 모른다 각오하고 있었던 만큼 그녀의 놀라움은 컸다.

"이렇게 빨리 말입니까?"

놀라움으로 살짝 커진 녹안을 보고 있자니 어쩐지 민망하다. 에드가는 슬쩍 시선을 피하며 말을 이었다.

"그래. 그리고 뼈에 대한 조사가 끝나서 그에 대한 자료도 가져왔으니 확인 후 이상이 있다면 얘기해 주겠나?"

"예. 알겠습니다. 그보다 일이 이렇게 빨리 진행된다는 건 역시……."

마차를 몰았던 말이 키메라로 확정됐다는 뜻인가. 에드가는 리아가 하고자 하는 말을 알아듣고는 고개를 끄덕였다.

"그래. 황실마법사의 말에 따르면, 확실히 키메라가 맞다더군. 제국 내에서 탐색 마법으로는 당해낼 자가 없는 마법사의 단언이니 확실할 거다."

에드가는 같은 실수를 두 번 하진 않았다. 그는 이번에야말로 그 분야에서 가장 뛰어나다는 이를 직접 지정해 일을 맡겼다. 그 사실 역시 알지 못하는 리아는, 속으로 감탄을 삼키며 고개를 끄덕였다.

"그렇군요."

"일차적으로 선별된 이들의 이름도 서류 내에 포함되어 있으니 천천히 확인해 보고 따로 추가하거나 제외하고 싶은 자가 있다면 미리 얘기해 줘."

"감사합니다."

관련 자료가 들어 있다는 서류철을 들춰보던 리아는, 명단 제

일 위에 올려져 있는 것이 자신의 이름이라는 것을 확인했다. 자신도 모르는 사이에 입가에 미소가 번졌다. 뒤늦게나마 이렇게 조사단에 참여하게 되다니.

쭉 서류를 확인한 그녀는 마법사의 서명을 마지막으로 참았던 숨을 뱉어냈다.

역시.

리아는 작은 침음을 삼켰다.

"키메라를 만든 마법사를 특정 지을 수는 없다던가요?"

에드가는 안타까운 표정으로 고개를 저었다.

"시일이 너무 오래됐어. 사체에 남아 있는 마나는 거의 없다더군. 주력 마법이나 마나의 성향을 읽어내는 건 거의 불가능하다던데. 누구인지는 몰라도 상당히 뛰어난 실력의 마법사라는 것만큼은 확신하더군."

"그렇습니까……."

"그래. 솔직히 말하자면, 고착 상태야. 어디서부터 어떻게 시작해야 할지 감이 잡히질 않아. 일단은 제국에 등록된 마법사 목록부터 살피겠지만……."

"미등록 마법사일 가능성이 크겠군요."

리아의 말에 에드가는 고개를 끄덕이며 답했다.

"아무래도."

제국에 등록된 정식 마법사가 후작을 시해하는 간 큰 짓을 했을 리가 없다. 생각에 잠긴 리아의 표정이 무겁게 가라앉았다.

에드가의 말이 맞다. 고착상태였다. 사고가 아니라는 것을 알아낸 것만으로도 한 보 나아갔다 말할 수 있었으나, 정작 중요한 것은 지금부터였다. 어디서, 어떻게 움직여야 한단 말인가?

'말하려면, 지금인가.'

리아는 품 안에서 걸리는 보석함을 꾹 쥐며 생각했다. 따로 날을 잡을까 싶었지만, 얘기가 나온 지금이 적기인 듯했다. 찻잔 아래로 떨어졌던 그녀의 시선이 죽 밀려올라왔다.

"방법이 있습니다."

"무슨……?"

"현 상황을 타개할 방법이요."

리아의 말에 에드가의 상체가 앞으로 기울었다. 그의 남색 눈은 언제 그랬냐는 듯 무겁게 가라앉았다.

"어떤 방법이지?"

"얼마 전, 제가 날을 잡아 할 말이 있다 했던 것을 기억하십니까?"

에드가는 어렵지 않게 그날의 일을 기억해 냈다. 카인과 함께 자리했던 때의 일이다. 그는 고개를 끄덕이며 답했다.

"그래."

"지금부터 얘기할 것들은 경께서 믿기 어려울 겁니다. 하지만 동시에, 제게 무척 중요한 일이기도 합니다. ……그러니 경께서 제 얘기를 듣고 황실에 피해가 없다 생각하신다면 이 얘기를 불문에 붙여주실 수 있겠습니까?"

에드가는 묘한 낯으로 리아를 살폈다. 그는 대체적으로 그녀가 원하는 일들을 막고 싶지 않다 생각하는 사람이었다. 막긴커녕 뭐 도움 줄 게 없나 기웃거리던 삼 년이다. 불행히도 대개 방해로 오해받긴 했지만, 본심은 그러했다. 그의 부하들이 에드가를 보고 저 인간은 아낌없이 주는 에드가라며 소리 없이 눈물지었던 때도 있었다.

그러나 그가 언제나 리아의 의견에 동조하는 것은 아니었다. 그는 리아가 난색을 표할 것이라 생각했음에도 합동훈련을 밀어붙였고, 보고서에 실수가 있다면 그녀를 불러 반드시 인지시켰다. 이번에도 그의 생각은 같았다. 에드가는 찻잔을 옆으로 밀어낸 뒤 상체를 앞으로 숙이며 확답을 요구했다.

"그저 사적인 일이기 때문인가?"

"예. 또한 이를 입증할 확실한 증거가 없기 때문이기도 합니다."

저쪽 세상의 로렐리아를 데려와 보여줄 수도 없는 노릇이었으니 말이다. 리아는 다시금 이것이 불법적인 것도, 황실에 해가 가는 것도 아니라는 걸 명확히 했다. 흔들림 없이 곧은 두 눈에, 그는 생각을 굳혔다.

"경의 말대로 그것이 불법적인 것도 아니고, 황실에 해가 가는 것도 아니라면, 가문의 명예를 걸고 약조하지. 지금부터 듣는 것들은 함구하겠다. 맹세하지."

리아의 두 눈이 살짝 커졌다. 그가 이렇게까지 해줄 것이라고는, 정말이지 짐작조차 하지 못했다. 다른 사람이었다면 그저 하는 얘기겠지 하며 우스갯소리로 넘겼을지도 모른다. 그러나 에드가는, 아니었다. 지난 삼 년간 그를 겪으며 알게 된 것이 몇 가지 있었다. 개중 하나가 바로 그가 이런 얘기를 우스갯소리로 하는 성격이 아니라는 점이었다. 결국 그녀는 자신을 응시하는 진지한 두 눈에 시선을 맞추며 고개를 끄덕일 수밖에 없었다.

"감사, 합니다."

"그래서. 무슨 얘기지?"

"……삼 년 전 키메라를 만든 마법사에 대한 것입니다."

마법사? 말이 키메라로 판명된 이상 뒷배에 마법사가 있다는 건 당연한 얘기였다. 그러나 에드가는 섣불리 되묻는 대신 리아의 뒷말을 기다렸다.

"키메라를 만든 마법사를 특정 지을 수 있는 방법이 있습니다."

그 뒷말은 더더욱 이해하기가 힘들었지만 말이다. 에드가는 잠시 머릿속이 멍해져서, 찌푸린 이마를 손으로 짚었다. 마차 사고가 며칠 전에 난 것이라면 두말할 것도 없이 믿었을 것이다. 그녀는 기사에, 오러 사용자였으며, 하나뿐인 남동생이 천재 마법사였다.

그러니 당연히, 리아가 가지고 있는 인맥은 어지간한 귀족들과는 비교할 수 없을 정도로 넓고 다채로웠다.

문제는 하나였다. 마차 사고가 삼 년 전에 일어난 일이라는 것. 흔적은 사라졌고, 증거는 시간 속에 자취를 감춘 지 오래다. 그런데 다른 것도 아니고 키메라를 만든 마법사를 특정 짓는다니. 에드가는 침음을 삼켰다. 흔쾌히 그러냐며 믿어줄 만한 얘기가 아니다. 그는 무척 조심스러운 목소리로 리아에게 증거를 요구했다.

"……미안하지만, 경. 이 건은 증좌를 보기 전엔 믿기 어려울 듯하군."

그렇게 말하는 에드가의 얼굴은 살짝 일그러져 있어서, 리아는 조금 당황했다.

'뭐지?'

리아는 그가 제 말을 듣자마자 자리를 박차고 일어날 것이라 생각했다. 헛소리를 한다며 화를 내도 어쩔 수 없다 중얼거리며 각오를 다지고 있었다. 만약 자신이었으면 그러지 않았을까 싶었으니.

그런데.

'미안해하고 있어. 어째서?'

리아가 생각하기엔 그가 제게 미안해야 할 이유가 전혀 없었다. 욕을 씹어뱉지 않은 것만으로도 감사할 일이 아니던가.

리아는 해소되지 못한 의아함을 한켠에 남겨둔 채 품에서 보석함을 꺼내들었다. 보석함을 보자 에드가의 손이 움찔했다.

'저 보석함은……!'

그의 두 눈이 복잡함으로 어그러졌다. 증좌를 보여달라 했더니 남자에게 받았다는 보석함을 꺼내 드는 이유를 알 수가 없었다. 그러나 혼란스러워하는 에드가의 얼굴을 미처 보지 못한 리아는 탁자 위에 굴러다니는 펜과 종이를 끌어왔다.

"이 보석함은 제 동생인 벨포스가 직접 만든 마도구입니다."

"……뭐? 경, 그걸…… 누가 만들었다고……?"

멍한 에드가의 목소리에 그제야 리아가 고개를 들었다. 그녀는 고개를 옆으로 기울이며 같은 말을 반복했다.

"제 동생인 벨포스 폰 드벨이 만들었습니다만. 무슨 문제라도 있습니까?"

"아니, 아니아니. 그게 아니라…… 그, 전에 경이 그 보석함을 세상에서 가장 멋진 남자가 줬다고……."

"제 동생은 세상에서 가장 멋집니다. 그리고 남자죠."

그렇게 말하는 리아는 당당하기 그지없었다. 어쩐지 뿌듯해 보이기까지 했다. 무슨 문제 있느냐는 물음에 에드가는 잠시 말을 잊었다. 그는 그제야 지금껏 제가 어떤 착각을 했는지 깨달았다. 그의 얼굴이 차차 붉게 물들었다.

동생의 멋짐을 자랑하는 그녀의 얼굴에는 한 점 부끄러움도 엿

볼 수 없었다. 에드가는 생각했다. 땅굴이라도 있으면 들어가고 싶다고. 그는 손으로 얼굴을 가린 채 더듬더듬 대답했다.

"아니. ……아무런, 문제도 없네."

문제는 있었다. 그의 마음속에. 에드가는 그동안 제가 했던 삽질에 온몸이 사라질 것 같은 창피함을 느껴야만 했다.

리아는 잠시 에드가를 살피고는 가볍게 어깨를 으쓱였다. 그녀는 에드가도 볼 수 있도록 종이를 펼친 뒤 빠르게 글을 적어 내렸다.

<친애하는 로렐리아에게.>

종이에 적혀진 첫줄에 에드가의 눈썹이 꿈틀거렸다. 영애 중에서 로렐리아라는 이름을 가진 이가 또 있던가? 그가 아는 한 그런 이름을 가진 사람은 제 앞에 앉아 있는 여인이 유일했다.

<일전에 네가 에드가 폰 페리엘 공작이 어떤 음식을 좋아하는지 물어봐 달라 했었지. 공작은 특별히 음식을 가리지 않는다고 하더군. 단지 향신료가 강한 음식을 싫어하고, 그중에서도 갈랑가가 들어간 음식은 그리 좋아하지 않는다니 참고하면 좋을 듯해. -로렐리아 폰 드벨>

유려하게 움직이던 펜이 멈춘 뒤에야, 에드가는 입을 열었다.

"경, 이게 대체……."

왜 자신에게 자신이 편지를 쓴단 말인가? 에드가는 말끝을 흐리며 눈살을 찌푸렸다. 심지어 그 내용은 저에 대한 것이었다. 리아는 별것 아니라는 표정으로 그의 의문을 풀어주었다.

"본래 이 보석함은 벨이 갖고 있는 상자와 연결되어 편지를 쉽게 주고받을 수 있도록 한 마도구입니다. 동생이 마탑에 가기 전, 제게 선물로 준 것이죠. 그런데 오작동을 일으켰습니다."

"오작동, 이라고?"

"예."

리아는 보석함의 뚜껑을 열고 두 번 접은 종이를 넣었다.

"지금 이 보석함은 또 다른 세계에 있는 '로렐리아'가 갖고 있는 보석함과 연결되어 있습니다."

에드가의 미간이 깊게 패였다.

"……이해하기가 힘들군."

"저 역시 처음에는 이해하기 힘들었습니다."

리아는 또 다른 종이를 죽 끌어왔다. 그녀는 종이 위에 커다란 동그라미 두 개를 나란히 그리곤 하나를 펜으로 톡톡 두드렸다.

"여기가 지금 우리가 살고 있는 세상이라면."

바로 옆에 있는 동그라미로 펜이 움직였다.

"여긴 또 다른 우리가 살고 있는 세상입니다."

"잠시만. 경은 지금, 고대 마법사 페러레리가 주장했던 평행우주가 실재한다 말하고 있는 건가."

"예."

리아는 두 원 안에 일정한 간격으로 점을 그려 넣었다.

"두 세계 사이에는 공통점과 차이점이 존재합니다. 지금까지 제가 확인한 바에 따르면, 주요 사건들은 동일하게 발생하는 것 같습니다. 하나의 사건을 점이라고 한다면, 두 세계는 동일한 점들이 존재하는 것이죠. 그러나 사건에 따른 결과는 항상 일치하지 않았습니다. 점을 기준으로, 어떠한 선을 그려나갈 것인지에 차이가 생기는 듯합니다."

그녀는 펜으로 오른쪽 원에 찍은 점들은 물결무늬로 이었고, 왼쪽 원에 찍은 점들은 일직선으로 죽 그어버렸다. 그제야 에드가는 그녀가 하고자 하는 말을 이해할 수 있었다. 키메라에 대한 정보가 어떻게 나왔는지까지.

"대략, 이런 식으로 말이죠."

"그럼, 지금껏 그대가 한 말들은 전부…… 저쪽 세계에서 얻은 정보인가. 키메라에 대한 것과…… 마법사에 대한 것까지."

"예. 그리고 저쪽 세상은 여기보다 시간이 몇 년 더 빠릅니다."

"그런가."

리아는 진지하게 고개를 끄덕이는 에드가를 조금 놀란 표정으로 바라봤다.

"……믿으시는 겁니까?"

그것도 단숨에?

자신도 여기까지 도달하는 데 꽤 시간이 걸렸다. 그런데 이 남자는 마치 아침이라 해가 떴다는 얘기를 들은 것처럼 당연한 표정이지 않나. 리아의 두 눈이 동그래졌다.

그런 그녀의 목소리에 녹아 있는 당혹감에, 에드가는 오히려 의아한 표정으로 대답했다.

"경도 오러를 사용하니 느낄 수 있을 터다. 보석함에 마력이 흐르고 있어. 경의 말처럼 마도구라는 거지."

오러와 마나의 근원은 같았다. 발동 방식에 차이가 있을 뿐. 그 말은 바꿔 말하자면 오러 사용자는 마나를, 마나 사용자는 오러를 감지하는 것이 가능하다는 소리였다.

에드가는 손을 뻗어 보석함에 붙어 있는 푸른 보석을 톡톡 두드리며 말을 이었다.

"그리고 이 보석함, 벨포스가 만든 것이라 했지."

"예."

"벨포스 폰 드벨은 획기적인 마도구를 만들어내는 것으로 유명해. 빠른 속도로 고대 마법사들이 이론으로 제시했던 것들을 실체화시키고 있지. 그 정도의 천재라면 가능하지 않나 생각했을 뿐이야."

평행우주 속 또 다른 세계와 잇는 마도구를 만들어내는 것 역시.

그리고 그대가 그렇다 말하니까.

말의 뒷부분이 흐렸다. 뒷말을 미처 듣지 못한 리아가 에드가를 걱정스럽게 쳐다봤다. 부하라는 것들은 묻기만 하면 냉큼 진실을 대답하고, 공작은 평행우주론을 냉큼 믿는다. 그녀는 어째서 제 주변에는 이리 순진한 사람들이 한가득인지 모를 일이라며 속으로 중얼거렸다.

'역시…… 부인께 공작이 사기당하기 쉽다 얘기를 해두어야 하나.'

아무리 생각해도 이 남자, 사기당하기 딱 좋아 보인다. 그녀가 제 순진함을 걱정하고 있다는 사실을 알 리 없는 에드가는 꽤 심각한 표정으로 보석함을 살피고 있었다. 그녀의 생각과는 달리, 에드가가 리아의 말을 쉽게 믿은 이유는 따로 있었다.

리아는 에드가에 관심이 없었지만, 그는 항상 그녀를 살피고 있었기 때문에 가능한 일이었다. 그는 그녀에 대해 수많은 것들을 알고 있었다.

에드가는 리아가 카인과 대공의 끊임없는 러브콜에도 불구하고 중립을 고수하고 있는 이유를 알고 있었다. 남들은 신경도 쓰지 않는 후궁전을 안전하게 지키기 위해 항상 머리를 싸맨다는 것도 알고 있었다. 부하들의 실력을 조금이라도 증진시키기 위해 노력하고 있다는 것도, 제가 한 번 지적한 뒤부터 서류 한 장을 볼 때도 몇 번이나 확인한다는 것도 알고 있었다.

그 모든 것들이 쌓이고 쌓여 삼 년. 그는 로렐리아의 성품을 알았고, 푸른매가 시비를 건 뒤엔 꼭 입에 담는 '황실의 위엄을 실추' 시킨다는 말을 진심으로 하고 있음을 알았다.

그는 그녀에 대해 알고 있었다.

그렇기에 그는 그녀를 믿었다.

최소한 확신하지 않는 일을 아무렇게나 입에 올릴 사람이 아니라는 것을 알고 있었기에.

그 사이 보석함의 푸른 보석이 붉게 빛났다. 리아는 손을 뻗어 보석함을 열었다. 달칵 소리를 내며 열린 보석함 속에는 여느 때와 같이 두툼한 양피지가 들어 있었다. 그녀가 적어 보낸 것과는 확연히 다른 재질의 종이였다.

"이게……."

"먼저 읽어보십시오. 저는 손대지 않겠습니다."

에드가는 제 쪽으로 밀려오는 보석함을 향해 손을 뻗었다. 손끝에서 바스락거리는 감촉이 선연했다. 종이가 풀썩이자 은은한 꽃향기가 그의 코끝을 간질였다.

'……향수?'

에드가는 청초한 느낌이 드는 향에 당혹감을 느꼈다. 물론, 편지에 향수를 뿌리는 것은 전혀 이상한 일이 아니었다. 지체가 높은 여인들은 하나의 꽃이 아닌 두어 개의 꽃을 임의로 섞어서 자신만의 향을 만들어 쓰는 게 유행처럼 번져 있었으니 말이다. 그네들은 평소에 뿌리는 향을 편지를 쓸 때 종이에도 뿌렸다. 개인적인 물건에 제 향이 배어들길 바라기 때문이었다. 그가 집어든 편지에 밴 향이 바로 그랬다.

생전 처음 맡는 향.

향수를 사용하기는커녕 화장도 하지 않는 로렐리아만을 알고 있는 에드가는 낯섦을 느끼며 천천히 편지를 폈다.

〈친애하는 리아! 어머, 향신료를 싫어한다고? 내가 그럴 줄 알았다니까, 그이는 매번 기껏해야 소금이나 후추만 뿌려먹거든, 내가 물어봤을 땐 뭐든 괜찮다더니, 이번 여행 때 담판을 지어야겠어, 정말이지, 그 사람은 다 좋은데 말이 적다는 게 유일한 흠이라니까, 그쪽 일이 바쁠 텐데 내가 했던 말을 잊지 않아줘서 정말 너무너무 고마워, 리아, 마치 쌍둥이가 있는 것 같다 말하면 지금 내 기분을 온전히 표현할 수 있을까? 나는 이제 곧 여행을 떠나, 준비로 바빠 답신이 느릴 수 있어, 그이는 며칠 가는 여행에 내 드레스를 전부 싣고 갈 기세라니까! -언제나 너를 사랑하는 로렐리아 폰 드벨 페리엘.〉

'이게.'

에드가의 머릿속이 정지했다.

'이게 대체.'

그의 온 신경은 편지의 마지막 줄, 유려하게 흘려 쓴 서명에 집중되어 있었다. 굳은살이 박인 엄지가 서명의 끝부분을 천천히 훑었다. 그의 손이 익히 익숙한 자신의 성에서 오도카니 멈춰 섰다.

'로렐리아 폰 드벨…… 페리엘.'

고작 짧은 한 줄의 서명으로 누군가 제 머리를 후려치는 것 같은 기분을 느끼게 된 에드가였다.

해야 할 얘기가 산더미이니 만큼, 둘은 퇴근 시간을 한참 넘긴 뒤에야 헤어졌다. 그리고 에드가는 호기롭게 리아를 따라 나섰다가 풀이 죽은 채로 돌아서야만 했다. 데려다주겠다는 말을 꺼내자마자 리아가 이해할 수 없다는 표정으로 '어째서죠?'라 묻는데 답할 말이 없었다는 게 그 이유였다.

깊은 훅으로 내상을 입은 에드가는 비틀거리며 다시 황궁으로 향했다. 별다른 이유는 아니었다. 단지 일을 덜 끝내고 나와 그것들을 마무리 짓기 위함이었을 뿐이다.

일을 하기 위해 걸음한 집무실에서, 다름 아닌 상사를 만나게 될 확률은 얼마나 될까. 그리고 그 상사가 무척이나 편안한 자세로 쿠션에 기대어 있을 확률은?

"전하."

에드가가 마주한 상황이 바로 그러했다. 그는 집무실 문을 열기가 무섭게 늘어져라 하품을 뱉던 카인과 눈이 마주쳤다.

에드가가 안으로 들어오자 카인은 씩 웃으며 상체를 일으켰다.

"잠시 나갔다 돌아올 줄 알았는데, 생각보다 오래 걸렸군. 경, 그래서 대체 이유가 뭔가."

"무슨 말씀이신지 모르겠습니다."

"이런. 경, 아아, 아니지. 에디, 이미 전부 듣고 왔네. 둘 사이가 예전과는 사뭇 다르다던데. 얘기 좀 해봐라."

"무슨 말씀이신지, 여전히 모르겠습니다만."

카인은 장난 그만 치라며 킬킬 웃었다. 에드가의 옆구리를 찌르는 팔꿈치에마저 기쁨이 녹아 있었다. 그러나 에드가의 표정은 진지하기 그지없었다. 그는 정말 카인이 무슨 말을 하는지 모르겠다는 표정으로 되물었다.

"제가 누구와 진전이 있다는 말씀이신지?"

"너…… 그 눈치로 무슨 연애를 하겠다는 거냐."

"……제가 연애를 하고 있는 걸로 소문이라도 났습니까? 상대는 누구입니까?"

저 진지함은 진짜다.

오, 세상에.

카인은 제 사촌 동생의 맹함에 두 손 두 발 다 들었다. 이 정도면 여신께서 에드가에게 사과해야 하지 않나 싶을 정도다. 카인은 끙 소리를 내며 놀려먹기를 포기했다. 상대가 놀려져야 놀려먹지, 이건 오히려 제가 농락당하는 기분이다. 그는 손을 휘저으며 곧장 답을 뱉어냈다.

"드벨 후작과 에디, 너 말이다."

카인의 입에서 리아의 이름이 나오자마자 에드가의 표정이 변했다. 그는 무척이나 불쾌한 얘기를 들은 사람처럼, 단호하게 일갈했다.

"전하. 그녀에 대해 그런 식으로 얘기하지 마십시오."

에드가의 얼굴에서 불쾌함이 뚝뚝 떨어졌다. 감정을 시각적으로 표현할 수 있다면 분명 그리 보였으리라. 평소 그다지 감정이 얼굴에 드러나지 않는 그다. 그럼에도 저런 노골적인 감정 표현이라니. 카인은 즐거이 웃었다. 그리곤 다리를 꼰 채 제 사촌 동생을 올려다봤다.

"불쾌했나?"

“예.”

“……에디, 정말 사람들이 왜 네 짝사랑을 그렇게 쉽게 눈치채는지 아직도 모르겠나?”

“괜찮습니다. 제 문제이니. 드벨 후작을 끌어들이지 않는다면 말이죠.”

“너무 그렇게 대놓고 드벨 후작 편만 들면 내가 무척이나 서운해지는데 말이지?”

어렸을 때는 제 뒤만 졸졸 쫓아다녔으면서. 카인은 사람 일은 모르는 법이라며 한숨을 푹 내쉬었다. 이런 미래가 기다리고 있을 줄 알았더라면 어릴 적 그렇게 잘해주지 않았을 것이라며 투덜거리는 목소리가 노골적이었다.

“예전에 꿈꿨던 미래는 좀 더 밝고 희망찼는데 말이지.”

귀엽던 사촌 동생이 이렇게 손바닥 뒤집듯 변할 것이라고 누가 상상이나 했겠는가. 툴툴거리는 카인의 모습에, 에드가는 충동적으로 물었다.

“전하께서는 미래를 알 수 있다면 어떠실 것 같습니까.”

“미래?”

“예.”

카인은 킬킬 웃었다.

“거 참 재미없는 인생이겠군.”

한 치의 고민도 없는 대답이다.

“생각해 봐. 결국 에디, 너와 로렐리아 경이 헤어진다는 것을 알고 있다면 내 무슨 재미로 살겠어?”

안 그래도 재밌는 일이라고는 몇 되지도 않는데 말이지. 카인의 장난스러운 웃음에, 에드가는 고개를 저으며 답했다.

"……쓸데없는 것을 물었습니다."

"하하핫! 농담이야. 그래도 미래는 딱히 알고 싶지 않으니 내 즐거움을 빼앗지 말아주게. 아. 그리고 기사들 중 몇몇을 적어놨으니 추후에 확인해 봐."

"이번에도, 입니까?"

"그래. 항상 피붙이가 문제야. 그렇다고 서임식 때 성을 버리게 할 수도 없는 노릇이고."

성을 버리게 한다 한들 별 소용도 없겠지만. 카인은 혀를 차며 말을 이었다.

"혈연이 없는 인사들만 기사로 쓸 수도 없으니 여러모로 골치가 아파. 안 그런가? 매번 꼭 이렇게 두어 명씩 나온단 말이지."

동조도, 부정도 하지 않은 채 에드가는 책상 위를 응시했다. 그 위에는 갈색 봉투가 놓여 있었다. 종잇장 한 장 정도로 얇은 봉투였건만, 그 한 장에 몇 명의 목숨이 스러질지는 아무도 모를 일이었다. 그러나 봉투를 바라보는 에드가의 시선에 연민이라고는 없었다. 오히려 제가 미처 관리하지 못한 것을 주군이 나서서 집어주니 죄송스러울 뿐.

바짝 메마른 시선을 따라가던 벽안이 일순 자취를 감췄다.

"의혹일 뿐이니, 그리 무서운 표정으로 보진 마. 어쨌건 자세한 건 내 사촌 동생에게 맡기지."

"빠른 시일 내로 확인해 보고서를 올리겠습니다."

"거참. 표정 좀 풀게나. 그럼 청혼서가 산처럼 쌓일 거라니까? 나처럼."

매일 아침 대륙 전역에서 날아드는 청혼서로 산을 쌓는다며 카인은 웃었다. 입은 웃고 있으나 눈은 서늘한 기괴한 웃음이었다.

"오늘은 드디어 누구에게까지 받은 줄 아나? 무려 열두 살짜리 꼬맹이한테 받았다네. 세상에!"

카인은 이게 말이 되냐면서 에드가의 동조를 구했다. 그러나 제 사촌 동생은 청혼이니 결혼이니 하는 얘기가 화두에 오를 때면 뻣뻣하게 구는 게 전부였다. 지금도 그렇다. 무어라 대답해야 할지 모르겠다는 표정을 한 채 멀거니 서 있는 에드가의 모습에, 카인은 장난기 가득한 눈으로 대답을 재촉했다.

"열두 살이라니까? 내 나이가 몇인데 그 꼬맹이를 신부 삼으라고 청혼서를 보낸단 말이야? 게다가 잘 부탁한다며 보낸 선물은 무려 국보였다고. 모르긴 몰라도 그 나라 선왕들이 이 사태를 알게 된다면 한탄하며 가슴을 칠 거다."

"하지만 아시지 않습니까. 전하께서도 슬슬 정하셔야 할 때입니다."

물론 열두 살은 심했습니다만. 에드가는 말끝을 흐렸다.

에드가의 나이, 올해로 스물다섯. 카인은 그보다 둘이 많았으니 무려 스물일곱이었다. 황족은 대체로 빨리 결혼한다는 점을 고려해 봤을 때, 카인에게 지금껏 약혼녀조차 없다는 것은 무척이나 이례적이었다. 황제가 침묵으로 묵인하고 있으니 다들 별다른 말은 하지 않았으나 황태자비 자리에 대한 관심은 점점 더 뜨거워지고 있었다.

다른 나라들은 후계자며 왕들이 여자에 너무 관심이 많아 고민이라는데, 이 나라는 황제건 황태자건 여자 보기를 돌같이 한다. 덕분에 희망을 놓지 못하고 카인을 기다리다 혼기를 놓치는 레이디가 한둘이 아니었다.

슬슬 정하지 않는다면 불만이 터져 나올 것이라는 에드가의 조언에, 카인은 비죽 웃었다.

"아직은 안 돼. 결혼하고 몇 달도 안 되어 새신부를 잃고 싶지는 않거든. 노인네들이 어찌나 욕심이 많은지 내가 춤추자 손만 내밀어도 눈에 불을 켜잖은가. 쯧. 제국의 황태자에게 그리 불온한 시선이라니. 아직은 나 대신 내세울 이가 있다 이거지, 그 노인네들. 하기야 손 안에서 주무르기 쉬운 인형을 찾는 인사들에게 무얼 바라겠냐마는."

혀를 차며 상체를 숙이자 반쯤 풀어헤친 단추 사이로 엿보이는 상처는 쇄골 바로 밑까지 이어져 있었다. 오래되어 아문 상처 위로 에드가의 시선이 스쳐 갔다. 그리고 카인은 그런 그의 시선을 놓치지 않았다. 제가 다친 것처럼 아파하는 그 시선이라니.

"걱정 말게, 경. 고모님께서 걱정하시는, 그때와 같은 상황이 또다시 발생하는 일은 없을 테니. 이래봬도 살아남는 데는 도가 텄거든."

그리 말하는 목소리는 한없이 가벼웠으나 그 속에 든 내용은 끝없이 무거웠다.

황자가 많은 것도 아니다. 제국 내 유일한 황제의 자식. 그럼에도 그가 어릴 적부터 끝없이 목숨의 위협을 받아야 했던 이유는 단순했다. 욕심 많은 대공과 비호해 주지 않는 황제. 그렇게 치열하게 살아남은 카인을 바라보던 에드가는 간신히 대답했다.

"……예."

"그리고 여차하면 경이 지켜줄 것 아닌가. 오 년 전 그날처럼. 그렇지?"

핏줄로 이어진 관계. 끊어내고자 노력해도 결국에는 끊어지지 않는 질척거림을 느끼며 카인은 웃었다. 여린 새순처럼 약해 보이는 미소였으나 그것만 보고 달려든 불나방이 어떤 꼴이 되었는지는 에드가만이 알고 있었다.

"기꺼이."

그리고 개중 하나는 전 공작이 그토록 빨리 자리를 아들에게 물려주고 뒤로 물러선 이유와 맞닿아 있었다. 에드가의 대답에 카인은 그제야 지금껏 그를 기다린 이유를 입에 올렸다.

"어찌 되었건, 하려던 얘기는 그게 아니라. 에디, 후작과 어디까지 생각하고 있지?"

손바닥 뒤집듯 전환된 대화 주제에 에드가의 눈썹이 위로 밀려 올라갔다.

"어디까지라니, 무슨 말씀이신지 잘 모르겠습니다만."

"진지하게 만날 생각을 하고 있는지를 묻고 있는걸세."

사실 나는 경이 연애로 끝낼 거라 생각해 왔거든. 그 가벼운 생각 때문에 고모님에게 얼마나 혼났는지 모른다. 에드가와 리아의 나이를 생각하라는 그녀의 목소리를 떠올리며 카인은 톡톡, 턱을 두드렸다.

"그도 그럴 것이. 둘 다 슬슬 결혼할 나이잖은가."

스물둘에 스물다섯. 내일 당장 식을 올린다 해도 아슬아슬하다 싶은 감이 있는 나이였다. 그런 생각을 하던 카인은 눈살을 찌푸렸다. 괜스레 잊고 있던 제 나이가 눈에 밟혀서. 그는 복잡해지려는 생각을 애써 떨쳐 냈다.

"아무것도 하지 않을 겁니다."

아니, 떨쳐 낼 수밖에 없었다. 에드가의 발언은 그만큼 충격적이었다. 턱을 괴고 있던 카인의 팔이 삐끗했다. 그는 미끄러질 뻔한 몸을 가까스로 일으켰다.

"너…… 설마 지금껏 한 말이 전부 진심이라 말하려는 건 아니겠지?"

"……몇 번이고 진심이라 말씀드렸습니다만."

에드가는 처음으로 억울함을 느꼈다. 입 아프게 진심이라 말했건만, 그동안 대체 제 말을 어디로 들었는지 모르겠다. 그러나 카인은 당사자보다 더 억울해했다.

"무려 삼 년 동안 짝사랑만 하고, 시작은 해보지도 않겠다고?"

그는 답답함에 발을 구르며 다시 외쳤다.

"아니 왜!"

빚쟁이도 그만큼 당당하진 않을 것이다. 당연히 진전이 있어야 한다는 투의 외침에, 에드가는 단호하게 일갈했다.

"처음부터 시작할 생각도 없던 감정입니다. 시간이 지나면 자연스레 사그라지겠죠. 그러니 전하께서도 이런 하찮은 일에……"

"아, 됐고. 그래서. 정말 후작과 아무것도 하지 않겠다고?"

드디어 제 본심을 알아주는가. 에드가는 피로함이 조금 가시는 것 같다 생각하며 고개를 끄덕였다.

"예."

"좋아. 그럼 다른 걸 물어보자고. 넌 후작에 대해 뭘 알고 있지?"

"제게 그런 질문을 하시는 의도를 먼저 듣고 싶습니다만."

불쾌함을 여실 없이 드러내는 에드가의 모습에 카인은 웃었다. 지금부터는 황태자와 공작이 아닌, 사촌 형과 동생의 대화다. 카인의 표정이 한결 부드러워졌다.

하루를 초 단위로 쪼개 움직여도 부족한 것이 황태자의 자리였다. 그럼에도 그가 이번 일에 꽤 긴 시간을 할애해 온 이유는 여러 가지가 있었다. 그러나 분명 에드가에 대한 애정이 기반이 되어 있기에 가능한 일이었다. 카인은 조그마한 아이를 보는 듯한 시선으로 에드가를 응시하며 말을 이었다.

"그걸 알아야 네가 얼마나 진지한지 알 수 있을 테니 묻는 거야. 지난 삼 년간, 에디, 너는 먼발치에서 드벨 후작의 곁을 빙빙 맴돌 뿐이었잖나."

카인의 눈이 가늘어졌다. 즐거움이 가득 담긴 시선이었다.

"내가 보기에 너는 드벨 후작이 아니라, 네가 생각하는 여인을 짝사랑하는 것 같았단 말이지. 그래서 하는 얘기다. 근래 들어 드벨 후작과 얘기를 나누는 일이 많아졌다던데……."

그는 손바닥을 뒤집듯 방금 전까지 무척 가벼웠던 태도를 휙 뒤집어 버렸다. 몸을 뒤로 젖혀 등받이에 상체를 기댄 카인은 고개를 들어 올리며 말을 마쳤다.

"'실제' 드벨 후작은 어떻던가."

그런 말이 있다. 짝사랑은 실체가 없는 존재를 사랑하는 것과 다름없다. 한눈에 반해 고백했다가 사실은 생각하던 대로의 사람이 아니라 헤어졌다는 얘기는 이제 너무 흔해 사교계에서도 그다지 관심을 끌지 못했다.

에드가는 기억을 더듬었다.

화가 나거나 남의 마음을 멋대로 평가하지 말라는 생각은 그다지 들지 않았다. 카인과 하도 오랜 시간을 지내 그런지도 모른다. 그런 생각을 하며, 그는 천천히 입을 열었다.

"처음 후작을 봤을 때는, 전하의 말처럼 제멋대로 그녀를 판단했습니다. 사내들에게도 뒤지지 않는, 올곧고 강하며 고고한 여인이라 생각했죠."

카인은 한 문장에 대체 몇 개의 수식어가 붙었는지 헤아리다 부르르 몸을 떨었다.

'그런 낯부끄러운 생각을 했단 말이야?'

심지어 에드가의 찬양은 아직 끝나지 않았다. 아름답고, 대단하고, 무슨 여신인 줄 알겠다. 점점 더 진지해지는 저 표정이 어쩐지 무섭다. 카인은 재빨리 손을 뻗어 에드가의 입을 막았다. 그는 자리를 박차고 일어나 눈썹을 위로 밀어 올리며 불만을 표하는 제 사촌 동생의 등을 안쪽으로 떠밀었다.

"그 정도면 충분해. 에디, 네 마음이 어느 정도인지 아주 잘 알겠어. 내가 이 말을 꺼낸 이유가 있는데 말이지. 방금 전까지 말해야 하나 말아야 하나 고민했는데, 네가 후작과 잘될 생각이 전혀 없다니 해주는 거야."

"……안 해주셔도 괜찮습니다."

"어허. 그럴 수는 없지. 내가 얼마 전에 무척이나 충격적인 사실을 깨닫게 됐거든."

말려도 말려지지 않을 게 눈에 훤했다. 결국 포기한 에드가는 카인이 미는 대로 밀려 방금 전까지 그가 앉아 있던 소파에 주저앉았다. 주군을 앞에 두고 앉다니. 에드가가 불편한 기색을 드러내며 자리에서 일어나려 하자 카인은 그런 그를 만류했다.

"아, 좀. 거기 앉아서 잘 들어. 둘이 결혼을 하게 되면 후작이 애를 적어도 둘은 낳아야 하잖아. 한 명은 공작가를, 한 명은 후작가를 이어야 하니 말이야. 딸이나 마법사가 태어나 버리면 몇을 낳아야 할지 아무도 모르는 일이고."

여자가 가문을 이을 수 있는 방법은 딱 하나뿐이었다. 남자 후계자가 전부 마법사라 어쩔 수 없는 경우. 그것을 제외한다면 가문 내에 딸뿐이라도 데릴사위를 들여 그자에게 작위를 주는 것이 원칙이었다.

"그러나 후작은 기사직을 관둘 생각이 없어 보이니 아이를 하나 이상 낳는 건 무리겠지."

에드가가 리아에게 차마 다가가지 못했던 이유가 가감 없이 쏟아져 나왔다. 장난기로 반짝이는 푸른 눈동자는 한마디, 한마디 할 때마다 움찔거리는 에드가의 손을 놓치지 않았다. 카인은 왠지 모르게 기운이 없어 보이는 에드가의 모습에 불끈 주먹을 움켜쥐었다.

"그래서 고민하다 내가 묘안을 떠올렸지 뭔가!"

카인은 에드가의 양 어깨 위에 손을 얹었다.

"사람은 보내줄 줄도 알아야 하는 법! 내 귀한 시간을 투자해 제국 내 뛰어난 가문의 영식들을 정리해 왔네! 로이드에게 이리 말했다지? 후작의 옆에 설 사내는 신분은 조금 낮고, 여자가 없어야 하며, 차남 이하에 검을 쓸 줄 알아야 한다고!"

그 말이 그새 옮겨가다니. 제 동생을 향해 이를 가는 에드가의 면전에 대고 카인은 마지막 끝내기를 시도했다.

"찾아보니 생각보다 가까운 곳에 딱! 그 모든 조건을 만족하는 사내가 있지 뭔가. 경도 아는 이야. 푸른매 중에서 페피 경이라고. 나이도 열아홉으로 후작보다 어리고, 남작가의 삼남에 고작 열아홉이라는 나이로 제1기사단에 배치될 정도로 검 실력도 뛰어나지 않은가! 그리고 다른 기사들에게 물어보니 지금껏 만난 여자가 단 한 명도 없다더군. 어떤가?"

낯익은 이름이 튀어나오자 에드가는 기절이라도 한 게 아닐까 걱정스러울 정도로 뻣뻣하게 굳어버렸다. 가엾게도. 카인은 제가 저지른 짓은 생각지도 않는지, 쯔쯔 혀를 차며 에드가의 어깨를 두드려 주었다.

"그런데 내 며칠 겪어보니 페피 경은 성격이 좀…… 후작과는 맞지 않은 것 같기도 하고. 안 그런가? ……이를 어쩌나. 다른 사내를 찾아봐야 하나."

에드가의 어깨가 움찔 떨렸다.

"말이 나왔으니 말인데 후작도 슬슬 결혼을 할 나이가 되었지. 혹시 아나. 주변의 시선에 못 이겨 후작이 쌓여 있다던 청혼서 중에서 아무거나 집어서 아무 남자하고 결혼을 해버릴지. 슬슬 가문의 후계를 이어야 한다는 압박이 상당할 테니, 영 불가능한 얘기도 아니야. 안 그런가?"

리아가 들었다면 뒷목 잡을 얘기를 술술 뱉어내는 카인의 목소리는, 심지어 무척이나 진중했다. 그는 마치 아무것도 모르는 어린양을 내려다보는 신관처럼 안타까운 표정으로 고개를 저었다.

"운이 나빠 어디 성격 더러운 남자와 결혼할지도 모를 일이지. 그러다 여자가 검을 들고 설친다며 말이 나오기 시작하고, 애 가지면 당장 기사 때려치우라고 화내고…… 그렇게 매일 밤 후작저는 부부싸움으로 시끌벅적해지다가 후작은 몸과 마음에 상처가 가득한 채 결혼생활을 끝내겠지."

숨도 쉬지 않고 한 편의 막장을 만들어낸 카인은 이내 상심한 주군의 모습으로 돌아와 한숨지었다.

"귀한 인재를 그리 허망하게 잃게 되다니, 슬픈 일이야……."

있지도 않은 눈물을 찍어낸 그는 슬쩍 실눈을 떴다. 여전히 별다른 표정이 없는 에드가의 낯빛을 살피는 시선이 날카로웠다. 카인은 슬금 에드가의 옆으로 다가서서, 슬쩍 운을 뗐다.

"크흠. 그리 허망하게 인재를 잃을 수는 없는 법. 그 후계자 건은 내 어찌 해결해 줄 수도 있는데…… 아니, 경이 굳이, 구운이 후작을 놓아주고 싶다면야 어쩔 수 없고."

네가 이래도 고집을 부릴 테냐? 카인은 말끝을 슬쩍 흐리며 에드가의 안색을 살폈다. 마음 같아서는 당장 가서 후작에게 고백이라도 하라 외치고 싶었으나 그러기엔 안느의 조언이 걸렸다. 철벽같던 공작의 마음을 사로잡은 로맨스의 주인공은 지금까지 공후럽이 저지른 만행을 듣고는 혀를 차며 조언했더랬다.

"연애는 결국 본인이 하는 것이니. 주변에서 괜히 난리치지 말고 당사자를 움직이게 하는 것이 정석인 법. 쓸데없이 후작의 뒤를 쫓아다니며 일정표 만들지 말고 등을 밀어주고 오시지요, 전하."

그렇게 반쯤 떠맡은 임무가, 성공을 목전에 둔 상황이었다.

그러나 그런 말이 있지 않은가. 세상사 생각대로 돌아가면 못할 일이 무에 있겠냐는. 상황은 완벽했다. 앞뒤 재지 않고 일단 날뛰고 보는 푸른매들의 발을 잡아두었고, 재미가 주된 목적인 황태자의 입을 막았다. 그리하여 제국 내에서 길이 남을 연애결혼의 주인공, 안느가 키를 잡았으니 순풍에 돛단 듯 연애로의 항해를 해야 맞았다.

그 연애의 주인공이 땅을 파지만 않는다면 말이다.

에드가는 카인의 말이 끝나자 잠시 침묵을 지켰다. 그는 언제고 어느 때고 이성적이면서 계산적으로 봐왔던 제 감정을, 그 민낯을 바라보고 있었다. 이것저것 따지고 재면서 뒤로 물러섰던 걸음이 무색하리만치 눈앞에 성큼 들이밀어진 현실을.

그는 푸른매들이 제 연애에 과할 정도의 관심을 보이고 있음을 알고 있었다. 황태자가 언젠가부터 그 무리에 끼어들었다는 것 역시 알고 있었다. 말린다고 말려질 인사들이 아님을 누구보다 잘 알았고, 기본적으로 자신이 후작에게 다가갈 생각이 전혀 없었기에 놔두었을 뿐이다.

그러나. 에드가 폰 페리엘, 짝사랑이 깊어 서글픈 공작은 지금 처음으로 또 다른 가능성을 생각하고 있었다.

"전하."

에드가의 입이 열렸다. 일렁이는 촛불에 그의 그림자가 길게 늘어났다.

"지금껏 제가 얼마나 오만한 생각을 하고 있었는지 방금 전, 전하의 말씀으로 인해 다시금 깨달았습니다."

그 말에 자축의 헹가래를 치려던 카인이 멈칫했다. 그의 푸른 눈동자가 처음으로 가늘게 떨렸다. 무언가 이상하게 돌아가고 있다. 이상을 감지한 카인이 제발, 이라 중얼거리며 되물었다.

"응?"

"귀족은, 양친의 허락 아래에 혼사를 결정합니다."

"……그렇지?"

"한데 저는 아무런 결정권이 없음에도 멋대로 후작의 반려에 대한 기준을 세우고 있었습니다."

"……어, 그건 그렇지?"

"또한, 후작을 마음에 두고만 있을 뿐 그녀의 의견을 묻거나, 마음을 얻으려 노력한 적이 없습니다. 후계 문제 때문이라 하나 그 후계 문제마저도 후작의 의견을 물어보지 않았죠."

"음……."

카인은 잠시 고민했다. 갑자기 딱 맞는 옷을 입은 듯 갑갑한 기분이 들었다. 틀린 말은 아니다. 따지자면 맞는 말이긴 했다. 고백을 받아줄지 말지도 모르는 상황에서 저 혼자 결혼까지 골인하고는 끙끙거리는 상황이었으니 말이다.

'내 사촌 동생이지만 삽질이 과하긴 했지, 암.'

그러나 생각했던 방향과는 다르게 흘러가는 분위기에 황태자는 에드가의 낯빛을 살폈다. 그의 예상대로라면 당장 후작에게 고백하러 가겠다며 박차고 일어나야 할 에드가는 저 홀로 세상의 모든 고민을 짊어진 사람처럼 심각했다.

제국 내에서 손꼽이는 기사에 공작이라는 신분, 번드르르한 외모까지 전부 갖추었어도 확신할 수 없는 것이 사랑이라. 에드가라 부르고 모태솔로라 읽는 남자는 제가 고민해 내놓은 결론을 입 밖으로 냈다.

"저는 앞으로, 후작에게 마음을 전하기 위해 노력할 생각입니다."

"오! 에디!"

"얼마 전, 후작이 제게 좋은 동료라 하더군요. 그렇다면, 조금만 더 노력한다면 좋은 친구가 될 수 있지 않겠습니까."

"……응?"

리아의 '좋은 동료' 발언을 지금 처음 알게 된 카인은 멍청한 표정으로 되물었다. 공후럽의 주도권이 바뀐 시점과 오묘하게 겹쳐 발생한 일이었다.

"그러다 보면 언젠간, 후작에게 제 마음을 전할 수 있을 것이라 생각합니다."

"……으응?"

검도 쥐는 자세를 먼저 배운다며, 모든 것은 첫 걸음이 중요하다 말하는 에드가를 앞에 두고 카인의 얼굴이 짜게 식었다.

'아니, 어느 세월에 그 단계를 전부 찍을 생각인 거야.'

그러다 늙어 죽는 게 더 빠르겠다며 카인은 한숨지었다. 안느가 이 자리에 있었다면 입에 거품을 문 채 뒤로 넘어갔을 상황이 아닐 수 없었다.

그건 좀 아닌 것 같다며 닫으려는 문을 끝까지 붙들고 늘어지는 카인을 쫓아낸 에드가는 일을 다 마친 뒤에야 저택으로 돌아왔다. 저를 반기는 집사에게 검집을 건넨 에드가는 곧장 로이드의 방으로 향했다. 3층 왼쪽 편에 자리 잡은 로이드의 방은 굳게 닫혀 있었다.

정확히 말하자면 아예 문을 걸어 잠근 채였다.

"로이드."

제 이름이 호명되자 문 안쪽에서 로이드의 잔뜩 죽은 목소리가 답해왔다.

"어, 형님. 이 늦은 시간에 왜……."

"이제 보니 문이 오래됐구나. 바꿔주랴."

안 나오면 부숴 버리겠다는 협박을 참으로 애정 어리게 하는 에드가였다. 그가 마음먹는다면 문 두어 개 부수는 건 일도 아님을 알고 있는 로이드의 한숨이 문 너머에서 들렸다. 대치 상태는 그리 오래가지 않았다. 빠르게 포기하고 문을 연 로이드는 문틈 사이로 고개만 빼꼼 내민 채 에드가를 향해 웃어 보였다.

"으하하하, 형님, 그게 있잖습니까…… 제가 일부러 말한 건 절대 아닙니다. 아, 그게 태자 전하께서—!"

"잠시 들어가도 되겠느냐."

맞을 것이라 생각했던 로이드의 눈이 잠시 커졌다. 그러나 그는 가타부타 말을 덧붙이는 대신 어서 들어오시라며 문을 활짝 열었다.

에드가의 방이 서류뭉치와 검, 그리고 병법서로 가득하다면 로이드의 방은 각종 소설책과 타국과 관련된 서적, 그리고…….

"코사쥬?"

애인에게 줄 선물들이 빼곡히 들어차 있었다.

두꺼운 책 위에 고이 놓여 있는 코사쥬에 에드가의 시선이 가자, 로이드는 슬쩍 몸을 움직여 그걸 가리고 섰다. 그러나 이미 볼 것은 전부 본 에드가였다. 노란 장미를 본뜬 코사쥬는 꽃잎을 타고 작은 진주를 꿰어 만든 줄이 여러 겹 연결되어 길게 늘어져 있었다. 에드가는 길게 관심 갖지 않고 왼쪽 벽에 바짝 붙여놓은 소파에 앉았다.

"묻고 싶은 게 있다."

그 말에 로이드는 놀랐다. 하나뿐인 형님이 야밤에 찾아와서? 아니, 그 형님이 제게 무언가를 '묻는다'고 해서.

로이드에게 있어 에드가는 지표였다. 그가 아는 한 제 형님은 방향을 잃고 헤맨 적 없는 존재였다. 기사의 길을 택할 때도 그러했고, 공작위를 물려받을 때도 그러했다. 답 없는 짝사랑이 좀 길긴 했지만 그건 예외로 두기로 하자.

그런 에드가가 자신에게 무언가를 물으러, 그것도 이 야밤에 찾아왔다니. 로이드의 얼굴이 단번에 심각해졌다.

"무슨 심각한 일입니까."

소파로 다가오는 걸음이 무거웠다. 방금 전까지만 해도 그리

가리려 애쓰던 코사쥬가 그대로 드러났으나 이미 로이드의 관심은 다른 곳으로 옮겨간 지 오래였다. 로이드의 물음에 에드가는 고개를 끄덕였다. 위아래로 움직이는 고갯짓을 따라 그림자가 너울졌다. 그게 또 남이 보기에는 무척이나 심각해 보여서 로이드는 속으로 직감했다.

'설마, 또 대공이 움직였나.'

장난기가 쏙 빠진 로이드는 결 좋은 금발을 엉망으로 헝클이며 에드가의 앞에 걸터앉았다.

"말해보십시오, 무엇인지."

"로이드. 너는 후작에 대해 어떻게 생각하지?"

짤막한 침묵이 둘 사이에 엉덩이를 비비고 앉았다. 무척이나 진지한 시선의 에드가와, 잠시 제 귀를 의심하는 로이드 사이에 서로에 대한 오해라는 깊은 간극이 자리 잡았다.

"예?"

"드벨 후작에 대해 어찌 생각하느냐 물었다. 혹여나, 아주, 아주 작은 가능성이라도 네가 후작을……."

"워! 워워워! 형님, 형님! 지금 대체 무슨 말을 하는 겁니까! 아니, 심각한 얘기라면서요! 갑자기 후작님이 여기서 왜 튀어나오는 겁니까!"

"……나는 지금 심각하다만."

"아니! 그러니까! 그런 종류의 얘기가 아니라……!"

성을 내던 로이드는 이해 못하겠다는 에드가의 표정에 한숨을 내쉬었다. 오해가 빚은 한편의 희극이었다. 로이드는 이번엔 다른 의미로 엉망이 된 머리칼을 완전히 아작내 버렸다. 그는 여인들에게 애정을 듬뿍 받는 금발을 당기고, 헝클이고, 쥐어뜯기를 반복

원수를 사랑하게 된 **이유**에 대하여

하다가 슬쩍 말을 던졌다.

"그, 설마 후작께서 제게 첫눈에 반하셨답니까?"

이번엔 에드가가 경악스러운 시선으로 제 동생을 바라봤다. 형제가 쌍으로 땅을 파는, 우애 깊고도 답답하기 그지없는 상황이 아닐 수 없었다.

"대체 그게 무슨 소리냐."

"아니, 그게 아니면 지금 이게…… 으으으, 아닙니다, 못 들은 걸로 하십시오. 그것보다, 제가 후작에게 관심이 있다는 헛소리를 뱉고 다니는 인사가 대체 누굽니까?"

누구인지는 몰라도 잡히면 가만두지 않겠다며 로이드는 이를 득득 갈았다. 그 요란스러움에 에드가가 눈썹을 치켜떴다.

"드벨 후작이 어디가 부족해서 그리 악을 쓰며 싫다 하는 거냐. 일전에도 말했지만, 그녀는……."

"으아아! 형님, 그 뜻이 아닙니다!"

그런 에드가를 바라보는 로이드의 시선이 짜게 식었다.

'역시 연애도 해본 사람이 할 줄 안다더니.'

그는 만사 포기하고는 한숨을 푹 내쉬었다. 저건 타고난 성정이다. 뜯어고치려 애를 쓰면 쓸수록 애쓰는 사람만 힘들어지는 법이다. 세상사 모든 인간이 똑같을 수 없으니 어쩌겠는가. 그러려니 하고 살아야지.

"어쨌건, 드벨 후작 각하는 제 취향이 아닙니다. 일전에도 말씀드렸지만, 전 연인이 있단 말입니다! 그거 잘못 소문났다간 죽는다고요……."

로이드의 말에 에드가의 안색이 눈에 띄게 좋아졌다. 바로 이걸 보고 얼굴에 화색이 돈다 표현하는 건가 싶을 정도였다. 로이드는 온몸으로 기쁨을 표출하는 에드가를 원망스레 바라보다 한숨을 푹 쉬었다.

"그런데 정말 그건 왜 물으시는 겁니까?"

이유라도 알아야 덜 억울할 듯했다.

"성격이 같다고 하면, 취향도 같지 않을까 싶었다."

"예?"

"물론 내가 좋아하는 음식을 물어봤으니 아닐 것이라 생각은 했다만, 페리엘의 성을 이은 것은 나뿐만이 아니니 혹시 몰라……."

"형님…… 무슨 말을 하시는 건지 전혀 이해가 가질 않습니다만?"

로이드의 의문 가득한 시선에, 에드가는 낮게 웃었다.

"그래. 이해가 가지 않겠지."

리아와 자신만의 비밀이니 말이다. 에드가는 안타까운 눈빛으로, 그러나 전혀 안타깝지 않은 표정으로 자리에서 벌떡 일어났다. 소파의 팔걸이를 잠시나마 짚는 손마디 하나마저도 옅은 기쁨이 배어 있었다. 그는 동생의 어깨를 툭툭 치며 말했다.

"되었다. 시간이 늦었으니 이만 가보마."

그대로 돌아서서 방을 나가 버리는 에드가의 뒤통수를, 로이드가 멀거니 응시했다. 어쩐지 승리자의 뿌듯함이 보이는데, 왜 저러는지 당최 이유를 알 수가 없었다. 덕분에 이유도 알지 못한 채 패자가 되어버린 로이드는 멍하니 닫힌 문을 응시했다.

'아니, 그러니까, 대체 그게 무슨 상황인지 설명은 해줘야 할 것 아닙니까, 형님!'

결코 풀리지 않을 의문을 품은 채 로이드가 속으로 오열했다. 그 다음 날부터 페리엘가의 차남이 동료들의 뒤를 졸졸 쫓아다니

며 제가 후작을 마음에 뒀다는 헛소문을 대체 누가 퍼뜨린 것인
지 알아내기 위해 눈에 불을 켜고 다녔다는 얘기가 잠시 외교부
사이에서 돌다 사라졌다.

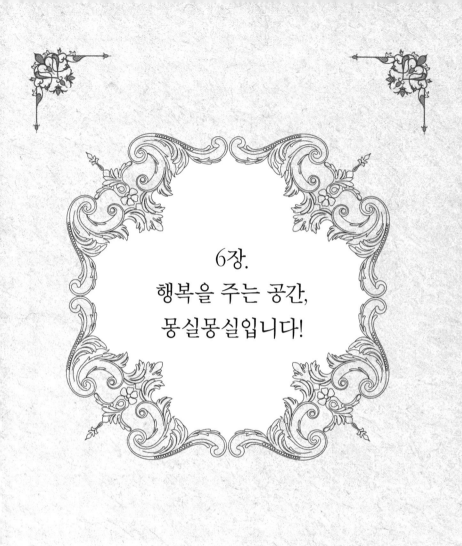

6장.
행복을 주는 공간,
몽실몽실입니다!

　제국에서도 가장 화려한 수도, 그리고 그 수도의 핵이라 할 수 있는 황궁에서 꽤나 멀리 떨어진 그곳은 어둑한 어둠으로 온통 덮여 있었다.

　찍찍—

　조그맣고 새까만 눈이 어둠속에서 홀로 반짝였다. 바짝 말라 살가죽밖에 남지 않은 쥐는, 앞발을 들어 올린 채 한참 동안이나 주변을 살피다 발소리에 화들짝 놀라며 하수구로 쪼르르 도망쳤다. 먼지와 쓰레기, 그리고 어둠, 어둠. 오로지 그것만이 가득 들어찬 그곳에 집이라고는 하나뿐이었다. 집의 형태를 띠고 있으니 그렇게 명명한다지만, 사실 사람이 살 수 있을 만한 곳은 아니었다. 삼분의 일이 무너져 쓰레기가 될 미래만 기다리고 있는 폐가였으니 말이다. 그 안에서 쥐꼬리와 스치듯 반대쪽으로 걸어온 것은 한 여자였다.

거세게 타오르는 불길을 그대로 잡아두면 그런 색이 나올까 싶을 붉은 머리칼을 아무렇게나 풀어헤친 여인은 몸에 딱 달라붙는 매끈한 바지를 입은 채였다. 또각이는 구두 소리가 오래된 나무 바닥을 타고 울렸다.

"얼마 남지 않았어."

노래하듯 맑은 목소리가 흘러나왔다. 아름다운 여인을, 사람들은 대개 몇 종류로 나누곤 한다. 온갖 미사여구가 붙는 그 흔하고도 뻔한 것을 이 여인에게 붙이자면 백이면 백 화려하다 표현하리라.

불타오르는 한줌의 불꽃처럼 화려한 여인이라고.

"이 지긋지긋한 곳도, 조금만 더 참으면 돼."

그녀의 말에 낡아 솜이 비집고 나온 소파에 걸터앉아 있던 사내는 늘어지게 하품을 뱉었다. 그는 이 모든 것들이 지루해 죽겠다는 표정으로 투덜거렸다.

"그래서, 그 대—단하시다는 귀족 나으리는 대체 언제쯤 얼굴을 보이는 거야?"

사내의 투덜거림에 여자는 들고 있던 커다란 잔을 홀짝였다. 붉은 눈동자가 사내를 밉지 않게 흘겼다.

"봐서 무엇 하게. 그렇다고 우리가 할 일이 바뀌는 것도 아닌데. 그리고 난 귀족들은 영 껄끄러워서 별로야."

그렇게 말하는 목소리는 평소보다 한 톤 높았다. 그러나 남자는 그 묘한 차이를 대수롭지 않게 넘겼다. 여자는 곁눈질로 남자의 표정을 살핀 뒤, 언제 그랬냐는 듯 곧 아무렇지도 않게 말을 이었다.

"그렇잖아? 만나서 어떻게 얘기해야 할지도 모르겠고. 귀족들은 차 한 잔 마시는 데도 예법이 수십 가지라던데, 그런 치들이랑 숨 막혀서 어떻게 대화를 해?"

그 말에 소파에 기대어 있던 사내의 몸이 용수철을 매단 듯 팅겨 나왔다. 그는 발바닥을 맞댄 채 상체를 앞으로 기울이곤 입을 비죽였다.

"아무리 그래도 그렇지. 이런 건 신뢰가 생명인데 얼굴도 보지 않고 하라고? 그게 말이 된다고 생각해, 이그니스?"

"못할 게 뭐람. 넥스, 네가 뭔가 착각하는 모양인데 어차피 우린 다른 선택지가 없어. 여기까지 와서 돌아가게? 그곳으로?"

이그니스의 빈정거림에 넥스가 킬킬 웃었다. 그의 입이 양옆으로 죽 찢어졌다.

"오오, 「그리하여! 그리하여 왕도, 귀족도, 황제마저도 평등하리라!」"

넥스는 양팔을 허공에 뻗으며 무대 위 배우처럼 과장된 목소리로 대사를 뱉어냈다. 아무것도 없는 허공이건만 그곳에서 허우적대는 팔은 무언가를 붙잡기 위해 열정적이었다. 형체도, 향도, 그 무엇도 없는 공기를 몇 번이나 의미 없이 움켜쥐던 그는 반쯤 일으켰던 상체를 다시 소파에 파묻었다.

"고상하신 평등주의자들에게? 이그니스, 그런 헛소리는 꿈에서도 할 생각 마. 제 잘난 맛에 빠져 평생 혼자 늙어 죽는 그 늙은이들과는 다신 얼굴도 마주하기 싫으니까."

눈살을 찌푸리는 넥스의 모습에 이그니스가 쿡쿡 웃었다.

"어머, 원로원의 귀염둥이였던 넥스는 어디로 갔을까나?"

"그 귀염둥이, 죽은 지 오래야. 내 손으로 목을 비틀어 땅에 파묻어 버렸으니 찾고 싶어도 못 찾을걸."

"원로들이 들으면 속상해하겠네."

"속상해하기는. 이미 나란 녀석은 탈주자로 낙인찍혀 욕이나 먹고 있을 텐데 뭘. 어차피 늙은이들 앞에서 재롱부릴 것들이야 넘치고 넘쳤잖아? 듣자하니 이번에도 어디서 천재를 찾아내신 모양이던데. 귀족이라지. 백년 만에 나타난 천재라 난리, 난리…… 그 천재께선 어디까지 쥐어 짜내질지 아주 궁금해."

넥스의 두 눈이 어둠속에서도 번뜩였다.

"아! 그렇지. 고귀한 귀족이시니 나와는 다르려나?"

깨진 창틈으로 새어 들어오는 빛에 암울한 잿빛 눈동자가 얼핏 모습을 드러냈다. 잿더미에서나 볼 법한 회색 눈은 그의 가장 큰 콤플렉스였다. 붉은 등이 높게 걸리는 뒷골목, 그 뒷골목 중에서도 오물 냄새가 진동하는 곳에서 태어나는 아이들이 대개 그런 색의 눈과 머리칼을 갖고 있었다.

그런 그를, 거세게 일렁이는 불덩이같이 새빨간 눈을 가진 이그니스가 바라봤다. 커다란 잔을 감싸 쥔 손이 가늘었다. 그 가는 손 위를 덮고 있는 장갑은, 때가 타 본래의 새하얀 빛을 잃어버린 지 오래였다. 장갑이 본디 값비싼 것이었음을 짐작할 수 있는 지표는 손목 부근에서 나풀거리는 화려한 레이스뿐이었다.

붉은 눈동자가 말 못할 열기를 품은 채 넥스를 응시했다. 타고난 신분으로 인해 날 때부터 자라난 열등감과, 뛰어난 재능 위에서 꽃피운 자만심이 기괴하게 뒤섞여 있는 남자를.

"다른 이들도 모이고 있어. 걱정하지 마, 넥스. 이젠 정말로 얼마 남지 않았어."

그녀의 말에 넥스는 입술을 비틀었다. 어둠 속에서도 그의 비틀어진 미소는 찬란한 태양 아래에 선 듯 선명했다. 그의 양팔이 천천히 허공을 향해 뻗어나갔다. 이번에는 목적을 가진 손짓이었다. 잿빛 눈동자가 열기를 머금고 번뜩였다. 방금 전 익살스럽게 연기했던 것과는 달리, 지금 그의 몸짓에는 미처 말로 표현하지 못할 절박함이 녹아 있었다.

"「인간들은 감히 발도 들이지 못할 이곳에 낙원을 세우리라.」"

그녀가 잔을 내려놓으며 그의 손을 맞잡았다. 얇은 천과 천이, 미처 닿지 못하는 서로의 온기를 쫓아 애타게 뻗어나갔다. 그것이 그들의 숙명이라 비웃는 것 같은 얇은 천 조각 너머에서, 이그니스의 붉게 칠한 입술이 달싹였다.

"「우리만을 위한 낙원을.」"

관객도, 박수도, 환호도 없는 무대 위에서 오롯이 둘만을 위한 연극의 막이 오르는 순간이었다.

††

하나의 연극은 바람이 되어 퍼져 나간다. 수도에서 떨어진 곳에서 분 바람은 다시금 수도로 되돌아와 우연이 운명으로 엮이고, 운명은 다시금 필연이 되어 이어졌다.

그리하여 남녀의 만남.

누군가는 이 말이 참으로 낭만적이라 말할 것이다. 남녀의 만남. 상상력을 자극하는 단어의 조합이지 않은가. 실제로도 남녀의 만남은 낭만적인 상황으로 이어지는 경우가 많았다. 수많은 연극과, 소설, 그리고 공연에서 운명적인 사랑은 대개 그렇게 시작되었으니 더 말할 필요가 있을까.

이 둘을 제외하고는.

로렐리아와 에드가. 둘이 제복을 입고 서 있는 곳은 바로 '몽실몽실'이었다. 자세한 얘기는 밖에서 하자는 에드가의 제안에 고개를 끄덕였더니 오게 된 곳이 바로 여기다. 한 번 와본 적이 있으니 괜찮지 않을까, 했던 생각은 문 안으로 들어가기도 전에 자취를 감췄지만.

레이디, 혹은 사랑에 빠진 커플들이 주 고객인 카페 앞에서 제복 차림의 남녀는 서 있는 것만으로도 이목을 집중시켰다. 장소가 장소인지라, 드레스를 입은 아가씨들이 그런 둘을 놀란 눈으로 보며 스쳐 지나갔다. 개중엔 리아와 에드가를 알아보곤 양 볼을 감싸는 영애들도 있었다.

시간이 조금 흐르자 드벨 후작과 페리엘 공작을 알아보는 레이디의 숫자가 점점 늘어났다. 수도에서도 유명한 데이트 장소에, 미혼인 공작과 역시 미혼인 후작이 같이 오다니? 그 오묘한 조합에 그녀들의 눈이 호기심으로 빛났다.

길 가던 레이디들이 멈춰 서고, 색색깔의 부채가 촤르르 펼쳐졌다. 그 부채에 얼굴을 숨긴 채 속닥이는 말과 말들이 빠르게 부챗살을 넘어 퍼져 나갔으나, 정작 둘의 관심은 온통 카페 간판에 쏠려 있었다.

치열한 경쟁시대에서 건물이 가장 효과적으로 눈에 띄는 방법은 바로 간판과 외벽이었다. '몽실몽실'은 그런 점에서는 독보적인 위치를 차지하고 있었다. 그 경쟁력이 누군가에겐 마이너스로 작용할 수 있다는 것이 문제라면 문제였지만 말이다.

"이곳…… 말고 달리 아는 카페는 없으십니까."

해쓱한 얼굴의 리아가 고개를 돌려 에드가에게 물었다. 그녀의 말에 에드가는 고개를 저었다. 그의 표정은 평기사였던 시절 몬스터 토벌을 나갈 때보다도 더 비장해 보였다.

"여기 케이크가, 무척 맛있더군."

그렇게 말한 에드가가 먼저 가게 문을 열고 안으로 들어섰다. 딸랑딸랑……. 그의 걸음걸이마다 따라붙는 여인들의 애타는 시선과 함께 청량한 종소리를 들으며 리아는 속으로 생각했다.

'경, 경께서는 그때 케이크에 손도 안 대셨습니다만.'

대체 뭘 어떻게 알고 맛있다는 말을 하냐 말이다. 그러나 입 밖으로 말을 내기엔 주위에 사람이 너무 많았다. 정확히는 둘을 구경하는 레이디들이 너무도 많았다. 색색깔의 드레스들의 향연에 눈이 어질어질할 정도였다. 드레스에 정통하게 되면 마감 처리나 수를 놓는 방식만 보더라도 어느 의상실의 어느 디자이너에게 맡긴 것인지 줄줄이 욀 수 있다던데, 그녀가 보기엔 그저 하나같이 예쁘고 화려하기만 했다. 저 드레스는 레이스가 많았고, 저 드레스는 리본이 잔뜩 달려 있다는 것이 알아차릴 수 있는 유일한 차이랄까.

에드가의 뒤를 따라 가게로 들어서려던 리아는 슬슬 제 앞을 막아서는 레이디들에게 막혀 멈춰 서야만 했다.

"저…… 드벨 후작님?"

밝은 갈색 머리칼이 돌돌 말려 허리 아래로 길게 늘어지는 영애는 리아도 익히 아는 얼굴이었다. 아. 짧은 감탄사를 뱉어낸 리아의 입가에 미소가 그려졌다.

"오랜만입니다, 스텔라 영애."

"어머! 저를 기억하시나요?"

"물론이죠. 일전에 폐하의 탄신연에서 얘기를 나누지 않았습니까."

"어머어머……."

설마하니 리아가 자신을 기억할 것이라고는 생각도 못했던 스텔라의 양 볼에 홍조가 돌았다.

"영광이에요, 후작님. 그런데 몽실몽실에는……."

자작 영애인 스텔라의 눈이 데굴 굴러 유리문 안쪽으로 향했다. 가게 안쪽에서는 리아와 마찬가지로 수많은 영애들에게 둘러싸인 에드가가 진땀을 빼고 있었다. 에드가를 한 번, 리아를 한 번. 고개를 돌려가며 둘을 번갈아 보던 스텔라는 양손으로 입을 가렸다.

"후작님, 설마, 설마……! 페리엘 공작님과……!"

반짝이는 두 눈이 생략된 뒷말을 대신하고 있었다. 스텔라와 같이 동행한 영애들 역시 어머어머를 연발하며 어찌할 줄 몰라 했다.

혹자는 그렇게 말한다. 여인의 질투는 한여름 서릿발이 날리는 것보다도 무섭다고. 여인을 모르는 이는 모든 여자들이 질투만 한다 생각할 것이다. 그러나 그보다 찰진 헛소리가 어디 있을까. 물론 여인들은 질투한다. 그러나 남자들 역시 질투한다.

이 모든 것을 뛰어넘어 그 뒤를 팍팍 밀어주고 싶은 남녀의 조건이란 생각보다 단순하면서도 또 달성하기 어려운 고난이도라 할 수 있는데, 예를 들면 지금 스텔라의 앞에서 식은땀을 흘리고 있는 리아라 하겠다. 그녀는 자신을 바라보는 레이디들의 시선이 금방이라도 불타오를 것 같다 생각하며 어색하게 웃었다.

"예. 업무 수행 차 왔습니다."

리아의 대답에 영애들의 미간이 좁아졌다.

"……몽실몽실에요?"

"예."

"……데이트가 아니라요?"

그렇게 묻는 영애들의 눈이 외치고 있었다. '어째서죠!'라고.

"예?"

그제야 리아는 그녀들의 오해가 무엇인지 깨달았다. 세상에. 자신이 눈치채지 못했다면 오늘의 오해는 사교계에 널리 퍼졌으리라. 리아는 손을 내저으며 다급히 사태를 수습했다.

"오해십니다. 여기는 그저,"

케이크가 맛있다기에. 리아는 뒷말을 재빨리 삼켰다. 방금 제가 말도 안 되는 소리라 생각했던 걸 입 밖으로 뱉을 뻔했다. 그녀는 곧 아무렇지도 않게 웃으며 말을 이었다.

"……추천을 받아 와봤을 뿐입니다. 에드가 경도, 저도 선호하는 카페가 정해져 있지 않아서요."

추천을 받긴 했다. 카인에게. 추천의 이유는 여전히 알지 못했지만 말이다. 리아가 데이트가 아니라며 못을 박자, 영애들은 차마 내쉬지 못할 한숨을 꿀꺽 삼켰다. 그녀들은 하나같이 아쉬운 표정으로 리아를 빤히 들여다봤다. 개중 몇은 그럴 리 없다며 방금 들은 말을 애써 부정했다.

방금 전까지만 해도 화사하게 피어났던 레이디들의 표정이, 실망으로 가득 차올랐다.

"저……."

아무 짓도 하지 않았건만 나쁜 짓을 한 것 같은 기분이다. 리아가 어찌할 줄을 모르고 있을 때 닫혔던 유리문이 다시 열렸다.

"경, 무엇 하나."

문을 열고 나온 것은 무뚝뚝함 하나만으로 수많은 영애들을 물리친 에드가였다. 그의 말에 영애들의 고개가 일제히 가게 쪽으로 움직였다. 마치 군무의 한 장면 같았다. 혹자는 장관이라 표현하고, 혹자는 무섭다 표현할 광경이었다. 그러나 에드가는 저를 바라보는 수십 개의 반짝이는 눈들도, 휘황찬란한 드레스들도 보이지 않는다는 듯 리아 쪽으로 뚜벅이며 걸어왔다.

"무슨 문제라도?"

에드가의 물음에 리아가 고개를 저었다.

"아닙니다. 단지 친분이 있는 영애를 만나 잠시 얘기를 나누고 있었을……."

"어머, 아니에요! 얘기는 다 끝난걸요! 바쁘신 분을 오래 붙잡아둘 수는 없는 노릇이죠! 저희는 걱정하지 마시고 가서 일 보세요! 그렇지, 애들아?"

스텔라의 말에 다른 영애들이 재빠르게 호응했다.

"그럼! 저희는 이제 슬슬 의상실로 가야 하는걸요! 황태자 전하의 탄신연을 위해 주문한 드레스가 완성되었거든요. 어머, 벌써 시간이 이렇게!"

"어머어머! 늦겠네! 어서 가요, 우리. 후작님, 공작님, 뵈어 영광이었답니다!"

정신을 차릴 시간조차 주지 않은 채 저마다 한마디씩 내뱉은 영애들은 연신 힘내라며 에드가를 응원해 주곤 와르르 사라졌다. 마치 썰물이 빠지듯 일시에 사방에서 영애들이 자취를 감췄다. 무슨 힘을 내라는 건지 이해하지 못한 에드가의 미간이 좁아졌다.

빠른 속도로 멀어지는 영애들을 멍하니 바라보며 리아가 중얼거렸다.

"예, 다음 기회에 또……."

미처 듣지 못할 인사말을 중얼거리는 리아에게 에드가가 말했다.

"스텔라 자작영애로군. 그 옆에 있던 영애들도 전부 자작가의 영애들이고. 지방 귀족들이 슬슬 수도에 도착하고 있는 모양이야."

그들이 몇날 며칠을 걸려 수도로 올라오고 있는 이유는 하나였다. 황태자의 탄신연에 참석하기 위해. 황족의 탄신연은 지방 귀족들이 가족을 전부 이끌고 수도로 올라오는 몇 안 되는 날이었다. 리아는 어느새 진지해진 표정으로 고개를 끄덕였다.

"예. 보통 이 주 전에는 전부 도착하니까요. 궁에도 사람이 늘어나고 있습니다."

"곧 제4기사단도 복귀해 황실 경비로 배치될 거다."

"제4기사단이면, 그도 옵니까."

"그래."

제4기사단이라. 그들에 대한 얘기는 참으로 많았다. 리아는 조용히 생각했다. 과연 그들이 득이 될지, 실이 될지에 대하여.

고민에 잠겨 가게 안으로 들어선 리아에게 새로운 시련이 찾아들기까지는 그리 오랜 시간이 필요하지 않았다. 골똘히 제4기사단에 대해 생각하던 그녀를 일깨운 것은 점원이었다. 왼쪽 머리에 커다란 핑크 리본을 장식으로 매달고 있는 점원은, 리아를 보자마자 함박웃음을 지었다.

"행복을 주는 공간, 몽실몽실에 오신 것을 환영합니다! 무엇을 준비해 드릴까요?"

소프라노는 저리 가라 할 정도로 높고 낭랑한 점원의 목소리에 리아는 퍼뜩 상념에서 깨어났다. 그런 그녀의 앞에 수십 가지의 메뉴가 좌르르 적혀 있는 메뉴판이 들이밀어졌다. 리아는 반사적으로 메뉴를 훑었다. 그리곤 당황했다.

"아, 저……."

여기에 적혀 있는 것들이 제국어가 맞나? 메뉴판을 쥐고 있는 손끝이 가늘게 떨렸다. 처음 방문했을 때는 온 신경이 마차 사고에 쏠려 있었다. 건네지는 메뉴판은 보지도 않고 알아서 준비해 달라 말했던 것 같다. 그래서일까. 리아는 제정신으로 맞닥뜨린 몽실몽실의 메뉴판에 경악을 금치 못했다. 갈 길을 잃은 두 눈이 메뉴판 위를 배회했다.

그런 그녀의 당혹감을 알 리 없는 점원은 지난번처럼 경쾌하게 오늘의 추천 메뉴를 읊었다.

"오늘의 추천 메뉴는 '진득진득 퐁듀'와 '어머 세상에 이런 딸기 케이크가!'랍니다. 홍차는 대륙에 존재하는 모든 종류를 구비하고 있습니다!"

어째서 이 카페의 메뉴는 하나같이 같은 단어를 반복하거나 감탄사가 섞여 있을까. 리아는 풀리지 않을 의문을 느끼며 에드가를 바라봤다. 도움을 청하기 위한 간절한 시선이었다. 문제가 있다면 이런 일에 있어서는 에드가도 그다지 도움이 되지 않는다는 것뿐이었다. 그는 메뉴판 쪽으로는 시선조차 주지 않은 채 입을 열었다.

"그렇다면, 그것들로."

저번과 별다를 게 없는 주문이었다.

"네 알겠습니다아! 음료는 무엇으로 준비해 드릴까요? 홍차와 커피, 다양한 주스……."

"홍차로."

"네! 저희 가게에 준비되어 있는 홍차 종류는 스물네 가지입니다! 무엇으로 준비해 드릴까요, 신사님?"

신사님이라니. 에드가는 평생 살면서 처음 들어본 호칭에 헛기침을 뱉었다.

"아무 거나……."

"요새 가장 맛이 좋은 홍차는 동쪽……."

"그렇다면 그것으로."

설명도 채 다 듣지 않은 채 메뉴를 결정한 에드가가 리아에게 괜찮냐는 시선을 보냈다. 그 시선에 리아는 머뭇거림 없이 고개를 끄덕였다.

몽실몽실에 방문하는 손님 대부분은 드레스를 갖춰 입은 레이디들이거나, 아니면 이런 곳에 익숙한 영식들이다. 황실에서 지급하는 제복을 갈아입지도 않은 채 검까지 찬 기사들이 즐겨 오는 곳이 아니라는 소리다. 덕분에 둘의 방문을 똑똑히 기억하고 있는 점원의 입꼬리가 파들 떨렸다.

'어쩜 이리 귀여운 기사님들이실까!'

그녀는 귀족들에겐 별 관심 없는 소시민이었으나, 둘이 입고 있는 제복이 무엇인지는 알았다. 흰색을 기본으로 각 기사단을 상징하는 붉은색과 푸른색이 어우러진 제복은 한눈에 봐도 황실 기사단의 것이었으니 말이다. 점원은 카운터 밑으로 발을 동동 구르며 입으로는 우렁차게 외쳤다.

"'진득진득 퐁듀'와 '어머 세상에 이런 딸기케이크가!', 그리고 '아름다운 향기' 홍차 두 잔, 준비해 드리겠습니다아!"

하는 사람은 괴롭고, 받는 사람은 즐거운 주문이 아닐 수 없었다.

겨우 주문을 하고 자리를 잡은 둘 사이엔 카페의 핑크빛 분위기와는 다른 진중함이 대신했다.

"상급 키메라를 만들어낼 수 있는 마법사는 그 수가 적어. 그래도 우리가 갖고 있는 정보가 전무하다시피 해 용의자의 수를 줄이기가 어려운 상황이야."

"미등록 마법사라면 용의 선상에 올릴 수도 없겠군요."

정체를 알 수가 없으니. 리아가 덧붙이자, 에드가는 고개를 끄덕였다.

"그쪽으로도 손을 쓰고 있어. 일단은 저쪽 세상에서 파악한 정보를 토대 삼아 마탑에서 탈주한 마법사를 파악하고 있는 상태지."

아기자기한 디저트를 앞에 놓고 할 얘기는 아니었다. 그러나 에드가도, 리아도 그런 쪽으로는 둔한 편이었다. 사람들의 시선도 그렇다. 본래 주목을 많이 받는 편인지라 둘 다 사람들의 시선에 둔감한 편이었다. 어딜 가기만 하면 시선이 쏟아지는데, 그걸 어떻게 하나하나 신경 쓰고 살겠는가.

문제는 그렇게 만들어진 무심한 성격들이 이런 경우에는 그다지 도움이 되지 않는다는 것에 있었다. 둘 중 누구도 레이디들의 뜨거운 시선에 이상함을 느끼지 못했다. 덕분에 수많은 레이디들은 아무런 방해 없이 두 남녀를 열렬히 훔쳐볼 수 있었다.

"경, 상대는 마탑입니다. 자신들의 치부를 드러내기 싫어하는 자들이니 그리 쉽게 탈주 마법사의 명단을 손에 넣을 수는 없을 겁니다. 미등록 마법사이기까지 하다면, 더더욱 말할 것도 없겠죠."

물론 둘 사이의 대화는 그녀들의 바람과는 달리 꽤나 삭막했지만 말이다.

"그렇겠지."

어느 쪽이건 제대로 된 증거도 없이 마법사를 찾겠다는 건 사막에서 모래알을 찾겠다 덤비는 것과 다름없었다. 리아는 자신이 생각했던 가설을 조심스레 꺼내들었다.

"생각을, 바꿔보는 건 어떻습니까?"

"예를 들면?"

"마법사를 특정 짓기 어렵다면, 그 마법사에게 줄을 대고 있는 자를 찾아보는 거죠. 숨어 사는 자들이, 제 양친을 노릴 만한 이유가 과연 무엇일 것 같습니까?"

답을 묻는 게 아니었다. 에드가는 자신을 빤히 바라보는 리아의 녹안을 마주한 채로 답했다.

"후작 개인에 대한 원한이거나…… 다른 일에 휘말렸거나……."

"사주를 받았을 수도 있죠."

"그럴 가능성이 높겠군. 폐하나 태자 전하께서 이번 일에 관여되어 있을 수도 있다 말하고 싶은 건가?"

"보다 정확히는, 황위 다툼에 말려들었을 가능성을 확인하고 싶습니다."

양친에게 사적인 원한을 갖고 있는 이들까지는 어떻게든 파악할 수 있었다. 문제는 황족과 관련된 일들이었다. 리아는 후작위를 양위받은 뒤 곧장 중립을 선언했다. 드벨 후작가는 대대로 중립을 고수하는 편이었으니 그리 특별날 것도 없는 선택이었다. 그녀가 그런 선택을 한 근본적인 이유에는 갑작스러운 가주의 죽음을 수습하고 가문을 굳건히 할 시간을 벌기 위함이었지만.

문제는,

"자세한 것까지는 바라지도 않습니다. 그저 가능성이라도……."

중립에 서게 된 순간 황위쟁탈전과 관련된 그 어떤 정보도 손에 넣을 수 없다는 데 있었다.

"저희 부모님께서 황위 쟁탈전에 휘말린 것이라면 저로서는 알아낼 방법이 없으니까요."

그러나 에드가의 답변은 그리 긍정적이지 않았다. 그의 미간이 곤란하다는 듯 찌푸려졌다.

"미안하지만 경, 그 건에 대해서라면 독단적으로 말할 수 없어."

독단적으로 말할 수 없다. 그 페리엘 공작이, 자신의 의지만으로는 말할 수 없는 일. 그러면서 동시에 제 양친과 관계가 있는 일. 리아의 손끝이 경직됐다. 그만한 일이 많을 리 없지 않은가.

'아무런 상관도 없었다면 아는 바가 없다고 답했겠지. 이번 일이 정치적으로 연관이 되어 있는 데다…… 그가 독단적으로 말할 수 없을 만한 이유라 한다면…….'

리아의 녹안이 가늘게 떨렸다. 처음 황위 쟁탈전을 떠올렸을 때, 그녀는 우연히 무슨 사건에 휘말렸을 가능성만 생각했다. 죽기 전까지 제 아버지는 중립을 유지하고 있었으니까. 하지만 에드가의 반응을 본 지금, 그녀는 제삼의 가능성에 가늘게 몸을 떨었다.

"잠시만요. 경, 그 말은 설마…… 아버지께서…… 마음을 바꾸셨던 겁니까."

에드가는 침묵했다. 더 이상은 말해줄 수 없다는 뜻이었다. 그러나 그보다 더 확실한 답은 없었기에, 리아는 답해주지 않아도 된다 말하며 웃었다.

마치 울 것처럼 일그러진 미소였다.

자신을 잡으려는 에드가에게 미안하다 말한 리아는 자리에서 일어났다. 이런 상태로 누군가와 대화하고 싶지 않았다. 혼자 있을 곳이 필요했다. 리아는 먼저 가보겠다는 말만 간신히 던지고는 에드가 쪽으로는 시선조차 주지 않으며 밖으로 나왔다.

직접적으로 말하진 않았으나, 해준 것이나 다름없다. 리아는 곧장 제 저택으로 향했다. 항상 품속에 갖고 다니는 보석함을 꺼내드는 손이 가늘게 떨렸다.

방에 도착하자마자 리아는 종이와 펜을 끌어와 휘갈겼다. 잉크가 채 마르지 않아 끝부분이 엉망으로 번졌으나 그런 것에 신경 쓸 정신이 남아 있을 리가 없다. 종이를 보석함에 던져 넣은 리아는 답장이 오자마자 다급히 그것을 펼쳐 들었다.

〈네 말대로야, 리아. 드벨 후작가는 현재 태자 전하를 지지하고 있어. 언제부터냐면…… 아, 그래. 그 마차 사고가 일어나기 몇 달 전부터일 거야. 자세하게는 들은 바가 없지만, 대충 헤아려 보면 그래.〉

깊게 들이마셨던 숨이 그대로 뱉어졌다. 리아는 양손에 얼굴을 파묻었다. 드벨 후작가는 공신가문이다. 몇몇 예외적인 상황이 있었으나, 대체적으로는 중립적인 태도를 취하며 황위 다툼에서 거리를 뒀다. 그러니 제가 가문을 이어받자마자 카인과 대공, 둘 중 누구의 편도 들지 않겠다 선언한 것이 그렇게 쉽게 받아들여진 것이다.

그랬는데. 어째서?

물을 것은 산더미처럼 쌓여 있는데, 답해줄 이는 없었다. 답을 구하지 못한 물음들은 머릿속에서 복잡하게 얽혀 그대로 터져 버릴 것만 같았다. 보석함이 다시 빛을 발한 것은 리아가 끝없이 아래로, 아래로 침잠해 가던 때였다.

리아는 손만 뻗어 보석함을 눈앞으로 죽 끌어왔다. 보석함을 보자 벼락 같은 깨달음이 자신을 내려치는 기분이었다. 물을 곳이 있었다. 저쪽 세상의 아버지. 녹음을 닮은 두 눈이 가늘게 떨렸다. 묻기 위해서는 이쪽의 상황을 털어놓아야만 한다. 양친이 살해당했고, 테리는 태어나지도 못했으며 드벨 후작가는 자신이 이어받았다는 것까지 전부.

손끝에서 보석함이 미끄러졌다. 툭, 하고 바닥에 부딪치는 둔탁한 소리가 귓가를 울렸다.

리아의 눈이 질끈 감겼다. 할 수 있을 리가 없다. 아무것도 모르는 또 다른 자신에게, 질식할 것 같은 사실을 얘기하라고? 리아는 이를 악물었다. 그녀는 그대로 몸을 둥글게 말며 가쁜 숨을 몰아쉬었다.

얼마나 그렇게 홀로 앉아 있었을까. 리아는 노크 소리에 숙였던 고개를 들었다. 초 하나 켜놓지 않아 까맣게 물들은 주위가 그제야 눈에 들어왔다. 리아는 자리에서 일어나며 말했다.

"무슨 일이지?"

문 건너편에서 곧장 대답이 들려왔다.

"각하, 페리엘 공작께서 방문하셨습니다. 어찌할까요?"

집사의 물음에 리아의 두 눈이 커졌다. 리아는 다급히 손을 뻗어 보석함을 낚아챈 뒤 문을 열어젖혔다. 문 앞에 서 있던 집사가 놀라는 것도 미처 보지 못하고 묻는 목소리가 다급했다.

"응접실인가?"

"예. 일단은 응접실로 모셨습니다."

"가서 다과를 준비해 내와라. 최대한 빨리."

그렇게 말한 리아는 곧장 계단을 내려갔다. 두세 칸씩 겅중겅중 뛰는 걸음이 다급했다. 그렇게 응접실 문을 열어젖힌 리아는 고개를 돌려 자신을 응시하는 낯익은 시선에 저도 모르게 숨을 뱉어냈다. 마치 팽팽히 당겨져 있던 공기를 누가 잘라낸 것처럼.

"걱정이 되어……."

변명하듯 중얼거리는 목소리가 작았다. 할 말도 있다며 덧붙이는 목소리도 어쩐지 평소와는 조금 달랐다. 리아는 푸스스 웃으며 안쪽으로 걸어 들어갔다. 곧장 트레이가 뒤따라 들어왔다. 시간이 시간이니만큼 달콤한 디저트 대신 샌드위치나 스콘처럼 간단히 요기를 할 수 있는 것들이 트레이에 차곡차곡 담겨 있었다.

시녀가 자리를 피하고 문이 닫히자 리아는 차를 권하며 입을 열었다.

"오후엔 죄송했습니다. 제가 갑자기 자리를 비워 놀라셨죠."

"아니. 괜찮아. 그보다, 경…… 경은 괜찮은가?"

"괜찮습니다. 생각을 좀 했더니 오히려 머릿속이 맑아지더군요. 안 그래도 내일 곧장 찾아갈 생각이었습니다."

에드가는 리아의 말에 별로 놀라지 않았다. 이미 짐작한 바였다. 저쪽 세상이 어떤 상황인지 명확히 알 도리는 없었지만, 최소한 의문을 풀어줄 정도는 될 것이라 생각했으니 말이다.

그러나 에드가는 곧장 대답하는 대신 맞은편에 앉아 있는 리아의 낯을 조심스레 살폈다. 어차피 시간은 많았다. 그리고 그녀에게 해줄 얘기도 많았다. 그러니 그는 서두르지 않고 느긋해지려고 애썼다.

"경."

나지막한 부름에 리아는 숙였던 고개를 들었다. 빗기듯 어긋났던 시선이 에드가를 온전히 담았다. 어쩐지 고민하고 있는 것 같은 남자를.

"경의 부친께서는 대공이 점차 자신의 위치를 잊어가는 걸 심각하게 받아들인 귀족 중 한 명이었어."

물론 머지않아 당황하며 에드가의 말을 막아야 했지만 말이다. 앞으로 손을 뻗은 리아의 두 눈이 가늘게 떨렸다. 동시에 하던 말을 멈춘 에드가는 의아한 표정을 지었다.

"왜 그러지?"

"아니, 제게 그걸 얘기해 주셔도 되는 겁니까?"

다른 누구도 아닌 카인과 관련된 얘기다. 아무리 그의 신뢰를 받고 있는 에드가라 할지라도 이렇게 쉽게 얘기할 수 있는 존재는 아니었다. 리아의 걱정 어린 물음에 에드가는 그제야 제가 무엇을 빠뜨렸는지 깨닫고는 작게 웃었다.

"전하께 대략적인 상황은 얘기해도 좋다는 허락을 받았으니 괜찮아."

"아…… 그렇군요."

"어차피 경도 어느 정도는 파악하고 있을 테고. 안 그런가?"

그렇게 묻는 에드가의 시선이 테이블 위의 보석함을 스쳐 갔다. 리아는 그것을 놓치지 않았다. 자신이 꽤 뻔하게 행동한 모양이다. 이성이 저 멀리 날아가 버린 상태였으니 어쩔 수 없는 일이지만 말이다. 리아는 멋쩍은 웃음으로 대답을 대신했다.

에드가는 아무것도 모른다는 양 말을 이었다.

"어쨌든 대공이 도를 지나쳤던 때가 있었어. 자세한 얘기는 해 줄 수 없지만, 전하께 큰 위협이 갔었지. 그날 후작이 마음을 바 꿨고."

"……그 사실을 공식적으로 공표하기 전에 사고가 난 거군요."

"그래, 맞아."

에드가는 심각한 표정으로 보석함을 내려다보는 리아의 모습 에 더 말하려던 것을 그만두었다. 그의 시선도 그녀의 것을 좇아 보석함 쪽으로 움직였다.

타원형의 보석함은 실상 보석'함'의 역할을 수행하기엔 그 크기 가 작았다. 여인의 조막만 한 손안에 쏙 들어갈 정도의 크기에 높 이도 그다지 높지 않아 잘해야 귀걸이 몇 개나 겨우 들어갈 게 뻔 했다.

그러나 세밀하게 새겨진 세공은 비효율적인 보석함의 가치, 그 자체였다. 둥근 테두리에는 붉은늑대를 형상화한 문양이 금박으 로 입혀져 있었는데 어찌나 세밀한지 절로 감탄이 나올 정도였다. 금방이라도 달려들 것 같은 늑대는 보석함의 주인을 상징하고 있 기도 했다.

보석처럼 위장하고 있는 마석은 또 어떤가. 굳이 티를 내지는 않았으나, 처음 보석함을 봤을 때 에드가는 속으로 탄성을 삼켜 야만 했다. 저 정도로 크고 순도가 높은 마석을, 그로서도 처음 본 탓이었다.

하지만 보석함에 대한 그의 감상은 그게 전부였다. 그것이 얼 마나 아름답건, 얼마나 값비싸건, 로렐리아가 앞에 앉아 있는 한 그의 관심을 끌기에는 역부족이었다. 삼 년 전부터 그의 온 신경은 오직 그녀에게만 쏠려 있었으니 말이다.

보고 있음에도 부족함이 느껴져 안달이 났다. 지난 삼 년을 통틀어 이렇게 가까이 그녀를 바라볼 수 있었던 적이 손에 꼽았다. 제 마음을 들키면 안 되니 손 뻗으면 닿을 거리에서는 항상 외면했었다. 한 걸음 떨어지면 그제야 손이라도 눈에 담았다. 두어 걸음 멀어지면 아쉬움을 담아 얼굴을 한 번 겨우 보았고, 제게서 고개를 돌리면 그제야 원 없이 바라봐 온 이였다.

"무엇이 걸리는 것이로군."

에드가의 말에 그제야 리아의 고개가 들렸다. 항상 하나로 높게 올려 묶던 금발이 오늘만큼은 동그랗게 말려 있어 목선이 도드라졌다.

그러나 아름다운 여인의 얼굴은 그 어느 때보다도 무겁게 가라앉아 있었다. 그녀의 입술이 열렸다가 소리도 없이 닫혔다. 에드가는 재촉하는 대신 그녀가 생각을 정리할 때까지 기다려 주었다.

"이 보석함이 현 상황을 타개할 수 있는 타개책이 될 것이라 말했던 것, 기억하십니까?"

"아아. 그랬지."

"제게 조금만 더 시간을 주시겠습니까?"

"무엇을……?"

"저쪽 세상의 제게…… 마차 사고에 대해 제대로 묻지 못했습니다."

그렇게 말하는 리아의 표정은 너무도 고통스러워 보였다. 에드가는 직감했다. 그녀가 지금부터 하려 하는 얘기는 결코 즐거운 것이 아니라는 걸. 그럼에도 입에 올렸다는 건 그만큼 중요한 얘기이리라.

"로렐리아 경."

에드가는 낮은 목소리로 말을 이었다.

"말해."

등을 떠미는 그 말에 리아의 입이 열렸다.

"저쪽 세상에서는 제 양친도, 동생도 죽지 않았습니다."

"……무슨……."

에드가의 두 눈이 커졌다. 리아는 그런 반응을 예측했다는 듯 아프게 웃으며 말을 이었다.

"저쪽 세상의 로렐리아에겐 행복한 가족과 가정, 그리고 완벽한 삶이 안배되어 있죠. 그런 그녀에게 차마—"

양친의 사망 소식을 알릴 수가 없었다. 자신은 원해서 이 자리를 손에 넣은 것이 아니라 고해하지 못했다.

"제게 이번에 참석한 파티 얘기를 하고 하루의 일과를 즐겁게 들려주는 그녀에게, 차마……."

리아는 목 근처에서 무언가가 걸리는 기분에 말을 채 잇지 못한 채 입을 닫았다. 여기까지 오는 것이 결코 쉬운 일은 아니었다. 삼 년이나 흐른 지금도 그녀는 여전히 상반된 시선들을 받고 있지 않은가.

여자인 로렐리아와 드벨 후작인 로렐리아를 나눠보기 때문에 생긴 괴리감이었다. 아직도 대륙 내에서 여성이 가질 수 있는 최고의 행복은 아름다운 드레스를 입고 좋은 남자를 만나 가정을 이루는 것이라는 생각이 만연해 있기 때문이기도 했다.

익숙해진 일이었다. 익숙해졌다 확신하던 것이었다. 그런데 어째서일까. 구겨진 부분을 펴기 위해 책에 끼워놓은 편지가 떠오른 이유는.

"조금, 마음의 정리만 한 뒤 곧장 물어볼 테니 제게 조금만 시간을 주세요."

저쪽 세상의 로렐리아는 행복해 보였다. 그녀는 더는 검을 쥐지 않았다. 공작과 결혼했고, 자신과는 달리 아름다운 드레스를 고를 줄 아는 안목을 가지고 있었다. 고운 손을 가진 채 향수를 뿌리고 티파티에 제복이 아닌 아름다운 드레스를 갖춰 입고 가는 또 다른 로렐리아. 세상이 바라는 완벽한 여인상이 바로 그곳에 있었다. 편지 한 장으로 엿볼 수 있는 곳에.

'그렇다면 나는, 불행한 건가?'

부모님은 돌아가셨다. 얼굴 한 번 보지 못한 동생은, 앞으로도 평생 어떻게 생겼는지 알지 못할 것이다. 그뿐인가. 그녀는 열아홉이라는 나이에 숙덕임을 들으며 홀로 우뚝 서야만 했다. 처음 일 년 동안은 밤낮 구분 없이 검에만 매달릴 정도로 정신이 반쯤 나가 있었다. 부모님의 죽음을 받아들일 수 없어 검에만 매달려 얻어낸 칭호가 수도 없이 많았으나 그것들은 그녀의 앞에만 서면 약속이라도 한 듯 빛을 잃었다.

어떻게든 살기 위해, 살아남기 위해 버텨낸 밤과 낮이 오래되었다. 그러나 그 오랜 시간, 삼 년간 그녀가 이룬 것이라고는 고작 단어 몇 개로 만들어진 수많은 칭호들뿐이었다.

리아는 텅 비어 있는 자신의 손안을 내려다봤다.

'내겐 무엇이 남았지.'

저쪽 세상의 리아는 사랑을 하고 있다. 가정을 꾸렸고, 앞으로 아이도 낳을 것이다. 세상 사람들이 행복이라 말하는 단어가 그 자체로 살아 숨 쉬고 있는 세상이 바로 저 너머에 있었다.

그래서였다.

차마 모든 사실을 털어놓지 못한 이유는. 알리고 싶지 않았다. 저 멀리 떨어진 다른 세상에서라도 부모님이, 쑥쑥 자라고 있는 막내가 더는 존재하지 않다는 것을 어떻게 말하겠는가.

이쪽 세상의 부모님은 그날, 운이 좋지 못해 마차 사고로 돌아가셨다고? 네가 부럽다고? 나는 동생의 얼굴은 보지도 못했으니 제발 그만 말하라고? 이름조차 생소한 테리에 대한 얘기를 볼 때마다 심장께가 아려 견딜 수가 없다고?

그런 얘기를 어떻게 쓴단 말인가.

리아에게 있어 저쪽 세상의 자신은 거울이었다. 누군가 되고 싶었느냐 묻는다면 섣불리 답하진 못할 것이다. 자신은 지금의 삶을 충분히 사랑하고 있었으니 말이다.

그러나 그럼에도 여전히 로렐리아는 제게 있어 거울이었다. 그녀가 되지 못했던, 그러나 될 수 있었던 '또 다른 로렐리아'를 비춰 보여주는 거울. 그렇기에 리아는 그 거울이 조금도 얼룩지지 않도록 닦고 매만지고 후후 불어주고 싶었다.

그렇게 아껴 하루라도, 한 시라도, 일 초라도 더 제가 가질 수도 있었던 모습을 엿보고 싶었기 때문이었다. 비록 그것이 이룰 수 없는 한낱 짧은 봄날의 꿈이라 할지라도. 짤막한 꿈은 덧없기에 더 달콤하고 아름답지 않던가.

"죄송합니다. 그녀에겐 이 작은 기적이 그저 즐겁기만을 바랍니다. 최대한 오래도록……. 제 이기심이지만……."

리아는 뒷말을 잇지 못했다. 그녀는 손등에서 느껴지는 온기에 떨어뜨렸던 시선을 천천히 들어 올렸다. 그 끝에는 어쩐지 무언가를 강하게 참아 누르는 듯한 에드가의 두 눈이 있었다.

"그래도 괜찮아."

"에드가 경."

"경의 말대로라면, 이쪽 세상과의 정보가 확실히 일치한다 확신할 수도 없는 상황이다. 그러니, 괜찮아. 불확실한 정보는 있는 것보다 없는 것이 나으니."

절반은 맞고 절반은 틀린 얘기다. 기존의 정보가 존재한다면 에드가의 말이 맞았다. 어정쩡하게 불확실한 정보는 오히려 판단을 흐리게 할 뿐이니 말이다. 그러나 지금처럼, 아무것도 없는 맨땅이라면 얘기는 달라진다. 뭐든 손안에 있어야 앞으로 나아갈 것이 아닌가.

그럼에도.

리아는 테이블 너머에 앉아 있는 에드가를 눈에 담으며 말했다.

"감사합니다. 사실…… 조금 놀랐습니다."

놀랐다니, 대체 뭐에 놀랐다는 건가. 에드가는 의아한 표정이었다. 리아는 조금 부드럽게 웃으며 말을 이었다.

"이전엔 경이 저를 이해해 줄 것이라 생각해 본 적이 없었으니까요."

삼 년의 시간 동안 엇갈린 지점들이 그토록 많았다. 그에게 있어선 운명과도 같던 첫 만남이 그녀에겐 최악의 첫 만남이었고, 그가 리아를 위해 마련했던 대련은 그녀의 자존심을 와그작 구겨 버린 순간이었다.

'이해라. 굳이 따지자면 욕을 했지.'

푸른매들이 날뛰기 시작한 시점부터 최악으로 치닫던 에드가의 평가는 얼마 전까지만 해도 마이너스였다. 그랬던 것에 점수가 더해지며 제로를 향해 나아가기 시작한 것은 얼마 되지 않았다.

정확히 말하자면 보석함이 큰 역할을 했다.

세상사 열 번 찍어 안 넘어간다는 나무 없다고들 한다. 물론 안 넘어가는 나무도 존재한다. 그러나 찍는 사람이 남이 아닌 나라면 얘기가 조금 다르다. 리아는 저쪽 세상의 로렐리아에게 차고 넘치는 애정을 가지고 있었다. 그리고 그 로렐리아의 에드가에 대한 애정은 마르지 않는 샘이었다. 이제 더는 할 말이 없겠지, 이젠 정말 끝이겠지 생각할 때마다 독창적인 방법으로 에드가를 칭찬하는 것도 능력이라면 능력이었다.

그런 그녀의 얘기를 보다 보면, 에드가를 볼 때마다 자연스레 생각하게 되는 것이다.

'로렐리아는 대체 이 남자의 어디를 보고 그렇게 좋아하는 것일까.'

라고.

리아는 이제야 그 맹목적인 애정의 이유를 조금은 알 것 같다 생각하며 말을 이었다.

"이젠 알겠습니다."

맑은 녹안이 사륵 접혔다. 민들레 홀씨의 폭신함을 꼭 닮은 눈웃음이었다. 편견을 내려놓은 그녀는, 에드가를 똑바로 마주하며 말했다.

"경은 무척 좋은 상사이며, 또한 동료라는 것을. 정말 감사합니다."

마음의 준비를 할 새도 없이 '넌 참 좋은 친구인 것 같아'와 비슷한 급의 공격을 맞은 에드가의 상체가 비틀거렸다. 그러나 그의 마음을 알 리 없는 리아의 미소는 참으로 화사했다.

에드가는 그렇게 말해줬지만, 역시 좀 더 자세한 정보가 필요했다. 그가 자신에게 보여주는 호의에 언제까지 기대고 있을 수는 없는 노릇이었다. 그래도 여전히, 모두가 죽어버렸다는 말을 할 수는 없었다. 그렇다면 그 사이를 적당히 가로지를 수 있는 방법은 없을까.

리아는 고민에 고민을 거듭하다 손을 뻗어 펜을 쥐었다. 일렁이는 촛불에 의지해 빠르게 무언가 써내려간 그녀는, 이내 그것을 보석함에 던져 넣었다. 미련마저 던져 버리려는 듯이.

답장은 다음 날 해가 뜬 뒤에야 도착했다.

〈그쪽 세상에서도 아직 범인을 밝히지 못했다니, 큰일이네. 네 부탁대로 그이에게 관련된 내용을 좀 물어봤어. 너도 알겠지만, 자세한 얘기는 해주지 않아. 기밀이라나 뭐라나. 그래도 의미심장한 말 하나 정도는 건졌지! 무슨 의미인지는 알 수 없지만, 마치 사고가 전조였다고 했어.〉

전조.

의미심장한 표현이었다. 덕분에 아침나절 내내 고민했지만 저쪽 세상의 로렐리아가 말하는 '전조'가 무엇인지 전혀 감이 오지 않았다. 로렐리아도 그 이상은 모르는 눈치라 더 물어볼 수도 없었다.

편지의 마지막 줄에는 뭐든 알아내게 된다면 곧장 알려주겠다는 말이 덧붙여져 있었다. 어쩐지 자신을 걱정하는 목소리가 들리는 것만 같다. 리아는 아침부터 가슴께가 따뜻해지는 기분을 느끼며 곧장 후궁전으로 향했다.

저쪽 세상의 로렐리아에게는 보답하고 싶어도 할 수가 없다. 만날 수 없는 존재이니 말이다. 그러나 최소한 제게 온기 어린 말을 해준 에드가에게만큼은 보답을 하고 싶었다. 리아가 후궁전을 찾은 이유였다.

"어머, 후작님!"

꽃다발을 한가득 안고 있던 루실라가 리아를 발견하고는 놀라 외쳤다. 오늘은 티타임이 없는 날이었다. 때문에 방을 꾸밀 꽃들을 솎아내고 있던 그녀가 놀라는 것도 이상한 일은 아니었다.

루실라의 외침에 주변에 있던 미셸과 아스티나도 고개를 쏙 내밀었다. 그녀들은 리아를 발견하자마자 어쩔 줄 몰라 했다.

"후작님도 참! 미리 연락을 주시지. 옷차림이 엉망인데."

언제나 완벽한 차림으로 리아를 맞이했던 후궁들이다. 그러나 오늘만큼은 그녀들 역시 가벼운 옷차림이었다. 코르셋은 벗어던지고 종아리까지 올라온 간편한 드레스에 높게 올려 묶은 머리칼은 아름다움을 위해서라기보단 편의성을 위한 것이었다. 리아는 처음 보는 후궁들의 모습에 잠시 놀랐으나, 곧 아무렇지도 않게 웃어 보였다.

"여전히 아름다우신걸요. 저…… 그보다 폐가 되지 않는다면 상담을 좀 하고 싶은데……."

그 말에 당장에라도 드레스를 갈아입을 기세였던 세 후궁은 약속이라도 한 듯 우뚝 멈춰 섰다. 마치 시간이 멈춘 것처럼. 여자들의 감을 무시하지 말라 했던가. 그녀들의 예민한 감이 날 선 채로 외치고 있었다. 이건 연애 상담이라고. 리아의 연애 상담이라니! 세 후궁의 눈이 보석을 박아 넣은 것처럼 반짝였다.

"폐라니요!"

미셸이 다급히 외쳤다.

"절대 아니죠. 저희는 언제나 후작님을 환영한답니다, 그렇죠, 아스티나?"

루실라의 물음에 아스티나는 흥분해서 고개를 끄덕였다. 그렇게 다급히 자리가 마련되었다. 리아는 맑은 찻잔을 가만히 들여다보다 입을 열었다.

"페리엘 공작께 받은 도움을 조금이나마 보답하고 싶습니다만, 어떤 방법이 좋을지 고민입니다. 사적인 감사인지라 과한 선물은 부담이지 않을까 싶어 식사나 작은 선물이 괜찮지 않을까 싶은데…… 어떻게 생각하십니까?"

사교활동에 적극적이었다면 하지 않았을 고민이다. 그러나 리아는 유년기의 대부분을 검과 보냈고 그 뒤로도 사교계에는 그다지 관심을 갖지 않았다. 그래서일까. 공적인 일로 감사를 표하는 선물이라면 수십 가지도 더 넘게 댈 수 있었지만 사적인 것이라면 머릿속이 하얗게 질려 버렸다.

차 한 잔씩을 앞에 둔 채 리아의 고민을 귀담아듣던 세 후궁의 표정이 한결 진지해졌다. 허공에서 서로 주고받는 시선이 다급했다. 그녀들 중에서 가장 먼저 의견을 개진한 것은 루실라였다.

"당연히 선물이죠!"

리아는 탕 소리가 날 정도로 테이블을 내려치는 루실라를 놀란 눈으로 바라봤다. 그러나 루실라는 그런 시선에도 아랑곳하지 않고 말을 이었다.

"후작님. 보답에는 선물이에요. 절대 그냥 넘어가시면 안 돼요! 그런 게 하나하나 희망이 된다구요! 작은 희망이 얼마나 큰 도움이 되는데요!"

"희…… 망이요?"

갑자기 웬 희망? 이해하지 못할 말에 리아는 당혹감을 느끼며 눈을 깜빡였다. 미셸은 그런 루실라를 진정시키며 물었다.

"그런데 굳이 하나만 해야 하나요?"

왜 둘 다 하면 안 된단 말인가. 식사 대접도 하고, 그 자리에서 선물도 주고. 좋은 것은 아무리 많아도 부족한 법. 미셸의 묘안에 아스티나는 진심으로 감탄했다.

"……미셸, 당신은 정말이지!"

어쩜 그렇게 멋진 생각을 할 수 있어요? 아스티나의 양 볼이 붉게 물들었다. 그녀는 어쩐지 당황한 것 같은 리아가 정신을 차리기 전 재빠르게 손을 뻗었다. 리아의 양손을 꽉 움켜진 아스티나의 두 눈이 반짝였다.

"후작님."

"으, 예?"

"수도에서 가장 유명하고, 가장 아름답고, 커플들이 가장 많이 가는 리-페올로 레스토랑으로 가서야 해요. 그리고 꼭 얘기 들려주세요. 반드시요!"

지금 이 대화의 흐름을 전혀 따라갈 수가 없어, 리아는 얼빠진 표정을 지었다. 아니, 그러니까 왜 커플들이 가장 많이 간다는 레스토랑으로 가야 한단 말인가. 제가 말한 식사라는 건 저택에 초대해 소소하게 한 끼 대접하는 것이었다. 그러나 이미 후궁들의 흥분을 막기에는 역부족이었다.

아스티나의 말에 루실라는 발을 동동 구르며 말을 받았다.

"선물, 선물은 어쩌죠? 역시 향수인가요?"

"향, 수 말입니까?"

리아의 목소리가 가늘게 떨렸다. 드레스만큼이나 그녀가 아는 게 전혀 없는 분야를 꼽자면 개중 하나가 향수일 것이다. 선물로는 적당히 검을 찾아볼 생각이었다는 리아의 말에 미셸이 손을 뻗었다. 이미 아스티나가 붙잡고 있는 리아의 손 위로 제 것을 겹쳐 올린 미셸은 단호한 눈으로 고개를 저었다.

"향수요."

"……그, 무슨 향수를 선물해야 할지……."

전혀 모르겠습니다. 입안으로 뒷말이 말려 들어갔다. 그런 그녀의 목소리는 약간 떨리고 있었다.

그렇다고 집사에게 맡기고 싶지는 않았다. 에드가는 자신이 스스로 꽃을 골라 선물을 보내왔다. 그런 그의 정성에 보답하려면 자신이 직접 선물을 고르는 것이 맞았다. 검이라면 자신 있었다. 어떤 대장장이가 가장 좋은 철을 쓰는지, 어떤 검이 그에게 어울리는지는 자신 있게 고를 수 있었으니 말이다.

그러나 향수라니.

"너무 걱정 마세요, 후작님."

아스티나는 무슨 그런 걸 걱정하냐며 푸스스 웃었다. 그런 그녀는 나이가 무색하리만치 십대 소녀로 보였다. 다른 후궁들도 마찬가지였다. 그녀들은 미리 입이라도 맞춘 양 즐거운 목소리로 말했다.

"페리엘 공작님을 떠올리면 어울릴 것 같은 향이 분명 있을 테니까요!"

그런 건 원래 직감이랍니다. 그리고 후궁들의 조언에 리아는 생각했다.

'……큰일 났다.'

직감이라니. 전혀 감이 오지 않았다.

후궁들에게 생각해 보겠노라 말하고 돌아온 리아는 한참을 고민하다 자리에서 일어났다. 전혀 감이 오지 않는다. 그렇다면 어쩌겠는가. 당사자에게 물어봐야지. 후궁들이 알게 된다면 뒷목잡을 생각을 하며, 그녀는 힘찬 걸음으로 기사단 식당으로 향했다.

라흘란 제국에서 차 한잔은 가볍게 상대를 알아보기 위한 시간이었다. 대로를 따라 특색을 갖춘 찻집들이 우후죽순 들어서기 시작한 것도 벌써 백년쯤 되었을 것이다. 그러니 남녀가 차 한잔 하는 건 그렇게 이상한 일도 아니었다.

하지만 식사는?

때에 따라서는 십분 만에 자리에서 일어날 수 있는 티타임과는 다르다. 길게는 한 시간도 넘게 필요한 식사를 함께한다는 것은 서로에 대한 깊이 있는 호감을 의미했다.

그러나 식사라는 행위만 두고 말하자면,

"아, 경. 여기 앉아도 괜찮습니까?"

"내, 앞에?"

"예. 드릴 말이 있습니다만…… 곤란하시다면 식사 후에 찾아가죠."

"아니!"

예외적인 상황이 몇 있는 법이다. 이를테면 배급소 같은. 에드가의 다급한 외침에 리아는 놀라며 자리에서 멈춰 섰다. 어쩐지 식당 안이 고요했다. 에드가도 그 변화를 느끼고는 얼굴을 붉혔다.

"앉아도, 괜찮아."

"아. 그렇습니까. 그럼."

둘은 꽤 자주 식사를 같이하는 편이다. 보다 정확하게는 기사단의 배급소에서 다 같이 하는 식사였지만 말이다. 귀족 출신 기사들 중에서는 따로 밖에서 식사를 해결하고 오는 경우도 없잖아 있긴 했다. 그러나 리아나 에드가나 먹는 것에 있어 딱히 기호가 있는 편은 아니었기에, 간단히 해결할 수 있는 황궁 식당을 애용하는 편이었다.

황실기사단을 위한 곳이니만큼 그 질이나 맛도 결코 떨어지지 않았다. 평소에는 부하들과 식사를 하는 편이었으나 오늘만큼은 에드가와 한 테이블에 앉은 리아는, 어쩐지 주위에서 느껴지는 시선들에 고개를 휙 돌렸다.

분명 시선이 느껴졌는데 고개를 든 녀석은 아무도 없다. 뭐지? 리아의 시선을 느꼈는지 기사들이 어색하게 웃으며 떠들기 시작했다.

"어째 점점 식사가 좋아지는 것 같지 않습니까?"

"그, 그러게? 하하하!"

고기를 자르지도 않고 입안에 밀어 넣는 캐리엇과 페피를 의심스레 바라보던 리아는 이내 시선을 돌렸다.

"경께서는 받고 싶은 선물이 있으십니까?"

주변이 시끄럽건 조용하건, 리아에겐 몇 시간 동안 고민해도 풀지 못한 의문을 해소하는 게 먼저였다. 그녀의 진지한 질문에 나이프를 쥔 에드가의 손이 허공에서 멈췄다. 언제고 무심한 표정을 짓고 있던 그가 눈에 띌 정도로 당황하고 있었다. 그런 에드가를 훔쳐보던 푸른매들은 이 감격적인 순간에 내지르고 싶은 비명을 막느라 입을 틀어막아야만 했다.

리아는 그대로 굳어버린 것 같은 에드가의 모습에 제가 무슨 말을 잘못했나 고민했다. 대놓고 뭐 받고 싶냐고 물어본 게 좀 그렇긴 했다. 보통 이런 건 서로 직접적으로 얘기하지 않는 게 미덕이었으니 말이다. 하지만 안느의 것도 아니고, 에드가에게 해야 하는 선물을 골라야 한다니. 혼자 해결하기엔 허들이 너무 높았다. 심지어 저쪽 세상의 로렐리아는 그런 건 스스로 생각해야 한다며 힌트조차 주지 않았다. 그 말에는 동의하는 바였다. 하지만 아무리 머리를 쥐어 짜내봤자 검밖에 떠오르지 않는 걸 어떡하란 말인가.

리아는 슬쩍 에드가의 표정을 살피다, 검지로 식탁을 똑똑 쳤다.

"저, 경?"

상념에서 깨어나듯, 에드가는 눈을 깜빡이며 고개를 들었다.

"……응?"

"그렇게 곤란한 질문이었다면 답하지 않아도 괜찮습니다. 제가 좀 더 고민해 보죠."

"아니. 곤란한 게 아니라…… 선물이라니, 내게?"

"예."

잘못 들은 게 아닌 모양이다. 에드가는 멍하니 그런 생각을 했다. 그러나 아무리 머리를 쥐어짜내도 자신이 그녀에게 선물을 받을 만한 일이 무엇인지 알 수가 없었다.

알고 보니 자신의 생일이 머지않았던 건 아닐까. 한참 남은 생일 타령을 하는 남자의 두 눈은 당혹감으로 가늘게 떨리고 있었다. 결국 에드가는 자신을 빤히 바라보는 리아의 시선에 떠밀리

듯 이유를 물을 수밖에 없었다.

"어째서지?"

"예?"

"내게 선물이라니. 경, 이유가 무엇인지 물어도 괜찮을까."

푸른매 몇이 식탁에 머리를 처박은 채 머리칼을 쥐어뜯었다. 그들은 이제 자신들의 단장이 의사소통능력에 문제가 있는 건 아닌지 진지하게 고민하는 지경에 이르렀다. 그렇지 않고서야 어떻게 이 상황에서 저런 질문이 튀어나온단 말인가.

그러나 그들이 간과한 사실이 있었으니, 리아 역시 에드가 못지않다는 점이었다. 그녀는 에드가의 질문이 이상하다는 생각 이전에 다른 생각을 하고 있었다.

'그러고 보니 상황에 따라 선물의 종류가 달라졌지.'

데뷔당트를 축하할 땐 반드시 붉은 장미다발을 선물해야 한다는 것처럼, 통념적으로 여겨지는 선물들이 몇몇 있었다. 그녀가 에드가의 질문이 효율적이라며 감탄하고 있다는 걸 기사들이 알았다면, 단체로 한숨을 내쉬었을 것이다.

리아는 고개를 끄덕이며 에드가의 질문에 답했다.

"일전에 제 부탁을 들어준 것에 대한 감사 표시입니다."

"아아. 그 일. 당연히 해야 할 일을 했을 뿐인데."

"아뇨. 제겐 무척이나 고마운 일이었으니 역시 선물을 하고 싶습니다. 생각을 조금 해봤는데, 선호하는 향수가 있으십니까?"

푸읍!

어딘가에서 스튜를 뿜어내는 소리가 들렸다. 리아는 에드가가 굳은 채로 아무런 답도 하지 않자, 고개를 기울이며 말을 이었다.

"향수가 별로면, 와인은 좋아하십니까?"

대놓고 선물할 상대방을 앞에 앉혀놓고 무엇을 선물하는 게 좋을지 고민하는 그녀의 표정은 진지하기 그지없었다. 평범한 귀족이었다면 그런 그녀의 태도에 당혹감을 느꼈을 것이다. 세상 심각한 표정으로 웃음을 참으며 샐러드를 노려보고 있는 에이플처럼 말이다.

그러나 에드가는 평범한 귀족이 아니었다. 그는 단언컨대, 이런 상황에 있어서는 막 걸음마를 하는 어린아이보다도 경험이 부족했다. 에드가는 잠시 멈췄던 숨을 가쁘게 들이마셨다.

"향, 수는 사용하지 않아 잘 모르겠지만…… 술은 그다지 즐기는 편이 아니라서."

"그러십니까. 검도 생각해 봤는데, 그런 건 역시 손에 익은 게 제일 좋지 않을까 싶어서요."

저도 그러니까요. 리아의 말에 에드가는 고개를 끄덕였다.

"검이라."

검 선물도 나쁘진 않았다. 그러나 검은 웬만해서는 손에 익은 걸 쓰기 마련이었다. 다른 누구도 아닌 리아에게 쓰지도 않을 선물을 받고 싶지는 않았다. 눈가를 찌푸린 채 고민하던 에드가는, 검이라는 단어에 무언가 생각났는지 시선을 들어 리아를 바라봤다.

"그…… 선물이라 할 수는 없겠지만, 바라는 게 하나 있긴 한데."

머뭇거리는 목소리다. 식당 안이 무서우리만치 침묵에 잠겨 있다는 것을 아직도 눈치채지 못한 리아는 에드가에게 답을 재촉했다.

"뭐든 괜찮습니다."

"그렇다면…… 대련 상대를 해주지 않겠나."

"예?"

"알다시피, 지금 수도에 있는 기사 중에서 오러를 쓸 수 있는 자는 그대와 나 둘뿐이니까."

아아. 그런 이유에서. 리아는 그의 마음을 십분 이해한다는 표정으로 고개를 끄덕였다.

"알겠습니다."

식당 안의 모든 기사들이 좌절할 만한 대화가 아닐 수 없었다. 대체 뭘 안단 말인가!

그들은 괴롭게 몸을 비틀며 절규했다.

그러나 점심을 먹은 뒤 둘은 연무장 대신 응접실로 향해야 했다. 당장 무언가 하고 싶어도 눈앞에 닥친 일이라는 게 있는 법이다. 둘에게 있어 그것은 마차 사고의 재조사였다.

어느 정도나마 범인의 범주를 좁혔으니 응당 윗선에 알려야 했다. 황제는 이미 종결된 지 오래인 일에 신경을 쏟기엔 너무 바빴으므로, 자연스레 보고 대상은 카인이 되었다.

거기까지는 이해할 수 있었다. 그러나 황궁 복도를 걸으며 리아는 고민했다. 어째서 하루를 초 단위로 쪼개 움직여도 시간이 부족할 카인과 약속을 잡는 게 이렇게 쉬운지에 대해. 심지어 에드가는 이렇게 될 것임을 예측하기라도 했다는 양 그다지 놀라는 기색도 아니었다.

"정말 괜찮은 겁니까."

리아의 물음에 에드가는 그 마음 이해한다는 표정으로 고개를 끄덕였다. 카인과 접점이 그다지 많지 않았던 그녀가 이상해하는 것은 당연한 일이었다. 다른 귀족들은 카인의 얼굴을 보기 위해 몇 달도 기다리니 말이다.

"시간이 마침 빈다고 하시더군."

리아는 곧장 에드가의 어색한 변명을 알아차렸다. 에드가에 한해서 사람 눈이 어둡다 못해 컴컴하기까지 했던 그녀가 장족의 발전을 이룬 것은 다 저쪽 세상의 로렐리아 덕이었다.

〈그이가 눈을 한번 내리깔고 얘기하면 그건 열에 아홉은 곤란하다는 소리야. 거짓말이 체질에 맞는 사람이 아니거든.〉

편지 틈틈이 에드가에 대한 얘기가 숨어 있으니 원하건 원치 않건 아는 것이 늘어날 수밖에 없었다. 로렐리아는 쉼 없이 에드가에 대한 얘기를 늘어놓았다. 이해하지 못할 건 아니었다. 귀족 사회에서는 아무리 친분이 두터워도 할 수 있는 말과 해서는 안 될 말들이 정해져 있으니 말이다.

"그러시군요."

"그래. 아. 경, 혹시 좀 더 알아낸 것은 없나?"

이 얘기를 계속하는 게 불편하다는 기색이 역력했다. 몬스터가 떼로 몰려와도 눈 하나 꿈쩍하지 않을 남자가 안절부절못하다 말을 돌리는 모습에 리아는 애를 써야만 했다. 웃음을 터뜨리지 않기 위해서.

깊게 침잠했던 때도 분명 있었다. 그러나 스스로가 놀랄 정도로, 그녀는 이번 일의 충격에서 빠르게 벗어났다. 신기할 정도로 속 안을 짓누르던 무언가가 가벼워진 기분이다. 삼 년이 생각보다 길어서일까, 이번에는 혼자가 아니라는 것을 알고 있기 때문일까.

어느 쪽일지는 알 수 없었으나 삼 년 전과 다르다는 것만큼은 확실하게 알 수 있었다. 그 자리를 대신한 것은 미약한 분노와 확신뿐이다. 이번에야말로 양친을 죽음으로 몰아넣은 범인을 잡아내겠다는. 그래서일 것이다. 모든 사실을 알게 되었음에도 웃을 여유가 남아 있는 것은.

에드가는 어쩐지 부드러운 리아의 얼굴을 힐끔 확인하고는 안도의 한숨을 내쉬었다. 평소 그녀의 성품을 알고 있기에 이번 약속을 잡으면서도 걱정이 많았더랬다. 여자라는 이유로 겪었던 온갖 부당함이 큰 영향을 미쳤다. 그녀는 불합리한 일을 남들보다 더 내켜 하지 않는 편이었다.

"아직까지 쓸 만한 정보는 없습니다. 아, 저희 가문 내부에 대한 조사는 끝났습니다만……."

응접실 문이 열린 것은 그때였다. 리아는 하려던 말을 입안으로 꿀꺽 삼켰다.

"경들!"

카인이 양손을 앞으로 뻗으며 정말 즐겁다는 표정으로 들어왔으니 말이다. 리아는 본능적으로 카인의 귀를 확인했다. 이번에는 마도구가 보이지 않았다. 일이 끝난 건가? 그녀는 고개를 갸웃했다.

마도구가 오직 공후럽을 위해 존재한다는 것을 알지 못하기에 발생한 혼란이었다. 둘을 만나러 오는데 굳이 마도구를 챙겨올 필요가 있을 리 없잖은가.

"으하하핫. 그래, 내가 얼마나 기대를 하면서 온 줄 아나? 설마 하니 경들이 모든 단계를 뛰어넘었을 것이라고는 기대도 하지 않아. 그래도 요 근래 들어 사이가 워낙 좋으니……."

그렇게 말하는 카인은 무척이나 흥분한 것처럼 보였다. 그런 그의 모습에 뒤따라오던 오르도는 죽겠다는 표정으로 이마를 짚었다. 어째서 자신은 그 많고 많은 직업 중에 보좌관을 골랐는가 하는 자괴감 가득한 표정으로.

혹여나 제게 청첩장이라도 주러 온 게 아닐까 하는 혼자만의 망상과 꿈에 부풀어 있던 카인은, 자신의 말을 전혀 이해하지 못했다는 리아와 에드가의 표정에 짜게 식은 표정으로 입을 닫았다.

"……왜 온 건가?"

청첩장이 아니라면 웃음도 없다. 손바닥을 뒤집듯 길게 늘어선 카인의 입술에 에드가는 생각했다. 정말 저 남자에게 제 평생을 바쳐도 괜찮은 것일까, 라는 생각을. 제 사촌 동생의 충심이 일순 흔들렸다는 사실을 알 리 없는 카인은 불퉁한 표정으로 소파에 몸을 기댔다.

"아, 대충 말하고 어서 가서 둘이 대화나 더 하게."

"전하."

에드가의 부름에, 카인은 알았다는 듯이 다시 물었다.

"알겠네, 알겠어. 그래서 대체 무슨 일인가?"

까칠하다 못해 툴툴거리는 목소리에 리아가 답했다.

"마차 사고에 대한 일입니다. 혹, 기억하고 계십니까."

"그래. 무슨 문제라도 생긴 건가, 경?"

카인의 표정은 다시 변했다. 그는 손을 들어 보좌관을 내보냈다. 눈치가 빠른 자이니 다과도 들어오지 않을 것이다. 문이 닫히는 소리가 들리자 카인은 앞으로 몸을 숙이며 되물었다.

"그 일이라면 재조사 허가가 난 게 얼마 전일 텐데? 설마 벌써 범인을 특정 지었다는 얘길 하려 온 건 아니겠지?"

"그건 아닙니다만, 범위를 좁혔습니다."

리아의 말에 카인은 바싹 마른 손으로 얼굴을 쓸어내렸다.

"있잖나."

손안에 가려졌다 드러나는 푸른 두 눈에는 장난기가 가신 채 날이 바짝 서 있었다.

"나는 경들이 무척이나 좋아. 실력도 좋고, 신분도 좋고, 사람도 참 괜찮다 생각해."

그걸 전부 갖추는 게 얼마나 어려운 줄 아느냐며, 카인은 괜히 어깃장을 놓았다.

"그런데 말이지…… 갑자기 뜬금없이 삼 년 전 사건이 수상하는 말을 꺼낸 것까지는 괜찮은데…… 새로 꾸려진 조사단이 뭘 하기도 전에 뭔가를 알아냈다니. 너무 빠르다는 생각이 들지 않나?"

그의 목소리에 진득하니 녹아 있는 것은 불유쾌함이었다.

기본적으로 카인은 둘과의 친분을 돈독히 하고 싶어 했다. 제국 권력의 특성상 고위 귀족인 둘과는 평생을 상생해야 하니 말이다. 제국은 황제라 한들 무소불위의 권력을 휘두르는 것이 불가능했다. 그것을 막기 위해 12의결원이 존재했고, 황후에게 강한 권력을 부여했으니 말이다.

그러니 에드가와 리아의 지지를 얻게 된다는 건, 카인에게 있어선 꽤 가치 있는 일이었다. 그렇기에 카인은 둘에게 너그러운 편이었다. 너그럽다 뿐일까. 그가 자신을 슬슬 피하는 사람들 중 친절하게 대하는 건 리아가 유일했다.

그러나 이건 경우가 달랐다.

"어디서 나온 정보지?"

아무리 허물없이 대한다 한들 카인은 자신의 머리 위로 올라오려는 이들에게는 한없이 냉정한 사람이었다. 대조적인 태도 전환에 당혹스러워할 법도 했건만, 리아의 표정엔 별다른 변화가 없었다. 어느 정도 짐작하고 있던 덕분이었다.

"죄송합니다, 전하. 그에 대해서는 말씀드릴 수 없습니다."

"듣고 싶은 답이 아니군."

"가문의 이름을 걸고 감히 말씀드립니다. 황실에 아무런 피해도 가지 않는 일이라는 것을 믿어주시면 감사하겠습니다."

"아무런 피해도 없는, 기적 같은 정보원이라."

톡, 톡. 카인은 제 턱을 두드리며 생각에 잠겼다. 황실과 관련된 일이었다면 무슨 수를 써서든 알아냈을 것이다. 그러나 이번 사건은 후작부부, 즉 리아의 양친에 대한 일이었다. 사적인 사건이니만큼 어느 정도 감안해 줄 수도 있었다.

'빚을 지워두는 것도……'

나쁘지는 않을 터. 아직 드벨 후작가는 중립이었다. 훗날 대공의 편에 서게 된다면 무척 골치 아플 상대다. 카인은 짧은 생각을 끝냈다.

"좋아. 넘어가지. 얘기해 보게."

그리고 몇 분 뒤. 대략적인 얘기를 전부 들은 카인은 곤란하다는 표정으로 두 남녀를 바라보고 있었다. 태자궁 내에 위치한 응접실 중에서도 가장 크고 화려한 곳. 리아와 에드가 나란히 앉아 있으니 그림처럼 어우러지는 그곳에서, 카인은 무릎에 턱을 괸 채 투덜거렸다.

"……마법사라는 것까지는 그래. 그렇다 치지. 일단 키메라를 만들려면 마법사여야 할 테니 말이야. 하지만, 미등록에, 탈주 마법사일 가능성이 크다고? 마탑에서 탈주한 마법사? ……둘 다 이 사건이 삼 년 전에 일어난 거라는 걸 잊은 건 아니라 믿네. 표정을 보니 그건 아닌 것 같고…… 설마 내가 자네들에게 약하다는 걸 알고 이러는 건가?"

카인은 그런 거라면 사람이 그렇게 약아선 안 된다 중얼거렸다. 평범한 귀족이었다면 어디서 헛소리를 지껄이냐며 코웃음을 쳤을 일이다. 그러나 상대가 나빴다. 오러 사용자에, 한 명은 공작 나머지 하나는 후작이라니. 카인은 턱을 괸 채 입을 비죽였다.

"지금이라도 괜찮으니 농담이라 해."

"전하."

"그래, 에디. 농담이겠지?"

"사실입니다."

그렇게 말하는 에드가의 표정은 심지어 진지했다. 카인은 참았던 숨을 터뜨리며 손안에 얼굴을 파묻었다.

오래 지냈기에 알 수 있었다. 피가 섞인 에드가도 지금만큼은 제 편을 들어주지 않을 것이라는 걸. 사랑이라는 게 무섭긴 무섭다. 평생을 알아온 사촌 동생을 이렇게 변화시킬 줄이야.

"좋아. 젠장! 그래, 좋아! 믿어주지. 그래서 증거는? 그렇게 확신할 정도면 그럴 만한 증거는 이미 손에 넣었겠지!"

"아직 찾지 못했습니다."

이 무슨 당당함인가. 카인은 이젠 정말 모르겠다는 표정으로 에드가를 응시했다.

"에디…… 설마하니 나도 모르는 일이 벌어지고 있는 건 아니겠지? 알고 보니 이 모든 사건의 흑막에 목석이라 이름 높은 페리엘 공작이 있었다. 뭐 그런 말도 안 되는 일이 말이야."

"그 점은 걱정하지 마십시오."

하기사. 카인은 손을 허공에 휘저었다. 그런 게 가능한 녀석이었다면 제가 이렇게까지 고생하고 있지도 않았을 것이다. 얼마 전에도 세상 심각한 표정으로 찾아와 전대 드벨 후작이 마음을 바꿨다는 얘길 리아에게 해도 되겠느냐 물어본 남자이지 않은가.

알아온 세월이 긴 만큼 서로에 대해 모르는 게 없는 사이이다. 카인은 앞뒤 꽉 막힌 제 사촌 동생을 바라보며 턱짓했다.

"그리고 또?"

"조사단에 황실마법사를 포함시켰으면 합니다."

카인은 이마를 짚었다. 역시나. 진짜 목적은 이거였군. 그는 속으로 신음을 삼켰다.

제국 역사상 이보다 더 호화로운 조사단은 없었을 것이다. 그리고 앞으로도 없겠지. 오러 사용자가 둘에, 황실마법사까지 포함된 조사단이라니. 황제의 얼굴이 눈앞에 아른거려서, 카인은 한숨을 뱉어냈다. 그 깐깐한 인간이 무슨 얘기를 할지 눈에 훤하다 생각하며.

"······에디. 이 일은 비싸게 갚아야 할 거야."

경고성 짙은 발언에도 에드가는 망설이지 않았다. 그는 충심 가득한 낯으로 대답했다.

"물론입니다. 제 모든 것은 전하의 것이지 않습니까."

참, 사람 할 말 없게 만드는 녀석이라 생각하며 카인은 헛웃음을 지었다. 저렇게 나오면 무슨 말을 하겠는가. 마법사건 뭐건 내줘야지. 그는 턱을 괸 채 에드가와 리아를 번갈아 바라봤다. 저렇게 나란히 서 있는 것을 보니 더 잘 어울린다.

계속해서 나란히 서 있게 하고 싶지만,

"자, 그럼 얘기는 끝난 건가?"

"예."

"좋아. 그렇다면 로렐리아 경, 잠시 자리 좀 비켜주겠나? 사촌 동생과 긴히 할 말이 있어서 말이지."

세상은 그렇게 좋게만 굴러가진 않는 법이다. 카인의 요청에 리아는 별다른 말을 덧붙이지 않고 곧장 예를 갖춘 뒤 뒤돌았다. 에드가에게 눈짓으로 인사하는 것을 잊지 않은 채다. 그녀가 문을 닫고 나가자 카인의 얼굴에서 미소가 뚝 떨어졌다. 곧장 본론을 꺼내드는 목소리는 낮았다.

"폐하의 인가를 받아 제4기사단을 급히 불러들이기로 결정했다면서."

카인의 푸른 눈동자가 서늘하게 반짝였다.

"이번엔 또 어떤 개가 덤비기에 그들까지 불러들였는지 내겐 말해줄 생각이 없는 건가."

정보가 빠르기도 하다. 에드가는 태자 전하께서는 언제나 실없이 웃는 게 전부인 것처럼 보인다며 한숨을 내쉬던 귀족 몇의 말을 떠올렸다. 제국의 미래를 걱정하는 이들이었으니 나쁜 의도로 한 말은 아닐 것이다. 그저 황제만 겪어본 그들이 보기엔 카인이 아슬아슬해 보였겠지.

쓸데없는 걱정이지만.

에드가는 장난기라고는 조금도 남아 있지 않은 푸른 눈을 응시했다. 어떤 의미로서는 황제보다 더 질이 나쁘다. 최소한 황제는 적에게 제가 들고 있는 검을 보여주긴 하니 말이다.

"말씀드리려 했습니다."

에드가의 말에 카인은 침음을 삼켰다. 그는 상체를 숙였다. 대충 다리를 꼰 채 턱을 괸 모양새가 한량이라 해도 믿을 법했으나, 그는 그런 모습도 무척이나 잘 어울렸다.

사실 카인에겐 그런 모습이 가장 잘 어울렸다. 로렐리아가 그를 볼 때면 항상 생각하는, '장난이 가득하나, 속으로는 무슨 생각을 하는지 모르겠'는 모습. 카인은 턱을 괸 손으로 제 아랫입술을 툭툭 무심하게 두드렸다.

"하지만 내가 물을 때까지는 말할 생각이 없었던 거겠지."

카인은 굳이 아니라 대답하지 않았다. 그저 조금 곤란하다는 표정을 지었을 뿐이다.

"그럼 두 사건이 별개의 것이 아니라 엮여 있다 봐도 괜찮겠나?"

카인이 이를 드러내며 웃었다. 손을 뻗는 것과 동시에 곧장 답을 움켜쥔 황태자는 그렇게 킬킬 웃으며 말했다.

"이렇게 되었으니 진짜 범인을 찾아내긴 찾아내야겠군. 에디, 황실마법사 중에서 가장 뛰어난 녀석으로 골라 가라. 그리고 꼬리를 잡아. 전 후작은 내 사람이었다. 그리고 나는, 내 사람을 건드린 자가 아무런 대가도 치르지 않은 채 멀쩡히 살아 숨 쉬고 있다는 게 무척이나 짜증이 나."

그게 소문이라도 난다면 겁 많은 귀족들은 누구 하나 제 편에 서지 않으려 할 것이 아닌가. 에드가는 카인을 바라보며 고개를 끄덕였다.

"예."

"연애도 좀 하고."

"……노력, 해보겠습니다."

단언할 수 없는 얘기는 절대 입에 담지 않는 그의 성정에 카인은 쯔쯔 혀를 찼다. 정말이지, 안 그래도 할 일이 많은데 신경 쓰이게 하는 사촌 동생이라 투덜거리며.

†††

세상 모든 일은 균형을 맞추려 하는 법이다. 절대적인 선도, 절대적인 악도 존재하지 않는 것처럼 한쪽만 움직이는 법은 없다. 리아가 팔을 걷어붙인 것만큼, 넥스 역시 계획을 세우고 있었으니 말이다. 수도에 자리를 잡은 뒤 그도 놀고만 있진 않았다.

"흐응."

넥스는 잎이 무성한 커다란 나무에 걸터앉은 채 대로를 가로지르는 여인을 따라 시선을 움직였다. 좌에서 우로, 그녀는 거칠 것 없이 걸어갔다.

이그니스는 자세히 알지 못했으나, 넥스는 생각보다 더 여기저기에 손을 뻗고 있었다. 그가 가장 먼저 파악한 것은 고위 귀족들에 대한 것이었다. 워낙에 까다로운 성격이었기에 눈에 차는 귀족을 찾는 것은 그야말로 인내의 시간이었다.

이놈은 성격이 지랄 맞아서 마음에 안 들고, 이 인간은 사람을 쓰고 버리는 걸로 유명하고. 그렇게 하나, 하나, 체에 거르듯 귀족들을 걸러내다 보니 남는 것은 몇 되지 않았다. 그중 가장 마음에 든 게 바로 그녀였다.

로렐리아 폰 드벨.

"좀 깐깐해 보이기는 하지만…… 저런 성격이 원래 한쪽으로 돌아서면 무섭단 말이지."

한 번 마음을 정하면 쉽게 돌아서지 않는 여자. 후작위라는 고위 작위와 풍요로운 땅, 그리고 대면해도 좋을 만한 사람. 아삭. 넥스는 손에 쥐고 있던 사과를 베어 물며 씩 웃었다.

"눈치도 빠르네."

그 사이 걸음을 멈춘 리아가 고개를 돌려 이쪽을 응시하고 있었다. 그녀의 녹안에 서늘한 기운이 번져 갔다.

들켰군. 넥스는 쯔, 혀를 차며 손가락을 튕겼다. 방금 전까지만 해도 그를 지탱하고 있던 나뭇가지 위에는 오직 바람만이 홀로 남았다.

평소보다 일찍 퇴근하던 길이었다. 아직 노을이 길어지기 전이었으니 거리에는 사람들로 가득했다. 그 사이를 가로지르던 리아는 미간을 찌푸리며 멈춰 섰다.

'뭐지?'

어딜 가나 시선에 노출되어 있는 삶이다. 그러니 사소한 것에는 신경 쓰지 않는 게 버릇이 된 지 오래였다. 그럼에도 예민한 본능은 평소와 다른 것을 잽싸게 잡아챘다. 리아는 거대한 대로의 정중앙에 멈춰 선 채 한 점을 응시했다. 그런 그녀의 두 눈은 어쩐지 바짝 날이 서 있어서 쉬이 말을 걸기 어려워 보였다.

그런 그녀의 옆에는 뒤를 밟느니 차라리 당당히 따라다니겠다는 에이플이 있었다. 그는 리아의 시선을 따라 고개를 돌렸다. 그녀가 보는 저 너머에는 아무것도 없었다. 있다고 한다면 무성한 나무 정도일까.

"왜요, 단장? 뭐 이상한 거라도 있습니까?"

"마나가……."

"예? 마나요? 저기서 말입니까?"

에이플은 황당하다는 표정으로 되물었다. 그런 반응이 돌아올 만도 했다. 그런 그의 물음에 리아는 미간을 좁힌 채 중얼거렸다.

"아니, 인기척이 있었던 것 같아서."

의문을 해결해 줄 만한 대답은 아니었지만 말이다. 아무리 봐도 나무밖에는 없는데 무슨 인기척이란 말인가. 말도 안 된다는 생각을 하던 에이플의 머릿속에 무언가가 스쳐 갔다.

'설마…… 공후럽인가!'

아무리 생각해도 저런 수상한 곳에서 리아의 뒤를 밟을 만한 건 공후럽밖에는 없었다. 에이플은 반사적으로 귀에 손을 얹었다가 포기했다. 리아의 바로 옆에서 누가 저기에 있느냐고 확인할 수도 없는 노릇이었으니 말이다. 결국 그는 어색하게 웃으며 나무 쪽으로 이동하려는 리아를 말려야만 했다.

"아하하하. 단장이 착각했겠죠. 저런 곳에 누가 있겠습니까."

"아니. 분명히……."

무어라 말하려던 리아의 미간이 좁아졌다. 그녀는 제 팔을 잡은 에이플의 손을 떨쳐 내려던 걸 관두었다.

"사라졌군."

"에? 사라져요?"

그건 더 이상한데? 전혀 엉뚱한 곳을 짚은 에이플은 멍하니 서서 눈을 끔뻑였다. 공후럽이 제국 내 최고 권력자들의 지원을 받고 있다곤 하나 갑자기 뿅 하고 사라지는 능력이 있을 리 없다. 애당초 기사들로만 이뤄진 집단이었으니 말이다. 멍한 표정을 짓고 있는 에이플의 어깨를 툭 친 리아는 가던 방향으로 다시 몸을 틀었다.

"됐다."

말은 그렇게 했지만 이상한 기척이었다. 평범한 인간이라기에는 너무 독특해서 못 알아차릴 수 없는. 리아는 쯔, 혀를 차며 생각했다.

'별것 아니면 좋겠다만.'

어쩐지 느낌이 좋지 않았다.

"에이플. 계속 거기에 서 있을 생각인가?"

리아는 제 말이 끝나자마자 허겁지겁 달려오는 에이플을 뒤에 매단 채 저택으로 향했다. 그렇게 넥스와의 첫 만남은 제대로 된 대면조차 하지 못한 채 끝났다.

다음 날 아침, 에이플은 늘어져라 하품을 뱉으며 출근했다. 어제 하루 종일 리아가 말한 '인기척'에 신경을 써서 그런지 더 피곤했다. 공후럽 중에서는 아무도 나무 위에 올라가지 않았다고 하니 괜스레 더 신경이 쓰인 탓이다.

'아오. 괜히 쓸데없는 일에 힘 빼는 기분이란 말이지. 생각보다 신경 쓸 것도 많고.'

공후럽 활동은 생각보다 더 체력을 필요로 하는 일이었다.

'아—아. 뭐, 일 자체가 그다지 어렵지는 않지만.'

기본적으로 리아는 남의 시선에 신경 쓰는 성격이 아니었다. 하나하나 예민하게 반응하기엔 일단 로렐리아가 받는 시선이 너무 많았다. 궁 안에서나 밖에서나 그녀를 보기 위해 고개를 쭉 빼고 보는 사람들 투성이었으니 말이다.

그러니 조금만 조심하면 들킬 일은 없다 생각했다. 어차피 단장은 에드가 경에게 호감은 요만큼도 없었고, 푸른매 녀석들이 불가능한 일을 해내겠다며 몰려다니는 걸 보는 재미는 쏠쏠했으니 말이다. 그렇게 이 일을 꽤 가볍게 받아들인 에이플이었다.

"흐아아암. 내가 미쳤지. 아오."

물론 그랬던 생각은 몇 시간 만에 와장창 깨졌지만 말이다.

재미는 있었다. 그 고지식한 에드가 경이 단장을 짝사랑하고 있다니. 그걸 모르는 녀석이 없어 다들 답답해하다 팔을 걷어붙였다니. 세상 그보다 더 재밌는 구경거리가 어디에 있겠는가.

문제는 에이플은 일하는 걸 그리 좋아하지 않는다는 것이었다. 그는 엉망으로 날아다니는 머리칼을 벅벅 긁으며 한숨을 푹푹 쉬었다.

"이건 완전 추가 근무잖아. 돈은 받으니 불만은 없지만, 아무리 그래도 보너스보다 잠을 자고 싶다고. 잠을."

낮잠 대신 추가 근무라니, 기쁠 리가 없다. 더 서글픈 것은 관두고 싶다 해서 관둘 수 있는 것도 아니라는 점이었다.

'푸른매 녀석들은 좋아서 하고 있는 것처럼 보이지만 말이지.'

그러나 자신은 슬슬 그만두고 싶었다. 에이플은 과연 황태자가 공후럽에서 탈퇴하게 해줄 것인가에 대해 고민하며 기사단실로 향했다.

에이플이 갖고 있던 고민은 그게 전부였다. 기사단실 문을 열기 전까지는 말이다. 그러나 문을 열자마자 자신을 기다리고 있었다는 듯 자리에서 일어나는 리아의 모습에, 에이플의 고민은 하나가 더 늘었다.

'이런 젠장. 들켰나?'

에이플은 들킨 것이라면 프루트를 버리겠노라 다짐했다. 동료애 따위 갖다 버리라지. 목숨이 경각에 달린 것도 아니고 일단 자신이 살고 볼 일이다.

막 자신이 버려졌다는 걸 알 리 없는 프루트는 붉은늑대 중에서 유일한 공후럽 동지를 향해 손을 들어 보였다. 그 반가운 기색에 에이플은 양심의 가책이라고는 조금도 느끼지 않은 채 허허로롭게 웃어 보였다. 들킨 건 아니구나, 라고 생각하며.

"단장, 이른 아침부터 무슨 일이십니까? 무섭게."

능글거리는 목소리로 인사를 건넨 에이플은 이내 프루트의 옆에 가 섰다. 리아는 그런 둘을 번갈아 바라보고는 이내 품 안에서 서류 두 장을 꺼내 둘에게 한 장씩 건네주었다.

"삼 년 전 드벨 후작부부의 마차 사고에 대해 다들 알고 있으리라 생각한다."

공후럽에 대해 추궁받을 줄 알았더니, 마차 사고라니. 상상도 못한 얘기다. 에이플은 커다란 눈을 꿈뻑이며 프루트를 곁눈질했다. 이게 무슨 소리인지 설명 좀 해달라는 표정이다.

'이건 또 무슨 소리입니까?'

'그걸 내가 알 것 같냐?'

그러나 프루트로서도 달리 알고 있는 것이 없었다. 애당초 그는 에이플보다 고작 몇 분 일찍 왔을 뿐이니 말이다.

리아는 영 영문을 모르겠다는 두 남자를 앞에 둔 채 설명을 이어갔다.

"이번에 그 사건에 대한 의문점이 타당하다 판단, 재조사 허가가 떨어졌다. 조사단에 둘이 배정됐으니 그렇게 알고 있도록. 사전 준비로 이틀쯤 소요될 테고 조사단 수는 나와 에드가 경을 포함해 총 일곱이다. 가장 먼저 근무표부터 조정될 테니 확인하는 것 잊지 말고."

"……어, 단장."

"궁금한 점이라도 있나?"

에이플은 외려 되묻고 싶었다. 그럼 궁금한 점이 없겠느냐고. 그러나 제가 아무리 세상 가볍게 살자는 인간일지라도 농담 따먹기를 할 만한 분위기가 아니라는 것쯤은 알 수 있었다. 그 정도의 분별력은 갖고 있는 에이플은, 사뭇 진지한 표정으로 물었다.

"그 사건은 에드가 경께서 사고사로 종결지었던 것이 아닙니까?"

"그랬었지."

에이플은 얼마 전 에드가가 관련 정보를 전부 열람했다는 걸 떠올리며 말을 이었다.

"……에드가 경의 조사에 잘못된 점이라도 발견된 겁니까?"

그제야 프루트가 놀란 낯을 했다. 미처 감출 생각도 못하는 표정 변화에, 에이플은 프루트가 별생각이 없었다는 것을 알 수 있었다. 그는 오랫동안 봐온 부단장을 한심하단 시선으로 바라봤다. 아니, 아무리 뇌까지 근육으로 되어 있을 거라고 농담 따먹기를 했기로서니 그게 정말이면 어쩌잔 말인가.

"아니. 그건 아니다."

투덜거리던 에이플은 리아의 부정에 다시 시선을 돌렸다. 그녀는 조금 복잡해 보였다. 이를테면…… 문제는 있었는데 그걸 자신의 입으로 긍정하고 싶지 않다는 듯한 표정이랄까.

에이플은 제가 그런 생각을 했다는 사실에 조금 놀랐다. 그가 아는 한 로렐리아는 에드가에게 그 어떤 종류의 긍정적인 감정도 갖고 있지 않았다. 혹시나, 라든가 설마, 라는 생각을 할 여지조차 없다. 그녀는 에드가를 싫어했다. 마치 당연하다는 듯이. 처음부터 부정적인 감정으로 시작된 관계는 악화되기만 할 뿐, 좋은 쪽으로 흐른 적이 없었다.

그걸 잘 알고 있기 때문에 공후럽으로 활동하게 됐을 때도 거리낌 없이 받아들였다. 아무리 용을 써봤자 리아가 에드가를 받아줄 리 없다는 자신감이 있었기 때문에. 어차피 불가능한 일, 좀 즐기면서 킬킬거린다 한들 무슨 큰 문제가 있겠는가.

그랬는데.

"……저, 단장?"

어째서 그 다짐이 무너지는 소리가 들리는 것 같단 말인가. 에이플은 떨리는 눈으로 리아를 바라봤다.

"제1기사단 단장님은, 그러니까, 정말 재수 없지 않습니까?"

그 뜬금없는 물음에 프루트가 뭐 하냐는 눈으로 쳐다보는 게 느껴졌지만 에이플은 절박했다. 리아가 에드가를 보는 것만으로도 이를 간다면 공후럽에서 에드가를 밀어준다 한들 크게 문제될 게 없었다. 리아가 모든 것을 알게 되었을 땐 카인의 명령을 받아 어쩔 수 없었다며 슬금슬금 발을 뺄 수 있을 테니 말이다. 리아도 불가능한 일을 좀 도왔다고 화를 낼 성격은 아니었다.

그러나 그녀가 에드가에게 호감을 갖기 시작했다면 얘기가 달라진다. 이 경우에도 리아는 크게 화내진 않을 것이다. 어쩌겠는가. 두통이 좀 일어도 카인은 황태자고, 그의 명령을 따르는 것이 기사의 본분인 것을.

문제는,

'……세상에. 말도 안 돼. 단장이 훨씬 아까운데!'

에이플, 자신에게 있었다. 그는 리아가 곧장 대답하지 못하자 절망적인 표정이 되었다. 그 얼굴이 얼마나 생생했는지, 리아는 얼결에 대답했다.

"알고 보니 에드가 경은 오해를 사기 쉬운 사람인 것 같더군. 하지만 좀 더 알게 된다면⋯⋯."

"아악! 으아아악! 젠장할, 단장! 왜 갑자기 그러십니까! 사람이 왜 그렇게 갑자기 변해요!"

리아는 제 말을 뚝 끊어낸 에이플의 용기 있는 행동에 미간을 구겼다. 이놈이 왜 이래? 그녀는 딱 그런 표정으로 물었다.

"⋯⋯뭐가?"

"아니! 지난 삼 년간 욕만 하더니 왜 갑자기 그러시느냔 말입니다! 인간적으로 사람이 그렇게 하루아침에 변하고 그러면 안 되는 거 아닙니까!"

제 앞에서 대놓고 발을 구르는 에이플의 모습에, 리아는 확신했다. 저놈이 아직 술이 덜 깼구나. 그녀는 이마를 손으로 짚으며 한숨 섞인 목소리로 물었다.

"에이플. 어제 대체 얼마나 마신 거냐."

"안 취했습니다."

여전히 불퉁한 얼굴이다. 그러나 그 불퉁함은 서늘하게 빛나는 리아의 시선과 마주하자 언제 그랬냐는 듯 반으로 납작 접혔다. 에이플은 그제야 이성이 돌아오는 기분을 느끼며 어색하게 웃었다.

"아하하하— 진짭니다."

온몸으로 무죄를 주장하던 에이플은 원군을 찾기 위해 눈을 데룩 굴렸다. 프루트가 안쓰럽다는 시선으로 고개를 젓고 있는 게 보였다.

혹시나 했는데 역시나 도와줄 생각은 없는 모양이다. 리아는 동료애는 어디로 갔느냐며 한탄을 늘어놓는 에이플의 어깨를 짚었다.

"취한 게 아니라면 헛소리는 그만하고, 나가서 연무장 스무 바퀴. 몇 바퀴라고?"

"아니. 그게 아니라. 단장, 제가 다 설명할 수 있지 말입니다."

"마흔 바퀴."

"……스무 바퀴 하면 안 되겠습니까?"

"백 바퀴."

"……백 바퀴."

에이플은 빠르게 백기를 치켜들었다. 더 반항했다간 하루 종일 연무장만 돌 것이 분명했다. 그런 그의 모습에, 리아는 군말 없이 턱짓했다. 나가지 않고 뭐 하냐는 표정으로. 결국 에이플은 넋 나간 표정으로 밖으로 나갔다. 그 뒤를 따라 나서는 프루트의 상큼한 얼굴과는 참 대조적이었다.

시끄러운 두 녀석이 사라지자, 리아는 그제야 좀 살겠다는 표정으로 가장 가까이에 있는 의자에 주저앉았다. 조금만 쉬다 연무장으로 나갈 생각이었다. 집무실에 가기 전 바뀐 근무표를 부하들에게 인지시켜야 했다. 어젯밤 새로 짠 근무표를 옆으로 밀어놓은 그녀는 두툼한 서류를 집어 들었다.

새하얀 종이 위에는 에드가가 당시 이 사건에 쏟아 넣은 열정이 그대로 담겨 있었다. 리아도 몇 번인가 크고 작은 사건을 맡아 본 적이 있기에 한눈에 알아봤다.

"……로렐리아, 네 말대로일지도."

리아는 어젯밤 근무표를 새로 짜면서 저쪽 세상의 로렐리아와 많은 얘기를 주고받았다. 이쪽 세계에서 양친이 사망했다는 말은 하지 못했기에 그저 에드가와 어떤 사건을 조사하게 되었다는 정도만 말했는데도 반응은 폭발적이었다.

〈같이 일하는 건 이게 처음이라 그랬지? 확신하건대, 리아, 넌 깜짝 놀랄거야, 에디가 얼마나 뛰어난지 알려면 직접 겪어보는 수밖에 없거든! 내가 제2기사단에 있었을 때는……〉

그 뒤로 모험담처럼 펼쳐지던 얘기를 떠올리자 입가에 절로 웃음이 번졌다. 가문간의 결합이라 말은 그렇게 했지만 조금만 주의를 기울이면 눈에 보였다. 에드가가 좋아 어쩔 줄 몰라 하는 로렐리아의 마음이.

"좋은 사람인 것 같긴 하니."

일처리도 확실하고. 리아는 에드가에 대한 평가를 한껏 높이며 고개를 주억였다. 카인이 들었다면 가서 그런 생각을 할 시간에 손이나 한 번 잡아주라며 발을 구를 오전이었다.

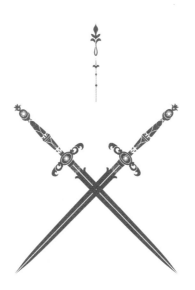

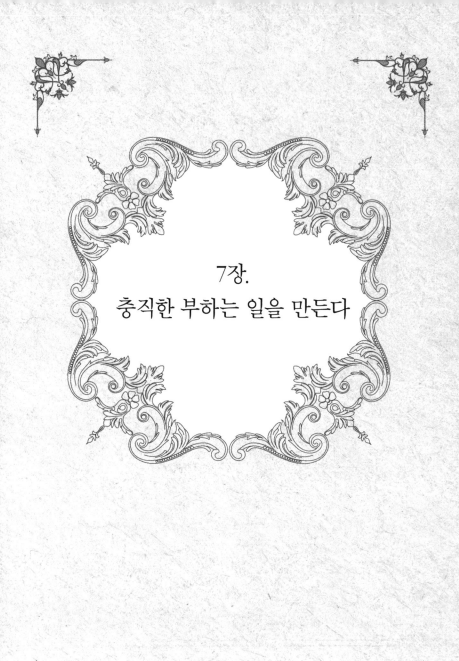

7장.

충직한 부하는 일을 만든다

프루트는 씩씩거리며 걸어가는 에이플의 뒤통수를 바라보며 고개를 저었다. 저놈이 언제 미치나 했더니 드디어 미친 게 분명했다. 그러지 않고서야 연무장에는 발끝도 들이밀지 않고 당당하게 황궁을 활보할 수 있을 리가 없잖은가.

"배짱이냐, 새로운 자살법이냐?"

그는 에이플의 옆구리를 쿡 찌르며 물었다. 내일이 없는 것처럼 직진하던 에이플이 우뚝 걸음을 멈춘 것은 그때였다. 갑자기 멈춰 선 부하의 모습에 황당해하던 프루트는, 이내 그가 제 팔을 잡아끌자 얼굴을 구겼다.

"네놈이 드디어 미쳤구나?"

"아, 좀! 사람이 왜 그리 눈치가 없으십니까!"

"……내가 아무리 눈치가 없어도, 네가 미쳤다는 건 알겠다."

겁을 상실한 걸 보니. 프루트는 사람이 너무 황당하면 화도 나지 않는다는 걸 체감하며 질질 끌려갔다. 갑자기 왜 이러는지 얘기나 들어보자는 심정에서였다. 들어보고 아니다 싶으면 그때 후려쳐도 늦지 않는다.

부단장의 자비 없는 생각을 알 리 없는 에이플은, 구석진 곳에 프루트를 밀어 넣고 참았던 숨을 뱉었다.

"부단장, 우리 진짜 큰일 났습니다."

"그래. 네놈이 큰일 나긴 했지."

"아, 지금 장난칠 때가 아닙니다! 진짜로 큰일 났다고요!"

"그래그래. 무슨 큰일."

프루트는 여상한 목소리로 되물으며 벽에 몸을 기댔다. 에이플은 어서 얘기해 보라며 턱짓하는 그를 원망스레 바라봤다. 어째서 공후럽의 비밀을 들은 사람이 뇌까지 근육으로 만들어져 있는 건 아닌가 심히 의심스러운 프루트란 말인가. 이왕이면 머리 좀 쓰는 놈이면 좀 좋냔 말이다. 베리얼같이.

그러나 어쩌겠는가. 제 눈앞에 있는 건 베리얼이 아닌 프루트인 것을. 그는 푹 한숨을 뱉으며 설명을 시작했다.

"아, 진짜 모르겠습니까? 단장이 공작 욕을 안 하잖습니까!"

"……엉? 그랬나? 그래서, 그게 왜?"

에이플은 그게 뭐 그리 큰일이냐는 표정으로 저를 바라보는 프루트의 시선에 고개를 떨궜다. 이런 남자가 부단장이라니. 제2기 사단의 미래가 참 어둡다 중얼거린 에이플은 한숨을 뱉으며 프루트의 눈높이에 맞춰 설명을 시작했다.

"우리 단장님은 후작위를 계승하셨잖습니까."

"그렇지."

"후계가 없는 데다 성년식은 진작 치렀으니 주위에서 슬슬 결혼을 재촉하는 압박이 들어와도 이상하지 않고요."

그 말에 프루트는 리아의 나이를 속으로 헤아렸다. 올해로 스물둘. 귀족 영애치고는 늦은 감이 없잖아 있다. 지금까지야 그녀가 처한 상황 탓에 별다른 말이 나오지 않았다지만 슬슬 상대를 정해야 할 터였다. 심지어 그녀는 후작가의 가주이기도 했으니 말이다. 그녀에겐 가문의 후사를 이어야 하는 의무가 있었다.

제 나이가 나이인지라 리아를 어리게만 생각했던 프루트는, 시큰둥한 표정으로 되물었다.

"아무래도 그렇겠지. 아, 그래서 그게 왜!"

"아오! 에드가 경은 공작 각하잖습니까! 그 둘이 결혼을 어떻게 합니까?"

"뭐?"

"후계를 둘이나 만들어야 되잖습니까! 그럼 단장이 애를 최소한 둘은 낳아야 되는데, 둘 중에 한 명이라도 마법사거나 딸이면, 애를 또 낳습니까? 우리 단장 보고 기사 때려치우라고요?"

이미 안느가 카인에게 했던 물음이다. 그 자리에 있었던 프루트의 얼굴이 구겨졌다. 그때는 별생각 없이 흘려들었는데 지금 생각해 보니 꽤 심각한 문제였다. 프루트는 그제야 사태의 심각성을 이해했다. 방금 전까지만 해도 에이플을 언제 잡아 족치나 고민하던 그는 이제 세상 심각한 표정으로 팔짱까지 푼 채 쪼그려 앉았다. 저보다 계급이 높은 프루트가 쪼그려 앉자, 에이플도 얼결에 그 앞에 반쯤 주저앉았다.

"큰일이네."

"그렇죠?"

덩치 큰 사내 둘이 쪼그린 채 땅을 바라보며 고민하는 모습은 진귀한 장면임에 분명했으나, 불행히도 구석진 곳을 골라잡은 둘을 보는 시선은 없었다. 한참을 고민하던 프루트는 숙였던 고개를 들었다. 꽤 진지하게 생각했는지 그의 미간에는 깊은 주름이 패인 채였다.

"이거, 아무리 생각해 봐도 단장이 훨씬 아까운데?"

"아, 제 말이 그 말이라니까요? 지금 단장 보면 이미 반쯤 넘어간 것 같은데, 이걸 어쩝니까?"

"……공후럽은 사직서 제출하면 받아주나?"

"……태자 전하께서 받아주실 것 같습니까?"

프루트는 세상 심각한 표정으로 고개를 절레절레 저었다. 그럴 리가. 에이플도 그렇게 생각한다며 한숨을 푹 내쉬었다. 이런 점에 있어서는 카인에 대한 신뢰가 하늘을 찌르는 두 기사님이었다.

그 시각, 공후럽의 존재를 전혀 알지 못하는 리아는 연무장으로 나가는 대신 집무실로 방향을 잡았다.

책상에는 처리해야 할 서류가 산처럼 쌓여 있었으나 전부 뒤로 미뤘다. 지금 그보다 더 중요한 일이 있었으니 말이다. 리아는 책상에 턱을 괸 채 보석함을 가만히 들여다봤다.

파란 보석이 박힌, 아름다운 보석함. 모든 일은 바로 이 작은 보석함으로부터 시작되었다.

똑똑. 턱을 괸 채 보석함을 바라보던 리아는 갑작스러운 노크 소리에 놀라며 자리에서 일어났다.

"에드가 경?"

문 밖에 서 있는 것은 전혀 예상치 못한 남자였다. 그녀는 자신도 모르게 뒤로 물러서며 그가 들어올 수 있는 공간을 만들어주었다. 갑작스러운 방문이긴 했으나 리아의 얼굴에 불쾌감은 없었다. 지난 과거를 생각해 볼 때 괄목할 만한 변화였다.

"무슨 일…… 아니, 아닙니다. 일단 들어오십시오."

리아는 조금은 어색하게 자리를 권했다. 보통 기사단장의 집무실은 손님을 맞이할 준비를 항상 갖춰놓고 있었다. 그 손님이란 대부분 귀족이나 기사, 아주 가끔은 황족이었기에 다과는 꽤 고가로 구비해 놓는 것이 기본이었다. 리아는 능숙하게 차를 준비하는 곳으로 걸어가 에드가에게 물었다.

"무슨 차를 좋아하십니까?"

그리고 에드가는 그녀의 물음에 화드득 놀라며 자리에서 일어났다.

"내가 준비하지."

그러니 그대는 앉아 있으라는 에드가의 말에, 리아는 두 눈을 깜빡였다. 이곳은 자신의 집무실이었고 에드가는 손님이었다. 손님의 차를 준비하는 것은 당연히 자신이 해야 할 일이다. 그런데 어째서 그가 이쪽으로 다가오고 있단 말인가?

"아, 어…… 그, 제가 준비해도 괜찮습니다만."

"그럼 같이하지."

어쩐지 단호해 보이기까지 한 에드가의 표정에, 리아는 차마 거기까지 말리진 못했다.

그리하여 오 분여가 지난 뒤. 리아는 제 앞에 놓인 로즈마리 차를 가만히 바라보다 천천히 입을 열었다.

"차는, 입에 맞으십니까?"

결국 서로의 차를 서로가 타줬기에 한 물음이었다. 에드가는 제 몫의 차를 맛보고는 세상 행복한 얼굴로 고개를 끄덕였다.

"맛있군."

"감사합니다. 그런데, 무슨 일이시죠?"

곧장 본론을 묻는 리아의 목소리에는 의문이 가득 담겨 있었다. 찻잔을 만지작거리던 에드가의 손이 우뚝 멈췄다. 특별한 이유가 없으면 볼 일이 없는 사이라는 게 이렇게 서럽다. 에드가는 괜스레 헛기침을 연발하며 찻잔을 내려놨다.

리아에게 다가가서는 안 된다 생각했을 때는 차라리 일이 쉬웠다. 뭐가 됐건 그녀에게 접근하지 않으면 그만이었으니 말이다. 하지만 이미 그는 마음을 바꾼 뒤다. 리아에게 제 마음을 고백하고 그녀의 의견을 충분히 반영해 새로운 관계를 만들어 나가고 싶었다.

그렇게 할 생각이었다.

"……지금, 바쁜가?"

사람이 하루아침에 바뀌지 않는다는 게 유일한 문제였다. 기껏한 말이 바쁘냐는 물음이라니. 에드가는 평생 처음으로 로이드가 부러워졌다. 제 동생이라면 분명 즐거운 얘기로 그녀를 웃게 해주었으리라.

그렇게 에드가가 자괴감에 빠져 있을 때, 정작 당사자인 리아는 오늘 처리해야 할 일들을 생각했다. 요 며칠 동안 마차 사고에 신경을 썼더니 밀린 일들이 꽤 있었다.

"오늘은……."

순순히 바쁘다 답하려던 리아는 고개를 들었다가, 어쩐지 긴장한 기색이 역력한 에드가의 모습에 말문이 막히고 말았다. 당혹감이 스쳐 갔다. 왜 저런 표정을 짓고 있지? 바짝 긴장해 제 대답을 기다리는 것 같은, 저런……

"괜찮습니다."

리아는 자신도 모르는 사이에 대답했다. 사실은 괜찮지 않았다. 오늘은 하루 종일 서류에 매달려야 겨우 밀린 일을 마무리 지을 수 있을 것이다. 그뿐이랴. 새로 결성된 조사단을 통솔하기도 해야 했다.

그런데도.

"별로 바쁘지 않습니다."

제 한마디에 저렇게 기쁜 표정을 짓는 남자를 보고 있자니, 어쩐지 다 괜찮은 것 같았다. 생각해 보면 일이야 언제나 많았다. 하루쯤 더 밀린다 해서 그렇게 큰일이 날 만한 것도 없었다. 조사단도 그렇다. 명석한 이들만 골라놓았으니 하루쯤은 괜찮겠지.

평소의 그녀라면 결코 하지 않았을 생각이다. 그러나 어쩐지 괜찮을 것 같다는 생각이 들었다.

"그럼, 지난 번 얘기한 대련을 오늘 해도 괜찮겠나?"

"물론입니다."

그렇게 두 남녀는 전보다 편한 표정으로 대화를 이어가며 연무장으로 향했다.

물론,

[연무장? 연무자앙? 아니, 세상 어떤 인간이 데이트를 연무장에서 해!]

황태자 전하께서 보기엔 그보다 더 기막힌 선택은 없었지만 말이다.

†††

이틀간의 사전 준비가 끝이 났다. 조사단실은 에드가의 집무실 옆, 비어 있는 방으로 정해졌다. 이미 종결된 사건을 다시 들쑤시는 일이었으니 요란스럽게 해 좋을 것 하나 없다는 카인의 말마따나 최대한 조용히 진행됐다. 덕분에 재조사가 이뤄진다는 것을 모르는 이도 상당수였다.

그래도 사건이 사건이니만큼 황실은 지원을 아끼지 않았다. 여기에는 안느의 입김도 상당수 작용했으니, 깊게 파고들면 제국의 실세들이 이번 일을 주시하고 있다 할 수 있겠다. 그리하여 국가에서 지급된 조사비는 많은 걸 넘어서 과하다 싶을 정도였다. 누가 듣는다면 타국으로 파견이라도 나가느냐 물을 정도의 액수였다.

조사단실이 급조된 것치고는 괜찮게 꾸며진 것도 그러한 맥락에서였다. 값비싼 원목 테이블, 관련 자료가 체계적으로 정리되어 있는 서류와, 개별적으로 업무를 볼 수 있는 책상 두 개. 여러 조사단에 소속되어 사건을 해결해 온 셴이 보기에 이건 놀라울 정도로 파격적이었다.

'와아! 비품이 전부 새 거잖아? 세상에. 이번엔 좀 편하게 일을 하려나.'

그런 생각을 하며 기꺼운 마음으로 다른 조사단 동료들을 기다리던 마법사의 꿈이 박살 나는 데는, 안타깝게도 그리 오랜 시간이 걸리진 않았다. 처음 푸른매 기사들이 들어왔을 때까지만 해도 괜찮았다. 그들은 셴에게 악수를 제안하며 잘해보자고 웃어주기까지 했다. 그때 셴은 황실기사들이란 다들 이렇게 멋지고 예의 바른가, 하는 생각을 하며 기꺼이 마주 웃어주었다.

그러나 붉은늑대 기사 둘이 그 뒤를 따라 들어오고 나서부터 분위기는 급격하게 얼어붙었다. 페피와 캐리엇은 자신들을 영 께름칙한 표정으로 힐끔거리는 붉은늑대 기사들의 모습에 의아함을 감추지 못했다.

분명 처음부터 사이가 좋은 집단은 아니었다. 반목한 적도 있었다. 필요에 의해 시비를 걸고 서로 주먹다짐도 했지만, 이제 와 그런 과거들이 전부 무슨 소용이란 말인가. 나란히 공후럽에 올라탔으니 죽으나 사나 한편인 것을.

죽는다면 리아와 에드가의 손에 죽겠고, 산다면 그 둘이 잘되는 길밖에는 없었으니 말이다. 분명 그럴 텐데.

'저 둘은 왜 저런 눈으로 우릴 봅니까? 갑자기 왜 저런대요?'

'그걸 내가 아냐. 눈 마주치지 마라, 저놈은 미친놈이다, 미친놈.'

캐리엇은 자고로 미친놈은 이해하려 드는 게 아니라며 고개를 저었다. 페피는 무언가 더 묻고 싶은 표정이었으나 어쩐지 흉흉한 프루트의 시선에 얌전히 눈을 내리깔았다. 그의 나이 올해로 열아홉. 젊은 혈기로 덤비기엔 프루트는 너무도 강하고 무서운 존재였다.

서로 속사정을 알고 있는 넷의 분위기가 그러니 전체적인 공기가 가벼울 리 없다. 덕분에 황실마법사, 셴은 주변에 만연한 이가는 소리에 울고 싶은 기분이었다.

마차 사고의 범인이 마법사일 수 있다는 것까지는 이해할 수 있었다. 애초에 뼛조각과 시체를 놓고 키메라라 판단한 것은 자신이었다. 그러니 이번 조사단에 제가 배정된 것도 이해할 수 있는 범주의 일이었다. 운이 좋아 드벨 후작과 친분을 쌓는다면 그 유명한 벨포스를 만날 수 있게 되지 않을까 조금 기대했던 것도 사실이었다.

그런데.

어째서.

'날 가운데에 두고 죽일 듯이 노려보지 말라고⋯⋯!'

자리 선정부터 이 모양인 것일까. 오른쪽에는 푸른매를, 왼쪽에는 붉은늑대를 두고 정중앙에 앉아버린 셴은 차마 일어나지도 못한 채 속으로나마 울음을 삼켰다.

"어이."

그런 셴의 소리 없는 외침을 알 리 없는 프루트가 가장 먼저 입을 열었다. 명백히 시비 거는 부름에, 캐리엇의 눈썹이 꿈틀거렸다. 그러나 꿈틀거린 호승심은 당장에라도 멱살을 잡아챌 것 같은 프루트의 표정에 다시 차분히 가라앉았다. 그래, 일단 왜 불렀는지 얘기는 들어봐야지 않겠는가. 그런 생각을 한 캐리엇은 막내를 제 뒤로 감추며 대답했다.

"왜 그러십니까."

"일단 그 마도구 좀 꺼라."

"예?"

"마도구 말이다. 그거."

프루트는 귓가를 톡톡 두드리며 말을 이었다.

"다른 놈들이 전부 들어 좋을 것 하나 없는 얘기니까 끄라고."

분명 물음이었으나 묻는 게 아니었다. 셴은 이것이 협박이라는 걸 본능적으로 깨달았다. 오, 신이시어. 셴은 부들부들 떨며 프루트의 주먹을 힐끔 내려다봤다. 그리곤 실수했다는 표정으로 재빨리 시선을 위로 들어 올렸다.

'저 손으로는 고, 곰도 때려잡을 거야.'

꼴깍. 침 넘어가는 소리가 무겁게 가라앉은 침묵을 깨뜨렸다. 캐리엇은 팽팽하게 당겨져 있던 긴장감이 뚝 잘려나가는 기분을 느끼며 셴을 곁눈질했다. 애당초 기사단과 황실마법사는 접점이 적었다. 그러나 예전에 한 번 그와 같이 일을 했던 경험이 있는 캐리엇은, 어쩐지 창백하게 질린 셴의 낯빛에 한숨을 내쉬었다.

순순히 물러나고 싶은 생각은 조금도 없었지만 가엾은 마법사를 말려 죽일 수도 없는 노릇이다. 안면이 있는 상대라면 더더욱. 결국 캐리엇은 인정에 밀렸다. 아니, 그렇게 생각하며 떨리는 손으로 마도구를 꼈다. 절대 프루트의 기백에 밀린 것은 아니라 자위하며. 어찌 되었든 캐리엇을 필두로 페피, 에이플마저 전부 귀에 꽂고 있던 마도구를 끄자 그제야 프루트의 입술이 비틀렸다.

"내가 생각을 좀 해봤는데 말이지."

프루트도 에이플처럼 공후럽을 잠시잠깐의 유희 정도로 생각했다. 따지자면 에이플보다도 더 가벼운 마음가짐이었다. 그러나 에이플의 발악에 프루트는 이번 일에 대해 꽤 진지하게 고민했다. 당연하게도 리아에 대한 애정을 기반으로 한 고민이었다. 그리하여 단순하면서도 당연한 결론이 내려졌으니.

그는 무릎에 턱을 괸 채 고개만 돌려 캐리엇과 페피를 바라보며 말을 이었다.

"아무리 생각을 해도 우리 단장이 훨씬 아까운 것 같거든."

"……에?"

"그러니까. 객관적으로 보나 주관적으로 보나 이건 말려야 할 건수인 것 같단 말이지. 네 녀석들이 어떻게 전하를 설득했는지는 모르겠는데, 공후럽 해체도 설득해 줘야겠다. 일 저지른 게 네놈들이니 뒤처리도 해야지. 안 그러냐?"

문제아를 보는 것 같은 시선에, 페피가 분개하며 자리를 박차고 일어났다. 아직 젊어 들끓는 혈기는, 갓 꺼낸 쿠키처럼 뜨끈뜨끈했다.

"그 무슨 말도 안 되는 소리입니까!"

물론 쿠키가 제아무리 뜨거워봤자 쿠키지만 말이다.

"지금…… 뭐라 했냐?"

프루트의 눈썹이 꿈틀거리자 불타올랐던 페피의 혈기도 바사삭 소리를 내며 부서졌다. 그는 한없이 프루트의 눈치를 보면서도 더듬더듬, 제 의견을 입 밖으로 꺼내놓았다.

"저, 저희 단장님은 공작 각하에, 총기사단장에, 오러 사용자이기도 하고, 멋지고! 성격은 좀 그렇긴 하지만! 아니, 그 정도 흠도 없는 사람도 있답니까! 그것만 빼면 놀라울 정도로 완벽한데 대체 뭐가 부족하다는 겁니까!"

뒤로 갈수록 제 말에 제가 설득당해 버린 페피의 목소리가 점차 커졌다.

"솔직히 저희 단장님이 사교계에서 얼마나 인기가 많은지 알기나 하십니까! 저희 누님은 페리엘 공작 각하라면 성격이 좀 더러워도 괜찮다 하셨단 말입니다!"

그는 테이블을 쾅! 내려치며 말을 이었다.

"그런데 아깝다니요! 아니, 따지자면 저희 단장이 훨씬 아깝거든요?!"

에이플은 짜게 식은 표정으로 울분을 토하는 페피를 올려다봤다. 그는 익히 알고 있는 페피의 누이에게 오늘 일에 대해 말해주겠노라 굳게 다짐하며 대꾸했다.

"그럼 뭐 해? 공작인걸."

"……예?"

"공작이라고."

에이플의 말에 페피의 고개가 옆으로 기울었다. 세상천지 그 사실을 모르는 인간도 있던가.

"그래서요?"

"아, 작위가 있잖나. 페리엘 공작 각하께서는."

"……당연하죠?"

그럼 더 좋은 거 아닌가? 에이플은 그게 대체 무슨 문제냐는, 참으로 맑고 순수한 눈으로 자신을 바라보는 두 쌍의 시선에 이마를 짚었다. 공후럽이 창단되게 된 배경을 지금 이 순간 본 것 같다는 생각이 불현듯 그의 머릿속을 스쳐 지나갔다.

"대체 그 머리로 필기시험은 어떻게 통과한 거냐, 너네……."

어디서부터 설명해야 할지 모르겠다며 한숨을 내쉬는 에이플을 옆으로 죽 밀어낸 프루트가 울분을 토해냈다.

"이것 봐라? 고작 그걸로 어디에 들러붙으려고! 공작? 고작 고 옹자악? 우리 단장은 제국 역사서에 길이 남을 인물이라, 이 말이야!"

에이플은 어쩐지 '우리 단장이 최고야'에 과하게 몰입한 것 같은 제 상사를 멀거니 바라봤다. 대체 이 남자는 또 무슨 헛소리를 지껄이려 하는 것인가 싶은 표정으로.

"제국 최초 여기사에, 단장을 맡은 걸로도 모자라 쓰레기 같던 제2기사단을 이 정도까지 만들어놓았으니 분명 백 년쯤 뒤에는 아카데미에서 로렐리아 폰 드벨에 대해 가르칠 거다. 기껏해야 가문 족보에 이름을 남기는 것과는 차원이 다르단 말이지! 갖다 대고 싶으면 제국 역사에 이름을 남길 만한 남자를 데려오란 말이다!"

졸지에 쓰레기 같은 기사단의 기사가 되어버렸다. 에이플은, 그러나 차마 반박할 수 없는 사실이라 생각했다. 거기까지는 참을 수 있었다. 그러나 서른을 갓 넘긴 남자가 말하는 백 년 뒤의 얘기에, 에이플은 어째서 창피함은 자신의 몫인지 모르겠다 중얼거리며 양손에 얼굴을 파묻었다. 붉게 달아오른 귀가 그의 기분을 그대로 보여주었다.

그러나 이성적으로 생각할 수 있었다면, 공후럽은 애당초 창단되지도 않았을 것이다. 캐리엇이 더는 참지 못하고 분개하며 자리를 박찼다.

"일어나지도 않은 일로 자랑하지 마십시오! 보기 흉합니다, 경!"

"일어날 것이라 예측조차 못하는 그 모자란 머리를 탓해라! 두고 봐라, 이제 여자에게도 검을 가르치는 시대가 올 테니! 네놈들 중에 우리 단장을 검으로 이길 수 있는 놈이 있으면 말해보라, 이 말이야! 그런 대—단한 분이라고, 우리 단장은!"

"우리 단장은 모든 기사들에게 선망의 대상이 될 겁니다!"

"하! 고작 그 정도 가지고! 규모가 다르다 이거야, 규모가! 이쪽은 판을 엎는 일이라고. 알아듣겠냐?"

여전히 성숙의 시옷도 보이지 않는다. 그 모습에 셴은 방금 전 제가 느낀 공포가 얼마나 무의미했는지 뼛속 깊이 체감했다.

'결국 자기 단장 자랑이잖아.'

셴은 양손에 얼굴을 파묻은 채 생각했다. 다 큰 남자들이 이 무슨 창피한 짓이란 말인가. 문제랄 것이 있다면, 그 뒤로도 그들이 삼십 분 넘게 각자의 단장에 대한 자랑을 늘어놓았다는 것 정도였다. 이제 네 기사의 목에는 도드라졌던 핏대는 사라진 지 오래다. 서로를 노려다보던 눈에도 힘이 빠져 지친 기색이 가득했다. 지쳤다면 그만하면 될 텐데, 의자에 미끄러지듯 주저앉은 채로 누구하나 패배를 선언하지 않으니 듣는 셈이 다 괴로울 지경이었다.

그런 그를 구원한 것은 리아였다.

"다들 모였군."

서류를 한 손에 든 채 안으로 들어오던 리아는 묘한 분위기에 눈살을 찌푸리며 멈춰 섰다.

오래 고민할 필요도 없었다. 다른 녀석들은 제가 들어오자 아닌 척하려는 노력이라도 하고 있었지만 프루트는 눈에 뵈는 게 없다는 듯 여전히 페피를 죽일 듯 노려보고 있었으니 말이다.

"후."

단숨에 상황을 파악한 리아는 제 혈기 넘치는 부하를 응시하며 말했다.

"프루트. 몸이 근질거린다면 도와주도록 하지. 필요한가?"

별다를 것 없는 말이었으나 감춰진 속뜻은 무시무시하기 그지없었다. 나자빠질 때까지 대련을 해주든가 연무장을 뱅뱅 돌리겠다는 소리였으니 말이다. 평소라면 반항 정도는 했을 것이다. 그러나 방금 전까지 제 단장이 얼마나 뛰어나게 자신들을 휘어잡았는지 열변을 토로하던 것이 떠올라, 프루트는 얌전히 고개를 저었다.

"괜찮습니다!"

그 목소리가 세상 우렁차서, 에이플은 자신도 모르게 이마를 짚어야만 했다. 어찌 되었든 분위기가 한결 나아지자 리아는 부드럽게 웃으며 설명을 시작했다.

"좋아. 다들 알겠지만, 이 조사단은 사고사로 처리됐던 드벨 후작부부의 마차 사고에 대한 재조사를 위해 꾸려졌다. 지금까지 파악한 바에 따르면 마법사와 깊게 연관되어 있는 것 같으니 그 부분을 중점적으로 조사해 나갈 생각이다. 특히 상대는 그 어렵다는 키메라 마법을 완벽하게 성공시킨 실력자이니, 주의를 기울여야 할 거다. 여기까지 질문 있나?"

"저, 저희 단장님은 언제 오십니까?"

페피의 물음에 리아는 그 말이 나올 줄 알았다는 표정으로 대답했다.

"에드가 경은 일이 있어 오늘은 불참이다. 그 외에는?"

이번에 손을 든 것은 셴이었다. 리아는 오늘 초면인 그를 눈에 담았다. 올해 갓 스물이 되었다고 하는 그는, 어린 나이에 굵직한 사건을 여덟 개나 해결한 실력자였다.

그가 여러 조사단의 영입 우선 1순위로 우뚝 서게 된 이유는 단순했다.

"황실마법사 셴입니다."

그가 사용하는 주 마법이 탐색이기 때문이다. 좁게는 사건 현장에서 범인의 특징을 잡아내고, 넓게는 마나를 탐지할 수 있는 마법은 그 자체만으로도 가치가 있었다. 에드가가 애를 써 셴을 영입해 온 이유이기도 했다. 그는 갑자기 제게 집중되는 시선에 바들바들 떨면서도 말을 이어갔다.

"그…… 저, 이번 사건에 대해 의문이 있어서, 그러니까……."

셴은 울고 싶었다. 어째서 저 산적 같은 남자는 자신을 노려보고 있단 말인가. 방금 전 악수를 건넨 기사들은 왜 세상 심각하다는 얼굴로 자신을 안쓰럽게 응시한단 말인가. 그리고 대체 어째서……

[쯔. 역시 마법사는 의심이 많아.]

캐리엇이라는 저 남자는 귀에 꽂은 마도구를, 리아가 들어오자마자 켰단 말인가. 그리고 어째서 그 마도구에서 들리는 목소리가 황태자의 것과 비슷하단 말인가. 당장 도망치고 싶다는 충동을 누르기 위해 셴은 바지 자락을 꾹 움켜쥔 채 가까스로 말을 마쳤다.

"어떤 경로로 이번 사건의 재조사가 시작됐는지……"

물어도 되겠습니까?

뒷말은 입안으로 기어들어 갔다. 그리고 그는 그 순간 생각했다. 드벨 후작에 대한 소문은 죄다 헛소문인 것이 분명하다고. 리아는 셴의 긴장을 풀어주기 위해 부드럽게 웃으며 대답했다.

"당연히 의아하겠지. 의문점이 드는 건 언제든 물어봐도 좋아, 그……"

"셴. 셴이라 부르시면 됩니다."

"좋아. 셴. 단순하게, 벨포스가, 아. 벨포스가 누구인지는 알고 있나?"

"물론입니다! 제 우상이십니다."

리아는 갑자기 두 눈을 열렬히 반짝이는 셴의 모습에 좀 더 부드럽게 웃었다. 아무래도 활동 영역이 다르다보니 마법사를 만날 일이 그렇게 많진 않았다. 그러나 종종 제 동생을 아는 마법사를 만나게 되면 기분이 좋아지는 것은 그녀로서도 어쩔 도리가 없는 일이었다.

물론 리아의 미소를 다르게 해석한 기사 넷은 입을 떡 벌리고 있었지만 말이다.

　"그럼 얘기가 빠르겠군. 벨이 마탑으로 출발하기 전 오랫동안 연구하던 마도구를 완성시켰다. 평소에도 마차 사고에 의문을 품고 있던 벨은 그 도구를 사용했고, 이번 조사단을 재편성할 수 있게 된 결정적인 증거를 찾아냈다."

　"증거라면⋯⋯?"

　셴의 의아한 표정에, 리아는 에드가와 미리 맞춰놓은 말을 줄줄이 읊었다.

　"키메라다. 당시 마차를 끌었던 흑마의 뼈를 조사한 게 그대라지? 처음 그 사체에서 의문을 제기한 게 벨포스였다."

　"설마, 그렇다면, 그 말씀은⋯⋯."

　"그래. 살해를 주도한 마법사를 생포하고, 그 뒷배를 알아내는 것이 이번 조사의 주 목표다."

　단순 살해 사건이 아님을 암시하는 말이다.

　삽시간에 조사단실의 공기가 무겁게 가라앉았다. 그 묵직한 분위기를 여과 없이 느끼며 리아는 해야 할 일들을 분배해 주었다. 이제 시작이었다.

　겉보기에는 모든 것이 순조롭게 흘러가는 것처럼 보였다. 새로이 조직된 조사단은 미등록 마법사를 우선적으로 조사했고, 드벨에 앙심을 품을 만한 이들의 이름이 하나하나 물망에 올랐다.

　그리고 리아는 어느 때보다도 에드가와 긴 시간을 보내고 있었다. 지금도 둘은 에드가의 집무실에서 관련 서류를 살펴보고 있었다. 그녀는 오전에 보고받은 리스트를 훑어보다 미간을 찌푸렸다. 서류 속에는 황실마법사들에 대한 것들이, 아주 자세하게 적혀 있었다. 자신들을 의심하는 것이냐며 화를 내는 이들을 어르고 달래 겨우 받아온 리스트다. 그러나 노력에 비해 별다른 소득은 없었다.

마지막 장까지 전부 확인한 리아는 미간을 꾹꾹 누르며 서류를 옆으로 밀어놓았다.

"일단 혹시 몰라 리스트를 받긴 했지만, 생각했던 대로 황실마법사는 아닙니다. 주 마법이 그쪽인 마법사부터 없군요."

마법사라 해서 모든 마법에 능통한 것은 아니었다. 대표적인 예로 리아의 동생인 벨포스가 있다. 그는 백년 만에 나온 천재라 떠받들어졌으나 마도구를 제외한 공격이나 방어 마법은 평범한 수준에 불과했다. 에드가도 그녀의 말에 동의하는 바였다. 차라리 환각이나 공격 쪽이었다면 용의자들을 선별해 낼 수 있겠으나, 키메라라니.

"그래도 확인도 하지 않은 채 넘길 수는 없었으니, 황실 내부에 의심할 자가 없다는 것에 의의를 둬야겠지. 그보다 후작가 내부에서 이번 일에 관여한 사람이 있을지도 모른다는 의혹은……."

에드가는 이 대목에서 슬쩍 리아의 표정을 살폈다. 한 번도 아니고 두 번이나 제 혈연을 의심해야 했으니 쉬운 일은 아니었을 거다. 그러나 그녀는 살짝 얼굴을 굳힐 뿐이었다. 그는 조심스레 말을 이었다.

"……의심 가는 자가 있었나?"

"아뇨. 혹시 몰라 방계 쪽도 알아봤는데 그쪽도 의심 가는 점은 없었습니다."

자신의 가문을 탈탈 털어보았다 말하는 이의 표정은 조금 씁

쓸했다. 방계라 할지라도 가족이다. 그들을 의심하는 게 쉬울 리가 없다.

"가문 내에 키메라를 그 정도로 정교하게 만들어낼 만한 마법사도 없을뿐더러 그런 사주를 할 만큼의 재화를 움직인 이도 없더군요. 최소한 내부에서 배신한 것 같지는 않았습니다. 일단 기본적으로 제가 가주가 된 뒤 이득을 본 자도 없었고요."

"그럼 역시 외부의 소행인가."

기본적으로 마법사는 귀했다. 황실에서 언젠가 조사한 바에 따르면 태어나는 마법사의 숫자는 그렇게 적지 않다고 한다. 문제는 성인이 되기 전 마법사이길 포기하는 사람이 많다는 데 있었다. 살아남은 마법사는 대부분 마탑으로 향했으니 남아 있는 마법사들의 몸값은 천정부지로 치솟았다. 당연한 얘기였다.

에드가는 턱을 쓸어내리며 중얼거렸다.

"……마탑에서 탈주한, 상당한 실력을 지닌 마법사라……."

그리 중얼거리는 이의 표정이 무언가 떠올린 듯한 그것이어서, 리아는 잠시 숨조차 멈췄다. 그녀의 녹안이 에드가를 조심스럽게 훑었다. 부끄러운 일이지만 삼 년 전까지 자신은 아는 것이 그리 많지 않았다. 후계자 수업을 받긴 했으나 어디까지나 임시라는 느낌이 강했던 탓이다. 아버지도 제게 꼭 필요한 것들만 얘기해 주곤 했다.

갑작스러운 양친의 사망과 승계. 그 뒤로 자리를 잡기까지 바쁘게 달려오기만 한 그녀였기에, 이런 쪽으로는 아직 부족한 면이 있었다. 리아는 깊게 패인 에드가의 미간에 시선을 두다, 견디지 못하고 물었다.

"경. 생각나는 이가 있습니까?"

리아의 물음에 에드가는 그제야 고개를 들었다. 그는 무언가에 한 번 몰입하면 깊게 침잠하는 버릇을 갖고 있었다. 안느는 나쁜 버릇이라며 고치라 입버릇처럼 말했지만, 천성이 쉽게 고쳐질리 없다.

"……표정이 안 좋은데…… 괜찮습니까?"

삼 년간 끙끙 앓으면서 짝사랑 해온 것만 봐도 알 수 있지 않은가. 에드가는 자신을 걱정스레 바라보는 시선에 화드득 놀라며 몸을 뒤로 물렸다. 둘 사이에 있는 책상을 반쯤 넘어왔던 리아는 고개를 기울이며 제자리로 돌아갔다.

방금 전까지 찌푸리고 있던 이마를 손으로 덮은 에드가는 의자 등받이에 몸을 바짝 붙였다. 그 모습이 정말 놀란 것 같아서, 리아는 어쩐지 조금 미안한 마음마저 들었다. 그야 누구라도 귀가 발갛게 달아오른 채 이리저리 눈을 굴리고 있으면 그런 생각이 들지 않겠는가.

'……조금 귀여운 것 같기도……?'

살짝 커진 쪽빛 눈을 가만히 들여다보며 저도 모르게 그런 생각을 하던 리아는 이내 헛기침을 뱉었다. 귀엽다니. 그 무슨 말도 안 되는 소리란 말인가. 그녀는 시선을 사선으로 올리며 말했다.

"그, 큼! 그래서 수상한 자가 생각나기라도 하신 겁니까?"

리아의 물음에 에드가도 간신히 진정할 수 있었다. 그녀와 같이 일하게 되었다는 말에 눈을 반짝이던 부하들을 삥이 돌린 것이 바로 어제다. 좋아할 일이 아니라며 일갈했던 기억이 생생하건만. 에드가는 마음 속 깊이 반성했다.

리아는 에드가의 표정 변화를 꽤나 흥미진진한 기분으로 바라봤다. 살짝 붉었던 것이 거짓이라는 양 본래 색을 되찾았다. 자로

잰 듯한 자세에, 깊게 가라앉은 두 눈은 그녀에게 익숙한 에드가의 모습이었다.

그는 제가 엉망으로 흩뜨린 서류를 재빨리 정리하며 질문에 답했다.

"의심이긴 하지만."

순간 희망이 스쳐 가는 리아의 두 눈을 가만히 바라보며, 에드가는 작은 목소리로 말을 이었다.

"경도 알다시피, 마탑에서 탈주하는 마법사의 수는 그리 많지 않아."

애당초 마법사에 대한 대우가 가장 좋은 곳이 마탑이니 당연한 얘기였다. 에드가의 말에 리아는 고개를 끄덕였다.

"······그리고 마탑에서 탈주한 마법사는 그 신상이 드러나지 않는 게 보통이야. 하지만, 각국은 자국 마법사의 행방을 파악하고 있기에 대충이라면 알 수 있지."

"그 말은?"

"그래. 몇 년 전에, 제국 귀족 출신의 마법사 한 명이 마탑에서 탈주한 적이 있었다. 그 가문이 아마······ 포티아 자작가였지. 이름이, 이그니스였던가."

리아로서는 아직 이런 일들과 멀리 떨어져 있을 때의 얘기였다. 포티아 자작가라. 그녀의 미간에 주름이 졌다. 기억을 더듬었지만 특별히 기억나는 것은 없었다. 애당초 자작가는 역사가 어지간히 길지 않은 이상 사람들의 관심을 받기 힘들었다. 그 숫자도 숫자거니와 재물로도 살 수 있는 작위이니 말이다.

"제 부친이 그녀에게 원한을 살 만한 일이 있었습니까?"

"······만약, 이그니스가 이번 사건의 배후라면······ 노린 건 전

후작이 아닐 거다."

에드가의 두 눈이 무겁게 가라앉았다.

"그녀가 원한을 가질 만한 이가 있다면, 황족뿐이야."

에드가는 자신도 모르는 사이에 카인의 심장께에 난 상처를 떠올렸다. 지금 생각해도 아찔한 일이었다. 카인은 제가 살면서 그렇게 죽음에 가까이 가 본 적은 없었다며 너털웃음을 터뜨리곤 했지만, 웃을 만한 일은 아니었다. 그날, 그는 정말로 죽을 뻔했으니 말이다.

"포티아 자작은 황족과 연관된 어떤 사건의 책임을 지고 사형당했으니 말이야."

생전 처음 듣는 얘기에 리아의 두 눈이 가늘게 떨렸다. 자작은 그 수도 많고 비세습 작위도 많아 잠시만 눈을 떼면 새로운 가문이 생겨 있곤 했다. 그러니 자작가의 계보를 완벽히 파악하는 건 번잡스럽기 그지없는 일이었다.

그럼에도, 여전히, 귀족이 처형당하는 일은 그리 흔한 사건이 아니다. 리아의 미간이 좁아졌다. 자작이 사형당했다고? 그것도 고작 몇 년 전에? 소문이 나도 크게 났을 만한 일이다. 그러나 그녀는 그 얘기를 지금 처음 들었다. 리아의 표정이 한결 심각해졌다.

"……무슨, 경, 그런 얘기는……."

"모르는 게 당연해. 이 일을 아는 이는 극소수이니. 관련 내용은 아무리 나라 할지라도 얘기해 줄 수 없어. 하지만, 확실한 건 그 해 레이디 이그니스가 마탑에서 탈주했다는 것 정도야. 그리고 내가 아는 범위 내에서, 동기가 있는 건 그녀뿐이지."

"황족과 관련된 일이라 하셨습니까."

"그래."

리아는 제 걱정이 맞아떨어졌음을 눈치챘다.

"그렇다면 그녀는, 마탑의 마법사였기 때문에 그 사형 집행에서 제외된 겁니까?"

"그래. 심지어 마탑에서 꽤나 감싸고도는 마법사였던 터라 어찌 손 쓸 도리가 없었지. 자칫 잘못했다간 마탑을 제국의 적으로 돌릴 수도 있는 일이니. 그녀가 탈주한 뒤에는 신병을 확보하기 위해 쫓고 있는 중이고."

"그녀의 주 마법은……."

"불이다. 하지만 마탑의 마법사였으니 관련 마법사들을 잘 알고 있겠지. 다른 탈주 마법사들과의 연결망도 갖고 있을 테고…… 최악은, 그녀가 삼 년 전 사건의 범인이라면 아직 복수는 끝나지 않았을 것이라는 거야."

끝은커녕 시작일 것이다. 삼 년 전 사고는 그저 작은 경고에 불과했을 가능성이 농후했다.

에드가는 자리에서 일어났다.

페리엘 공작가.

건국 초기부터 대대로 황가와 깊은 인연을 맺고 있는 공작가는, 안느의 개입으로 인해 보다 강한 연결고리를 갖게 되었다. 오랜 세월 동안 단 한 번도 없었던 공작과 황족간의 결합이었으니 당연한 결과였다.

선황제가 안느와 전 공작의 결혼을 반대한 이유도 여기에 있었다. 충신은 많을수록 좋다. 그러나 그 충신에게 너무 강한 힘이 주어지는 건 지배자로서 기쁜 얘기만은 아니었다. 물론 그 걱정이 무색하리만치 안느와의 결혼 뒤 페리엘 공작가의 충심은 흔들리기는커녕 더욱 굳건해졌지만 말이다.

그런 페리엘 공작가의 영향력은 제국 전역에 뻗어 있다 해도 과언이 아니다. 세월이 흐르며 그 영향력은 점차 견고해졌고 넓어졌다. 그리고 에드가 대에 이르러 화려하게 꽃피웠다.

그리하여 지금.

"일단 알아볼 수 있는 데까지는 알아봤지만 그리 많진 않아. 애당초 마탑이 탈주 마법사에 대해 뭘 알려주는 놈들이길 해, 도망친 마법사들이 제 흔적을 남기길 해……. 그나마 좀 나오는 건 그 이그니스란 여자더만. 자작가라곤 해도 한때 귀족이었어서 그런가, 자료가 좀 있던데. 아, 그보다 형님. 탈주 마법사들에 대한 정보는 대체 왜 필요한 건지에 대해선 끝까지 아무 말도 안 해줄 겁니까?"

로이드는 에드가의 표정이 심각하니만큼 신중히 말을 골랐다. '신중히'라는 게 어디까지나 그의 기준이었지만 말이다. 물론 뚱한 표정은 숨기지 못한 채다.

그럼에도 화를 내거나 일을 못 하겠다 때려치우는 짓은 하지 않았다. 로이드는 어릴 적부터 제 위치를 명확하게 인지했다. 가문은 형님이, 자신은 그 뒤를 지탱한다.

그러니 에드가가 부탁하는 일을 하는 덴 조금의 불만도 없었다. 그저 좀 투덜거릴 뿐. 그 정도는 형제간의 우애로 봐줄 수 있지 않겠는가. 로이드는 아무런 대꾸도 없이 서류만 뒤적이는 에드가의 모습에 입술을 비죽였다. 등받이에 몸을 던지듯 기대며 작게 투덜거리는 목소리에는 불만이 가득했다.

"아, 형님. 뭐든 알고 좀 합시다, 알고."

그런다고 대답해 줄 에드가가 아니었지만 말이다. 그러나 고의는 아니었다. 지금 그는 로이드의 불만이 귀에 들어오지 않는 상태였다.

세상 모든 사람을 만족시킬 수 있는 집단이 어디에 있겠는가. 그러나 마탑은 대체적으로 마법사들에게 평이 좋은 편이었다. 그렇게 된 데엔 마법사를 착취하는 대신 보호하는 곳이라는 이미지가 크게 작용했다. 실질적으로도 마법사라면 국적과 신분을 가리지 않고 받아주는 유일한 곳이기도 했고 말이다.

그러나 여전히 마탑을 탈주하는 마법사들은 존재했다. 현 마탑 체제의 전복을 외치는 그들을, 마탑은 탈주자로 구분하고 엄격히 관리했다. 몇 년이 걸리든 추격해 그 입을 다물게 한다는 소문도 있었다.

걸러 들어야 하는 게 소문이라지만, 최소한 마탑이 탈주 마법사에게 자비롭지 않다는 것만큼은 사실이다.

'아무리 그래도 알아낼 수 있는 게 이게 전부라니.'

가문의 연줄을 전부 동원했다. 그럼에도 손에 넣은 것은 고작 백여 페이지에 달하는 서류가 전부다. 심지어 그 내용들은 전부 탈주한 마법사들의 과거사에 불과했다. 할 수 있는 모든 방법을 동원했음에도 현재 그들이 어디에 있는지, 무엇을 하고 있는지에 대해서는 알 수가 없었다.

심지어 생존 여부마저.

"로이드."

에드가의 부름에 소파 위에서 뒹굴거리던 로이드의 눈이 반짝 뜨였다. 몸의 반동을 이용해 튀어나오듯 일어나는 몸짓이 날렵했다. 그는 상체를 기울인 채 눈을 반짝이며 에드가를 바라봤다.

마치 충실한 충견처럼.

"얘기해 줄 생각이……."

"기밀이다."

"……형님. 이 아우에겐 무슨 얘기든 해도 된다 생각하지 않는 겁니까? 제 입이 얼마나 무거운지 형님도―"

진지하게 되물었던 로이드는 에드가의 서늘한 시선에 양손을 들어 올렸다. 거 참, 농담이라고는 통하지 않는 형님이라 생각하며.

"알겠어, 알겠어. 묻지 않을게. 그래서, 또 왜?"

"의견을 듣고 싶은데."

"그런 거라면 언제든 환영이야."

로이드는 한쪽 눈을 찡긋하며 장난스럽게 덧붙였다.

"연애 상담이면 더 좋고."

에드가는 가뿐히 그 말을 무시했다. 그는 손에 쥐고 있던 서류 뭉치를 테이블에 올려놓았다. 펼쳐진 곳엔 이그니스와 관련된 내용이 적혀 있었다.

"포티아 자작가와 관련된 사건은 기억하고 있겠지."

"아아. 잊을 수가 없지. 그렇게 난리였는데 어떻게 잊겠어? 대공은 자작을 잘라내고 유유히 빠져나가고 폐하께서는 또 눈을 감으신 데다 전하께서는 상처가 깊어 며칠간 사경을 헤맨 덕에 수습하는 게 진짜 힘들었지. 난 아직도 그날 일이 소문 안 난 게 용하다 생각하고 있는 사람이야. 그래서, 그 일이 왜?"

"그녀가 그날 사건에 대해 자세히 알고 있을 가능성이 얼마나 된다 생각하지?"

로이드는 그제야 에드가가 물으려는 말의 맥락을 파악했다. 그의 얼굴에서 장난기가 걷혔다. 상체를 앞으로 기울인 채 턱을 괸 로이드의 두 눈이 무겁게 가라앉았다.

사건이 터졌을 때 이그니스는 이미 마탑에 귀의한 마법사였다. 그녀가 마탑에 들어간 시간을 따져 보자면 제대로 파악하고 있지 않을 가능성이 컸다.

그렇다면 과연 대공에 대해서는 얼마나 알고 있을 것인가. 제 아비가 대공에게 협력했다는 것까지? 아니면 제 아비를 버린 것이 대공이라는 것까지?

"……형님, 설마하니 전하께서 또 위협받고 있다는 얘기를 하려는 거면 마음의 준비라도 하게 해주면 안 됩니까?"

카인이 저승 문턱까지 갔던 게 몇 년이나 됐다고 또 죽을 위험이란 말인가. 질색하는 로이드의 물음에 에드가는 별말 없이 자리에서 일어났다. 질문에 대한 답은 그것으로도 충분했다. 시간이 필요하다니 쭉, 충분히 줄 생각이었다.

에드가는 서류를 챙긴 채 문 쪽으로 걸어가다 중간에 멈춰 섰다.

"이그니스의 행적을 최우선으로 파악해라. 마음의 준비를 할 시간은, 충분히 갖고."

이미 다 알게 됐겠지만. 에드가의 배려 아닌 배려에 로이드는 고통으로 몸부림치며 제 머리칼을 잡아 뜯었다.

그렇게 로이드가 고통받고 있을 때, 에이플과 프루트도 지배층의 횡포에 고통받고 있었다. 당연한 말이겠으나 조사단에 속하게 된 뒤로 둘은 매우 바빠졌다. 카인이 둘을 넣은 건 공후럽 활동을 보다 효과적으로 하기 위해서라지만 조사가 진행될수록 일이 늘어나는 건 당연했다. 덕분에 초과 근무에 추가 근무까지 하고 있었으니 에이플의 눈가가 벌겋게 달아오른 것도 이해하지 못할 것은 아니었다.

지금도 에이플은 마차 사고가 일어났던 현장에서, 귀에 손을 댄 채 연신 고개를 조아리고 있었다.

"예, 예. 아, 물론 최선을 다하고는 있습니다. 으하하하! 전하께서도 제가 이 일에 얼마나 열정적으로 임하고 있는지 알고 계시잖습니까."

열정적이라 말하는 남자의 얼굴은, 그러나 열정과는 영 거리가 멀어 보였다. 그는 하하하 웃으며 속으로 생각했다. 직장생활이란. 이렇게 남의 돈 버는 게 지랄맞다.

제가 아무리 최선을 다한다 한들 에드가와 리아의 관계가 얼마나 진전됐는지까지 알 수 있을 리가 없지 않은가. 불가능을 가능케 하라 말하는 상사의 집요한 추궁에 에이플은 해탈한 기분이 되어버렸다. 그는 여기저기 흩어진 동료들을 곁눈질로 확인했다. 거리가 충분하다는 것을 확인한 뒤에야, 그는 목소리를 한껏 낮춘 채 물었다.

"그런데 말이죠, 전하…… 역시 저희 단장이 더 아깝다는 생각이 들진 않으십니까?"

[그건 또 무슨 소리인가, 경.]

어쩐지 카인의 목소리가 낮았다. 평소라면 그 변화를 귀신같이 알아차렸겠지만, 지금 에이플은 해탈한 상태였다. 될 대로 되라지.

"생각해 보십시오, 전하. 저희 단장은……"

에이플은 일전의 설전을 다시 시작하려 했다. 그가 생각하기에 객관적으로나 주관적으로나 리아가 훨씬 아까웠으니 말이다. 그러나 공후럽 해체를 목표로 내뱉은 거국적인 한마디는, 카인의 비웃음으로 막을 내려야만 했다.

[페리엘 공작에겐 황위 계승권이 있지.]

짧고 굵은 한마디에 에이플은 뒤통수를 얻어맞은 것 같은 표정을 지었다. 그 어떤 장점을 갖고 와도 감히 비교할 수 있을 리가 없다. 생각도 못 해봤다. 황위 계승권이라니. 어째서 잊고 있었을까. 에드가의 모친이 황녀이니 그에게도 황위 계승권이 주어진다는 사실을. 순위는 한창 밑이겠지만 말이다.

에이플은 넋 나간 표정으로 중얼거렸다.

"……참 잘 어울리는 한 쌍이라 생각하지 않으십니까."

[아주 잘 어울리지.]

"그러게 말입니다. 아하하하!"

에이플은 고개를 조아리며 생각했다. 어쩌겠는가. 공작에 오러 사용자로도 모자라 황위 계승권까지 갖고 있는 남자라니.

'단장, 전 최선을 다했습니다.'

양심에 찔려서 더는 에드가가 모자라단 말은 못하겠다. 그렇게 최선을 다한 남자, 에이플은 본전도 찾지 못하고 조용히 통신을 종료했다. 생각지도 못한 복병을 만났다. 에이플은 허리에 손을 얹은 채 하늘을 보며 한숨을 푹 뱉었다. 이 일을 앞으로 어찌 한단 말인가.

그런 그의 곁으로 다가온 프루트는 에이플의 모습에 눈살을 찌푸렸다. 앤 일하라고 데려다놨더니 왜 멍하니 하늘만 바라보고 있단 말인가. 결국 프루트는 에이플의 옆구리를 툭 치며 물었다.

"뭐 하고 있냐?"

에이플의 시선이 천천히 움직였다. 그는 프루트를 가만히 바라 봤다. 붉은늑대기사단의 부단장이자, 같은 공후럽이자, 자신보다 직위가 높은 책임자.

책임자!

책임을 지는 사람!

에이플의 눈이 순간 반짝였다. 그는 마치 먹잇감을 발견한 맹수처럼 프루트의 팔을 낚아챘다.

"왜 그래 갑자기?"

그리고 당연하게도, 프루트는 눈에 핏줄이 선 에이플의 손을 질색하며 털어냈다.

"아, 좀! 가만히 있어보십쇼!"

반항하는 프루트의 팔을 찰싹 내려치는 손끝이 매서웠다. 잡아끄는 아귀힘도 상당해, 프루트가 그 산만 한 덩치로도 구석진 곳으로 끌려갈 정도였다. 그는 질질 끌려가는 건 둘째로 치더라도 새파랗게 어린 부하에게 얻어맞았다는 충격에 그대로 얼어붙었다.

덕분에 간이 띵띵 부은 에이플은 어렵지 않게 제 상사의 귀에서 마도구를 빼내는 데 성공했다. 전원을 끄는 걸로도 모자라 몇 번이고 확인한 뒤에야 프루트의 귀에 다시 꽂아줬다. 그 즈음 정신이 돌아온 프루트는 이를 득득 갈며 에이플의 어깨를 으스러질 만큼 세게 움켜쥐었다.

"네놈이 미쳤구나."

"악! 아악! 아, 부단장! 말로 합시다, 말로!"

한 대 후려치려던 프루트는 이미 맞은 것처럼 엄살을 떨어대는 에이플의 모습에 기가 막혀서 손을 뗐다. 누가 보면 두어 대는 후려친 줄 알겠다. 그러나 눈치와 엄살로 지금껏 살아남은 에이플은 괜스레 더 목청을 높였다.

"여긴 벼랑이란 말입니다! 잘못해서 떨어지면 부단장이 제 가족 책임지실 겁니까!"

"……너 미혼이잖아."

"그렇게 냉정하게 말하지 마십쇼. 미래의 제 가족들이 웁니다."

헛소리를 진지하게도 한다. 더 닦달하기도 귀찮아져서, 프루트는 본론이나 얘기하라며 손을 휘저었다. 결국 한 대도 안 맞는 데 성공한 에이플은 기분 좋게 웃으며 입을 열었다.

"방해합시다."

"뭘?"

"아, 거 생각을 좀 해보십쇼. 단장을 배신할 수는 없잖습니까. 그렇다고 전하나 전 공작부인을 설득할 수도 없고요."

"그래서?"

좀 더 들어나 보자. 그는 그렇게 생각하며 턱짓했다. 귀찮으니 한 번에 얘기하라는 뜻으로. 그런 프루트의 곁에서 눈칫밥을 거의 십년간 먹어온 에이플은, 눈치 빠르게 본론을 꺼내들었다.

"반–공후럽을 창단하는 겁니다."

"……그게 뭐냐."

영 믿음직스럽지 않다는 시선에도 에이플은 흐흐 웃었다. 그 모습이 계략을 꾸미는 악당을 꼭 닮아 있어서, 프루트는 슬금슬금 뒷걸음질 쳤다. 어쩌다 이 녀석이 이렇게 되어버렸는가 속으로 한탄하면서.

에이플은 그런 그가 도망가지 못하도록 팔을 꽉 붙잡은 채 설명을 늘어놓았다. 세상 자랑스럽다는 표정으로 제 계획을 말하는 에이플을 짜게 식은 표정으로 바라보던 프루트는, 손을 들어 그의 말을 막았다.

"에이플."

"예?"

"네가 착각하고 있는 게 하나 있다."

에이플의 고개가 옆으로 기울었다. 그게 대체 뭐냐는 의문이 두 눈에 가득했다. 역시나 생각조차 못하고 있군. 그는 제 부하를 한심한 시선으로 바라보며 말했다.

"우리가 서임식 때 누구한테 맹세했냐?"

"……폐하시죠?"

"그렇지. 기사의 맹세가 뭐냐?"

"뭐, 폐하께 검을 바치고 영원한 충성과 절대적인 비호를 맹세하는 거죠. 아, 그게 왜요?"

"그럼 태자 전하의 명이 우선이냐, 단장이 우선이냐?"

아아아! 에이플은 그제야 이 대화의 맥락을 잡아냈다. 그는 못지않게 애절한 표정으로 프루트를 올려다보았다.

"어떻게 안 되겠습니까?"

어떻게 될 일이 아니다. 명령 불복종이라니. 기사는 상하관계가 그 무엇보다 우선시되는 집단이다. 그런데도 주군의 명을 거역하겠다 말하는 제 부하를, 프루트는 복잡 미묘한 표정으로 바라봤다. 어쩌면 자신보다 저놈이 더 미쳤을지도 모른다는 생각을 하면서.

"불복종으로 목 잘리기 싫다. 생각해 봐라. 목만 데구르르 굴러가는 꼴을. 난 그거 수습해 줄 가족도 없어."

"아니, 미친 늑대라 불리던 과거가 웁니다! 사람이 왜 그렇게 정상으로 변했습니까! 건틀릿을 팔아먹으면서 운이 나빠봤자 죽는 거라며 웃던 그 겁 없고 대책 없던 남자를 돌려주십시오!"

아련한 과거 얘기까지 끄집어내지자 프루트는 허허 웃었다. 요즘에도 심심할 때면 회자되는 얘기였다. 고작 몇 년 전 얘기니 그리 오래된 일도 아니다. 날도 덥고 돈도 없고 해서 보급용 건틀릿을 하나도 남김없이 싹 쓸어다가 대장간에 갖다 팔았더랬다. 당시 제2기사단의 단장은 여러모로 의욕이라고는 없는 작자여서, 건틀릿이 없어진 걸 무려 세 달 뒤에나 알아차렸다.

이미 돈도, 건틀릿도 사라진 뒤였으니 범인을 잡을 수 있을 리가 없다. 프루트는 심지어 그 돈으로 산 술을 부하들에게 전부 먹여 공범으로 만드는 치밀함까지 보였었다. 그렇게 지금까지도 범인을 밝히지 못한 채 시녀들 사이에서 귀신 얘기처럼 떠돌고 있으니, 여러모로 대단한 남자이기는 했다.

프루트 두 주먹을 옹골지게 움켜쥐고 있는 에이플의 이마를 꾹 밀었다.

"그러니까 얌전히 엎드리는 거다, 이 멍청아."

짐승 같은 감이 나지막이 제게 경고하고 있었다. 카인을 거스르는 일을 했다간 두 번은 없을 것이라고. 네놈이 아직 태자 전하의 무서움을 모른다는 프루트의 말에 에이플은 고개를 떨궜다. 누가 본다면 세상 제일 무겁고 중요한 임무를 수행하고 있다 생각할 만큼 둘의 표정은 심각하기 그지없었다.

손가락을 까딱이며 충고하던 그는, 풀이 잔뜩 죽은 것 같은 부하의 모습에 혀를 찼다.

"그렇다고 뭐 그리 포기가 빨라. 반-공후럽은 안 돼. 그건 너무 티가 나니까. 하지만 은근슬쩍 방해하는 것 정도야, 큰 문제가 되겠냐. 증거가 없으니 더 좋고.”

“……부단장!”

프루트는 제 말을 듣자마자 반짝이는 눈으로 다가오는 에이플을 손을 뻗어 막았다. 그는 세상 진지한 표정으로 경고했다.

“떨어져. 덤비지 마. 걷어찬다.”

참으로 화목한 붉은늑대기사단이 아닐 수 없었다.

“흐음.”

대낮임에도 테이블에 놓인 초의 불꽃이 일렁였다. 심지가 타들어갈 때마다 은은하게 허공에 번지는 향은 식욕을 돋우는 효과가 있었다. 그럼에도 테이블 위의 음식은 본분을 잊은 채 차갑게 식어가고만 있었다.

“심히 의심스럽단 말이지.”

카인은 끊어진 신호를 확인하며 턱을 괬다. 그가 에이플과 곧장 연결이 가능했던 이유는 단순했다. 지금 그가 있는 곳이 조사단 근처였으니 말이다. 거대한 부지를 확보하기 위해 수도 외곽에 자리 잡은 리-페올로. 카인은 아스티나가 리아의 손을 꼭 잡으며 반드시 가보라 추천한 그곳에 앉아 있었다. 그런 그의 뒤에서, 오르도는 새어 나오려는 한숨을 꾹 삼켰다.

“……전하, 지금은 전하께서 의심받고 계신 것 같습니다만.”

“내가? 어째서?”

되묻는 카인은 전혀 이해하지 못하겠다는 표정이었다. 그런 그의 되물음에 오르도는 조용히 카인 주위를 살폈다. 가장 값비싼 2층의 반 테라스 자리를 전부 사들인 것으로도 모자라 일부러 커튼을 쳐 빛을 차단한 것까지는 그러려니 할 법했다. 분위기 있는 식사를 선호하는 귀족들은 많았으니 말이다.

그러나 스무 개가 넘는 테이블은 텅 비어 있다. 주인 없는 초들만이 애처로이 흔들릴 뿐이었다. 그 사이에서 1층 홀이 가장 잘 보이는 자리를 차지하고 앉아 있는 남자 한 명. 충분히 의심스럽게 보일 만한 조건이 아닐 수 없었다.

실제로도 아까 전부터 종업원들이 이쪽을 힐끔거리고 있었다. 신분을 밝히지 않았으니 어쩔 수 없는 일이었지만 말이다.

"아니, 그런데 저 둘은 왜 저렇게 경직되어 있는 게야? 친히 예약까지 전부 해줬건만! 이렇게 낭만적인 분위기 속에서 왜들 굳어 있느냐고!"

카인의 투덜거림에 오르도의 시선이 움직였다. 그는 1층에서도 커다란 샹들리에 바로 아래에 위치해 있는 자리를 가만히 바라봤다.

'두 분도 참…… 고생이 많으십니다.'

묘한 동질감을 느끼면서.

오르도의 중얼거림처럼 두 남녀의 계획에 리-페올로는 존재하지 않았다. 오늘 둘은 삼 년 전 사고가 일어난 곳을 다시 확인할 생각이었다. 삼 년이나 지났지만 무언가 놓친 것이 있을지도 모르니 말이다.

그랬는데.

"……2층에 계시는군요."

"……그렇군."

어쩌다 일이 이렇게 된 걸까. 리아는 새어 나오려던 한숨을 삼켰다. 황궁 안에서 카인에게 붙잡혀 버린 게 문제였을지도 모른다. 붙잡혔다기보다는 카인이 길목에서 기다린 것 같긴 하지만 말이다.

리아는 끈질기게 느껴지는 시선을 애써 외면하며 한껏 목소리를 낮췄다.

"안 그래도 계속 이상하다는 생각을 하긴 했습니다만, 경, 혹시 기사들 중에서 마도구를 갖고 있는 이들이 있다는 걸 알고 계십니까?"

"……아아."

에드가는 대답하는 대신 말끝을 흐렸다. 모를 수가 없다. 오러 사용자인 제게 숨길 생각도 안 하는데 어떻게 모르겠는가. 그 당당함을 보건대 이쪽에서 모를 거라 생각하는 게 분명했다.

에드가는 그 이유도 어렴풋이 짐작하고 있었다. 제 부하들을 중심으로 시작했던 일이, 어쩐 이유에서인지는 알 수 없으나 여기저기로 퍼진 게 분명했다.

'전하와 어머니까지 가세하신 건 의외였지만.'

그러나 현실이 그러니 어쩌겠는가. 에드가는 끙 소리를 내며 작은 목소리로 대답했다.

"어느 정도는."

"이상합니다."

"무엇이?"

"처음에는 전하께서 어떤 일을 하고 계신 것이라 생각했습니다."

리아는 주변을 확인하고는 말을 이었다.

"그랬는데, 전하의 것과 같은 마도구를 착용한 기사들이 제 주변을 맴돌더군요."

공후럽이다. 들키지 않으려 온몸으로 발악한 그들에게는 참 안타깝게도, 리아는 처음부터 이상함을 눈치채고 있었다. 다만 모른 척하고 있었을 뿐. 오러 사용자가 괜히 몸값이 비싼 게 아니다.

리아는 제 앞에 놓여 있는 스테이크를 잘게 썰며 말을 이었다.

"그리고 얼마 전부터는 제 수하의 기사 중 둘에게도 같은 마도구가 보이더군요."

"……자네 주변을 맴돈다고?"

"예. 빙빙."

에드가는 가까스로 한숨을 삼켰다. 하지 말라는 말을 귓등으로도 듣지 않는 부하들을 대체 어찌해야 한단 말인가. 무시하려 했지만 리아에게 직접적인 피해가 간다면 그냥 넘길 수 없었다.

에드가는 식기를 내려놓았다. 저를 귀찮게 하는 건 괜찮았다. 붉은늑대에게 시비를 거는 것도 알 바는 아니었다. 하지만 리아에게 직접적으로 손을 대기 시작했다니. 그의 푸른 눈이 고요히 불타오르며 분노했다.

"언제부터 그랬지?"

"그리 오래되지는 않았습니다만…… 짐작 가는 바라도 있습니까?"

"대충은. 최대한 빨리 그만두게 하지."

"……역시, 중요한 일인 겁니까?"

중요라. 에드가는 그 단어의 중의성에 잠시 고민했다. 중요한 일이긴 했다. 제 개인적인 관점으로 본다면 그 어떤 일보다 중요한 일이었다. 그러나 객관적으로 본다면? 에드가는 단호하게 고개를 저었다.

"그리 중요한 일은 아냐. 그저…… 다들 신이 나 있을 뿐이지."

대체 제 연애 문제에 왜 이리 많은 사람들이 관심을 갖는지는 감도 오지 않지만 말이다. 에드가는 작게 한숨지으며 말을 이었다.

"어찌 되었든 정식으로 항의를 할 테니 곧 해결할 수 있을 거다."

"……중요한 문제가 아니라면."

리아 역시 나이프와 포크를 내려놓았다. 어차피 배가 고프지도 않았다. 그녀는 냅킨을 끌어와 입가를 닦으며 말을 이었다.

"제가 처리하죠."

푸른매 기사들만 연관되어 있다면 얘기는 달라졌을 것이다. 그러나 이번 일에는 제 부하들도 관여하고 있었다. 제 아래에 있는 기사들이 뭔가 저지르고 있다면, 그 책임은 제게 있었다.

"하지만."

"괜찮습니다, 경. 그게 아니라면, 제가 관여하면 안 되는 문제인 겁니까?"

"아니, 그건 아니다만……."

굳이 따지자면 리아도 이 문제의 당사자였으니 이미 깊게 관여하고 있었다. 그 사실을 알지 못할 뿐. 에드가는 차마 제 입으로 전후사정을 얘기할 수 없어 조용히 입을 닫았다. 그가 아무리 이런 일에 무던하다 해도 정도라는 게 있는 법이다.

그녀를 짝사랑하는 마음이 깊은 걸로도 모자라 다른 사람들에게 모두 들킨 데다, 다들 도와주겠다 손발을 걷어붙이고 있을 뿐이라고? 에드가는 한 손으로 얼굴을 가린 채 생각했다.

목에 칼이 들어와도 그리 말할 수는 없노라고.

그런 그의 모습에 고개를 갸웃하던 리아는 이내 자리에서 일어났다. 식사는 거의 손도 대지 않았으나 애당초 둘 중 누구도 원해서 한 식사는 아니었다. 그녀는 우직하게 2층 테라스에 앉아 있는 카인을 향해 고개를 숙여 보인 다음 에드가에게 말했다.

"그럼 일단 먼저 제 부하들에게 얘기를 들어봐야겠군요. 먼저 일어나도 괜찮겠습니까, 경?"

"같이 가지."

에드가도 자리에서 일어났다. 그는 카인을 원망스럽게 바라봐 준 다음 리아를 에스코트했다. 뒤에 남겨진 카인은 멍하니 눈을 끔뻑이다 자리를 박차고 일어났다.

"아니, 저 둘은 식사도 마치지 않고 대체 어딜 가는 게야!"

그리고 오르도는 처음부터 하고 싶었던 말을 속으로나마 중얼거렸다.

'……지금은 오후 3시입니다, 전하.'

점심을 먹기에도, 저녁을 먹기에도 참 어중간한 시간이라며.

그러나 결국 그날 리아는 프루트와 에이플에게 전후사정을 전해 듣지 못했다. 둘 다 표정이 어찌나 심각한지 차마 뭘 물을 만한 분위기가 아니었다. 어차피 그리 급한 일도 아니다. 리아는 그렇게 생각하며 이번 일을 뒤로 미뤘다.

사고 현장에서 특별히 알아낸 것도 없었다. 혹시나 했던 결과는 역시나로 돌아왔다. 조사의 방향을 완전히 바꿔야 하는 시점이었다. 리아는 오후 내내 에드가, 조사단과 함께 앞으로의 방향에 대해 논의했다. 그렇게 해가 뉘엿뉘엿 저문 뒤에야 돌아온 저택이었다.

리아는 서재에 앉아 보석함을 뚫어져라 바라봤다. 가족 얘기는 피하면서 마차 사고에 대한 얘기만 끌어내려다 보니 한 글자를 적는데도 꽤 많은 시간이 필요했다.

〈'전조'라고 했던 것, 기억하고 있어? 그래서 묻는 건데, 로렐리아. 그쪽 세상에서 마차 사고 이후에 또 무슨 일이 있었던 거니?〉

그래서일까. 그녀가 쓴 글귀는 고민한 시간과 비교했을 때 짧기 그지없었다. 그걸로도 부족해서, 보석함에 넣기 전 몇 번이나 읽어봤다. 항상 답변 시간이 짧았던 로렐리아다. 그러나 이번에는 뜨겁던 차가 차갑게 식을 때까지 답변이 돌아오지 않았다.

'벌써 잠든 건가?'

그렇다면 자신도 슬슬 자야겠다 생각하며 자리에서 일어났을 때, 보석이 붉게 빛났다.

〈리아.〉

편지를 꺼낸 리아의 미간이 깊게 패였다.

저쪽 세상의 로렐리아는 그녀가 될 수 있으리라 상상해 본 적도 없는 이상적인 공작부인 그 자체였다. 그녀는 항상 향수를 뿌린 종이를 썼다. 뒷면에 줄자용 종이를 덧대는지 정갈하게 쓰인 글씨를 보다 보면 그 내용과는 상관없이 기분이 좋아지곤 했다. 자신과는 다른 삶을 사는 그녀였기에 더 좋았다.

그랬는데.

제 이름으로 시작되는 편지의 첫 글귀는 사선으로 올라가 있었다. 위에서 아래로 출렁이는 글자들은 중간 중간에 끊겨 있거나 잉크가 번져 있어서 로렐리아가 이 한 줄을 쓰기 위해 몇 번이고 고심했음을 짐작케 했다.

〈이 말을 네게 해야 할지 모르겠어. 미래를 바꾸는 게 옳은 일인지, 아직도 확신하지 못하고 있거든.〉

리아는 반쯤 번져서 읽기 힘든 글자들을 알아보기 위해 눈을 가늘게 떴다.

〈그래도 너와 연락이 닿기를 애타게 바란 건, 다른 세상에서라도 이 불행한 사건이 없길 바랐기 때문이니까.〉

글자는 그 뒤부터 힘줘 눌러쓴 모양새로 바뀌었다.

〈리아, 부디 태자 전하의 탄신연을 조심해. 그날 밤엔 많은 사람이 죽었고, 해가 하늘에 걸린 뒤엔 많은 사람들이 처형당했어. 대공도 그중 하나였고. 다들 말이 많았지만, 그만큼 죽고 다친 사람들이 많았기에 폐하의 결정에 반대한 자는 없었어. 자칫 잘못했다간 외교 문제로도 번질 수 있는 상황이었거든. 탄신연 때 죽은 이들 중에는 미셸 후궁도……〉

미셸? 편지는 점점 더 이해할 수 없는 내용들로 채워지고 있었다. 미셸이 갑자기 왜 나온단 말인가? 리아는 살짝 눈살을 찌푸린 채 뒷부분을 마저 읽었다.

그리고, 끝까지 전부 읽었을 때, 리아는 방금 전 제가 고민하던 것도 잊은 채 자리를 박차고 일어났다. 손안에서 편지가 우그러졌다. 당장에라도 밖으로 뛰어나가려던 리아는 이내 아찔한 두통을 느끼며 다시 자리에 주저앉았다.

†

사람마다 마음에 품은 가치는 제각기 다른 빛을 낸다.

여기, 이 자리에, 이그니스가 품은 것은 불타오르는 불길을 닮아 있었다. 가장 낮은 곳에서 누구보다 밝게 타오르는 여인, 그녀의 발이 닿는 곳마다 불티가 떨어졌다. 검은 후드를 뒤집어쓰고 있는 사람들 앞에 나서는 그녀는, 이 자리에서 유일하게 얼굴을 온전히 드러낸 채였다.

사뿐히 앞으로 내딛는 걸음이 가벼웠다. 그녀는 바닥을 향해 있던 고개를 들어 올렸다. 숱 많은 붉은 머리칼이 고갯짓을 따라 등허리 아래로 와르르 쏟아져 내렸다.

"계속해서 참을 것인가."

붉은 눈동자가 몇 안 되는 대중을 하나하나 꼽았다.

"오래전, 한 여인이 갖고 있던 것이라고는 오롯이 그녀 자신뿐이었지만, 그녀의 결단은 세상을 뒤집었노라. 최초의 대마법사는 그렇게 마법사들을 위한 곳을 만들었고, 완벽한 자유를 손에 넣었다."

뱉어지는 목소리엔 강렬한 의지가, 그리고 자신감이 녹아 있어 듣는 이의 관심을 잡아끄는 힘이 있었다. 붉게 칠한 입술이 열렸다.

"세상의 중심은 다시금 움직이고 있다. 이제, 진정한 낙원을 세울 시간이 도래했으니, 그곳엔 우리가 있을 것이다."

허공으로 희고 가는 팔이 뻗어졌다. 너무 가늘어 금방이라도 부러질 것만 같은 팔을 불길이 휘감았다. 사람들의 아우성이 하늘을 찌를 듯 높아졌을 때, 이그니스의 붉게 칠한 입술이 비틀렸다.

'그리하여 나는 저 거만한 황족들을 모조리 죽여 버리고야 말 것이다.'

그것을 위한 한 걸음이었다. 오직 그 목적을 달성하기 위한 순간들이고 고난들이었다. 이제 그 끝이 눈에 보이고 있었다. 이그니스는 짙게 웃었다. 자신의 머리칼보다도 검붉은 피를 양손 가득 묻히게 될 그날을 꿈꾸며.

그 불길은 이어지고, 또다시 이어져 거대한 마탑으로까지 번져 나갔다. 그리하여 며칠이나마 머문 마탑을 멍하니 바라보던 벨포스는 자신도 모르는 사이에 중얼거렸다.

"낙원이라."

사막의 찬바람이 그런 그를 스치듯 할퀴고 지나갔다. 푹 눌러 썼던 후드가 벗겨진 것은 당연지사다.

쏴아아아—

벨포스는 흩날리는 머리칼을 고정시킬 생각조차 하지 못한 채 고개를 젖혀 마탑을 올려다봤다. 대륙에 퍼져 있는 모든 마법사들이 머물 수 있을 만큼 거대했으니 그 탑의 끝이 제대로 보일 리 없다.

"응? 뭐라고 했어, 벨?"

나나의 물음에 멍하니 넋을 놓고 있던 벨포스는 퍼뜩 정신을 차렸다. 그는 어색하게 웃으며 시선을 돌렸다. 그리곤 뒤로 넘어갔던 후드를 갈무리하고 짐을 추켜올렸다.

"아, 그냥. 마탑에 며칠 머물러서 그런가. 갑자기 셰나에 대한 얘기가 떠올라서."

최초의 대마법사이자 마탑의 어머니를 입에 올리는 목소리는 부드러웠다. 셰나. 그녀의 위대함은 뒤로 미뤄두더라도 이런 상황에서조차 상념에 잠길 수 있다는 사실에 나나는 감탄을 마지않았다. 어찌나 감명 깊었는지, 그녀는 어깨에 대롱대롱 매달려 있는 짐 때문에 비스듬히 선 상태로도 박수를 쳐 주었다.

"역시 넌 좀 비범해."

"……최소한 그 말을 네게 듣고 싶진 않아, 나나."

"아냐. 너랑 비교하면 난 아직 수행이 부족하다니까?"

마음 같아서는 한참 동안 박수를 쳐 주고 싶었지만 어깨가 뻐근했다. 고작 박수에 몸의 안위를 걸고 싶은 생각은 전혀 없었기에, 나나는 금세 손을 멈췄다. 대신 그녀는 높다란 마탑을 가리키며 말했다.

"지금 우리는 그런 맘 편한 생각을 하고 있을 때가 아니라는 걸 부디 잊지 말아줘, 벨."

"그렇게까지 심각한 상황은 아니……."

벨포스는 반박하려던 것을 조용히 그만두었다. 계속 말하기엔 뾰족하게 선 나나의 시선이 무서웠다. 나나는 이마를 짚은 채 푹 한숨을 뱉었다. 머리끝까지 뒤집어쓰고 있던 후드를 벗는 손끝이 야무졌다. 얇은 후드를 걷어내자 그 속에서 곱슬거리는 갈색 머리칼이 퐁, 튀어나왔다.

"심각한 상황이 아니라니! 우린 지금 야밤에 도주 중이라고!

오, 신이시여! 아직도 모르겠니? 우린 지금 큰일 난 거야. 심지어
난 한창 과거로 돌아가는 방법을 연구하고 있었는데. 이게 무슨
날벼락이람! 여신께 굽어살펴 달라고 빌어도 이상하지 않을 상황
이라고!"

"그러니까 안 따라와도 된다고 했잖아."

혼자 간다는 걸 굳이 따라오느냐는 벨의 중얼거림에 나는
고개를 저었다. 그녀는 마치 철없는 막냇동생을 보는 것 같은 표
정으로 벨포스를 바라보며 대답했다.

"벨, 오, 벨. 말이 되는 소리를 해. 넌 분명 나중에 이번 일로
누명을 뒤집어써도 억울하다는 말 한 마디 못하고 그러려니 할
거라고! 내가 또 그 꼴은 못 보지."

"누명? 무슨 누명?"

"음. 예를 들면 반-마탑 세력에 가담했다던가? 마탑에 엿 먹이
기 위해서 탈주를 감행했다던가? 그게 아니면 마탑 자체를 전복
시킬 무시무시한 음모를 품고 있다던가!"

파삭, 벨은 풀숲을 헤치며 한숨지었다.

"말도 안 돼. 내가 무엇 하러?"

"벨. 원래 누명이란 건 말이 안 되는 얘기인 법이야. 누가 말이
되는 얘기로 누명쓰는 거 봤어? 어쨌든 드벨 후작가라고 해도 마
탑을 적으로 돌리는 건 골치가 아플 거란 거지. 짜잔! 내가 동행
하는 이유가 여기서 등장! 내가 나중에 원로들에게 자알 설명해
주면 만사형통이란 말씀!"

"……어디가 만사형통이야?"

도무지 이해를 못하겠다는 벨의 표정에 나나가 쯔쯔, 혀를 찼
다. 그녀는 검지를 허공에 대고 흔들며 에헴, 헛기침을 뱉었다.

"난 이래 봬도 마탑에서 십 년 넘게 신뢰를 쌓아왔다고. 지난 세월이 다르고, 쌓아온 인맥이 다르단 소리지. 인맥이. 벨, 네 말은 한 귀로 듣고 흘려도 내 말엔 다들 귀를 기울여 줄 거라고. 넌 내가 얼마나 대단한 사람인지 좀 알아야 해. 이왕에 아는 거, 감사도 좀 하고."

인맥과 연줄이 세상 살아가는 전부라며 허리에 손을 얹는 나 나를, 벨이 복잡한 시선으로 바라봤다. 그녀의 연줄이 마탑의 원로들이라면, 제 것은 제국의 황제라는 말은 굳이 하지 않은 채였다.

††

전후 사정이야 어찌 되었든 사실관계만 놓고 보자면 벨포스는 마탑에서 탈주했다. 그 사실이 제국에 닿기까지 시일이 걸린다는 게 문제라면 문제였다. 제 하나뿐인 동생이 무슨 일을 하고 있는지 알 리가 없는 리아는, 오후 내내 일에 제대로 집중하지 못했다.

〈그래, 미셸 마마께서는 그 사건의 수많은 피해자 중 한 명이야. 제국은 그녀의 일신에 대한 책임으로 국장에 예를 표하고…….〉

어젯밤 저쪽 세상에서 받은 편지가 너무도 충격적이어서.

로렐리아는 짤막하게 미셸의 사망을 전했다. 죽은 게 그녀뿐만은 아니었지만, 리아에게 가장 충격적인 죽음은 미셸의 것이었다. 자세한 설명을 부탁하는 그녀에게 로렐리아는 자세한 것은 알지 못한다는 말로 대답을 대신했다. 당시에는 대피하느라 정신이 없었고, 후처리는 극비리에 이뤄졌다는 것이다.

그 뒤로는 줄줄이 이어지는 예우들이었다. 열두 자루의 검, 스물여덟 개의 기둥……. 그 딱딱한 문장들에서 저쪽 세상의 로렐리아가 미셸과 그다지 친분이 없었다는 게 엿보였다. 미셸의 이름을 대표로 언급한 이유도 사망한 이들 중 그녀의 신분이 가장 높기 때문인 것 같았다. 그 속에는 안타까움이 있을지언정 슬픔이나 비통함은 없었다. 속이 울렁거려, 리아는 먹은 것도 없이 속에 든 것들을 전부 게워내야만 했다. 그러고도 진정이 되지 않았다.

머릿속이 복잡해서 아플 정도였다. 이해조차 되지 않아, 리아는 그게 무슨 소리냐 반복해서 물어야만 했다. 장난치지 말라고. 그녀가 왜 죽느냐고. 누가 그런 무도한 짓을 저지르냐는 리아의 외침에 로렐리아는 평소와는 달리 무척이나 침착하고 또 묵직하게 반응했다. 미래를 바꾸는 일에 대해 저쪽 세상의 벨포스가 단단히 주의를 준 듯했다.

그럼에도 그녀가 경고한 이유는 하나였다. 리아가 기사이기 때문에. 지킴을 당하는 것이 아니라 누군가를 지켜야 하는 위치이니 다치기도 쉬우리라 여겼으리라.

"하—"

리아는 양손에 얼굴을 파묻은 채로 가쁜 숨을 뱉어냈다.

현 라흘란 제국은 크게 세 세력으로 나뉘어 있다 해도 과언이 아니다. 그중에서 중립파를 제한다면 현재 후계구도는 둘로 양분되어 있다. 적통한 태자인 카인을 따르는 이들과, 황제의 동생인 그리드 대공을 따르는 이들로.

에드가의 말이 맞다. 중립을 고수하던 드벨 후작의 추가 기울었을 때 격분할 이를 고르라면 손가락은 두 개도 필요치 않다. 다들 약속이라도 한 듯이 그리드의 이름을 댈 테니.

"전조."

리아는 처음부터 마음에 걸렸던 단어를 조용히 읊조렸다.

'마차 사고와 곧 열리는 태자 전하의 탄신연 때 일어나는 사건. 후궁이 사망할 정도로 큰일이었는데도 제대로 드러난 건 아무것도 없다, 라.'

모든 것은 그저 짐작이었다. 그럼에도 퍼즐이 맞춰지듯 빠르게 자리를 찾아가는 조각들에, 리아는 자신도 모르는 사이에 읊조렸다.

"대공의 처형까지도."

중얼거리는 목소리가 낮았다. 그녀의 두 눈이 서늘하게 빛났다. 간혹 한 걸음 뒤로 물러서야만 제대로 보이는 것이 있는 법이다. 당사자가 아닌 제삼자의 눈으로, 혹은 아직 일어나지 않은 일을 객관적으로 볼 때만 보이는 것.

"……처음부터……"

모든 것이 연관되어 있었다면? 마차 사고 때부터 이 모든 것들이 계획되어 있었다면? 머릿속을 스쳐 가는 생각에, 눈앞이 아찔해졌다. 그 와중에 죽음이라는 충격이 너무도 커서, 리아는 후궁전을 눈앞에 둔 채 비틀거려야만 했다. 옆에서 따라오던 베리얼이 당황하며 손을 뻗어 그녀를 부축했다.

"단장, 괜찮으십니까?"

에이플이 조사단으로 빠지자 그 자리를 대신하게 된 베리얼은 리아를 꽤 걱정스레 바라봤다.

"안색이 좋지 않습니다만. 몸이 안 좋으시면 조퇴하시는 게……"

"괜찮아."

리아는 손사래를 치며 몸을 똑바로 세웠다. 등 뒤에서 걱정스러운 시선이 느껴졌다. 평소에도 걱정이 많은 베리얼이 자리를 뜨지 못하고 자신을 바라보고 있는 것이리라. 리아는 울렁거리는 속을 애써 부여잡으며 몸을 똑바로 세웠다. 해결된 것은 아무것도 없었다. 이제 겨우 시작인데 여기서 쓰러질 수는 없었다.

그렇게 각오를 다지며 후궁으로 들어선 그녀는,

"후작님!"

"어서 오세요!"

자신을 보자마자 활짝 웃으며 반기는 세 후궁들의 모습에 바짝 당겨졌던 신경이 느슨해지는 기분을 느꼈다. 오늘은 셋 다 푸른 하늘을 꼭 닮은 파란 드레스를 입고 있었다. 맞춰 입은 것이 분명했다.

"오늘은 하늘이 너무 맑아서 다들 신이 났지 뭐예요?"

"어머, 아스티나! 그건 나중에 얘기하기로 했잖아요."

"그랬죠, 참. 너무 들떠서……."

어서 오라며 말하다가도 누구의 리본을 매만져 주는 모습이 평소와 다를 것 없었다. 빠르게 오고가는 대화 사이사이에 까르르 터져 나오는 웃음소리마저.

그 모습에 속에서 무언가가 울컥 올라왔다. 다가오던 걸음을 멈추는 리아의 모습에 아스티나가 걱정스레 불렀다.

"후작님?"

리아는 그 걱정스러운 표정에 이내 아무렇지도 않게 표정을 갈무리했다.

"늦었습니다."

웃으며 자리에 앉는 리아의 모습은 평소와 다를 바가 없었다. 미셸은 손수 차를 따라주며 손사래를 쳤다.

"딱 맞춰오셨어요. 저희가 오늘 후작님을 얼마나 기다렸는지 알면 깜짝 놀라실걸요!"

"저를 기다리셨습니까?"

무슨 일이라도 있었나? 사람을 보냈으면 달려왔을 것이다. 리아의 표정에서 그런 기색을 읽어낸 루실라가 음흉한 표정으로 후후 웃었다.

"급한 건 아니었어요. 그렇죠, 아스티나?"

"그럼요. 그저 정말, 저어엉말 궁금한 게 있어서 멋대로 기다린 것뿐이니, 그렇게 미안해하지 않으셔도 괜찮아요."

안느의 생각은 옳았다. 세 후궁들은 결혼에 있어 사랑이 가장 중요하다 생각했다. 그녀들의 인생은 그렇게까지 불운하진 않았다. 소국이기는 하나 한 나라의 공주로 태어나 날 때부터 먹고 입는 것을 걱정해 본 적이 없다는 것만으로도 행운이었다. 그뿐이랴. 정략혼이라고는 하나 제국의 후궁이 되었으니 평생 일신의 안위는 보장된 것이나 다름없었다.

뒷골목이나 홍등가에서 매일 쥐도 새도 모르게 죽어나가는 여자들이 얼마나 많은지 알고 있다면, 그것만으로도 그녀들의 삶은 축복받았다 할 만했다. 문제는 상대성에 있었다. 세상 사람들이 그 정도면 괜찮은 삶이라 말한다 할지라도 사람이라면 비교가 되는 법이다. 나보다 더 나은 사람과.

그래서일까. 후궁들이 보기에 안느야말로 성공한 인생이었다. 자신의 손으로 사랑을 쟁취한 여성. 전 페리엘 공작이 애처가로 이름 높다는 것만으로도 그녀들은 안느를 부러워했다. 남편의 절대적인 사랑은 그녀들에게 결핍된 가장 큰 조각이었으므로 더 그렇게 느껴졌다.

"저희는 언제든지 기다리고 있답니다, 후작님."

어차피 자신들에게는 불가능한 소망이었다. 제국의 후궁들은 황제의 사랑을 받지 못하는 존재였으니 말이다. 자연스럽게 그녀들의 소망은 가장 가까이에 있는, 애정하는 이에게 투영되었다.

바로 로렐리아에게.

"몽실몽실에 가셨다면서요? 페리엘 공작 각하와 함께! 리-페올로에도 가시고! 데이트라도 하신 건가요? 어떠셨어요?"

"아스티나도 차암. 하나씩 물어봐요, 하나씩. 후작님께서 당황해하시잖아요."

"어머. 내 정신 좀 봐."

그녀들은 진심으로 바랐다. 리아를 진심으로 사랑해 줄 남자가 그녀와 결혼하기를. 신분? 그녀가 드벨 후작인데 무엇이 문제인가. 재력? 드벨 후작가는 광산을 두어 개 갖고 있어 금전이 부족한 역사가 없었다. 리아는 귀족들이 말하는 조건 대부분을 갖추고 있었다. 그러니 남은 것은 사랑뿐이지 않은가.

후궁들은 생각했다. 리아의 곁은 그녀를 사랑하는 사람이 채워야만 한다고. 누구 하나 먼저 말한 적은 없었지만, 그녀들은 서로가 같은 생각을 하고 있다는 걸 알고 있었다. 사랑을 주기만 하는 건 너무 힘들었다. 기대하다 실망하고, 실망을 반복하다 포기해 버리는 과정을 리아만은 겪지 않길, 그녀들은 간절히 바라왔다. 귀족들의 결혼이 대부분 조건만을 따진다는 걸 알기에 더 그랬다.

그랬는데. 그 페리엘 공작이 리아를 짝사랑하고 있다니. 그것도 무려 삼 년 동안이나. 설마, 했던 적은 있었지만 그 설마가 확신으로 변하자 세 후궁은 본격적으로 팔을 걷어붙였다.

"데이트라니, 무슨 말씀이신지……."

"다들 그렇게 얘기하던걸요! 안 그래요, 미셸?"

"그럼요!"

리아는 맞장구치는 미셸을 꽤 오래 눈에 담았다. 무의식적인 행동이었다. 곧 감당하기 힘든 현실이 그녀를 덮쳤지만 말이다.

"……소문이, 났습니까?"

에드가와 자신이 데이트를 했다고? 리아는 그 간질거리는 단어가 결코 상사와 부하의 만남에 쓰이지 않았을 것이라 확신할 수 있었다.

"저와, 에드가 경이……."

아스티나는 넋을 놓은 것 같은 리아의 모습에 손을 뻗어 그녀의 것에 얹으며 뒷말을 대신 말해주었다.

"데이트요."

화드득. 리아는 마치 전기에 감전되기라도 한 듯이 몸을 가늘게 떨었다. 정신을 차린 것인지 조금 커다래진 녹안은 경악에 휩싸여 있었다.

"아닙니다."

리아는 반복해 부정했다.

"절대, 아닙니다."

방금 전까지 머릿속을 꽉 채우고 있던 것들이 썰물처럼 쓸려나갔다. 리아는 자신도 모르게 아랫입술을 물어뜯었다. 그동안 에드가에 대해 오해하고 있었다는 점은 인정하는 바였다. 그러나 그건 어디까지나 생각보다 좋은 사람, 이라는 범주 안이었다. 그녀는 맹세컨대 단 한 번도 에드가를 이성으로 본 적이 없었다.

요즈음 청혼서가 줄어드는 것 같다 싶었더니 이것 때문이었나. 리아는 대체 소문이 어디까지 퍼졌는지 모르겠다 중얼거리며 말을 이었다.

"에드가 경과는 업무적인 일로 만났습니다. 몽실몽실에서 만난 건…… 태자 전하께서 추천해 주신 곳이라……."

목소리가 점차 흐려졌다. 그제야 의문이 들었다. 카인은 어째서 데이트라 오해하기 딱 좋은 장소를 골라준 것일까. 애당초 어느 한 곳을 정해 거길 가라 명령하는 것도 우스운 일이었다. 다른 일들에 치이느라 고민조차 못했던 것이 이제 와 머릿속에 거대한 물음표를 그려 넣었다.

그런 리아의 생각을 끊어낸 것은 루실라였다. 그녀는 각설탕을 리아의 찻잔에 넣어주며 달래듯 말했다.

"역시 그랬군요. 사실 저희도 그러지 않을까 생각은 했어요. 그도 그럴 게, 푸른매 기사들이 붉은늑대들을 얼마나 괴롭혔는데요. 그런 작자들의 수장격인 남자가 후작님을 사랑한다니! 말도 안 되는 얘기죠. 그렇죠, 후작님?"

상명하복이 철저한 기사들이 단독으로 움직였을 리는 없다. 그러니 배후에 에드가가 있지 않겠느냐 말하며 고개를 젓는 루실라의 연기는 그야말로 완벽했다. 손바닥도 쿵짝이 맞아야 한다는 얘기가 있다. 루실라의 말이 끝나기가 무섭게, 아스티나가 폭 한숨을 내쉬며 말을 받았다.

"하긴. 유명했죠. 공작 각하께서 제2기사단에게만 특별 훈련을 시킨다던가, 큰 사건에 후작님을 제외한 적도 있고."

리아가 부임한 지 몇 달 안 되었을 무렵, 에드가는 그전까진 관심 한 줌 주지 않았던 제2기사단에 적극적으로 관여했던 적이 있다. 리아가 에드가에 대한 나쁜 인상을 갖게 된 결정적인 계기가 된 그 사건은, 안타깝게도 첫사랑을 시작한 지 얼마 되지 않은 남자의 어설픈 애정표현이었다.

리아의 실력이 드러나지 않던 때였기에 에드가는 꽤 진지하게 걱정했었다. 하나같이 미친놈이라 불리는 놈팽이들이 혹여나 리아에게 주먹이라도 휘두르지 않을까, 하고. 합동 훈련이니 특별 훈련이니 하는 것들을 앞세워 제 손으로 제2기사단의 열정을 작신 밟아준 이유였다.

물론 이성을 되찾은 뒤엔 월권에 가까운 제 행동에 낙담해 값비싼 술을 작살냈지만 말이다.

"그런 분과 데이트라니. 아무리 소문이라 해도 저희가 과했어요. 죄송해요, 후작님."

마지막으로 미셀마저 무척 미안하다는 표정으로 사과를 건넸다. 지금에야 거대한 궁 안에 얌전히 갇혀 사는 신세였지만, 그녀들은 한때 자국의 사교계를 평정한 레이디들이었다. 말로 상황을 쥐고 흔드는 데는 이력이 났다는 소리다.

"저희가 심했네요."

"맞아요. 그런 몰상식한 분을 후작님과 엮다니. 세상에, 저희가 잠시 정신을 놓은 게 분명해요."

"아아. 정말이지, 그렇게 나쁜 분이셨다는 걸 잠시나마 잊었지 뭐예요. 안 그래요?"

세 후궁이 무심하게 툭툭 던져 놓는 말들이 차곡차곡 쌓였다. 순식간에 에드가는 나쁜 놈이 되어버렸다. 좀 더 거칠게 표현하자면 개 x x가 되었다.

순식간에 벌어진 일이다. 리아는 당황하고 말았다. 에드가의 과거 행적에 대해 옹호할 생각은 없었다. 멀리 갈 필요도 없이 얼마 전에도 푸른매들은 제 부하에게 시비를 걸지 않았던가.

그러나.

"그······ 렇게 나쁜 분은 아닙니다."

지난 며칠 동안 제가 직접 겪어본 에드가는, 알고 있던 것과는 전혀 다른 남자였다. 리아는 반짝이는 세 후궁의 시선은 미처 보지 못한 채, 어색함에 괜히 찻잔만 매만지며 말을 이었다.

"상냥하기도 하고······ 깊이 있고······ 진중하기도 하고······."

살짝 미간을 좁힌 채 어렵게 뱉어내는 말을 막는 목소리는 없었다. 그렇게 세 후궁들은 테이블에 턱을 괸 채 리아가 말을 할 때마다 그랬냐며 맞장구를 쳤다. 흐뭇한 미소가 그녀들의 얼굴 가득 차올랐다.

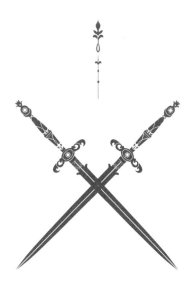

8장.
원수가 귀여워 보일 때

후궁들과의 만남으로 리아는 마음을 다잡을 수 있었다.

'그래. 이 세계에서 바꾸면 될 일이다.'

그녀들의 기대와는 전혀 다르게도 에드가에 대한 마음은 아니었지만 말이다. 흘러간 것은 잡을 수 없다. 그러나 아직 도래하지 않은 날은 얼마든지 바꿀 수 있지 않겠는가. 그렇게 생각하니 마음이 한결 가벼워졌다.

미셸을 살리기 위해서는 마차 사고의 증거를 확보해야 한다. 그래야 대공이건 누구건 잡아넣을 수 있을 테니 말이다. 그런 생각을 하며 걷던 리아의 시야에 에이플이 들어왔다.

'이쯤 되면…… 대체 뭘 하고 있는 건지 묻는 것도 무섭군.'

제 충실한 부하이자 근래 들어 피곤해 보이는 에이플은 모퉁이에 몸을 구겨 넣은 채였다. 한 손을 귀에 바짝 갖다 댄 채 무어라 무어라 열심히 중얼거리는 목소리가 열정적이었다. 리아는 에이플이 귀에 차고 있는 것이 마도구라는 것을 단숨에 알아봤다. 저렇게 티를 내는데 어떻게 모르겠는가. 안 그래도 슬슬 무슨 짓을 벌이고 있는지 물어볼 생각이었다. 리아는 마침 잘됐다는 생각을 하며 에이플의 뒤로 다가섰다.

"에이플."

그 나지막한 부름에 에이플은 시선조차 주지 않은 채 손만 뒤쪽으로 흔들었다.

"지금 바쁘니까 나중에. 아, 그러니까 지금 이쪽으로 오고 있다니까요? 뭔진 몰라도 꽃다발도 들고 있는 걸 보면 심상찮은 일일 게 분명하다고!"

"에이플."

"아, 바쁘니까 저리 좀……!"

바락 성을 내며 뒤돌아본 에이플의 두 눈이 파르르 떨렸다. 지금쯤 집무실에 있어야 할 단장이 왜 여기에 있는 것일까. 에이플은 제 못난 귀가 그녀의 목소리를 못 알아들었다는 사실에 속으로 욕을 짓씹었다. 이런 머저리가 또 있나.

"아니, 어, 단장, 그러니까 그게 말이죠…… 제가 일부러 그러려고 그런 건 아니고……!"

에이플은 팔다리를 휘적여 가며 제 행동의 당위성을 설명하고자 애를 썼다. 그런 그의 원맨쇼를 지켜보던 리아의 두 눈이 차츰 가늘어졌다. 이상하다 생각만 했건만, 이건 이상한 정도가 아니었다. 근무 시간에 근무 외의 일을 하고 있다니? 게다가 저 수상한 태도는 뭐란 말인가. 리아는 더는 묵과할 수 없다 생각하며 에이플을 향해, 정확히는 에이플의 귀를 향해 손을 뻗었다.

"그 마도구는 대체……."

"으아악! 어, 어딜 만지시는 겁니까, 단장!"

리아의 손이 가까이 다가오자 에이플은 반사적으로 껑충 뛰었다. 마도구를 착용하고 있는 귀를 가리는 양손이 어쩐지 다급했다. 그는 마치 경계심 짙은 길고양이 같은 시선으로 리아를 바라봤다. 갑자기 제 부하의 날 선 경계를 받게 된 리아는 황당한 표정으로 중얼거렸다.

"아니. 만지는 게 아니라, 마도구를……."

"단장! 아무리 단장이라 해도 넘어선 안 되는 선이라는 게 있는 법입니다! 너무 가까이 오지 마십시오!"

"……대체 뭘 숨기고 있기에 그 난리인 거냐."

평소라면 가볍게 넘어가 줬을 일이다. 그러나 업무에 지장을 주는 일이라면 눈감아줄 수 없다. 저렇게 필사적으로 숨길 만한 일이라면 더더욱. 리아는 슬금슬금 뒷걸음질 치는 에이플을 벽쪽으로 밀어 넣었다. 제까짓 게 도망쳐 봤자 어디로 가겠는가. 리아의 녹안이 서늘하게 반짝였다. 그녀의 시선에 떠밀리듯 슬금슬금 뒷걸음질 치던 에이플은 등에 차디찬 벽이 닿자 금세 울상을 지었다.

"아니, 단장, 그게 있잖습니까…… 제가 다 설명드릴 수 있습니다. 이건……."

"변명은 필요 없으니 내놔."

리아는 에이플이 탈출구를 찾아 눈을 굴리는 걸 놓치지 않았다. 그녀는 곧장 벽을 짚어 퇴로를 차단했다. 에이플은 눈앞을 가로지르는 리아의 곧고 가는 팔에 히끅 놀라며 눈만 데룩 굴렸다.

"아, 이거 진짜 아시면 안 되는 겁니다. 큰일 난다니까요? 아, 진짜 후회하실 게 분명하다고요!"

"그건 내가 판단하지."

그러니 일단 내놔. 리아는 마치 뒷골목 불한당처럼 에이플을 몰아넣은 채로 손바닥을 건들건들 흔들어 보였다.

"……경?"

문제는 에이플이 관찰하고 있던 '꽃다발'을 든 채 걸어오던 사람이 에드가라는 것 정도였다. 당연하게도 그는 모퉁이를 돌았고, 리아와 에이플을 발견했다. 좀 더 정확히 말하자면 벽치기를 당하고 있는 에이플과 그런 에이플을 협박하고 있는 리아를.

한 손에 작은 꽃다발을 들고 있던 에드가의 두 눈이 가늘게 떨렸다.

"지금, 이게, 무슨……."

삽질로는 둘째가라면 서러울 남자의 목소리가 어딘지 먹먹했다. 보석함 하나로 리아에게 소중한 상대가 있을지도 모른다 착각했던 그에게, 지금 이 장면은 결정적이다 못해 치명적이었다.

툭. 에드가의 손에서 꽃다발이 떨어졌다. 그 모습을 멍하니 보던 에이플은, 곧장 에드가가 무슨 상상을 하고 있는지 깨달았다. 이번에는 그의 낯빛이 파랗게 질렸다.

"아닙니다!"

어쩐지 절박한 외침이 허공을 갈랐다. 에이플은 저를 가로막고 있던 리아의 팔을 치우며 열정적으로 말을 이었다.

"절대 아닙니다, 아니, 제 취향은 단장이 아니란 말입니다! 아니에요! 아니라고요!"

그리고 멀쩡히 서 있다 제 부하에게 걷어차인 리아는 짜게 식었다. 아니, 대체 왜 고백도 안 했는데 차여야 한단 말인가. 그녀는 기가 막혀서 고개를 저으며 대꾸했다.

"내가 할 말이다만."

"취향이면 안 되죠! 아, 단장 그걸 지금 말이라고 하십니까! 아니, 근데 그건 단장이 제 매력을 몰라서 그러는 겁니다. 제가 알고 보면……"

"사고를 많이 치지."

"단장!"

서로가 취향이 아니라는 상사와 부하의 말이 연달아 쏟아졌다. 맥락 없는 대화는 이리저리 표류하다 고꾸라졌다. 그야말로 승자는 없고 패자만 있는 순간이 아닐 수 없었다.

벽에 밀어붙이기까지 했건만, 리아는 결국 에이플에게 아무것도 알아내지 못했다. 뭘 알아내긴커녕 영양가라고는 조금도 없는 대화를 끊어내고 당장 일이나 하러 가라며 걷어차 주는 게 최선이었다. 리아는 에이플이 시야에서 사라진 뒤에야 한숨을 뱉어냈다. 한 것도 없는데 왜 이렇게 피곤한지 모를 일이다.

"다시금 말씀드리지만, 에이플과 전 아무런 관계도 아닙니다."

그러나 아무리 피곤하더라도 확실히 할 건 해야 하는 법. 안 그래도 에드가와 데이트했다는 소문이 돌고 있다는데, 거기에 에이플까지 더하고 싶지는 않았다. 리아는 꽃다발을 주워 드는 에드가를 향해 말을 덧붙였다.

"그와 그런 쪽으로 잘될 일말의 가능성도 없습니다."

에이플과 연애라니. 리아는 몸을 가볍게 떨었다. 차라리 평생 혼자 살고 말겠노라 생각하며. 에드가는 그 단호함에 슬쩍 헛기침을 뱉었다.

"그, 흠! 그럼 혹시, 페피 경은 어떻게 생각하나?"

이 자리에 카인이 있었다면 박장대소할 물음이었다. 그걸 계속

속에 품고 있었느냐며 킬킬거릴 것이 분명했다. 그러나 어쩌겠는가. 사랑에 빠진 남자는 겁쟁이인 것을.

갑자기 페피가 왜 튀어나온단 말인가. 리아는 질문의 의도를 전혀 짐작하지 못한 채 되물었다.

"나이에 비해 실력이 뛰어난 기사라 생각합니다만. 갑자기 그건 왜 물으십니까?"

제 부하를 왜 자신에게 물어보는지 모르겠다. 리아의 의아한 표정에, 에드가는 제 질문이 조금 엉성했음을 깨달았다.

"그…… 이성으로서는……."

"예?"

"아니, 그, 취향이란 것이……."

그제야 리아는 에드가가 무엇을 묻는지 깨달았다. 세상에. 그녀는 황당한 표정으로 단호히 대답했다.

"아닙니다. 페피 경이라니. 그런 쪽으로는 생각도 해본 적 없습니다. 그보다 무슨 일이십니까?"

꽃다발까지 챙겨들고. 리아는 뒷말을 슬쩍 삼키며 물었다. 어쩐지 신경이 쓰여 꽃 쪽으로 이동하려는 시선을 잡아둔 채로. 에드가는 그녀의 물음에 그제야 제 목적을 상기했다. 그는 어쩌다 일이 이렇게 흘렀나 싶어 작게 웃었다. 그리곤 리아를 향해 꽃다발을 내밀었다.

"경. 혹시 오후에 시간이 괜찮다면, 잠시 나와 저택에 들러주지 않겠나."

꽃다발은 선물인 셈이다. 에드가는 짓뭉개진 꽃잎을 슬쩍 떼어 내며 말을 이었다.

"어머니께서 그대를 꼭 초대하고 싶다고 하셔서 말이지."

"······예?"

갑작스러운 초대에, 리아는 미처 표정 관리도 하지 못할 정도로 놀랐다. 에드가 역시 그런 반응을 예상했다는 듯 민망함을 애써 감췄다. 그런다 한들 뱉은 말이 사라지는 기적은 일어나지 않았다. 만약 안느에게 티파티 제안을 받은 것이 며칠 전이었다면 얘기는 전혀 다른 양상으로 흘러갔을 것이다.

그러나 에드가가 안느에게 제안을 받은 건 모든 각오를 다진 뒤였다. 이쯤 되면 연애의 신이 안느를 보살피는 것이 분명하다는 카인의 믿음이 영 틀린 것은 아닐지도 모른다.

"아······."

잠시 말을 잊었던 리아는 어쩐지 제 눈치를 보는 것 같은 에드가의 모습에 화드득 정신을 차렸다. 물을 것은 많았다. 통상적으로 티파티는 초대장을 보내 참석 여부를 묻기 마련이다. 하루에도 대여섯 개의 크고 작은 티파티가 열릴 만큼 잦은 탓에 참석 여부를 온전히 상대방에게 맡기는 것이 예의로 여겨졌기 때문이다.

지금처럼 구두로 확답을 받거나 직접 초대하는 경우도 있긴 했다. 대개 허물없이 지낼 만큼 친한 사이일 경우가 그랬는데, 둘의 사이는 아직 그 정도는 아니었다. 그러니 에드가가 한 행위는 이를테면 친분 확인쯤 되겠다. 티파티에 초대함으로써 돌려 물은 것이다. 우리는 이 정도로 친해지지 않았느냐고.

아무리 눈치 없는 사람이라도 이렇게 대놓고 물어보면 알아차릴 수밖에 없다. 리아는 놀란 기색을 감추려 애쓰며 생각했다.

'저쪽 세상의 내가 에드가 경과 친분을 쌓게 된 건, 역시 티타임인가?'

친분이라는 게 혼자서 쌓을 수 있는 것이라면 그 친분, 이미

한 남자는 성을 두어 채 지을 만큼 높게 쌓아놓았다는 걸 알지 못하기에 할 수 있는 생각이었다. 서로 다른 생각을 하고 있다는 걸 알 리 없으니 생각이 엇갈리는 건 당연한 얘기였다.

리아는 자연스럽게 저쪽 세상의 로렐리아에게서 받은 편지들을 떠올리고 있었다.

〈조금은 달리 생각해 보는 것도 나쁘진 않아, 리아. 후계 문제야 테리에게 맡기면 될 테고, 너도 여러 파티에서 수많은 남자들과 대화를 나눠봤겠지만, 그이처럼 말이 잘 통하는 사람은 없어. 어쩌다 그렇게 사이가 틀어졌는지는 모르겠지만…… 확신하는데, 얘기를 조금만 나눠보면 생각이 바뀔 거야.〉

결국 리아는 그녀에게 양친이 사망했다는 것도, 테리는 얼굴조차 보지 못했다는 얘기도 하지 못했다. 밝혀야 하나 망설인 적도 있었다. 그러나 결국 제 선택은 변하지 않았다. 평생 만날 일이 없다 할지라도 저쪽 세상의 로렐리아에게 알리고 싶지 않은 일이었다.

침묵한 대신 점차 늘어나는, 에드가에 대한 칭찬을 감수해야 했지만 말이다. 정말이지, 못 말린다 생각하며 리아는 숨죽여 웃었다. 그녀의 전략이 성공하긴 한 모양이다. 이렇게 틈틈이 에드가를 보며 이것 때문에 반했나? 싶은 생각이 불쑥불쑥 고개를 치켜드니 말이다.

리아는 자신을 바라보는 에드가에게 다시 신경을 집중하며 최대한 평이한 목소리로 대답했다.

"괜찮습니다. 오늘 오후에는 별다른 일정이 없으니."

"그럼, 오후에 데리러 가지."

굳이? 이미 한번 데려다주겠다는 에드가의 제안을 거절한 적이 있는 리아는 잠시 고민했다. 그리 오래전 일도 아니었기에 그녀의 생각은 여전했다. 영애들에게 에스코트가 필요하다는 의견에는 십분 동의하는 바였다. 코르셋을 바짝 조이고 무거운 드레스를 입고 걷다 혼절하는 레이디의 숫자가 적지 않은 데다, 유사시에 도움이 필요할 수도 있었으니 말이다. 그녀 역시 몇몇 레이디들의 에스코트를 자처한 적도 있었다.

그러나 자신은 기사였다. 바지를 입은 데다 코르셋은 하지도 않았으니 혼절할 일도 없거니와, 제가 위험에 처할 만큼의 위급상황이라면 웬만한 남자가 에스코트를 해준들 그다지 소용이 없을 터였다.

'에드가 경은 예외로 둔다고 해도.'

여전히 리아는 그가 먼저 가는 게 낫다 생각했다. 오늘은 에드가의 근무가 자신보다 두 시간은 일찍 끝나니 말이다. 시간이 아깝지 않은가.

그래도.

'친분을 쌓아서 나쁠 건 없으니.'

사실 그렇지 않더라도 긴장한 티가 역력한 에드가의 면전에 대고 괜찮다 말하기엔, 아무리 그녀라 할지라도 예의가 아니다 싶었다. 결국 리아는 부드럽게 웃으며 고개를 끄덕였다.

"예. 기다리겠습니다."

"……그래. 그럼 오후에…… 보지."

"예."

이 이상은 한계다. 에드가는 그렇게 생각하면서도 한 번 더 약속을 확인받은 뒤에야 몸을 돌렸다. 꽃다발은 리아에게 건넨 채다. 에드가의 뒷모습을 한참 바라보던 리아는 어쩐지 묘한 기분에 고개를 저었다. 그러나 그녀에겐 이 묘한 기분이 무엇인지 고민에 빠질 시간조차 주어지지 않았다.

에드가를 배웅한 뒤 그대로 황궁 복도를 가로질러 제2기사단실로 향하는 길목에서 그녀의 고민은 뚝 끊어졌다.

"아, 단장! 대체 뭘 했기에 이렇게 늦습니까!"

길목에 쪼그려 앉아 있던 에이플이 몸을 일으키며 손을 휘저어 댔으니 말이다. 그는 우연이라는 말을 할 생각도 없어 보였다. 기다리고 있었다는 걸 온몸으로 드러내듯, 무릎 관절을 톡톡 두드리며 앓는 소리를 해대는 부하의 모습에 리아의 머릿속에서 방금 전까지의 고민이 연기처럼 사라졌다.

방금 전 일이나 하라 돌려보낸 녀석이 왜 여기에 있단 말인가. 그렇다면 일은 하나도 안 했다는 소리인 건가. 리아는 무슨 땡땡이를 이렇게 당당하게 치나 싶어 에이플을 바라봤다. 하지만 그녀는 그런 그를 문책하는 대신 끝내지 못한 얘기를 꺼내 들었다.

"마도구에 대해 얘기할 생각이 든 거냐."

"에이, 그건 별것 아니래도요. 그보다 더 중요한 일 때문에 기다렸습니다. 단장한테 꼭 해줘야 할 얘기가 있어서요."

"······또냐?"

인사보다 안부가 먼저 튀어나왔다. 조사단이 편성된 뒤부터, 사실은 그보다 조금 전부터 푸른매 기사들은 붉은늑대기사단에 시비 거는 일을 그만두었다. 요 몇 주간 잠잠했다는 것은 리아가 가장 잘 알고 있었다. 에이플이 능글맞은 표정으로 자신을 찾아오질 않았으니 말이다. 그래. 그동안 너무 잠잠했다. 슬슬 한 번 주먹질을 할 때가 됐는데, 라는 생각을 할 정도로.

"제1기사단이······."

설마, 라는 말을 삼킨 리아의 미간이 찌푸려졌다. 그녀는 생각했다. 푸른매 기사들은 대체 얼마나 간이 크기에 제 상관 말을 들어먹질 않는지 모르겠다고.

'에드가 경이 그 녀석들을 가만 놔두었을 리는 없으니 저들끼리 날뛴다는 소리인데.'

얼마 전까지만 해도 에드가가 뒤에서 모든 명령을 내렸을 것이라 단언하던 것과 비교해 보자면 어마어마한 온도 차이였다. 그렇게 손바닥을 뒤집듯 태도가 바뀌게 된 데는 로렐리아의 쪽지가 한 몫 톡톡히 했다.

〈뭐? 푸른매 기사들이 그이의 명령에 절대적으로 복종하지 않느냐고? 리아, 너도 참. 나도 평기사일 땐 그이 몰래 동료들과 술 마시러 다니고 그랬는걸. 페피 경의 말을 빌리자면, 이런 건 상사 몰래 해야 제 맛이란 말이지!〉

그 답변을 받고서 얼마나 놀랐던가. 어쩐지 에드가에게 동질감을 느껴야 했더랬다.

"예? 거, 단장도 참. 왜 제가 단장만 찾으면 사고 쳤다 생각하십니까. 억울하게."

제가 과거에 했던 짓들은 까맣게 잊었는지 당당하기 그지없었다. 리아는 무어라 한마디 해주려다 관두었다. 입 아프게 말해봤자다. 이런 건 서로의 입장이 돼봐야 아는 것이니 말이다.

"그럼 이 시간에 근무 대신 나를 기다리고 있어야 하는 이유를 말해봐라."

그럴 만한 이유여야 할 것이라 말하는 리아의 시선에, 에이플은 비장한 표정으로 고개를 끄덕였다.

"단장."

"왜."

"이건 제가 극비로 알아낸 겁니다. 단장에게 말해줘야 할지 말아야 할지 고민하긴 했습니다만, 역시 말해드려야 할 것 같아서 말이죠."

저놈이 진지하니 더 불안하다. 리아는 불신이 가득한 시선으로 에이플을 응시하며 뒷말을 기다렸다. 붉은늑대기사단에서 가장 극적인 남자 에이플은, 주변을 살피고는 한껏 낮춘 목소리로 리아의 귓가에 속닥였다.

"에드가 경에게 약혼하기로 되어 있던 레이디가 있었다는 걸, 알고 계셨습니까?"

어떤 의미에서는 폭탄 발언이었다.

"……뭐?"

대체 어디서부터 지적을 해야 할지 모르겠다. 생각하자니 두통이라, 리아는 황당하다는 표정으로 제 부하를 바라봤다. 그러나 에이플은 진지했다. 그의 선홍빛 눈이 가늘어졌다. 그는 온몸으로 세상에서 가장 중요한 비밀을 다루고 있다 외치며 말을 이었다.

"삼 년 전 가을 즈음에 몇몇 레이디가 후보로 올랐답니다. 그런데 갑자기 백지화되었다지 뭡니까. 당시 사교계가 얼마나 떠들썩했는지……."

가만히 놔두었다간 에드가의 약혼녀 후보가 몇 명이었는지까지 얘기할 것 같은 분위기에, 리아는 손을 내저었다. 그쪽 얘기라면 그녀도 익히 알고 있었다. 정확히는 알 수밖에 없었다.

만나는 사람들마다 신이 나서 떠들어댔기도 했거니와 시기가 딱 맞물렸다. 봄에 드벨 후작부부의 마차 사고가 발생했고, 에드가가 그 사건의 진상을 알아내기 위해 조사단을 꾸려 조사한 것이 대략 반년여. 그해 가을. 드벨 후작부부의 사고사에 대한 들썩임이 가라앉을 즈음, 페리엘 공작은 제 아들의 짝을 찾기 시작했다.

여기에는 에드가와 리아가 알지 못하는 속사정이 존재했다. 드벨 후작부부의 생전에 두 가문은 꽤 깊은 친분을 유지해 왔다. 사돈을 맺자는 얘기가 나온 건, 어찌 보면 당연한 흐름이었다. 양가의 부모들은 그저 때를 기다리고 있었다. 드벨 후작가를 이을 사내아이의 탄생을.

에드가와 리아가 오랜 세월 혼약자 없이 자유롭게 살 수 있었던 이유였다. 그러니 드벨 후작부부가 사망하고 리아가 후작가를 잇게 되자 페리엘 공작가에서 아들의 혼처를 찾기 시작한 건 당연한 일이었다. 그때 그의 나이는 이미 스물둘이었으니 말이다.

"알고 있는 얘기다만. 그래서 그게 왜?"

"……별로지 않습니까?"

"……뭐가?"

"아니, 그 많은 레이디들을 전부 마음에 안 든다는 이유로 물리쳤다니까요? 심지어 세리안느 영애도 있었는데요!"

세리안느. 리아에게도 낯익은 이름이다. 그녀는 자신을 볼 때마다 어쩐지 부담스러울 정도로 반짝이는 눈으로 응원한다는 말을 해주곤 했다. 리아는 잠시 세리안느의 아름다운 얼굴을 떠올리다가, 어쩐지 분한 표정으로 발을 구르고 있는 제 부하를 바라봐 주었다.

"……그게 왜?"

"아, 별로잖습니까!"

"대체 어느 면에서?"

사실 리아는 당시 사건에 대해 에이플이 말해준 것보다 더 자세히 알고 있었다. 몇몇 티파티에서 약혼녀 후보로 올랐던 레이디들이 그녀에게 호감을 보이며 다가온 탓이었다. 그녀들은 하나같이 조금 분한 표정으로 리아에게 다가왔다. 그러고는 기사단 제복을 입고 있는 리아를 보곤 멈칫했다. 그 멈칫거림은 몇 마디 대화를 나누고 난 뒤엔 호감으로 변했다. 그리곤 하나같이 그녀의 손을 꼭 잡으며 말하곤 했다.

힘내라고.

대체 뭘 위해 힘을 내야 할지는 아무도 알려주지 않아 알 수 없었지만, 어찌 되었든 응원은 고마운 일이라 리아는 그때마다 감사하다는 말을 뱉었더랬다. 그러니 따지고 보면 에드가가 선을 봤던 영애들과 전부 한 번씩은 만난 셈이다.

"……전체적으로?"

리아는 자신도 잘 모르겠다는 표정으로 말끝을 올리는 에이플을 한심하다는 표정으로 바라봤다. 확신하건대 앞뒤 생각 없이 일단 말부터 하고 본 것이 분명했다.

"헛소리는 그만하고, 가서 일이나 해라."

"하, 하지만 단장……."

"지금 당장."

그렇게 말하는 목소리는 음산하기 짝이 없어서, 에이플은 눈물을 삼켰다. 에드가의 평판을 떨어뜨린다는 회심에 찬 작전은 실패였다. 대체 무엇이 문제였단 말인가. 문제점조차 짐작하지 못한 에이플은, 부리부리한 리아의 두 눈에 곧장 몸을 돌렸다.

"고작 꽃다발에 넘어가시면 안 됩니다!"

도망치며 냅다 부르짖는 기사의 외침이 복도를 웅웅 울렸다.

한편에서 에이플이 실패의 고배를 마시고 있을 때, 페피는 일생일대의 순간에 놓이고 있었다.

"누, 누구와 어딜 가신다 하셨습니까?"

페피는 제 목소리가 떨린다는 걸 알고 있었지만 별 도리가 없었다. 특종을 손에 잡았는데 어떻게 떨지 않을 수가 있을까. 그러나 정작 당사자는 평소보다 더 많은 서류를 처리하느라 그 떨림을 눈치채지 못했다. 에드가는 미간을 좁힌 채 제국 내에 등록되어 있는 마법사 명단을 살피고 있었다.

귀족이 아닌 이상 대부분의 마법사는 마탑으로 향한다. 신분에서 벗어나 높은 위치로 올라갈 수 있는 몇 안 되는 방법이기도 했거니와 평생 사람 손 한번 제대로 잡아볼 수 없는 마법사로서 동료를 만들 수 있는 유일한 곳이기 때문이다. 그리고 제국은 자체적으로 자국에서 태어난 마법사들을 관리해 왔다.

방법은 의외로 단순했다. 모든 시민은 마법사가 태어나면 국가에 신고해야 했다. 물론 완벽한 방법은 아니었다. 그렇기에 추가적으로 시행하고 있는 것이 마탑-마법사 등록법이다. 제국 국민이 국경을 벗어나기 위해서는 검문소를 거쳐야만 한다. 이때 마탑으로 향하는 마법사들을 2차적으로 등록해 놓는 방법이었다.

에드가가 보고 있는 것이 그런 방법으로 만들어진 제국 마법사 목록이었다. 제국민의 수만큼 마법사의 수도 많았으니 그 양이 적을 리 만무하다. 그러나 수십 페이지에 달하는 리스트를 보고 있는 에드가의 표정에는 진지함만이 가득했다.

"단장님!"

지금 그런 걸 보고 있을 때가 아니라는 페피의 애탄 외침에, 그제야 에드가의 고개가 들렸다. 그는 한참 보고 있던 페이지를 표시하고는 제 부하를 눈에 담았다.

"그저 간단한 티파티야. 그렇게 호들갑 떨 필요도 없어."

"간단한 티파티라니. 아닙니다, 단장. 공작저에서 열리는 티파티이지 않습니까!"

심지어 초대받은 사람은 리아뿐이다. 그게 어떻게 평범할 수 있단 말인가.

"그런데 그런 모습으로 에스코트를 하러 가신다니. 이 페피는 용납할 수 없습니다."

에드가는 그걸 왜 네가 용납하느냐는 표정을 지었다. 어쩌다 이렇게 되어버렸는지 모르겠지만, 이제 그의 부하들은 어지간히 화를 내서는 들어먹지도 않았다. 등 뒤에 카인이 있으니 가질 수 있는 당당함이었으나, 짐작하고 있을지언정 공후럽에 대해 자세히 알지 못하는 에드가가 거기까지 알아챌 수 있을 리가 없다.

지금도 그렇다. 페피는 하늘 같은 단장의 날 선 시선에 바들바들 떨면서도 제 할 말은 다 했다.

"요, 요새는 남자도 꾸며야 합니다, 단장!"

문제는 에드가가 그런 페피의 외침에 혹했다는 것뿐이었다. 짝사랑이 깊고 깊어 굴을 파고 있는 남자, 에드가는 남자도 꾸며야 하는 시대라며 두 주먹 옹골차게 쥐는 페피의 말에 천천히 눈을 깜빡였다. 다각다각. 검지가 책상 위를 가볍게 두드리는 소리가 점차 빨라지다 우뚝 멈췄다.

틀린 말은 아니었다.

에드가가 페피의 꼬임에 넘어갔다는 것을 알 리 없는 리아는 가벼운 마음으로 그를 기다리고 있었다. 하루 종일 일을 한 탓에 옷을 갈아입어야겠다는 생각조차 못했다. 그녀는 평소와 똑같은 모습으로 성문에 서 있다가, 이쪽으로 걸어오는 남자를 보고는 눈을 동그랗게 떴다.

겉으로 드러난 것만 보고 사람을 판단하지 말라는 말이 있다. 그러나 속을 꺼내볼 수 없는 이상 가장 먼저 보이는 건 외양이었다. 지금도 그렇다. 리아는 제 쪽으로 걸어오는 에드가의 모습에 그대로 시선을 빼앗겼다.

페리엘 공작저의 사용인들이 아무리 뛰어나다 한들 황궁의 시녀들을 뛰어넘을 수는 없는 노릇이다. 그녀들은 오랜 시간 대물림된 노하우로 에드가를 전혀 다른 사람으로 탈바꿈시켜 놓았다.

과하지 않게 매만진 머리칼, 다듬은 눈썹과 보다 얼굴을 또렷하게 만들어주는 세심한 터치까지. 황실 재단사까지 동원해 시침질로 라인을 새로 잡아버린 제복은 조금 더 불편해졌을지언정 에드가의 장점을 그대로 드러내 보이고 있었다.

"경."

익숙해진 사람을 다시 보게 되는 계기는 무엇일까. 여러 가지가 있을 것이다.

'세상에.'

그러나 역시 단기간에 효과를 발휘하는 건 외양일 것이다. 최소한 지금은 그랬다. 리아는 제게 다가오는 에드가의 모습에 감탄을 터뜨리면서 동시에 생각했다.

'로렐리아가 이래서…….'

리아는 자신도 모르게 고개를 끄덕였다. 에드가와 결혼했다는 말에 개소리라 일갈했던 게 무색하리만치, 그럴 만하다는 생각이 들었다.

"무슨 생각을 그렇게 하나."

리아의 망상을 잘라낸 것은 에드가였다. 그는 어쩐지 자신을 빤히 바라보는 듯한 리아의 시선에, 그제야 제가 꽤나 꾸몄음을 깨닫고는 슬쩍 고개를 돌렸다.

"그렇게, 이상한가."

"예?"

"아니, ……빤히 보기에."

그제야 리아는 동그랗게 뜬 눈을 빠르게 깜빡였다. 그제야 대화의 맥락을 알아챘다. 꾸민 것이 이상하냐 묻고 있는 것이다, 이 남자. 리아는 순간 그가 농담이라도 하는 줄 알았다. 이 잘생긴 남자가 설마하니 진심으로 그런 말을 했을 것이라고는 상상조차 못했던 리아는, 어쩐지 긴장한 것 같은 에드가의 모습에 뱉어내려던 경악을 꿀꺽 삼켰다.

'세상에.'

어쩌면 저쪽 세상의 로렐리아는 이런 면에 반했을지도 모르겠다. 자기가 잘난지 모르는 이런 면모가 어쩐지…… 좀 귀여운 것도 같다. 리아는 언젠가부터 자신이 에드가를 좋아할 이유에 대해 찾고 있다는 것도 눈치채지 못한 채 대꾸했다.

"아뇨. 잘 어울립니다."

어쩐지 제 말 하나에 밝아진 에드가의 표정을 보고 있자니 칭찬을 더 해줘야 할 것만 같았다. 그러나 칭찬도 해본 사람이 한다고, 이런 상황에 처할 일이 없었던 그녀가 적당한 표현을 찾아낼 수 있을 리가 없다.

"……초상화를 그리면 잘 어울릴 것 같네요."

잠시잠깐의 고민 끝에 뱉어낸 말은 칭찬이라 보기 어려울 정도였다. 스스로가 생각해도 칭찬이라기보다는 헛소리에 가까웠다. 그녀의 얼굴이 서서히 붉게 달아올랐다. 초상화라니. 저쪽 세상의 로렐리아가 듣는다면 배꼽을 잡고 웃을 게 분명했다.

당장 뒤돌아 도망치고 싶다는 생각을 하던 그녀가 반쯤 몸을 돌렸을 때였다. 에드가의 잔웃음이 허공을 울린 것은. 그 웃음소리에 리아는 슬쩍 시선을 움직였다. 그리고 보았다. 안 그래도 얼굴 하나만으로 사교계에서 온갖 소문을 만들어내는 남자가, 한껏 꾸민 모습으로 즐겁게 웃고 있는 것을.

리아는 자신도 모르는 사이에 생각했다.

'……이거일지도.'

라고.

연애의 신이 있다면, 단언했으리라. 방금 전까지만 해도 둘 사이의 분위기는 지난 삼 년을 통틀어 가장 좋았다고. 그러나 그 순간은 너무도 짧아 찰나와도 같았다. 에드가는 생각했다. 어째서 안느가 주최한 티파티에 카인이 세상 뿌듯한 표정으로 앉아 있단 말인가.

그렇다. 보통의 티파티는 레이디, 혹은 부인들이 서로의 정보를 교환하고 관계를 돈독히 만드는 장이라면 안느가 주최한 이번 티파티의 목적은 오직 하나뿐이었다.

"리아! 오랜만이구나."

안느는 후원으로 걸어오는 리아를 보자마자 환하게 웃으며 그녀를 반겼다.

"정말이지, 지난번에는 미안했단다. 갑자기 티파티가 취소돼 많이 놀랐지? 무척 아름다운 드레스를 입고 왔다던데. 그걸 보지 못해서 어찌나 아쉬웠는지."

리아의 눈가가 휘었다. 어머니의 오랜 친우인 안느와는 오래전부터 친분을 쌓아왔다. 아들만 둘인 안느는 후작저에 올 때마다 딸이 생긴 것 같다며 리아의 선물을 꼬박꼬박 챙기곤 했다. 그렇게 쌓아온 친분은 삼 년 전 후작부부의 사망으로 인해 보다 깊어졌다. 지금처럼. 리아는 익숙하게 제 어깨를 끌어안는 안느의 체온을 느끼며 손을 뻗어 그녀의 등을 감쌌다.

"아니에요, 부인. 페리엘 공작께서 에스코트를 해주어 좋은 얘기를 많이 들었답니다."

"어머. 에디가? 그랬니, 에디?"

전후사정을 다 알고 있음에도 모른 척하는 안느의 연기는 수준급이었다. 에드가는 벌써부터 피로하다 생각하며 고개를 끄덕였다.

"예, 어머니."

"세상에. 자세한 얘기를 들려주지 않으련?"

자연스럽게 대화의 흐름을 이끌어 나가는 안느의 손짓에 리아와 에드가는 떠밀리듯 자리에 앉았다. 마주 앉도록 되어 있는 자리 탓에 두 남녀는 허공에서 시선을 주고받았다. 그리고 서로 같은 생각을 하고 있다는 걸 깨달았다.

'도망치고 싶다.'

이 자리가 얼마나 불편한지에 대해.

그러나 다른 누구도 아닌 안느가 주최하고 카인이 참석한 자리이다. 쉽게 도망칠 수 있을 리가 없다. 에드가는 무엇을 말해야 할지 전혀 모르겠다는 표정을 짓고 있는 리아의 모습에 먼저 입을 열었다.

"태자 전하께서 추천해 주신 카페에 갔었습니다."

예상치 못한 순간에 멱살이 붙들린 채 대화 속으로 끌려 들어온 카인의 눈썹이 꿈틀거렸다. 안느가 공후럽에 대해 알기 전의 일이었다. 당연히 카인은 몽실몽실에 대한 얘기를 안느에게 하지 않았다. 할 얘기가 없었기에 별생각 없이 넘긴 것도 없잖아 있었다. 그렇게 가볍게 넘겼던 순간이 이 순간 자신의 목을 조를 줄이야. 카인은 찻잔 너머로 은근히 자신을 바라보며 웃는 안느의 시선에 어색하게 웃었다.

"아하하하! 고모님께서도 아실 겁니다. 몽실몽실이라고. 요새 레이디들에게 인기가 무척 많다더군요. 로렐리아 경도 좋아할 것 같아 추천을 해주었지요. 워낙에 유명하지 않습니까. 하하하!"

"어머, 그러시군요. 그래서 리아. 그 카페는 괜찮았니?"

갑자기 화살이 돌아왔다. 홍차를 홀짝이며 어쩐지 팽팽하게 당겨지는 것 같은 주변 분위기를 살피던 리아는 화드득 놀라며 대답했다.

"그, 예. 무척 괜찮았습니다."

메뉴 이름만 빼면 말이죠. 리아는 아직도 왜 그런 식으로 이름을 짓는지 전혀 이해하지 못했다. 아마 평생을 가도 이해하지 못할 것이다. 안느는 그런 그녀를 따스한 시선으로 바라보았다.

"그럼 언제 나와 한번 가자꾸나."

"언제든지요, 부인."

머뭇거림 없이 나온 대답에 안느의 미소가 더욱 짙어졌다. 그런 안느의 시선을 받은 카인은, 자신의 차례임을 직감했다. 괜히 헛기침을 뱉은 카인은 천천히 입을 열었다.

"아, 그보다 에디, 그 사이 저택을 다시 단장한 것 같던데."

"예, 전하. 슬슬 여름이 다가오는지라……."

"그럼 구경을 해야겠지!"

"……예?"

밑도 끝도 없이 저택을 구경하겠다며 자리를 박차고 일어나는 카인을, 에드가가 황당한 시선으로 바라봤다. 갑자기 무슨 저택 구경이란 말인가.

귀족들이 계절마다 저택을 새로이 단장하는 것은 당연한 일이었다. 심지어 카인은 어릴 적부터 페리엘 공작저에 드나들곤 했기 때문에 계절이 바뀔 때마다 저택이 어떤 식으로 꾸며지는지 훤히 꿰고 있었다. 그러나 그는 아무것도 모른다는 양 에드가를 재촉할 뿐이었다.

"아, 어서 일어나지 않고 무엇 하나?"

집주인이 안내해야지 않느냐는 카인의 땡깡에, 에드가는 단호하게 대답했다.

"다녀오십시오."

어디에 뭐가 있는지 다 알고 있으면서 무슨 안내가 필요하단 말인가. 나는 여기에 있겠다. 말로 뱉진 않았으나 에드가의 표정은 그렇게 말하고 있었다. 결단코 리아의 곁에서 떨어지지 않겠다는 그 굳은 의지를 한 손으로 잡아 꺾은 것은 다른 누구도 아닌 안느였다.

"에디."

그녀의 입에서 뱉어진 애칭에는 수많은 의미가 함축되어 있었다. 낮게 깔린 목소리에 에드가는 항변하려 입을 뗐다가, 그대로 자리에서 일어났다.

"그래. 어찌 전하를 홀로 보내겠니. 구석구석 안내해 드리고 오렴. 알았지?"

"예, 어머니. 아…… 로렐리아 경, 경도 같이……."

"어머. 리아는 나와 할 얘기가 많단다. 자, 여자끼리 해야 하는 얘기가 있으니 방해하지 말고 가려무나."

두 번째 시도마저 실패한 에드가는 어깨를 축 늘어뜨린 채 카인과 저택 안으로 사라졌다. 리아는 그런 에드가의 뒷모습을 눈으로 좇았다. 누구 앞에서건 변치 않는 모습으로 지시를 내리고 일을 해결하던 평소의 모습이 전혀 떠오르지 않을 만큼 색달랐다.

풀 죽은 에드가라니.

규모가 큰 파티에 안느와 에드가가 같이 참석한 적은 꽤 있었다. 그러나 그때마다 서로 격식에 맞춰 대화하고 행동하던 것을 생각해 본다면, 이런 모습은 처음이라 해도 과언이 아닐 것이다.

한 가정을 꾸려 독립하게 될 에드가를 훔쳐본 것 같다는 생각이 문득 머릿속을 스쳐 갔다. 저쪽 세상의 로렐리아가 에드가가 얼마나 귀여운지 모른다며 열을 올리던 것도 이해가 갔다. 축 늘어진 눈꼬리는 조금 귀여운 것 같기도 했으니 말이다.

"리아?"

자신도 모르게 에드가를 좇아 시선을 움직이며 속으로 쿡쿡 웃던 리아는, 안느의 부름에 화드득 정신을 차렸다.

"네, 부인."

"드디어 둘만 남았구나. 재조사에 대한 얘기는 들었단다. 그래, 진범이 있는 것 같다고?"

"아무래도 그런 것 같습니다."

안느의 눈가에 그늘이 드리웠다. 그녀는 마차 사고에 대한 소식을 들은 그날, 오라비인 황제를 찾아갔다. 재조사 허가가 상상 이상으로 빠르게 날 수 있었던 배경에는 안느의 힘도 작용했다. 그 뒤로도 안느는 개인적으로 사람을 움직여 이것저것 알아보고 있었다.

"도움이 필요하면 언제든 말하렴."

그렇게 그녀는 제 친우의 한을 풀어주지 못한 시간들을 보상받기라도 하려는 듯 돈과 사람을 아끼지 않았다.

오늘 리아를 초대한 이유도 그러한 맥락에서였다. 친우의 죽음은 막지 못했다. 그러나 아직 그녀를 꼭 닮은 딸인 리아가 남아 있었다.

"리아. 오늘은 긴히 물을 것이 있어 이렇게 자리를 만들었단다."

그 말에 리아의 표정이 진지해졌다. 안느가 무엇을 묻건 대답하지 못할 이유는 없다. 에드가를 통해 안느가 삼 년 전 마차 사고 조사 때 큰 도움을 줬다는 걸 전해 들은 뒤였으니 더더욱. 리아는 안느가 로이드를 어떻게 생각하느냐 물을 가능성도 염두에 두고 있었다.

안느는 진지한 표정으로 찻잔을 내려놓았다. 구색만 맞춘 티타임이라 할지라도 쉽게 볼 수 없는 다과가 가득한 테이블에 짧은 침묵이 내려앉았다.

그 침묵을 깨고, 안느는 무척이나 조심스럽게 물었다.

"……마음에 두고 있는 사내가 있니?"

"……예?"

그러나 안느가 조심스레 던진 질문은, 리아로서는 전혀 짐작하지 못한 종류의 것이었다. 리아는 눈을 동그랗게 뜬 채 반문했다. 그것을 잘못 이해한 안느는, 짧게 한숨을 내쉬며 이해한다는 표정으로 리아를 바라봤다.

얼마나 말하기 어렵겠는가. 그러나 반드시 해야만 하는 물음이기도 했다. 제 아들들이 리아의 마음을 사로잡지 못했다면, 무척 안타까운 일이나 어쩌겠는가. 포기해야지.

"역시, 그렇구나."

안느는 그녀가 평생 행복하길 바랐다. 그러나 리아가 마음에 두고 있는 남자가 제대로 된 인간인지 확인해야 할 의무가, 그녀에게는 있었다.

죽은 친우의 무덤가에서 맹세하지 않았던가. 남기고 간 아이들은 제가 책임지겠노라고. 안느의 눈이 반짝였다.

"대답하기 어렵겠지. 이해한단다. 이런 걸 묻는 것도 참, 민망한 일이야. 하지만 리아, 다른 뜻이 있는 건 아니란다. 그저……."

제대로 된 인간이 아니라면 처리를 해야 하니. 안느는 뒷말을 조용히 삼키고는 웃었다. 자애로운 어머니의 미소였다.

그 사실을 알 리 없는 리아는 그저 당혹스러울 뿐이었다. 대체 어디에서 이런 말이 나왔단 말인가. 보석함을 세상에서 가장 멋진 남자가 주었다고 했던 자신의 입이 이 모든 일의 원인이라는 것을 알 리 없는 리아는 손을 내저었다.

"아뇨. 없습니다."

"관심이 가는 남자도? 보다 보면 웃음이 나오거나, 가만히 있다 보면 생각이 나는, 그런 사람도 없니?"

허공에서 좌우로 움직이던 리아의 손이 우뚝 멈춰 섰다. 어째서 이럴 때 에드가가 떠오른단 말인가. 잠시 머릿속을 스쳐 간 낯익은 얼굴에 리아의 두 눈에 당혹감이 어렸다. 그리고 안느는 그 찰나의 순간을 놓치지 않았다.

'있구나.'

오 세상에. 안느는 속으로 작은 탄성을 뱉어냈다. 에드가의 말을 들었을 때까지만 해도 설마 했었다. 그녀는 한숨을 삼키며 한 손으로 볼을 감쌌다. 겉보기에는 우아한 귀부인이 안타까워하는 모습이었으나, 그 머릿속은 안타깝다는 표현과는 정확히 정반대의 것을 상상하고 있었다.

그리고 그런 안느의 모습을 전혀 알지 못하는 리아는, 당황한 표정을 감출 생각조차 못한 채 눈만 굴려 안느의 눈치를 살폈다. 설마하니 제 생각이 읽혔나 걱정하는 기색이 역력했다.

"그래."

안느는 그런 리아를 찬찬히 살폈다. 사실 그녀는 티타임을 위해 후원으로 리아가 걸어올 때부터 조금은 놀란 채였다. 마차 사고를 재조사한다는 얘기를 들었을 때부터, 안느는 최악을 상정했었다. 리아가 버석하니 마른 눈을 한 채 검만 휘두르던 그때로 돌아가 있을 것이라 지레짐작했던 것이다.

하지만 아이는 눈 깜짝할 사이에 자란다던가. 안느는 리아를 이렇게까지 강하게 만들어준 이가 그 사람일 것이라 짐작하며 참았던 한숨을 폭 내쉬었다.

"마음에 든 이가 있단 말이지."

"저, 그게, 부인, 그런 건 아니고……."

"흐음?"

역시 안느는 이겨낼 수가 없다. 이길 생각이 없다는 게 더 맞는 표현이겠지만. 리아는 자신을 응시하는 애정 어린 시선을 애써 피하며 있는 힘껏 부정했다.

"절대 아닙니다. 그런 식이 아니라, 그저 이건…… 친구에게 들은 얘기가 있어 신경이 조금 쓰이는 것뿐이랄까요."

안느의 고개가 기울었다. 리아의 말을 전혀 이해하지 못했다는 기색이 역력했다. 그러나 저택 구경을 끝낸 두 남자가 이쪽으로 돌아오고 있었다. 안느는 아쉽게도 상대의 이름을 알아내는 건 다음으로 미뤄야만 했다. 에드가에게는 무척이나 잘된, 혹은 이럴 때에도 운이 참 더럽게 없는 일이라 할 수 있겠다.

티타임이 끝난 뒤, 리아는 안느가 마련해 준 마차에 올랐다.

공작가의 위용은 마차의 고급스러움에서 단연코 돋보였다. 쿠션부터 작은 장식품까지 값비싸지 않은 것이 없다. 마차보다 말을 더 선호하는 그녀였기에, 후작가는 마차에 그리 큰돈을 들이지 않았다. 그러니 감탄할 만했다. 만약 리아에게 마음의 여유가 있었다면 말이다.

그러나 혼자 남게 되자 잠시 한쪽으로 미뤄두었던 것이 다시 머릿속을 잠식했다. 미셸의 죽음. 카인의 탄신연 때 벌어진다는 사건.

"경?"

속이 답답해 제가 지금 숨을 뱉고 있는지 들이마시고 있는지조차 명확하지 않던 그 순간, 낯익은 목소리가 들렸다. 그 목소리에 서서히 바닥으로 떨어지던 리아의 고개가 단숨에 들렸다.

"아."

에드가였다. 멀리서부터 뛰어왔는지 머리칼이 땀에 젖은 채다. 흐트러진 그의 모습에 리아는 조금 놀랐다. 방금 전까지 그녀는 혼자였다. 불투명한 미래를 조금이라도 선명하게 보고자 애를 쓰는 외톨이. 드넓은 밤하늘 속에서 혼자 눈을 뜬 채 한 치 앞도 보이지 않는 어둠을 보겠노라 발버둥 치고 있었다는 걸 알았을 때란.

그러나 새까만 밤하늘에는 언제나 빛무리가 있기 마련이다. 수없이 흩뿌려진 별들은 때로 위로를, 때로는 길잡이를 자처하고는 한다. 그녀에게 있어 그의 목소리가 지금 그런 기분을 자아냈다.

혼자가 아니다. 그 한마디가 얼마나 심금을 울리는지, 겪어본 사람만 알 수 있으리라.

"내가 늦은 건가?"

중간에 카인에게 붙잡혀 이것저것 대답하느라 지체된 시간이 생각보다 길었던 모양이다. 굳어 있는 리아의 낯빛을 살피는 에드가의 두 눈에 미안함이 번졌다. 카인의 눈치 없음에 아낌없이 욕을 퍼부으며, 그는 마차에 올라탔다.

사과할 생각이었다. 그녀가 자신을 멍한 시선으로 바라보지만 않았더라도.

"경?"

에드가의 미간이 좁아졌다. 그는 어쩐지 초점이 흐린 그녀의 시선을 바라보며 걱정스러운 표정으로 상체를 앞으로 숙였다. 리아를 향해 뻗는 손이 대중없었다. 그의 손끝이 머리칼을 스친 뒤에야 리아는 가늘게 몸을 떨었다.

"왜 그러지? 무슨 일이라도 있나?"

그 물음에 리아는 고개를 저었다. 그때까지 참고 있다 생각지도 못했던 숨을 뱉어내자 그제야 창백히 질렸던 얼굴에 혈색이 돌아왔다. 그녀는 제게 뻗어진 팔에 손을 얹었다.

"괜찮습니다. 그, 긴히 할 말이 있어서…… 말을 정리하느라 잠시 정신이 없었던 모양입니다."

그 사이 마차가 출발했는지 약간의 움직임이 느껴졌다.

"할 말이 있습니다."

"얼마든지."

"이번에야말로 허무맹랑하게 들릴지도 모릅니다."

그렇게 말한 뒤 리아는 스스로에게 조금 놀랐다. 필요하다면 일단 말하는 것이 맞다. 보석함에 대해 에드가에게 밝힐 때도 그러지 않았던가. 그가 자리를 박차고 일어날 것이라 생각할지언정 그 자체를 걱정하진 않았다.

그랬는데.

에드가가 자신을 어떻게 생각할지가 먼저 걱정되다니. 친해져서 그런가. 스스로의 변화가 놀라웠다. 리아는 새삼스러움을 느끼며 에드가를 바라봤다.

겉보기에는 전과 다른 점이 전혀 없다. 여전히 별다른 표정이 없는 얼굴, 그보다 좀 더 딱딱해 보이는 입매, 그러나…… 전과 달리 걱정이 느껴지는 시선.

"곧 있을 태자 전하의 탄신연 때 큰 사건이 터질 겁니다."

그 무슨 허무맹랑한 얘기를 하더라도 자신의 말이라면 귀를 기울여 주는 저 고요함. 리아는 언젠가 제가 몰인정하다 생각했던 그의 모습에서 안정감을 느끼며 말을 이어갔다.

"많은 이들이 죽고 다칠 만큼의 일이라고 합니다. 그리고 그 뒤에, 대공이 처형당했다면, 경. 이 모든 사건의 배후에 대공이 있을 가능성이 얼마나 높다 보십니까."

리아는 질문처럼 던졌던 말을 다시금 정정했다.

"저는 이 모든 일의 중심에 대공이 있다 생각합니다."

명백한 증거 없이 황족을 범인으로 지목하는 목소리는, 그러나 단호했다. 에드가는 그런 그녀의 말에 무어라 답하려 입을 열었다가 관두었다. 그가 생각해도 이 모든 일의 배후에 있을 법한 이는 대공뿐이었다. 에드가는 잠시 말을 골랐다.

"……확신인가?"

"경께서도 그렇게 생각하시지 않습니까. 대공이 이 모든 일을 주도했을 것이라는."

"아직은 의심뿐이야."

확신은 할 수 없다는 소리다. 이해할 수 없는 일은 아니었다. 아무런 확신도 없는 상황에서 가능성을 좁혀 버리는 건 어리석은 짓이었으니 말이다.

"그럼 일단 이 얘기를 들어주시겠습니까."

마침 딱 좋았다. 의견이 둘로 나뉘어 있으니 한쪽으로 의견이 쏠릴 걱정은 덜었다.

"대공이 이 모든 사건의 주모자라면, 태자 전하의 탄신연에, 황궁 안에서 폐하는 물론이거니와 귀족들의 안위도 고려치 않고 일을 벌였다는 뜻이 됩니다."

"실제로 탄신연 때 사건이 터진다면, 말이지."

"예. 그렇다면—"

"전하만을 노린 것이 아닐 수도 있다는 소리군."

리아는 작게 고개를 끄덕였다.

"……반역일 가능성도 염두에 두고 봐야 한다 생각합니다."

카인의 탄신연, 모든 귀족을 비롯해 황제와 황후도 참석하는 그 자리에서 일을 터뜨렸다. 단순히 카인의 목숨만 노린다 생각하기는 어려운 상황이었다. 특정인을 암살하기 위해 탄신연을 노린다니. 그런 어설픈 짓이 어디에 있단 말인가.

그래서 리아는 제 생각을 가두고 있던 틀을 깨부쉈다. 모든 귀족이 모여 있고, 황족들이 빠짐없이 참석한 날을 골라 일을 터뜨린 이유는 무엇이었을까? 아무리 생각해도 하나밖에 떠오르지 않았다.

반역.

"대공이 황좌를 노린다는 것은 공공연한 사실입니다. 경, 그자가 중립을 유지하던 드벨이 움직이려 하자 그 목숨을 취한 것으로도 모자라, 기우는 판세에 조급함을 느껴 판 자체를 뒤집을 생각을 했을 가능성이, 과연 얼마나 될 것 같습니까?"

리아는 아득 이를 물었다. 지난번 에드가가 슬쩍 흘린 말로 거기까지 유추해 냈다. 그녀는 말을 이었다.

"저는, 두 사건이 비슷한 시기에, 그것도 우연히 일어날 가능성보다는 높다 생각합니다."

어차피 손안에 있는 정보는 한정되어 있었다. 저쪽 세상으로부터 얻을 수 있는 것에도 한계가 존재했다. 애당초 로렐리아는 그렇게까지 많은 것을 알고 있지 않았고, 알고 있는 패도 전부 보여주지 않았다. 그러니 어쩌겠는가. 아는 것들을 최대한 동원해 판을 짜는 수밖에.

에드가의 표정 역시 심각해졌다. 확실히 현 라흘란 제국의 세력은 크게 세 갈래로 나뉘어 있었다. 황제만을 따르는 자와, 카인을 지지하는 자, 그리고 대공인 그리드를 지지하는 자로. 적법한 태자가 있음에도 대공이 이렇게까지 세력을 확대할 수 있었던 데는 황제의 영향이 컸다. 황제가 그리드의 오만방자함을 눈감아주니 그의 욕심이 해가 갈수록 커져만 가는, 그런 모양새였다.

"경 말대로야."

오직 한 명뿐이다. 카인의 탄신연을 쑥대밭으로 만들 만큼 간이 큰 자와, 완벽한 키메라를 만들어낼 만큼 값비싼 마법사를 고용할 수 있는 이는.

에드가는 답을 미루지 않았다.

"안 그래도 그 얘기를 하려고 했어. 그대의 말대로 마차 사고의 배후에 대공이 있을 가능성이 높아졌다. 그리고…… 그 말대로 마차 사고로 끝나지 않을 가능성도 완전히 배제할 수는 없겠지."

그는 품 안에서 미리 챙겨둔 서류를 꺼내 리아에게 건넸다. 로이드가 며칠을 꼬박 새어 겨우 손에 넣은, 탈주 마법사에 대한 정보를 간략하게 추려낸 서류였다. 정보는 그 자체로 권력이 되는 세상이다. 그럼에도 그것을 건네는 행동엔 일말의 머뭇거림도 없었다.

"일전에 이그니스에 대해 얘기했던 것, 기억하고 있나?"

"예."

리아는 가볍게 대꾸하며 서류를 확인했다. 서류에는 자작의 사망 이후 이그니스의 행적이 간략하게 적혀 있었다.

-729 라흘란력. S급과 A급 두 마법사가 마탑에서 탈주.

-730 라흘란력. A급 마법사가 포티아 자작영애로 밝혀짐. 이후 행적이 묘연함.

이그니스의 행적이 짤막하게 적혀 있는 종이를 훑던 녹안이 무겁게 가라앉았다.

에드가는 그런 그녀를 바라보며 말을 이었다.

"이 모든 일의 배후에 있는 게 대공이라면 이그니스가 제 부친의 일에 대해 제대로 모를 가능성이 커. 경, 나는 공국에 가볼 생각이다. 그녀가 대공의 편에 선 것이 확실하다면, 있을 만한 곳은 공국 아니면 이 수도일 테니. 그래서 말인데, 내가 잠시 떠나 있는 동안 그대는 수도에서 마법사들이 숨을 만한 곳들을 찾아봐 주지 않겠나?"

공국. 대공이 다스리는 소국은 제국 영토의 일부분을 떼어 만든, 이름뿐인 나라였다. 세습마저 인정되지 않아 대공이 자식을 몇을 낳건 그의 사후에는 다시 제국에 복속되는 곳. 그래서일까. 그곳에 사는 백성들마저 자신들을 제국민으로 생각하지 공국민이라 여기진 않았다.

위치도 제국의 수도와 무척 가까웠다. 동쪽으로 길게 치우진 제국의 영토를 고려해 봤을 때 서쪽 끄트머리에 있는 공국은 발빠른 말을 타고 쉼 없이 달리면 꼬박 하루 하고도 반나절 만에 도착할 수 있는 거리에 위치했으니 말이다.

문제는 시기였다. 리아는 서류를 보던 고개를 들었다.

"폐하께서 허락하시겠습니까."

카인의 탄신연까지 고작 한 달여가 남았을 뿐이다. 게다가 마차 사고에 대한 재조사는 이제 막 시작했다. 그런 시기에 페리엘 공작의 공국 방문이라니. 그가 카인을 지지하고 있다는 것을 모르는 이가 없는 현실이기에 더욱 불가능한 얘기였다. 리아는 말을 이었다.

"대공도 반기지 않을 겁니다."

"아아. 그 점이라면 걱정하지 않아도 괜찮아. 적당한 명분은 만들어놨으니."

"명분이라 함은……?"

고개를 옆으로 기울이는 리아의 모습에 에드가는 부드럽게 웃었다. 이를 드러내고 웃는 그의 모습은 단연 리아의 시선을 사로

잡았다.

"탄신연 참석을 위해 수도로 올 대공의 호위, 로 해두지."

원래부터 대우받는 것을 즐기는 자이다. 그러니 다른 누구도 아닌 공작인 자신이 호위를 자처한다면 환영해 주지 않겠냐는 에드가의 말에 리아는 순간 말문을 잃었다.

'농담도 할 줄 아는 사람이었어?'

정말이지 까면 깔수록 생각지도 못했던 면이 불쑥 고개를 치켜드는 남자가 아닐 수 없었다.

다음 날, 붉은늑대기사단.

유능함과는 거리가 멀지만 서로에 대한 애정과 사랑만큼은 넘쳐흐르는 그들은, 아주 중요한 기로에 놓였다.

"술을 마다하더라니까, 그 인간이?"

베리얼은 투덜거리는 크로우의 어깨를 두드려 주었다. 위로는 하고 있다만 그의 말대로다. 요새 프루트와 에이플이 이상해졌다. 차라리 술을 냅다 들이부으며 신세한탄이라도 했다면 무슨 일이 생겼겠거니 했을 것이다.

그러나 그 둘이 술자리를 슬슬 피하며 시도 때도 없이 바쁘게 뛰어다니는 게 오늘로 벌써 일주일이 다 되었다. 크로우는 신중하게 주변을 살피곤 한껏 목소리를 낮춘 채 외쳤다.

"어디 빚이라도 진 게 분명하다고!"

"설마하니 그 둘이 빚을 졌겠어. 기껏해야 사기나 당했겠지."

입단 시기로 따지자면 베리얼은 붉은늑대기사단의 막내였다. 그러나 선임인 크로우를 대하는 태도는 편하기 그지없었다. 제2기 사단이 그런 사사로운 서열을 따지지 않게 된 이유는 단순했다.

리아가 단장직을 맡기 전, 프루트가 호탕하게 웃으며 제 밑은 고놈이나 고놈이나 전부 똑같다고 선언한 적이 있었다. 상대가 상대인지라 기사단 모두 그 말에 납득했다. 저 미친놈 밑에서는 다 똑같긴 하다고. 덕분에 제2기사단에서는 서로의 나이를 고려해 존중해 주는 정도만 있을 뿐, 막내라고 선임에게 깍듯하게 하는 문화는 사라진 지 오래였다.

크로우는 무시무시한 말을 한없이 가볍게 뱉어내는 베리얼을 멍하니 바라봤다. 그러나 어깨를 으쓱이는 베리얼은 진심이었다.

"빚보다는 사기가 더 가능성이 높아. 생각해 봐. 부단장은 누가 입만 잘 털면 홀라당 넘어가서 이상한 서류에 사인할걸. 의심은 요만큼도 안 하고."

"……야, 빚은 대신 갚아주면 된다지만 사기는 좀 심하잖냐."

"심하긴. 단장한테 부탁하면 사기단을 아작 내줄 텐데 뭐. 그게 아니더라도 사기당한 걸 알면 부단장이 그놈들을 탈탈 털걸."

"아. 하긴 그건 그렇네. 어쨌든! 둘 다 뭔가 비밀이 있다고, 비밀. 맨날 둘이서만 숙덕거리고. 얼마 전에는 푸른매 녀석들이랑 친하게 대화를 나누더라니까? 그 부단장이? 난 내 눈이 맛이 간 줄 알았잖냐!"

아무리 요새 푸른매와 같이 조사단에 차출되었다고 해도 대화를 한다니. 그게 말이 된단 말인가. 그런 생각을 한 건 크로우뿐만은 아니었다. 베리얼도 그 말에 경악을 금치 못했으니 말이다.

"……부단장이 푸른매랑, 대화를 했다고?"

주먹다짐을 한 게 아니라? 차라리 눈이 마주치자마자 재수 없다며 주먹을 날렸다는 얘기가 더 현실성이 있겠다. 베리얼이 제 말을 전혀 믿는 기색이 아니자, 크로우는 억울하다며 심장께를 콩콩 두드렸다.

"내가 봤대도! 뭐, 작전이 어쩌고저쩌고 하던데, 언제부터 우리가 그놈들이랑 작전을 짜는 사이였냐고! 아, 물론 술은 같이 마시긴 하지만!"

"그래? 진짜 이상하네. 설마 부단장한테 사기 친 게 푸른매 기사인 거 아니냐?"

그래서 빚이 그쪽에 있는 거지. 아무리 부단장이 막나가는 인간이라고 해도 빚쟁이한테까지 그러겠느냐는 말에 크로우는 혀를 차며 고개를 저었다.

"푸른매가? 그럼 빚쟁이 멱살을 잡을걸, 그 인간은."

그리고 왜 이게 빚이 되냐며 으름장을 놓겠지. 빚이 없어도 주먹을 휘두르며 웃는 인간인데 빚이 있으면 더하면 더했지 덜하겠는가. 어쩐지 대화를 하면 할수록 제 상사를 대차게 까는 것 같은 느낌에 두 기사는 잠시 침묵했다.

고개를 들어 막 떠오르는 해를 바라보는 두 쌍의 시선이 어쩐지 아련했다.

"그리고 보면…… 우린 참 잘 버텼지. 그런 인간 밑에서."

"아아. 부단장은 절대 결혼은 못 할 거야."

"당연하지. 그런 인간을 누가 데려가겠어. 결혼한다고 어디서 착한 여자 데려오면 우리가 적극 뜯어말려 주자고. 세상에 좋은 남자가 얼마나 많은데."

"그럼, 그럼."

그렇게 황궁 안에서 당당하게 프루트를 까던 두 남자의 위로 긴 그늘이 드리웠다.

"둘 다 뭐하고 있지?"

아련한 상념을 깰 만한 이의 목소리였다. 베리얼과 크로우는 화드득 놀라며 고개를 돌렸다. 그곳에는 서류뭉치를 옆구리에 낀 리아가 서 있었다. 단장을 발견한 두 남자의 눈이 반짝였다. 그들은 언제 그랬냐는 듯 각 잡아 경례를 올린 뒤 슬금슬금 리아의 옆에 바짝 붙었다.

"있잖습니까, 단장."

"왜."

"요새 부단장이 좀 이상한 것 같습니다."

선임의 허물을 덮어주기는커녕 이때다 싶어 달려드는 크로우였다. 베리얼은 그런 동료의 철없음에 잠시 한숨을 내쉬었지만,

"그 인간이 드디어 빚쟁이에게 시달리는 게 틀림없습니다."

곧 열정적으로 프루트 엿 먹이기에 뛰어들었다.

"아닙니다, 단장. 빚이라기보다는 사기에 당한 것 같습니다. 생각해 보십시오, 부단장이 어디서 빚쟁이에게 시달릴 사람입니까?"

"그게 아니면 여자가 생긴 건 아닐까요?"

"와, 단장. 그게 사실이라면 저희가 좀 뜯어말려야 하는 것 아닙니까?"

종알종알. 리아는 곧장 프루트의 취향으로 옮겨가는 두 녀석의 수다에 질린 표정을 지었다. 이게 다 무슨 소리란 말인가. 굳이 프루트가 더해주지 않더라도 이미 문제는 차고 넘쳤다. 그녀는 연무장이 눈에 들어오자 한숨을 서며 자리에 멈춰 섰다.

"둘 다."

"네?"

"예?"

"당사자와 깊은 대화가 필요해 보이는군."

안 그래도 할 일이 천지건만 쓸데없는 수다에 시달린 리아의 두 눈이 서늘하게 빛났다. 기사를 하며 눈치만 늘어난 두 남자의 어깨가 움찔 떨렸다. 뭔가 잘못 건드렸다. 그러나 후회해 봤자 이미 늦은 일이다.

리아는 연무장 안에서 검을 휘두르는 프루트를 보자마자 있는 힘껏 그를 불렀다.

"프루트!"

"예! 무슨 일이십니까!"

"이 둘이 네 이상형에 대해 관심이 있다 하니 데려가서 훈련 좀 시키도록!"

쾅!

프루트가 휘두르는 검에 나무상이 엉망으로 부서져 내렸다. 일순 풀썩이며 인 흙먼지가 차차 가라앉고, 프루트의 흉흉한 두 눈이 그 사이로 드러났다.

"제, 이상형, 말입니까?"

"그래."

리아는 그 정도는 알아서들 해결하라는 말을 덧붙였다.

그날 연무장에 두 기사의 처절한 비명이 떠나지 않았다는 소문이 잠시 황궁에 돌았으나, 그리 오래지 않아 사그라졌다. 평화로운 제국의 오후였다.

그렇게 제 부하들을 사지로 밀어 넣은 리아는 약속한 장소로 향했다. 재조사단 사무실로. 그곳에 미리 도착해 있던 셴은 문이 열리자 화드득 놀라며 자리에서 일어났다.

"오, 오셨습니까!"

리아는 우렁찬 외침에 작게 웃었다. 능글능글한 부하들을 보다 머릿속이 훤히 들여다보이는 셴을 보니 어쩐지 웃음이 나왔다. 문을 닫고 안으로 들어선 리아는 곧장 본론을 꺼내들었다.

"오늘은 부탁할 게 있어서 잠시 보자고 했는데."

"예, 뭐든 말하십시오."

"수도에 미등록 마법사들이 따로 모여 있거나 나름의 공동체를 형성하고 곳이 있다고 들었는데……."

리아는 말끝을 흐리며 셴의 표정을 살폈다. 셴은 엘리트 루트를 밟은 대표적인 마법사였다. 날 때부터 뛰어난 실력을 인정받아 어린 나이에 황실마법사로 등록되었으니 앞으로의 미래도 탄탄대로일 것이 분명했다.

그러나, 여전히, 그는 마법사였다. 마법사 사회와 반하는 일을 하는 게 쉬울 리 없다. 제국의 철저한 감시 속에서도 미등록 마법사가 존재하는 이유이기도 했다. 리아의 생각대로 셴의 얼굴에 당혹감이 스쳐 갔다.

"그들을 어찌 하겠다는 게 아니야. 단지 좀 찾을 사람이 있어서 그런데……."

"마차 사고의 진범입니까?"

"그렇지 않을까 의심 중이라 말한다면, 어렵겠나?"

"예? 아, 아닙니다. 그게 조금 감격스러워서……."

감격을 느낄 부분이 대체 어디에 있단 말인가. 예상과는 전혀 다른 반응에, 리아는 잠시 당황했다. 그러나 셴은 충분히 감격하고 있었다. 그녀가 바빠 신경을 쓰지 못할 동안 그는 차마 말로는 하지 못할 일들을 겪어야만 했다. 제대로 된 설명도 없이 탐지 마법을 써보라며 재촉하는 건 참을 수 있었다. 여전히 뭘 찾아야 하는지 정도는 알려주는 게 맞지 않나 싶긴 했지만 말이다.

그러나 참을 수 없는 건 따로 있었다. 쉼 없이 싸워대는 푸른 매와 붉은늑대의 틈바구니에 끼어 부디 저 주먹이 제게 날아오지 않길 비는 일이었다. 더 서글픈 건 프루트나 캐리엇은 제가 있다는 것조차 모르는 것 같다는 데 있었다.

그러니 제대로 된 책상과 의자가 있는 곳에서, 해야 할 일을 명확히 알려주는 데다 참고할 자료까지 주는 리아에게 감격하는 것도 그리 이상한 일은 아니었다.

"알아낼 방법이 있습니다. 반드시 알아오겠습니다. 비밀리에."

어쩐지 사명감에 가득 찬 것 같은 셴의 모습에, 리아는 그렇게까지 애쓸 필요는 없다 말하려다 입을 닫았다. 이왕이면 애써주는 편이 더 좋다는 생각이 들었기 때문이었다.

"그래주면 고맙지."

"예. 반드시, 제 명예를 걸고!"

리아는 부드럽게 웃으며 자리에서 일어났다. 뭐든 알게 된다면 거리낌 없이 제게 오라는 말을 덧붙인 채 자리를 벗어난 리아는, 어쩐지 셴이 제 부하들을 닮아가는 것 같다 중얼거렸다.

부하들이 셴의 영향을 받아 얌전해지길 바랐지만, 그건 역시 너무 큰 바람인 모양이었다. 하긴 세상사 어떻게 원하는 대로 흘러가겠는가. 집무실로 돌아온 리아는 그런 생각을 하며 보석함을 눈앞으로 죽 끌어왔다.

"그래도 자기 자신은 생각대로 좀 됐으면 좋겠는데."

남이야 어쩔 수 없다지만 말이다. 그녀는 쿵 소리를 내며 어젯밤 대화가 끊어졌던 마지막 편지를 서랍에서 꺼냈다.

〈그이에게? 우리 얘기를? 오, 리아, 부디 이해해 줘. 나는 이 일에 다른 사람들을 끌어들이고 싶지 않아. 그게 에디라 할지라도 말이지. 너도 동감하겠지만, 보석함에 대해서 아는 사람은 적으면 적을수록 좋아.〉

이해할 수 있었다. 자신만 해도 에드가에게 보석함에 대한 얘기를 하기까지 꽤 고민하지 않았던가. 리아는 피식 웃으며 종이를 검지로 톡톡 두드렸다.
"검을 놓았어도 기사는 기사란 거지."
천성은 속일 수 없다더니.

〈에디에 대한 얘기라면 걱정하지 마. 그이에 대한 얘기라면 몇날 며칠 밤을 새서라도 할 수 있을걸? 탄신연때 폐하와 태자 전하께서 무사하실 수 있었던 건 전부 그이 덕분이야. 그이가 오러 사용자인 건 알고 있지? 기사들, 그러니까, 어, 옛 동료들이 말하길 그이만큼 오러를 자유자재로 다룰 수 있는 기사는 거의 최초일 거라더라. 어느 정도냐면, 난 마법사를 오러로 만든 막 안에 가두는 걸 그때 처음 봤다니까. 상상이 가니?〉

상상이 가냐고? 전혀. 에드가와 합을 나눈 적도 있었지만 오러를 그렇게까지 자유자재로 사용할 수 있을 것이라고는 생각조차 하지 못했다. 오러라는 것은 흐르는 물과 같다. 보이지 않는 물이 온몸과 허공에서 흐르고 있다면, 그 흐름을 억지로 비틀어 제 것으로 만드는 것이 바로 오러였다. 그러니 오러를 제어한다는 건 정신적으로 상당한 피로감을 동반하는 일이었다.
그걸, 완벽하게 해냈다고? 가능성은 두 가지였다. 저쪽 세상의 에드가가 실력이 월등히 뛰어나든가, 이쪽 세상의 에드가가 자신의 실력을 전부 드러내지 않고 있든가.

턱을 괸 채 고민에 빠진 리아를 일깨운 것은 작은 노크 소리였다. 들어오라는 말에 에드가가 들어올지는 몰랐지만 말이다. 에드가는 어쩐지 자신을 복잡 미묘한 표정으로 바라보는 리아의 시선에 고개를 옆으로 기울이며 물었다.

"왜 그러지, 경?"

"아닙니다. 그보다 무슨 일이십니까?"

"아."

에드가의 입가에 옅은 미소가 배어들었다.

"오늘 근무가 끝난 뒤, 술이라도 한잔하지 않겠나?"

데이트 제안이라기에는 조금 어폐가 있었지만, 리아에겐 이쪽이 더 편하다는 것 역시 무시하지 못할 사실이었다.

리아는 먼저 제안을 하고선 혹여나 거절당할까 슬금슬금 제 표정을 살피는 남자의 모습에 작게 웃었다.

"그러죠."

제가 에드가에 대해 오해를 해도 단단히 했다 생각하며.

그러나 안타깝게도, 둘의 술 약속은 성사되기 직전에 파장을 맞아야만 했다.

"황실마법사 수장이 직접 그 정보들을 관리하고 있었다고? 게다가, 알려줄 수 없다?"

늦은 오후, 에드가는 리아를 찾아 자신의 집무실까지 온 셴의 말에 미약한 화를 누르며 대꾸했다. 이번 조사단에 얼마나 많은 인사가 관여하고 있는지 모를 리가 없을 텐데도 자세한 정보를 제공할 수 없다 말했다면 그 이유는 하나뿐이었다.

리아는 잔뜩 움츠려 있는 셴의 모습에 한숨을 삼켰다. 앞으로 공손하게 모여진 손이며 고개를 푹 숙이고선 어찌할 줄 모르겠다는 듯 눈만 위로 들어 에드가의 눈치를 살피는 셴의 모습은, 마치 어른에게 혼나는 아이 같았다. 그의 나이가 올해 몇이더라. 리아는 자신보다도 작은 셴의 나이를 어름하면서 동시에 한 얼굴을 떠올렸다.

'이번 대 수장이 케이티, 그녀였지. 캐슬 백작가의 차녀였던가. 그리고 분명, 캐슬 백작가는⋯⋯.'

대공의 편에 서 있다. 이게 만약 내기였다면 그녀는 머뭇거리지 않고 올인했을 것이다. 대공이 이 모든 일의 배후에 있다는 쪽에. 카인이 언젠가 투덜거렸던 것처럼 가문이 발휘하는 영향력은 쉽게 무시할 수 없었다.

지금처럼.

표정을 보아하니 에드가의 생각도 같은 듯했다. 그는 그래도 잔뜩 겁에 질린 것처럼 보이는 셴에게 더는 아무것도 묻지 않았다. 물을 필요도 없었다. 셴을 내보내고 난 뒤, 리아와 에드가는 서로가 같은 생각을 했음을 다시금 확인할 수 있었다. 리아는 부디 아직 그녀가 황궁에 남아 있길 빌며 자리에서 일어났다.

"술집을 고르는 건 다음에 해야겠네요."

"그러지."

에드가 역시 겉옷을 챙기며 자리에서 일어났다. 곧장 집무실을 나온 둘은 서궁 쪽으로 걸으며 나지막하게 대화를 이어갔다.

"마법사의 권리를 들먹일 겁니다. 그⋯⋯."

어릴 적 벨과 장난을 치면서 몇 번이나 들었던 얘기다. 벨은 자신이 불리하게 몰리면 언제나 엄숙한 표정으로 자신은 마법사이니 황족의 안위와 관련된 일이 아닌 이상 침묵할 수 있는 권리가 있다 말하곤 했었다. 볼살이 오동통하게 오른 그 얼굴로 그렇게 얘기해 봤자 귀여울 뿐이었지만 말이다.

그런 벨을 보며 양친과 함께 웃음을 터뜨렸던 기억이 눈앞을 스쳐 갔다. 리아는 턱에 바짝 힘을 준 채 말을 이었다.

"마법사는 자신이 속해 있는 국가의 왕족이나 황족의 안위를 위협하지 않는 이상 같은 마법사를 보호하고, 자신의 안위를 위해 침묵할 수 있다는, 대륙법에 의거한 권리 말이죠."

마법사들 사이의 견고하고도 끈끈한 관계를 유지시키는 마법 같은 말이다. 미등록 마법사들은 그 권리에 의존해 황실로부터 모습을 감췄다. 골치 아픈 것은 당장 케이티의 입을 열게 할 증거가 없다는 데 있었다.

"대공을 지키고, 자신의 가문을 지키기에 그보다 더 좋은 핑계는 없겠군."

"저쪽 계획을 짐작하고 있다 암시할 수도 없으니 황족의 안위가 위험하다는 이유를 댈 수도 없죠. ……레이디 케이티가 강경하게 나온다면 저희는 아무것도 얻지 못할 겁니다."

"최소한 캐슬 백작이 어디까지 감수할 생각인지는 알 수 있겠지."

에드가 역시 이 앞에 일어날 일들을 짐작하고 있는 표정이었다. 리아는 수십 장에 달하는 서류를 손에 쥔 채 생각했다. 어쩌면 그는 자신과 꽤 잘 맞는 것 같다고.

리아는 죽 이어진 길 끝에서 자신들을 기다리고 있는 여자를 발견했다. 목이 그대로 드러날 만큼 짧은 적갈색 머리칼과, 적갈색 눈동자가 가장 먼저 눈에 들어오는 여자, 케이티였다. 그녀는 마치 서궁을 비호하는 결계처럼 궁 입구를 지키고 서서는 리아와 눈이 마주치자 친근하게 웃으며 눈인사를 건넸다.

거대한 황궁을 이루는 수많은 궁들 중에서 서쪽에 외따로 떨어져 있어 사람들이 서궁이라 부르는 그곳은 황실마법사들의 연구실이자, 황궁의 결계를 유지하기 위해 마법사들이 기거하는 곳이었다. 내궁 성벽과 가장 가까이 맞닿아 있어 사람들의 시선과 소문에서 한 걸음 떨어져 있을 수 있는 곳. 그리하여 그들만의 독특한 생활을 이어갈 수 있는 서궁에서는 일하는 시녀와 시종들도 모두 얇은 실크 장갑을 착용해야만 했다.

케이티는 둘에게 실크 장갑을 건네며 인사말을 건넸다.

"죄송하지만, 제게 원하는 답을 듣긴 어려우실 거예요. 두 분다 마법사는 대륙법에 의해 꽤 많은 권리들을 보장받는다는 걸 알고 계시잖아요?"

케이티는 자신도 이렇게까지 하고 싶진 않다며 옅게 한숨지었다.

"어쨌든 자세한 건 안에 들어가서 말씀드릴게요. 아, 부디 장갑은 잊지 말아주세요. 여기엔 마법사가 드글거리거든요. 그리고 확신하건대, 그들 중 절반은 후작님이나 공작님을 짝사랑하고 있을걸요? 내기해도 좋아요. 두 분 다 서로가 얼마나 매력적인지는 잘 알고 계시잖아요?"

케이티가 사교계에서 인기가 많은 건 이런 입담 때문이기도 했다. 백작가의 차녀인 것으로도 모자라 황실마법사의 수장이 될 만큼 뛰어난 실력을 갖춘 마법사이기까지 한 케이티는 미셸이 한숨지으며 했던 얘기를 떠올리게 했다. 정확히는 마법사이나 실력이 부족해 정략혼을 하게 된 그녀의 동생을.

그런 면에 있어서 케이티는, 이를테면 성공한 패였다. 평생 누구에게도 결혼하라는 압력을 받지도, 눈 떠보니 약혼자가 생겨 있는 기막힌 일도 겪지 않게 되었으니 말이다. 그 사실은 그녀를 자유롭게 만들었다. 천성도 있겠으나 그러한 환경이 적지 않게 영향을 미친 호탕한 성격과 시원시원한 태도는 모두가 그녀를 반기는 이유이기도 했다.

이런 상황에서는 그리 좋지만은 않았지만.

"아니, 밖에서 얘기하지."

리아는 제 몫의 장갑을 다시 케이티에게 건넸다. 그 단호한 거절에, 안쪽으로 몸을 돌렸던 케이티는 어색하게 웃으며 다시 리아를 마주했다.

"이거 참……. 후작님과 척을 지고 싶진 않았는데 말이죠."

아시다시피, 벨포스가 무척 탐이 났거든요. 케이티는 한 손으로 볼을 감싼 채 어쩐지 벨포스를 완전히 놓쳐 버린 것 같다 중얼거렸다. 그런 그녀의 중얼거림에 에드가는 눈살을 찌푸리며 말을 받았다.

"캐슬 영애. 이번 일이 백작가와 무관하지 않다는 것쯤은 알고 있을 텐데."

"오. 물론이죠. 저는 제국 귀족으로서 데뷔탕트와 함께한 서약도 기억하고 있고, 제 의무도 꿰고 있답니다. 하지만, 각하. 그렇다면 공작 각하께서도 알고 계시겠죠. 마법사는 그 무엇보다 마탑과, 같은 마법사들을 우선시한다는 걸. 아, 물론 폐하께 충성을 맹세하긴 했습니다. 그러나 폐하나 다른 황족분들의 안위와 관련된 문제가 아닌 이상 저는 수십 명에 달하는 마법사들을 배신하진 않을 겁니다. 제국에 등록하지 않았다 한들 그들은 여전히 마법사이니까요."

마치 외운 것들을 말하듯 주장을 마친 케이티는 살짝 눈살을 찌푸리며 덧붙였다.

"설마 황족의 안위가 걸린 일은 아니겠죠?"

그 물음에 리아는 비뚜름한 미소를 지었다.

"물론 아니지. 하지만, 레이디 케이티. 마차 사고의 범인을 밝히는 데 협조를 해주는 것도 어렵나?"

"오. 후작님, 절대 아니랍니다. 물론 전심전력으로 도와드려야죠. 그래서 셴을 보내드렸잖아요. 알고 계시죠? 그가 얼마나 유능한지."

"그저 장소만 집어주면 돼. 어디에도 누설하지 않고, 기록으로 남기지도 않겠다 약조하지."

케이티는 곤란하다는 표정으로 리아를 바라보았다. 그녀는 정말 드벨 후작가와 척을 지고 싶지 않았다. 벨포스가 마탑에서 돌아오기만 하면 가장 먼저 낚아채겠다고 벼르고 있었으니 말이다.

케이티의 적갈색 눈동자가 리아와, 그런 리아의 옆에서 심각한 표정으로 서 있는 에드가를 번갈아 바라봤다. 저 남자가 페리엘 공작가의 힘까지 동원할까? 케이티는 확신했다. 그럴 것이라고. 에드가의 짝사랑에 대한 소문은 사람을 가리지 않았으니 말이다.

'어쩌면 이미 꼬리가 잡힌 걸지도 모르지.'

하지만 어쩌겠는가. 그녀는 자유롭되, 자유롭지 못했다. 결국 케이티는 제 몸에 흐르는 지긋지긋한 피를 배신하지 못했다. 좌우로 흔드는 고갯짓을 따라 적갈색 머리칼이 가벼이 흔들렸다.

"죄송해요. 오, 이건 진심이에요. 정말 죄송해요. 하지만, 도와드리진 못하겠네요."

어차피 달리 선택지도 없었다. 일이 잘못되건, 잘되건 자신의 아버지는 이미 모든 것을 건 상태였으니 말이다. 그 속에 제 목숨도 들어 있으니 어쩌겠는가. 케이티는 부디 제 아비가 이번만큼은 일을 제대로 하길 빌면서 두 남녀를 배웅했다.

그러나 케이티에게는 불운하게도, 리아와 에드가는 이미 모든 그림을 그려놓은 뒤였다. 두 남녀에게 필요한 것은 아주 약간의 확신뿐이었다. 만약 그녀가 순순히 이번 일에 협조했다면 얘기는 또 달라졌을지도 모른다.

"점점 더 윤곽이 잡히는군요."

이 모든 일의 주모자가 대공이라 확신하는 발언이다. 에드가 역시 별다른 반박 없이 고개를 끄덕였다.

"그래. 캐슬 백작은 모든 걸 걸 생각인 거겠지. 탄신연 때 일을 벌일 생각이라면, 사병도 상당히 준비해 뒀을 테고."

"귀족들 중 몇이나 돌아섰다 생각하십니까."

에드가는 잠시 침묵했다. 몇이나? 황제가 대공에 대해 꽤 자비롭게 행동하면서부터 귀족들은 둘로 나뉘기 시작했다. 정통성을 주장하는 자와 이득을 쫓는 자로. 카인의 말을 빌리자면, 대공은 다디단 말을 속닥이는 재주가 있는 자였다. 상대에게 필요한 것이 뭔지 꿰뚫어보는 눈 하나만큼은 타고난 덕분에 그의 편에 선 자들의 수도 무시하지 못할 정도는 되었다.

"대공을 지지하는 귀족들은 꽤 되지만, 이번 일에 직접적으로 개입한 자는 신뢰를 받는 최측근에 한정되어 있겠지. 이 모든 게 사실이라면, 어중이떠중이들에게도 입을 놀릴 수는 없었을 테니."

리아는 고개를 끄덕여 동의했다.

"얘기가 새어 나가면 곤란한 걸로는 끝나지 않을 테니 말이죠."

"동의하는 바야."

그렇게 말한 에드가는 잠시 생각하다가 덧붙였다.

"일이 벌어지건, 벌어지지 않건 꽤 험난한 탄신연이 되겠어. 전하께서 무척 싫어하시겠군."

리아는 그 말에 살풋 웃었다. 공후작들 중에서 줄을 정하지 않은 건 자신이 유일했다. 이 년 전까지만 해도 몇몇은 황위다툼에 끼어들기 싫다는 태도를 고수했었는데, 고작 이 년 만에 판도가 뒤집힌 것이다. 그 고지식하던 이들을 설득한 걸 보면 카인의 수완도 인정해 줄 만했다.

얼마 전에도 헹틴턴 공작이 넌지시 선택을 재촉하는 말을 했더랬다. 그녀는 정통성이야말로 그 무엇보다 중요하다며 뒷짐을 진 채 말하던 그의 모습에 황당함을 감추려 애를 써야만 했다. 이 년 전까지만 해도 그는 다음 대 황제는 여신께서 정해주는 것이라며 길게 기른 수염을 쓰다듬던 중도파였으니 말이다.

"역시 캐슬 백작을 중심으로 파악해야겠군요."

"이쪽에서 맡지."

"예."

"일단 백작가에서 용병이나 사병을 늘렸는지부터 알아보지."

"도울 일은 없습니까?"

돕는다. 에드가는 낯익은 말이 이렇게 낯설게 들릴 수도 있다는 걸 새삼 깨달으며 고개를 돌려 그녀를 바라봤다. 자신을 응시하고 있는 녹안에는 부정적인 감정은 조금도 들어 있지 않았다. 언젠가부터 자신을 볼 때마다 옅게 번져 있는 짜증을 읽어내는 데 익숙해져 있었다. 그런데 지금 그녀는 동료로서 자신을 대하고 있었다.

같은 기사의 길을 걸은 지 올해로 삼 년째. 에드가는 그녀의 동료로 인정받았음에 묘한 감동 비슷한 것을 느끼며 대답했다.

"일전에 얘기한 것처럼 수도를 부탁해도 괜찮겠나?"

"물론입니다. 일단은 음지로 숨어든 마법사들에 대해 알아보죠. 폐하께서는, 허락하셨습니까?"

대공을 호위하러 직접 움직이겠다는 것을? 리아의 물음에 에드가는 눈을 접어 웃었다.

"그래. 전하께서는 또다시 일이 터지는 거냐며 질색하셨지만, 어쨌든 며칠 뒤에는 출발하게 됐어. 그때는 부탁하지. 전하도, 후궁전도."

그 말에 리아는 시선을 움직였다. 그녀는 자신을 응시하고 있는 에드가의 모습에 조금 놀랐다가, 이내 부드럽게 웃어 보였다.

"예."

짧은 대답이었지만 에드가에게는 깊은 울림을 남긴 말이었다.

†††

그 시각, 마탑은 다른 의미로 발칵 뒤집혔다. 벨포스의 탈주. 그것만으로도 뒷목을 잡을 텐데 나나마저 탈주했으니 원로들이 기함하는 것도 당연했다.

"무조건 기밀에 붙여야 합니다."

노마법사는 진중한 낯으로 말했다. 그러나 이 자리에 있는 이들 중 그가 의견을 묻는 게 아니라 선언하고 있음을 모르는 이는 없었다.

"아니, 아무리 그래도 그게 가능하겠습니까. 다른 곳도 아니고 제국이오, 제국. 영식이 사라졌다는 걸 알게 되면 분명 사람을 보낼 겁니다."

"아, 그러니까 그 없어졌다는 걸 모르게 하잔 말입니다."

"……이 서신을 보고도 그게 가능하리라 믿는 건 아니라 믿겠습니다."

노마법사의 말대로였다. 테이블 정중앙에 곱게 펼쳐진 편지는, 리아가 보낸 것이었다. 급하다는 리아의 말에 가장 빠른 말을 골라 쉼 없이 달려 최단기간에 도달한 편지였으나, 이미 벨포스는 마탑에서 탈주한 뒤였다.

벨포스도 없는 상황에서 드벨 후작가에서 보낸 편지라니. 원로들은 과연 그것을 뜯어보는 게 맞나에 대해 설전을 벌였다. 그러나 결국 이긴 것은 정보가 가장 중요하다 외치는 자들이었다. 반대했던 자들도 내용을 보고는 입을 다물 수밖에 없었다. 편지 속에는 생각보다 더한 얘기가 들어 있었다.

"이 편지에 쓰인 대로라면 드벨 후작에겐 마도구가 있단 말이오. 그 마도구가 불량인 것은 둘째로 치고, 이렇게 도착한 편지에 답장조차 없으면 나라도 의심하겠소!"

"아, 그럼 답장만 잘 꾸며 쓰면 되지 않겠습니까."

"필체는 어찌하려고!"

원로들의 눈가에 그늘이 드리웠다. 끄으응, 고민하는 소리가 몇몇의 잇새에서 흘러나왔다. 마탑에서 제일 현명한 자들이 빙 둘러 앉아 있건만 타개책이 떠오르질 않았다. 탈주한 벨포스를 찾는 추격조에게선 별다른 연락이 없었고, 그의 탈주를 공식화할 수도 없었으며, 편지에 답장을 안 보낼 수도 없는 노릇이었다.

진퇴양난이라는 게 바로 이럴 때 쓰는 말일까. 까맣게 죽어 있던 원로 중 한명이 슬쩍 주위의 눈치를 보며 입을 열었다.

"그, 드벨 후작에게만 알리는 건 어떻습니까?"

"드벨 후작에게만?"

"왜, 생각해 보십시오. 하나뿐인 동생이 마탑에서 며칠 만에 탈주를 했다는 게, 후작가에서도 기꺼운 얘기는 아닐 거란 말입니다. 저희가 찾아서 영식이 무엇을 원하는지, 무엇이 부족했는지 찬찬히 얘기를 해보고 해결을 한다고 하면, 후작도 입 꾹 닫고 비밀을 지키지 않겠습니까."

"그거야 그렇겠지만……."

"그 수밖에는 없습니다. 답장이 늦어지면 황실이 움직일지도 몰라요."

황실.

원로들은 더 죽을상이 되었다. 후작가가 움직이는 것도 골이 아픈데 황실이라니. 그렇게 놔둘 수는 없는 노릇이다. 결국 원로들은 비장한 표정으로 고개를 주억였다. 마탑 역사상 최초로, 외부인에게 마법사 탈주에 대해 알리는 서류가 작성된 된 배경에는 이러한 이유가 있었다.

그러나 그 서류는 전혀 엉뚱한 방법으로 리아에게 가 닿게 된다. 마탑으로서는 분통이 터지다 못해 뒷목을 잡을 만한 방법으로.

††

"이그니스. 대체 무슨 생각을 하고 있는 거야?"

수도로 올라온 지 오늘로서 일주일. 넥스는 참고 참았던 물음을 입에 올렸다. 조금씩 마음을 갉아먹던 불안감은 이미 절정에 달해 있었다. 몇 년간 함께하면서도 이런 적은 없었다. 마탑에서 서로의 마음을 확인하고, 그 지긋지긋한 규범들로부터 도망칠 때까지만 해도 이그니스는 그녀의 마법처럼 정열적인 여인이었다. 최소한 마탑을 미련 없이 내버릴 정도는 되었다.

마탑에서 가장 골머리를 앓는 것은 마법보다 사랑을 택하겠다며 아까운 마력을, 드래곤이 준 선물을 내버리는 마법사들이었다. 덕분에 마탑에서 금하는 것들 중 가장 상위에 있는 것이 바로 그것이었다. 넥스가 이그니스의 손을 잡고 약속되어 있던 미래를 저버린 이유도 바로 그것이었다.

사랑.

한때 넥스가 비웃었던 사랑은 생각보다 강력해서, 모든 것을 저버릴 땐 아쉬움은커녕 웃음이 터져 나올 정도였다. 이그니스에 대해 아는 것은 모래 한 줌보다도 더 적었지만, 그게 무슨 상관이란 말인가? 그보다 더 중요한 사랑이 있는데. 지금도 그때의 결정을 후회하진 않는다. 그저 조금 불안할 뿐이다. 지금 제게 등을 돌리고 있는 이그니스가 자신과 같은 마음이 아닐까 봐.

넥스는 천천히 자리에서 일어났다. 그는 이 더러운 곳에서 무려 일주일을 버텼다. 말 잘 듣는 개처럼 꼼짝하지 않고 나가는 그녀를 배웅하고, 돌아올 그녀를 기다렸다. 그러나 그는 개가 아니라 사람이었다. 긴긴 인내심에도 한계가 도달한 것이다.

"네가 어디에 가는지, 무엇을 하는지, 어떤 계획인지 내게 전혀 얘기해 주지 않고 있잖아."

넥스의 손이 그대로 뻗어가 이그니스의 어깨를 감싸 안았다. 그의 손에는 여전히 얇은 장갑이 끼워진 채였다. 마탑의 추격이 끝나지 않으니 마법을 포기할 수도 없다. 안전한 땅을 얻기 전까지는 이런 식의 도주와 추적이 계속될 터였다. 영원히.

이그니스는 그의 손등에 얼굴을 기대며 짧은 한숨을 뱉어냈다.

"오, 넥스. 걱정하지 마. 이 계획은 완벽해. 그리고 나는 드디어 원하던 것을 얻게 될 거야. 드디어."

"원하던 것?"

"그래. 아. 그래서 하는 말인데, 며칠 뒤에 잠시 다녀올 곳이 있어. 우리의 일을 도와줄 사람이 있다고 했지? 그를 만나러 갈 거야. 거기서 우리를 도와줄 동료들도 데려올 거고. 길어야 이삼 일이니 얌전히 기다리고 있어. 알았지?"

이그니스의 말을 곱씹던 넥스의 표정이 씁쓸하게 변했다. 몇몇 표현들이 입안의 모래알처럼 꺼끌거렸다. 그러나 아마 그녀에게 되묻진 못할 터다. 쭉 그래왔으니. 이그니스에게 향하는 넥스의 미소는 평소와 다름없었다. 그는 웃으며 요리를 받아들고, 고맙다 인사한 다음 밖으로 나가는 그녀를 배웅했다.

지난 일주일간 반복되어 온 일상처럼.

그러나 문이 닫히자 그는 요리를 그대로 창밖으로 쏟아버렸다. 우중충한 회색 눈이 서늘하게 가라앉았다. 배를 채운 뒤 나른하게 누워 있는 순간은 방금 전을 기점으로 끝나 버렸다.

그는 문을 열었다.

〈2권에서 계속〉

다하지 못한
이야기

목차

#1. · 005

#2. 저쪽 세상, 또 다른 인연 · 076

#1

삼 년 전, 아직 에드가의 짝사랑이 오롯이 그만의 것이었을 때. 에드가의 가장 큰 문제는 짝사랑이 아니었다. 그보다 더 큰 문제는, 그것이 그의 첫사랑이었다는 점이었다. 그러나 그보다 더 절망적인 사실이 있었다.

그렇다. 덩치만 산만 한 남자는 그 시기 아직 제 마음이 무엇인지 명확히 인지조차 못하고 있었다.

어쩐지 계속 보고 싶고, 잘해주고 싶고, 신경 쓰이는 사람이 생겼다. 하지만 어릴 적부터 기사로서의 삶을 살아온 그는 이성에 무지했다. 당연히 여자의 호감을 사려면 어떻게 해야 하는지도 알지 못했다. 시기도 나빴다. 사고사로 결론지어졌다고는 하나 드벨 후작부부의 마차 사고가 종결된 지 얼마 되지 않은 시기였다. 양친의 갑작스러운 사망은 리아에게 깊은 상흔으로 남아 있었다. 아직 채 아물지 못한 상처가 눈에 먼저 밟히니 대뜸 제 감정을 앞세워 다가갈 수도 없는 노릇이었다.

'어떻게 하면 좋을까.'

리아에게 부담되지 않는 선에서, 그녀를 도울 방법이. 혹은 그녀의 호의를 살 방법이. 사람은 결국 제게 익숙한 쪽으로 생각하게 된다던가. 머리를 싸매고 끙끙거리던 에드가의 생각이 엉뚱한 방향으로 튄 건, 어쩌면 당연한 일이었다.

"예? 제2기사단 말입니까?"

그리고 피해자는 엉뚱한 곳에서 나왔다. 갑작스러운 제 단장의 발언에, 다이컨은 얼빠진 낯으로 되물었다. 제2기사단. 그곳이 어디던가. 기사들 사이에서는 무덤이라는 표현을 쓸 정도로 벼랑 끝에 몰린 기사들이 모이는 곳이었다. 제2기사단에 발령받는다는 건 좌천이나 다름없어서, 기사직을 때려치우는 이들도 많았다. 제국에서 유능하기로 손꼽히는 제1기사단으로서는 평생 엮일 일이 없는 곳이기도 했다.

그런데 그놈들 얘기가 갑자기 왜 나온단 말인가. 얼이 빠진 다이컨 쪽으로는 눈길도 주지 않은 채, 에드가가 대답했다.

"그래. 전하께서 제2기사단의 훈련 성과가 매년 떨어지고 있다며 근심하시더군."

"예?"

그분이? 다이컨이 고개를 갸웃했다. 아니, 그분이 그럴 리가 없는데……. 그가 아는 한 카인은 그런 소소한 일에 관심을 둘 만한 인물이 아니었다. 그러나 다이컨이 의아해하건 말건 에드가는 제 할 말을 계속했다.

"전하의 근심을 덜어드리기 위해 합동훈련을 하기로 했으니 그렇게 알도록."

"합동훈련, 말입니까? 전하의 근심을 덜어드리기 위해, 제2기사단과요?"

"그래. 무슨 문제라도 있나?"

에드가는 그제야 서류를 보던 시선을 들어 다이컨을 응시했다. 그 서늘한 시선에 다이컨은 차마 갑자기 왜 그러느냐 묻지 못했다. 대신 그는 어색하게 웃으며 훈련의 필요성에 의문을 제기했다.

"아닙니다. 문제는 없습니다만…… 그, 굳이 그렇게까지 할 필요가 있겠습니까?"

제2기사단의 실력이 문제라면 그것 말고도 해결할 방법은 많았다. 가장 손쉬운 것은 성과가 떨어지는 녀석들을 기사단에서 퇴출시키는 것이었다. 지금껏 숱하게 해온 방법이기도 했다. 다이컨은 그렇게 생각하면서도 양심의 가책을 느끼지 못했다. 황실 기사에겐 마땅히 그에 걸맞은 실력을 갖추고 유지해야 할 의무가 있었다. 그 기준을 충족시키지 못하는 자는 주군뿐 아니라 같은 동료도 위험하게 만들 뿐이다.

그러나 가장 손쉽고 빠른 방법을 제시받았음에도 에드가의 표정은 풀리지 않았다. 그는 굳은 낯으로 침묵을 지켰을 뿐이다. 결국 다이컨은 조심스레 에드가를 불렀다.

"저, 단장?"

"……합동훈련 쪽으로. 2기사단과 협의해 일정을 조율해 둬라."

다이컨은 무어라 더 항의하려 입술을 벙긋거렸다. 그러나 아무 말도 하지 못하고 그대로 입을 다물었다. 저를 바라보는 에드가의 눈을 보자 무슨 말을 하건 소용없을 것임을 직감한 탓이었다.

❦

그 시기, 에드가의 예상대로 리아는 매일 날이 선 채로 주위를 경계하고 있었다. 세상이 드벨 후작영애와 드벨 후작에게 바라는 것은 너무 달랐다. 후작영애에게는 호의를 아끼지 않았던 사람들도, 후작이 된 그녀는 못마땅한 시선으로 보았다. 장례식장에서 눈물 흘리며 위로해 주던 이들이 며칠 뒤 제 욕을 하는 걸 들었을 때의 기분이란.

만약 검이 아닌 다른 길을 택했다면 조금 쉬웠을까? 리아는 욱신거리는 손목에 붕대를 감으며 그런 생각을 하다 한숨을 삼켰다. 쓸데없는 생각이라는 것을 안다. 검을 버렸다면 사람들은 그것대로 입을 놀렸을 것이다. 여자에, 검도 쓰지 못하는 드벨 후작이 탄생했다면서 말이다.

똑똑.

조심스러운 노크 소리에 붕대 매듭을 마무리하던 리아의 고개가 획 들렸다. 누구지? 부하일 리는 없다. 대련이 끝나자 저를 복잡한 시선으로 바라보던 녀석들이 도망치듯 자리를 뜬 게 고작 며칠 전이었으니. 그러니 리아가 누구냐 묻는 것보다 문밖에서 제 신분을 알리는 것이 먼저였다.

"제1기사단 부단장, 다이컨입니다. 말씀드릴 것이 있어 왔습니다."

목소리만 들어도 기사다, 싶을 만큼 딱딱한 말투였다. 리아는 붕대를 서랍 안으로 밀어 넣으며 들어오라 대답했다. 안으로 들어온 자는 우직해 보였다. 그럼에도 미처 감추지 못한 불만이 남자의 표정에 그대로 드러나 있어, 리아는 미간을 좁혔다.

"무슨 일이지?"

다짜고짜 용건을 요구했음에도 다이컨은 그다지 불쾌해하지 않았다. 오히려 그는 그쪽이 편한 것처럼 보였다. 혹은 기꺼웠거나.

"합동훈련을 진행하려 합니다. 제1기사단이 주축으로 진행되겠습니다만, 일정은 조율을 통해서……."

"잠시만, 경. 지금 뭐라고 했지? 합동훈련?"

그렇게 되묻는 목소리에 날이 서 있다. 다이컨은 저를 쏘아보는 시선에 저도 모르게 흠칫했다.

'아니, 왜 저렇게 예민하게 반응해……?'

제가 무슨 이상한 소리를 했나? 다이컨은 제가 했던 말들을 되짚어보았지만 짐작 가는 바가 없었다. 그리 흔하진 않았지만,

그래도 가끔 다른 기사단과 합동훈련이 있긴 했다. 에드가가 총 기사단장이니만큼 다른 기사단의 실력을 가늠하는 가장 좋은 방법이 합동훈련이었던 탓이다. 그래서일까. 가장 잦은 건 역시 제국 전역을 돌아다니는 제4기사단과의 합동훈련이었다. 철새인 양 철마다 수도로 돌아오는 그들이 매번 얼마나 향상되었는지 확인할 필요가 있었으니 말이다.

'마음에 들지 않는 건가. 아니면 합동훈련이 뭔지 모르나?'

하긴. 종기사는커녕 평기사도 거치지 않고 곧장 단장직을 맡았다고 했다. 다이컨은 책상에 앉아 있는 리아를 보며 한숨을 삼켰다. 드레스가 어울릴 여자다. 그것도 무척 아름다운.

'제대로 아는 게 없나 보군.'

영 내키지 않았으나, 그렇다고 이대로 모른 척할 수는 없는 노릇이었다. 엄연히 그녀는 저보다 직급이 높았다. 다이컨은 리아에 대한 소문이 어땠는지 고민하며 되물었다.

"예. 그렇습니다만, 무슨 문제라도 있으십니까?"

"합동훈련을 실시하기엔 시기가 부적절하다 생각하지 않나? 아직 내가 단장직을 맡은 지 일주일도 채 지나지 않았다. 타 기사단과 함께 훈련하기엔 일러."

그걸 지금 몰라서 묻느냐는 투다. 그제야 다이컨은 리아가 하고자 하는 말을 이해할 수 있었다.

"아······."

그는 무척 드물게, 당황하며 자리에 앉아 있는 리아를 살폈다.

그녀가 기사단장으로 부임한 지 며칠 지나지 않았다. 불행히도 얼마 전 흘리듯 들었던 얘기도 연달아 떠올랐다. 고삐 풀린 망아지 같은 제2기사단 녀석들이 여자 단장은 인정 못 하겠다며 덤볐다던가. 그의 시선이 책상 아래로 희끗하게 보이는 붕대 끝을 스치고 지나갔다. 그 덩치가 산만 한 놈들과 전부 대련해서 이겼다고 하더니, 멀쩡하게 이긴 건 아닌 모양이었다.

그는 방금 전 제가 했던 생각들을 떠올리고는 문득 부끄러움을 느꼈다. 이런. 다이컨은 순순히 사죄했다.

"죄송합니다. 저희 단장께 그렇게 알리……."

"아니. 진행하지. 날짜는 언제든 상관없으니 정해지는 대로 연락을 주면 이쪽에서 맞추겠다."

다이컨은 잠시 리아를 말려볼까 고민했다. 그는 그제야 그녀가 꽤 피곤해 보인다는 걸 눈치챘다. 장례식이 끝난 게 며칠 전이더라? 사흘인가? 나흘? 어쨌든 그녀로서는 모든 게 몰아치듯 진행됐을 것이다. 눈을 감았다 뜨면 후작이 되어 있고, 다시 눈을 감았다 뜨면 양친을 땅에 묻고 있었겠지.

갑자기 현실감이 밀려와서, 다이컨은 다급히 그러겠노라 대꾸하고 자리를 떴다. 저 여자는 어떻게 버티고 있을까. 그는 그렇게 생각했다가, 이내 고개를 흔들어 생각을 떨쳤다.

쿵, 소리와 함께 문이 닫혔다.

리아는 그제야 참았던 숨을 길게 내뱉었다. 의자에 몸을 깊숙이 파묻자 당연하다는 듯이 피로감이 몰려왔다. 벌써 며칠째 제대로 자지 못했으니 당연한 일이었다. 그러나 잠들 수는 없었다. 해야 할 일들이 밀려 있었다. 리아는 잠깐 멍하니 허공을 보며 눈을 깜빡이다가, 곧 자리에서 일어났다. 집무실에서 나가기 전 한켠에 걸려 있는 거울을 보며 제복을 정돈하는 것도 잊지 않았다.

리아는 거뭇한 눈가를 외면하며 집무실에서 나왔다. 여기서 무너질 수는 없는 노릇이었다. 복도를 가로지를 때마다 달라붙는 시선들에는 여러 감정들이 녹아 있다. 그러나 그녀가 예민하게 느끼는 것은 악의와 비웃음이었다. 뭐든 부정적인 것들이 더 적나라한 법이다.

'다들 그만해 줬으면 좋겠는데.'

이 일이 잊히려면 최소한 몇 달은 필요할 것이다. 리아는 앞으로 얼마나 더 있어야 사람들의 관심이 멀어질까 헤아리다가, 두통이 심해지는 것 같은 기분에 그만두었다. 그 와중에 몸은 착실히 가야 할 곳을 기억했다. 잠시 딴생각을 했던 것 같은데 벌써 후궁전이었으니 말이다.

안으로 들어가기 전, 리아는 최대한 자연스럽게 웃기 위해 노력했다. 부디 그녀들은 제 소문을 듣지 못했기를 빌며. 후궁들은 리아가 비호하고 지켜야 하는 이들이었다. 그녀들에게까지 악의 어린 시선을 받는다면 정말 참기 힘들 것 같았다.

"그러니까 말이죠, 아스티나, 황궁 밖에서 파는 케이크는 황궁 요리사가 만드는 것과는 다른 맛이…… 어머."

세 후궁은 선임이 인수인계랍시고 해준 몇 마디 말들처럼 후원에 둥그런 탁자를 놓고 앉아 있었다. 말이 후궁이지 사실상 볼모나 다름없다는 것을 모르는 이는 없었다. 그러나 새하얀 테이블을 가득 채우고 있는 디저트나, 아름다운 찻잔, 그리고 사이 좋아 보이는 후궁들을 보고 볼모라는 단어를 떠올리기는 어려웠다.

'이런.'

리아는 제가 그녀들의 티타임을 방해했음을 깨달았다. 만약 선임이 조금만 더 성실했다면 이런 실수는 하지 않았을 것이다. 그러나 업무와 관련된 서류 정리도 개판으로 해놓고 간 선임에게 이런 세심한 부분까지 바라는 건 무리가 있었다.

리아는 어색하게 웃으며 사과했다.

"죄송합니다. 다시 오겠습니다."

리아의 등장에 당황했던 세 후궁들은, 이어진 사과에 누가 먼저랄 것도 없이 눈을 크게 떴다. 사실 그녀들은 처음 리아가 인사를 왔을 때부터 놀란 상태였다. 제국에서 후궁이 가진 위치는 고작 그 정도였다. 리아의 선임이었던 자는 후궁전에 관심도 없었다. 황제는 몇 번 스치듯 얼굴을 본 게 전부였고, 배정된 시녀들은 익숙해질 만하면 바뀌기 일쑤였다. 모국과의 연락도 편지가 전부인 삶. 그녀들은 자연스럽게 제국 내에서 자신들의 위치를 인지했고 그것에 적응해 왔다.

그랬는데.

"어머, 아니에요. 새로 오신 단장님이시죠? 별일 없으시면 차라도 한잔하고 가세요."

아스티나가 다급히 말하며 자리에서 일어났다. 충동적인 제안이었다. 정중하게 사과한 리아가 곧장 몸을 돌리려고 하자 생각보다 말이 먼저 나간 것이다. 그러나 뱉고 나서 생각해 보니 참좋은 제안이다 싶었다. 미셸도 그렇게 생각했는지, 부드럽게 웃으며 아스티나를 두둔했다.

"여기까지 오셨는데 그냥 보낼 순 없죠. 그렇죠, 루실라?"

"그럼요! 준비한 건 별로 없지만 차 향은 무척 좋답니다."

한 명도 아니고 세 명이 설득하니 넘어가지 않을 도리가 없었다. 심지어 거절할 만한 제안도 아니었다. 딱히 그럴 만한 이유도 없었고.

게다가…….

향이 정말 좋았다. 리아는 무언가에 홀린 듯이 테이블로 다가갔다. 아스티나가 기쁘게 웃으며 시녀에게 말해 의자 하나를 더가져오도록 했다. 루실라는 제가 찻잔을 가져오겠다며 누가 말리기도 전에 달려 나갔다. 그리고 미셸은 둘의 모습에 작게 웃으며리아에게 속닥였다.

"다들 기뻐서 그래요. 이렇게 멋진 기사님과는 대화할 일이 별로 없거든요."

"예……?"

"아무래도 새로운 사람을 만나기 쉽지 않으니까요. 그런데 호칭을 어떻게 해야 할까요? 기사님은 조금 그렇고. 단장님이라고부를 수도 없고…… 아! 후작님, 이라고 불러도 괜찮을까요?"

리아는 얼결에 고개를 끄덕였다. 미셸에게 말을 낮추라고 이야기하는 것도 잊었다. 사실 리아는 미셸의 말을 절반도 채 듣지 못했다. 사람이 너무 당황하면 정신이 없어지는 모양이었다. 느리게 깜빡이는 눈꺼풀만이 그녀의 감정을 그대로 드러내 보이고 있었다. 사실 임명식이 있은 뒤, 가족을 제외하고 제 직위에 긍정적으로 반응한 사람을 처음 만났다. 가족이라고 해봤자 벨밖에는 남지 않았지만. 생각해 보면 벨도 기사가 되겠다는 제 선택을 반기진 않았다. 그저 존중해 줬을 뿐이다.

그래서일까. 리아는 고작 며칠 동안 평생 받을 악의를 다 받은 기분이었다. 황제조차 난처한 표정으로 정말 기사직을 원하느냐 묻지 않았던가.

그랬는데.

"어머, 향이 별로예요?"

"아. 아닙니다."

리아는 고개를 저으며 찻잔을 입에 댔다. 향긋한 향이 입안에 퍼졌다. 아. 좋다. 리아는 자신도 모르게 그렇게 중얼거렸다. 둘러앉아 있긴 했으나 테이블은 아주 작았으므로, 후궁들은 어렵지 않게 리아의 중얼거림을 들을 수 있었다.

"오늘 귀한 손님이 올 걸 어떻게 알았나 봐요. 아스티나가 그동안 꽁꽁 감춰뒀던 비밀의 무기거든요, 그거."

미셸이 웃으며 말했다. 그제야 리아는 제가 한 말을 깨닫고는 얼굴을 붉혔다. 방금 전까지만 해도 예의를 갖출지언정 딱딱하기만 했던 기사의 얼굴에 온기가 퍼져 갔다. 눈썰미가 좋은 후궁들이 그 미묘한 차이를 놓칠 리가 없었다. 세 후궁은 허공에서 재빨리 시선을 주고받았다.

세상에!

양손을 모은 루실라가 호의가 가득한 목소리로 차를 홀짝이는 리아에게 제안했다.

"혹시 내일도 시간 괜찮으세요, 후작님?"

"무슨 일이 있으십니까? 말씀해 주시면 시간을 비워두겠습니다."

"아뇨아뇨. 일 때문에 그런 게 아니라…… 괜찮으시면 내일도 저희와 차 한잔하실래요?"

직설적인 물음이었다. 사교계에 그렇게 깊게 발을 들이진 않았지만, 얼마 전까지만 해도 후작영애였던 리아의 눈이 동그래졌다. 하지만 그녀는 곧 부드럽게 눈을 접어 웃었다. 빙빙 돌려 말하는 화법에 진을 빼곤 했던 걸 생각하면 이렇게 직설적으로 물어주는 게 오히려 더 반가웠다.

"물론입니다."

후궁들과의 티타임은, 그렇게 따스한 오후에 시작되었다.

후궁전에서 기사단실로 돌아가던 리아는 중간에 멈춰서야만 했다. 아직은 낯선, 그러나 잘못 볼 수는 없을 놈들이 정문 쪽으로 걸어가고 있는 게 보였기 때문이었다.

'하. 감출 생각도 없다는 건가.'

리아는 근무시간에 근무지를 이탈하고 있는 놈들의 이름을 천천히 머릿속으로 읊조렸다. 부단장인 프루트, 상급기사인 에이플, 크로우와 베리얼까지. 아주 골고루다. 기사단에서 절반이 도망치고 있으니 나머지 절반이 근무를 서고 있기 바라는 건 무리일 것이다. 어쩐지 후궁전을 지키는 놈이 한 놈도 없더라니. 교대하는 사이에 잠시 자리를 비운 줄 알았더니, 자신이 제 부하들을 너무 믿은 모양이었다.

리아는 곧장 소리 높여 놈들을 부르지 않았다. 아직 여긴 황궁 안이었다. 지금 불러 세워봤자 변명할 기회를 주는 것밖에는 되지 못했다.

그래서 리아는 천천히, 아주 조심스럽게 그들의 뒤를 밟았다.

그리하여 도달한 곳은.

"……어떻게 이렇게 예상을 벗어나지 않을 수가 있는 거지."

술집이었다.

리아는 한숨을 삼켰다. 눈가를 덮은 손이 홧홧 달아오르는 기분이었다. 안 그래도 전 기사단장이 일을 개판으로 해놓고 가서 처리해야 하는 서류가 산더미였다. 그것만으로도 정신이 없는데 부하라는 것들은 저들이 황실 기사라는 사실도 잊은 게 분명했다.

"이럴 거면 차라리 기사라는 걸 숨기고 다니는 게 낫겠어."

대체 저놈들은 뭘 믿고 이 대낮에, 그것도 기사단 제복을 입은 채로 술집에 들어간 걸까. 리아는 차라리 거창한 이유라도 있길 바라며 술집 문을 열었다.

"이런 미친 늑대들이 또 왔네! 완전 또라이 기사단이라니까."

낄낄거리는 웃음소리가 술집을 가득 메웠다. 코끝을 찌르는 알코올 냄새, 대낮임에도 어둑한 내부, 그리고 이런 곳에서 흔히 볼 수 있는, 인생의 바닥에 위치해 있는 인간들.

"야이 또라이들아. 내가 내는 세금이 네놈들 주머니에 들어간다고 생각하면 내가 아까워서 자다가도 벌떡 일어난다! 앙? 대체 네놈들이 하는 게 뭐냐? 술 퍼마시는 거? 응? 니들은 황실 기사단의 수치야, 수치. 그냥 때려치워!"

너무 바로 들어갔나 보다. 리아는 문을 열자마자 그런 생각을 했다. 세상에는 그런 말이 있다. 욕을 해도 내가 한다는. 미우나 고우나 제 부하들인데 날건달들에게 비웃음을 당하고 있는 걸 보니 속에서 천불이 솟았다.

"그……."

앞으로 나서려던 리아는 채 한마디도 제대로 뱉지 못한 채 입을 다물었다. 다물 수밖에 없었다.

콰앙!

프루트는 검도 뽑지 않았다. 제복을 입은 채 정당한 이유 없이 검을 휘두르는 건 곧장 군법재판에 회부될 만한 일이긴 했다. 그러나 프루트가 그런 뒷일을 생각하고 그런 것 같진 않았다.

"―악! 아악, ―아아악!"

그렇다기엔 의자를 냅다 걷어찬 발길질은 이성과는 거리가 멀었다. 남자는 그대로 바닥에 머리를 박고는 몸을 둥글게 말았다.

남자가 끙끙거리며 고통을 토로하는 소리가 아주 잘 들렸다. 당연했다. 방금 전까지 시끌벅적하던 술집이 쥐죽은 듯 조용해졌으니 말이다.

프루트의 옆에 있는 에이플이 이마를 짚으며 고개를 저었다. 또 저런다며 투덜거리는 목소리는, 그러나 조금도 긴장한 것 같지가 않았다. 프루트는 툴툴거리는 에이플을 무시하며 남자에게 한탄을 늘어놓았다.

"하. 이젠 아주 지겹다, 지겨워. 겁대가리를 상실한 놈들은 왜 죽지도 않나 몰라. 안 그러냐?"

누구 하나 프루트를 말리지 않았다. 그는 아무런 제재도 받지 않은 채, 숨죽인 구경꾼들 사이에서 이를 드러내며 웃었다.

"내가 말이야, 이틀에 한 놈씩 족치는 것 같은데 이틀이 지나면 또 새로운 놈이 겁을 상실하고 달려든단 말이지. 패는 것도 이쯤 되면 슬슬 지겹지 않겠냐. 응? 그렇게 생각하지 않냐, 에이플?"

"예, 예. 그러시겠죠. 아, 그만두고 술이나 마십시……."

바닥을 기며 도망치려는 남자를 발로 꾹 밟고 있는 프루트를 만류하던 에이플이 입을 다물었다. 에이플의 시선은 프루트의 어깨 너머에 고정된 채였다. 살짝 찌푸린 미간이 이렇게 말하고 있었다.

어라? 왠지 익숙한 얼굴인데?

그러나 에이플이 리아의 존재를 깨닫는 것보다 프루트가 욕을 짓씹는 게 더 빨랐다.

"그만두긴, 시발, 이런 놈들은 아주 자근자근 밟아줘야 아, 내가 입을 잘못 놀리면 죽을 수도 있겠구나, 라고 깨닫는다고. 내가 요새 기분이 아주 더러웠는데 말이야, 너 아주 운 좋은 줄 알아라. 엉?"

이제 프루트는 아예 팔을 걷어붙이고 있었다. 크로우와 베리얼은 제 상사들이 그러건 말건 맥주를 입에 들이붓고 있었다. 그러나 프루트가 남자의 멱살을 잡아 올리기 전에 에이플이 그의 팔을 잡아당기며 말렸다.

"어, 저기, 부단장."

막 제 욕을 하던 놈을 때려눕히려던 순간, 방해받은 프루트는 짜증을 감추지 않았다.

"아, 왜!"

말리면 네놈도 가만두지 않겠다. 그런 표정으로 에이플을 휙 돌아본 프루트의 눈썹이 위로 밀려 올라갔다. 이놈이 왜 이렇게 얼빠진 낯이야? 그가 아는 한 에이플은 술주정뱅이 한 놈 때려 눕힌다고 겁먹을 인사가 아니었다. 겁먹기는. 저기서 술을 퍼마시는 크로우나 베리얼처럼 낄낄거리는 게 더 자연스러웠다.

"너 대체 어딜 그렇게 보고…… 있냐."

프루트는 저놈이 어디 아픈가, 하는 생각을 하며 에이플이 보는 곳을 따라 고개를 뒤로 돌렸다. 처음에는 눈치채지 못했다. 술집이 워낙 어두운 데다 본래 프루트는 사람들의 얼굴을 잘 외우는 성격도 아니었다. 그에겐 이놈이건 저놈이건 제 성질만 건드리지 않으면 다 똑같은 놈팽이들이었다. 그러나 상대가 며칠 전 치욕스러운 패배를 안겨준 사람이라면 얘기는 달라지는 법이다.

높게 묶어 올린 금발, 무서우리만치 차갑게 가라앉은 녹색 눈, 그리고 허리춤에 가 있는 손까지.

"⋯⋯대체 왜 여기에⋯⋯."

저 여자가 있는 거야? 프루트는 가까스로 뒷말을 삼켰다. 보다 정확히는 그가 무슨 말을 할지 짐작한 에이플이 옆구리를 쿡 찔러서 말을 못 한 거지만. 평소에는 얄밉기 그지없는 부하였지만, 그래도 이번만큼은 감사할 일이었다. 지금 심정으로는 다짜고짜 욕이 튀어나갔을 게 분명했으니 말이다.

어쨌든 제 눈이 미친 게 아니라면 술집 문을 막아선 채 저들을 보고 있는 건 며칠 전 새로 단장으로 임명된 리아였다. 제대로 빛이 들지 않아 어둑한 술집 안에서도 그녀의 녹색 눈은 선명하게 볼 수 있었다. 더 무서운 건 자신을 응시하는 눈에 분노는 없다는 데 있었다.

"근무지 이탈, 민간인에게 이유 없는 폭력 행사, 근무 중 음주."

리아는 고함을 지르거나 프루트처럼 다짜고짜 걸어차지 않았다. 대신 그녀는 찬물을 끼얹은 것처럼 무섭게 가라앉은 목소리로 천천히 제 부하들의 죄목을 읊어주었다.

"변명할 말이 있으면 지금 해라."

리아는 돌아올 말을 기다렸다. 그러나 프루트도, 에이플도 아무 말도 하지 못했다. 평소에는 뻔뻔하게 대거리하던 그들이었지만 입이 들러붙은 것처럼 아무 말도 할 수가 없었다. 여전히 술집은 쥐죽은 듯 조용했기에, 술을 마시던 크로우와 베리얼도 곧 리아의 존재를 알아차렸다.

딸꾹!

누군가의 입에서 딸꾹질이 튀어나왔다. 변명할 시간은 충분히 줬다. 그렇게 생각한 리아는 제 부하들을 향해 눈짓했다.

"따라와라."

긴말은 하지 않았다. 기사들도 반발하진 않았다. 현장에서 잡혔다. 아무리 막나간다 할지라도 빼도 박도 못하는 상황이었으니 어쩌겠는가.

그들은 하나같이 좆됐다는 표정으로 술집을 빠져나간 리아의 뒤를 따랐다.

✤

제2기사단이 패기 좋게 근무지를 이탈했다가 리아에게 걸렸다는 얘기는 술자리에서 떠들기에 딱 좋았다. 하필이면 다들 기사단 제복을 입고 있었기에 발뺌할 방법도 없었다. 당연히, 그 얘기는 돌고 돌아 에드가의 귀에까지 들어갔다.

그때까지만 해도 그는 꽤 착실히 합동훈련 계획을 짜고 있었다. 다른 기사단과 진행했던 이전 훈련들과, 제2기사단의 수준을 십분 반영하기까지 했다. 그러나 꽤 공을 들인 계획서가 손안에서 우그러진 것은 순간이었다.

"무슨 일이 있었다고?"

"다른 곳도 아니고 수도에서 가장 큰 술집에서 그 난리를 쳤다니까요. 프루트, 그놈은 제가 생각해도 참 대단한 놈입니다. 담이 큰 건지, 생각이 없는 건지."

아무래도 둘 다인 것 같지 않냐며 다이컨이 혀를 찼다. 그러나 에드가는 이미 아무 말도 들리지 않는 상태였다.

"기강을."

"예?"

"기강을 바로잡을 필요가 있겠군."

"⋯⋯예?"

갑자기 웬 기강 타령이란 말인가. 다이컨은 멍하니 제가 최근에 무슨 잘못을 저질렀나 고민했다. 그러나 아무리 고민해 봐도 에드가가 저렇게 형형한 낯으로 말할 만한 일은 한 적이 없었다. 하지만 에드가는 다이컨의 답을 바라고 한 말이 아니라는 듯, 곧장 말을 돌렸다.

"삼 일 뒤, 오후 1시."

"너무 이른 것 아닙니까?"

"걱정하지 말고 가서 전달해. 비번인 놈들도 전부 나오라고 하고."

어째 일이 점점 이상한 방향으로 흘러가는 기분이다. 다이컨은 무어라 말로 형용할 수 없는 기분을 느끼며 슬쩍 에드가의 안색을 살폈다. 그러나 서늘해 보이는 그의 낯에선 아무것도 읽어낼 수 없었다. 결국 다이컨은 에드가의 속내를 읽길 포기했다. 그렇게 중요한 일은 아니겠지. 그래봤자 고작 합동훈련이지 않나. 그는 그렇게, 꽤 가벼운 생각을 하며 께름칙함을 털어냈다.

삼 일. 다이컨이 제가 잘못 생각했음을 깨달은 건 딱 삼 일 뒤였다.

✤

처음, 리아는 날짜와 시간을 통보받은 뒤 조금 당혹스러워했다. 1시라니. 그때라면 애매하게 티타임과 겹치는 시간대였다. 그러나 언제든 괜찮다 말한 건 이쪽이었다. 일을 시작한 지 며칠 되지도 않았으면서 멋대로 말을 바꿀 수도 없는 노릇이다. 결국 리아는 자신이 조금 늦을 수 있다며 양해를 구했다.

하지만 리아가 미처 간과한 것이 있었으니.

"─이게 지금 무슨 상황이지."

에드가는 이미 그녀가 후궁전에 1시에 들러 일정 시간 머문다는 걸 알고 있었다는 것이었다. 사랑에 빠진 남자는 이상한 쪽으로 기지를 발휘했다. 그는 생각했다. 리아와 동행한 채로 그녀의 부하들을 작신 밟아주는 건 어려운 일이다.

그러나 몇몇 상황들이 합쳐진다면 불가능한 것도 아니다. 이를테면 단장의 부재, 대련이라는 명목 같은 것들 말이다.

미루기 힘든 일정과 미묘하게 겹치는 시간. 후궁전에서 공동연무장까지의 거리. 그리고 제2기사단의 몇 안 되는 숫자. 에드가는 그 모든 것을 고려했을 때, 리아가 도착하기 전까지 일을 끝마칠 수 있을 것이라 믿어 의심치 않았다.

"다시 한 번 부탁드립니드아!"

올곧게 자라온 푸른매는 미친놈이 얼마나 위대한지 알지 못했다. 계산 미스였다. 다른 기사들이 전부 나가떨어져 바닥을 뒹굴고 있을 때, 프루트만은 구울처럼 계속해서 일어났다. 두들겨 맞으면 맞을수록 광기가 더해지는 두 눈은 저놈이 미친놈이라는 걸 여실히 알려주었다.

리아가 공용 연무장에 도착하자마자 본 장면이 여기저기 두들겨 맞은 티가 역력한 프루트를 질색하며 보고 있는 에드가였다. 아무런 대답도 돌아오지 않자, 리아는 눈살을 찌푸리며 시선을 돌렸다.

"다이컨 경. 지금 이게 무슨 상황인지 물었다만."

이런 젠장. 다이컨은 속으로 욕을 짓씹었다. 대체 이게 무슨 상황인지는 제가 더 알고 싶다 중얼거리며. 그러나 상대는 제2기사단의 단장이자 드벨 후작이었다.

"합동훈련 중입니다."

"……경 눈에는 저게 훈련으로 보이나?"

"합동훈련을 진행하기 위해서는 기사의 실력을 파악해야 합니다. 이를 위해 저희 단장님께서 한 명 한 명 직접 상대하며 부족한 부분을 파악하고 계시는 중입니다. 저런 걸 대련이라고 하죠."

"경."

"예."

"난 경이 이렇게 뻔뻔한 인간일지 미처 몰랐어."

씹어 내뱉는 목소리에서 부글거리는 화를 누르고 있다는 티가 역력했다. 그러나 다이컨은 굳이 그녀를 달래지 않았다. 방금 한 말은 제가 생각해도 개소리였으니까. 다이컨은 조용히 옆걸음으로 리아와 거리를 벌렸다.

"……그래도 프루트 경은 참 대단하지 않습니까. 저렇게 미친 듯이 두들겨 맞고 있는데도 포기하지 않고 덤비는 저 기개! 승리를 향한 집념! 강인한 육체! 그야말로 황실 기사단에서 추구하는 이상 그 자체입니다."

"질 싸움이라는 게 뻔히 보이는데도 앞뒤 덮어놓고 덤벼드는 걸 보니 제정신이 아니고, 저건 승리를 향한 집념이 아니라 눈에 뵈는 게 없는 상태야. 그리고 부디 강인한 육체가 머리로도 좀 갔으면 좋겠군."

프루트를 칭찬해서 분위기라도 풀어보려 했건만, 생각대로 수포로 돌아가 버렸다. 다이컨은 허허허 웃었다.

아무리 목검이라 해도 두들겨 맞으면 아프다. 잘못 맞으면 뼈가 나가거나 커다란 멍이 들기도 했다. 뭣 모르는 놈이 휘두른다면 그렇게까지 크게 다치진 않을 것이다. 그러나 어디 에드가가 평범한 인간이던가. 에드가는 나뭇가지로도 고통스럽게 후려치는 법을 알고 있는 훌륭한 기사였다. 그의 손에 쥐어진 이상, 목

검은 더 이상 목검이 아닌 법.

그렇다면 에드가에게 미친 듯이 맞고 있으면서도 몸을 일으키는 프루트는 대체 뭐란 말인가.

'저놈은 오크보다 더 생명력이 질길 거야.'

그런 생각을 하며 고개를 주억이던 다이컨은, 저를 보고 있는 리아의 시선에 헛기침을 뱉었다. 리아는 조용히 다시 물었다.

"제2기사단이 제1기사단 단장에게 실례될 만한 일을 저질렀나?"

모든 일은 눈앞에 보이는 것만으로 판단해서는 안 된다. 따져 묻기 전에 잘잘못을 확실히 파악하고 들어가야 하는 법이다. 리아는 혹시 제가 모를 일이 있었나 확인하기 위해 물었다. 그 물음에 다이컨은 잠시 기억을 되짚다 고개를 저었다.

"그럴 리가요. 그래도 다들 제 목이 아까운 줄은 알 텐데."

"그럼, 제2기사단이 제1기사단, 혹은 그 외 최근 황궁에서 문제를 일으킨 적은 있나?"

'내가 모르는'이라는 수식어는 생략한 채였다. 그러나 기사 일을 오래 하다 보면 느는 건 눈치뿐이다. 다이컨은 리아가 묻고자 하는 바를 명확히 이해하고는 어깨를 으쓱였다.

"각하께서 모르실 만한 일은 없을 겁니다."

"그럼 지금 저 상황이 부당한 것에 이견이 없다는 소리겠군?"

"……그, 부당하다기보다는, 제2기사단의 실력 향상을 위한 특별 훈련으로 이해해 주시면……."

멍멍. 에드가의 충직한 기사가 짖었다. 더 들을 필요도 없다. 리아는 길게 이어질 말들이 전부 개소리라는 것을 알고 있었기에 사뿐히 무시했다. 다이컨은 연무장 안으로 성큼성큼 걸어 들어가는 리아의 뒷모습에 입을 떡 벌렸다. 스치듯 본 그녀의 두 눈에는 서늘한 날이 서 있었다.

어쩐지 불안하다. 정말 불안하다.

그리고 다이컨의 예감은 딱 들어맞았다.

"그만하십시오! 이게 무슨 짓입니까!"

그렇게 외치는 리아의 낯빛에는 분노가 선연했다. 대련 중에 난입하는 것은 있을 수 없는 일이었다. 그러나 누구 하나 리아를 비난하는 이는 없었다. 일단 그녀의 표정이 너무 무시무시했기 때문이기도 했거니와,

"다대일 대련이라니! 공식적인 훈련에 이 무슨 난투극이란 말입니까!"

틀린 말이 없으니 어찌 비난하겠는가. 항의한 사람이 '한 명' 쪽이 아니라 '다수' 쪽이라는 것만 제외하면, 당연한 비난이었다. 그제야 에드가의 이성이 제자리로 돌아왔다. 사실 이성이 날아갔다기에는 너무 철저하게 일을 꾸미긴 했다. 그러니 이성이 돌아왔다기보다는 벼락같이 깨달았다는 표현이 더 적합할 것이다.

"아니, 나는, 그게……."

"마땅한 이유가 있으실 거라 믿습니다. 무슨 이유입니까?"

"그……."

"아무 이유도 없는 겁니까?"

리아를 위해 한 일이 오히려 그녀의 분노를 사고 있다는 사실을. 22년의 세월 동안 연애는커녕 여자 손 한번 제대로 잡아본 적 없는 남자는, 마음이 가는 여자의 호감을 사기는커녕 단숨에 분노를 사버렸다.

어떤 의미에서는 대단한 능력이었다.

❧

아이러니하게도, 그날의 사건은 리아와 제2기사단간의 관계 개선에 지대한 영향을 미쳤다. 좀 더 정확히는 리아에 대한 제2기사단의 인식이 바뀌게 되었다. 그때까지만 하더라도 붉은늑대들은 리아를 할 짓 없는 고위 귀족쯤으로 인식했다. 개인적인 사정이야 안타까웠지만, 그녀는 후작이었다. 가족의 죽음에 한없이 슬퍼만 할 수 있는 위치가 아니었다. 그러니 기사들은, 누구 하나 입 밖으로 꺼내진 않았지만, 리아가 전 기사단장만큼이나 쓸모없을 것이라 생각했다.

여자는 작위를 잇기 위해 쓸모를 증명해 보여야 한다는 게 제국법이었으므로, 적당히 세간의 시선을 신경 쓰면서도 실리도 채울 수 있을 것처럼 보여 선택했겠지. 지금껏 스쳐 간 단장이란 인간들이 죄다 그랬기에, 다들 그렇게 여겼다. 황제가 리아를 제2

기사단 단장으로 임명하며 그 이유까지 천명하지 않은 탓이 컸다. 어쨌든.

"매일 아침 훈련에 빠지질 않습니다. 그, 좀, 이상하지 않습니까?"

기사단의 막내인 베리얼이 눈을 데룩 굴리며 물었다. 평소에는 아침 훈련 시간마다 농땡이를 피우기 일쑤였던 그는, 요즘 들어 슬슬 리아의 눈치를 보며 검을 들고 있었다. 베리얼에게는 다행인 얘기였다. 막내이니만큼 제2기사단에 머문 기간이 가장 짧았기에, 그는 빠른 속도로 예전 실력을 회복해 나가고 있었다.

"글쎄. 아직은 좀 더 두고 봐야겠지만……."

에이플은 말끝을 흐리며 얼굴을 구겼다. 대체 무슨 생각인지 알 수가 없으니 더 골치가 아팠다. 그런 의미에서는 차라리 전 단장이 나을지도 모른다. 그는 기사단장으로 임명된 첫날 네놈들은 쓰레기이니 알아서들 구르다 황궁에서 썩 사라지라 외쳤었다. 그날 프루트는 낄낄 웃으며 기사단 전부를 끌고 술집에 쳐들어가 밤새도록 마셨다. 그게 기뻐서인지, 짜증이 나서인지, 슬퍼서인지는 모르겠지만 어쨌든 그랬었다.

'그 뒤가 더 가관이었지만.'

건틀릿을 팔아넘기고, 근무지 이탈에, 훈련은 나간 날보다 빠진 날이 더 많았다. 이래서 버릇이 무서운 건가. 에이플은 이런 대화를 하고 있으면서도 술집에 앉아 있는 제 모습에서 처음으로 오싹함을 느꼈다.

"아. 그런데 그, 푸른매 단장은 우리한테 왜 그런 거랍니까?"

안주를 질겅질겅 씹던 크로우가 불쑥 끼어들었다.

"아무리 생각해도 이유를 모르겠습니다. 푸른매랑 언제 부딪친 적 있습니까?"

"글쎄다. 그놈들과는 같은 공기도 마셔본 적이 별로 없어서."

술잔을 기울이기는커녕 우연히 마주쳐도 서로 얼굴을 구기며 스쳐 가는 관계였다. 그 이유는 서로 다르겠지만. 어쨌든 그런 관계였으니 문제가 생길 리가. 에이플은 반쯤 비운 흑맥주를 아까워하며 말을 이었다.

"어쨌든 전 단장보다는 낫겠지."

"아, 그건 그렇죠."

"인간적으로 누가 와도 그 돼지 새끼보다 못할 순 없을 겁니다."

그렇게 일하고도 봉급을 받아간 게 놀랍다며 크로우가 낄낄거렸다. 틀린 말은 아니었다. 하지만 에이플은 맞장구치는 대신 조용히 남은 흑맥주를 비웠다. 전 단장의 무능함을 욕하기엔 지금 술잔을 기울이고 있는 제 모습이 조금 그랬으니 말이다.

그러나 세 기사의 일탈은 그리 오래가지 못했다. 맥주를 고작 두 잔 정도 비웠을까. 그들은 지난번 사건으로 인해 구석진, 아주 작고 오래된 술집을 찾아 거기를 단골로 정했다. 오늘 그들이 자리 잡은 곳도 바로 술집 〈휘파람〉이었다.

어찌나 손님이 없는지 파리만 날리고 있는 그곳에,

쾅!

요란스러운 소리와 함께 찾아올 리 없는 손님이 찾아왔다. 그것도 무시무시한 표정으로.

"……제가 벌써 취했나 봅니다. 여기 있어선 안 될 사람이 보이는데……."

술이 가장 약한 베리얼이 딸꾹질을 하며 중얼거렸다. 그러나 에이플은 막내의 어깨를 두드리며 '그래, 너 취했으니 좀 자라'고 다정하게 말해주지 못했다.

"……단장."

왜냐면 진짜 리아가 술집 앞에 서 있었으니 말이다. 리아는 술집 안에서 제 부하 셋을 찾는 데 그리 오랜 시간을 허비하지도 않았다. 술집이 테이블 세 개가 겨우 들어갈 정도로 작았을 뿐만 아니라, 그 세 테이블 중에서도 두 테이블은 비어 있었으니 어떻게 헤맬 수도 없었다.

손님이 앉아 있는 유일한 테이블 위에는 커다란 술잔 여섯 개가 나뒹굴고 있었다.

"왜 여기에 있는지 변명할 기회를 주지."

그렇게 묻는 목소리가 형형했다. 차라리 뭣 하는 짓들이냐며 고함을 내지르는 게 낫겠다. 에이플은 마른침을 삼키며 자신들의 무죄를 주장했다.

"저, 단장, 그, 오해가 있는 것 같습니다만. 저희는 오늘 근무를 전부 끝냈습니다."

"에이플 경, 삼 일 전 있었던 합동훈련 때의 치욕을 잊었나?"

"예? 아, 아뇨. 잊진 않았습니다만."

"그럼 그날부터 오후 훈련을 추가로 진행하겠다 했던 내 얘기도 잊지 않고 있겠군?"

이런 젠장. 웃고 있던 에이플의 입꼬리가 파르르 떨렸다. 까맣게 잊고 있었다. 어찌나 까맣게 잊었는지 방금 떠올랐다. 그는 저처럼 당황한 크로우와, 여전히 뭐가 잘못됐는지 모르는 베리얼을 번갈아 바라봤다. 그나마 알면서 빠진 놈은 없는 듯했다.

"그…… 죄송합니다, 단장. 잊었습니다."

에이플은 빠르고 신속하게 사과했다. 어쩌겠는가. 까먹은걸. 전 단장이었다면 그렇게 말하는 에이플을 쓰레기 보듯 보며 고개를 저었을 것이다. 그리곤 네놈은 그래서 이 시궁창에서 벗어나질 못하는 거라 욕을 하며 꺼지라고 했겠지. 물론 그전에 추가 훈련을 진행하지도 않았겠지만.

에이플은 리아가 얼마나 열정을 갖고 있건 제 예상과 크게 다르지 않게 움직일 것이라 생각했다. 술까지 마신 기사들을 데리고 무슨 훈련을 하겠는가. 그건 시키는 인간도, 하는 인간도 힘들었다. 그러니 적당히 실망하고 욕도 좀 한 다음 집으로 돌아가라고 하겠지.

그러나 에이플이 간과한 사실 하나가 있었다.

"그래? 그럼 이제 기억났으니 됐겠군. 당장 따라와라."

"예?"

"가장 먼저 술부터 깨게 해주지. 맥주를 두 잔씩 마신 거면 연무장을 도는 데 방해되지도 않을 테고. 무슨 문제 있나? 문제가 있으면 지금 말해라.”

세상에는 힘든 일을 자처하는 인간도 있다는 걸. 모두가 포기한 기사들을 포기하지 않고, 그들에 대한 부당한 처우에 제가 더 분노하며 함께 가려는 인간이 있다는 걸.

“아직 시간이 많이 남았으니 가벼운 훈련부터 하지. 당장 일어나 따라오지 않고 뭐 하나?”

에이플은 어지러움을 느끼며 더듬더듬, 테이블을 짚었다. 자리에서 일어나는 그의 머릿속은 온통 복잡하게 얽혀 있었다. 이게 뭐지. 왜 욕하지 않지. 일러준 훈련 일정을 잊은 저들을 향해 비난하거나 한심하다는 듯 보지 않는 거지. 비난에 익숙해진 이의 머릿속이 엉망으로 들쑤셔졌다.

에이플은 천천히 눈을 깜빡였다. 바닥을 향하고 있던 그의 시선이 천천히 들렸다.

“많이 취한 건가? 어지러워? 에이플 경, 설 수 있겠나?”

아.

이거구나.

에이플은 제게 다가오는 리아에게서 시선을 떼지 못하며 깨달았다. 삼 일 전, 에드가에게 흠씬 두들겨 맞으며 이번에야말로 이 지긋지긋한 기사단을 때려치우겠다 마음먹었던 그때. 결국 때려치우지 못했던 이유가 생각났다.

이 눈.

"경, 의원에게 가야 할 것 같나? 경?"

염려하고, 걱정하고, 위해주는 눈. 자신의 사람을 챙기는 사람의 눈. 푸르른 녹안이 자신을 올곧게 비추고 있다. 그저 구색 갖추기가 아니다. 보여주기 용도, 운이 나빠 제2기사단에 굴러 들어온 것도 아니다. 그녀는 진심으로 될 생각인 것이다. 제2기사단의 단장이. 또라이라 불리는 이들의 단장이.

에이플은 고개를 저었다.

"아닙니다. 괜찮습니다."

그렇게 답하는 그의 목소리는, 가늘게 떨리고 있었다.

그랬던 적도 있었지. 리아는 고개를 주억이며 오래전 일을 회상했다. 삼 년 전에는 이 남자가 정말 무슨 짓인가 싶었더랬다. 그러다 공후럽이 결성되고, 여기까지 왔다. 리아는 손을 뻗어 주위를 경계하는 에드가의 것을 조심스럽게 감쌌다. 손등이 움찔 떨렸다. 고개를 돌린 에드가와 시선이 마주치자, 리아는 기다렸다는 듯 눈을 접으며 웃었다.

"정말, 언제까지 이런 걸로 창피해할 거예요?"

리아의 말대로 에드가의 귓불은 붉게 물든 채다. 표정은 관리할 수 있지만 귓불이 붉어지는 것까지 제어할 수 있을 리가 없다. 그래서 리아는 에드가와 대화할 때면 가장 먼저 그의 귀를 확인하곤 했다. 보기만 해도 예쁜 색으로 달아오를 때면 그가 부끄러워하고 있다는 의미였으니까.

"너무 가까워."

"에디, 지금 당신과 나 사이에 사람 한 명은 더 설 수 있거든요? 모른다 하진 않겠죠?"

"그래도 가까워."

슬쩍 몸을 뒤로 빼며 말하는 남자의 목소리는 거리낌보다는 기분 좋은 떨림에 더 가깝다. 이제 리아는 에드가의 딱딱한 얼굴에 넘어가지 않았다. 마음이 상하지도 않았다. 마음이 상하기는. 말은 그렇게 하면서 붙잡힌 손은 절대 빼지 않는다는 점에서, 에드가가 꽤 귀엽다는 생각을 하고 있는 리아다.

마음 같아서는 이대로 그의 손을 이끌고 조용한 곳으로 가서 입이라도 쪽 맞추고 싶다. 당장 그러고 싶어 손끝이 간질거렸으나, 리아는 꾹 참았다. 당장 눈앞에 해야 할 일이 있지 않나. 그런 점에 있어서는 둘 다 고지식한 게 꼭 닮았다. 리아는 먼저 손을 거두고는-물론 에드가는 아쉽게 제게서 떨어져 나가는 그녀의 손에서 시선을 떼지 못했다- 방금 전까지 에드가가 보던 곳으로 시선을 돌렸다.

"전하께서는 어떠시죠?"

"넬리아 영애 근처에서 빙빙 돌고 계시지."

항상 그러셨던 것처럼. 에드가는 뒷말을 삼키며 고개를 저었다. 진척이라고는 요만큼도 없다는 표정이었다. 그런 그의 말에 리아가 참담한 낯으로 중얼거렸다.

"……설마 오늘도 인사 한 번 못하시진 않겠죠."

"그 설마일 것 같은데."

두 남녀는 서로 시선을 주고받았다. 둘 중 누구 하나 먼저 입 밖으로 내진 않았으나 같은 생각을 하고 있었다. 대체 누가 누구에게 답답하다 말했단 말인가. 최소한 연애는커녕 마음에 둔 영애에게 다가가지도 못해 쩔쩔매는 카인이 할 말은 아닐 것이다.

에드가와 리아의 마음이 통하면서 공후럽은 자연스럽게 해체되었다. 물론 그 뒤로도 둘의 데이트마다 쫓아다닌다던지 하는 만행을 저지르긴 했으나, 두 기사단장의 손에 의해 얌전히 해체되었다. 그렇게 한때 수도를 소란스럽게 만들었던 공후럽은 역사의 뒤안길로 사라지는 것처럼 보였다.

"그때만 해도 일이 이렇게 될 줄은 몰랐지. 암."

에이플은 고개를 주억이며 세상사 오래 살고 봐야 한다는 말을 덧붙였다. 그의 뒤통수를 후려친 것은 프루트였다.

"젊은 놈이 세상 다 산 것처럼 말하고 있어."

"아, 부단장! 사실 저 정도면 살 만큼 살았지 않습니까."

"누구 앞에서 나이 타령이야, 나이 타령이."

차마 넌 늙은 거고 난 세상을 한탄하는 젊은 청년이라 말할 자신이 없었던 에이플은 조용히 입을 다물었다. 사실 리아가 아깝다며 울부짖긴 했으나 공후럽 활동까지는 할 만했다. 처음엔 재미가 있기도 했거니와 후계 문제가 해결된 뒤에는 말릴 이유도 없으니 와작와작 과자를 씹으며 구경하기가 참 좋았던 것이다. 추가 근무만 아니었다면 양팔을 번쩍 들고 반겼을 것이다. 그러나 아무리 재밌는 것도 많이 하면 질리는 법이다.

그런 생각은 에이플만 한 것이 아니었다. 프루트는 아예 얼굴을 구긴 채 짜증스레 투덜거렸다.

"대체 전하의 사랑을 왜 우리가 이뤄드려야 하냔 말이지."

그렇다. 공후럽으로 시작한 사랑의 작대기는 카인의 짝사랑을 위한 인러브로 계승되었다. 시작은 거창하고 또 충심 그 자체였다. 제국의 유일무이한 황태자 전하께서 사랑의 열병을 앓고 있으니 이를 해결하고 제국의 후사를 단단히 하는 데 일조하자던가 뭐라던가. 그러나 에이플은 확신할 수 있었다.

어느 날 리아가 세상 진지한 표정으로 했던 말들이 전부 개소리라는 것을. 그리고 그는 직감했다.

이건 복수다.

에이플은 성격 더럽고 힘도 세지만 머리는 조금 아쉬운 제 상관을 바라보며 푹 한숨을 쉬었다.

"부단장이 보기에 우리가 지금 뭘 하고 있는 것 같습니까?"

에이플의 물음에 프루트는 고심하며 답을 내놓았다.

"전하의 사랑을 이뤄드리기 위해 노력하는 중이지."

그것 말고 더 있단 말인가. 진지한 대답에 에이플은 쯔쯔 혀를 차며 고개를 저었다. 그는 과연 제 상관이 결혼할 수 있을 것인가, 하는 시선으로 안쓰럽게 바라보며 대꾸해 주었다.

"벌입니다, 벌."

"……뭐?"

"벌이라고요. 공후럽에 몸을 담갔던 벌. 단장님께서 부단장이랑 저만 골라 인러브에 합류시킨 것만 봐도 알 수 있잖습니까."

"아니, 그건 전하께서……!"

상명하복이 전부인 기사 세계에서 카인의 명령은 절대적이다. 그 위에 황제가 있긴 했지만 황제는 이런 소꿉장난 같은 일에 관심이 없으니 제외하고. 그렇다면 남은 건 카인이다. 황태자의 명령에 못하겠다고 뻗댈 수 있는 기사가 과연 몇이나 있겠는가. 그래도 나름 의리를 챙긴다며 열심히 뜯어말린 게 자신과 에이플이다. 그러니 리아는 그 점을 참작해 줘야만 했다.

에이플은 그런 생각을 하고 있을 프루트의 머릿속이 훤히 보여서 허허 웃었다.

"상명하복 모르십니까."

까라는데 까야지 어쩌겠는가. 에이플은 말을 덧붙이며 프루트를 위로했다.

"그래도 푸른매들보다야 우리가 낫죠. 그놈들은 아주 데굴데굴 구르고 있다던데요."

그 말에 프루트의 분노가 사그라들었다. 음. 그건 그렇다. 이 정도면 나쁘지 않지. 그렇게 스스로를 합리화하고 있는 프루트를 곁눈질한 에이플은, 한숨을 삼키며 귀에 손을 갖다 댔다.

"전하께서 꽃다발을 사셨습니다. 영애께 가실 것 같은데요. 네? 따라붙으라고요? 아, 단장. 저희도 훈련이라는 걸 좀 해야 하지 않겠습니까. ……아뇨. 아닙니다. 대련이라뇨. 무슨 그런 무서운 말씀을. 예, 예. 당장 따라붙겠습니다. 예."

아아. 이리 치이고 저리 치이는 인생이란. 누가 제국 기사를 보고 명예로운 자리라 했는가. 에이플은 푸른 하늘을 올려다보며 눈물을 삼켰다.

카인은 생각했다. 요 근래 들어 귀가 간지럽고 뒤통수가 따갑다고. 만약 리아나 에드가였다면 이상함을 느끼는 것과 동시에 꼬리처럼 따라다니는 기사들을 잡아냈을 것이다. 그러나 카인은 뛰어난 무인과는 거리가 멀었다. 전란의 시대도 아닌데 황태자가 검에 능통할 필요가 뭐가 있단 말인가. 심지어 대공을 제외하고는 황위를 놓고 다툴 형제도 없었다. 그 대공도 죽어 없어졌으니 이제 카인은 누가 뭐라 해도 제국의 유일무이한 후계자였다.

황제가 이제와 늦둥이를 낳지 않는 이상, 그가 굳이 손에 피를 묻힐 이유가 없다는 소리다. 그런 이유에서 카인은 검보다 펜을 가까이한 남자였다. 손에 박인 굳은살은 서류에 코를 박는 사람들의 그것이었고, 몸보다는 머리를 쓰는 게 익숙했다.

"어째 누가 따라오는 것 같은데."

그래도 타고난 재능은 감출 수 없는 것이라, 카인은 애매한 감각에 오히려 짜증을 내며 얼굴을 구겼다. 그의 곁에서 쩔쩔 매는 것은 당연히 오르도의 몫이다.

"그럼 마차를 준비할까요, 전하?"

"됐다. 엎어지면 코 닿을 곳인데 마차는 무슨. 그보다 넬리아 영애는 외출한 게 맞겠지?"

"예. 공작가에서 그렇노라 확답을 주었습니다."

오르도는 대답하면서 속으로 한숨을 삼켰다. 보통 사랑하는 여인의 저택에 방문할 때면 그 여인이 저택에 있을 때를 노린다. 없을 때가 아니라. 하지만 27년 동안 연애는커녕 사랑 한 번 해본 적 없는 남자의 생각은 비범하기 그지없었다. 거기서 그치면 좋을 테지만 당사자가 황태자이니 주변에서 만류할 사람도 몇 없다.

그러니 어쩌겠는가.

"좋아. 그럼 어서 가서 방 안을 꽃으로 꾸며야지!"

누구 하나 그게 아주 잘못된 방법이라 말해줄 생각을 안 하니 일이 엉뚱한 방향으로 튈 수밖에.

카인에게 다행이라 할 만한 게 있다면 하나뿐이었다.

[좋아. 그럼 어서 가서 방 안을 꽃으로 꾸며야지!]

리아는 귀에서 들리는 말에 마시던 물을 뿜을 뻔했다. 가까스로 물을 삼키긴 했으나 사레들린 리아의 등을 에드가가 조심스럽게 두드려 주었다. 평소라면 그에게 감사하다며 웃어주었겠지만 상황이 너무 나빴다. 리아는 에드가의 팔을 그대로 잡아채며 다급히 말했다.

"전하께서 또 이상한 일을 벌이시려 합니다!"

"……이상한 건가?"

리아와 마찬가지로 에드가의 귀에도 마도구가 꽂혀 있었다. 당연히 에드가도 카인의 말을 듣고 있었다. 리아와 다른 점이 있다면 에드가가 듣기에 카인의 계획이 꽤 낭만적으로 들렸다는 데 있다. 진지하게 자신도 후작가를 꽃으로 장식해 볼까 고민하고 있던 에드가의 두 눈에 당혹감이 스쳐 갔다. 어디에서 이상함을 느껴야 할지 전혀 모르겠다는 표정이다.

"당연히 이상하죠! 주인이 없는 방에 몰래 들어가다니! 영애는 감동하긴커녕 오싹해할 겁니다!"

연인관계이거나 부부사이라면 또 모를 일이다. 그러나 카인은 넬리아 영애와 별다른 사이가 아니었다. 카인이 넬리아 영애를 열렬히 짝사랑하긴 했지만, 그리고 그의 신분이 상당히 높긴 했지만, 어쨌든 뭣도 아닌 사람이 제 방에 들어온다는 게 어찌 감동받을 일이겠는가. 리아의 말에 에드가의 표정도 심각해졌다.

"다이컨에게 전하를 만류하라 전하지."

"아뇨, 아닙니다. 그보다 더 좋은 생각이 있습니다."

리아의 입가에 미소가 번졌다. 사실 그녀는 에드가와 연애를 시작하기 전까지 이런 것들과는 거리가 멀었다. 연애니 사랑이니 달콤한 밀어니 하는 것들 말이다. 그러나 사람은 익숙해지기 마련이다. 학습과 배움이라는 게 괜히 있는 게 아니다. 낯간지러웠던 말도 하다 보면 익숙해지고 영 이해하기 힘들었던 남녀 간의 관계도 시간이 흐르면 눈에 보이는 법. 거기에 리아는 학구열까지 불태웠으니, 지금의 그녀는 몇 달 전의 그녀와는 전혀 다른 존재였다. 리아는 마도구를 작동시키기 전 에드가의 입가에 짧게 입 맞추며 말했다.

"영애도 이 상황을 알아야죠."

아무것도 모른 채 카인의 엉뚱한 사랑에 휘둘리게 두기엔 넬리아 영애가 너무 안타깝지 않나. 리아는 그런 점에 있어서는 아주 공정했다.

그리하여 몇 달 지나지 않아 카인이 손발 걷어붙이고 준비한 결혼식에 넬리아 영애와 카인이 걸어 들어가게 된 데는 리아의 공도 무시할 수 없었다.

❦

카인과 넬리아 영애의 결혼식은 제국은 물론이거니와 타 왕국에게도 성대한 축제의 장이었다. 제국은 그날을 공식 기념일로 선포하고 죄가 가벼운 이들을 사면했으며 귀한 술들을 백성들에게 제공했다. 오르도의 말에 따르면 그날 황실이 쓴 비용이 제국 일 년 예산의 사분의 일 정도라고 하니 그 규모는 가히 상상할 수 없을 정도일 것이다.

그렇게 제국은 서른이 다 되도록 독신을 고수하던 황태자의 반려를 두 팔 벌려 환영했다. 귀족들 사이에서는 넬리아 영애가 공작 영애가 아니라 평민이라 할지라도 환영받았을 것이라는 말까지 돌 정도였다.

어쨌든.

가장 급했던 카인이 결혼했으니 황실의 관심이 에드가로 넘어간 것은 당연한 얘기다. 자연스럽게 에드가의 연인인 리아에게도 관심이 쏟아졌다. 덕분에 리아는 끙끙거리며 저쪽 세상의 로렐리아에게 모든 조언을 구하고 있었다.

결혼식을 하는 데 굳이 드레스를 입어야만 하는가. 왜 결혼식에 그렇게 많은 비용과 시간을 들여야 하나. 간단하게 결혼 서약서를 작성하고 대신관 앞에서 선서만 하면 되지 않을까. 차마 제삼자에게는 털어놓지 못할 고민들은 차곡차곡 쌓여갔다. 에드가와 의논할 수도 없는 문제였다. 분명 제가 무슨 말을 하건 에드가는 전부 그러자 답할 것이 뻔했기에.

다행히도 리아에게는 이런 종류의 고민 상담을 할, 아주 좋은 친구가 있었다.

리아의 고민이 낱낱이 적혀 있는 편지를 받는 것은,

"세상에! 그건 안 되지!"

제국의 가장 아름다운 공작부인, 로렐리아였다. 로렐리아는 자신보다 어리지만 뛰어난 기사인 리아가 보낸 편지에 경악을 금치 못했다.

"또 무슨 문제라도 생긴 겁니까, 누님?"

로렐리아의 곁에서 툴툴거리며 차를 우려온 벨포스는 쿠키와 함께 찻잔을 밀어주며 물었다. 어딘가 기운이 없는 목소리다. 사실 벨포스는 붉은 사막에서의 여정을 마친 뒤 곧장 북쪽으로 떠날 생각이었다. 그곳에 고대 마법이 잠들어 있다는 소문이 돌기 시작한 탓이었다. 이번에는 얼마 전 마탑의 원로들과 뭔지 모를 계약을 체결하고 밖으로 뛰쳐나온 나나와 함께할 생각이었다. 그랬는데 갑자기 몇 년간 잠잠하던 마도구가 작동하기 시작하면서 다른 세계와 연결되더니, 몇 년 전의 사건들이 줄줄이 끌려나오기 시작하지 뭔가. 결국 벨포스는 황실 수석 마법사라는 지위에 걸맞게 이번 사건을 해결하라는 책무를 맡게 됐고, 수도에 머물게 되었다.

"문제! 오, 벨! 당연히 문제가 생겼지. 세상에, 리아가 뭐라고 했는지 아니? 결혼식을 안 하면 안 되겠냐고 했단다! 결혼식을 생략한다니! 그게 말이 돼?"

"뭐, 그럴 수도 있겠죠. 사실 가장 중요한 건 서약서지 결혼식이 아니잖습니까."

"결혼에 누가 경중을 따져! 둘 다 중요하지!"

음. 아무리 생각해도 식 자체는 그리 중요한 게 아닌 것 같았지만, 벨포스는 조용히 입을 다물었다. 이런 문제에 있어서는 로렐리아의 의견을 따르는 게 현명하다. 오랜 경험을 통해 이를 체득한 벨포스는 얌전히 쿠키 접시를 그녀에게 밀어주었다. 제 누이는 단 것을 무척 좋아했으니 말이다.

로렐리아는 쿠키를 와그작 씹어 먹으며 펜에 잉크를 적셨다.

"오, 정말이지. 살면서 결혼식은 딱 한 번뿐이야. 리아는 세상 그 누구보다 아름다운 신부가 될 의무가 있다고!"

왜 그게 의무인가요, 누님. 벨포스는 그런 생각을 하며 조용히 차를 홀짝였다. 제 누이가 미친 듯이 휘갈기는 편지 쪽으로는 시선도 주지 않기 위해 애를 쓰면서.

그 시각, 리아는 저쪽 세상의 로렐리아가 보내온 편지를 받고는 해쓱한 표정으로 이마를 짚고 있었다.

〈리아, 당연히 결혼식은 무척 중요해, 게다가 넌 드벨 후작위를 이어받았잖아? 그럼 단순한 결혼이 아니라 후작가와 공작가의 결합인데 식도 치르지 않고 날림으로 서약만 하겠다니!〉

'날림으로'라는 글씨는 다른 것들보다 힘줘 쓴 티가 역력했다. 리아는 그것을 외면했다. 어차피 얼굴을 맞대고 얘기하는 것도 아닌데 어쩌다 보니 힘이 들어갔을지 누가 안단 말인가? 그러나 이어지는 편지의 내용은 리아의 생각쯤은 이미 손바닥 안이라고 말하는 듯했다.

〈생각해 봐, 리아, 제국의 후작과 공작이 제대로 된 식도 없이 날림으로 결혼한다면 어떤 말이 돌게 될지! 분명 진실은 묻히고 가장 자극적인 소문이 사람들 사이에서 돌겠지.〉

틀린 말은 아니다. 리아는 자못 심각하게 이 문제를 받아들이기로 결심했다. 소문이 얼마나 제멋대로인지는 그녀가 가장 잘 알았다. 그리고 리아는 이제 소문이라면 지긋지긋했다. 리아가 공작가와 후작가에 걸맞은 화려한 결혼식을 치르겠노라 다짐하게 된 계기는, 그렇게 작고도 소박했다.

그러나 갓 사랑에 빠진 남녀는 '평생에 단 한 번'이라는 수식어가 가진 힘을 간과했다. 리아가 결혼식에 대해 고뇌하고 있을 그 시각, 에드가는 어떻게 청혼할 것인가로 고심하고 있었다.

"……형님, 내 생각에 형님은 고민을 하면 할수록 결과가 이상해지는 타입 같거든? 그러니까 그냥 평범하게……."

"일생에 단 한 번이야."

"아니, 그건 그런데……."

로이드는 고심해서 말을 골랐다. 재상에게 이번 소금 수입량에 대해 보고할 때도 이렇게까지 긴장하진 않았을 것이다. 그러나 이대로 놔둘 수도 없는 노릇이었다. 로이드는 착잡한 시선으로 에드가가 준비한 선물(?)을 힐끔거렸다. 과연 저걸 선물이라고 말할 수 있을까. 사람은 끼리끼리 만난다고들 하니 후작이라면 저것만으로도 충분히 만족해할지도 몰랐다. 그래. 선물이 뭐 별건가. 받는 사람이 기뻐하면 됐지.

그렇게 생각하면서도, 로이드는 제 마지막 양심에 찔려 차마 그러라 할 수 없었다.

"대체 누가 청혼을 검으로 합니까!"

그렇다. 에드가가 카인의 결혼에 자극받아 청혼하겠노라 나선 건 쌍수를 들고 환영할 일이었다. 저러다 정말 연애만 하고 결혼은 못하는 게 아닌가 걱정하고 있었으니까. 맨입으로 청혼하는 게 아니라 무언가 준비했다는 것만으로도 장족의 발족을 이뤘다 생각했다. 하지만, 아무리 그래도, 청혼을 하려면 최소한 반지와 꽃다발은 있어야 하는 것 아닌가!

"상대방이 가장 좋아하는 걸 선물해야지."

"그것도 정도가 있는 법입니다. 아, 형님. 검은 정말 아닙니다. 물론 후작님께서는 뛰어난 기사이지만, 그래도 청혼이잖습니까! 차라리 좀 흔해도 장미꽃다발을 챙겨가십시오!"

"그럼 그것도 같이 주면 되겠군."

"……대체 왜 저 검에 그렇게 집착하시는 겁니까, 예?"

죽어도 검은 포기 못 하겠다는 에드가의 말에 로이드가 고통스러운 낯으로 울부짖었다. 사실 검에는 문외한인 그가 보더라도 검 자체는 꽤 괜찮았다. 뽑아보진 않았지만 검집만으로도 공들여 만들었다는 것쯤을 알 수 있었다.

그래도 이 정도일 줄은 몰랐다.

"드래곤의 피가 들어간 건 구하기가 힘들거든."

"……예?"

"드래곤의 피가……."

"예에에에?!"

로이드는 그 자리에서 펄쩍 뛰었다. 드래곤이라니. 드래곤이라니! 대체 전설 속에서나 존재한다는 드래곤이 여기에서 왜 튀어나오냔 말이다! 그러나 제 동생이 펄쩍 뛰건 말건 에드가는 침착한 낯으로 끊어졌던 설명을 마저 했다.

"아주 오래전에 검에 관심이 많았던 드래곤 하나가 제 피를 용광로에 집어넣어 쇳물과 섞어 만든 검이라는데, 이번에 어렵게 구했지."

"……설마, 그, 청혼하려고……."

로이드는 말간 에드가의 두 눈에 말을 채 끝맺지도 못했다. 세상에, 맙소사. 에드가가 구한 것이니 가짜일 리는 없을 것이다. 그가 직접 확인까지 했을 테니까. 그렇다면 저 검에는 정말 드래곤의 피가 섞여 있다는 소리다. 로이드는 머리가 아찔해지는 기분을 느끼며 털썩, 주저앉았다.

저 검 한 자루를 구하는 데 얼마가 들었는지 묻기도 두려웠다.

에드가는 낯빛이 창백해진 제 동생의 만류 때문에 결국 청혼을 뒤로 미뤘다. 대체 뭐가 문제인지 모르겠다. 나름 고심해 고른 선물이 혹평을 받자 자신감이 한풀 꺾인 건 당연지사다. 정말 다른 선물을 준비해야 하나.

그런 생각을 하고 있는 에드가는, 겉으로는 꽤나 심각해 보였다. 약속 장소에 도착한 리아가 그를 부르는 대신 두어 걸음 떨어진 곳에 멈춰선 이유였다.

리아는 조금 멍한 기분을 느끼며 나무등치에 기대 있는 에드가를 바라봤다. 교제를 시작한 뒤 항상 하는 생각이지만, 저 남자는 자신이 얼마나 잘생겼는지 잘 모르는 경향이 있었다. 지금도 보라. 수많은 여인들이 그를 힐끔거리며 얼굴을 붉히고 있지 않나.

"에디."

평소에는 신경조차 안 썼을 시선들에 심장께가 술렁였다. 요새 자주 그랬다. 사람들은 요즘에도 자신을 볼 때마다 에드가의 장점에 대해 하나씩 얘기해 주곤 했다. 당연히 자신이 알지 못하는 순간에 대한 얘기였다. 그가 언제 도움을 줬는지, 어디에서 보탬이 됐는지 하는 것들. 그런 얘기들을 듣는 건 리아의 큰 즐거움이기도 했다. 얼마 전까지만 해도.

하지만 요새는 불쑥불쑥 다른 생각이 든다. 에드가에 대한 것을 제가 모르는 게 싫다는, 욕심나는 것을 독차지하고 싶어 하는 어린아이 같은 이기심이. 그럴 때면 리아는 민낯 같은 제 감정에 놀라곤 했다.

"뭐 하고 있었어요?"

지금도 그렇다. 리아는 슬쩍 에드가를 보고 있던 시선들을 가리며 그의 관심을 독차지했다. 그러면서도 마음 한켠이 부끄러워 귓불이 붉게 달아올랐다. 부디 이 마음이 들키지 않길. 제 치졸한 질투를 그가 모르길 빌며 리아는 웃었다.

"아. 잠시 생각을—"

정신을 차리며 대꾸하던 에드가는 미간을 좁혔다. 그리곤 리아가 무슨 일이냐 물을 새도 없이 그대로 손을 뻗었다. 덕분에 리아는 그대로 에드가의 어깨에 얼굴이 파묻혔다. 부드러운 살갗이 아닌 딱딱한 근육에 뭉개진 콧등이 아팠다. 아무리 단련해도 콧대까지 어떻게 할 수는 없지 않나. 그런 말도 안 되는 생각을 하며, 리아는 슬쩍 에드가의 어깨를 밀어내려 했다. 자신과 마찬가지로 연애 쪽으로는 영 재능이 없는 그가 거친 포옹이라도 시도했겠거니 생각하며. 그러나 에드가는 밀려나지 않았다. 그는 리아의 머리칼을 헤집은 손에 미약하게 힘을 주며 그녀를 만류할 뿐이었다.

"잠시만. 잠시만 이렇게 있지."

"예?"

대체 무슨 소리냐는 투의 물음에 에드가는 머뭇거렸다. 그러나 리아가 손바닥으로 어깨 부근을 팡팡 두드리자 어쩔 수 없이 이유를 털어놓았다.

"저자들이 지나갈 때까지 잠시만."

저자들이라니? 리아는 슬쩍 고개를 어깨 위로 들어 올리며 참았던 숨을 몰아쉬었다. 들어 올린 시선 끝에는 어쩐지 표정은 차갑고 귓불은 붉은 에드가가 있었다. 그는 리아와 시선이 마주치자 어쩔 줄 몰라 하며 눈을 굴리더니, 결국 제풀에 지쳐 고백했다.

"그, 방금 전까지 그, 경에 대해 얘기하던 자들이야."

정확히는 드벨 후작이 얼마나 아름다운가에 대해 입방아를 찧어대던 놈들이다. 전후사정을 고려하자면 참으로 빈약한 설명이었다. 그러나 에드가는 더 말해줄 생각이 없다는 듯 고개까지 돌려 시선을 피해 버렸다. 리아는 눈을 깜빡이며 그가 자신을 풀어 줄 때까지 가만히 올려다봤다. 천천히, 아주 천천히 이 갑작스러운 포옹의 이유가 질투 때문이라는 걸 깨달으면서.

한 차례 폭풍이 지나가자 남은 것은 낯부끄러움이다. 리아와 에드가는 서로 몇 년이나 알고 지낸 것이 무색하리만치 시선 한 번 제대로 맞추지 못했다. 시선은커녕 미묘하게 벌어진 거리마저 좁혀질 생각을 안 했다.

집무실 앞에서 입을 맞추던 게 먼 옛날의 꿈만 같았다. 연애 초기에는 그래도 손도 좀 잡고 입도 좀 맞췄던 것 같은데, 왜 사귄 지 반년 가까이 지난 지금에 와서 이러는 건지 모르겠다. 리아는 헛기침을 하며 에드가를 곁눈질했다. 그러다 방금 전의 어색했던 호칭이 생각났다. '경'이라니. '경'이라니! 사귀기 시작한 지 반년이나 지났음에도 에드가는 가끔 그런 거리감이 느껴지는 호칭을 쓰곤 했다. 평소 얘기할 타이밍을 잡지 못해 넘겼던 리아의 두 눈이 반짝 빛났다.

"에디."

에드가는 대답하는 대신 의아한 낯으로 고개를 돌렸다. 맞춰 오는 시선이 올곧았다. 마치 그녀가 자신을 왜 불렀는지 모르겠다는 듯한 표정. 그래서일까. 리아는 잠시 머뭇거렸으나, 곧 마음을 굳게 다잡았다.

자신은 이 관계를 연애로 끝낼 생각이 조금도 없었다. 결혼!

평생의 반려! 올곧은 목표를 갖고 있기에, 여기에서 물러설 수는 없었다.

"사적인 자리에서는 기사가 아니라 나로 봐줬으면 좋겠어요."

"······응?"

"만난 지도 꽤 됐으니 호칭을······."

리아는 말끝을 흐렸다. 뭐라고 해야 하지? 제 입으로 '리아'라 불러달라 말하기는 조금 창피했다. 계속해서 기사만으로 대해지고 싶지 않아 얼결에 말하긴 했지만 끝을 어떻게 맺어야 할지 모르겠다.

리아가 잠시 고민하는 사이, 에드가는 짧은 머뭇거림을 전혀 다르게 해석했다. 에드가는 무언가 깨달음을 얻은 것처럼 짧게 '아!' 하고 감탄하더니 눈을 굴렸다. 그리곤 슬쩍 손을 뻗었다. 리아의 손가락 끝에 아슬아슬하게 닿을 정도로 뻗은 손은 그의 성격을 그대로 드러내 보이고 있었다.

그러니.

"그, 음, 달······ 링 같은 걸 말하는 거면······."

달링 발언은 그가 가지고 있는 모든 용기를 끌어와 한 것이었다. 리아는 알지 못했으나, 사실 에드가는 동생에게 몇 번이나 엇비슷한 얘기를 들어왔다. 매번 비슷한 얘기였다. 사귀고 있는 사이에서 너무 딱딱하다느니 연인이 아니라 상관 같다느니 하는 얘기들. 로이드는 반쯤 농담으로 하는 말이었지만, 에드가는 그 얘기들을 꽤 심각하게 받아들였다.

요즘 그가 리아와의 관계와 앞으로의 미래에 대해 고심하기 시작한 것도 그런 맥락에서였다.

"……예?"

아무리 그래도 달링이라니! 달링이라니! 리아는 머릿속이 새하얗게 질리는 기분을 느끼며 멍하니 되물었다.

"아니. 그. 호칭이. 조금…… 연인 같은……."

에드가는 이제 귓불은 물론이거니와 얼굴, 목까지 발갛게 달아올라 있었다.

"어……."

그의 모습에 차마 다시 물을 수는 없었다. '그게 대체 무슨 소리예요?'라고는. 리아는 대신 눈을 굴리며 에드가의 말을 천천히 이해했다. 그러니까, 사소한 오해란 소리다. '호칭'이 '애칭'으로 탈바꿈되어 생긴 오해. 아무리 그래도 달링이라니. 리아는 그 어떤 순간보다 진지하게 고민했다. 이대로 '달링'이 될 것인가, 에드가의 창피함을 무릅쓰고 그의 오해를 일깨워 줄 것인가.

양쪽 다 결정하기 힘들었다. 리아가 심각한 내적 고뇌를 겪는 사이, 에드가는 걱정스럽게 리아를 응시하며 물었다.

"별로인가?"

슬쩍 내려간 눈썹이 보였다. 리아는 그의 모습에 더는 고민하지 않았다.

"아뇨, 아주, 좋습니다."

요새 리아는 저보다 한참은 더 큰 이 남자가 귀여워 곤란할 지

경이었다. 부하들이 듣는다면 저 인간의 대체 어디가 귀여울 수 있냐며 질색할 걸 안다. 그러나 어쩌겠는가. 귀여운걸. 지금도 좋다는 제 말 하나에 미미하게 올라가는 입꼬리가 너무 귀여웠다.

"그럼 저도 달링으로 부를까요?"

세상 어느 커플을 뒤져 봐도 이렇게 진지하게 애칭을 고민하는 연인은 없을 것이다. 그러나 리아는 진지했고, 에드가는 그녀보다 배는 더 진지했다. 에드가는 잠시 고민하더니 이내 고개를 끄덕였다. 닿을락 말락 했던 손끝이 서로의 온기를 찾아 얽혔다. 꾹 눌러 잡은 손이 무척 따스하다 생각하며 리아는 웃었다. 그녀의 미소에 에드가의 두 눈도 반달을 그렸다.

⚜

"우리 단장이 미친 것 같습니다."

캐리엇은 진지했다. 진지한 고민과 표정과는 달리 그들이 있는 곳은 떠들썩한 술집이었다. 야밤에, 술집에서, 그것도 앙숙이라 할 법한 두 기사단이 가장 커다란 테이블에 빙 둘러 앉아 있는 이유는 단순했다.

"달링이라니. 달링이라니. 달링이라니!"

이미 술이 과하게 들어간 캐리엇은 절규하듯 외치며 테이블에 이마를 처박았다. 그러나 그를 말리는 이는 없었다. 말리기는커녕 이 자리에 있는 이들의 심정은 다들 엇비슷했다. 캐리엇의 등을 두드려 주던 다이컨의 표정이 착잡했다. 단장이 연애를 시작했다는데 이걸 기뻐해야 해, 슬퍼해야 해, 하고 고민하는 낯이었다.

"아. 단장이 진지하게 물어보더라. 너네 푸른매 기사단이니까 애칭으로 파랑새는 어떠냐면서."

그러나 고민은 짧았다. 프루트가 낄낄거리며 한 말에 다이컨의 얼굴이 엉망으로 구겨졌다.

"후작님이, 우리 단장을, 뭐라고 부를 생각이라고?"

"파랑새."

오, 신이시어.

'나의 사랑하는 파랑새', '나의 귀여운 파랑새' 따위를 떠올리며 동시에 에드가의 얼굴을 상상한 다이컨은 속이 니글거린다 중얼거리며 맥주를 들이켰다. 파랑새라니. 아니, 아무리 그래도 파랑새라니!

"이건 좀 아닌 것 같아. 아니, 많이 아닌 것 같아."

다이컨이 우울한 목소리로 중얼거렸다. 평소에는 쉽게 취하지 않는 그였으나, 오늘은 너무 많이 마셨다. 올라오기 시작한 취기에 우울한 현실까지 더해지니 다이컨의 눈가에 그늘이 드리우는 것도 당연했다.

"파랑새라니."

"왜. 푸른매니까 파랑새. 아주 딱이구만. 우리 단장이 그래도 센스가 있단 말이지."

제 일도 아니니 프루트는 낄낄 웃었다. 리아가 에드가를 파랑새라고 부른다면 귀족들 사이에 소문이 도는 건 순식간일 것이다. 잘난 것처럼 뻗대던 제1기사단 놈들이 사방에서 들려오는 파랑새 타령에 괴로워하는 걸 보는 건 무척 즐겁겠지. 프루트는 그런 즐거운 상상을 하며 씩 웃었다.

그게 바로 어제 저녁에 있었던 일이었다.

프루트는 제 발언을 후회했다. 제 일이 아니라고 낄낄 웃었던 게 이렇게 후회스러울 줄이야. 사람이 한 치 앞도 모른다는 말은 이럴 때 쓰라고 나온 게 분명했다.

"내 사랑, 전하께서 후궁전을 호위하는 병사들을 바꾸라 명하셨다는데 이유라도 있는 겁니까?"

리아의 등 뒤에 선 프루트는 조용히 고개를 숙였다. 사람이 수치사할 수 있다면, 아마 자신은 골백번도 더 죽었을 게 분명했다. 연인 사이의 애칭이 무엇인가. 달콤한 목소리로 서로를 사랑스럽게 바라보며 부르는 게 애칭이지 않나. 듣기만 해도 손발이 오글거릴 정도로 사랑이 가득 담겨 있어 보는 것만으로도 부러움이 느껴지는, 연인만의 특권.

그런데. 어째서!

"이번에 남쪽 지방에서 발생한 소요에 투입할 병사들이 부족해 어쩔 수 없었어, 달링."

이 두 남녀는 집무실에서, 그것도 입가에 미소 한 점 없이 이렇게 형식적으로 내 사랑이니 달링이니 할 수 있단 말인가.

프루트는 그나마 괴로워하는 게 자신만이 아니라는 것을 위안으로 삼았다. 푸른매 기사들은 달관한 낯이거나 진심으로 죽겠다는 듯 눈 밑이 퀭했으니 말이다.

"아무리 그래도 후궁전의 호위 인력을 빼가다니요. 폐하의 인가가 있었던 일입니까?"

리아의 물음에 에드가는 대답하는 대신 그녀를 빤히 올려다봤다. 아직 말이 다 끝나지 않았냐는 듯한 표정으로. 그의 시선에 눈만 깜빡이던 리아는 이유를 깨닫고는 아, 하며 덧붙였다.

"내 사랑."

역시 달콤하기는커녕 딱딱하기 이를 데 없는 호칭에 에드가는 심히 만족해했다.

물론,

"그에 관한 얘기는 전하께 하는 게 더 빠르지 않을까 싶군, 달링."

주변에서 보기엔 이보다 더 괴이한 대화는 없었지만 말이다.

세상 모든 일은 상대적인 법이다. 연애는 더욱 그러했다. 남의 연애에 섣불리 조언하지 말라는 말이 괜히 나온 게 아니다. 그런 점에 있어서, 에드가와 리아의 연애는 좀 더 특별했다.

리아는 힐끗 닫힌 문을 확인했다. 기사들은 두 단장의 '달링'과 '내 사랑'에 몸서리치다 도망친 지 오래였다. 그러나 훌륭한 기사는 혹시 모를 상황을 철저히 대비하는 법이다. 리아는 슬쩍 문의 걸쇠를 걸어 잠근 뒤에야 안도의 숨을 뱉어냈다.

"그, 어떤 것 같아요?"

"이 정도면 다들 알 것 같은데."

그렇다.

리아와 에드가는 은근히 고지식한 면이 있는 기사였다. 둘은 관계에도 단계가 있다고 믿었다. 서로를 가볍게 알아가는 단계와, 진지하게 만나는 단계, 그리고 평생을 약속하는 단계, 등등등.

그런 의미에서 둘은 서로를 진지하게 생각하고 있다는 걸 알려야 할 때가 됐다고 생각했다. 카인이 들으면 뒷목을 잡을 만한 생각을 하게 된 가장 큰 이유는, 크게 줄어들긴 했으나 여전히 저택 문을 두드리는 청혼서였다.

우리는 이제 진지하게 만나고 있으니 방해하지 마시오. 라고 대외적으로 알리려면 어떻게 해야 할까? 보통의 커플이라면 몇몇 연회에 파트너로 참석해 은근히 소문을 흘릴 것이다. 그러나 둘은 보통과는 거리가 멀었다.

둘은 고민에 빠졌다. 어떻게 알린단 말인가? 기사들을 모두 모아놓고 오늘부터 우리는 결혼을 전제로 진지하게 만날 것이니 사교계에 널리 알려달라 선언할 수는 없지 않나. 그게 가장 확실한 방법이긴 했으나 상상만 해도 창피한 일이었다. 거기에 있어서는 에드가와 리아의 의견이 일치했다.

두 연인이 고심해서 내놓은 방법은, 참으로 단순하면서도 확실했다. 이왕 부르기로 한 호칭을 대놓고 흘리면 다들 눈치채지 않을까? 에드가의 제안에 리아는 세상 그보다 더 훌륭한 계획은 들지 못했다는 듯 동조해 주었다.

문제는.

"……그런데 왜 아무도 묻지 않는 걸까요."

공후럽의 목표가 중간부터 '연애'가 아닌 '결혼'으로 바뀌었다는 데 있었다. 이미 기사들은 물론이거니와 사교계에서도 둘이 결혼할 것이라 생각하고 있었다. 간간히 들어오는 청혼서는 그런 소문을 믿지 않거나 소문이 돌아도 신경 쓰지 않는 몇몇 가문들의 소행일 뿐이었다.

그 사실을 알 리 없는 리아는, 지쳐 보이던 제 부하들의 얼굴을 떠올리며 고개를 기울였다. 그녀를 힐끔 본 에드가는 방금 전까지 들고 있던 서류를 내려놓으며 의견을 냈다.

"너무 연인답지 않은 애칭이었던 건……."

그러나 리아는 고개를 저었다. 아무리 콩깍지가 씐 상태라고 하나 '내 사랑'이 연인답지 않다는 말에 동조할 수는 없는 노릇이었다. 그게 연인답지 않다면 사랑이라는 단어가 억울해할 것이다. 리아는 대신 전혀 다른 각도로 문제를 해석했다.

"그보다는 우리가 이렇게 될 수 있다는 생각 자체를 못하고 있는 거겠죠."

"우리가?"

에드가의 눈살이 찌푸려졌다. 자신이 그동안 얼마나 열렬히 사랑을 표현해 왔는데. 하지만 이미 자리를 뜬 기사들을 다시 불러와 따져 물을 수도 없는 노릇이었다. 에드가는 훌륭한 기사이자 뛰어난 가주였기에, 현 상황에서 가장 중요한 문제가 무엇인지 명확하게 파악했다. 그는 손을 뻗어 책상 끝에 걸터앉아 있는 리아의 손목을 부드럽게 감싸 쥐었다. 제 쪽으로 당기는 힘에 리아는 가볍게 웃으며 흔쾌히 끌려가 주었다. 연기를 하는 게 아닌지라 둘의 표정은 방금 전과는 달리 경직되어 있지 않았다. 리아의 눈가가 반달로 접히며 부드럽게 휘었다. 리아의 한쪽 볼을 감싼 에드가는 어쩐지 불퉁한 목소리로 속닥였다.

"숨기는 것도 어려웠지만, 이젠 다들 좀 알아줬으면 좋겠는데."

기사들이 듣는다면 어이가 없어서 뒷목을 잡을 얘기였다. 대체 뭘 어떻게 숨긴 거냐며 버럭 화를 낼지도 몰랐다. 그러나 에드가는 진지했다.

"단 한 명이라도 내가 다른 여자와 결혼할 가능성이 있다고 생각하는 게 싫어."

작게 한숨짓는 목소리에 어쩐지 힘이 없었다. 그동안 마음고생이 심했던 만큼, 에드가는 이 문제에 있어서 확실히 하고 싶었다. 그렇기에 청혼에 이렇게 공을 들이고 있질 않나. 리아가 가장 좋아할 만한 선물을 골라 곱게 포장해 거절하지 못하도록 유혹이라도 하고 싶었다.

에드가의 품에 안긴 리아가 슬쩍 눈만 들어 에드가를 보며 물었다.

"그거, 지금 청혼한 거예요?"

"……응?"

"다른 여자와 결혼하지 않겠다는 말은 나와—"

리아의 말끝이 길게 늘어졌다. 결국 그렇고 그런 말 아니냐는 표정으로. 순간 에드가의 두 눈이 커졌다. 그로서는 무척 드물게 당황하며 더듬거리기까지 했다.

절대 아니라고. 이건 청혼도, 고백도 아니라고 부정하는 에드가의 모습에 리아는 결국 웃음을 터뜨리고 말았다. 질색하고 아니라고 했다면 기분이 상했을 것이다. 그러나 얼굴은 물론이거니와 자신을 끌어안고 있는 팔까지 시뻘겋게 달아올라 아니라 말하는 남자를 보고 있자니, 뱃속이 몽글몽글한 기분이 든다.

손끝이 간질거리고 눈앞의 남자가 견딜 수 없을 만큼 사랑스러워서, 리아는 결국 그를 꽉 끌어안아 버리고 말았다.

소문은 빨랐다. 발 없는 말은 빠르게 달려 황궁을 휘감았다. 카인이 '달링'과 '내 사랑'에 대해 알게 되는 데까지 그리 오랜 시간이 걸리진 않았다. 그건 에드가와 리아에게는 무척이나 불행한 일이었다.

"—두 단장이 미친 것 같다고?"

한창 신혼의 달콤함에 빠져 있는 카인을 건져 올린 것은 기겁한 기사들이었다. 푸른매와 붉은늑대들은 세상 진지한 표정으로 고개를 주억였다.

프루트가 앞으로 나서며 말했다.

"그러지 않고서는 이 기현상을 설명할 방법이 없습니다."

"아니…… 그냥 사랑하는 연인들끼리 애칭 좀 부른 거 아닌가. 그게 뭐 대수라고. 원래 사랑하면 다 그러는 법이야."

귀찮으니 이제 그런 소소한 일들은 네놈들이 좀 알아서 해라. 카인은 속내가 뻔히 드러나는 표정으로 손을 휘저었다. 내 사랑이 앞에 있는데 남의 사랑이 눈에 찰 리가 없다. 한때 누구보다 공후 럽 활동에 열을 올렸던 카인이었으나 이제 그건 모두 옛일이었다.

눈에 띄게 흥미를 잃은 카인의 모습에, 기사들이 서로 시선을 주고받았다. 좋으나 싫으나 카인은 공후럽의 두뇌이자 수뇌부였 다. 그가 결혼했다고 이렇게 배신을 때리다니! 다이컨이 비장한 표정으로 프루트를 두둔했다.

"어쩌면, 전하, 어쩌면 두 분이 싸운 것일지도 모릅니다. 이러 다 헤어지기라도 하면 어떡합니까?"

"헤어진다니? 그 정도로 상황이 나빴나?"

"예. 서로를 노려보는 시선이 어찌나 따가운지 민망할 정도였 습니다. 둘 다 연애로는 소질이 없잖습니까. 싸우고 헤어지는 방 법도 알지 못할 겁니다. 이러다 잘못하면 헤어질 게 뻔합니다."

그제야 카인도 문제의 심각성을 깨달았다. 그는 진중한 낯으 로 턱을 괸 채 손끝으로 입술을 톡톡 두드렸다. 고민에 빠진 낯 에 그림자가 드리웠다. 에드가와 리아가 헤어진다고? 자신이 멋 들어지게 차려준 결혼식을 거절하는 것도 모자라 이렇게 허무하 게 헤어진다고? 카인의 두 눈에 불길이 일었다.

"그렇게 놔둘 수는 없지!"

"오오오!"

"내가 얼마나 공을 들였는데 이렇게 쉽게 헤어지다니! 절대 안될 일이야!"

아직은 아니었다. 카인은 비장한 낯으로 외쳤다. 아직 사촌 동생을 제대로 놀려먹지도 못했단 말이다! 비장함과는 거리가 먼 얘기에 기사들은 익숙하다는 듯이 시선을 돌렸다. 나는 아무것도 듣지 못했다 중얼거리면서.

"당장 가서 로이드를 잡아오거라!"

에드가의 하나뿐인 남동생이자, 얼결에 소공작이 되어버린 로이드가 기사들에게 양팔이 붙잡힌 채 질질 끌려오는 건 순식간이었다. 외교부의 빛나는 별은 이 이해 못 할 상황에 세상 억울해하며 외쳤다.

대체 내 죄가 뭐냐고.

물론, 돌아오는 대답은 없었다.

에드가는 필요한 일이라면 제게 조언하는 자의 신분고하를 따지지 않았다. 나이도 마찬가지였다. 나이가 어리다 하여 어리석다 생각하는 것만큼 멍청한 짓은 없었다. 그런 이유로, 에드가는 아우인 로이드의 충고를 진지하게 받아들였다.

청혼에 검은 좀 아니다. 차라리 꽃을 준비해라. 생각해 보면 그 말도 맞았다. 소설이나 연극, 그리고 몇몇 얘기를 들어봐도 검으로 청혼한 남자는 없었다. 하지만 고작 그런 이유로 포기하기엔 준비한 검이 너무 귀했다. 분명 리아도 좋아할 것이다. 그런 확신이 있었기에, 에드가는 제가 준비한 검 주위를 갖가지 꽃다 발로 에워쌌다.

검은 좀 그렇다. 꽃이 낫겠다. 그럼 단순하게 검과 꽃을 같이 주면 될 일이 아닌가. 그렇게 생각했던 에드가의 미간이 찌푸려 졌다. 상상 속에서는 무척 아름다웠는데 실상은 조금 달랐다. 이 걸 뭐라고 해야 할까.

"······뭔가 ······조금······."

이상하다. 아니, 이상하다기보다 이건 좀······.

"누구 무덤에 바칠 공물입니까?"

그래. 그거 같다. 기사나 용사의 무덤에 바치는. 에드가는 목 소리가 들려온 방향으로 고개를 돌렸다. 로이드가 기가 막힌다 는 표정으로 서 있었다. 문가에 기댄 채 팔짱을 끼고 있는 로이드 는 어째 평소와 달리 조금 반항스러워 보이기까지 했다.

"로이드. 노크는 하고 들어와라."

"허. 노크를 하다 못해 문이 부서져라 두드렸거든? 그보다 형 님, 정말 그걸······ 그렇게 줄 생각은 아니지?"

로이드는 떨떠름한 표정으로 검과 꽃다발을 손가락으로 가리 키며 물었다.

"아니야. 그저 어떤 색의 꽃이 가장 잘 어울릴지 좀 보려고 했 을 뿐이다. 그보다, 무슨 일이지?"

"뭐, 일이 있어야 봅니까."

우리 사이에. 그렇게 덧붙인 로이드는 에드가의 표정을 보고는 슬쩍 시선을 피했다. 제 형님은 참 칼 같은 남자였다. 저렇게 의심이 많아서 대체 어떻게 사나 모르겠다. 그러나 저 의심이 타당하다는 것을 너무 잘 알기에, 로이드는 따져 묻는 대신 슬쩍 말을 돌렸다.

"그, 큼. 그래서 뭐, 괜찮은 색은 있어?"

"글쎄…… 노란색이 가장 예쁜 것 같긴 하다만."

그렇게 대꾸하는 에드가의 목소리에는 어쩐지 자신감이 없었다. 그럴 만도 했다. 그가 구한 검은 무척이나 귀하긴 했으나, 그렇다고 검집까지 귀하진 않았다. 투박한 검집과는 그 어떤 꽃과도 어울리다 말하진 못하리라. 그럼에도 에드가가 굳이 '노란색'을 꼽아 말한 이유를 알 것 같아, 로이드는 끙 소리를 내며 물었다.

"……그거 후작님 머리색이라서 그런 거지?"

로이드는 슬쩍 시선을 피하는 제 형님의 모습에 한숨을 삼켰다. 그러나 그것은 평소와 달리 안도의 한숨이었다. 그날 오후, 로이드는 카인의 명령에 의해 기사들에게 질질 끌려갔다. 설명도 안 해주고 냅다 가자며 끌고 가는 기사들의 악력은 놀라울 정도였다.

그렇게 끌고 가길래 무슨 큰 문제라도 생긴 줄 알았다. 요 근래 있었던 교역 중 문제가 생길만한 게 있었던가. 미친 듯이 머리를 굴리며 끌려간 로이드를 앞에 둔 채 카인이 한 말은 짧고 굵었다.

네 형님이 사랑싸움을 한 것 같으니 좀 알아봐라.

그 순간 로이드는 상사고 뭐고 카인의 멱살을 잡을 뻔했다. 고작 그것 때문에 리펠트의 사신과 중요한 협상 중이던 절 끌어낸 겁니까! 라는 고함과 함께.

'음. 그때 참길 잘했지.'

그랬다간 지하감옥에서 형님과 조우했을 테니 말이다. 어떤 상황에서건 황족의 옷깃엔 함부로 손대는 게 아니었다. 로이드는 에드가의 연애 전선에 아무런 문제가 없음을 재차 확인하고는 그제야 입술을 비죽였다. 결국 그 모든 난장판이 헛짓이었다는 소리다. 아무런 의미도 없는.

"아니, 그런데 대체 그 청혼은 언제 할 생각이야?"

"마음의 준비가 끝나면."

"……응?"

"중요한 일이니 신중해야지."

"……으응?"

"본디 고백이라는 건 상대가 받아들일 준비가 되었을 때 해야 폐가 되지 않는 법이다, 로이드."

로이드는 멍하니 눈만 꿈뻑였다. 틀린 말은 아니다. 무작정 고백하는 것도 당하는 사람에게는 꽤 불쾌할 수 있으니. 사랑도, 고백도, 연애도 혼자 하는 것이 아니다. 그러니 상대를 배려하는 것은 당연한 얘기였다.

아무리 그래도.

"……여기서 더 준비를 해야 한다고……?"

제 형님은 좀 과한 것 같다. 로이드는 그런 생각을 하며 멍하니 눈만 꿈뻑였다.

그리고 진지하게 걱정했다. 어쩌면 제 형님은 서른이 넘어서까지 청혼하지 못할지도 모르겠다는, 불안이 온몸을 휘감는 순간이었다.

더 걱정되는 건 그 불안이 영 가능성 없는 얘기가 아니라는 데 있었다.

세상은 넓고 사람은 다양한 법이다. 그런 점에 있어서 에드가가 리아와 만난 건 신의 자비이거나 은총, 둘 중 하나일 게 분명했다.

"어떤 것 같니, 벨?"

제 누이의 진지한 물음에, 벨포스는 착잡한 낯으로 박수를 쳐줬다. 그의 시선이 재빨리 누이의 책상 위를 훑었다.

「완벽한 프러포즈를 위한 101가지 방법」, 「당신도 할 수 있다, 결혼!」, 「청혼을 위한 길라잡이」……등등등, 등등등. 왜인지는 모르겠지만 리아의 책상 위에는 온통 핑크빛이 만발한 책들 투성이었다. 벨포스의 얼굴이 해쓱하게 질렸다. 별의별 책을 다 읽어봤다 자신했건만, 저런 건 대체 어디서 구했단 말인가? 그보다 저런 책을 사는 사람이 있단 말이야? 그런 생각을 하던 벨포스는 조용히 인정했다.

바로 눈앞에 있지 않나. 하나뿐인 제 사랑하는 누님께서는 온갖 사랑 교수법의 신봉자처럼 보였다.

'역시 이론은 아무런 소용도 없다는 건가.'

뭐든 실전이 최고라는 생각을 이런 순간에까지 하게 될 줄이야. 벨포스는 착잡함을 느끼며 제 누이의 의지를 다시금 확인했다.

"완벽해. 그런데, 정말 할 생각이야?"

"당연하지. 왜? 어디 이상하니?"

"아니. 이상한 건 아닌데…… 누님…… 그, 어, 음."

벨포스는 결국 말을 끝맺지 못하고 조용히 입을 닫았다. 차마 '청혼은 보통 남자가 하지 않아?'라거나 '그건 좀 아닌 것 같아'라고 말할 수는 없는 노릇이었다. 귀족들이 결혼하는 방법은 대개 몇 가지로 정해져 있기 마련이었다. 가문끼리 조건을 따져 이뤄지는 게 가장 흔했다. 가장 안전한 방법이기도 했다. 그런 식으로 치러지는 결혼은 상대의 현재와 과거, 그리고 미래까지 전부 고려하곤 했으니까.

아주 드물게 연애를 하다 결혼하는 이들도 있긴 했다. 그러나 그때에도 청혼은 남자가, 대답은 여자가, 라는 게 세간에 퍼져 있는 '일반적인' 방법이었다.

고루한 시선들은 조금도 신경 쓰지 않는 리아는, 미간을 좁히며 제가 준비한 꽃다발을 살폈다.

"너무 크니?"

제 동생이 묘한 표정을 짓는 이유가 꽃 때문이라 생각한 탓이었다. 벨포스는 고개를 저었다. 꽃은 무척 아름다웠다. 다만…….

"아냐, 아무것도."

벨포스는 무어라 덧붙이려던 걸 그만뒀다. 사람들이 멋대로 정해놓은 잣대를 들이대려 하다니. 그것도 자신이. 그는 잠시나마 그런 생각을 했던 스스로를 반성하며 웃어 보였다.

"무척 아름다워, 누님."

제 말 한마디에 언제 걱정했냐는 듯 해사하게 웃는 리아를 바라보며.

하루가 끝난 뒤엔 항상 노을빛이었다. 해야 할 일들을 모두 마무리 짓고, 그날의 서류를 끝맺은 뒤. 언제나 해야 할 일들이 많은 연인이 만나는 시간은 항상 그즈음이었다.

누가 먼저 얘기한 적도 없다. 그러나 리아와 에드가는 당연하다는 듯이 먼저 일을 마무리한 사람이 서로의 집무실 앞에서 기다리곤 했다.

지금처럼.

에드가는 문을 열자마자 불쑥 들이밀어지는 꽃다발에 주춤하며 뒤로 물러났다. 붉은 장미와 푸른 장미가 한가득이었다. 어찌나 색이 선명한지 자연스럽게 꽃다발에 쏠렸던 시선이 천천히 위로 들렸다.

"―리아?"

의아함이 가득한 목소리에 리아의 귀가 붉게 물들었다. 세상에! 정말이지 이건 생각했던 것 이상으로 용기가 필요한 일이었다. 제대로 말이 나오지 않아, 리아는 몇 번이나 목을 가다듬어야 했다.

에드가의 눈이 천천히 커졌다. 아무리 이런 쪽으로 눈치가 없어도 간질간질한 분위기는 모를 수가 없다. 에드가의 목덜미도 천천히 붉어지기 시작했다. 창가의 노을이 타오르듯 붉지만 않았더라도 둘의 열기는 쉽게 감춰지지 않았으리라.

한참의 침묵이 흐른 뒤 먼저 용기를 낸 것은 에드가였다.

"음. 그, 내게 주려는 건가?"

차마 꽃다발로 손을 뻗지는 못한 채 더듬더듬 묻는 말에 리아는 참았던 숨을 들이켰다. 언제 부끄러워했냐는 듯, 리아는 에드가의 품 안에 꽃다발을 안겨주었다. 그리고는 남은 손을 덥석 잡아 제 쪽으로 죽 끌어왔다.

"에디."

"……?"

"나와 결혼해 줄래요?"

에드가는 순간 머릿속이 멍해지는 기분을 느꼈다. 기껏해야 사랑한다는 말을 들을 줄 알았는데, 청혼이다. 순간적으로 집무실 한켠에 곱게 모셔놓은 검이 떠오르는 건 당연지사였다. 며칠 망설이다 청혼할 타이밍을 놓쳐 버린 에드가는 검이 어쩌고저쩌고 입을 놀렸던 로이드를 떠올리며 조용히 분노했다.

에드가의 좌절을 알 리 없는 리아는 슬쩍 눈을 굴렸다. 왜 아무런 대답이 없지? 당연히 승낙할 것이라 생각했는데, 이 남자는 멍하니 꽃다발을 내려다보고 있을 뿐 아무런 반응이 없다. 설마하니 거절인가. 거기까지 생각이 미치자 마음이 다급해졌다. 이 남자를 꼬셔야 할 텐데 무슨 말로 꼬신단 말인가! 부족한 것 하나 없는 남자를 꼬시기 위해, 리아는 히든카드를 꺼내 들었다.

"평생 대련해 줄게요."

비장함마저 느껴지는 말에 에드가는 그제야 정신을 차렸다. 응? 그는 잠시 제 귀를 의심했다. 그러나 앞에 서 있는 제 연인이 어쩐지 각오를 다진 표정이라는 사실은 변하지 않았다. 방금 전까지 핑크빛이 가득했다면 이젠 조금 서늘한 기분마저 들었다. 에드가는 제 실수를 자책하며 다급히 제 손을 잡고 있는 리아의 손을 제 쪽으로 끌어왔다.

검을 잡는 이의 손이다. 빈말로라도 부드럽다 말할 수는 없다. 그러나 사랑하는 이의 손이기도 했다. 에드가는 리아의 손등에 입을 맞추며 토해내듯 대답했다.

"얼마든지. 리아, 그대가 허락해 준다면, 아니, 부디, 기꺼이, 결혼하겠어."

흩어진 단어들은 이어지지 않아 제멋대로였다. 그러나 그가 하고자 하는 말은 하나뿐이었다. 툭, 꽃다발이 가벼운 소리와 함께 바닥에 떨어졌다. 자연스레 꽃다발로 떨어진 시선을 채 거두기도 전에, 리아의 상체가 당기는 대로 끌려갔다.

"부디."

등을 끌어안는 손이 떨리고 있었다. 머리칼을 헤집은 손끝에 힘이 들어가 있다. 마치 그 짧은 망설임에 화가 난 리아가 제게서 도망칠 것이라 생각하는 것처럼. 얼굴을 보지 않았음에도 그의 감정이 그대로 느껴졌다. 썩 나쁜 경험은 아니라, 리아는 작게 웃었다. 토해내듯 터지는 한숨에 안도가 녹아 있었다.

"아, 다행이다."

리아는 에드가의 어깨에 이마를 대며 속닥였다.

"당신이 꽃다발을 팽개쳐서 얼마나 놀랐는지 알아요?"

거절당하는 줄 알고 심장이 덜컹 내려앉았다. 삼 년 동안 짝사랑했다면서 그렇게 자신을 꼬실 때는 언제고, 결혼하자는 말에 얼굴이 창백하게 질리니 설마 하면서도 긴장할 수밖에 없었다. 에드가가 그런 남자가 아니라는 건 알고 있지만. 그래도 정말 놀랐다. 리아는 작게 투덜거렸다.

"내가 저 꽃을 고르느라 얼마나 고심했는데 말이야."

"그……."

"너무 놀라서 그런 거죠?"

그렇게 묻는 이는 재촉하는 것만 같았다. 에드가는 그제야 리아가 자신을 놀리고 있음을 깨달았다. 그는 슬쩍 몸을 뒤로 뺐다. 고개를 드는 그녀는 웃고 있었다. 부드럽게 접힌 눈가와, 휘어진 입꼬리에, 생각하는 것보다 몸이 먼저 움직였다.

"에—"

그대로 집어 삼켜진 입술에 리아의 눈이 조금 커졌다. 그러나 이내 가늘게 뜬 눈 사이로 자신을 빤히 바라보고 있는 에드가의 시선에 리아는 입안으로 웃음을 삼켰다. 정말이지, 이길 수가 없다 중얼거리며.

[여기는 푸른매 1호, 1호. 반지는 없습니다. 꽃다발은 바닥을 뒹굴고 있습니다. 그래도 키스는 하고 있습니다!]

카인은 이해 못할 조합에 얼굴을 구겼다. 반지는 없고, 꽃다발은 던졌는데 키스는 하고 있다고? 그래서 청혼을 했다는 거야? 아니면 싸우다 화해를 했다는 거야? 어중간한 걸 가장 싫어하는 그의 얼굴이 엉망으로 구겨졌다.

"오르도, 당장 가서 에디를 데려와."

"예?"

"대체 이게 어떻게 돌아가고 있는 건지 알아야지 않겠나! 결혼 준비를 하라는 거야, 말라는 거야?"

"……전하, 그 문제는 일전에 공작과 결론지으신 것 아니었습니까."

그러긴 했다. 좀 더 정확히는 알아서 할 테니 제발 관심 꺼달라고 에드가가 애원한 것이긴 했다. 그러나 카인은 대쪽 같은 성정으로 유명한 남자였다. 남자가 한 번 목표를 정했으면 끝을 봐야지 않겠나!

한 번은 실패했으나 세상 달콤한 결실이 어찌 한 번 만에 이뤄지던가. 그는 단호한 표정으로 제 보좌관을 바라봤다.

"원래 선물은 서프라이즈야."

"……예?"

"받을지도 몰랐던 선물을 받으면 기쁨이 배가 된다는 말이 괜히 나온 게 아니지."

그러니 자신은 남몰래 준비한 선물을 곱게 포장해 에드가의 품에 안겨주겠다 말하는 카인은 어쩐지 비장해 보이기까지 했다. 그의 모습에 오르도는 조용히 입을 닫았다. 하긴. 언제 제가 그를 말린 적이 있긴 하던가.

오르도는 세상 다 포기한 시선으로 창 너머를 바라보며 중얼거렸다.

언젠가 사직서를 던지고 말겠노라고.

#2
저쪽 세상, 또 다른 인연

"사내아이입니다!"

산파의 외침에 기도하던 사람들은 누가 먼저랄 것도 없이 안도한 표정을 지었다. 로렐리아는 그 사이에 서 있었다. 그 순간은 강렬했다. 오랫동안 어깨를 짓눌렀던 짐이 사라지는 것과 동시에, 심장께가 뻐근해지는 감각. 기쁨과 실망, 환희와 원망이 동시에 고개를 치켜들었다.

"아가씨, 남동생이에요! 오, 여신이시여!"

기쁨을 감추지 못하는 가신들 틈에서 웃고 있었으나 그것은 오랫동안 어중간하게 받아온 후계 수업의 결과물이나 다름없었다. 그 순간 웃고 싶은 기분은, 정말이지 조금도 들지 않았으니. 무슨 정신으로 그 자리를 벗어났는지 모른다. 같이 기뻐하고 싶어 하는 이들에게 웃음을, 기도하는 이들에게는 위로를 해준 뒤 다급히 저택을 벗어났다.

그나마 다행인 것은 벨포스가 저택을 비운 상태라는 점이었다. 제가 사랑하는 동생은 분명 이 얇은 가면을 알아차리고 죄책감 가득한 눈으로 시선을 피했을 것이다. 그리고 자책했겠지. 예비 후계자 같은 어중간한 지위가 자신 때문이라 생각하는 아이이니.

그러나 로렐리아는 이 모든 문제의 원인을 명확하게 알고 있었다. 나쁜 것은 제 동생이 아니었다. 뛰어난 마법사인 동생에겐 아무런 죄가 없었다. 문제는 이 세상에 있다. 여자이기에 넘지 못하는 거대한 벽. 그것을 세운 이 세상에게.

가주 자리가 탐났느냐 묻는다면 그렇진 않았다. 검을 쥐고 적당한 수업들을 받으면서 로렐리아는 의무와 책임의 무게를 누구보다도 더 혹독히 깨달았다. 자신의 잘못된 선택으로 많은 이들이 고통받을 수도 있다는 두려움. 그것은 결코 즐길 만한 것이 못되었다.

하지만 동시에 그 어중간한 예비 후계자라는 지위는, 제가 있을 곳이었다. 집안에서의 위치, 자신이 있을 자리, 존재의 이유.

이제, 동생이 태어났다. 남동생. 벨포스 같은 뛰어난 마법사가 두 번이나 나올 확률은 제로에 가까우니 그 아이는 드벨 후작가의 정통한 후계자가 될 것이다. 그것이야말로 모두가 바래온, 이상적인 미래였다. 마차 사고라는 끔찍한 일 뒤에 오랜만에 축복

할 만한 일이 아닐 수 없었다.

알고 있다. 기뻐해야 한다는 것을. 하지만 해소되지 못한 물음은 불쑥 고개를 치켜들었다.

'그럼, 나는?'

로렐리아는 가쁜 숨을 몰아쉬었다. 얼마나 달렸는지 저택이 아득한 점으로 보일 정도다. 정말 어디까지 온 것일까. 로렐리아는 숨을 고르며 주위를 둘러보았다. 해가 다 진 거리는 삭막했다.

"……하아."

돌아가야 할 텐데. 로렐리아는 멀어진 저택을 바라보며 멍하니 그런 생각을 했다. 돌아가야 할 것이다. 다들 자신을 찾고 있겠지. 그러니 가서, 웃으며 행복해하는 이들과 함께 기쁨을 나눠야 마땅했다.

그러나 여전히 머릿속에서는 사라지지 않는 생각이 있다.

나는, 이제 무엇을 해야 하지? 무엇이 되어야 하지?

제1기사단의 평기사, 드벨 후작가의 임시 후계자. 이제 자신은 그런 수식어들을 벗고 후작영애가 되어야 할 것이다. 평범한 귀족 영애들의 삶을 답습하리라. 가문에서 정해주는 남자와 결혼해 아이를 낳고, 그렇게 살아가리라.

할 수 있을까?

문득 치솟는 두려움은 그대로 얼굴에 드러났다. 사방에 고요한 어둠뿐이었으나, 혹여나 들개라도 볼까 싶어 로렐리아는 다급히 손으로 얼굴을 가렸다.

할 수 없을 것이다. 실패할 게 분명했다. 지금껏 살아온 삶을 전부 버리고, 이제와 새로운 삶을 살 수 있을 리가—

"경?"

덜컥 소리를 내며 순간 세상이 정지했다. 로렐리아는 그런 생각을 하며 잠시 숨조차 멈췄다. 아무도 없다 생각했는데, 들린 목소리의 주인은 제게 익숙한 이였다. 익숙하다 못해 이럴 때 절대 보고 싶지 않았던 이의 목소리.

에드가.

"여기서 무엇 하고— 경, 무슨 일 있나?"

"아닙니다."

에드가는 제게서 등을 돌린 로렐리아의 모습에 미간을 찌푸렸다. 별일 아니라니. 별일 아니라는 사람이 이 늦은 시간에, 제대로 된 외투도 걸치지 않고 이런 외곽까지 나와 있을 리가 없지 않나.

무어라 말하려는 듯 입술을 달싹이던 그는, 이내 생각을 바꾸고는 입을 닫았다. 대신 에드가는 높게 올려 묶은 머리칼, 가는 어깨, 그리고 떨림을 감추려는 듯 팔을 꽉 움켜쥐고 있는 손끝을 천천히 훑으며 무심한 목소리로 말했다.

"전하께서, 곧 이쪽을 지나갈 거다."

전하께서? 지난 며칠간 마차 사고며 어머니의 출산으로 인해 짧은 휴가를 받았던 로렐리아의 고개가 들렸다. 그러나 다급히 바라본 등 뒤에는 아무도 없었다. 그저 싸한 바람만이 거리를 휘감고 있을 뿐이었다.

다시 며칠이 흐른 뒤에야 로렐리아는 기사단으로 복귀했다. 사실 복귀라는 표현은 맞지 않을지도 모른다. 이제 슬슬 기사직을 그만둬야 할 테니 말이다.

"여, 막내."

캐리엇은 나른하게 하품하며 로렐리아를 반겨주었다. 제1기사단 내에서 로렐리아는 참 어중간한 위치였다. 사교계에서는 귀족 영애, 기사단에서는 평기사. 그보다 더 대하기 어려운 이도 없을 것이다. 그러나 사사로운 것들을 전부 따지며 계산하는 것도 한두 달이면 질리기 마련이다. 캐리엇은 세상 편하게 생각하기로 했다. 기사단에 있을 때는 막내, 연회에서 만나면 후작영애. 이 얼마나 깔끔하고 아름다운 정리란 말인가.

막내인 로렐리아에게 다가가던 그는 묘한 분위기에 응? 하며 멈춰 섰다. 쟤가 왜 저렇게 우울해 보이지? 워낙에 밝은 성격인 로렐리아였기에 감추지 못한 감정이 더 두드러졌다.

"그, 뭐, 무슨 일 있냐?"

캐리엇은 언제 그랬냐는 듯 조심스럽게 물었다. 슬쩍 로렐리아의 눈치를 보는 건 덤이었다. 훤히 보이는 선임의 노력에, 로렐리아는 작게 웃음을 흘렸다.

"일이 있을 게 뭐가 있다고요. 그냥 슬슬 기사직을 그만둬야 하는 게 아쉬워서 그러죠."

"관둔다고? 아니, 왜? 갑자기?"

"선배도 참. 저 동생 태어났습니다."

그게 관두는 거랑 무슨 관계가 있단 말인가. 캐리엇은 전혀 상관관계가 없어 보이는 얘기에 대체 무슨 소리냐고 따져 물으려던 입을 닫았다. 아무리 귀족 사회의 복잡한 관계에 관심이 없다 해도 며칠 전 수도가 떠들썩했던 얘기까지 잊진 않았다. 드벨 후작가에 태어난 막내아들. 정통한 후계자가 태어났기에 폐하께서도 걱정했던, 드벨 후작가의 후계 문제가 해결되었다는 말들이 요새 어딜 가나 들려왔다.

이런. 캐리엇은 제 실수를 깨닫고는 미안한 표정을 지었다.

"아—"

전후 사정을 전부 알고 있는 상태로, '그래도 기사를 그만둘 것까진 없잖아?'라는 생각 없는 말을 할 수는 없었다. 연고가 없거나 가문이 기울었어도 혼기가 찬 여자는 결혼하는 게 당연한 시대였다. 예외로 여겨지는 건 두 가지 경우에 한했다. 뛰어난 마법사이거나, 뛰어난 마법사 대신 가문을 이어 결혼이 늦어지거나.

"음. 그렇게 되겠네."

캐리엇은 슬쩍 로렐리아의 눈치를 보며 고개를 주억였다. 참 빌어먹을 세상이 아닐 수 없었다. 얼마 전까지만 해도 그 세상에서 잘만 살아왔던 캐리엇은, 머뭇거림 없이 불합리한 관습을 욕했다. 자신이라면 결혼할 여자가 기사라 해도 거리끼지 않을 텐데. 하지만 자신은 드벨 후작영애에게 청혼서를 보내기엔 조금 많이 모자랐다.

'그렇다고 동료애로 평생 살 부대끼며 살자고 하면 화를 낼 것 같고 말이지.'

로렐리아라면 분명 화를 낼 것이다. 그리고 상처받겠지. 그걸 알기에 캐리엇은 괜한 말을 덧붙이는 대신 조용히 입을 닫았다. 그의 속내를 읽은 로렐리아도 굳이 말을 덧붙이지 않고 웃었다.

그때까지만 해도 둘은 좀 드물긴 해도 특별날 것 없는, 한때의 동료가 될 것이라 믿어 의심치 않았다.

그때만 해도 말이지.

마음의 준비라는 건 아무리 해도 부족한 모양이다. 그러지 않고서야 이렇게 머리가 멍한 기분이 들진 않을 테니 말이다. 로렐리아는 그런 생각을 하며 최대한 이성을 잃지 않기 위해 애를 써야만 했다.

로렐리아는 맹세도 할 수 있었다. 페리엘 공작이자 제1기사단의 단장, 그리고 자신의 상관인 남자, 에드가와 자신이 그리 접점 없는 삶을 살아왔다고. 직속상관이었으니 부딪치는 일은 많았다. 하지만 서로 공적인 대화 말고는 딱히 호감이 생길 만한 일은 없었다고 생각했다. 며칠 전의 일을 제외하면, 사적인 자리에서 만난 적도 거의 없었다.

그런데, 어째서?

"곧 드벨 후작가로 청혼서가 갈 거다."

왜 자신은 여기에서 이해 못 할 말을 듣고 있단 말인가. 로렐리아는 조금 멍하니 그런 생각을 하며 내리깐 시선으로 대리석 위를 더듬었다.

"하지만. 경, 나는 경이 원한다면 이 혼사를 진행하지 않을 생각이야."

응? 로렐리아는 지금껏 듣던 것보다 더 이해하지 못할 말에 불쑥 고개를 들었다. 시선의 끝에는 어쩐지 심각한 표정의 에드가가 앉아 있다. 언제나 저 남자는 이렇게 거리를 벌린 채 굳은 표정으로 일을 하곤 했다. 지금도 평소와 다를 건 없었다. 그저 그가 말하고 있는 게 일에 관한 게 아니라, 가문과 가문 사이의 혼사라는 것만 다를 뿐.

'아니, 정략혼이니 일과 크게 차이가 없나?'

하지만 원하지 않는다면 혼사를 진행하지 않는다니. 로렐리아는 그의 말을 영 이해할 수가 없었다.

"각하, 무슨 말씀이신지 이해가 가지 않습니다. 현재 저희 가문과 페리엘 공작가에서 혼담이 오가고 있다면 그만한 이유가 있지 않겠습니까."

"아니, 나는……."

"……?"

"혼담이 오가는 건 맞아. 하지만, 경, 이건 경이 기꺼워야 할 수 있는 일이야."

"예?"

가문간의 혼사는 부모님이 정하는 것이다. 서로의 필요에 의

한 거래에 자신의 의견이 왜 들어간단 말인가? 로렐리아가 의아해하는 걸 눈치챈 에드가는 잠시 입술을 달싹였다.

뱉지 못한 수많은 말들이 그의 입안으로 말려 들어갔다. 그러나 결국 그가 할 수 있었던 말은 하나뿐이었다.

"그럼…… 그 전에, 연애를 해보는 건 어떤가."

"—예?"

점점 더 이해 못 할 대화의 흐름은, 따라잡기도 어려웠다. 로렐리아는 어쩌면 제가 꿈을 꾸고 있는지도 모른다 생각했다. 그건 참 타당한 생각처럼 느껴져서, 그녀는 슬쩍 제 등을 꼬집었다.

'이런 젠장. 아프네.'

그럼 꿈이 아니라는 건데. 그럼 이건 대체 뭐지? 로렐리아가 혼이 쏙 빠진 채 꿈과 현실 사이를 헤매고 있을 때, 에드가는 목 뒤를 붉게 물들인 채로 착실히 말을 이었다.

"그 뒤에도 내가 마음에 들지 않는다면, 언제든 파혼하도록 하지."

"……그렇게……."

마음대로 정해도 되는 겁니까? 로렐리아는 뱉으려던 말을 꿀꺽 삼켰다. 양피지보다도 더 얇팍한 친분이다. 그러니 그가 한 말들은 제가 아닌 그 자신을 위한 것일 가능성이 컸다. 아직 결혼하고 싶지 않거나, 달리 마음에 둔 여자가 있는 거겠지. 그게 아니라면 드벨 후작가보다 더 마음에 둔 가문이 있다던가.

전 공작부인과 제 어머니의 친분에 대해 누구보다 잘 알고 있는 로렐리아는 가장 합리적인 결론을 도출해 냈다. 저 남자는 제 어머니의 결정이 마음에 들지 않는 것일 터다. 그래도 제가 나서서 이 결혼은 할 수 없다 말하기 뭣 하니 제게 그 책임을 떠넘기는 것일지도 모른다.

그런데도 자신을 올곧게 바라보는 두 눈을 보고 있자니 어쩐지 그게 아닐지도 모른다는 생각이 들었다.

'아니. 대체. 왜. 저렇게─'

울망울망한 눈으로 자신을 보고 있단 말인가. 마치 자신에게 무언가 요구하는 듯한 눈빛. 그럼에도 대놓고 말하지 못하는 머뭇거림.

'이, 이게 뭐지?'

로렐리아는 슬쩍 시선을 피하며 꼴깍 마른침을 삼켰다. 테리가 태어난 뒤 로렐리아는 자신의 미래가 아주 고리타분해질 것이라 믿어 의심치 않았다. 가문에서 정해주는 적당한 남자와 결혼해서, 책 속에서나 볼 수 있는 사랑이 없는 생활을 하다─ 그렇게 될 줄 알았는데.

이상했다.

이건, 아주 이상했다.

단정 지었던 미래가, 상상 못 할 방향으로 뻗어가는 듯한 기분에, 로렐리아는 저도 모르게 고개를 주억이고 말았다.

그리고 그녀는 곧 발견하게 된다.

자신이 있을 자리를. 원한다면 자신과 함께 계속해서 검을 잡자 말해주는 남자를. 그리고 그 말을 듣자마자 로렐리아는 순식간에 깨달았다. 자신이 바란 것은 기사가 아니라 그렇게 말해주는 누군가였음을.

"—그리고 말이지. 정말 상상도 못 했는데, 지금 난 무척 즐겁고 행복해. 그거 아니, 리아? 나는 평생 검이 좋았던 게 아니라 검을 통해서 내가 있을 곳을 찾고 있었던 것 같아. 그러니—"

미간에 주름이 잡힌 채로 천천히 편지를 써내려 가고 있는 로렐리아의 등 뒤로 그늘이 졌다. 해가 쨍하니 내리쬐는 후원이었기에, 로렐리아는 금세 그늘을 알아차렸다. 슬쩍 고개를 돌리자 예상한 대로 등 뒤로 다가온 건 에드가였다.

"편지?"

편지라니. 에드가의 두 눈에 의아함이 번졌다. 그러면서 아직은 바람이 차갑다며 미리 준비해 온 숄을 어깨에 둘러주는 손이 잽쌌다. 로렐리아는 그의 보살핌에 기분 좋게 웃으며 상체를 뒤로 기울였다. 그에게 몸을 기울이자, 에드가는 익숙하게 제게 몸을 맡기는 아내를 받쳐 주었다.

"내가 모르는 친구라도 생긴 건 아니지?"

"글쎄요?"

"정말이야?"

길게 늘어지는 눈가가 어째 울망거리는 것 같다. 로렐리아는 이 귀여운 남자를 어떻게 하면 좋을까 고민하며 기분 좋은 한숨을 폭 내쉬었다.

"걱정 말아요. 당신이 가장 잘 아는 친구니까."

리아라고, 나를 꼭 닮은 누군가가 저쪽 세상에 살고 있거든요. 로렐리아는 뒷말을 삼키며 쿡쿡 웃었다. 그녀의 얼굴에 장난기가 가득했다.

"내가 잘 아는?"

에드가의 미간에 주름이 졌다. 누구인지 생각하는 모양이었다. 하지만 그사이 로렐리아의 친구는 셀 수 없이 많아졌기에 쉽게 범위를 좁히지 못하는 것처럼 보였다. 정말이지. 로렐리아는 만면에 가득 미소 지은 채 제 어깨를 짚고 있는 에드가의 손등에 쪽 입을 맞췄다.

"생각보다 가까이 있으니까 한 번 맞춰봐요."

으으음. 에드가의 고민이 보다 깊어졌다. 그리고 로렐리아는 그의 모습에 소리 내 웃었다.

행복한 오후였다.

원수를 사랑하게 된 **이유**에 대하여 외전 / 다하지 못한 이야기

비매품

펴낸 날 | 2018년 6월 19일

지은이 | 이미은
펴낸이 | 서경석

편 집 책 임 | 조윤희
편   집 | 이은주
             이예진
디 자 인 | 고성희

펴 낸 곳 | 도서출판 청어람
등록번호 | 제387-1999-000006호
등록일자 | 1999. 5. 31

주소 | 경기도 부천시 부일로 483번길 40 서경B/D 3F
        (우) 14640
전화 | 032-656-4452 팩스 | 032-656-4453
http://www.chungeoram.com
E—mail | chungeorambook@daum.net